Brandschoon

Eveneens van Sophie Hannah:

Kleine meid
Gevarenzone
Moederziel
De andere helft leeft
De lege kamer
Verborgen gebreken
Een duister koor
Ondraaglijk
Fatale fout
Alles op het spel

SOPHIE HANNAH

Brandschoon

De Fontein

Deze uitgave bevat tevens een voorproefje van
Alles op het spel, de nieuwe thriller van Sophie Hannah.
Zie blz. 446 e.v.

Eerste druk oktober 2013
Derde druk, eerste in deze uitvoering, augustus 2016

Oorspronkelijke titel *Kind of Cruel*
First published in Great Britain in 2012 by Hodder & Stoughton, an Hachette UK company
Copyright © 2012 by Sophie Hannah
The right of Sophie Hannah to be identified as the author of this work has been asserted by her in accordance with the Copyright, Designs and Patents Act 1988
Copyright © 2013, 2016 voor deze uitgave: Uitgeverij De Fontein, Utrecht
Vertaling Anna Livestro
Omslagontwerp B'ij Barbara
Omslagillustratie Fuse/Getty Images
Opmaak binnenwerk ZetSpiegel, Best
ISBN 978 90 261 4091 4
ISBN e-book 978 90 325 1331 3
NUR 305

www.uitgeverijdefontein.nl

Alle personen in dit boek zijn door de auteur bedacht. Enige gelijkenis met bestaande – overleden of nog in leven zijnde – personen berust op puur toeval.

Alle rechten voorbehouden. Niets uit deze uitgave mag worden verveelvoudigd en/of openbaar gemaakt door middel van druk, fotokopie, microfilm, elektronisch, door geluidsopname- of weergaveapparatuur, of op enige andere wijze, zonder voorafgaande schriftelijke toestemming van de uitgever.

A. M.

Voor Juliet Emerson, die me heeft geholpen bij het ontrafelen van allerlei mysteries, zowel autobiografische als fictieve.

Als je iemand vraagt naar een herinnering en ze vertellen je een verhaal, dan liegen ze.

Ik, op vijfjarige leeftijd, ineengedoken achter het poppenhuis, verstopt; bang dat de juf me zou vinden, ook al wist ik dat dat hoe dan ook zou gebeuren, en ik zette me al schrap – dat is een herinnering.

Dit is het verhaal dat ik ervan heb gemaakt: op mijn eerste dag op de basisschool was ik woedend op mijn moeder, omdat ze me achterliet op een plek die ik niet kende, bij wildvreemde mensen. Weglopen was geen optie, want ik was een braaf meisje – dat zeiden mijn ouders altijd – maar dit keer maakte ik zo veel bezwaar tegen wat ze mij aandeden dat ik besloot om mijn protest kenbaar te maken door me zo veel als ik durfde te onttrekken aan de klas van juffrouw Hill. Er stond een groot poppenhuis in een hoek van het klaslokaal, en toen niemand keek, verstopte ik me in de ruimte tussen het poppenhuis en de muur. Ik weet niet hoelang ik daar heb gezeten, luisterend naar de akelige geluiden die mijn klasgenootjes produceerden en juffrouw Hills pogingen om de orde te handhaven. Het was in elk geval zo lang dat ik me ongemakkelijk begon te voelen onder mijn bedrog. Ik kreeg spijt van mijn verstopactie, maar als ik opeens tevoorschijn zou komen, deed ik hun zin, en zoiets lichtvaardigs was ik absoluut niet van plan. Ik wist dat iemand me uiteindelijk zou vinden, en dat mijn straf niet mild zou zijn, en ik werd steeds banger en onrustiger. Ik huilde zachtjes, opdat niemand me zou horen. Tegelijkertijd dacht ik: niets zeggen, verroer je niet – er is nog best kans dat je hiermee wegkomt.

Toen ik hoorde dat juffrouw Hill tegen alle kinderen zei dat ze in kleermakerszit op de grond moesten gaan zitten zodat zij de lijst kon opnoemen, raakte ik in paniek. Op de een of andere manier, ook al was ik nog nooit naar school, of zelfs maar een crèche geweest, wist ik wat dat betekende: ze zou onze namen opnoemen, een voor een. Als ik de mijne hoorde noemen, zou ik 'Ja, juffrouw Hill' moeten zeggen. Waar ik ook zat, ik moest het zeggen. De mogelijkheid om me stil te houden kwam niet bij me op; dat zou een mate van bedrog en rebellie vergen waar ik niet aan wilde denken, laat staan dat ik me eraan wilde wagen. Toch kwam ik niet tevoorschijn. Ik ben altijd al een optimist geweest, en ik wilde pas opgeven als ik absoluut geen keus meer had. Misschien gebeurde er nog iets waardoor juffrouw Hill de namen niet kon oplezen, dacht ik. Misschien vloog er dadelijk wel een vogel de klas in, of werd een van mijn klasgenootjes plotseling zo ziek dat hij naar het ziekenhuis moest. Of misschien verzon ik binnen drie seconden wel een of ander geweldig plan – een fantastische manier om te ontsnappen aan de hachelijke situatie die ik voor mezelf had gecreëerd.

Dat gebeurde natuurlijk allemaal niet, en toen juffrouw Hill mijn naam riep, besloot ik dat een compromis hier de beste oplossing was. Ik zei niets, maar stak mijn hand op vanachter het poppenhuis zodat die duidelijk te zien was. Ik vond dat ik deed wat er van me werd verwacht – toegeven dat ik aanwezig was en verstandig mijn hand opsteken – maar toch was het nog altijd mogelijk dat niemand me zag, en dat ik een hele schooldag zou missen als beloning voor het feit dat ik me had gemeld. Dan zou ik de dag daarop precies hetzelfde doen. Dat was mijn fantasie; de werkelijkheid was dat juffrouw Hill mijn uitgestoken arm zag en eiste dat ik achter het poppenhuis vandaan kwam. Later vertelde ze aan mijn moeder wat ik had gedaan, en kreeg ik zowel op school als thuis straf. Wat voor straf dat was, kan ik me niet meer herinneren.

Hoeveel van dat verhaal is waar? Als ik moest gokken, zou ik zeggen het grootste deel. Misschien negentig procent. Hoeveel ik me ervan herinner? Bijna niets. Twee emoties, meer niet: de mengeling van angst en opstandigheid die ik voelde toen ik achter dat poppenhuis zat, en de verschrikkelijke vernedering toen ik daarachter weg moest en de klas onder ogen moest komen. Iedereen wist dat ik een risico had genomen, en dat ik toen bang geworden was en me over had gegeven. Ik herinner me dat ik me schaamde bij die herinnering – een paar tellen na de gebeurtenis; een herinnering binnen een herinnering – voor mijn stomme halfslachtige actie van verstopt blijven en toch mijn hand opsteken. Ik was een aanstelster: te braaf om stout te kunnen zijn en te stout om braaf te zijn. Ik weet nog dat ik op dat moment liever een van mijn klasgenootjes was. Wie, dat maakte me niet uit, als ik mezelf maar niet hoefde te zijn. Ik weet zeker dat ik al die gevoelens heb gehad, hoewel ik op vijfjarige leeftijd nog niet de woordenschat had om ze te omschrijven.

Het probleem – datgene waardoor ik niet zeker van mijn herinnering kan zijn – is dat mijn verhaal over wat er toen gebeurde veertig jaar lang met mijn herinneringen aan de haal is gegaan, en dat het verhaal in feite voor die herinnering in de plaats is getreden. Werkelijke herinneringen zijn broze, fragmentarische verschijnselen, die zich gemakkelijk plat laten walsen door een verhaal dat staat als een huis en dat zorgvuldig is gecomponeerd opdat je het niet meer vergeet. Bijna direct nadat we een bepaalde ervaring hebben gehad, beslissen we wat deze ervaring volgens ons betekent, en dan bouwen we er een verhaal omheen waardoor het klopt. Voor dat verhaal maken we gebruik van alle mogelijke relevante herinneringen die we strategisch inzetten als kleurrijke broches op de revers van een jas – en de herinneringen waar we niets aan hebben voor ons verhaal schuiven we terzijde.

Jarenlang heb ik een andere versie van mijn eersteschooldagverhaal verteld. In die versie kwam ik vanachter het poppenhuis tevoorschijn met een brutale glimlach en zei ik blakend van zelfvertrouwen: 'Wat? Ik deed helemaal niet net of ik er niet was. Ik heb mijn hand toch opgestoken? U hebt helemaal nooit gezegd dat ik niet achter het poppenhuis mocht zitten.' Maar op een dag betrapte ik me halverwege die anekdote en dacht: is het wel echt zo gebeurd? Soms moeten we onze eindeloos herkauwde verhalen vernietigen om bij de werkelijke herinneringen te kunnen komen. Het heeft wel iets weg van eindeloze verflagen van een stenen muur branden. Onder al die verf vinden we de originele muur – gevlekt en verkleurd, en in slechte conditie omdat hij al die jaren niet heeft kunnen ademen.

Het gekke is dat beide versies van het verhaal – de versie waarin ik stoer en brutaal ben, en de versie waarin ik me vernederd voel – voelen als een herinnering, omdat ik ze allebei zo vaak heb verteld, zowel aan mezelf als aan andere mensen. Telkens als we onszelf een verhaal vertellen, raakt het dieper ingesleten in onze hersens, zodat het zich daar kan nestelen en bij elke herhaling nog echter lijkt.

Een werkelijke herinnering kan een vluchtig beeld van een rode jas zijn, of een citroenboom (waar, dat weet je niet), een sterk gevoel, de naam van iemand die je ooit kende – alleen de naam, meer niet. Echte herinneringen hebben geen begin, midden en eind. Er is geen spanningsboog, ze hebben geen duidelijke clou, en al helemaal geen moraal – niets om het publiek tevreden mee te houden, en met 'publiek' bedoel ik ook de verteller, die altijd de eerste toehoorder is van zijn of haar eigen verhaal.

Dit alles is ook van toepassing op de kerstdagen van 2003 en wat er gebeurde in Little Orchard, wat – zoals je inmiddels wel kunt raden – geen herinnering is maar een verhaal. Hopelijk is het een verhaal dat kan worden gebruikt om een aantal van de herinneringen die erin schuilgaan boven te halen, en misschien ook een paar van de herinneringen die aanvankelijk afgekeurd werden omdat ze niet pasten in de lijn van het verhaal en daarom het veld moesten ruimen. Bij wijze van experiment neem ik in elk geval voorlopig aan dat het verhaal van Little Orchard er een is waarin elk detail vals is.

Niets van dit alles is ooit gebeurd. Er is nooit iemand geweest die op de ochtend van eerste kerstdag wakker werd en ontdekte dat vier van haar familieleden waren verdwenen.

1

Dinsdag 30 november 2010

Kijk: er is niets bijzonders aan dit huis. Kijk maar naar de gaten tussen de bakstenen in de poort, waar het voegwerk is verdwenen. Kijk maar naar die lelijke kunststof kozijnen. Dit is geen plek waar wonderen gebeuren.

En – omdat ik zonder meer bereid ben om van tevoren al mijn deel van de schuld op me te nemen – zelf ben ik ook niets bijzonders. Ik ben ook geen plek waar wonderen gebeuren.

Dit kan niets worden. Dus ik moet niet teleurgesteld zijn als het inderdaad niets wordt.

Ik ben hier niet omdat ik denk dat het helpt. Ik ben hier omdat ik er genoeg van heb een vriendelijke glimlach op te moeten zetten en blij verraste geluidjes te moeten maken als er weer eens iemand zegt hoe geweldig het voor hen heeft gewerkt. 'Je zou eens hypnose moeten proberen,' zegt iedereen die ik tegenkom, van mijn collega's tot mijn tandarts, tot de ouders en leraren op de school van de meisjes. 'Ik was ook echt heel sceptisch, en ik ging alleen maar omdat het mijn laatste redmiddel was, maar het leek wel magie – ik heb nooit meer een sigaret/glas wodka/roomsoes/pokerkaart aangeraakt.'

Het is mij opgevallen dat iedereen die een totaal onwaarschijnlijke oplossing voor een probleem oppert altijd benadrukt hoe cynisch en weinig overtuigd hij eerst was, voor hij het zelf probeerde. Niemand zegt ooit: 'Ik was en ben echt zo'n wanhopige dwaas die overal in trapt. En gek genoeg werkte hypnotherapie ontzettend goed.'

Ik zit in mijn auto op Great Holling Road, voor het huis van Ginny Saxon, de hypnotherapeute die ik volkomen willekeurig heb uitgekozen. Althans, misschien niet helemaal willekeurig. Great Holling is het mooiste dorpje in de Culver Valley; als ik dan toch mijn geld verspil, dan maar liever ergens waar het er pittoresk uitziet. Er zijn maar weinig plekken zo idyllisch dat mensen er van de weeromstuit valse dingen over zeggen – plekken die worden omschreven als 'achterlijk' of 'het barst er van de inteelt' – maar in deze contreien is het bijna een cliché om een lange neus te maken naar de heerlijke beslotenheid van Great Holling door in plaats daarvan in een lawaaiiger, smeriger oord te gaan wonen waar, toevalligerwijs, ook veel goedkopere huizen staan. 'Zelfs al kon ik het me veroorloven om in Great Holling te wonen, dan nog zou ik het nooit doen. Het is er gewoon te keurig.' Ja, hoor. Dat zal best.

Maar goed, misschien moet ik maar eens wat beter van vertrouwen zijn. Er zijn zo veel mensen met geld die dat niet gebruiken om mooier te gaan wonen. Ik ken zelfs dwazen die hun zuurverdiende geld aan kwakzalvers geven en hun vragen om betoverd te worden, in de hoop dat bij het wakker worden al hun problemen zijn opgelost.

Ginny Saxons adres is bedrieglijk, net als haar tak van therapie. Ze woont helemaal niet in Great Holling. Ik ben onder valse voorwendselen helemaal hiernaartoe komen rijden – nog valser dan zo'n stomme placebobehandeling, bedoel ik. Ik had beter naar haar adres moeten kijken, dan had ik me gerealiseerd dat het niet klopte, die dubbele dorpsnaam – Great Holling Road 77, Great Holling, Silsford. Ik ben niet in Great Holling, maar op een provinciale weg die daar naartoe leidt. Aan de ene kant staan huizen, onder andere dat van Ginny Saxon, en aan de andere kant liggen bruin met grijze, modderig uitziende velden. Dit is landbouwgrond die zich als landelijk gebied voordoet. Op een van de velden staat een gebouw met een dak van metalen golfplaat. Het is het soort landschap dat me doet denken aan riooldrek, maar dat is niet fair van me, want ik ruik niets.

Je bent ook niet fair. Wat is er mis mee om eens een beetje open te staan voor dingen? Wie weet werkt het.

Ik kreun vanbinnen. De teleurstelling als deze poppenkast waar ik me dadelijk instort me helemaal niets zal brengen, gaat pijn doen – waarschijnlijk meer nog dan al het andere wat ik al heb geprobeerd en wat ook niet hielp. Hypnotherapie is immers voor iedereen een laatste redmiddel. Dus daarna houdt het op.

Ik kijk op de klok in mijn auto. Het is precies drie uur. Ik zou nu eigenlijk op de stoep moeten staan. Maar het is warm in mijn Renault Clio, met de verwarming aan, en buiten is het ijskoud. Geen sneeuw hier, zelfs niet van die sneeuw die niet blijft liggen, maar elke avond wordt er door de plaatselijke weervrouw sneeuw voorspeld, steeds een beetje opgewekter. De hele Culver Valley is in de greep van dit typisch Engelse weer – geïnspireerd door zowel leedvermaak als door de vriestemperatuur – ook wel bekend als 'Dat het nog niet gesneeuwd heeft, wil nog niet zeggen dat het niet meer *gaat* sneeuwen'.

Ik tel tot drie, hoor ik mezelf in mijn hoofd zeggen met een lage, hypnotiserende stem, en dan stap je uit de auto, gaat dat huis aan de overkant binnen en doet een uur lang alsof je in trance bent. Vervolgens schrijf je een cheque van zeventig pond uit voor die charlatan. Makkie.

Ik haal mijn briefje met instructies uit mijn jaszak: Ginny's adres. Ik controleer het, stop het terug – een uitsteltactiek waar ik verder niets bij win. Ik wist al dat ik aan het goede adres was.

Of het verkeerde.

Daar gaan we.

Terwijl ik in de richting van het huis loop, zie ik dat de auto die op de oprit geparkeerd staat niet leeg is. Er zit een vrouw in. Ze draagt een zwarte jas met een bontkraag, een rode sjaal en felrode lippenstift. Op haar schoot ligt een opengeslagen opschrijfboekje en ze heeft een pen in haar hand. Ze rookt een sigaret en heeft haar raampje opengedraaid, ondanks de temperatuur. Haar ongehandschoende handen zijn vlekkerig van de kou. Roken en schrijven zijn blijkbaar belangrijker voor haar dan haar comfort, denk ik als ik een paar wollen handschoenen naast het pakje Marlboro Lights op de stoel naast haar zie liggen. Ze kijkt op en glimlacht naar me, begroet me.

Ik besluit dat dit Ginny Saxon niet kan zijn, want op haar website staat roken genoemd als een van de dingen waar ze je van af kan helpen. Dus het zou een beetje een vreemde vorm van hulp zijn als ze zelf voor haar huis in haar auto zou gaan zitten met een peuk in haar mond, behalve als het een slim uitgedachte vorm van omgekeerde psychologie is. Dan zie ik iets wat ik vanaf de weg nog niet kon zien: een klein, vrijstaand houten gebouwtje in de achtertuin, met een bord waarop staat: GREAT HOLLING PRAKTIJK VOOR HYPNOTHERAPIE – GINNY SAXON GEDIPL. PSYCH. THER. GEDIPL. HYP. THER.

'Daar gebeurt het allemaal,' zegt de rookster, haar stem doordesemd van bitterheid. 'In haar schuurtje. Vertrouwenwekkend, vind je ook niet?'

'Het lijkt me aantrekkelijker dan daar in huis,' zeg ik, moeiteloos overschakelend op mijn standje 'vals-kreng-achter-in-de-schoolbus' en biddend dat Ginny Saxon niet ineens achter me blijkt te staan en me betrapt op het afkraken van haar huis. Waarom moet ik me zo nodig inlikken bij een wildvreemd stuk chagrijn? 'Gelukkig heeft het geen kunststof kozijnen,' voeg ik eraan toe, me bewust hoe absurd mijn gedrag is, maar niet bij machte er iets aan te veranderen.

De vrouw grijnst, en keert zich van me af alsof ze zich heeft bedacht en niet meer met me wil praten. Ze kijkt naar haar opschrijfboekje. Ik weet precies hoe ze zich voelt; het was beter geweest als we net hadden gedaan alsof we elkaar niet hadden gezien. We kunnen nog zo sarcastisch doen, maar we zijn hier allebei omdat we problemen hebben waar we zelf niet uitkomen, en dat weten we maar al te goed – van onszelf en van elkaar.

'Ze is een uur uitgelopen. Mijn afspraak was om twee uur.'

Ik probeer te kijken alsof ik daar niet mee zit, maar weet niet of me dat lukt. Dat betekent dus dat... ik pas om vier uur bij Ginny

Saxon terechtkan, en ik moet al om tien over weg, om Dinah en Nonie op tijd op te pikken bij de schoolbus.

'Maak je geen zorgen, je mag mijn afspraak wel hebben,' zegt mijn nieuwe vriendin, en ze gooit haar peuk uit het raam. Als Dinah erbij was, zou ze zeggen: 'Pak je rommel op, nu meteen, en gooi het eens netjes in de prullenbak.' Het zou niet bij haar opkomen dat ze pas acht is, en dat ze niet in de positie is om iemand die vijf keer zo oud is als zij te commanderen. Ik neem me voor om de peuk straks op te pakken en in de dichtstbijzijnde kliko te gooien, als ik de kans krijg en het me lukt om het te doen zonder dat dat mens me ziet en het opvat als kritiek.

'Vind je dat niet erg?' vraag ik.

'Anders zou ik het niet aanbieden,' zegt ze, en ze klinkt een stuk vrolijker. Omdat ze nu niet meer hoeft? 'Dan kom ik wel terug om vier uur, of...' ze haalt haar schouders op – '...of niet.'

Ze doet haar raampje dicht, rijdt achteruit de oprit af, en zwaait naar me op een manier die me het gevoel geeft dat ik in het ootje ben genomen – een mengeling van spot en superioriteit, een gebaar dat lijkt te zeggen: 'Jij liever dan ik, sukkel.'

'Kom snel binnen, het is zo koud,' zegt een stem achter me. Ik draai me om en zie een mollige vrouw met een mooi, rond gezicht en blond haar in een staart die ze zo nonchalant bijeengebonden heeft dat het meeste haar er alweer uit gezakt is. Ze draagt een olijfgroene rok van ribstof, zwarte enkellaarsjes met een zwarte panty en een crèmekleurige coltrui die te strak om haar middel zit en zo de aandacht trekt naar haar overgewicht. Ik schat haar tussen de veertig en de vijftig, eerste helft veertig.

Ik loop achter haar aan naar het houten gebouwtje, wat geen schuurtje is en dat ook duidelijk nooit is geweest. Het hout, zowel vanbuiten als vanbinnen, ziet er te nieuw uit – nergens zijn sporen waaruit blijkt dat hier ooit een modderige schoffel of een vettige grasmaaier heeft gestaan. De ene muur hangt van onder tot boven vol met ingelijste botanische prenten, en er staan bolronde, hemelsblauwe vazen met bloemen in drie van de vier hoeken. Een wit vloerkleed met een brede blauwe rand bedekt de vloer voor het grootste deel. Aan de ene kant van het kleed staat een bordeauxrode draaistoel met bijpassend voetenbankje, en aan de andere kant een doorleefde bruinleren bank met daarnaast een klein tafeltje waar een hoge stapel boeken en tijdschriften over hypnotherapie op ligt.

Dat laatste detail irriteert me, net zoals het me irriteert als ik het bij de kapper moet doen met stapels tijdschriften over haar en verder niets. De symboliek ligt er te dik bovenop; het riekt naar hoe wanhopig graag ze hun professionele boodschap bij de klant door de strot wil duwen. Ik denk dan altijd: ja, ja, ik weet wat jij voor de kost doet. Daar ben ik hier immers voor. Is het nu echt nodig dat ik me louter in gedachten over haar onderdompel terwijl ik wacht tot een papperige tiener mijn hoofd in een wasbak komt rammen en kokend water over mijn schedel giet? Wat nu als ik iets wil lezen over de aandelenmarkt, of over moderne dans? Niet dat ik dat echt wil, maar dat is het punt niet.

Eerlijk is eerlijk, hypnotherapie is net iets interessanter dan gespleten punten (hoewel ik nooit twijfel over de geleverde prestatie als ik van mijn driemaandelijkse bezoekje aan Salon 32 kom, hoor).

'Als je de boeken of tijdschriften wilt bekijken, ga je gang,' zegt Ginny Saxon, enthousiaster dan nodig. Ze heeft wat ik een 'media'-accent zou willen noemen – een accent dat nergens thuishoort, en dat me niets zegt over waar zij vandaan komt. Ik gok in elk geval niet uit de Culver Valley. 'Je mag er zoveel lenen als je wilt, als je ze maar weer terugbrengt.' Ofwel ze stopt heel veel moeite in haar act, of ze is echt een aardig mens. Ik hoop dat ze aardig is – in elk geval zo aardig dat ze me toch nog wil helpen als ze doorheeft dat ik dat niet ben.

Ik vind het doodvermoeiend om me beter voor te doen dan ik ben; om voortdurend gedrag te vertonen dat niet past bij mijn geestesgesteldheid.

Ginny houdt een tijdschrift op met de titel: *Maandblad voor hypnotherapie*. Ik kan het moeilijk niet van haar aannemen. Het valt open bij de nietjes in het midden, bij een artikel dat heet: 'Hypnotherapeutische olfactorische conditionering, een onderzoek'. Wat had ik dan verwacht: een spannende foto van een slingerend zakhorloge?

'Ga zitten,' zegt Ginny, en ze wijst naar de draaistoel met de voetensteun. 'Het spijt me dat je een uur hebt moeten wachten.'

'Ik heb geen uur gewacht,' zeg ik tegen haar. 'Ik ben Amber Hewerdine. Mijn afspraak is nu. Die andere vrouw zei dat ik wel voor haar in de plaats mocht. Ze komt straks terug.'

Ginny glimlacht. 'En wat zei ze daarna?'

O god, als ze maar niet ons hele gesprek heeft gehoord. Hoe dik zijn deze houten muren eigenlijk? Hoe hard klonken onze stemmen?

'Ik heb niets gehoord, maak je geen zorgen. Ik ken haar niet zo goed, maar als ik haar zo inschat, denk ik dat ze nog wel wat meer heeft gezegd.'

Maak je geen zorgen? Wat bedoelt ze daarmee? Gisteravond vroeg ik aan Luke of hij dacht dat iemand zich alleen maar tot hypnotherapeut liet opleiden omdat hij het lekker vond om een ander gek te maken, en toen lachte hij me uit. 'God zij degene genadig die dat ooit bij jou probeert,' zei hij. Hij had geen idee hoe raak dat was.

'Ze zei: "Of ik kom om vier uur, of niet",' vertel ik aan Ginny.

'En nu voel jij je een sufferd dat je bent gebleven, of niet soms? Rustig maar. Zij is de sufferd. Ik denk niet dat ze nog terugkomt. Vorige week durfde ze ook al niet – toen had ze een intake geboekt, maar ze kwam niet opdagen. Ze had niet afgebeld, dus ik heb haar het volle bedrag in rekening gebracht.'

Mag zij dit soort dingen wel tegen mij zeggen? Is dat niet onprofessioneel? Gaat ze mij straks ook afzeiken bij haar volgende cliënt?

'Vertel eens waarom je hier bent?' Ginny ritst haar laarsjes los, schopt ze uit en trekt haar benen onder zich op de leren bank. Moet ik me daardoor soms minder geremd voelen? Dan werkt dat dus niet. Ik ken dat mens net. Ze mag zich weleens wat professioneler opstellen. Wat zou ze voor een tweede afspraak aantrekken – een hemdje en een onderbroek?

Het doet er niet toe; er komt geen tweede afspraak.

'Ik lijd aan slapeloosheid,' zeg ik tegen haar. 'Echte slapeloosheid.'

'De vraag dringt zich op: wat is dan onechte slapeloosheid?'

'Iemand die moeite heeft om in slaap te komen, maar die wel acht uur aan een stuk kan slapen als dat eenmaal is gebeurd. Of iemand die meteen in slaap valt, maar te vroeg wakker wordt – om vier uur in plaats van zeven uur. Alle mensen die zeggen: "O, ik slaap nooit" en die dan 's nachts twee of drie keer wakker blijken te worden omdat ze moeten plassen – die hebben geen slaapproblemen, die hebben iets aan hun blaas.'

'Mensen die het over "slapeloosheid" hebben maar die eigenlijk "licht slapen"?' oppert Ginny. 'Die wakker worden van het minste geluidje? Of die alleen in slaap kunnen komen met knoertharde muziek op hun oortelefoon, of met de radio aan?'

Ik knik en probeer niet onder de indruk te lijken van het feit dat zij kennelijk precies weet aan welke types ik zo'n hekel heb. 'Dat zijn de ergste. Iedereen die zegt: "Ik kan alleen slapen als" en dan met een vereiste komt – dat is geen slapeloosheid. Want als aan het vereiste is voldaan, kunnen ze prima slapen.'

'Heb je een hekel aan mensen die goed kunnen slapen?' vraagt Ginny.

'Niet als ze er rond voor uitkomen.' Ik ben misschien te uitgeput om aardig te kunnen doen, maar ik vind mezelf wel nog altijd heel redelijk. 'Waar ik de pest aan heb zijn mensen die doen alsof ze een probleem hebben terwijl dat helemaal niet zo is.'

'De mensen die zeggen: "Ik? Ik slaap altijd als een blok – je kunt een kanon naast me afschieten" – die zijn wel oké?'

Probeert ze me soms te klem te zetten? Ik heb zin om te liegen, maar wat heeft dat voor zin? Dat mens hoeft me niet te mogen. Ze is verplicht me te helpen, of ze mij nu aardig vindt of niet. Daar betaal ik voor. 'Nee, die vind ik ongehoord zelfingenomen,' zeg ik.

'En als het nu echt zo is – dat ze *echt* als een blok slapen – wat moeten ze dan zeggen?'

Als ze nog één keer het woord blok in haar mond neemt, stap ik op. 'Je kunt op allerlei manieren zeggen dat je goed slaapt,' antwoord ik, en mijn tranen komen griezelig dichtbij. 'Ze zouden kunnen zeggen: "Nee, ik heb geen moeite met slapen", en dan kunnen ze vertellen dat ze wel allerlei andere problemen hebben. Iedereen heeft wel wat, toch?'

'Absoluut,' zegt Ginny met een blik alsof ze zich nog nooit in haar leven ook maar ergens zorgen om heeft gemaakt. Ik staar langs haar uit de twee grote ramen achter de leren bank. Haar tuin is een lange, smalle strook groen. Aan het eind ervan zie ik een klein bruin stukje hek, met daarachter weilanden die er groener en veelbelovender uitzien dan wat ik aan de overkant heb gezien. Als ik hier woonde, zou ik bang zijn dat een projectontwikkelaar dat land opkocht en het volpropte met huizen.

'Vertel eens over je slaapprobleem,' zegt Ginny. 'Na die inleiding verwacht ik een horrorverhaal. Onder de armleuning van je stoel zit een houten hendeltje, voor als je wilt liggen.'

Dat wil ik niet, maar ik trek er toch aan en leg mijn voeten op de voetenbank, zodat ik bijna horizontaal lig. Het is gemakkelijker als ik haar gezicht niet kan zien; dan kan ik net doen alsof ik tegen een opgenomen stem praat.

'Vertel. Ben jij de allerergste slapeloze ter wereld?'

Drijft ze de spot met me? En ik ben niet eens in trance. Wanneer gaat ze daar eens mee beginnen? We hebben minder dan een uur te gaan.

'Nee,' zeg ik stijfjes. 'Ik ben minder erg dan mensen die echt nooit slapen. Ik slaap 's nachts steeds korte stukjes. Een kwartier, twintig minuten. En altijd 's avonds voor de televisie. Dat is meestal het grootste deel van mijn slaap, tussen halfnegen en halftien – een vol uur, als ik mazzel heb.'

'Iemand die echt nooit slaapt, zou doodgaan,' zegt Ginny. Dat brengt me van mijn stuk, tot het tot me doordringt dat ze het heeft over de slapelozen die ik net noemde, degenen die er minder goed vanaf komen dan ik.

'Mensen gaan inderdaad dood,' antwoord ik. 'Mensen met FFI.'

Ik voel dat ze wacht tot ik verderga.

'Fatale Familiale Insomnia. Het is een erfelijke aandoening. Niet bepaald een gezellige ziekte. Totale slapeloosheid, paniekaanvallen, fobieën, hallucinaties, krankzinnigheid, dood.'

'Ga verder.'

Is dat mens soms niet goed snik? 'Dat was het,' zeg ik. 'De dood is het laatste puntje op de agenda. Daarna gebeurt er meestal niet zo veel meer. Wat een opluchting zou moeten zijn, als ze niet te dood waren om het te kunnen waarderen.' Als ze niet lacht, besluit ik het nog iets donkerder neer te zetten. 'Voor sommige mensen met FFI is het natuurlijk wel een hele troost dat de rest van hun familie ook doodgaat.' Ik luister of ze reageert. Al klonk er maar een kort grinnikje, dan zou ik al meer fiducie in haar hebben. Heeft ze genoeg vertrouwen in zichzelf en in haar kunde om mij mijn grapje te gunnen? Alleen een wanhopige therapeut zou uithalen bij zo'n overduidelijk onnozele opmerking aan het begin van de behandeling.

'Wil je graag dat jouw familie doodgaat?'

Voorspelbaar teleurstellend. Teleurstellend voorspelbaar.

'Nee. Dat zei ik niet.'

'Heb je altijd al moeite gehad met slapen?'

Ik vind het niet prettig dat ze zo snel en soepel overgaat op een ander onderwerp. 'Nee.'

'Wanneer is het begonnen?'

'Anderhalf jaar geleden.' Ik zou haar de precieze datum kunnen geven.

'Weet je ook *waarom* het is begonnen? Waarom je niet kunt slapen?'

'Stress. Thuis en op het werk.' Ik stel het zo breed mogelijk voor, in de hoop dat ze me niet naar meer details vraagt.

'Als er een goede fee was die de oorzaken van die stress zou wegtoveren – wat zou er dan gebeuren, denk je, wat jouw slaap betreft?'

Is dit een strikvraag? 'Dan zou ik prima slapen,' zeg ik. 'Vroeger sliep ik altijd goed.'

'Mooi. Dus de oorzaken van jouw slapeloosheid zijn extern en niet intern. Het is dus niet zo dat *jij*, Amber Hewerdine, niet kunt slapen vanwege iets *binnen in jou*. Jij kunt niet slapen omdat er in jouw huidige levenssituatie iets is wat jou onder ondraaglijke druk zet. Ieder ander zou er ook moeite mee hebben als hij in jouw schoenen stond. Klopt dat?'

'Ik denk het wel.'

'Dat is beter. Dat is het soort slapeloosheid dat je moet hebben.' Ik hoor haar stralen. Hoe kan dat? 'Er is dus niets mis met *jou*. Jouw reactie is volkomen normaal en begrijpelijk. Kun je de situatie veranderen om zo de oorzaak van de stress te elimineren?'

'Nee. Luister, niet om het een of ander, maar... denk je niet dat die gedachte allang bij me opgekomen was? Al die nachten dat ik wakker heb gelegen, heb liggen piekeren over wat er allemaal mis is...' *Niet emotioneel worden. Zie dit als een zakelijke afspraak – en jij bent de ontevreden klant.* 'Ik kan de bronnen van stress niet uit mijn leven bannen. Ze *zijn* mijn leven. Ik hoopte dat hypnotherapie misschien...' Ik kan niet zeggen wat ik wil zeggen. Het zou te belachelijk klinken als ik het onder woorden bracht.

'Je hoopt dat je je brein kunt misleiden,' vat Ginny het samen. 'Jij weet, net als je brein, dat er alle reden is om bezorgd te zijn, maar je hoopt dat je met hypnose je brein zo om de tuin kunt leiden dat het denkt dat er niets aan de hand is.' Nu weet ik zeker dat ze me in de maling neemt.

'Als je dat zo'n bespottelijk idee vindt, waarom heb je dit vak dan gekozen?' zeg ik kortaf.

Ze zegt iets wat klinkt als: 'Laten we de Boomschudder maar eens proberen.'

'Wat?'

Ik klink waarschijnlijk bang, want Ginny zegt: 'Vertrouw me. Het is maar een oefening.'

Ze moet het maar doen met mijn zwijgzaamheid, zonder verder nog tegen haar in te gaan. Vertrouwen is een te kostbaar goed om van een vreemde te verlangen.

'Doe je ogen maar dicht – dat maakt het gemakkelijker.'

Daar zou ik maar niet op rekenen.

'Het zal je misschien opluchten dat je bijna niet hoeft te praten. Je moet vooral luisteren en herinneringen boven laten komen.'

Dat klinkt makkelijk zat. Hoewel 'bijna niet' suggereert dat ik op een gegeven moment toch iets moet zeggen. Wat dan? Ik ben graag voorbereid.

Als Ginny weer iets zegt, barst ik bijna in lachen uit. Haar stem klinkt trager, lager, trance-achtiger. Het lijkt net de hypnoseparodie die ik in mijn hoofd had: *Je valt in een diepe, diepe slaap*. Dat is niet helemaal wat Ginny zegt, maar het scheelt niet veel. 'En nu wil ik je vragen om je te concentreren op je ademhaling,' zegt ze op gedragen toon. 'En op het puntje van je kruin. Laat het maar... ontspannen.'

Waarom doet ze dit? Ze snapt toch zeker zelf ook wel dat dit een cliché is? Waarom praat ze niet normaal, dat is toch veel beter?

'En dan je voorhoofd... laat het ontspannen. En omlaag naar je neus... je ademt langzaam en diep, rustig en zachtjes, laat je neus maar ontspannen. En nu je mond, je lippen... laat ze maar ontspannen.'

En dat stukje tussen mijn neus en mijn lippen, hoe dat ook maar mag heten? Wat nu als dat stijf van de stress staat? Dan heeft ze dat mooi gemist.

Dit is hopeloos. Ik kan er niets van, gehypnotiseerd worden. Ik wist het wel.

Ginny is inmiddels bij mijn schouders. 'Voel hoe ze zakken en ontspannen, en hoe alle spanning wegvloeit. Haal langzaam en diep adem, rustig en zachtjes, en laat alle stress en spanning gaan. En dan door naar je borst, je longen – laat *die* ontspannen. Er bestaat niet zoiets als een hypnosegevoel, alleen een gevoel van totale rust en totale ontspanning.'

O nee? Waar betaal ik dan die zeventig pond voor? Als ik me alleen maar hoef te ontspannen, kan ik dat net zo goed in mijn eentje thuis doen.

Nee, verbeter ik mezelf. Dat kon je niet. Kun je niet.

'Volmaakte rust... en volmaakte ontspanning. En door naar je buik... laat die ontspannen.'

Septum. Nee, dat is dat stukje tussen je neusgaten. Ik heb ooit wel geweten hoe dat deukje tussen je neus en je bovenlip heet. Wist je dat de pezen achter in je nek een 11 vormen als je je schrap zet tegen de dood? Ik weet bijna zeker dat dat niet opgaat voor het... filtrum, zo heet het. Nu ik die naam weer weet, zie ik een beeld voor me van Luke die het triomfantelijk mededeelt. *Een pubquiz. Het soort vragen dat hij altijd weet, en ik bijna nooit.*

Ik dwing mezelf om op Ginny's zeurende stem te letten. Is ze inmiddels al bij mijn tenen? Ik heb niet geluisterd. Ze zou tijd kunnen besparen door allerlei lichaamsdelen tegelijk te doen, en om het hele lichaam in één keer op te dragen zich te ontspannen. Ik probeer om regelmatig adem te halen en om mijn ongeduld buiten de deur te houden.

'Sommige mensen voelen zich nu heel erg licht, alsof ze zo weg kunnen zweven,' zegt ze. 'Maar je kunt ook een heel zwaar gevoel in je ledematen voelen, alsof je niet zou kunnen bewegen al zou je het willen.'

Ze klinkt als een presentator van een kinderprogramma die een bijpassend 'licht' en 'zwaar' stemmetje opzet. Heeft ze weleens geexperimenteerd met een wat meer volwassen stijl? Dat vraag ik me ook vaak af bij de acteurs op Radio 4: waarom zegt niemand eens tegen hen dat die nepstemmetjes niet werken?

'En er zijn ook mensen die een tinteling in hun vingers voelen. Maar allemaal voelen ze zich heerlijk kalm, prettig en ontspannen.'

Mijn vingers tintelen heel erg. Zelfs al voor ze dat zei. Ben ik dan toch onder hypnose? Ik voel me totaal niet ontspannen, hoewel ik me wel meer bewust ben van de gonzende neuroses in mijn hoofd dan eerst. Ik ben er meer op gefocust. Het is alsof ik ermee opgesloten zit in een donkere doos, eentje die wegdrijft van de rest van de wereld. Is dat goed? Ik zou niet weten waarom.

'En nu, terwijl je langzaam en diep, rustig en zachtjes blijft doorademen, wil ik graag dat je je de allermooiste trap ter wereld voorstelt.'

Wat? Krijg ik dit zomaar zonder waarschuwing om mijn oren? Een stuk of tien begerenswaardige trappen verdringen zich voor mijn geestesoog en beginnen met elkaar te bakkeleien. Een wenteltrap van sierlijk smeedijzer? Of zo'n open trap van alleen latten die in de lucht lijkt te zweven, met een glazen of stalen balustrade – lekkere moderne, strakke lijnen. Hoewel, wel wat zielloos, te kantoorachtig.

'Jouw perfecte trap heeft tien treden,' gaat Ginny verder. 'Ik neem je nu mee die trap af, tree voor tree...'

Wacht even. Ik ben er niet klaar voor om ergens naartoe te gaan. Ik heb die trap nog niet eens voor elkaar. Ouderwets is misschien de beste keus: donker hout, met een loper. Ik zie iets gestreepts voor me...

'Terwijl je afdaalt, wil ik dat je ziet hoe je steeds rustiger, steeds meer ontspannen raakt. En we gaan nog een tree lager – rustig, en ontspannen. En nog een tree, nog een stap dichter bij volmaakte rust en totale ontspanning...'

Hoe kan zij nou zo snel gaan terwijl ze er zo slaapverwekkend langzaam bij praat?

En steen, dan? Dat is ook ouderwets, en steen heeft meer grandeur dan hout. Maar het is misschien wel een beetje koud. Hoewel, met een loper...

Ginny gaat te snel, maar dat maakt me niet uit. Ik neem alle tijd om mijn trap te ontwerpen – als ik in dit cruciale stadium de kantjes er al van afloop, krijg ik daar later zeker spijt van – dan spring ik straks wel in een keer naar beneden. Zolang ik maar kom waar zij me wil hebben, maakt dat toch niets uit?

'En nu neem je de laatste treden, en je komt op een plek van volmaakte rust, volmaakte vrede. Je voelt je totaal ontspannen. Ik wil dat je terugdenkt aan toen je nog een klein kind was, en de wereld nieuw was. Ik wil dat je terugdenkt aan een moment waarop je vreugde voelde, zo'n intense vreugde dat je het gevoel had dat je zou ontploffen.'

Dit zag ik niet aankomen. En mijn trap dan? Was dat dan niet meer dan een middel om me naar een rustige, ontspannen plek te krijgen? Ik heb mijn kans om een vreugdevolle herinnering boven te halen al gemist; Ginny is alweer verder, en draagt me nu op – als je een eis die zo slaapverwekkend wordt gebracht als opdracht kunt zien – om een verschrikkelijk verdrietige herinnering boven te halen aan iets wat mijn hart brak. Verdrietig, verdrietig, denk ik, en ik baal dat ik zo achterloop. En daar gaat ze weer, door naar boosheid – woede, tierende woede – en ik kan helemaal niets bedenken. Mijn derde deadline mis ik dus ook. *Dan kan ik er net zo goed mee ophouden.*

Terwijl ze van angst ('je hart bonkt terwijl de grond onder je voeten wegzakt') overgaat op eenzaamheid ('als een koud vacuüm om je heen en binnen in je, dat je van alle andere mensen scheidt'), vraag ik me af hoe vaak Ginny dit riedeltje al heeft afgedraaid. Haar omschrijvingen zijn best krachtig – misschien zelfs iets te krachtig. Mijn jeugd was helemaal niet zo dramatisch; in mijn herinnering is er nooit iets gebeurd wat aan de extreme staat die zij beschrijft voldoet. Ik was gelukkig als kind; geliefd, beschermd. Toen mijn ouders binnen twee jaar na elkaar overleden, brak dat mijn hart, maar toen was ik al begin twintig. Moet ik Ginny vragen of een herinnering als jongvolwassene ook telt? Ze had het specifiek over mijn vroege jeugd, maar een recentere herinnering is vast beter dan niets.

'En nu wil ik dat je je voorstelt dat je verdrinkt. Waar je ook kijkt, zie je water, overal om je heen voel je het. Het stroomt je oren en neus in. Je krijgt geen lucht meer. Welke herinneringen komen boven als je dat voor je ziet? Komt er iets?'

Dan wordt mijn filtrum dus helemaal nat. Sorry, meer zit er niet in. Wat wil Ginny hiermee boven water krijgen? Ik denk niet meer aan gevoelens, ik denk aan films over onderzeebootrampen.

Als ze me opdraagt om me voor te stellen dat ik in een brandend huis zit, gevangen tussen de vlammen, word ik misselijk. De feelgoodfactor is zo ver te zoeken dat ik mag hopen dat ik aan het eind een evaluatieformulier krijg zodat ik officieel mijn bezwaren kenbaar kan maken.

Ik wil hiermee stoppen.

'Oké, heel goed,' zegt Ginny. 'Je doet het geweldig.' Ik hoor haar toon iets scherper worden, en ik weet dat het zover is: het publiek mag meedoen. 'Ik wil nu dat je een herinnering ophaalt en dat je me daarover vertelt. Het maakt niet uit wat voor herinnering, of uit welke periode in je leven. Ga het niet analyseren. Het hoeft niet betekenisvol te zijn. Wat herinner je je, nu, op dit moment?'

Sharon. Dat kan ik niet zeggen. Misschien begrijp ik het verkeerd, maar volgens mij wil Ginny nu iets anders van me, en hoef ik me niet meer druk te maken over de vorige oefeningen.

'Probeer niet om iets moois uit te kiezen,' zegt ze met haar gewone stem. 'Alles is goed.'

Oké. Fijn om te weten hoe onbelangrijk dit allemaal is.

Niet Sharon en haar brandende huis. Behalve als je hier straks helemaal kapot vandaan wilt komen.

Little Orchard, dan. Het verhaal van mijn verdwijnende familie. Geen dood, geen drama, alleen een mysterie dat nooit opgelost mag worden. Ik doe mijn mond open, en herinner me dan dat Ginny zei dat ik niet iets moois mocht verzinnen. Little Orchard is te aandachttrekkerig. Ze gelooft nooit dat het echt zomaar 'bij me opkwam', en dan heeft ze nog gelijk ook. Het zit namelijk altijd al in mijn hoofd; ik pieker er voortdurend over, zelfs nu nog, na al die jaren. Dan heb ik iets te doen als ik 's nachts wakker lig en ik alle andere aspecten van mijn leven om over te piekeren al heb afgewerkt.

'Wat herinner je je?' vraagt Ginny. 'Nu, op dit moment.'

O god, dit is een nachtmerrie. Wat moet ik zeggen? Het maakt niet uit, zeg maar wat.

'Aardig. Wreed. Aardig Wreed.'

Wat betekent dat?

'Kun je dat eens herhalen?' vraagt Ginny.

Dit is heel vreemd. Wat gebeurde er nou net? Ginny zei iets raars, maar waarom wil ze dat ik het herhaal? Ik zat niet op te letten; waarschijnlijk ben ik even afgedreven met mijn gedachten, naar Little Orchard, of naar Sharon...

'Kun je die woorden herhalen?'

'Aardig. Wreed. Aardig Wreed,' zeg ik, maar ik weet niet zeker of het klopt. 'Wat betekent dat?' Is het soms een toverspreuk, bedoeld om tegenstribbelende herinneringen boven te krijgen?

'Jij mag het zeggen,' zegt Ginny.

'Hoe kan ik dat nou weten? Jij was degene die het zei.'

'Nee. Jij zei het.'

Er valt een lange stilte. Waarom lig ik nog horizontaal, met mijn ogen dicht? Ik moet rechtop zitten, en deze wildvreemde vrouw zeggen dat ze niet zo tegen me moet liegen.

'Jij zei het,' zeg ik fel, want het irriteert me dat ik haar moet overtuigen terwijl ze net zo goed als ik weet dat het de waarheid is. 'En toen vroeg je of ik het wilde herhalen.'

'Oké, Amber, ik tel tot vijf om je uit de hypnose te halen. Als ik bij vijf ben, wil ik dat je je ogen opendoet. Een. Twee. Drie. Vier. Vijf.'

Het is vreemd om de kamer weer te zien. Ik trek aan de hendel onder mijn stoel en word weer rechtop gezet. Ginny staart me aan, en glimlacht niet. Ze kijkt bezorgd.

'Ik zei niets,' zeg ik tegen haar. 'Jij zei het.'

In mijn haast om te ontsnappen, bots ik bijna tegen de vrouw met de rode lippenstift op. 'Weer helemaal beter?' vraagt ze. Ik ben geschokt haar te zien; eerst snap ik niet precies waarom. Hoe is het mogelijk dat ik haar zo volkomen uit mijn gedachten heb gewist. Ik had moeten weten dat ze voor de deur stond te wachten. Mijn hersens functioneren niet op hun normale snelheid; ik weet niet of het komt door mijn vermoeidheid of door het na-ijlen van de hypnose.

Haar opschrijfboekje. Je vergat dat je haar hebt zien schrijven in haar opschrijfboekje. Wat schreef ze?

Het kost me moeite om te doen alsof er niets is veranderd: zo reageer ik normaal altijd als ik door iets onverwachts word overvallen.

Het lukt niet.

Waarom zou Ginny Saxon doen alsof ik iets heb gezegd wat ik niet heb gezegd? Voor vandaag kende ze me niet eens; ze heeft er niets bij te winnen door tegen me te liegen. Waarom bedenk ik dit nu pas?

Ik moet iets zeggen. De Rodelippenstiftvrouw stelde me een vraag. *Weer helemaal beter?* In het tussenliggende uur is haar verbittering overgegaan in luchthartige berusting: ze gelooft niet dat Ginny in staat is een van ons beiden te genezen, maar toch gaan we mee in deze poppenkast. Ik staar naar de wolken adem tussen ons in en stel me voor dat die een barrière zijn waar woorden en begrip niet doorheen kunnen. Ik kan niet praten. De dag gaat al over in de avond; de velden zien eruit als donkere lappen die naast de weg zijn uitgespreid. Ze doen me denken aan de goochelaar die we hadden gehuurd toen Nonie zeven werd, en de zwartsatijnen lap die hij over zijn tafeltje gedrapeerd had.

Wat is er toch met me aan de hand? Hoelang heb ik deze stilte al laten duren? Mijn gedachten gaan ofwel te snel, of ondraaglijk langzaam; ik weet het verschil niet meer.

Haar handen vlekkerig van de kou, zwarte wollen handschoenen op de stoel naast haar, een opschrijfboekje opengeslagen op schoot, woorden op de bladzijde...

Ik onderdruk de neiging om terug te rennen naar de warmte van Ginny's houten spreekkamertje en haar om genade te smeken. Ik ben naar haar toe gegaan om hulp – en ik heb nog steeds hulp nodig. Hoe haalde ik het in mijn hoofd om haar een leugenaar te noemen, om te weigeren haar te betalen en om zo kwaad weg te lopen?

Aardig, Wreed, Aardig Wreed.

'Een uur geleden kon je nog praten, en nu niet meer,' zegt de Rodelippenstiftvrouw. 'Wat heeft ze in vredesnaam met je gedaan? Knipper maar met je ogen – twee keer knipperen is ja, een keer is nee. Heeft ze je geprogrammeerd om haar politieke vijanden te vermoorden?'

Ik kan het niet vragen. Maar het moet. Ik heb nog maar een paar seconden voordat Ginny haar binnenroept. 'Jouw opschrijfboekje,' zeg ik. 'Wat je in de auto had. Dit klinkt waarschijnlijk heel vreemd, maar... was je een gedicht aan het schrijven of zo?'

Ze lacht. 'Nee. Zo ambitieus ben ik niet. Hoezo?'

Maar als het geen gedicht was, waarom waren het dan zulke korte regeltjes?

Aardig
Wreed
Aardig Wreed

'Hoe heette die vent ook alweer die een heel boek heeft gedicteerd door te knipperen met zijn linkerooglid?' vraagt ze, en ze kijkt over haar schouder naar de weg, alsof daar iemand staat die het antwoord op die vraag weet.

'"Aardig, Wreed, Aardig Wreed" – schreef je dat niet op? Ik hoef niet te weten wat het betekent, maar...'

'Ik weet niet wat het betekent,' zegt ze. Ze steekt haar hand in haar handtas en trekt er een pakje Marlboro Lights en een zilveren aansteker uit. 'Behalve wat voor de hand ligt: aardig betekent vriendelijk, wreed betekent niet zo vriendelijk, et cetera.'

'Kan het zijn dat ik die woorden in jouw opschrijfboekje heb zien staan?' *Hoe kwam jij ook weer aan het recht om dat te vragen?*

Ik wacht tot ze een sigaret opsteekt. Ze neemt twee flinke hijsen waar ze duidelijk van geniet: reclame voor de slechte gewoonte waar ze van hoopt te genezen. Hoewel ik er misschien niet klakkeloos vanuit moet gaan dat dat de reden is waarvoor ze hier komt.

Nooit klakkeloos iets aannemen. Vooral niet dat jij waarschijnlijk gelijk hebt, en dat degene die je probeert te helpen wel moet liegen.

Waarom heb je het gevoel dat ze tijd probeert te rekken? 'Nee, dat kun je niet gezien hebben,' zegt ze als ze klaar is. 'Misschien heb je ze ergens anders gelezen. En nu we toch impertinente vragen aan het stellen zijn: hoe heet jij?'

'Amber. Amber Hewerdine.'

'Bauby,' zegt ze, en ik schrik. 'Zo heette hij – die knipperschrijver.'

Ik moet doorduwen, ik kan er niets aan doen. 'Weet je het zeker? Misschien heb je het al een poos geleden opgeschreven, of...' Ik zeg nog net niet dat de woorden er misschien stonden zonder dat zij het wist, dat iemand anders ze heeft opgeschreven. Dat is krankzinnig – krankzinniger dan het idee dat Ginny aspirant-moordenaars hersenspoelt in haar tuinhuisje in de Culver Valley. Ik vertrouw momenteel niet op mijn eigen oordeelkundigheid; alles wat bij me opkomt moet met geweld door een filter van normaalheid en aannemelijkheid worden gedrukt. *Niet vragen of ze het opschrijfboekje met iemand deelt; niemand deelt zijn opschrijfboekje met andere mensen.*

Ik besluit dat ik het maar het best heel direct kan spelen. 'Ik weet zeker dat ik het heb gezien.' *Net zoals je zeker wist dat Ginny het zei en jou vroeg het te herhalen?* 'Het zag eruit als een lijstje: "Aardig" op een regel, dan een paar regels leeg, en daaronder "Wreed", en daar weer een paar regels onder "Aardig Wreed".'

Ze schudt haar hoofd en ik kan wel gillen. Mag ik twee mensen op een dag voor leugenaar uitmaken, of ga ik dan echt te ver? Veel te laat dringt het tot me door dat ik haar zou moeten uitleggen waarom ik het vraag. Misschien dat ze dan wil praten. 'Ik vraag het niet uit bemoeizucht,' begin ik.

'Dat doe je wel.'

'Ik ben nog nooit onder hypnose geweest.' Ik realiseer me pas hoe sneu dat klinkt als ik het al heb gezegd. Ze krimpt ineen. *Fijn.* Nu voelen we ons allebei lullig. 'Ik wil alleen controleren of mijn geheugen nog normaal werkt, meer niet.'

'En we hebben vastgesteld dat dat niet zo is,' zegt ze. Waarom raakt ze niet van haar stuk door dit alles, door mij? Ik weet hoe vreemd ik me gedraag, tenminste, dat denk ik. Door haar zakelijke reactie begin ik daar bijna aan te twijfelen.

Aardig, Wreed, Aardig Wreed. Ik zie de woorden voor me op de bladzijde, sterker nog: ik heb een even sterk beeld van mezelf, kijkend naar die woorden. Ik ben deel van de herinnering; ik bevind mij in het plaatje. Net als zij, haar opschrijfboekje, haar sigaret...

'Je beschrijft gelinieerd papier,' zegt ze.

Ik knik. *Lichtblauwe, horizontale lijnen, met links een roze verticale lijn als kantlijn.*

'De bladzijden in mijn opschrijfboekje zijn niet gelinieerd.'

En daarmee zou de kous eigenlijk af moeten zijn. Ze kijkt me aan alsof ze weet dat dat niet het geval is.

Als Ginny die woorden niet zelf heeft gezegd en mij vroeg om ze na te zeggen, als ik ze niet in het schriftje van deze vrouw heb gelezen...

Maar dat heb ik *wel*. Dat ik ernaast zat wat Ginny betreft wil nog niet zeggen dat ik het nu ook fout moet hebben.

'Zou ik het eens mogen zien?' vraag ik. 'Alsjeblieft? Ik zal er verder niet in lezen. Ik ben alleen...' *Alleen wat? Te dom en te koppig om haar op haar woord te geloven zonder het zelf te controleren?* Waarom zit ik er niet mee dat ik me zo krankzinnig aanstel? Ik moet hiermee stoppen; ik heb het recht niet. 'Laat me maar gewoon een willekeurige bladzijde zien, en als er geen lijnen op staan –'

'Er staan geen lijnen op.' Ze werpt een blik op haar horloge en knikt in de richting van de tuin. 'Ik moet naar binnen. Ik ben al ruim twee uur te laat voor mijn afspraak, en zesenvijftig minuten te laat voor de jouwe. En ook al is dat grotendeels niet mijn schuld...' Ze haalt haar schouders op. 'Geloof het of niet, ik zou liever hier met jou blijven praten. En misschien laat ik je ooit mijn aantekenboekje nog weleens zien, misschien zelfs binnenkort – maar niet nu.' Ze kijkt me veelbetekenend aan terwijl ze die vreemde uitspraak doet. Is ze me soms aan het versieren? Er moet een reden zijn waarom ze niet zo kwaad op me is als ze mag zijn.

Misschien zelfs binnenkort. Hoe komt ze erbij dat ze mij binnenkort weer ziet? Het slaat nergens op.

Voor ik het haar kan vragen, loopt ze langs me naar Ginny's achtertuin. Als ik haar zo zie bewegen, weet ik zeker dat ik zelf niet tot zoiets ambitieus in staat ben. Ik sta als aan de grond genageld. Misschien wacht ik wel tot ze over een uur weer naar buiten komt. Alleen kan dat niet. Ik moet terug vanwege de meisjes. Ik moet nu gaan, anders kom ik te laat. Toch verroer ik me niet – pas als het geklop op een deur me een schop onder mijn achterste geeft, omdat het tot me doordringt dat Ginny over een paar seconden de deur van haar houten praktijkruimte opendoet. Ze mag me hier niet zien staan, niet na hoe ik net tegen haar heb staan schreeuwen. Als ik iets zeker weet, dan is het wel dat Ginny Saxon mij nooit meer mag zien, en omgekeerd. Ik schrijf haar een briefje met mijn verontschuldigingen en een cheque van zeventig pond, en dan zoek ik wel een andere hypnotherapeut – eentje dichter bij huis, in Rawndesley, die niet heeft meegemaakt wat een irritant mens ik kan zijn. Luke zal me wel uitlachen en me voor lafaard uitmaken, en dan heeft hij nog gelijk ook. Maar ik zal als verdediging aanvoeren dat lafaards die betalen en hun excuses aanbieden minder erg zijn.

Nou ja. Alsof ik Luke aan zijn neus ga hangen hoe ik me heb misdragen.

Dat doe je namelijk nooit. Ik zet de gedachte van me af.

In mijn inmiddels ijskoude auto leg ik mijn hoofd op het stuur en kreun. Ginny had tegen me in kunnen gaan, maar dat deed ze niet. Ze vond het prima dat ik haar niet betaalde, aangezien ik zo overduidelijk teleurgesteld was in haar. Misschien stuur ik haar wel een cheque met twee keer het bedrag dat ik haar verschuldigd ben. Nee, dat is wel erg dramatisch; dan kan ik net zo goed mijn testament veranderen en alles aan haar nalaten op één voorwaarde – dat zij belooft dat ze zich mij de rest van haar leven niet herinnert als de grootste trut die ze ooit heeft meegemaakt.

Het is negen minuten over vier. Als ik nu wegrij, haal ik het. Als ik hier nog tien minuten blijf staan, en dan de hele weg terug naar Rawndesley gevaarlijk hard rij, haal ik het ook nog. Ik heb niet eens tien minuten nodig, want de Rodelippenstiftvrouw heeft haar auto natuurlijk op slot, en dus ben ik over dertig seconden weer terug in de mijne.

Ik weet niet wat het betekent. Ze zei het alsof het haar nog meer frustreerde dan mij dat ze de woorden in haar aantekenboekje niet begreep; het kon haar blijkbaar niet schelen dat ik dat doorhad. Waarom ontkende ze dan dat ze die woorden had opgeschreven?

Zonder verder na te denken bij wat ik doe, stap ik uit mijn auto, steek de weg over en loop Ginny's oprit op, net zoals ik een uur geleden deed. Ik ben blij dat het donker is, blij dat het provinciale bestuur van de Culver Valley nog altijd banger is voor de antilichtvervuilingslobby dan voor hun tegenstanders die eindeloos actievoeren voor een aaneengesloten rij lantaarnpalen langs elke provinciale weg, zodat bejaarden en tienermeisjes alle overvallers en verkrachters kunnen zien die daar op de loer liggen.

Ik kan u melden dat er nergens een crimineel te bekennen is. Alleen een gestoord mens op zoek naar een schriftje.

Als dat Rodelippenstiftmens haar auto keurig op slot heeft gedaan, is er niets aan de hand; dan kan ik niets waanzinnigs en illegaals doen. Ik vraag me af welke wet ik eigenlijk zou overtreden. Iets met privacy, vermoed ik. Geen inbraak, want ik breek niets. Wederrechtelijk binnendringen?

Ik probeer de deur bij de bestuurdersstoel. Die gaat open. Ik voel me meteen wederrechtelijker dan ik me ooit heb gevoeld. Mijn hijgende ademhaling hangt als mistige graffiti in de lucht: zichtbaar bewijs dat ik ergens ben waar ik niet hoor te zijn.

Het enige wat ik heb gedaan is een portier openen. Is dat zo erg? Ik kan het nog altijd dichtdoen en weglopen.

En dan kom je er nooit achter of je inderdaad die woorden hebt zien staan, zoals je zelf denkt.

Wat als ze niet in dat boekje staan? Geloof ik dan weer dat Ginny ze heeft verzonnen – dat zij me vroeg om ze na te zeggen, om dat vervolgens om een of andere duistere reden te ontkennen?

Het opschrijfboekje ligt opengeslagen op de passagiersstoel, naast de zwarte handschoenen. Mijn handen trillen als ik voorover leun en het oppak. Ik begin het door te bladeren. Er staat van alles in geschreven, ik kan alleen maar weinig woorden lezen; de lucht is te donker, bijna even zwart als de omringende weilanden. Er is een lichtje aan in de auto – dat sprong aan zodra ik de deur opendeed – maar om daar gebruik van te maken moet ik...

Niet over nadenken. Gewoon doen.

Met bonzend hart ga ik op de bestuurdersstoel zitten. Ik laat het portier open en mijn benen bungelen in de koude buitenlucht, zodat niet mijn hele lichaam iets doet wat niet mag. Ik sla het boekje weer open. Eerst kan ik me niet concentreren; ik concentreer me op mijn op hol geslagen hartslag. Het lijkt wel of mijn hart van plan is dadelijk uit mijn mond te springen. Zal ik straks om vijf uur gevonden worden, dood door een hartinfarct in de auto van een wildvreemde? Ik ben nu in elk geval wel eindelijk af van dat verdoofde gevoel van na de hypnose – er gaat niets boven een illegale actie om je hersens uit een trance te krijgen.

Er bestaat niet zoiets als een hypnosegevoel. Dat zei Ginny. Ik ben geen deskundige, maar ik geloof toch dat ze ernaast zit.

Als ik ben gekalmeerd om me te kunnen concentreren, zie ik dat het opschrijfboekje vol staat met brieven, tenminste, als je iets zonder aanhef of ondertekening een brief kunt noemen. Volgens mij kan dat niet. Ik vermoed dat deze scherpe staaltjes niet zijn opgeschreven met de bedoeling om ze op te sturen, maar dat ze bedoeld zijn om de schrijver een beter gevoel te geven. Elk stuk is een aantal pagina's lang, boos, vol beschuldigingen. Ik begin het eerste te lezen, en stop na een paar regels, omdat ik word overspoeld door een trillende paniek.

Waar ben ik in godsnaam mee bezig? Ik ben hier niet om op te gaan in de verbittering van iemand die ik niet ken – ik moet vinden waar ik naar op zoek ben. Nu ik de verbale woede heb gezien die de Rodelippenstiftvrouw loslaat op iedereen die haar ook maar iets in de weg legt, heb ik er nog minder zin in dan net om door haar bezittingen te wroeten.

Ik sla de bladzijden snel om: scheldpartij, scheldpartij, scheldpartij, boodschappenlijstje, scheldpartij... Na een poosje kijk ik niet eens meer naar wat er staat. Er staat veel te veel op deze bladzijden, dit is niet waar ik naar zoek: ik zoek een bladzijde waar maar vier woorden op staan, omgeven door een heleboel ruimte. Een vrijwel lege pagina.

Ik ben niet goed snik. Deze bladzijden hebben helemaal geen lijntjes. Waarom zag ik dat niet meteen toen ik het boekje opensloeg? Wat doe ik hier nog? Kunnen je hersenen soms permanent beschadigd raken door hypnotherapie?

Ik blijf bladeren, ook al vermoed ik dat er halverwege niet ineens lijntjes in het schrift zullen staan.

Hou hiermee op.

Nog eentje dan.

Ik sla de bladzij om en hoor een klik van een deur die opengaat nog voor ik zie wat er staat. *O nee, o god, dit kan niet waar zijn.* Een overweldigend intense hoop dat iets niet gebeurt, geeft je het gevoel dat je het hebt bezworen. Het probleem is alleen dat het niet werkt.

Ik zit gevangen in een uitgerekte rechthoek van licht. De vrouw wier auto ik binnengedrongen ben, komt op hoge poten op me af. Ik wil berekenen of ik nog genoeg tijd heb om uit te stappen en weg te rennen voor ze bij me is, maar blijf zitten waar ik zit. Waarom heb ik zo'n krankzinnig risico genomen? Hoe kon ik zo stom zijn? Dinah en Nonie komen om halfvijf aan met de schoolbus, en ik zal er niet staan om hen op te pikken. Waar ben ik dan wel? In een politiecel? Mijn maag schiet in een onverwachte, felle kramp; door de adrenaline dringen zweetpareltjes door mijn huid. Is dit nu een paniekaanval?

'Leg mijn boekje neer en kom mijn auto uit.' Doodeng, die trefzekere kalmte van haar. Er is iets helemaal mis met deze situatie, iets wat nog veel erger is dan het feit dat ik zonder toestemming in deze auto zit. Ze zou veel bozer moeten zijn. *Ze zou nog binnen moeten zitten.* Waarom is ze naar buiten gekomen? Heeft ze me soms in de val laten lopen? Misschien wist ze dat ik dit zou doen – nog voor ik het zelf wist – en heeft ze haar auto expres niet op slot gedaan om mij de gelegenheid te geven me in de nesten te werken, en om haar de gelegenheid te geven mij te betrappen.

Ginny Saxon staat in de deuropening van haar houten praktijk naar ons te kijken. 'Alles in orde?' roept ze. Ik durf niet naar haar te kijken. Ik staar naar het opengeslagen boekje in mijn handen.

Dan klap ik het dicht, en geef het terug aan de eigenaar.

'Ga naar huis, Amber,' zegt ze vermoeid, alsof ik een stout kind ben dat moest nablijven. 'En blijf thuis. Dan mag je het later nog weleens allemaal uitleggen, oké?'

Ik heb geen idee waar ze op doelt, maar ik wil het ons allebei dolgraag gemakkelijk maken door te zorgen dat ik hier zo snel mogelijk wegkom, bij haar, bij Ginny, bij Great Holling Road 77, het toneel van zo veel dramatisch vernederende gebeurtenissen dat ik hier nooit meer terug wil komen.

Eenmaal terug in mijn auto, schakel ik mijn gedachten uit. Als ik al iets denk is het: doorrijden, doorrijden, doorrijden. Als ik genadeloos hard rij, ben ik nog net op tijd bij de meiden. Terwijl ik de Crozier Bridge nader, pak ik de meest linkse baan, de enige die nog niet volgepakt is met auto's. Zodra ik op de rotonde zit, wijk ik uit, waarmee ik woedend getoeter van andere bestuurders uitlok, en pak de baan die ik eigenlijk moet hebben. Ik herhaal dezelfde stunt bij nog drie andere rotondes en bespaar zo minstens tien minuten stilstaan.

Je bent sowieso genadeloos, niet alleen vandaag. Doe nou maar niet net of je vandaag voor het eerst zoiets flikt.

De hypnotherapie lijkt de stem in mijn hoofd die me altijd een schuldgevoel wil aanpraten te hebben versterkt. Of misschien niet. Mijn achtervolgingswaanzin is er in elk geval wel door toegenomen.

Doorrijden, doorrijden, doorrijden. Doorrijden, doorrijden, doorrijden.

Mijn hartslag zakt eindelijk naar een aanvaardbaar niveau zodra het tot me doordringt dat ik toch nog op tijd kom voor de bus. Ik heb ze nog nooit gemist, niet één keer, en ik ben vast van plan dat ook nooit te laten gebeuren. Het nadeel van het kunnen afschudden van mijn zorgen om de bus is dat er nu weer ruimte in mijn hoofd is voor andere gedachten.

Ze heeft tegen me gelogen.

Die woorden stonden wel in haar opschrijfboekje, precies zoals ik had gezegd: 'Aardig, Wreed, Aardig Wreed.' Geschreven in de vorm van een lijstje op een verder lege bladzijde. Goed, er stonden inderdaad geen lijnen, maar los daarvan klopten alle details van mijn beschrijving precies. Dus waarom zei ze dan dat ik dat niet kon hebben gezien?

Ik heb een ander perspectief nodig om het naar mij te kunnen richten – niet dat ik weet wat mijn eigen perspectief is. Ik ben vooral verward. Als ik aan Luke vertel wat er is gebeurd, zal hij zeggen dat het voor de hand ligt waarom de Rodelippenstiftvrouw heeft gelogen. Sinds Little Orchard hoort hij altijd aan wat mij niet lekker zit, om vervolgens het bestaan van dat wat mij niet lekker zit te ontkennen, voor het geval ik erdoor geobsedeerd raak. 'Je bekijkt het verkeerd,' zal hij zeggen. 'Het zou pas echt vreemd zijn als ze er *niet* over had gelogen. Het maakt haar niet uit als dat niet strookt met jouw geheugen – waarom zou het haar ook iets uitmaken? Ze heeft immers iets raars in haar schriftje geschreven, jij hebt dat gezien, en ze heeft geen zin om uit te leggen waar het over gaat. Dat lijkt mij niet zo'n mysterie.'

Een songtekst? Een gedicht? Een beschrijving van haar emotionele toestand, of haar persoonlijkheid? Het was heel aardig van haar dat ik haar afspraak mocht overnemen, maar wreed om te roddelen over Ginny, met haar hypnotherapiepraktijk in een tuinhuisje.

En ook nogal wreed om tegen mij te liegen over wat ze in haar schrift had geschreven.

Ik schud mijn hoofd in walging om de absurditeit van mijn redenering. Hoeveel mensen maken een lijstje van hun eigen karaktertrekken in een opschrijfboekje dat ze de hele tijd met zich meeslepen?

Ik zou dit dolgraag met Jo bespreken, maar ik mag haar niet bellen van mezelf, al zou ik het nog zo graag willen. Op een dag waarop ik toch al zo veel dingen heb gedaan die niet door de beugel kunnen, moet ik me voor de verandering maar eens beheersen. Sinds Little Orchard heb ik Jo al zo vaak het onverklaarbare gedrag van andere mensen voorgelegd, met de vraag of zij soms een reden kon bedenken waarom iemand zo bizar zou doen. Ik doe het om haar een ongemakkelijk gevoel te bezorgen; ik probeer haar zonder de woorden in de mond te nemen, te zeggen dat ik die geheimzinnige verdwijning van haar en Neil die ene kerst niet ben vergeten – die verdwijning waar we het geen van allen ooit nog over hebben, en waar niemand ooit een verklaring voor heeft gegeven.

Als Jo zich al bewust is van mijn verborgen agenda, weet ze dat vakkundig te verbergen; mijn regelmatige opmerkingen over het irrationele gedrag van deze of gene brengen haar nooit van haar stuk. Ik mag graag geloven dat zij zich even sterk als ik bewust is van alle belangrijke dingen die we niet tegen elkaar zeggen – en, vooral, dat ze zich er bewust van is dat die lacunes haar schuld zijn – maar ik vraag me zo langzamerhand wel af of zij Little Orchard soms uit haar geheugen gewist heeft, en oprecht geen idee heeft dat ik er continu mee bezig ben. Uit de manier waarop ze zegt: 'Dat is inderdaad heel vreemd' en: 'Wat een weirdo!', als ik het gedrag van diverse van mijn collega's beschrijf, blijkt duidelijk dat ze reageert als iemand die het niet in zijn hoofd zou halen om zelf ooit zoiets raars te doen.

Ik kom op de gebruikelijke tijd aan op de hoek van Spilling Road en Clavering Road. Achtentwintig minuten over vier. De schoolbus van Dinah en Nonie stopt bij twee haltes in het centrum van Rawndesley – hier en op de parkeerplaats bij het station. Die bij het station is populairder dan deze, maar deze heeft wat mij betreft twee voordelen: bijna niemand maakt hier gebruik van en hij ligt op een steenworp afstand van mijn voordeur. Luke en ik hebben Clavering Road 9 ruim een jaar geleden gekocht omdat het huis groot genoeg was voor de meisjes. Ik wilde per se het grootste huis dat we ons konden veroorloven; de rest deed er niet toe. Dat doet het nog steeds niet. Het kan me niet schelen dat er foeilelijke vloerbedekking ligt, synthetisch en knalrood, of dat alle gordijnen van verbleekte bloemetjesstof zijn, en dat ze zo erg zijn doorgezakt dat je door al die plooien de ramen nauwelijks nog kunt zien. Het kan me niet schelen dat we geen geld hebben om dat allemaal te vervangen. Wat ik heerlijk vind aan mijn huis is dat, ook al ligt het aan een doorgaande weg en ook al woon ik er met drie anderen, van wie twee kinderen, er altijd een stille, lege kamer is als ik die nodig heb.

De begane grond van ons oude huis had helemaal geen muren, behalve dan om de wc; het nieuwe huis heeft allemaal vierkante kamers met deuren die dicht kunnen, de ene na de andere verdieping. Toen ik dat opnoemde tegen Jo als een groot pluspunt, was ze het duidelijk niet met me eens: 'Wie wil je dan buitensluiten?' vroeg ze. Ze zei het niet met zoveel woorden, maar ik begreep dat ze betwijfelde of ik wel goed voor Dinah en Nonie kon zorgen – de Heilige Jo, die van mening is dat niemand zo goed kan moederen als zij en die niets liever doet dan zich omringen met zo veel mogelijk afhankelijke familieleden.

Ik antwoordde haar naar waarheid: dat er maar één is die ik wil buitensluiten – moet, soms – ikzelf. Ik koos die woorden zorgvuldig om haar interesse te wekken: 'Het kan er hard aan toegaan in mijn hoofd. Ik moet me soms afzonderen van de mensen om wie ik geef, want ik ben bang om ze te besmetten.' Jo's antwoord schokte me: 'Let maar niet op mij,' zei ze. 'Ik ben gewoon jaloers. Dinah en Nonie zijn zulke leuke kinderen. Je hebt echt mazzel.' Op dat moment had ik erom gelachen en zei ik: 'Alsof jij niet genoeg mensen op je bord hebt.' Pas later, toen ik wakker in bed lag, liet ik die scène nog eens de revue passeren, en werd ik kwaad op haar – dat wil zeggen, ik vond dat ik kwaad op haar zou moeten zijn. Ik vraag me heel vaak af hoe ik me eigenlijk zou moeten voelen ten opzichte van Jo, terwijl ik geen idee heb wat ik werkelijk voel.

Ze zei dat ik mazzel had, ook al wist ze dat mijn beste vriendin dood was, en dat Luke en ik nu waarschijnlijk zelf geen kinderen zouden nemen. Ze had niet gereageerd op wat ik zei over de behoefte om me af te zonderen, want ze wilde niet dat ons gesprek diepgang kreeg. Dat wil ze tegenwoordig nooit meer; ik weet zeker dat ze elk uur van haar leven bezig is met het zorgen voor minstens tien mensen, omdat ze wil vluchten – hoe kun je nou verwachten dat je een zinvol gesprek met haar kunt hebben terwijl zij druk bezig is in haar veel te kleine keukentje om een tea te bereiden waar die van het Ritz Hotel bij verbleekt?

Ik kijk op mijn horloge. De bus is laat. Zoals altijd. In een officiële brief van school is ons medegedeeld dat *wij* weliswaar altijd keurig op tijd moeten zijn, en bereid moeten zijn twintig minuten te wachten, maar dat de bus zelf op niemand wacht. Als wij er niet zijn om onze kinderen op te halen, worden ze weer teruggebracht naar school, waar ze deel moeten nemen aan de zogeheten 'Fun Club'. Toen ik dat las, werd ik meteen achterdochtig: als het zo fun is, zeg je niet dat ze 'deel moeten nemen'. Ik had de school terug willen schrijven dat ze de bus dan maar eens een lesje 'geven en nemen' moesten leren, maar dat mocht niet van Dinah. 'Er komen nog wel belangrijker dingen om ruzie over te maken met school,' zei ze, alsof ze overwoog om het schoolbestuur af te zetten. 'Bewaar je energie voor ruzies over dingen die er echt toe doen.' Daar moest ik om lachen, want dat zeggen Luke en ik zelf altijd tegen haar. 'Zorg nou maar gewoon dat je op tijd bent voor de bus. Het is voor ons gemakkelijker om op tijd te zijn dan voor welk ander gezin dan ook,' voegde ze eraan toe. Ze klonk als een directrice. Ik gaf toe, omdat ik zo opgelucht was dat ze ons een gezin noemde.

Toen we ons huis kochten, wisten Luke en ik niet dat de schoolbus de meisjes pal voor onze deur ophaalde en afzette; toen we daarachter kwamen, zei Luke: 'Het is een teken. Dat kan niet anders. Iemand heeft het goed met ons voor.' Met jou, misschien, dacht ik. Het soort iemand dat hij in gedachten had, had namelijk toegang tot informatie over mij waardoor Hij onmiddellijk zijn bovennatuurlijke steun zou intrekken, dat wist ik zeker. Ik wist ook dat ik dat niet tegen Luke kon zeggen, en omdat ik zo kwaad was dat ik gevangenzat in een geheim dat ik haatte en waar ik vanaf wilde, viel ik onredelijk tegen hem uit. 'Is dat soms dezelfde Iemand die Sharon liet doodgaan?' Hij bood zijn verontschuldigingen aan. Ik niet.

Alweer zo'n vrolijke herinnering. Ginny Saxon zou trots op me zijn.

Ik kan sorry zeggen tegen wildvreemde mensen, en ik ben zelfs bereid om hun cheques van zeventig pond te sturen ook al heb ik gezegd dat ze die niet verdienen, maar mijn eigen man kan ik geen excuses aanbieden. Niet meer. Dat zou hypocriet zijn. Elke keer dat ik wel 'sorry' zeg, zou een schild zijn voor het 'sorry' dat ik niet uitspreek, het 'sorry' dat ik nooit zal kunnen zeggen.

Hypnotherapie en ik zijn niet zo geschikt voor elkaar, bedenk ik. Ik heb iets nodig wat me uit die eindeloos kolkende binnenwereld trekt, niet iets wat me daar nog verder in onderdompelt.

Ik heb totaal geen zin om een beleefd praatje te maken en dus, zoals voorgeschreven door de wet van Murphy, staan er op de hoek drie moeders op de bus te wachten. Meestal is het er maar eentje, die me straal negeert omdat ik ooit eens iets verkeerds tegen haar heb gezegd. Ik ben haar naam vergeten, maar bij mezelf noem ik haar BMR, wat staat voor biologische mueslireep. Ze heeft er elke middag eentje bij zich voor haar zoontje, wiens haar nog nooit is geknipt, omdat, zo vertelde ze me ooit, ze het een verschrikkelijke gedachte vindt om zijn lichaam te schenden. Nee, zeg, het idee! Hij is hier zelf helemaal tevreden mee, dus waarom zou zij dan met hem naar de kapper gaan, alleen omdat dat toevallig zo hoort, en om de bekrompen goegemeente tevreden te stellen? Ze heeft me een vol kwartier opgehouden met een uitgebreide verklaring die overging in een manifest voor de herverdeling van man-vrouwrollen, ook al was ik zo beleefd haar niet te vragen waarom haar zoontje zo veel weghad van een schapenvachtje.

Voor ze besloot dat ik een onbetamelijk type was met wie je maar liever niet moest praten, heb ik veel over het ouderschap geleerd door naar de BMR te luisteren. Het leek allemaal vrij simpel: als je een kind hebt dat zich als een wilde gedraagt, leidt dan de aandacht van zijn tekortkomingen af door de leraren ervan te beschuldigen dat ze hem 'pathologiseren' en dat ze niet aan zijn individuele behoeften tegemoetkomen, vooral de behoefte om de andere kinderen hun ogen uit te steken met een vork. Als je zoon zakt voor een test, beschuldig dan de school ervan dat ze veel te resultaatgericht zijn; is hij lui en vindt hij alles saai, dan beschuldig je de juf ervan dat ze je kind onvoldoende uitdaging biedt of hem niet op de juiste manier stimuleert. Is je kind niet superslim, verhul dan het probleem door te beweren dat de school de 'vaardighedenkloof' niet weet op te sporen en te dichten. En vooral: negeer iedereen die het in zijn hoofd haalt te zeggen dat sommige van die kloven – met name die bij slimme kinderen – gemakkelijker met vaardigheden zijn te vullen dan andere, en dat een juf wel eindeloos kan proberen om het gat op te vullen met basale vaardigheden, maar dat het daar nooit zal beklijven wegens een aangeboren microklimaat van ongehoorde domheid.

Dat had ik waarschijnlijk niet mogen zeggen, maar ik had een lange dag achter de rug en mijn vrijheid was me naar het hoofd gestegen – de vrijheid dat ik een verzorger was, en geen ouder. Ik zie precies hoe Dinah en Nonie zichzelf, hun klasgenootjes en hun juffen het leven moeilijker maken, zoals ik ook hun talenten en sterke punten zie, en de persoonlijke en intellectuele kwaliteiten die hun het leven aangenamer zullen maken. Ik voel geen enkele drang om bescheidenheid te veinzen over hun goede kanten of om net te doen alsof hun slechte kanten niet bestaan, en dus hoef ik ook niet mee te doen aan die wederzijdse waanidee-stimulerende deals die zo veel ouders blijkbaar nodig hebben: 'Het verbaast me *totaal* niet dat meneer Maskell niet ziet hoe begaafd Jerome is, Susan – bij Rhiannon zag hij dat ook nooit.'

Als de bus er is, zijn Dinah en Nonie de eersten die uitstappen, zoals meestal. Ik blijf achter de andere moeders staan, zoals Dinah me heeft opgedragen. In het begin zei ze dat ik niet naar voren mocht hollen om haar te knuffelen of een zoen te geven, want dat mocht Sharon ook nooit – publiekelijk vertoon van genegenheid is hoe dan ook gênant, en daarom verboden. Wat wel mag, is enthousiast glimlachen, en dat doe ik dan ook als de meisjes met snelle pasjes op me aflopen, als doelgerichte zakenvrouwtjes op weg naar een bespreking. Ik kan aan Dinahs gezicht zien dat ze me iets belangrijks te vertellen heeft. Dat heeft ze altijd, elke dag weer. Nonie is altijd bang voor mijn reactie, en voor hoe Dinah daar weer op zal reageren, want dat doet ze altijd. Ik voel hoe ik me mentaal schrap zet als ze op me afkomen, want ik weet dat wat er ook gaat komen, het met driehonderd kilometer per uur komt, dus ik moet mentaal alle zeilen bijzetten. Luke weet precies hoe hij de meisjes rustig moet krijgen; hij weet ze te verleiden op een manier die ik maar niet onder de knie krijg. Mijn gesprekken met hen voelen vaak als een supersnel potje verbaal tafeltennis, waarbij ik hen dolgraag wil laten winnen, maar nooit precies weet hoe dat moet.

'Nemen Luke en jij ooit kinderen?' vraagt Dinah terwijl ze mij haar schooltas en die van Nonie in handen duwt. Het is mijn taak om die naar huis te dragen.

'Nee, waarom vraag je dat?'

'Dat vroeg iemand in de bus, omdat jullie niet onze vader en moeder zijn. Dat meisje, Venetia, zei dat jullie meer van jullie eigen baby zullen houden dan van ons, en toen moest Nonie huilen.'

'Als wij ooit een baby zouden krijgen, houden we daar net zoveel van als van jullie,' zeg ik tegen Nonie, en ik kijk Dinah niet aan, want de minste suggestie als zou zij ook geruststelling nodig hebben, zou haar trots al krenken. 'En geen sikkepitje meer. Maar we krijgen geen baby. Daar hebben we het over gehad, en toen hebben we dat besloten. We houden het zoals het is, met zijn viertjes.'

'Goed, want het heeft namelijk ook geen zin,' zegt Dinah.

'Wat, om een baby te nemen?'

'Nee, want dan wordt het groot en dan moet het op kantoor werken. Heeft er nog iemand gebeld van school?'

'Nee,' antwoord ik, 'moet dat dan?'

'Dinah heeft straf, maar het is niet haar schuld,' zegt Nonie, en ze trekt aan het velletje van haar lip.

'Ik zei het toch,' zegt haar zusje tegen haar. 'Mevrouw Truscott heeft niet gebeld, want ze wist dat Amber het anders voor mij zou opnemen.'

'Hoezo, voor je opnemen?'

'Is Luke al thuis?' Dinah negeert mijn vraag, wikkelt haar schoolsjaal van haar nek en geeft die aan mij, samen met haar handschoenen.

'Weet ik niet. Ik ben zelf ook nog niet thuis geweest. Ik kom pas net –'

'Ik wil het eerst aan hem vertellen, en dan pas aan jou.'

'Dat slaat nergens op,' zegt Nonie. 'Dan vertelt hij het toch aan haar?'

'Nee, dat doe ik zelf. Alleen, als ze ziet dat Luke het grappig vindt, maakt ze zich geen zorgen. Daarom.'

En dat allemaal nog voor we bij de voordeur zijn. 'Wat is er mis met werken op een kantoor?' vraag ik terwijl ik in mijn handtas naar mijn huissleutels zoek. 'Ik werk toch zelf ook op een kantoor.'

'Het is saai,' zegt Dinah. 'Voor jou niet, jij vindt het leuk – dat is ook niet erg. Maar ik bedoel, als je bedenkt hoeveel mensen op kantoor werken – *dan* is het wel saai. Het is dom om een baby te nemen die toch alleen maar groot wordt en iets saais gaat doen wat veel te veel andere mensen ook al doen.'

Ik laat mijn sleutels op de stoep vallen, buk om ze op te rapen en zeg: 'Mensen doen allerlei verschillende dingen op kantoor – heel interessante dingen soms.' Ik merk dat ik niet aan Dinah vraag wat ze te vertellen heeft dat ze niet aan mij wil vertellen. Ik vind het zelf ook een prettiger idee om te wachten tot Luke er is om de klap te verzachten door er de lol van in te zien.

'Ik word later steenhouwer, net als Luke,' kondigt Dinah aan. 'Dan kan ik de zaak overnemen als hij er te oud voor is. Hij is nu al best wel oud.'

Kunnen meisjes steenhouwer worden? Luke sleept de hele dag met enorme brokken steen en ik weet zeker dat er geen vrouw is die hem dat nadoet. 'Vorige week wilde je nog barones worden,' breng ik Dinah in herinnering terwijl ik de deur van het slot haal. 'Volgens mij past dat beter bij je.'

Nonie blijft staan. 'Hoeveel geld hebben wij?' vraagt ze. BMR, die vlak bij ons op de stoep de inhoud van de rugzak van Schapenvachtje inspecteert, gaat anders staan in de hoop dat ze mijn antwoord kan horen.

'Wat een wonderlijke vraag, Non. Waarom wil je dat weten?'

'Enver uit mijn klas zegt dat zijn vader en moeder zo veel geld hebben dat hij nooit hoeft te werken. Maar zo veel hebben wij niet, toch?'

Ik probeer haar naar binnen te loodsen, maar ze blijft vastberaden op de stoep staan. 'Je bent nog maar een kind. Laat dat soort dingen nu maar aan de grote mensen over.' Haar fronsrimpel wordt dieper, en ik besef dat ik verkeerd heb gereageerd. 'Niet dat Luke en ik ons ergens zorgen over hoeven te maken. Het gaat prima met ons, Non, zowel financieel als in alle andere opzichten. Er is niets aan de hand.'

'Ik zou wel een baan willen als ik later groot ben, maar ik weet niet hoe je daaraan komt,' zegt ze. 'En ik weet ook niet hoe je een huis moet kopen, of hoe je een man vindt.'

'Dat hoef je nu ook allemaal nog niet te weten. Je bent pas zeven,' antwoord ik.

Ze schudt haar hoofd bezorgd. 'In mijn klas weten ze allemaal al met wie ze gaan trouwen, behalve ik.'

'Dinah – de tocht!' roep ik als ik zie dat de binnendeur wijd openstaat. Die deur moet dicht blijven tot de buitendeur dicht is. 'Kom op, Non, kunnen we niet naar binnen? Het is ijskoud.' Ze zucht, maar sluit de deur. De teleurstelling trekt als stroom door haar kleine lijfje. Ze hoopte dat ze haar huwelijksproblemen had opgelost nog voor ze de drempel over moest, en dat is niet gebeurd; nu moet ze er binnen over door peinzen.

Ik geef haar een knuffel en zeg dat ik de geweldigste, knapste, slimste, rijkste, liefste man voor haar zal regelen zodra ze oud genoeg is om te trouwen. Heel even leeft ze op, maar haar gezicht betrekt meteen weer. 'Dinah heeft er ook eentje nodig,' zegt ze. Eerlijk delen is Nonies obsessie. Ik hou me in en zeg niet dat Dinah er minstens drie nodig heeft, en hang de jassen op, zet de uitgetrapte schoenen recht en raap de enveloppen op die verspreid over de vloer liggen. Er is er eentje van Jeugdzorg. Kon ik die maar verscheuren zonder te hoeven lezen wat er in de brief staat.

Ik wil net de buitendeur dichtdoen als ik een stem hoor zeggen: 'Amber Hewerdine?' Ik kijk naar buiten en zie een klein, pezig mannetje met zwart haar, donkerbruine, bloeddoorlopen ogen en een vale huid. Hij ziet eruit alsof hij iets veel te veel of juist te weinig doet. Automatisch vraag ik me af of hij wel genoeg slaapt. 'Rechercheur Gibbs,' zegt hij. Hij haalt een kaartje uit zijn zak en houdt dat voor mijn neus.

Dat was snel. Is het niet de bedoeling dat het even duurt voor je met je neus op je fouten wordt gedrukt? Kennelijk heeft de periode van ontkenning waarin ik mag doen alsof ik ermee weggekomen ben meteen al zijn plaats afgestaan aan de gruwelijke vergelding die eigenlijk later zou volgen.

'Stop dat eens weg,' zeg ik tegen hem, en ik kijk over mijn schouder naar binnen. Gelukkig zijn we alleen; hij heeft Nonie op een seconde na gemist. 'Luister eens, dit is belangrijk – belangrijker dan het feit dat ik in dat stomme schriftje van die vrouw heb gekeken,' sis ik hem toe. 'Ik heb hier twee meisjes binnen die er *niet* achter mogen komen dat je van de politie bent. Oké? Als ze je zien, verzin je maar wat: dat je dubbele beglazing verkoopt, of plumeaus, kies maar.'

'Aardig, Wreed, Aardig Wreed,' zegt hij, en daar is het weer, dat verontruste gevoel, precies zoals ik me ook voelde bij Ginny voor de deur toen ik op heterdaad betrapt werd: *dit klopt niet*. Zijn reactie is zo vreemd. Waarom zegt hij niet dat het een zeer ernstige overtreding is om in iemands auto te gaan grasduinen? Waarom citeert hij die rare woorden? Dan dringt het tot me door wat het probleem is: dit is iets wat alleen in een droom voorkomt – een vreemdeling die bij je op de stoep staat en die precies de woorden zegt die door jouw hoofd spoken.

'Wat betekent dat?' vraagt hij. *In een droom zouden jullie allebei niet weten wat het betekent.*

'Dat moet je mij niet vragen,' zeg ik.

'Amber?' Ik kijk over de schouder van de rechercheur en zie dat Luke snel op ons afloopt. Hij moet gevoeld hebben dat er iets niet in orde is. Gek genoeg voel ik me gesterkt door het idee dat we nu met z'n drieën zijn, en dat er twee aan mijn kant staan. Luke ruikt naar zweet, en naar de stoflaag op zijn huid en kleren; hij is de hele dag in de steengroeve geweest.

'Deze meneer is van de politie,' zeg ik tegen hem, en ik mime het laatste woord. 'Ga jij even naar de meisjes, en zeg maar dat ik met iemand van mijn werk moet praten.'

'Wat is er aan de hand?' vraagt hij aan ons allebei, alsof we hem expres buitensluiten.

'Ik moet met uw vrouw praten,' zegt rechercheur Gibbs tegen hem. Tegen mij zegt hij: 'U kunt vrijwillig meekomen, of ik kan u arresteren – aan u de keus.'

'Me arresteren?' Ik schiet in de lach. 'Alleen maar omdat ik in een schriftje van een of andere vrouw heb gekeken?'

'Omdat ik u dan kan ondervragen over de moord op Katharine Allen,' zegt hij.

Wat is het verschil tussen een verhaal en een legende? Tot welke categorie behoort Little Orchard? Ik zou zeggen dat het regelrecht naar de categorie 'legendes' kan worden verwezen. In de eerste plaats heeft het een naam: Little Orchard. Die twee woorden suggereren meer dan een huis in Surrey. Die woorden zijn genoeg om een ingewikkelde reeks gebeurtenissen op te roepen en een nog veel ingewikkelder verzameling meningen en emoties. Als we in ons hoofd een korte term gebruiken voor een verhaal uit ons verleden, is dat al een aanwijzing dat het verhaal een legende is geworden.

Maakt het uit dat, los van een Italiaanse nanny, verder niemand er iets van af weet behalve de leden van een familie? Wat mij betreft niet. Voor al die mensen is het iets wat hun leven markeert. Dat zal het altijd blijven. Het is iets unieks: een verboden verhaal. Stilzwijgend zijn ze overeengekomen om het er nooit meer met elkaar over te hebben, en om die reden denken we er veel vaker aan dan wanneer we er wel gewoon over konden praten. Het is in elk geval het meest intrigerende verhaal binnen onze familie – een mysterie dat waarschijnlijk nooit meer zal worden opgelost. Er zit al zeven jaar geen enkel schot in, en de reden waarom dat zo is, is al bijna even interessant als het mysterie zelf.

Wat voor brein zou ooit zoiets bizars bedenken, en waarom? Als ik voorlopig net doe alsof het verhaal – de legende – van begin tot eind een leugen is, dan is dat een vraag die ik me bij elke gebeurtenis, elke uitspraak en elke emotie binnen de hele geschiedenis moet stellen, en als het even kan beantwoorden.

Maar laten we eerst die geschiedenis maar eens onder de loep nemen. Dat hebben we niet meer gedaan sinds Little Orchard de status van legende bereikte. Als een verhaal een legende wordt, roept zo'n afkorting meestal niet meer beelden op aan wat er precies is gebeurd, stap voor stap – dat kost ons te veel moeite – maar alleen een of andere handige verpakking die de hele lading dekt. In het geval van Little Orchard komen er een paar voor de hand liggende verpakkingsconcepten bij me op: 'We zullen het waarschijnlijk nooit weten', 'Zo blijkt maar weer dat je een ander nooit echt kent, hoe close je ook met hem bent', en misschien wel de meest verraderlijke: 'Het is maar goed dat we het niet weten', want mensen hebben de neiging om samen te spannen met degene die hen zand in de ogen strooit.

Snap je wat ik bedoel? Dat een herinnering verloren raakt binnen de harde schil van een verhaal, en dat een verhaal verder wordt verdraaid en samengepakt tot zijn gemakkelijkst te behappen vorm zodra het een legende wordt?

Ik wil de Little Orchard-legende terugbrengen tot het niveau van een verhaal. Ik wil het op precies dezelfde manier behandelen als een verzonnen geschiedenis. Ik zal het vertellen alsof ik geen van de personages in het verhaal ken – ik heb hen nog nooit ontmoet, en dus vertrouw ik niemand van hen meer dan de anderen. Ik zal het verhaal ook vertellen met precies dezelfde verwachting die ik heb bij een roman: dat ik achter de betekenis van alles kan en zal komen, en dat een andere uitkomst een schandalig verraad zou zijn van de schrijver. Zoals bij alle detectiveromans, moet ook hier een oplossing zijn. Ik kan het niet accepteren dat ik het nooit zal weten, dat ik er nooit achter kom. Dit wil ik benadrukken voor ik begin met mijn beschrijving van wat er is gebeurd; door het verhaal te vertellen, werk ik toe naar een oplossing, want ik weet dat die er is, en ik verwacht dat die zich zal aandienen als de tijd er rijp voor is.

December 2003: Johannah en Neil Utting, een echtpaar van halverwege de dertig, tasten diep in de buidel en huren een enorm huis voor de kerstdagen. Een huis dat groot genoeg is voor al hun familieleden. Het is hun kerstcadeau voor iedereen. Hun eigen huis is te klein, want ze hebben maar drie slaapkamers.

Johannah, die Jo wordt genoemd, gaat op internet op zoek, en kiest een huis in Cobham, Surrey, dat Little Orchard heet. Het heeft vijf tweepersoonsbedden en acht eenpersoons, perfect, dus. De hele familie is uitgenodigd en iedereen komt: Neils broer en schoonzus, Luke en Amber; Jo's moeder Hilary, Jo's zusje Kirsty en haar broer Ritchie; Neils ouders, Pam en Quentin; Jo en Neils nanny Sabina, hun vijf jaar oude zoontje William en hun pasgeboren baby Barney.

Op kerstavond blijft Sabina met William en Barney thuis, en de rest wandelt naar de dichtstbijzijnde pub, The Plough, om daar te eten. Iedereen lijkt het naar zijn zin te hebben. Er gebeurt niets bijzonders. Rond een uur of halfelf gaat de hele groep weer terug naar Little Orchard. William en Barney zijn diep in slaap. Pam en Quentin, Neils ouders, zijn de eerste volwassenen die naar bed gaan, kort daarop gevolgd door Sabina, de nanny. Neil, Luke en Amber besluiten een halfuur later dat het mooi is geweest. Amber en Luke horen Neil aan Jo vragen: 'Kom je ook slapen?' en zien dat hij verwonderd kijkt als ze zegt: 'Nee, nog niet.' Neil en Jo gaan altijd tegelijk naar bed – ze zijn nu eenmaal 'zo'n soort stel', zoals Amber later tegen Luke zal opmerken. Neil lijkt van zijn stuk door Jo's reactie. Hij haalt zijn schouders op en banjert de trap op naar boven. Iedereen luistert naar zijn voetstappen, die nog lang blijven echoën door het huis. Hij en Jo hebben de grootste slaapkamer, op de bovenste verdieping.

Amber en Luke wensen de rest welterusten en gaan naar boven, naar hun slaapkamer op de eerste verdieping, en laten Jo, Hilary, Kirsty en Ritchie achter in de zitkamer.

De volgende ochtend, eerste kerstdag, ontbreken er vier mensen die er wel zouden moeten zijn. Jo, Neil, William en Barney zijn verdwenen. Net als hun auto. Sabina, de nanny van de kinderen, begrijpt er niets van. Jo zou nooit ergens naartoe gaan zonder haar, zegt ze, niet als ze de kinderen bij zich had. 'Zelfs niet als William en Barney ziek zijn en ze snel naar het ziekenhuis gebracht moeten worden?' vraagt Hilary. 'Dan al helemaal niet,' antwoordt Sabina. Er ligt nergens een briefje in het huis. Iedereen checkt zijn mobiele telefoon, maar niemand heeft een sms'je met tekst en uitleg ontvangen. Jo's handtas en Neils portemonnee zijn weg, maar alle kerstcadeaus liggen nog ingepakt te wachten onder de boom. De meeste cadeaus zijn voor William en Barney. Sabina barst in tranen uit. 'Jo zou haar jongens nooit meenemen op kerstochtend zonder hun eerst de kerstcadeaus te geven,' zegt ze. 'Er is iets met ze gebeurd.' Ze probeert eerst Jo op haar mobiel te bellen, en dan Neil, maar beide telefoons zijn uitgeschakeld.

Sabina en Hilary willen de politie erbij halen, maar de anderen weten hen ervan te overtuigen dat dat te vroeg is, en dat het in dit stadium overdreven zou zijn. Tegen twee uur gaat iedereen mee in hun rampscenario en belt Sabina de politie.

Er komt een rechercheur langs die een hoop vragen stelt en zegt dat het hem niet waarschijnlijk lijkt dat Jo, Neil en de jongens tegen hun wil zijn weggehaald uit Little Orchard. Sabina beschuldigt hem ervan dat hij niet goed naar haar luistert. Ze zegt dat hij terug moet gaan naar het bureau om daar zijn ene hersencel op te laden. Hij knikt en staat op om te vertrekken, alsof hij dat een goede suggestie vindt, en hij zegt dat hij de volgende dag nog eens langskomt om te zien of Jo en Neil contact hebben gezocht. Bij de voordeur blijft hij staan om te zeggen dat de kerstdagen – vooral als je die met familie doorbrengt – heel veel stress kunnen geven. Hij zegt tegen iedereen dat ze dat in gedachten moeten houden.

De rest van de dag voltrekt zich in een waas van spanning en verdriet, met af en toe een hysterische uitbarsting van Pam en Hilary, de twee oma's van William en Barney, en van Sabina, die steeds maar zegt dat ze van een hoog gebouw springt of een handvol pillen zal slikken als Jo, Neil en de jongens iets is overkomen – zo veel houdt ze van hen. Luke wordt kwaad en zegt dat ze 'moet nokken met dat gelul over zelfmoord'. Pam merkt op een gegeven moment op dat Kirsty geluk heeft. 'Zalig zijn de armen van geest,' zegt ze. 'Ze weet niet eens dat ze vermist worden.' Staat Amber stil bij de vraag wat Kirsty wel en niet weet? Ze weet niet eens of er een naam is voor wat Kirsty heeft. Dat heeft Jo haar nooit verteld.

Er worden geen cadeautjes uitgepakt en er wordt geen kalkoen gegeten. Die avond kan niemand goed in slaap komen. Pam en Hilary slapen helemaal niet.

De volgende ochtend komt Amber om kwart over zeven beneden, en treft daar Jo in de keuken aan, met William en Barney. De jongens hebben een rood neusje, en Jo's brillenglazen zijn beslagen. Zo te zien zijn ze net binnengekomen. Neils jas en mobiele telefoon liggen op het aanrecht. 'Maak iedereen wakker,' commandeert Jo vóór Amber de kans krijgt om haar iets te vragen. 'En zeg dat ze allemaal naar de zitkamer moeten komen.' Ze kijkt Amber niet aan als ze dit zegt.

Amber doet wat haar wordt opgedragen en niet lang daarna heeft de hele familie, inclusief Sabina, zich verzameld in de zitkamer, waar ze zich niet durven te verroeren, in afwachting van de uitleg. Ze horen Neil en Jo fluisteren op de gang, maar niemand verstaat wat ze zeggen. Luke en Amber wisselen een blik waarmee ze willen zeggen: 'Ik mag verdomme hopen dat ze een goed verhaal hebben.' Alleen Sabina is uitbundig opgelucht en blij, klapt in haar handen en zegt: 'Goddank dat ze weer veilig terug zijn.' Pam en Hilary hebben het stadium van opluchting overgeslagen en wachten in doodse stilte op een of andere dramatische verklaring; ze zijn er beiden zeker van dat het wel heel erg moet zijn.

Nadat ze iedereen bijna een kwartier hebben laten wachten, verschijnt Jo eindelijk. 'Neil is met de jongens naar boven om ze in bad te doen,' zegt ze. 'Ze zijn zo vies.' Ze zucht en staart uit het raam naar de terrastuin die eruitziet als een enorme trap van gras, met een perfect vierkant gazon aan weerszijden van elke trede. 'Moet je horen, ik snap dat jullie je hier allemaal hebben zitten afvragen wat er aan de hand was, maar als jullie het niet erg vinden, wil ik het graag kort houden.' Jo klinkt als een politicus op een persconferentie. Het lijkt wel alsof ze naar zichzelf luisterde, en haar eigen klank haar niet aanstond, want ze slaat een andere toon aan – ze probeert warmer, persoonlijker over te komen. En ineens zoekt ze met iedereen oogcontact. 'Het spijt me ontzettend van gisteren. Neil ook. Het... het spijt ons echt heel erg. We weten hoe bezorgd jullie zijn geweest...' Ze valt even stil. 'Maar goed, waar het om gaat, is dat er niets aan de hand is en dat jullie je nergens zorgen over hoeven te maken. Alles is goed – en dat is echt waar. En ik beloof dat we nooit meer zo mysterieus zullen verdwijnen. Dus kunnen we gisteren alsjeblieft vergeten? Dan vieren we vandaag kerst.'

'Natuurlijk, Jo,' zegt Sabina. 'We zijn gewoon blij dat alles goed gaat met jullie.'

'Het gaat meer dan goed.' Jo kijkt hen allemaal een voor een aan, in een poging iedereen hiervan te doordringen. 'Het gaat prima. Er is niets aan de hand, we houden niets voor jullie achter. Echt niet.' Haar stem klinkt vol warmte, zelfvertrouwen en gezag – het soort stem dat je wilt vertrouwen.

'Goed,' zegt Ritchie. Heeft hij dan niet door dat Jo een overduidelijke onwaarheid vertelde in haar poging geloofwaardig over te komen? *We houden niets voor jullie achter.* Natuurlijk houden ze iets achter; iedereen weet dat. Maar niemand zegt het. Iedereen gaat ervan uit dat Jo bedoelde dat er niets *zwaarwichtigs* is dat zij en Neil voor hen achterhouden.

'Nou... de hemel zij dank,' zegt Pam. Quentin knikt. Hilary is druk bezig Kirsty's mond af te vegen en zegt niets.

Amber en Luke kijken elkaar weer aan. Luke doet zijn mond open om iets te zeggen – hij wilde een fatsoenlijke verklaring, zal hij later tegen Amber zeggen – maar Jo snijdt hem de pas af door te zeggen: 'Luke, alsjeblieft, maak dit niet nog erger voor me dan het al is. Kunnen we dit alsjeblieft achter ons laten? Ik heb me er zo op verheugd om hier met jullie allemaal samen te zijn. Ik vind het een vreselijke gedachte dat ik de kerst heb verpest.' Ze waagt er een grapje aan: 'Als jullie zouden weten hoeveel Neil en ik voor dit huis hebben betaald, zouden jullie dat zeker begrijpen.'

Luke zou Neil hier nooit mee weg hebben laten komen, maar dit is Jo – een vrouw die haar best doet niet te huilen, en die overduidelijk probeert om zich dapper te verbijten. Luke wil niet dat ze instort waar iedereen bij is door aan te dringen dat ze met details komt die ze niet wil delen. Hij krijgt ook de indruk dat de meeste anderen het liever niet willen weten; als zij niets van het probleem af weten, hoeven ze ook niet te helpen met een oplossing, en niets doen is altijd makkelijker dan iets doen. En gezien Jo's onwil om erover te praten, zou het weleens iets heel persoonlijks kunnen zijn – des te meer reden om er niet op door te vragen. Luke voelt hoe iedereen om hem heen besluit Jo op haar woord te geloven dat alles 'meer dan goed' en 'prima' is.

Amber denkt er ook ongeveer zo over: als het niet iets persoonlijks was, zou Jo het hun wel vertellen. Ze is meestal niet zo geheimzinnig. Als het geen onvermijdelijk noodgeval was geweest, zou Jo nooit zonder een woord aan de rest met haar gezin zijn verdwenen. Jo is niet onbezonnen en ook niet onbetrouwbaar. Het is ondenkbaar dat zij ooit zoiets zou doen.

Officieel heeft niemand het ooit meer over het incident. Maar in werkelijkheid komt het in de loop der tijd nog een paar keer ter sprake, over het algemeen zonder dat Jo en Neil daar iets van mogen weten. Amber houdt het bij hoe vaak dit gebeurt, als een soort knipseldienst, en dat is niet zo gek, want Amber is zelf vaak degene die erover begint. Twee jaar na deze gebeurtenis zit ze alleen met Sabina, en vraagt haar of zij inmiddels al iets meer weet dan de rest. 'Nee,' zegt Sabina. 'In Italië had ik het allang geweten. Maar Engelse families praten nooit ergens over.' Amber gelooft haar.

Ongeveer een jaar later neemt Amber haar schoonmoeder, Pam, in vertrouwen en vertelt haar dat ze zich nog vaak afvraagt wat er nu precies is gebeurd, en dat ze het nog steeds wil weten. 'Nou,' zegt Pam, die haar neus optrekt alsof Amber een smakeloos onderwerp heeft aangesneden. 'Tja, aan de ene kant wel, aan de andere kant niet.' Dat vindt Amber een belachelijke reactie. Wat bedoelt ze er in vredesnaam mee?

Luke is de enige met wie ze het gewoon over Little Orchard kan hebben, hoewel het haar wel irriteert dat hij er meestal alleen over praat om haar een plezier te doen. Het boeit hem niet echt meer. Zoals hij zelf zegt: 'Het is gebeurd. Het was een incidentje, meer niet. Sindsdien is alles goed met Jo en Neil. Dus wat kan het je nog schelen?'

Het kan Amber wat schelen. Het kan haar zo veel schelen dat ze zelfs heeft overwogen om eens aan William, die nu twaalf is, te vragen of hij zich nog iets van die nacht kan herinneren. Waarom?

Amber heeft geen zin om toe te geven dat zij de enige is die nog zo nieuwsgierig is. Ze vermoedt dat iedereen stiekem dolgraag wil weten hoe het zit; in elk geval alle vrouwen die erbij waren. Het kan niet anders of Hilary en Sabina hebben zich sinds die nacht afgevraagd of het gelukkige vernis op de relatie van Neil en Jo niet meer dan een illusie is. Voordat Pam in januari overleed aan leverkanker, zal zij het zich ook nog wel hebben afgevraagd. En is Amber nu echt de enige van de Little Orchard-groep die heel goed oplet als William en Barney hun mond opendoen, voor het geval ze zich een hint laten ontvallen? Er is iets vreemds aan de hand tussen hun ouders, of in hun huis, en het zijn zulke slimme jongens dat het hun onmogelijk kan ontgaan.

Waarom vraagt Amber het niet gewoon rechtstreeks aan Jo, als ze echt zo nieuwsgierig is? Misschien zou Jo er na al die jaren wel om lachen en het haar vertellen. En zelfs als dat niet zo is, dan zou Jo in het ergste geval zeggen: 'Sorry, maar dat zijn privézaken.'

Als Amber er goed over nadenkt, weet ze het antwoord op die vraag best, en het is een ongelofelijk antwoord. Het is niet dat ze bang is dat Jo het er niet met haar over wil hebben. Integendeel. Het klinkt misschien vreemd, maar het is *Amber die het er niet met Jo over wil hebben*. Ze heeft het gevoel dat het verschrikkelijk grof zou zijn, bijna misdadig om het aan te snijden. Jo lijkt het incident helemaal uit haar geheugen te hebben gewist. Op tweede kerstdag 2003 is ze de zitkamer van Little Orchard uit gelopen nadat ze haar verklaring had afgelegd, en meteen daarna – maar dan ook meteen – heeft ze een alternatieve versie van het universum geschapen, eentje waarin het *helemaal niet is gebeurd*. Dat is de wereld waarin ze nu gelukkig is, en als Amber haar naar Little Orchard zou vragen, zou ze haar daaruit sleuren. 'Dat is net zoiets als naar iemand toelopen die het naar zijn zin heeft op een feestje om hem te vertellen dat je toevallig weet dat hij in een vorig leven het slachtoffer was van genocide,' zegt Amber tegen Luke, die vindt dat ze zich aanstelt. Hij ziet het heel anders: 'Wat ik nog steeds niet begrijp, is waarom ze toen niet gewoon een plausibele leugen hebben verteld, als ze ons niet wilden vertellen wat er echt was gebeurd,' zegt hij. 'Dat zou ik doen.'

En daarmee heb ik mijn punt gemaakt: dat de meesten van ons dol zijn op een plausibele leugen. Met andere woorden: een goed verhaal.

2

30/11/2010

Het was bijna voorbij. Rechercheur Simon Waterhouse grijnsde bij zichzelf. Het was nog niet eens begonnen – de spoedvergadering die hij bijeengeroepen had zonder enige bevoegdheid om zoiets te doen, wachtte nog op zijn komst – maar Simon kon de finish al zien liggen. Hij zou erachter komen wie Katharine Allen had vermoord en waarom. Binnen een paar uur al, als hij mazzel had. En het was een lekker gevoel dat die kennis nu snel zou komen – dat er überhaupt iets snel zou gebeuren, als hij eerlijk was. Het was pas vandaag tot hem doorgedrongen hoe depressief hij werd van zijn eigen traagheid. Hij was al bijna zijn hele leven een twijfelaar, iemand die meende dat hij eerst een theoretische discussie met zichzelf moest winnen voor hij tot handelen kon overgaan. Het was hem inmiddels wel duidelijk dat het in bijna alle gevallen veel verstandiger was om snel iets te doen. De verkeerde handeling die leidde tot het verkeerde resultaat bracht je nog altijd sneller naar waar je wilde uitkomen dan helemaal niets doen en geen enkel resultaat boeken.

En in het onderzoek naar de dood van Katharine Allen was al bijna een maand geen enkel resultaat geboekt. Daar zou nu verandering in komen, dankzij Simon. Het ongeduld gonsde door zijn aderen, een krachtenveld van rusteloosheid dat heel dicht bij extreme verveling lag. Het soort rusteloosheid dat borrelt en ontploft, en dat niets liever wil dan buiten zijn oevers treden. Simon had geen idee of zijn transformatie tot iemand die roekelozer was dan hijzelf iets blijvends was. Charlie noemde het waanzin, en probeerde hem

ervan af te houden. Terwijl hij door de gang naar de rechercheruimte holde, stelde Simon zich voor hoe hij straks, als dit allemaal
achter de rug was, met een tevreden glimlach terug zou wandelen.
Normaal als hij rende, werd de snelheid van zijn lichaam in balans
gehouden door zijn hoofd dat aarzelde en probeerde alle reacties en
consequenties te voorspellen.

Waar was dat hoofd gebleven? Was het soms versleten van al dat
nadenken?

Hij wist wat hij zou aantreffen in de recherchekamer, en het was
er ook: een donkere, bedompte, mottige lucht, gespeend van enige
hoop, waardoor het in de goed verlichte ruimte op de tweede verdieping, met zijn moderne inrichting, aanvoelde alsof je in een
zuurstofarme kerker met dikke stenen muren zat, een paar kilometer onder de grond. Hoofdinspecteur Giles Proust, die met zijn rug
naar de kamer voor het raam stond, omdat hij niet wilde dat het
leek alsof hij op iemand wachtte, kon elke ruimte die ondergrondse
kerkersfeer geven met zijn slechte humeur.

In elke kerker heb je ketenen nodig, en Simon zag de onzichtbare
ketenen om inspecteur Sam Kombothekra en rechercheur Colin
Sellers, die gespannen aan de vergadertafel zaten aan de ene kant
van de kamer. Beiden wierpen Simon een blik toe toen hij binnenkwam – dezelfde blik, hoewel Sam en Sellers zo veel van elkaar ver-
schilden als twee mensen maar van elkaar kunnen verschillen. Een
blik waaruit sprak: 'Hoe haal jij het in je domme hersens om hem
nu al zo kwaad te maken?' Iedereen wist precies hoe het ervoor
stond: als je de Sneeuwman iets te zeggen had, iets wat hij niet allang wist of iets wat hem misschien niet aan zou staan – en aangezien niets hem ooit aanstond was dit een vrij brede categorie –
diende je hem voorzichtig te benaderen, en hem stotterend te vertellen dat je alles meteen uit de doeken zou doen. En je moest zijn
onvermijdelijke scheldkanonnade ondergaan als je verdiende loon,
omdat je hem die informatie niet veel eerder had gegeven, nog voor
je er zelf iets vanaf wist. Wat je niet moest doen, was hem bellen als
hij net naar huis wilde en hij toch al een halfuur te laat was voor zijn

avondeten, en van hem eisen dat hij moest blijven voor een spoedvergadering en weigeren om hem meer te vertellen aan de telefoon, alsof jij de baas was en hij de onderdaan.

Zo stonden de zaken ervoor. Simon wist dat even goed als Sam en Sellers. Hij moest lachen om het belachelijke idee dat hij dit spelletje voor eeuwig mee zou blijven spelen. Hij stond in de deuropening en staarde naar Prousts verstijfde rug. Echte sneeuwpoppen ontdooien uiteindelijk, maar Proust niet. Hij maakte zijn eigen vrieskou vanbinnen aan.

Niemand zei iets. Sam zuchtte. Uiteindelijk zei Sellers: 'Waterhouse is er, meneer.'

'Hij weet best dat ik er ben.' Een uitdaging. Proust zou hem negeren.

'Zal ik Gibbs op zijn mobiel proberen te bereiken om te kijken waar die uithangt?' vroeg Sellers.

'Gibbs is er niet bij,' zei Proust, nog altijd met zijn gezicht naar het raam. Heel even vroeg Simon zich af of de hoofdinspecteur zijn vergadering soms wilde kapen. Wist Proust het soms al? Hoe dan?

'Wie raadt wat Waterhouse met Gibbs heeft gedaan? Heeft hij hem soms tot hoofdrechercheur gepromoveerd? Of heeft hij hem ontslagen?'

Simon ontspande. De Sneeuwman was hem niet een stap voor. Hij oefende zijn sarcasme, de sterkste spier in zijn lichaam.

'Of heeft hij Gibbs verkleed als minstreel, en staat hij nu in de coulissen te wachten tot hij op mag?'

Er gleed een grijns over Sellers' gezicht, maar die bleef niet lang hangen. De humorneutraliserende sfeer van verbeten woede was te krachtig.

'Er moet toch een reden zijn waarom Gibbs er als enige niet bij is, dus verzin eens iets leuks.' Proust draaide zich om naar zijn publiek, en keek nadrukkelijk alleen Sam en Sellers aan. 'Rechercheur? Inspecteur? Woest speculeren is voor deze ene keer toegestaan. Dankzij Waterhouse zijn we gedwongen om onze bekrompen geesten achter ons te laten en een dimensie binnen te treden waar alles mogelijk is.' Ieder woord pulseerde van de ingehouden woede, alsof alleen de Sneeuwman inzag wat voor verdoemenis hun te wachten stond. 'In onze opwinding zijn we helemaal vergeten – en ik noem geen namen, want ik wil niemand op de tere teentjes trappen – dat sommige dingen niet mogelijk horen te zijn.' Eindelijk keek Proust Simon aan – een blik die niet verhulde dat hij hem tot die specifieke categorie rekende.

'Gibbs is een vrouw aan het verhoren. Amber Hewerdine,' zei Simon. 'Ik moet daar zelf ook zo snel mogelijk heen, want ik heb haar ook nog het een en ander te vragen. Het zal u niet bevallen hoe dit zo gekomen is,' Simon keek Proust aan, 'maar als het resultaat u ook niet bevalt, bent u niet goed wijs. Want dit is tot nu toe de eerste aanwijzing die we hebben wat betreft Katharine Allen.'

'Zitten we er allemaal goed voor?' mompelde Proust terwijl hij zich weer naar het raam omdraaide. 'Laat hem dan maar beginnen.'

'Amber Hewerdine, vierendertig, woont op Clavering Road in Rawndesley, werkt voor de gemeente Rawndesley op de afdeling Vergunningen. Ze had vandaag om drie uur een afspraak met een hypnotherapeute genaamd Ginny Saxon, in Great Holling. Ik weet niet waarom Hewerdine bij haar kwam – dat weigerde Saxon me te vertellen – maar toen ze daar buiten stond te wachten, kwam ze Charlie tegen. Charlie had ook een afspraak met Saxon, om twee uur. Ze wil stoppen met roken, en een paar mensen hebben haar gezegd dat hypnotherapie bij hen goed heeft gewerkt...' Simon wilde nog meer zeggen – dat het een praktische, rationele oplossing was voor een veelvoorkomend probleem – maar hij hield zich in. Hij had enorm zijn best gedaan om Charlie het gevoel te geven dat ze zich nergens voor hoefde te schamen, en dat ze er niet geheimzinnig over hoefde te doen, dus nu wilde Simon zich er zelf ook niet voor schamen.

'Saxon liep een uur uit, wat kennelijk voor Hewerdine een probleem was, dus bood Charlie aan om met haar te ruilen. Ze vond het wel fijn om haar eigen afspraak uit te stellen. Ze wist niet of ze er überhaupt wel mee door wilde gaan. Ze heeft even met Hewerdine gesproken, voor het huis van Saxon. En terwijl ze aan het praten waren, zat Charlie in de auto met een opengeslagen opschrijfboekje op schoot.' Simon haalde het boekje uit zijn binnenzak en legde het met een smak op tafel zodat de Sneeuwman kon horen wat hij miste door met zijn rug naar hen toe te staan.

Het gebaar had geen effect. Alsof hij een verhoor met een verdachte hield dat op band werd opgenomen, zei Simon luid en duidelijk: 'Rechercheur Waterhouse haalt nu een opschrijfboekje met een zacht, blauwleren kaft uit zijn zak en legt het op tafel. Hij doet het boekje open op de relevante pagina, de pagina die Amber Hewerdine gezien zou kunnen hebben. Daarop staan de woorden die aan ons allen bekend zijn: Aardig, Wreed, Aardig Wreed. In zwarte inkt, opgeschreven alsof het een lijstje is.' Simon moest het kaftje rechtbuigen. 'Jullie kennen allemaal Charlies handschrift,' zei hij. 'Dus wie de moeite neemt te kijken, zal zien dat zij het heeft geschreven.'

Sam Kombothekra's ogen stonden verbaasd. Er lag een prangende vraag aan Simon in zijn blik, eentje die Simon niet kon beantwoorden. *Ik weet niet waarom.* Hij dacht dat hij weleens iemand – wie, waar of wanneer wist hij niet meer – had horen omschrijven zoals hij het voelde, als 'demob happy'. Alleen was dat in zijn geval niet van toepassing. Hij werd niet 'gedemobiliseerd', althans, niet als het aan hem lag, en hij was zich er terdege van bewust dat het bijverschijnsel van zijn nieuwe, losse, ongeremde benadering binnenkort weleens tegen hem kon werken. Tegen hen allemaal. Hij probeerde dit aan Sam duidelijk te maken door kort zijn schouders op te halen: *Ik neem geen ontslag. Er is me niet verteld dat ik nog maar een maand te leven heb, of dat Proust nog maar een maand te leven heeft. Ik doe dit zo, omdat dit de beste manier is.*

'Charlie heeft wat werk meegenomen naar de dichtstbijzijnde pub, om een uurtje zoet te brengen,' vervolgde hij. 'Om vier uur ging ze terug naar het huis van Ginny Saxon, waar ze Hewerdine naar buiten zag komen. Ze zei dat Hewerdine een beetje van de wereld leek – in zichzelf gekeerd, alsof er iets aan haar vrat. Ze zei tegen Charlie wat ze in haar opschrijfboekje had gelezen en ze vroeg haar te bevestigen dat die woorden daar inderdaad in stonden: Aardig, Wreed, Aardig Wreed. Charlie zei van niet, wat zowel waar was als niet waar.'

'Een feitelijke onmogelijkheid,' constateerde Proust zuur.

'Hewerdine kan nooit hebben gezien wat ze dacht dat ze had gezien,' zei Simon tegen hem. 'Want hier zit hem de kneep: om drie uur, toen Charlie het opschrijfboekje open had in de auto – het enige moment dat Hewerdine het had kunnen zien – *stonden* die woorden daar nog niet, niet allemaal.'

Sellers deed zijn mond open, maar Simon hoefde zijn vraag niet te horen om hem te beantwoorden. 'Charlie wist het absoluut zeker: toen zij de eerste keer een praatje maakte met Hewerdine, om drie uur, had ze alleen nog maar "Aardig" en "Wreed" opgeschreven, meer niet. Ongeveer een uur later, in de pub, toen Hewerdine niet meer in de buurt was, heeft ze die bladzijde weer opgeslagen en er "Aardig Wreed" bijgeschreven. Waarom? Wat hoopte ze daarmee te bereiken? Hetzelfde wat wij allemaal hebben gehoopt: dat het zou helpen om naar de woorden te staren, alsof het ons op een of ander idee zou brengen. Maar voor haar werkte het ook al niet. Los van hun kennelijke betekenis, zeiden die woorden haar niets, en ze had de indruk dat datzelfde ook gold voor Hewerdine, want die zei: "Je hoeft me niet te zeggen wat het betekent, je hoeft alleen maar te bevestigen dat ik die woorden in jouw opschrijfboekje heb zien staan."'

Telkens als hij stopte om adem te halen, riskeerde hij een onderbreking; hij was nog niet klaar, nog lang niet. 'Jullie moeten het maar zeggen als ik te kort door de bocht ga, maar het lijkt mij waarschijnlijk dat de woorden "Aardig" en "Wreed" in Charlies boekje een associatie losmaakten met de woorden "Aardig Wreed" die Hewerdine al in haar hoofd had. Ze zei ook nog tegen Charlie dat ze dacht dat ze die woorden op gelinieerd papier had zien staan. Charlie vroeg zich af wat jullie je nu hopelijk ook allemaal afvragen: heeft Hewerdine het stuk papier gezien dat van het blok was gescheurd in het appartement van Katharine Allen, voor of na het was afgescheurd?'

Geïrriteerd door het uitblijven van een reactie van zijn collega's, liet Simon zijn ongeduld tot een uitbarsting komen; als je het expres deed, telde het niet als ontploffen. 'Zien jullie dan niet hoeveel mazzel we hebben dat dit ons zo in de schoot is geworpen? Ik durf met jullie allemaal te wedden – maakt me niet uit om wat, noem maar een bedrag – dat Amber Hewerdine Katharine Allen niet heeft vermoord, maar dat ze ons gaat leiden naar de persoon die dat wel heeft gedaan.'

Heel langzaam keerde Proust zich om. *Op het keerpunt, als linksdraaiend melkzuur.* 'En dat allemaal door puur geluk...' begon de hoofdinspecteur, zijn woorden lichtvoetig als een balletdanser. Simon zag dat Sam Kombothekra ineenkromp bij het groteske contrast tussen die zoete woordjes en het van woede vertrokken gezicht. 'Door puur geluk loopt de ongelukkig getrouwde mevrouw Waterhouse voor het huis van een hypnotheratreutel in Great Holling een vrouw tegen het lijf die iets te maken heeft met de moord op Katharine Allen.' Proust stak zijn wijsvinger op. 'Een vrouw die zo vriendelijk is om ongevraagd deze link aan ons kenbaar te maken.' Hij schudde zijn hoofd en glimlachte. Zijn wangen zaten onder de paarse vlekken; het was een raar idee dat zijn bloed warm en rood was, net als bij een gewoon mens. 'Dat noem ik geen mazzel meer, dat is zo'n gruwelijk onwaarschijnlijk toeval dat ik eens gek doe en zeg dat het helemaal niet is gebeurd. Inspecteur Kombothekra en rechercheur Sellers doen er goed aan ook zo lekker gek te doen, als hun carrière hun lief is.'

Proust liep op Simon af, zo langzaam dat hij zijn walging voor hem duidelijk had gemaakt voor hij bij hem stond. 'Jij hecht duidelijk niet zo aan je baan,' zei hij. 'Je laat blijken – zonder uitleg en zonder verontschuldiging, alsof jij er verder niets mee te maken hebt – dat brigadier Zailer op de hoogte is van een reeks woorden waar zij helemaal niets vanaf hoort te weten. Een onverschillige bekentenis-door-omissie: we kunnen uit jouw verhaal afleiden dat je de Privacywetgeving hebt overtreden – naast je professionele geheimhoudingsplicht, als we ook nog zout willen leggen op een paar slakken...'

'Charlie is niet alleen mijn vrouw,' zei Simon. 'Ze werkt bij de politie.'

'Dat mag nauwelijks nog een naam hebben, afgaande op wat ik zo hoor,' zei Proust bits. 'Maakt zij geen deel uit van een team dat is verhuurd aan een of andere softe feelgood denktank om de bewoners van de Culver Valley af te houden van zelfmoord? Dat is werk voor onbetaalde uithuilmutsen, niet voor de politie, zelfs niet voor die nietsnutten in uniform.' Zich wendend tot Sam en Sellers, vervolgde Proust: 'Is het jullie ook opgevallen dat brigadier Zailers beroepsmatige belangstelling voor zelfmoord wel heel snel volgde op haar huwelijk met Waterhouse?'

Het was alsof de hel was neergedaald in het kantoor, dacht Simon. 'Charlie werkte voor ons, en ze is een betere rechercheur dan menigeen in deze ruimte,' zei hij. 'Wat de Privacywetgeving daar ook van mag vinden. We weten allemaal dat er geen enkele reden is waarom ik het niet met Charlie over Katharine Allen zou hebben, en het is maar goed dat ik het heb gedaan. Anders hadden we dit aanknopingspunt nooit gehad. Hoe bedoelt u, dat het niet is gebeurd? Wilt u soms beweren dat Charlie liegt?'

De ruimte vulde zich met het veel te moeizame ademhalen van alle aanwezigen. Als Simon met zijn ogen dicht had moeten raden, zou hij gezegd hebben dat er twintig mensen in de kamer zaten die zich schuilhielden voor een roofdier. *Of mensen die van een bergtop af sprongen.* Het had iets stimulerends om je niet te laten intimideren door een objectief gezien intimiderend iemand. Simon liet zich meevoeren op een golf van adrenaline; hij hoopte maar dat zijn gezond verstand er niet onder leed.

'Laten we die arme brigadier Zailer niet belasteren in haar afwezigheid,' zei Proust. 'Waarom zou ze liegen? Ze was altijd al gespecialiseerd in fouten maken, en dat zal nu ook wel weer het geval zijn. Dat Hewerdine-mens heeft die woorden in haar boekje zien staan

– *alle* woorden bij elkaar, tegelijkertijd. Er bestaat geen verband tussen die Hewerdine en de moord op Katharine Allen.'

Simon had al ingecalculeerd dat de Sneeuwman zou tegenwerken, maar op een regelrechte ontkenning had hij niet gerekend. Hij hield zijn poot stijf. 'Charlie weet het zeker. Toen Hewerdine het opschrijfboekje zag, stond er nog geen "Aardig Wreed" op de bladzijde, alleen "Aardig" en "Wreed". Als je het hebt over ongehoorde onwaarschijnlijkheid, dat komt elke seconde van elke dag voor. Hoe waarschijnlijk is het dat u geboren bent – u, Giles Proust, precies zoals u bent? En dat geldt voor ons allemaal. Hoe *waarschijnlijk* was het dat wij met zijn vieren zouden samenwerken?' Simon moest harder schreeuwen dan hij van plan was, omdat hij sprak namens hen allemaal: alle mensen die ooit tegen de Sneeuwman hadden willen schreeuwen maar dat niet hadden gedurfd. Hij deed het voor hen.

'Dat wij met z'n vieren zouden samenwerken?' vroeg Proust zuinigjes. 'Noem je het zo? Niet dat drie van ons in een afgesloten ruimte zitten opgesloten met een ijlende fanaticus?'

Simon dwong zichzelf een paar seconden te wachten voordat hij verderging. 'Is het nu werkelijk zo onwaarschijnlijk dat er een vrouw in Rawndesley woont die op de een of andere manier te maken heeft met een moord die twintig minuten verderop in Spilling is gepleegd? Of dat die vrouw Charlie tegen het lijf loopt in Great Holling, waar ze allebei bij in de buurt wonen?'

Niemand zei iets. Niemand durfde. Als de Sneeuwman nadrukkelijk weigerde om een directe vraag te beantwoorden, betekende dit dat de rest niet mocht reageren; dat was een van de vele ongeschreven regels waar ze allemaal aan gewend waren geraakt.

'Amber Hewerdine zag de woorden "Aardig" en "Wreed" in Charlies boekje, en toen legde ze zelf het verband,' hield Simon vol. 'Ze vroeg Charlie ernaar omdat het voor haar van belang was. Er was iets met die woorden wat haar dwarszat. Ze wilde het opschrijfboekje inzien. Charlie weigerde, maar daar nam Hewerdine geen genoegen mee. Charlie had haar auto niet op slot gedaan, en het boekje lag op de stoel toen zij bij de hypnotherapeute naar binnen ging, omdat ze wilde testen hoe graag Hewerdine het boekje in handen wilde krijgen. Daar kwam ze snel achter: heel graag. Ze kwam een paar minuten later weer naar buiten, en trof Hewerdine in haar auto, al lezend.'

'Echt waar?' vroeg Sellers. 'Wat een brutaal nest.'

'Waarom wilde zij zo graag weten of die woorden in dat boekje stonden?' vroeg Sam.

'Ginny Saxon heeft die vraag twintig minuten geleden aan de telefoon beantwoord,' zei Simon tegen hem. 'Tijdens hun sessie vroeg ze Hewerdine naar een herinnering...'

'Een *herinnering*?' zei Proust. 'Dus zo werkt dat. In een restaurant krijg je een servet, bij de hypnotherapeut krijg je een herinnering?'

Simon merkte onwillekeurig dat het humeur van de Sneeuwman iets leek op te klaren. Vond hij het soms leuk om te zien hoe Simon zijn zelfbeheersing verloor en begon te tieren? Beschouwde hij dat als een overwinning? 'Hewerdine reageerde eerst niet. En toen zei ze, volgens Saxon: "Aardig, Wreed, Aardig Wreed". Saxon vroeg nog of ze dat wilde herhalen, omdat het zo vreemd klonk en omdat ze dacht dat ze het waarschijnlijk verkeerd had verstaan. Het is niet iets wat haar cliënten normaal zeggen als ze hun vraagt de eerste de beste herinnering die bij hen opkomt te beschrijven.'

'Ik mag hopen dat ze normaal gesproken zeggen dat ze zich met haar eigen zaken moet bemoeien,' zei Proust.

'En nu komt het vreemde: Hewerdine herhaalde de zin, en vroeg toen aan Saxon wat het betekende. Saxon zei dat ze geen idee had, en stelde Hewerdine dezelfde vraag, waarop Hewerdine ontkende dat zij die zin als eerste had gezegd. Ze beweerde dat Saxon het als eerste had gezegd en dat die haar had gevraagd het na te zeggen. Toen Saxon dit ontkende, werd Hewerdine laaiend, maakte haar uit voor leugenaar, weigerde voor haar sessie te betalen en stormde de praktijk uit.'

'En toen botste ze tegen Charlie op?' vroeg Sam.

Simon knikte.

Sam kauwde op zijn lip en dacht na. 'Dus... Hewerdine dacht dat

Saxon die magische woorden had gesproken *en* dat Charlie ze in haar opschrijfboekje had staan?' Hij fronste. 'Waarom zou ze dat niet onwaarschijnlijk hebben gevonden? Ik vind dat namelijk ook.'

'Hebt u wel opgelet, inspecteur? Waterhouse heeft zojuist uitgelegd hoe onlogisch het is om ooit nog iets onwaarschijnlijk te vinden. Deze avond luidt een nieuw tijdperk in: het tijdperk van de ongebreidelde lichtgelovigheid.'

'Ik snap niet wat Hewerdine gedacht moet hebben,' zei Simon tegen Sam. 'Daarom wil ik ook zo graag met haar praten.' Hij gebaarde naar de deur.

'Wil je daarmee toestemming vragen om weg te gaan?' vroeg Proust. 'Ga gerust. En bespaar je de volgende keer de moeite door niet meer te komen, en door geen vergaderingen meer te beleggen. Ik weet dat het idee om iets wat ik zeg serieus te nemen je uit principe al tegenstaat, maar ik waag het erop, misschien maak je dit keer een uitzondering: die Hewerdine, daar heb je niets aan. Pas als we weten wat die woorden betekenen, weten we voor hoeveel mensen ze iets te betekenen kunnen hebben. Wat nu als ze uit een jingle van een bekende reclame komen? Wat als er een of andere tekenfilmfiguur is die dat altijd zegt?'

'We hebben ons een ongeluk gezocht, en we hebben niets gevonden – niets op het internet, niemand die ooit heeft gehoord van "Aardig, Wreed, Aardig Wreed" in wat voor context dan ook,' bracht Simon hem in herinnering.

'Dat bewijst nog niet dat er niet duizenden mensen zijn voor wie het zinnetje wel betekenis heeft,' zei Proust met die dreigend geduldige stem die Simon moest laten voelen dat hij Proust geen reden gaf om geduldig te blijven. 'Het bewijst alleen dat we die nog niet hebben gevonden. Jij gaat ervan uit dat die mysterieuze woorden slechts een handjevol mensen aan elkaar verbinden: een slachtoffer, de moordenaar, en die Hewerdine van jou als schakel tussen die twee. Reuze handig. Ik zeg je – en jij wijst het direct van de hand met die monsterlijke arrogantie van je – dat die woorden evengoed miljoenen mensen aan elkaar kunnen verbinden. Of ze vormen een band tussen een man of veertien op een doodgewone, onschuldige manier, die helemaal niets te maken heeft met een moord.'

Proust liep naar Simon toe en tikte op diens voorhoofd alsof het een deur was. 'We weten niet eens of de doordruk van die woorden op het notitieblok in Katharine Allens appartement iets te maken heeft met haar dood.' De hoofdinspecteur zocht steun bij Sam en Sellers. 'Of wel soms? We hebben nog andere woorden in dat appartement gevonden – het lijstje op de koelkast, om maar eens wat te noemen: "Parkeervergunning verlengen, kerstcadeaus bestellen bij Amazon" enzovoort. Als Waterhouse vanmiddag een vrouw tegen het lijf was gelopen die tegen hem zei dat ze haar parkeervergunning moest verlengen, zou hij dan ook zijn slaafje Gibbs voor haar huis hebben geparkeerd met een lasso in zijn hand en een gemene glinstering in zijn ogen?' Proust snoof waarderend om zijn eigen grapje. 'Het is lachwekkend, Waterhouse – en met "het" bedoel ik "jij".'

'Ik ga niet met u in discussie, meneer,' zei Simon vermoeid. *Meneer?* Waar kwam dat ineens vandaan? Hij had Proust al in geen jaren 'meneer' genoemd. 'Ik ga niet met u in discussie over een standpunt dat u alleen maar inneemt om mij in de gordijnen te jagen. U weet het, ik weet het, we weten het allemaal: "Aardig, Wreed, Aardig Wreed" is een dusdanig vreemde woordenreeks dat we hem serieus moeten nemen.'

'Als jij zo graag met die Hewerdine wilt spreken, waarom heb je haar dan door Gibbs laten oppikken?' viel Proust uit. 'Waarom heb je hem het verhoor in zijn eentje laten beginnen? Heb je soms een speciaal opleidingsprogramma voor hem ontwikkeld zonder ons daar deelgenoot van te maken? Het Simon Waterhouse Diploma voor Zelfgenoegzaam op Louter Toeval Gebaseerd Politieonderzoek en Gekte in het Algemeen?'

Simon zag dat Sellers zijn best deed om niet te lachen. 'Ik heb Gibbs gevraagd haar naar het bureau te brengen zodat ik wat tijd kon winnen,' zei hij. 'Ik wilde Charlie uithoren, met Ginny Saxon praten en met jullie...' Hij wist dat hij nu in het diepe moest springen, maar hij stelde het zo lang mogelijk uit. 'Er is iets wat jullie moeten weten over Gibbs. Ik zal hem straks vertellen dat ik het jullie heb verteld, maar... het is gemakkelijker als hij er niet bij is.'

'Je hebt een stickerkaart voor hem gemaakt,' zei Proust bij wijze van voorzet. 'Elke keer als hij zijn carrièrekansen nog verder verneukt door klusjes voor jou op te knappen in plaats van de taken die inspecteur Kombothekra hem toewijst, krijgt hij een gouden sterretje op zijn kaart. En bij tien sterretjes mag hij je moeder naar de kerk brengen en –'

'U bent lekker op dreef met uw grappen en grollen,' viel Simon hem in de rede. 'Jammer dat u te benepen bent om toe te geven waarom u ineens in zo'n goed humeur bent: het feit dat ik u eindelijk een aanknopingspunt heb geleverd.'

'Brigadier Zailer heeft jou dat aanknopingspunt geleverd.'

Simon slaakte een zucht. Een gesprek voeren met Proust was als proberen een auto te starten die al tot schroot was vermalen. 'We zullen Charlies opschrijfboekje opnemen als bewijsstuk,' zei hij tegen Sam. 'Tenminste, dat lijkt *mij* waarschijnlijk. Dan zullen jullie allemaal zien wat er nog meer in dat boekje staat behalve die vier woorden. En om de verrassing in de kiem te smoren, zal ik jullie nu vast vertellen wat: het zijn brieven. Van Charlie aan haar zus Olivia. Maar ze zijn niet bedoeld om te worden verstuurd.' Simon staarde naar het tafelblad. 'Ze zijn geschreven om haar woede te koelen.'

Proust dook als een roofvogel boven op het boekje.

'Liggen ze nog steeds overhoop?' vroeg Sam, die van mening was dat harmonieuze relaties zowel wenselijk als mogelijk waren.

Sellers was ineens heel erg geïnteresseerd in het uitzicht uit het raam: het stadhuis aan de overkant werd verbouwd. Het stond in de steigers en was behangen met blauw plastic. *Hij weet het al*, dacht Simon.

'Gibbs en Olivia... hebben een verhouding. Al sinds de avond van ons huwelijk.'

Colin Sellers schudde zijn hoofd en keek kwaad. Simon had aan de grote klok gehangen dat Gibbs zijn vrouw bedroog, en daarmee brak hij met het enige principe dat Sellers dierbaar was.

'Hebben we het nu over dezelfde Gibbs wiens vrouw in april een tweeling krijgt?' De reactie van Proust kwam zo snel dat Simon ervan overtuigd was dat Proust het ook al wist. Sam niet; zijn gezicht sprak boekdelen. 'Gibbs en Olivia Zailer. Nou, dan zat ik er niet ver naast met mijn stickerkaart – hij knapt jouw klusjes op, en krijgt zelfs een heuse Zailerzus. Mag ik het woord troostprijs in de mond nemen, of is dat een vuile opmerking?'

'Ik heb alleen gezegd wat jullie zullen zien als je in Charlies boekje leest, meer niet,' zei Simon. 'Dus nu hoeven jullie die brieven niet meer te lezen, en ik zou het waarderen, en Charlie al helemaal, als jullie dat ook inderdaad niet doen.'

Sam Kombothekra knikte.

'Het gaat mij niet aan,' zei Sellers.

'In theorie zouden we meer te weten komen dan alleen de blote feiten, als we het boekje zouden lezen.' Proust bladerde het boekje met veel aplomb door. 'We zouden er bijvoorbeeld achter kunnen komen hoe verraden brigadier Zailer zich voelt, en waarom dat zo is, en hoe goed ze is in rancuneus zijn. Onder andere. Ik vraag me af wat we allemaal over jou te weten zouden komen, Waterhouse.'

'Ik ga nu Amber Hewerdine verhoren,' zei Simon terwijl hij de kamer uit liep.

Prousts stem klonk achter hem: 'Niet zonder toezicht. Ik ga met je mee.'

'U?' Simon bleef staan. Draaide zich om. 'U wilt een getuige verhoren?'

'Nee. Die getuige van jou interesseert mij geen lor. Die kan ons toch niets nuttigs vertellen.' Proust liet het opschrijfboekje expres achteloos op tafel vallen. 'Ik wil gewoon weleens zien hoe jij mensen verhoort, Waterhouse. En weet je wat ik het liefst zou doen? Het liefst zou ik de banden van jouw verhoren bekijken, aan een stuk door: de frustrerende, de saaie, de halfslachtige verhoren, waar je maar een beetje met de pet naar gooide. Nostalgie is altijd al een zwakte van me geweest, en vandaag voel ik die nostalgie over jouw carrière bij de recherche. Waarom gaan we niet met zijn allen lekker kijken naar jouw allerlaatste demonstratie van onderzoekskunde?'

'Dit is een foto van Katharine's afstuderen,' zei Gibbs tegen de boze vrouw die tegenover hem aan tafel zat. Haar weerzin jegens hem gaf hem een claustrofobisch gevoel in de kleine verhoorkamer met muren die de kleur van gele vla hadden en dat kleine raampje dat zogenaamd licht moest binnenlaten. Neonlicht, van de gang. Maar misschien lag het ook wel aan het feit dat zij hem zo tegenstond. Hij mocht haar al meteen niet toen ze tegen hem zei dat hij moest doen alsof hij plumeaus verkocht, omwille van haar kinderen. *Een plumeauverkoper, godbetert.* Waarom zou iemand zoiets stompzinnigs doen voor de kost? 'Katharine is op 2 november vermoord in haar appartement in Spilling. Ze was zesentwintig.'

'Hoe vaak ga je dat nog tegen me zeggen?' Amber Hewerdine richtte haar grijze ogen op hem als een wapen. 'Ik weet zo langzamerhand alles van haar wat er te weten valt. Ze was zesentwintig, onderwijzeres, niet getrouwd, woonde alleen, is opgegroeid in Norfolk...'

'In een dorpje genaamd Pulham Market,' zei Gibbs om haar wat nieuwe informatie te verschaffen.

'Nee, ja, dat verandert natuurlijk *alles*.' Amber zei het sarcastisch lijzig. 'Katharine Allen uit Pulham Market? *Die* Katharine Allen? Zeg dat dan meteen! *Die* Katharine Allen ken ik al jaren. Toen je me vroeg of die naam me iets zei, ging ik ervan uit dat je een heel andere Katharine Allen bedoelde, eentje die *niet* uit Pulham Market in Norfolk kwam.'

'Het kan misschien niet relevant lijken, maar hoe meer ik je over haar vertel, des te groter de kans dat we een verband tussen jullie vinden,' zei Gibbs.

'Voor de vierentwintigste keer: hoe kom je erbij dat er een verband *is*?'

'Ken je die appartementen in het Corn Exchange-gebouw? Daar woonde Katharine Allen. Een maisonnette – op de bovenste verdieping en die daaronder. Haar slaapkamer was in een deel van de koepel.' Gibbs tilde zijn benen op en legde zijn voeten op tafel. 'Ik weet niet of ik wel in het centrum zou willen wonen. Lijkt me lawaaiig.'

'Ik betwijfel het. Moeten de mensen in Spilling en Silsford en alle tussenliggende dorpjes niet van overheidswege om negen uur naar bed? Of denken wij inwoners van Rawndesley dat maar?'

'De reden waarom ik Katharine's slaapkamer noem, in die koepel, is omdat ze daar is vermoord. Meerdere klappen tegen het achterhoofd. Hiermee.' Gibbs schoof nog een foto over tafel.

Omdat Amber wel begreep dat ze geacht werd hierop te reageren, zei ze: 'Dat is een ijzeren stang.'

'Katharine gebruikte die stang om haar slaapkamerraam mee te openen. De stang hing aan een haak aan de muur.'

Amber slikte een geeuw in, en deed heel even haar ogen dicht.

'Het spijt me als ik je verveel.' Gibbs schoof haar nog een foto toe. Een foto die hij tot nu toe zorgvuldig verborgen had gehouden. 'Iemand heeft die stang van de haak gehaald, Katharine van achteren benaderd, en heeft haar toen aangevallen. Bruut. Zo zag Katharine's hoofd er na afloop uit. Ze is meer dan twintig keer geslagen.'

Amber kromp ineen. 'Moet ik dit allemaal weten? Moet ik *dat* nou echt zien? Wil je het alsjeblieft wegstoppen?' Haar huid zag bleker, vlekkerig. Ze bedekte haar mond met haar hand.

'Ik begon me af te vragen of jij een moord misschien niet zo'n big deal vindt,' zei Gibbs.

'Hoezo?' vroeg ze kwaad. 'Omdat ik moe ben? Omdat ik niet huil, zoals een gevoelige vrouw hoort te doen? Ik slaap al achttien maanden niet meer normaal. Ik kan elk moment in slaap vallen, behalve als ik in bed lig met een hele nacht voor me, want *dan* blijf ik gegarandeerd wakker. En ja, de moord op een vrouw die ik niet ken, doet mij minder dan de moord op iemand die ik wel ken en om wie ik geef. En, ik zeg het maar vast, je kunt nog vijfhonderd keer die naam "Katharine" tegen me zeggen, maar ik voel me daardoor niet dichter bij haar betrokken dan als je "juffrouw Allen" of "het slachtoffer" zou zeggen.'

'Ze werd Kat genoemd,' zei Gibbs. 'Door haar vriendinnen en haar collega's.'

Amber haalde diep adem, en deed haar ogen weer dicht. 'Natuurlijk vind ik het erg dat er een vrouw is vermoord, op de abstracte manier dat mensen de dood van mensen die ze niet kennen erg vinden. Natuurlijk vind ik het niet ideaal dat er iemand is die het oké vindt om... om *dat* te doen met andermans hoofd.'

'Ik verwacht niet van je dat je gaat huilen,' zei Gibbs. 'Ik verwacht dat je schrikt. De meeste mensen, schuldig of onschuldig, zouden bang zijn als ze werden gearresteerd in verband met een moord.'

Amber keek hem aan alsof hij gestoord was. 'Waarom zou ik daar bang voor zijn? Ik heb er niets mee te maken en ik weet er niets van.'

'Soms denkt de politie dat een getuige liegt, en zo iemand wordt dan in staat van beschuldiging gesteld.'

'Dat gebeurt meestal alleen als ze inderdaad liegen. Behalve als dit de jaren zeventig zijn en als dit Ierland is.'

Er moest toch ergens angst zitten onder al die bravoure. 'Ik wil je dit wel vertellen,' zei Gibbs. 'Als de pers erachter komt dat we zelfs maar met jou praten, behalve als jij je nu ietsje anders gaat opstellen, zal het hele land zich buigen over de vraag of jij schuldig bent nog voor er sprake is van een formele aanklacht – als het al ooit zover komt. Jij bent het soort vrouw aan wie het grote publiek een hekel heeft.'

Ze lachte erom. 'Hoezo – omdat ik mager ben, een grote bek heb en defensief ben? Ik ben in elk geval niet standaard, dat moet je toegeven.' Wat kregen we nou, was ze aan het flirten? Nog altijd glimlachend zei ze: 'Ik heb een onweerstaanbaar prikkelende charme waarmee ik mensen voor me kan winnen als ik daar zin in heb. De enige reden waarom jij mij niet mag, is omdat het mij niet kan schelen of jij mij wel of niet mag. Vraag maar waarom mij dat niet kan schelen.'

Gibbs zei niets. Wachtte af.

'Het kan me niet schelen, omdat ik jou een domkop vind,' zei Amber tegen hem, zorgvuldig articulerend. 'Jij wilt weten wie Katharine Allen heeft vermoord. Ik probeer je te helpen, ook al heb ik je maar weinig te bieden. Luister goed, dan probeer ik het nog een keer. Ik weet het niet, maar ik vermoed dat zij is vermoord door iemand die haar kende en die haar ofwel niet mocht, of die iets te winnen had bij haar dood. En mocht je te stom zijn om dat zelf te zien: dat is geen omschrijving van mij. En toch denk jij bizar genoeg dat ik jou, los van deze voor de hand liggende feiten, verder kan helpen, dus dat betekent dat jij iets weet wat ik niet weet. En omdat ik een bovengemiddeld IQ heb, begrijp ik heus wel dat dat iets te maken heeft met dat rotwijf en haar opschrijfboekje.' Ze zuchtte diep. 'Snap jij dan echt niet dat je alleen vooruitkomt als je mij *vertelt* wat je voor me achterhoudt?'

Gibbs had iets raars opgemerkt wat vrouwen betrof: ze wilden heel graag met je praten, maar deden er alles aan om ervoor te zorgen dat je daar geen zin in had.

'O, wat nu, einde gesprek?' Ambers stem trilde van hoon. 'Goed idee. *Geweldig* idee. Als jij verder niets te zeggen hebt, heb ik ook niets meer te zeggen – ik *kan* namelijk niets meer zeggen totdat er iets verandert, totdat ik informatie heb *die ik nu niet heb*.'

'Jij bent een getuige, en misschien een verdachte,' zei Gibbs tegen haar. 'Wij zijn niet twee rechercheurs die samen aan een zaak werken.'

'Precies.' Ze schudde haar hoofd en stond op. 'Zo is het. Jij bent in je eentje de rechercheur, en jij komt nergens. En ik ben een pissige, oververmoeide, onvoldoende benutte bron die nu naar huis wil, als je het niet erg vindt.'

'Onvoldoende benutte bron?'

'Als jij me zou vertellen wat er aan de hand is, kan ik misschien iets nuttigs bijdragen. Heb je daar al bij stilgestaan? Heb je weleens bedacht dat jij liever de macht hebt dan dat je geholpen wordt?'

De deur ging open. Waterhouse. En Proust. Wat moest die in godsnaam in een verhoorkamer?

'Godzijdank,' zei Amber alsof ze om ondersteuning had gevraagd via de radio, en die eindelijk was gearriveerd. Was ze soms gestoord en kreeg ze er een kick van te doen alsof ze bij de politie zat? Hoe meer ze zei, hoe minder Gibbs haar vertrouwde. Hij zag zo voor zich hoe ze iemands hoofd met een stang bewerkte, en dat ze daar nog genoegen in schepte ook.

'Ik ben rechercheur Simon Waterhouse. Dit is hoofdinspecteur Giles Proust.'

'Ik ben Amber Hewerdine, en ik ga net naar huis, behalve als ik met iemand anders kan spreken dan met *hem*.' Ze wees naar Gibbs.

'Hoezo?' vroeg Waterhouse.

'Omdat het niet opschiet. Het enige wat hij tot nu toe heeft gezegd, is dat hij een hekel aan me heeft, en dat al zijn vriendjes me ook stom vinden.'

'Dat heeft hij niet gezegd,' sprak Waterhouse haar tegen.

'Dat heeft hij wel gezegd, maar dan in officiële politietaal.' Zonder af te wachten of iemand haar een vraag stelde, begon Amber haar gesprek met Gibbs te beschrijven. De detaillering was ongelofelijk. Had ze soms een fotografisch geheugen? Gibbs knikte naar Waterhouse om aan te geven dat het klopte wat ze zei: het was bijna een letterlijke weergave van het verhoor.

'Ik denk dat er sprake is van een misverstand,' zei Waterhouse.

'Nee, daar is geen sprake van,' zei Amber bits. 'Ik heb hem alle kans geboden om in te zien...'

'Geef mij dan de kans om uit te leggen wat ik bedoel.' Een beleefd gebod. 'Als je nog even zou willen blijven, denk ik dat we daar veel aan zullen hebben.' Hij gebaarde dat ze moest gaan zitten.

Ze bleef staan, en wendde zich tot Proust. 'En wat moet jij, verdomme?' wilde ze weten.

'Doe eens rustig,' zei Gibbs. 'Hoofdinspecteur Proust heeft niets gezegd of gedaan.'

'Behalve dan dat hij me aanstaart met zijn radioactieve ogen alsof hij me een ondermens vindt.'

'Dat vindt hij niet,' zei Waterhouse. 'Zo kijkt hij altijd. Ik zou

Moeder Teresa in een rolstoel uit Calcutta kunnen halen, en dan zou hij nog zo kijken.'

Gibbs vroeg zich af of hij en Waterhouse zouden worden ontslagen vanwege deze zaak. Waterhouse leek daar wel zin in te hebben. Dat, of hij was ineens psychotisch. Gibbs wist zeker dat zijn vrouw Debbie hem uit huis zou schoppen als hij door zijn eigen stomme schuld de zak kreeg; haar moeder wilde sowieso al dat ze bij hem wegging, en Debbie deed meestal wat haar moeder wilde. Gibbs wist bijna zeker dat hij zelf ook wilde dat Debbie bij hem wegging.

Was Moeder Teresa al niet jaren dood?

'Ben je bekend met het concept van percentielscores?' vroeg Waterhouse aan Amber.

Ze knikte.

'Ik spreek heel veel mensen – verdachten, getuigen, slachtoffers en daders. Burgers, andere politiemensen. Zonder hen tekort te willen doen, het gros van hen beschikt niet over erg goede communicatieve vaardigheden. Het zal je verbazen hoe slecht zelfs de intelligentste mensen kunnen communiceren.'

'Nee, dat zou mij niet verbazen,' zei Amber tegen hem. Ze liep terug naar haar stoel en ging zitten.

'Er is één feit dat eruit springt in je verslag van jouw gesprek met rechercheur Gibbs: je bent een ongewoon goede communicator. Ik zou je in de top 0,1 procent zetten. En omdat je een uitstekende communicator bent, geloof je in de kracht van communicatie bij het oplossen van dingen. Als iedereen jouw niveau had, konden we altijd alles oplossen. Toch?' Waterhouse ging op de rand van de tafel zitten, zodat Amber Gibbs niet meer kon zien, en hij haar niet.

'Dat hangt van de omstandigheden af,' antwoordde ze. 'In het geval van twee vreemden die proberen lacunes in elkaars kennis aan te vullen gaat dat wel op, ja. Als het om een emotioneel complexe zaak gaat, is het soms beter om niet al te doeltreffend te communiceren, anders kwets je mensen. Maar dat geldt hier niet. Ik vind het prima om rechercheur Gibbs tegen me in het harnas te jagen voor de goede zaak. En dat ik er dan achter kom wat hier in godsnaam aan de hand is. Ik weet zeker dat hij er ook zo over denkt.'

'Laten we het eens op jouw manier proberen,' zei Waterhouse.

Ging hij nou echt...? Ja. Hij stak al van wal. Gibbs vond het heerlijk om Prousts gezicht te zien terwijl Waterhouse Amber Hewerdine briefte alsof ze een nieuw teamlid was. *Krankzinnig.* Zelfs al wist hij zonder ook maar een spatje twijfel dat zij op geen enkele manier betrokken was bij de dood van Katharine Allen... Hij moet er absoluut zeker van zijn dat ze onschuldig is, bedacht Gibbs, anders zou hij dit nooit doen. *Of hij heeft onverwacht een fortuin geërfd en er staat buiten een vluchtwagen, anders zou hij zoiets niet doen waar Proust bij was.*

'Tot vandaag hadden we geen enkele aanwijzing. Niets,' zei hij tegen Amber. 'Niemand heeft iets gezien. Het forensisch onderzoek leverde niets op. We hebben haar hele leven omgespit, en we weten nog niets. Alle vrienden, collega's en bekenden van Katharine Allen zijn met zekerheid uitgesloten en we kunnen geen enkele reden verzinnen waarom zij haar iets zouden willen aandoen. Ze was een doodgewone vrouw die zich netjes aan de wet hield en er was niets in haar priveléven of op haar werk waardoor iemand haar zou willen vermoorden. Dat is een situatie die tot wanhoop leidt bij rechercheurs – die grijpen alles aan, wat dan ook, hoe ongebruikelijk het ook mag lijken, om maar niet te hoeven toegeven dat ze met lege handen staan. We klampen ons in dit geval vast aan het enige wat vragen opwierp. In Katharine's zitkamer hebben we een afdruk gevonden van vier woorden op een gelinieerd A4'tje: Aardig, Wreed, Aardig Wreed.

'Een afdruk? Dus niet de echte woorden? Iemand heeft die woorden opgeschreven en het vel papier vervolgens afgescheurd?' Snel van begrip, moest Gibbs toegeven. Misschien moest ze maar echt bij hun team komen. Ze kon zijn baan krijgen als Proust hem straks had ontslagen.

Waterhouse stond op en wendde zich tot Gibbs. 'Heb je de foto's?' vroeg hij.

Gibbs pakte ze erbij en duwde ze over tafel.

Amber staarde er bijna een minuut naar, en veegde haar haren achter allebei haar oren. Afgaande op haar gezichtsuitdrukking vond ze deze foto's een stuk verontrustender dan de foto van het stukgeslagen hoofd van Katharine Allen. 'Ik begrijp het niet,' zei ze. 'Hoe wisten jullie... heeft die vrouw van wie ik het opschrijfboekje heb gezien de politie gebeld, en hebben jullie toen het verband gelegd?' Er flitste iets in haar ogen, een mengeling van ongeduld en superioriteit. 'Dan moeten jullie met *haar* praten.'

Gibbs hoorde wat ze niet hardop uitsprak: *stelletje idioten.* Dit werd leuk. 'Ze werkt zelf bij de politie,' zei hij. 'Brigadier Charlotte Zailer.'

'Die woorden op allerlei stukken papier schrijven en ernaar zitten staren is tegenwoordig een hobby van ons allemaal,' nam Waterhouse het van hem over. 'We hopen steeds maar dat er ineens een lampje gaat branden. Maar dat is nog niet gebeurd. De reden waarom jij hier bent, zo snel al, is niet omdat jij woorden in het opschrijfboekje van brigadier Zailer hebt gelezen. De reden is dat je ze onmogelijk gelezen kunt hebben, ook al denk je zelf van wel.'

'Ik heb ze gezien,' hield Amber vol. 'Toen ik in haar auto inbrak.'

'Ja, toen wel. Maar je vroeg brigadier Zailer of je die woorden daarvoor kon hebben gezien, om drie uur. Klopt dat?'

Amber knikte.

'Dat kon niet,' zei Waterhouse. 'Je hebt waarschijnlijk de woorden "Aardig" en "Wreed" gezien, maar meer had ze op dat moment nog niet opgeschreven. Jij onderbrak haar flow toen je ineens naast haar stond. Ze heeft kort met je gesproken, en toen ging je bij Ginny Saxon naar binnen. Later heeft brigadier Zailer die pagina weer opgeslagen om af te maken waar ze aan begonnen was. Toen heeft ze "Aardig Wreed" opgeschreven.'

Gibbs dacht dat Amber haar geduld zou verliezen – dat ze Waterhouse voor leugenaar zou uitmaken, en daarmee Charlie ook. Tot zijn verbazing knikte ze alleen maar.

'Ik heb met Ginny Saxon gesproken, Amber. Ze vertelde me dat jij die woorden tegen haar zei – "Aardig, Wreed, Aardig Wreed" – en dat je haar er toen van beschuldigde dat zij ze eerst zei.'

'Maar dat heeft ze niet gedaan,' zei Amber.

'Dat heeft ze *niet* gedaan?'

'Ik geloof het niet, nee. Op dat moment was ik ervan overtuigd, want die woorden zeiden me niets. Ik herkende ze niet, dus ik zag niet in waarom ik ze zou zeggen. En dat begrijpen jullie pas als je zelf ook een keer onder hypnose bent geweest. Zijn jullie weleens onder hypnose geweest?' Ze keek hen een voor een aan. Toen haar blik op de Sneeuwman bleef rusten, wist Gibbs bijna zeker wat ze dacht: als die ooit bij een hypnotiseur was geweest, moest hij maar eens terug om de hypnose ongedaan te laten maken.

'Zal ik maar gewoon vertellen wat ik denk dat mij vanmiddag is overkomen?' opperde Amber, en ze sloot haar ogen weer. Ze klonk doodmoe. 'Dan kunnen we kijken of jullie er meer chocola van kunnen maken dan ik. Ik ging naar Ginny Saxon vanwege mijn slapeloosheid. Ze werkte een soort... weet ik veel, ze werkte zo'n riedeltje af met de bedoeling mij onder hypnose te brengen. Het leek sterk op een ontspanningsmantra, wat mij betreft. Ze vroeg me of ik haar een herinnering kon vertellen, een willekeurige herinnering. De eerste die bij me opkwam wilde ik niet vertellen omdat... nou ja, dat doet er niet toe, die wilde ik gewoon niet vertellen. Daar was ik dus met mijn gedachten: bij het niet willen vertellen wat er echt als eerste bij me opkwam, en bij de vraag wat ik dan moest vertellen. En terwijl dat allemaal door mijn hoofd schoot... hoorde ik het mezelf ineens zeggen: "Aardig, Wreed, Aardig Wreed". Ik dacht: hè, waar komt dat nou vandaan? Wat betekent het? Ginny vroeg of ik de woorden wilde herhalen, en dat zal ik toen wel gedaan hebben... En ik denk dat ik mezelf er toen van overtuigd heb dat zij het wel als eerste gezegd *moest* hebben, want... enfin, dat heb ik al gezegd. Omdat het mij niets zei.'

'Ga door,' zei Waterhouse.

'Ik weet niet zeker of ik wel onder hypnose was, maar ik was wel... anders dan normaal. Er gebeurde iets raars met me. Mijn gedachten zaten in zichzelf gevangen, en ze stonden in de hoogste versnelling. Ik had geen enkel besef van redelijkheid meer. Ik beschuldigde Ginny ervan dat ze loog, ben woedend vertrokken, en toen botste ik tegen brigadier Zailer op. Zodra ik die zag, dacht ik: o mijn god. Ik herinnerde me haar opschrijfboekje en dat ik haar daarin had zien schrijven, en ineens verdween mijn zekerheid dat Ginny die woorden had gezegd, en ik... ik wist gewoon zeker dat ik ze in het opschrijfboekje van brigadier Zailer had zien staan. Ik vroeg haar ernaar, maar ze ontkende het...'

'En toen besloot jij dat je jezelf dan maar zekerheid moest verschaffen door in haar auto in te breken,' zei Proust.

'Ik heb niets gestolen,' zei Amber snibbig tegen hem. Uit haar toon en de snelheid waarmee ze zich weer tot Waterhouse en Gibbs wendde, bleek dat ze de Sneeuwman verreweg de minst belangrijke persoon in de kamer vond. Gibbs begon haar ondanks alles steeds leuker te vinden.

Toch zag hij nog steeds een moordenaar in haar. Dat was niet veranderd.

'Ik heb jullie het vreemdste nog niet verteld.' Amber keek bezorgd. 'Toen ik met brigadier Zailer sprak, bij Ginny buiten, had ik het vreemde gevoel dat...' Ze zweeg en leek gefrustreerd. 'Het is moeilijk te omschrijven.'

'Probeer het toch maar,' drong Waterhouse aan.

'Alsof mijn hersenen in twee delen gespleten waren, alsof ik twee breinen had, die dingen wisten die elkaar tegenspraken.'

Proust slaakte een zucht die in de kamer bleef hangen lang nadat hij hoorbaar was.

'Een deel van mij *wist* dat ik die woorden in het opschrijfboekje van brigadier Zailer had gelezen. Dat *was* ook zo. Ik herinnerde me dat ik ze had gezien. Maar een ander deel van me zag een heel duidelijk beeld van...'

'Van wat? Een beeld van wat?'

'Ze kan die vervloekte vraag niet beantwoorden als jij hem nog eens stelt, Waterhouse.'

'Op een bladzijde die uit dat notitieblok was gescheurd.' Amber wees naar de foto's. 'Een A4'tje, met blauwe lijntjes en een roze kantlijn – zoals deze. Met "Aardig, Wreed, Aardig Wreed" erop geschreven, precies zoals dit. Met dezelfde hoofdletters, zelfs: alle A's en W's in hoofdletters, precies zoals op die afdruk, als een lijstje. Alleen was het geen afdruk, het waren de woorden zelf, in zwarte inkt. Dat zag ik heel duidelijk voor me, in mijn hoofd. En ik wist dat het niet in het opschrijfboekje van brigadier Zailer kon zijn geweest, want dat was veel kleiner dan een A4'tje, maar ik wist wel dat ik die woorden daar ook had gezien.' Ze zweeg. 'Ik besef dat ik mezelf tegenspreek, daar kan ik niets aan doen. In mijn hoofd zaten en zitten dingen die elkaar tegenspreken. Ergens denk ik namelijk nog steeds dat Ginny Saxon mij die woorden in de mond heeft gelegd.'

Gibbs en Waterhouse wisselden een blik.

'Ik ben nog nooit bij een van die appartementen in het Corn Exchange-gebouw binnen geweest. Ik kende Katharine Allen niet.' Amber keek Waterhouse aan. 'Wat betekent het: "Aardig, Wreed, Aardig Wreed?" Weten jullie dat al?'

'Geen idee,' zei Waterhouse door opeengeklemde kaken. Gibbs wist dat hij daarmee toegaf dat hij faalde, dat hij het na een maand nog steeds niet wist.

'Niet "Wreed om aardig te zijn",' zei Amber.

'Wat bedoel je?' vroeg Gibbs.

'Dat ligt meer voor de hand als uitdrukking die volgt op "Aardig" en "Wreed". "Wreed om aardig te zijn" betekent iets, want het is een citaat uit Hamlet, maar "Aardig Wreed"? Wat is dat?'

'We hebben nu wel vastgesteld dat we geen van allen weten wat het betekent,' zei Proust. 'Zullen we het eerst even over de basale feiten hebben, voor we nog verder spitten in de duistere kunst van de hypnose of het splijten van breinen? Waar was je op dinsdag 2 november tussen 11 en 1?'

Zelfs in deze verwarrende situatie was Amber een snelle denker. Ze bladerde al in haar agenda. 'Ik kan het me niet herinneren, maar als het een dinsdag was, dan zal ik wel op mijn werk zijn geweest. Dat kan ik je zo – O.' Ze klapte haar agenda dicht, alsof ze iets onaangenaams had gelezen.

'Wat is er?' Waterhouse hoorde haar verbazing en dook erbovenop.

'Ik wilde je vertellen in wat voor vergadering ik zat, maar het blijkt dat ik niet op mijn werk was.' Ze zuchtte. 'Ik was op zo'n cursus voor verkeersovertreders waar jullie zo tuk op zijn. Je weet wel – je rijdt een keer twee kilometer te hard en voor je het weet moet je een dag verspillen bij een saaie windbuil die stompzinnige vraagstukjes voor je heeft: als Chauffeur A in slaap valt op de snelweg en Chauffeur B ramt hem van achteren en komt te overlijden, wie is dan verantwoordelijk voor de dood van Chauffeur B?'

'Je hoefde niet naar die cursus,' zei Proust. 'Je had ook een boete kunnen betalen en puntenaftrek op je rijbewijs kunnen accepteren. Wat niet kan is de wet overtreden en daarmee wegkomen. Het spijt me als je dat irritant vindt. Gibbs, geef haar eens iets waar ze op en mee kan schrijven. Noteer maar waar die cursus was. Is er iemand die kan bevestigen dat je daar inderdaad bent geweest?'

'Ja, en nee,' zei Amber. 'We moesten ons rijbewijs meenemen als ID, dus er staat vast op een of ander formulier dat ik er was, maar ik weet niet of iemand zich mij daadwerkelijk kan herinneren. Ik kan zelf ook geen gezichten onthouden, zeker niet zo lang.'

'Wat kun je je van die dag herinneren?' vroeg Waterhouse.

'Dat het geestdodend was. En dat het stikte van de kontlikkers die beloofden hun rijgedrag vanaf dat moment te beteren.' Toen ze zag dat hij op meer had gehoopt, zei Amber: 'Je wilt dat ik je iets vertel wat bewijst dat ik daar was en dat ik niet bezig was Katharine Allen te vermoorden, hè? Iets gedenkwaardigs?'

Gibbs bekeek haar interne strijd met belangstelling. Ze wilde het hun niet vertellen, wat het ook was. Zou ze erin slagen zichzelf te dwingen?

'Er was een man die Ed heette, hij was ergens achter in de zestig. Ik kan me verder geen andere namen herinneren. Alleen die van hem. Toen die windbuil die de cursus leidde vroeg of wij zelf weleens een auto-ongeluk hadden meegemaakt – of mensen in onze omgeving – staken ongeveer vijf mensen hun hand op. We waren in totaal met zijn twintigen. Windbuil vroeg naar details. De meeste ongelukken stelden niets voor. Maar die van Ed wel. Hij vertelde dat zijn dochter begin jaren zeventig was omgekomen bij een auto-ongeluk, en dat hij toen achter het stuur zat. Het was vreselijk. We wisten geen van allen iets te zeggen. Ik geloof dat hij zei dat dit nog voor de verplichte autogordels was, maar dat weet ik niet zeker. Zijn dochter had in elk geval geen gordel om, of het nu verplicht was of niet. Ed botste op een auto die zomaar uit het niets verscheen en zijn dochter vloog met haar hoofd door de voorruit, en was op slag dood. Louise – zo heette ze geloof ik. Of Lucy. Nee, ik denk toch dat het Louise was.'

'Louise of Lucy,' vatte Proust ongeduldig samen. 'Laten we hier een eind aan breien. Rechercheur Gibbs, wilt u vervoer regelen voor de diverse delen van het brein van mevrouw Hewerdine en hun tegenstrijdige hypothesen?'

Gibbs' knikje was een leugen. Dat zou hij niet regelen, want het was niet nodig. Omdat hij al verwacht had dat Proust Amber Hewerdine voortijdig naar huis zou sturen, aangezien het bevel om haar naar het bureau te halen niet van hem kwam, had Waterhouse gevraagd of Charlie op de parkeerplaats wilde wachten om Amber een lift naar huis aan te bieden zodat het verhoor wat informeler kon worden voortgezet. Zou de Sneeuwman haar straks zien staan, en tot die conclusie komen?

Maakte het iets uit? Gibbs en Waterhouse konden sowieso wel inpakken.

Alsof hij Gibbs' gedachten kon lezen, zei Proust: 'Waterhouse, ik zie jou donderdagochtend om negen uur in mijn kantoor – morgen ben ik er niet. En jou zie ik om kwart over negen, Gibbs.'

'Waarom nu niet, meneer?' vroeg Gibbs, die het liever maar achter de rug wilde hebben.

'Ik ben nu moe. Donderdag, kwart over negen, nadat ik eerst Waterhouse heb gesproken om negen uur. Is dat duidelijk, nu ik het nog eens voor jullie herhaald heb? Moet ik jullie anders een kleurig elastiekje om je pols doen, zoals in een openbaar zwembad?'

De Sneeuwman verliet de kamer en smeet de deur achter zich dicht.

'Ik ga heel naar dromen van die man,' zei Amber Hewerdine.

Een manier om met een mysterie om te gaan, is te proberen om het op te lossen. Als dat niet lukt, is een andere vruchtbare aanpak om te kijken of er een tweede, beter behapbaar mysterie is dat schuilgaat achter het mysterie dat je niet kunt oplossen. Vaak is dat het geval, en zo kun je een stapje dichterbij komen.

Alles wat onzichtbaar wil blijven verstopt zich achter het zichtbare. Je kunt zelfs nog een stap verdergaan en stellen dat onzichtbare dingen zich verschuilen achter hun eigen zichtbare equivalenten, omdat die de meest doeltreffende vermomming zijn. Ik zal dit aantonen aan de hand van een absurde analogie: als je je broodtrommel verplaatst, verwacht je dat je daarachter misschien broodkruimels zult aantreffen, maar niet dat er nog een broodtrommel achter schuilgaat.

Daarom is het altijd verstandig, wat lastige menselijke situaties betreft, om te kijken naar het motief achter het motief, het schuldgevoel achter het schuldgevoel, de leugen achter de leugen, het geheim achter het geheim, de plicht achter de plicht – je kunt hier een eindeloze reeks abstracte zelfstandige naamwoorden invullen en dan klopt de formule nog steeds.

En vergeet niet: een mysterie dat zich niet laat kraken, zoals Little Orchard, kan het zich veroorloven om zichtbaar te zijn. Behalve wanneer Jo en Neil hun stilzwijgen over deze zaak doorbreken, wat niet waarschijnlijk is, komt niemand er ooit achter wat er die nacht is gebeurd. Je kunt er onmogelijk naar raden; alle speculatieve scenario's lijken even onwaarschijnlijk – wat natuurlijk hetzelfde is als zeggen dat ze allemaal even plausibel zijn. Maar wat nu als je een mysterie hebt dat relatief gemakkelijk op te lossen is omdat er maar een handjevol mogelijke antwoorden is? Dat mysterie is veel kwetsbaarder. Het is een arm, hulpeloos schepseltje, dat alleen kan overleven door onopgemerkt te blijven tot alle mensen die er iets mee te maken hadden zich er niet meer voor interesseren.

De meeste organismen willen wanhopig graag overleven in hun huidige vorm. Waarom zou dat voor mysteries anders zijn? Ja – hoe meer ik daarover nadenk, hoe meer dat idee me aanspreekt. We komen er later nog wel op terug.

Is het ijdele hoop als je denkt dat mensen op een gegeven moment hun interesse verliezen? Helemaal niet. De honger naar kennis blijft niet eeuwig. Het is eigenlijk net een stuk elastiek – onze oplossingsgerichte impuls rekt zich eindeloos uit, en dan ineens, als het te ver uitgerekt is, knapt het en raakt het al zijn spanning kwijt. Dit kan verrassend snel gebeuren, mits aan bepaalde voorwaarden wordt voldaan: als de inzet ongelofelijk hoog is, als er onrecht bij komt kijken, als het al dan niet vinden van een oplossing van invloed is op onze status, in onze eigen ogen of die van de buitenwereld, of – de allerbelangrijkste factor als het gaat om het oprekken van de oplossingsgerichte impuls van de mens – als we denken dat er een kans bestaat dat we erachter zullen komen. Als we een manier zien om verder te komen met ons onderzoek, bijvoorbeeld.

Ik hoop dat ik genoeg heb gezegd om het mysterie achter het mysterie van Little Orchard in beeld te brengen.

Niet?

Waarom is Amber de enige die jaren later nog steeds geobsedeerd is door wat Jo en Neil toen probeerden te verhullen? Wat kan het haar nog schelen? Dat is het werkelijke mysterie achter het mysterie van Little Orchard.

De inzet is niet hoog: Jo en Neil en hun twee jongens zijn ongedeerd teruggekeerd. Er is sindsdien niets met hen aan de hand, zo lijkt het althans.

Gelooft Amber dat ze op een dag achter de waarheid zal komen?

Integendeel: de gedachte dat dat waarschijnlijk nooit zal gebeuren maakt haar kwaad. En dat is nog een clou: mensen worden kwaad als hun status wordt bedreigd, als ze zich gekleineerd voelen, of onredelijk behandeld. Maar waar zit hem de onredelijkheid dan precies in?

Denkt Amber soms dat iemand anders het wel weet, iemand die minder belangrijk is dan zij? Iemand die minder recht heeft op die informatie? Of is er een andere reden waarom zij vindt dat ze er recht op heeft dat Jo haar iets heel persoonlijks vertelt wat ze zo overduidelijk voor zich wil houden? Is ze gewoon nieuwsgierig en verwend, en heeft ze geen besef van betamelijkheid?

Of is het soms omdat Jo haar nog een geheim verschuldigd is?

3

Dinsdag 30 november 2010

Ik zit in de auto van brigadier Zailer. Op uitnodiging, dit keer. Ze hebben haar gevraagd om mij naar huis te brengen, en ik snap niet waarom. Als ik de leiding had over het onderzoek naar de moord op Katharine Allen, zou ik ons in die gruwelijke gele kamer hebben gehouden tot we iets van vooruitgang hadden geboekt.

Ik zou de hele nacht opgebleven zijn als dat nodig was, en aanhoren hoe ik mijn hele leven versneld afspeelde – alle plaatsen waar ik ooit was geweest, alle mensen die ik ooit had ontmoet – in de hoop dat we vervolgens konden inzoomen op het moment dat ik dat stuk papier onder ogen kreeg.

Aardig, Wreed, Aardig Wreed.

Waar ik dat ook gezien heb, het was niet in een vacuüm. Ik moet het *ergens* gezien hebben, dus waarom maakt dat geen deel uit van de herinnering? Konden mijn hersens maar een verband leggen tussen dat stuk gelinieerd papier en een of andere achtergrond of situatie, dan zouden alle puzzelstukjes toch zeker wel op hun plek vallen? Dan zou ik die fysieke omgeving aan een persoon kunnen koppelen. Of aan meerdere personen.

Dan zou ik weten wie Katharine Allen heeft vermoord.

Nee. Dat is niet zo. Zelfs als de bladzijde die ik heb gezien precies dezelfde is als het blad dat van het blok in haar appartement is gescheurd, dan nog is er geen enkele reden om aan te nemen dat het iets met haar dood te maken had.

Ik knijp mijn ogen dicht en probeer het vel papier voor me te zien op een tafel of een bureau, of uit een envelop stekend, met plakgum op een koelkast hangend, of met plakband tegen een muur geplakt. Het heeft geen zin; geen van die achtergronden past – dat wil zeggen, de ene past niet beter of minder goed dan de andere. De bladzijde hangt in een duister deel van mijn geheugen, zonder anker.

'Hou maar op,' zegt brigadier Zailer. 'Volgens je-weet-wel is het contraproductief om te proberen je iets te herinneren. Je moet gewoon naar boven laten komen wat in je opkomt, en als er niets opkomt, is dat ook goed.'

'Ginny Saxon? Zei die dat tegen jou?'

'Hm-hm.' Ik trap er niet in, dat luchtige toontje van haar. Ze zou liever willen dat ik niet wist dat zij hulp had gezocht bij een hypnotherapeute, ook al weet ze dat ik dat zelf ook heb gedaan.

'Tenzij de rechercheurs die ik heb gesproken, hebben gelogen, ben ik hun enige aanknopingspunt,' zeg ik tegen haar. 'Dan is het toch helemaal niet goed als ik er nooit achter kom? Nu moet ik me de rest van mijn leven afvragen of er een moordenaar vrij rondbanjert, met een tevreden grijns op zijn gezicht, alleen omdat ik zo'n waardeloos geheugen heb.'

Ik wacht tot ze zegt dat ik niet verantwoordelijk ben voor wat er al dan niet gaat gebeuren, maar ze lacht alleen maar. Ik ben teleurgesteld en opgelucht. Als ze het leuk vindt om te horen hoe ik mezelf afkam, valt er nog veel te lachen voor haar. Ik zou haar wekenlang kunnen vermaken. Ik ben mijn halve leven bezig om te ruziën met goedbedoelende lieden zoals Luke, of mijn team op het werk, die allemaal willen dat ik eens wat milder voor mezelf ben, en tot wie het maar niet wil doordringen dat ik dat niet kan. Als ik steeds maar alles van mezelf door de vingers zag, wat zou dat zeggen over hoe ik andere mensen beoordeel? Ik kan niet positief zijn over iedereen die ik ontmoet. Te velen van hen zijn irritante domkoppen, of nog erger. En aangezien ik niet in nepotisme geloof, is het wel zo eerlijk om mezelf even streng te beoordelen als een vreemde.

Hoe dan ook, ik vind het niet meer dan logisch.

'Wat is er mis mee om te proberen je iets te herinneren?' vraag ik.

'Misschien lukt het niet, maar als je in het water wroet komt er meer aan de oppervlakte dan als je dat niet doet.'

'Blijkbaar niet. Volgens Ginny worden echte herinneringen afgestoten als je te hard je best doet. Dat heeft iets te maken met ons bewustzijn dat dat wat we in ons onderbewuste opslaan verjaagt, zodat alles wat we hebben verdrongen zich nog dieper ingraaft.'

Brigadier Zailer kijkt me aan, zodat ze niet meer op de weg let. 'Vind je dat aannemelijk klinken?'

Daar hoef ik niet lang over na te denken. 'Nee. Alleen als je gelooft dat het onderbewuste een soort psychologische gevangenis is: een opslagplaats van je bewuste zelf, met een ingebouwde reclassering die besluit wat eruit mag. Als een hersenchirurg jouw hersenen opensnijdt, of de mijne, zou hij dan je onderbewuste kunnen aanwijzen, zo van: "Kijk, daar heb je hem, tussen de hypofyse en de... patella"?'

'Je patella is volgens mij je knieschijf,' zegt brigadier Zailer verontschuldigend, alsof ze mij daarmee beledigt.

'Bestaat het onderbewuste wel? Bestaat er wel zoiets als een verstopte herinnering, als een door de motten aangevreten kledingstuk in een kleerkast waar niemand vanaf weet?' Ik kan misschien beter stoppen met raaskallen. Straks gooit ze me nog de auto uit. Ach, wat kan het me ook schelen. 'Laten we zeggen dat ik me morgen herinner waar ik dat stuk papier heb gezien. Herinneren is een mentaal proces dat steeds nieuwe gedachten genereert, gedachten aan ervaringen die we in het verleden hebben gehad. Dat is niet hetzelfde als zeggen dat mijn herinnering aan de bladzijde met die woorden erop *nu* in mij ligt opgeslagen, in een doos waarop staat "mijn onderbewuste". Een doos die ik kan openen, die daar maar ligt te wachten tot ik er iets mee doe.'

Brigadier Zailer lacht weer. 'Vind je het erg als ik rook?' vraagt ze terwijl ze haar raampje opendoet.

Ik schud mijn hoofd.

Ze steekt een sigaret op, en blaast de rook uit in de avondlucht. 'Hoe koud is het?' vraagt ze.

'Wat?'

'Buiten, hierbinnen. Is het koud? Warm? Heeft het feit dat ik het raampje open heb gedaan effect op de temperatuur in de auto?'

Ik begrijp niet wat ze bedoelt. Maar dan bedenk ik dat ze waarschijnlijk precies bedoelt wat ze zegt; de woorden kunnen niets anders betekenen.

'Ik weet het niet,' zeg ik, een fractie van een seconde voor ik me realiseer dat het raam niet een beetje openstaat, maar dat ze het helemaal naar beneden heeft gedaan. De auto ziet niettemin blauw van de rook, dus ze had het net zo goed kunnen laten. Mijn lijf kiest dit moment uit om me aan zijn bestaan te herinneren door te gaan rillen.

Ik word door sensaties overweldigd, stuk voor stuk onplezierige sensaties. Ik sterf van de honger. Mijn ledematen, vingers en oogkassen doen pijn. Ik ben doodmoe, nog erger dan anders. Ik heb het gevoel alsof iemand mijn hersenen in het lichaam van een zeventigjarige heeft geplant.

Wat ziet brigadier Zailer als ze naar mij kijkt? Een uitgeschraapte lege huls? Ik heb geen idee of ik er beroerder of beter uitzie dan ik me voel.

Als we Spilling uit rijden via de Rawndesley Road, lijkt iedereen die we passeren te pronken met hoeveel warmer ze zijn dan ik: fietsers in fleecejacks, goed ingepakte voetgangers. Zelfs in het donker zie ik hun roze, gloeiende wangen, lekker warm in hun dikke wollen mutsen en sjaals, en hun met bont gevoerde laarzen. 'Wil je het raam alsjeblieft dichtdoen?' vraag ik terwijl de stekende kou regelrecht tot mijn botten doordringt.

Brigadier Zailer drukt op de knop en het raam glijdt omhoog. 'Ik vroeg me af hoelang het zou duren voor je merkte dat je het ijskoud had,' zegt ze. 'Ik heb namelijk een theorie. Ik ken jou nog geen dag, maar je lijkt me een obsessief iemand. Een peinzer.' Als ze ziet dat ik tegen wil sputteren, zegt ze: 'Ik ben getrouwd met iemand die precies zo is. Ik ben namelijk getrouwd met Simon Waterhouse.'

'Goede keus,' zeg ik op de automatische piloot. Dan zie ik waar mijn logica mank gaat, maar het is te laat om het terug te nemen. 'Sorry,' mompel ik. 'Dat sloeg nergens op.'

'Geeft niet. Of het nu ergens op slaat of niet, het klonk leuk, vond ik.'

Wat denkt ze eigenlijk dat ik bedoelde? Dat ik hem aantrekkelijk vind? Dat is niet zo, maar dat kan ik nu maar beter niet zeggen, want dan beledig ik haar nog. Ik bedoelde dat Waterhouse een veel betere keus was dan Gibbs of die gifkikker van een Proust. Ik was even vergeten dat brigadier Zailers keus wat betreft echtgenoten niet beperkt was tot de drie rechercheurs die ik vandaag heb ontmoet.

Luke vindt dat ik met de huisarts moet praten over mijn verstoorde hersenfunctie, ook al noemt hij het nooit zo, om mij niet te beledigen. Hij maakt zich er soms heel kwaad over. 'Vraag haar gewoon of ze je een uur of twaalf in een kunstmatig coma wil houden, zodat je synapsen of hoe het ook mag heten de kans krijgen om opnieuw op te starten,' zegt hij dan, of iets van die strekking. Ik weet nooit of hij een grapje maakt of niet. Een coma kan nooit hetzelfde zijn als slaap, in termen van bijtanken – hoewel ik moet toegeven dat het verleidelijk klinkt. Misschien moet ik mezelf maar onder een vrachtwagen gooien.

Er zijn vast niet veel mensen die een coma aanlokkelijk vinden. Het zou leuk zijn als ik een keer een prettige uitzondering was.

'Amber.' Brigadier Zailer knipt met haar vingers voor mijn gezicht. Ze heeft de sigaret in haar andere hand; een secondelang heeft ze geen van beide handen aan het stuur. Ik probeer niet te denken aan Eds dochter Louise, die door de voorruit schoot. Had ik dat verhaal maar voor me gehouden; ik heb het recht niet om het te weten, en ik had het nooit mogen doorvertellen.

Misschien is niet slapen wel mijn straf. Voor alles.

'Amber! Je zat weer in je eigen wereldje. Simon doet dat ook de hele tijd. Hij zou ook niet hebben gemerkt dat het raam helemaal open was en het in de auto aanvoelde als in Siberië. Hij woont in zijn hoofd, en merkt nauwelijks iets van de wereld om hem heen. Dus ik vraag me af...'

Ik wacht tot ze doorpraat. Of moet ik er soms naar raden?

'Ben jij nostalgisch aangelegd?' vraagt ze uiteindelijk.

Een bizarre vraag op een bizarre dag. 'Dat is iedereen toch? Ik zit niet de hele tijd te denken aan het verleden, als je dat soms bedoelt.' *Dan zou ik de hele tijd van slag zijn.*

De dag dat ik Luke ontmoette, de grap die hij maakte die ernst werd toen ik tegen hem zei dat het een briljant plan was. Dat hij niet durfde, maar dat ik hem aanspoorde.

Een goed geheim. Voor ik het slechte liet gebeuren.

'Vertel eens,' zegt brigadier Zailer. Hoe weet zij nou dat er iets te vertellen valt?

'Ik zat te denken aan hoe ik mijn man heb leren kennen.'

'O, leuk, verhalen over hoe-ik-mijn-man-heb-leren-kennen,' zegt ze ter aanmoediging. Meteen nadat ze haar sigaret heeft uitgedrukt in de asbak steekt ze een nieuwe op. Tegen de tijd dat ik thuis ben, stink ik een uur in de wind.

'Luke is steenhouwer. Hij was aan het werk bij een rijtjeshuis in Rawndesley, waar hij een nieuwe erker bouwde. Ik huurde het appartement op de benedenverdieping van het huis ernaast. Op een dag wilde ik naar mijn werk gaan, en toen hoorde ik dat Luke laaiende ruzie had met mijn buurvrouw, de vrouw voor wie hij werkte. Zij stond te schreeuwen – hysterisch. Hij probeerde haar te kalmeren.' *Goede oefening voor een huwelijk met mij.* 'Ik begreep niet wat er aan de hand was: zij bleef maar gillen dat ze hem geen akkoord kon geven als ze niet wist wat hij wilde doen, dat hij duidelijker moest zijn.' Hoe heette ze ook alweer? Ben ik vergeten. Zou Luke het nog weten? We noemen haar de Getrainde Aap. *Als ik iemand zonder enige creativiteit en initiatief had gewild voor het werk aan mijn huis, dan had ik wel een getrainde aap in dienst genomen.* Dat was haar mooiste zin, en die is blijven hangen.

'Luke probeerde de situatie zo duidelijk mogelijk uit te leggen. Toen ik mijn voordeur op slot had gedraaid begreep ik inmiddels wat er loos was, maar dat mens was een domkop. Uiteindelijk schreeuwde ze tegen Luke dat ze geen tijd had om dit nu te bespreken en dat ze het er later nog wel over zouden hebben. Ze stormde weg, zachtjes vloekend, en Luke en ik staarden elkaar aan. Luke...' Ik stop en glimlach. Nu komt mijn favoriete deel van het verhaal. 'Luke ging gewoon door met zijn hartstochtelijke rechtvaardigingsspeech. Hij zweeg nauwelijks om adem te halen, stelde zich niet voor en vroeg zich niet af wie ik was. Ik had er helemaal niets mee te maken, maar dat kon hem niet schelen. Het was net of hij dacht: nou ja, als dat mens kwaad weggelopen is, doe ik mijn verhaal toch gewoon tegen deze vrouw? Hij had volkomen gelijk. Hij had een nieuwe erker voor haar gebouwd, en hij wilde vragen of ze er ook iets in gebeiteld wilde hebben. Sommige mensen willen dat. Meestal willen ze precies dezelfde decoraties laten beitelen als in de oude erkersteen. En als de oude stenen niet gedecoreerd waren, wilden mensen soms toch iets in de nieuwe laten beitelen, want dat ziet er chiquer uit. Er zijn ook mensen die hun initialen in de steen gehouwen willen hebben.'

'Hun *initialen*?' vraagt brigadier Zailer vol afschuw. 'In een stenen erker?'

'Mensen willen de gekste dingen,' leg ik uit. 'Ze hebben Luke een keer gevraagd om de tekst van een Beatlesnummer bij de ramen van een monumentaal pand te houwen, een regel per raam. Dat heeft hij geweigerd.'

'Mensen zijn knettergek,' mompelt brigadier Zailer.

'Enfin, dat vreselijke mens wilde niets in haar stenen erker laten beitelen, maar ze begreep Luke niet en dacht dat hij vond dat het wel moest. Ze vroeg hem waar hij dan aan dacht, en aangezien hij nergens aan dacht, en ook niet vond dat zij het moest doen...' Ik doe mijn ogen dicht. 'Nou ja, je snapt het.'

'Ik hoop dat je hem namens haar hebt vergeven.'

'Ik zei dat het een enge heks was die eens een lesje moest leren. Haar nieuwe erker heeft dan ook een inscriptie waar ze niets van weet. Die staat aan de onderkant van de vensterbank. Ze kan het alleen zien als ze op haar rug onder het raam gaat liggen en omhoogkijkt.'

Het verbaast me hoe leuk brigadier Zailer de clou van mijn verhaal lijkt te vinden. Ik heb het vreemde gevoel dat ik mijn publiek voor me heb ingenomen ook al treed ik niet op. 'Wat stond er?' vroeg ze.

'"Dit huis is eigendom van een..." en dan een heel lelijk woord. Lelijker kan niet. In piepkleine lettertjes.'

Ze lacht. 'Geweldig.'

'We hebben het gedaan als een soort ex libris.' Ik kan de verleiding niet weerstaan. 'Weet je wel: "Dit boek is eigendom van..."'

'Ik zou het dolgraag een keertje zien. Daar ga ik met plezier voor op mijn rug liggen. Ik heb wel vreemdere dingen gedaan. Wat is het adres?'

Meent ze dat nou? Ze is te gretig; dat vind ik maar niets. Ik heb haar al het verhaal gegeven waar ze om vroeg – nu is het mijn beurt om vragen te stellen. Aangezien ik op mijn hoogtepunt ben qua populariteit kan ik maar beter toeslaan. 'Ik zou graag het dossier inzien, de verslagen die jullie hebben gemaakt. Over de moord op Katharine Allen.'

Weer schiet brigadier Zailer in de lach, maar dit keer klinkt het heel anders.

'Kun je er misschien kopietjes van maken? Ik laat ze heus aan niemand zien. Zelfs niet aan Luke.'

'Je meent het nog ook!' Ze schudt haar hoofd. 'Een ex libris: typisch een plan van iemand met weinig realiteitsbesef.'

'Ik weet best dat het officieel niet mag. Maar onofficieel?'

'Waarom zou ik een vertrouwelijk dossier voor jou kopiëren?'

'Omdat ik meer van haar moet weten. Als er een verband bestaat tussen haar en mij, zie ik het misschien: de naam van een vriendin, of een andere overlap met –'

'Het spijt me,' onderbreekt brigadier Zailer me. Ze klinkt vermoeid. Ik heb haar aangestoken met mijn uitputting. 'Het is geweldig dat je wilt helpen, maar... het is niet jouw taak om het verband te vinden, als er al een verband bestaat. Dat is Simons taak, en die van zijn collega's. Ik weet zeker dat hij je binnenkort gaat lastigvallen omdat hij elk microscopisch detail van je leven wil uitpluizen, zodat hij dat kan vergelijken met wat ze allemaal over Katharine Allen weten, maar...'

'Ik begrijp het,' zeg ik en ik schakel mijn charme uit, ook al weet ik best dat ik volgens sommigen überhaupt geen charme bezit. 'Ik ben een ondergeschikte, geen gelijke. Ik mag van alles vertellen, maar niets vragen.'

'Precies,' zegt brigadier Zailer kattig. 'Jij hoort niet bij de politie, en dan is er nog zo'n vervelend documentje genaamd de Wet bescherming persoonsgegevens, en ik ben persoonlijk verantwoordelijk voor allebei die dingen.' Ze zucht.

Ik mis haar goede humeur. 'Je zei dat je een theorie had,' breng ik haar in herinnering. Heeft ze besloten dat het te riskant is om met mij te praten? Dat ik zo iemand ben die je beter geen vinger kunt geven omdat ik anders je hele hand pak? Dan heeft ze gelijk: zo iemand ben ik inderdaad. Het maakt mij niet uit wiens taak het is om het verband tussen Katharine Allen en mij te vinden. Hoe informatief en coöperatief ik ook ben als de politie me verhoort, ik zal altijd meer over mijn leven en voorgeschiedenis weten dan Simon Waterhouse ooit te weten komt. Ik moet de namen zien van iedereen die ze hebben verhoord, alle aantekeningen die ze ooit hebben gemaakt, alle foto's – alles wat ze me kunnen laten zien voor het geval mijn alibi een leugen is en ik Katharine Allen zelf heb vermoord.

Als ik een rechercheur was en ik wilde echt een antwoord, zou ik dat risico nemen.

'Simon is een nostalgisch type,' zegt brigadier Zailer. 'Hij leeft nooit in het nu. Hij is altijd ergens anders met zijn gedachten – een andere plek, een andere tijd. Een theorie over de zaak waar hij aan werkt, haalt hem volledig uit het hier en nu. Het hier en nu interesseren hem geen moer. Hij is bereid om het heden voor iedereen die nu leeft tot een hel te maken omdat hij het verleden zo graag wil begrijpen. Dus ik dacht, als *hij* die woorden op een stuk papier had gezien en hij kon zich de context niet herinneren, dan zou ik waarschijnlijk denken dat dat kwam doordat hij op dat moment in zijn eigen kleine wereldje opgesloten zat.' Ze kijkt me aan. 'Misschien werkt het bij jou ook zo. Misschien was je zo door iets anders in beslag genomen toen je die woorden zag, dat je je de rest van de situatie niet meer kunt herinneren, omdat je er alleen lichamelijk bij was.'

Er flitst iets door mijn hoofd dat meteen weer oplost. Een fractie van een seconde later is er geen spoor meer van over, los van een vaag gevoel van beweging dat meteen door de stilte wordt opgeslokt. Het eerste stadium van herinneren, of niets? Waarschijnlijk niets, besluit ik. Naïef om aan te nemen dat een herinnering zich laag voor laag aan je zou tonen, als een stripteasedanseres.

Waar ik door geobsedeerd ben? Sharons dood. Wat er met Dinah en Nonie moet gebeuren. Little Orchard. Slaap. Wat ik aan Luke moet vertellen maar niet kan.

Zat ik over een van die dingen te peinzen toen ik het papier met 'Aardig, Wreed, Aardig Wreed' zag? Als dat al zo is, helpt het niet bepaald om de zaak scherper in beeld te krijgen.

'Ginny zei iets interessants over nostalgie,' zegt brigadier Zailer. We zijn bijna in Rawndesley; hier zijn meer toeterende auto's dan in Spilling. Meer ongeduldige mensen. Het ruikt hier ook anders, vooral hier in het puur functionele deel van de stad: uitlaatgassen, afhaalmaaltijden. 'Ze zei dat nostalgische mensen een goede reden hebben om terug te verlangen naar het verleden – omdat ze het gemist hebben, omdat ze er niet helemaal bij waren op een moment dat dat nodig was toen het nog heden was. Ze ontzeggen zich hun eigen "nu". En vervolgens hebben ze het gevoel dat hun iets is afgenomen, en proberen ze alles wat ze hebben gemist alsnog te vatten, en zo missen ze weer van alles in het heden. Het is een vicieuze cirkel.'

'Dat past me te keurig, te clichématig,' zeg ik afwijzend. 'Dat moet uit de duim gezogen zijn, net als dat gedoe met het bewuste en het onderbewuste. Had ze nog meer van die indrukwekkende theorieën?'

Brigadier Zailer glimlacht. 'Nog een paar, ja.' Ze trekt nog een Marlboro Lights uit het pakje, en steekt die op.

'Dus je hebt niet je hele sessie zitten praten over mij – de vreemde vrouw die je in je auto trof.'

'Ik wil je niet beledigen, maar aangezien ik zeventig pond moet neertellen voor zo'n sessie...'

'Waarom kwam jij eigenlijk bij haar?'

'Omdat ik wil stoppen met roken.' Brigadier Zailer doet net of ze geschokt is de sigaret tussen haar vingers te zien. 'Shit!' zegt ze. 'Dan heeft het dus niet gewerkt, en daarom moet ik er volgende week weer heen. Nee, eerlijk is eerlijk, ze heeft zich netjes ingedekt, zodat we er allebei onderuit kunnen. Ze zei dat ik nog niet klaar was om te stoppen. Voorlopig heb ik haar officiële toestemming om er eentje op te steken als ik daar zin in heb.' Ze klinkt tevreden. 'Voor ze me de hypnosuggesties kan geven waarmee ik mijn verslaving de laan uit kan sturen, heb ik nog minstens twaalf hypnoanalysesessies nodig.'

'Dat is achthonderdveertig pond,' zeg ik. 'En dat "minstens" klinkt ook duur.' Ginny is de crimineel die brigadier Zailer had moeten oppakken vanmiddag, niet mij.

'Kennelijk rook ik niet omdat ik het lekker vind, zoals ik altijd dacht.'

'Doodswens?' opper ik.

'Compensatie. Ginny zegt dat er iets heel zwaar op me drukt, in negatieve zin. Daarom moet ik mezelf de hele tijd verwennen. De sigaretten zijn mijn verwennerij, en zolang ze netjes blijven compenseren wat er mis is, blijf ik roken. En waarom ook niet? Ik ga echt niet iets opgeven wat ik prettig vind in ruil voor niets. Dat zou niet rationeel zijn.'

'En niet jong doodgaan, zie je dat niet als verwennerij?' vraag ik

Ze schudt haar hoofd. 'Het vermijden van ziekte in de toekomst is te abstract, volgens Ginny. Het is geen concreet voordeeltje dat direct in de plaats van de sigaretten komt, en dus heeft het geen effect. Wil je niet weten waarom ik je dit allemaal vertel?'

Het was niet bij me opgekomen me dat af te vragen. Waarom moet openheid altijd gerechtvaardigd worden, terwijl het niet vertellen van dingen die er echt toe doen als standaard geldt – zelfs als beleefd? Ik ben de uitzondering, aan alle kanten omgeven door mensen die de hele dag het liefst zo min mogelijk prijsgeven. *Jo, bijvoorbeeld.*

Ik wil dat men mij de waarheid zegt en ik wil de waarheid kunnen vertellen.

'Ginny zei dat ik niet over onze sessies moest praten en dat ik er zelfs tussen de sessies door niet aan moest denken,' zegt brigadier Zailer. 'Dus ik ben rebels. Ik vind het vreselijk om te doen wat mensen me opdragen. Als je dat naast mijn compensatieroken zet, krijg je een beeld van iemand wier behoeften niet werden vervuld toen ze nog een kind was.' Ze lacht. 'Ik ben het wel met je eens – het is waarschijnlijk allemaal lulkoek. We worden allebei bedonderd, en we zullen er niet gezonder of gelukkiger van worden. Waarom ging jij eigenlijk voor hypnose, of is dat te persoonlijk?'

'Ik slaap niet.'

Ze knikt. 'Omdat je een pijnlijke herinnering verdringt,' zegt ze overdreven ernstig. Haar grijns maakt duidelijk dat ze Ginny nadoet.

'Nee, dat doe ik niet. Geloof me, mijn pijnlijke herinneringen zijn ontzettend extravert. Het is de volgende straat rechts.'

'Ja, maar je *schuldbewuste* herinneringen dan? De herinneringen die je doen kronkelen van schaamte als je eraan denkt?' Ze klinkt wel heel erg opgewekt, gegeven het onderwerp. Heeft Ginny haar soms ingeprent dat lijden leuk is?

'Ook al niet verdrongen,' zeg ik. 'Mijn schuldbewustzijn staat de hele dag aan. Daar heb ik geen uitvlucht voor. Was het maar waar. Zet me hier maar ergens af. Dat is mijn huis – dat huis dat eruitziet als een verlichte pompoen met Halloween.' Nonie is bang in het donker, en ze beweert dat het huis ook bang is. Ze slaapt met haar bureaulamp aan, en ze kan niet langs een onverlichte kamer lopen zonder de lampen aan te doen 'want dan voelt de kamer zich beter'.

Ik vraag me af of Dinah nog wakker is. De meisjes hebben geen vaste bedtijd. Nonie wil altijd tussen halfacht en acht uur naar bed. Dinah gaat soms om acht uur naar boven, maar soms houdt ze om tien uur nog hof.

'En,' zegt brigadier Zailer als ze de auto parkeert. 'Waar voel jij je zoal schuldig over?'

Maar natuurlijk. Wat stom van me om te denken dat we zomaar wat zaten te kletsen. Wat brigadier Zailer betreft, ben ik een persoon die verhoord moet worden, meer niet.

Ik moet alles vertellen en niets vragen.

'Ik voel me nergens schuldig over,' zeg ik terwijl ik uit de auto stap. 'Al het nare wat mij ooit is overkomen, is de schuld van een ander.'

Luke staat in de gang als ik binnenkom; hij moet de auto gehoord hebben. Hij grinnikt als hij ziet hoe ik mijn jas uittrek en aan de kapstok hang. Ik ben verhoord in verband met een moord, en hij moet lachen. Is er dan niets wat deze man onrust baart? 'Zo te zien kun je wel een glas wijn gebruiken,' zegt hij tegen me.

'Een glas?' Dat klonk als 'een vingerhoedje'. 'Vul onze grootste steelpan met sauvignon blanc en doe er maar een rietje bij.' Een seconde later trek ik mijn tweede laag kleding uit: mijn trui. Een van de dingen die ik zo heerlijk vind aan ons huis is dat het er altijd warm is, ook al ziet het er niet warm uit. Die gezellige warmte vind ik bijna net zo fijn als het feit dat het niet aan die visuele verwachting voldoet.

'Was het zo erg?' vraagt Luke.

'Erger nog. Ik val flauw als ik niet snel iets eet.'

'Er is nog een hele bende chili over. Ik warm wel wat voor je op.' Hij loopt naar de keuken en gaat energiek aan de slag. Ik loop achter hem aan, in de hoop dat ik de dichtstbijzijnde stoel haal, zodat ik aan de keukentafel kan instorten. 'Meiden in bed?'

'Yep. Dinah is om halfzeven op de bank in slaap gevallen. Ik moest haar naar boven dragen.'

Ik frons ongelovig, wat me meer moeite kost dan zou moeten. De warmte van de warmhoudplaat die Luke in de winter altijd aan laat staan om een soort Aga-effect te krijgen, maakt me slaperig, en ik voel me te zwaar om zelfs maar de lichtste delen van mijn lichaam te bewegen.

'Ze had een stressvolle dag. Ik ben aangesteld jou daar alles over te vertellen.' Hij geeft me een extra grote aardewerken beker vol koele witte wijn: een compromis.

'Wat is er dan gebeurd?' vraag ik, niet omdat ik me zo graag wil onderdompelen in de details van Dinahs zoveelste ruzie met mevrouw Truscott, maar omdat Luke en ik het vanavond maar over twee dingen kunnen hebben, en ik die allebei niet trek: mijn ontvoering door de politie, en de brief van Bureau Jeugdzorg die voor me op tafel ligt, en uitsteekt uit wat er over is van de envelop. Die ligt daar niet per ongeluk. Dit doet Luke om aan te geven dat we het moeten hebben over mijn minst favoriete onderwerp. Ik was niet thuis toen hij de brief opende, maar ik zie zo voor me hoe hij onverschrokken die envelop openscheurde.

Als ik de dappere was en hij de lafaard, zou ik hem dan dwingen om het onder ogen te zien? Zou ik de brief hardop voorlezen als hij hem zelf niet durfde te lezen?

'Wist jij dat Dinah een toneelstuk aan het schrijven is?' vraagt hij terwijl hij in de chili roert.

'Nee.' Het is te vermoeiend om dingen te weten. Die gedachte is mij zo vreemd dat ik ervan schrik. Ik heb voedsel nodig. 'Als het sinds etenstijd op de warmhoudplaat staat, is dat warm zat,' zeg ik tegen Luke. 'En al is dat niet zo, ik wil het nu hebben.'

'*Hector en zijn tien zusters*. Het gaat over een tienjarig jongetje met een moeder die hem dwingt om roze kleren te dragen. Ze is zo doodmoe van het zorgen voor haar elf kinderen dat ze het niet kan opbrengen om voor hen allemaal verschillende outfits te kopen, en verschillende dingen voor naar school en in het weekend – te veel gedoe. Dus besluit ze dat ze allemaal, elke dag, precies hetzelfde aan moeten, als een uniform, en aangezien tien van haar kinderen door roze geobsedeerde meisjes zijn, vindt de moeder het logisch dat dat de kleur van het uniform wordt.' Luke staat met zijn rug naar me toe, maar ik hoor de glimlach in zijn stem. 'Hector moet die kleren wel aan, en het duurt niet lang of zijn vriendjes willen niet meer met hem spelen of voetballen –'

'Wat heeft dit met mevrouw Truscott te maken?' val ik hem in de rede. Een ander keertje wil ik dolgraag alles horen over Hector en zijn zusjes. Maar niet nu.

Luke zet een kom chili voor me neer en geeft me een vork. Ik leun weg voor de stoom die er vanaf slaat, en vraag maar niet of er nog genoeg is voor een tweede bord, of een derde. Hij zou zeggen dat ik eerst mijn vuisten maar eens op moet eten, en dat we dan wel verder zien. Hij herinnert me er weleens aan dat ik in een ontwikkeld land woon, ongeveer vijftig stappen bij een Chinese afhaal, een Indiaas restaurant, een supermarkt en een biologische winkel vandaan. De kans dat ik omkom wegens voedselgebrek is niet groot.

'Dinah liet het toneelstuk aan juffrouw Emerson zien, en die zei dat er nog nooit een kind bij haar op school zoiets goeds had geschreven. Van welke leeftijd dan ook.'

Daar moet ik onwillekeurig om lachen. Dinah heeft de neiging om elk compliment dat ze krijgt uit te vergroten. Luke's voormalige dienstkameraad en collega Zac heeft een keer tegen haar gezegd dat ze zulk mooi haar had, en ze draaide haar hand er niet voor om, om daarvan te maken: 'Hij is de hele wereld over gereisd, en hij heeft nog nooit iemand gezien met zulk mooi haar als ik, in geen enkel land.'

'Juffrouw Emerson zei dat ze het toneelstuk wel op school konden opvoeren. Ze vroeg Dinah of ze het aan mevrouw Truscott mocht laten zien...'

'O god,' mompel ik met volle mond. Dit soort dingen eet ik het liefst: boordevol hete rode peper, zodat de tranen je in de ogen springen. Luke doet dat er pas bij als hij zeker weet dat hij en de meisjes genoeg hebben gehad. Ik ben een masochist. Ik hou van eten waar ik van moet huilen en zweten.

'Mevrouw Truscott zei dat ze het niet zo geschikt vond. En weet je waarom?' Hij schenkt mijn beker nog eens vol. 'Omdat er geen enkele reden is waarom jongetjes niet in roze kleren zouden mogen rondlopen, en we mogen de kindertjes geen stereotiepe rolverdeling opdringen of de indruk wekken dat het vreselijk is om zusjes te hebben.'

Ik kreun. Is het egocentrisch om te wensen dat er op school nooit iets problematisch gebeurt, of iets anders wat mijn tijd en aandacht vergt? Als ik Dinah en Nonie afhaal van de bus en hun vraag hoe hun dag was, wil ik eigenlijk alleen maar horen: 'Geweldig leuk en reuze educatief, en toch volmaakt doorsnee, zodat we het er verder niet over hoeven te hebben.'

'Wanneer is dit allemaal gebeurd? Waarom heeft Dinah me daar niets van verteld?'

'Ze wilde het in haar eentje afhandelen, en dat heeft ze gedaan. Op een bewonderenswaardige of valse wijze, of allebei, het is maar hoe je het bekijkt. Ze was het met mevrouw Truscott eens dat het niet erg is als jongens roze dragen, en ze zei dat dat nu juist precies het punt was dat ze met haar toneelstukje wilde maken. En dat als Hectors vriendjes hem hadden geplaagd, hij niet zulke drastische maatregelen had hoeven nemen, en dat zijn zusjes dan niet zo tragisch aan hun eind gekomen waren. Ze pestten Hector genadeloos omdat hij roze kleren aan moest, en daar zijn ze gruwelijk voor gestraft. Mevrouw Truscott is erin getrapt, en zei dat Dinahs toneelstuk tijdens het kerstpodium mocht worden opgevoerd, zolang haar schoolwerk er maar niet onder leed, en dat van anderen ook niet. Dinah regelde audities, en heeft zelfs een castingcommissie opgericht, zodat het leek alsof alle keuzes eerlijk gemaakt werden. Ik geloof dat dat Nonies idee was. In elk geval zat Nonie in die commissie. Juffrouw Emerson hielp met al het papierwerk, en de scripts met de onderstreepte tekst voor elk kind...'

'Niet te geloven dat Dinah ons daar niets van verteld heeft.'

'Ze wilde ons pas uitnodigen voor haar toneelpremière als ze zeker wist dat het ook echt door zou gaan.' Luke schenkt zichzelf een glas wijn in en loopt ermee naar de tafel. Ik zie aan zijn gezicht dat hij boos is. 'En het werd al snel duidelijk dat het niet door zou gaan. Een moeder belde op om te zeggen dat haar dochter huilend thuisgekomen was omdat zij niet een van de "zussenrollen" had gekregen, en twee van haar beste vriendinnen wel; de vader van een ander kind was het kantoor van mevrouw Truscott binnen gestormd om te klagen over het walgelijke script waar zijn zoon mee thuiskwam, dat bol stond van de wreedheden en martelingen en dat waarschijnlijk een zusterhaatpandemie zou ontketenen.'

'Martelingen? Iemand plagen omdat hij roze kleren draagt? Dat is nou niet bepaald *The Killer Inside Me*.'

'Je hebt het eind van het verhaal nog niet gehoord,' zegt Luke. 'Mensen worden door de modder gerold, en tegen hun wil in vijvers geduwd...'

'Dat zou in het echte leven ook vaker moeten gebeuren.'

'Een meisje was zo over haar toeren omdat ze zelfs geen bijrolletje kreeg, dat haar moeder dreigde haar van school te halen en haar zelf les te gaan geven. Je raadt al hoe het verderging: mevrouw Truscott zei tegen Dinah dat het toneelstuk te veel problemen veroorzaakte, en dus was het ineens allemaal voorbij. Dinah was kwaad en toen heeft ze te heftig gereageerd. Ze heeft mevrouw Truscott uitgemaakt voor principeloze lafaard.'

Nu moet ik oppassen. Luke maakt zich terecht zorgen. Dit houdt in dat ik in geen geval: 'Ha, de spijker op zijn kop!' mag roepen. Ik heb het bange vermoeden dat mijn gezicht dat wel doet.

'Ik ben blij dat je dit zo grappig vindt, want er is nog meer. Dinah zei tegen mevrouw Truscott dat een goede leider standvastig en rechtvaardig moet zijn. Dat hadden ze gister nog bij geschiedenis geleerd. Standvastig zijn betekent dat je niet mag toegeven aan de druk van idioten. En rechtvaardig dat je je belofte van verleden week niet opeens mag verbreken. Toen haar was verteld dat ze een waardeloos hoofd was en een nog veel slechter mens, zei mevrouw

Truscott naar verluidt niet veel, behalve dat ze ons zou bellen om ons te vertellen wat er was gebeurd.'

'En dat heeft ze niet gedaan. Of wel? Heb je het antwoordapparaat gecheckt?'

'Nee, natuurlijk heeft ze niet gebeld! Ze schuift het voor zich uit, want ze is bang dat jij hetzelfde gaat zeggen, of nog erger.' Luke kijkt me streng aan. 'En daar zouden we niets mee opschieten, Amber, al is het nog zo waar. Jij doet niets, oké? Ik heb het al geregeld.'

Ik maak een nietszeggend geluid, nog niet helemaal overtuigd. Normaal gesproken zijn de zaken die door andere mensen worden geregeld precies de zaken die mijn aandacht het hardst nodig hebben.

'Dinah en ik hebben een afspraak,' zegt Luke. 'Ze gaat morgen meteen naar Truscott om haar excuses aan te bieden. Hopelijk vindt Truscott het dan niet nodig om... nog iets te doen. Ik geloof dat ik Dinah er ook van heb overtuigd dat ze moet vragen of ze een ander toneelstuk mag schrijven voor het kerstpodium, eentje dat wat minder –'

'Rot toch op!' Ik zit boordevol chili en ben klaarwakker, ik kan de hele nacht ruziemaken als het moet. 'Wat dan, een toneelstukje over kittens en lammetjes die elkaar knuffelen, met lieve strikjes om hun schattige nekjes?'

'Dat klonk best dreigend.' Luke kijkt me lachend aan. '*Dat* toneelstuk wil ik absoluut niet zien. Mij te eng. Die kittens en lammetjes zijn verdorven.'

'Dinah en Nonie kunnen die school wel op hun buik schrijven.' Ik heb hem al eens gewaarschuwd; hij denkt dat ik het niet meen.

'Welnee,' zegt hij gekmakend kalm. 'Het is een goede school.'

Het is de school die Sharon voor hen heeft uitgekozen. Dat zegt Luke niet, maar dat hoor ik wel. 'Een goede school met een directrice zonder ruggengraat,' zeg ik koppig. 'Zoals we duidelijk zullen stellen in onze opzegbrief. Of misschien schrijf ik het wel op haar deur met spuitverf, zodat ze niet net kan doen alsof iedereen dol op haar is.'

'Goed plan.' Luke knikt. 'We zeggen haar eens goed de waarheid ten koste van de opleiding van de meisjes. Kon jij Frans of Spaans spreken toen je acht was? Ik niet. Wist jij het verschil tussen enkelvoudig en samengesteld Chinees? Ik niet. Maar Dinah en Nonie wel. Nonie vertelde me laatst dat Jackson Pollock een abstracte expressionist was. En wat dat betekende.'

'Wat heb je tegen de meisjes gezegd?' vraag ik terwijl ik naar de wijn grijp. 'Over vanmiddag, waar ik was.'

'Ik heb gezegd dat je weer naar je werk moest voor een dringende vergadering. Ze geloofden me niet.'

'Dat verbaast me niets. Het is een behoorlijk saai leugentje.'

'Vertel me dan de interessante waarheid maar,' zegt Luke. 'Wat is er gebeurd?'

Ik verval moeiteloos in mijn gebruikelijke patroon van het vertellen van bijna de hele waarheid. Ik vertel hem zelfs dat Katharine Allen op dinsdag 2 november is vermoord.

Ik zeg alleen niets over mijn verkeerscursus, de cursus waar ik niet naartoe ben gegaan, en dat die ook die dag was.

Een kwartier later gaat Luke naar bed, en ga ik dat deel van de avond tegemoet waar ik het allerbangst voor ben: het uur tussen halfelf en halftwaalf, als ik helemaal alleen alweer een slapeloze nacht tegemoet ga. Anderhalf jaar geleden, toen ik voor het eerst niet meer kon slapen, ging ik ervan uit dat de aanvallen van blinde paniek die hoorden bij mijn slapeloosheid tijdelijk zouden zijn: of ik zou weer leren hoe ik moest slapen, of ik zou eraan wennen dat ik niet meer sliep – psychologisch en emotioneel zou het hoe dan ook gemakkelijker worden. Maar het is niet gemakkelijker geworden, en ik hou mezelf ook niet meer voor dat dat ooit nog gaat gebeuren. De vitterige stem in mijn hoofd begint zodra Luke me een nachtzoen geeft en de kamer uit loopt.

Dit is het moment waarop normale mensen naar bed gaan. Ze gaan naar boven, zonder angst, en ze trekken hun pyjama aan. Het angstzweet breekt hen niet uit, hun hart klopt niet alsof het dadelijk zal ontploffen, ze hebben niet het gevoel dat ze om de tien minuten hun blaas moeten legen. Ze poetsen hun tanden, gapen, rollen hun bed in, lezen misschien nog een paar bladzijden in een of ander boek, en dan beginnen hun oogleden dicht te vallen. Vervolgens doen ze het licht uit, en gaan slapen. Waarom kun jij dat nou niet? Wat is er mis met jou?

Opgestapelde uitputting is bij lange na nog niet het ergste van niet-slapen. De eenzaamheid is het ergst, en de verwrongen percepties die dat met zich meebrengt. Mensen kijken vaak verbaasd als ik dit tegen hen zeg, en zijn geschokt dat ik langdurige slapeloosheid vergelijk met eenzame opsluiting in de gevangenis. Je hersenen beginnen aan zichzelf te knagen als een gestoorde rat, verklaar ik dan behulpzaam. Ik heb tijd genoeg om een passende metafoor te bedenken – dan kan ik die tijd net zo goed maar gebruiken, ook al zorgt het ervoor dat degene aan wie ik dit vertel zich uit de voeten maakt omdat hij zich plotseling herinnert dat hij tien minuten geleden iets heel dringends had moeten doen.

Niet aan denken hoeveel minuten en seconden er tussen nu en halfzeven morgenochtend liggen. Niet voor de klok in de eetkamer gaan zitten zodat je ze af kunt tellen.

Ik blijf zitten waar ik zit – daar waar Luke me met tegenzin heeft achtergelaten, in kleermakerszit op de bank – en sla mijn armen ter bescherming om me heen, maar de gevoelens die ik van me af hoop te houden komen toch: vlijmscherpe eenzaamheid, het gebruikelijke schuldgevoel met daarbij de overtuiging dat deze kwelling mijn straf is, walging om hoe gestoord ik ben, angst dat dit allemaal nergens op gestoeld is, wat het nog griezeliger maakt. Zoals altijd wil ik Luke smeken om weer naar beneden te komen. Hij slaapt nu nog niet, hij ligt zelfs nog niet in bed. Zoals altijd hou ik mezelf tegen, en probeer me in plaats daarvan te concentreren op mijn gevecht met de stem.

Wat als het vannacht nog erger wordt? Wat als je echt helemaal niet slaapt, zelfs niet af en toe een minuut of twintig? Wat als dat het nieuwe patroon wordt? Wat als ik zo moe word dat ik mijn werk niet meer kan doen? Dan kunnen we de hypotheek niet meer betalen.

Ik hijs mezelf van de bank en loop langzaam naar de eetkamer. Ik concentreer me op mijn voetstappen en rek ze zo lang mogelijk uit. Op de drempel blijf ik staan en ik kijk naar de klok. Vijf over halfelf. Ik loop terug naar de bank in de zitkamer en ga liggen. Doe mijn ogen dicht.

Vroeger ging ik gelijk met Luke naar bed, ook al wist ik dat ik niet zou slapen. Dat was toen onze tactiek. We waren er allebei van overtuigd dat dat het beste was. Elke avond namen we onze strategie door en waren we het steeds weer volledig met elkaar eens. Het werd een ritueel. Luke gaf me een boek dat op mijn nachtkastje lag en zei: 'Doe nou maar wat je vroeger altijd deed. Stukje lezen, dan het licht uit, ogen dicht, dicht houden, en zien wat er gebeurt. Zelfs al slaap je niet, dan kun je wel liggen en ontspannen, een beetje uitrusten. En als je toch in slaap valt – dan ben je in elk geval waar je zijn moet, toch?'

'Precies,' zei ik dan. Mijn antwoorden waren meestal kort. Ik was toen al veel te bang voor wat de nacht voor me in petto had om, met mijn hoofd al op het kussen, een normaal gesprek te voeren. Luke heeft eens gezegd dat ik eruitzag alsof ik voor een vuurpeloton stond, maar dan horizontaal.

Het beleid veranderde toen we de overduidelijke zwakke plek in ons plan zagen: ik kon niet stilliggen. Mijn nerveuze gewoel en gewriemel hielden Luke uit zijn slaap. Dat vond hij niet erg; hij was met liefde omgerold om zijn door mij verstoorde droom weer op te pakken, maar omdat ik zo wanhopig behoefte aan gezelschap had na te veel uren stille, kolkende ellende, ging ik daar dwars voor liggen door te snibben: 'Ik heb mijn ogen al vier uur dicht en ik ben helemaal niet ontspannen en zoals je merkt ben ik nog steeds wakker. Wat moet ik nu doen volgens jou?'

Luke keek wel beter uit dan mij boos te maken met het voorstel om in een andere kamer te gaan liggen; na zes maanden vol beroerde nachten voor ons allebei kwam ik daar zelf mee. De vorige eigenaren van ons huis hadden de zolder verbouwd tot een lange, driehoekige logeerkamer met een eigen badkamer met douche, dus daar ben ik een poosje gaan liggen. En toen, drie maanden geleden, besloot ik dat het mooi geweest was, en ben ik ook uit die kamer vertrokken. Ik moest mezelf maar eens flink bij de kladden pakken, vond ik: iemand die niet slaapt, verdient geen slaapkamer. Als jij zo graag een slaapkamer wilt, laat dan maar zien dat je die verdient. Sindsdien slaap ik op een van onze banken – in de zitkamer, in Luke's kantoortje, in de speelkamer van de meisjes. Soms, als Luke de haard heeft aangemaakt, ga ik op het kleed voor de gloeiende kolen liggen in de hoop dat de warmte de knopen in mijn hoofd losmaakt. Af en toe ga ik naast Dinahs bed liggen, maar daar heeft Nonie een eind aan gemaakt. Ik zei tegen haar dat ik op haar vloer nog geen seconde zou kunnen slapen, omdat zij de hele nacht het licht aan wil. Haar reactie liet geen ruimte voor onderhandelen: als ik niet naast haar bed kon slapen, dan mocht ik ook niet naast dat van Dinah gaan liggen. Of allebei of geen van beide – anders was het niet eerlijk.

Ik ben eens een halfuurtje weggezakt in bad, dat ik met kussentjes had gevuld, en toen werd ik wakker met een gekmakende kramp in mijn nek. Heel af en toe ga ik naar buiten en probeer ik of ik misschien in de auto onder zeil raak. Ik heb geen enkele pyjama of nachtpon meer. Die heb ik een paar maanden geleden allemaal weggegooid. Luke probeerde me dat uit mijn hoofd te praten, maar ik moest. Het was te deprimerend om ze te zien, elke keer als ik mijn kleerkast opendeed. Ze lagen daar zo zelfingenomen keurig gevouwen, dat pastelkleurige zootje.

Ik ga rechtop zitten en doe mijn ogen open. Mijn oogleden doen pijn; ik heb ze waarschijnlijk te hard dichtgeknepen.

Doe eens wat nuttigs. Je hebt de hele nacht nog voor je – alweer eentje. Ga strijken. Lees de dagboeken van de meisjes.

Jo heeft me ooit gezegd dat ik die 'extra tijd', want zo noemt ze het, maar beter nuttig kan besteden. Dat ik die moet gebruiken om iets te doen: een nieuwe taal leren, of schilderen. Ik deed net of ik het een geweldige suggestie vond, maar toen ze weg was, heb ik een uur gehuild.

Doe iets. Doe de voordeur open en gil het uit.

Ik denk aan de brief van Jeugdzorg op de keukentafel en mijn hart maakt een sprongetje. Onder geen enkele andere omstandigheid zou ik het een aanlokkelijk vooruitzicht vinden, maar op dit moment is dit het enige wat tussen mij en de waanzin staat. Als ik het nu lees, raak ik waarschijnlijk even erg overstuur als ik zou zijn wanneer ik het overdag las, en dat is precies wat ik wil: een bron van zorg en ellende die niet specifiek aan de nacht gebonden is.

Ik loop naar de keuken, ga aan tafel zitten – met mijn rug naar de klok op de magnetron die me er anders aan zou herinneren dat het acht over halfelf is – en trek de brief uit de envelop. Er valt ook een ansichtkaart uit, die met zijn afbeelding naar beneden op tafel valt – een typische Ingridkaart, van een of andere kunstgalerie: een schilderij van een groepje nonnen in een tuin, zittend onder de bomen. Ik pak hem op en lees hem eerst. 'Niet somber worden,' staat er. 'Schoolgelddreigement *duidelijk* niet in belang van meisjes. Koren op onze molen. M. heeft zichzelf de das omgedaan! We gaan winnen!'

Ik zucht. Ingrid, onze gezinsvoogd, is al een paar maanden een geduchte concurrente van Luke voor de Niet op Feiten Gestoelde Optimisme Cup. Van mij hebben ze in die strijd geen last. Ik doe allang niet meer mijn best om hen te dwingen de waarheid onder ogen te zien, namelijk dat we ofwel winnen, of verliezen, en dat je met geen mogelijkheid kunt voorzien hoe het gaat uitvallen.

Ik lees de officiële brief. Daar staat in wat ik al uit Ingrids kaart kon opmaken: Marianne dreigt om het schoolgeld van de meisjes stop te zetten als Luke en ik hen mogen adopteren. *Nou en?* Dan betalen we dat zelf, als het niet anders kan. We verzinnen wel iets. Dan vervals ik een diploma en ga ik 's nachts als hypnotherapeut aan de slag – waarom niet, ik ben toch wakker. Dan reken ik mensen achthonderdveertig pond voor het voorrecht dat zij hun herinneringen met mij mogen delen.

Dinah en Nonie zijn dol op hun school. Hoe kan die bitch van een Marianne dreigen om hun dat te ontnemen terwijl ze weet wat ze al kwijtgeraakt zijn? De clou zit hem in haar naam – 'die bitch van'.

Als Luke hier nu was, zou hij mijn eigen woorden citeren. Dat de dagen van de meisjes op die school geteld zijn. Hij begrijpt niet dat ik met twee categorieën werk: dingen waar ik een hekel aan heb en waar ik graag eindeloos over zanik, en dingen die ik echt haat, zoals Marianne, aan wie ik liever zo min mogelijk denk of over praat.

Los van het onverwachte schoolgelddetail bevat de brief van Jeugdzorg alleen de informatie die Luke en ik al verwacht hadden: dat Marianne een officieel bezwaar heeft ingediend. 'Ik vind het gewoon niet goed – jullie zijn niet de ouders van de meisjes' is het enige wat ze er tot nu toe over heeft willen zeggen. 'Het zijn Sharons kinderen, niet die van jullie.' We hebben geprobeerd haar duidelijk te maken dat Dinah en Nonie altijd Sharons kinderen zullen blijven, of Luke en ik hen nu adopteren of niet, en dat het feit dat je niet de echte ouders bent van de kinderen die je graag wilt adopteren juist een vereiste is voor adoptie, en geen hindernis. Maar dan kijkt ze langs ons heen en schudt ze haar hoofd mechanisch en te snel, alsof iemand haar met een sleuteltje in haar rug heeft opgewonden.

Ik geloof niet dat ik ooit een moord zou kunnen plegen, of iemand daartoe de opdracht zou kunnen geven – behalve als het leven van Dinah of Nonie op het spel stond – maar ik zou heel, heel, heel erg graag willen dat Marianne Lendrim morgen dood neervalt. Sterker nog, zo lang hoeft ze dat niet eens uit te stellen; vanavond nog zou ook prima zijn. Ik zou me schuldig moeten voelen dat ik haar haar bestaan misgun, maar dat doe ik niet. Het is mijn taak als voogd van Dinah en Nonie om hen voor dingen te behoeden die hen kunnen schaden: hun enige nog levende grootouder, en later alcohol, drugs, tatoeages en piercings waar ze spijt van krijgen, tussenjaren in gevaarlijke landen.

Ik laat de brief en Ingrids kaart in mijn handtas glijden, en laat de lege, gescheurde envelop op de keukentafel liggen, zodat Luke hem morgenochtend ziet liggen. Dat is makkelijker dan zeggen: 'Ik heb de brief gelezen', wat de kans verkleint dat het tot een gesprek leidt dat we allebei onverdraaglijk vinden.

Nu ik mijn hoofd heb bezoedeld met gedachten aan Marianne, moet ik het reinigen, en wil ik dicht bij Dinah en Nonie zijn en hun slapende gezichtjes zien. Ik breng 's nachts veel tijd door in hun kamers. Dan zit ik gewoon te kijken naar hoe ze slapen, en registreer ik het effect dat dat heeft op mijn stemming: een instant vreugde-injectie. Als ze wakker zijn en we zijn samen, is het iets gecompliceerder. Meestal zijn we dan aan het praten, en ben ik bang dat ik hun met elk woord dat uit mijn mond rolt een beetje meer tekortdoe.

Ik loop op mijn tenen de trap op, langs Luke's slaapkamer – die vroeger ook mijn slaapkamer was – en zijn kantoortje. Terwijl ik de kortere trap naar de tweede verdieping op loop, denk ik aan de prachtige trap waar ik van Ginny aan moest denken. *Jouw perfecte trap heeft tien treden. Terwijl je afdaalt, wil ik dat je ziet hoe je steeds rustiger, steeds meer ontspannen raakt...*

Boven aan de trap blijf ik staan, voor Nonies kamer, en voor het eerst dringt het tot me door dat dat niet klopt. Tien treden, zei Ginny. Tien, dat weet ik zeker. Maar ze telde me uit de hypnose met een vlot een-twee-drie-vier-vijf. En die trap werd aan het eind van de sessie niet meer genoemd. Wat is daar dan mee gebeurd? Als een trap met tien treden je brengt naar een plek waar je volkomen kalm en ontspannen bent, dan brengt diezelfde trap je toch ook weer terug?

Het is maar een detail, maar dat is niet wat me zo irriteert. Hoe moeilijk was het nu helemaal voor Ginny om de metafoor af te maken, en om te zeggen: 'En als ik nu tot tien tel ga je de treden van jouw trap een voor een op, en met elke tree raak je meer los van het vredige gevoel en de rust, en kom je dichter bij de kloterige realiteit'?

Als ik hypnotherapeut was, zou ik heel goed zijn in mijn werk, en zou ik ervoor zorgen dat mijn beeldspraak klopte. Ik *ben* trouwens goed in mijn werk. Ik mag dan niet meer zijn dan een Vergunningen Manager voor de gemeente, zoals Jo meteen zou zeggen, maar wat ik doe, doe ik heel goed, en als ik het niet heel goed zou kunnen, deed ik wel iets anders. De meeste mensen schijnen er weinig last van te hebben dat ze acht uur per dag, vijf dagen per week, iets doen waar ze middelmatig tot slecht in zijn. Zulke dingen denk ik de hele tijd. Volgens Luke komt dat doordat ik permanent moe en chagrijnig ben. In restaurants sis ik tegen hem: 'Het *enige* wat een kok moet doen is lekker eten klaarmaken – meer niet, dat is het enige wat van hem wordt verwacht, dat is het waar hij, uit vrije wil, zijn leven aan wijdt. En wat doet hij? Hij kookt iets smerigs en dient dat koud op!'

Het enige wat Ginny had hoeven doen om het allemaal logisch en symmetrisch te houden was me die denkbeeldige trap weer op te laten lopen. Het enige wat rechercheur Gibbs had moeten doen, was eerlijk tegen me zijn. Net als brigadier Zailer. Het lijkt inmiddels uren geleden, maar volgens mij vond ik het leuk om met haar te praten voor zij duidelijk maakte dat het hele gesprek wat haar betrof bedoeld was om mij in de val te lokken.

Waar voel jij je schuldig over?

Waarom vroeg ze me naar het adres van het huis met die grove tekst onder de vensterbank? Om mij op de proef te stellen? Een makkelijke manier om vast te stellen of ik een leugenaar ben, of een fantast?

Simon Waterhouse behandelde me als een mens. Hij bracht een offer: hij gaf zijn recht om mij te verdenken op, lang voordat hij kon weten dat ik niets met de dood van Katharine Allen te maken had, toen we nog maar een paar woorden hadden gewisseld. Binnen een paar seconden na onze ontmoeting lieten we onze vaststaande rollen los, en waren we gewoon twee mensen die onze kennis deelden om iets uit te knobbelen.

De lichaamstaal van Gibbs en Proust schreeuwde hun afkeuring; ze vonden Waterhouse waarschijnlijk onprofessioneel, omdat hij mij vertrouwde terwijl er alle reden was om dat niet te doen. Maar zou ik het gevoel hebben dat ik hem de hele waarheid verschuldigd was, nu, als hij voorzichtiger te werk was gegaan en mij minder als bondgenoot had behandeld? Zou ik dan ook zo mijn best doen om me te herinneren waar ik dat stuk papier heb gezien?

Ik denk het niet.

Hoelang sta ik hier al, voor Nonies deur? Hooguit een minuut, misschien, maar alles telt. Elke seconde brengt me dichter bij de ochtend, en bij het moment waarop ik weer deel uitmaak van een gezin en niet langer een spartelend brein in een gespannen lijf ben dat wakker rondspookt in de nacht van gewone mensen.

De verdieping van de meisjes ruikt naar wasverzachter met bloemengeur. Ik was hun beddengoed elke week. Toen ik dit aan Jo vertelde, moest ze lachen en zei ze: 'Het is *normaal* om elke week de bedden te verschonen, Amber. Het is niet iets om over op te scheppen.'

Ik leun Nonies kamer in om naar haar te kijken. Zoals altijd ligt ze opgekruld op haar zij als een omgekeerd vraagteken, met haar mond een beetje open en haar dekbed keurig onder haar rechterarm geklemd. Aan een kant van haar hoofd ligt de dikke encyclopedie die we haar voor haar verjaardag hebben gegeven, en aan de andere kant, naast elkaar tegen de muur, staat een rijtje knuffels: een beer, een eenhoorn, een konijn, een panda en een gedrongen uil die verdacht veel lijkt op een dartspeler die ik weleens op tv heb gezien, maar van wie ik me de naam niet meer herinner.

Nonies kamer staat vol met rijtjes: op haar bureau, haar planken, en een paar op de vloerbedekking. Het maakt niet uit wat het is, zolang ze er maar genoeg van heeft om ze in een rijtje te zetten: kartonnen 3D-brillen uit de bioscoop, kleine flesjes bad- en doucheschuim, ringen met gekleurde stukjes glas in de rol van edelstenen, buttons, knikkers, elastiekjes met balletjes eraan, potjes lippenbalsem. Nonies lippen zijn altijd schraal.

De tranen springen me in de ogen, en ik voel de gebruikelijke verwarring die me in herinnering brengt dat liefde zwaarder te dragen kan zijn dan haat. Er moet een verband bestaan tussen die twee – tussen mijn enorme liefde voor Dinah en Nonie en de onbeheersbare woede die vaak zomaar in me opkomt. Voor Sharon overleed had ik nooit zulke sterke gevoelens, niet in positieve en niet in negatieve zin.

Ik sluip naar het bed en kus Nonie op haar wang voor ik naar Dinahs kamer ga. Daar is het iets moeilijker te zien wat er aan de hand is, met het licht uit, maar mijn ogen wennen snel aan het donker. Dinahs dekbed ligt in een prop aan haar voeteneind, alsof ze het lens getrapt heeft voor ze in slaap viel. Haar mond is wijd open. Ik bedenk net dat Dinah en Nonie de enige mensen ter wereld zijn die ik hun slaap niet misgun. Ik ben blij dat ze goed slapen. Ik zou met liefde nooit meer een oog dichtdoen als ik ervoor kon zorgen dat zij voor eeuwig ononderbroken nachten hadden, vol vredige dromen.

Je bent blij dat ze hier zijn. Je kunt je het leven zonder hen niet voorstellen – zo'n leven zou in elk geval niet de moeite waard zijn. Dus dat betekent dat je ergens blij bent dat Sharon dood is. Dat moet haast wel.
Makkelijk zat.

Zou jij Sharon terughalen als dat kon, in de wetenschap dat Dinah en Nonie dan weer naar haar zouden gaan?

Deze vraag stel ik mezelf elke nacht. Mijn antwoord is altijd hetzelfde: 'Ja, natuurlijk.' Maar toch blijf ik het controleren. Ik moet mezelf de hele tijd bewijzen dat ik niet inslecht ben, al voel ik me nog zo gestoord en schuldig. *Ja, ja, mensen. Breng eens een nachtje door met Amber Hewerdine en je hebt gegarandeerd urenlang pret.*

Het kan Dinah niet schelen hoe haar kamer eruitziet, zolang ze maar genoeg ruimte aan de muur heeft om vellen papier op te kunnen hangen met plakband. Iets telt pas als ze het heeft opgeschreven. Op weg om haar een kus te geven, zie ik een lange, gescheurde strook papier aan een van haar gordijnen hangen. Ik trek het andere gordijn opzij om wat meer licht van de lantaarnpaal binnen te laten, en ik zie dat het een castinglijst is. Er steekt een pen onder Dinahs kussen uit die er gisteren nog niet lag.

Dit is nieuw – werk van vandaag. Ik frons niet-begrijpend. Gaat het toneelstuk nu wel of niet door? Luke en mevrouw Truscott denken van niet; weet Dinah soms beter? Rekent ze erop dat ik het toneelstuk wel zal redden? Heeft ze daarom die lijst aan haar gordijn gehangen, zodat ik het wel moet zien?

'HECTOR EN ZIJN TIEN ZUSTERS' heeft ze met hoofdletters geschreven. 'PERSONAGES EN ACTEURS. Hector: Thaddeus Morrison, Hectors moeder: juffrouw Emerson.' Ik glimlach. Dinah wilde niet naar de klas van juf Emerson, maar het heeft niet verkeerd uitgepakt voor haar; meneer Cornforth zou lang niet zo'n gewillige slaaf zijn geweest.

Ik bekijk de namen van de andere personages: Rosie, Pinky, Strawby, Cherry, Seashell, Sunset, Candy, Berry, Flossy en Taramasalata. Hectors door roze geobsedeerde zusters, dunkt mij. Hun obsessie is overgeslagen op hun namen.

Terwijl ik voorover leun om Dinahs wang te kussen, bevries ik. *Wat nu als...*

Nee, er is geen reden om dat te denken.

Jawel, die is er wel.

Ik raak enthousiast, en ik weet niet of dat wel terecht is. Zal ik Luke wakker maken?

Eerst maar eens een kopje thee voor mezelf zetten en dat opdrinken; even rustig de tijd nemen om te bedenken of dit de moeite waard is om zijn nachtrust voor te verstoren, maar ik heb het geduld niet.

Ik hol naar beneden, en ga een kamer in waar een mist van slaap hangt die in de kamers van Dinah en Nonie niet hing. 'Luke. Word wakker.' Een gefluisterd commando.

Geen reactie. Ik schud hem door elkaar. Hij doet zijn ogen open. 'Wat is er?'

'Wat nu als het titeltjes waren? Kopjes: "Aardig, Wreed, Aardig Wreed" – de eerste letter van elk woord was een hoofdletter. Aardig met een hoofdletter A, en Wreed met een hoofdletter W. Weet je nog dat ik tegen je zei dat ik me afvroeg waarom je dat zo zou schrijven, behalve als het titels waren? Ik had niet aan kopjes gedacht, maar door die tussenregel... Stel nou dat degene die dat heeft opgeschreven van plan was om die ruimte op te vullen met... wat dan ook? Misschien wel de namen van mensen?' Wat kon het anders zijn? Gedrag – dat is het enige andere wat ik kan verzinnen. Ik zou mijn eigen gedrag ook kunnen indelen in aardig gedrag, wreed gedrag en gedrag daar ergens tussenin.

Dat zou ik alleen nooit doen. *Niemand zou zoiets doen.*

Luke hijst zich omhoog en leunt tegen het hoofdeinde terwijl hij in zijn ogen wrijft. 'Ja,' zegt hij, een tikkeltje te enthousiast. Mijn stekels schieten overeind. Hij heeft maar één woord gezegd, en hij klinkt meteen al als iemand die zijn mannetje probeert te staan onder zware omstandigheden. 'Het zouden best kopjes kunnen zijn, alleen...'

'Ik weet ook wel dat het niet een heel sterk eureka-moment is, maar het is tenminste iets, toch?' zeg ik defensief. 'Ik moet het de politie vertellen.'

'Amber, het is midden in de nacht,' zegt Luke voorzichtig. 'Ik moet slapen. Vertel het maar aan de politie als je wilt, maar eerlijk gezegd... als jij dit bedenkt, komen ze er zelf ook wel op.'

'Dat is waar, sorry. Helemaal vergeten – elk brein komt op dezelfde gedachten. Daarom was Einstein heus niet de enige die met die... die...' *Kom op, zeg!*

'Relativiteitstheorie?' oppert Luke en hij grijnst slaperig.

'Die, ja. Daarom kwamen al zijn vrienden en buren in Berlijn op precies hetzelfde moment met precies dezelfde theorie.'

'Berlijn?'

'Fout?'

'München, Zürich. Einstein reisde wat af.'

Hoe zou ik dat moeten weten? Ik haatte alle bètavakken op school. Ik heb ze zo snel mogelijk uit mijn pakket gegooid. Ik heb kunstgeschiedenis gestudeerd. Einstein mag blij zijn dat ik überhaupt aandacht aan hem besteed.

'Kopjes worden normaal gesproken onderstreept,' zeg ik. 'Dus die politiemensen hebben misschien het verband niet gelegd. Ik ook niet, tot ik Dinahs lijstje met de cast zag. Ze heeft haar kopjes in hoofdletters geschreven in plaats van ze te onderstrepen.'

Luke kijkt niet overtuigd. Ik ben bang voor het eind van dit gesprek, want dan ben ik weer alleen. 'Ik kan het maar beter toch aan de politie melden,' zeg ik. 'Ik spreek ze morgen toch.' Dan kan ik me fijn voor joker voelen staan als ze me zeggen dat het geen moer uitmaakt of de woorden die ik heb gezien al dan niet als kopjes bedoeld waren; wat er misschien wel toe doet, is waar ik ze heb gezien – en dat kan ik me niet herinneren, en ik heb er ook geen theorieën over.

'Willen ze je morgen weer zien, dan?'

'Nee, andersom.' Het is best een goed idee om mijn biecht vast te oefenen. 'Ik heb tegen ze gelogen. 2 november, de dag dat Katharine Allen is vermoord – toen had ik eigenlijk die cursus voor verkeersovertreders moeten doen. Ze vroegen me waar ik was tussen 11 uur 's ochtend en 1 uur 's middags.'

'Wat? Dat heb je me helemaal niet verteld.' Weg is zijn slaperige stem; Luke is klaarwakker. *Amber 1, Slaap 0*. 'Wat heb je dan tegen ze gezegd?'

'Ik zei dat ik naar die cursus was. Ze vroegen of iemand zou kunnen bevestigen dat ik er was. Ik zei dat niemand zich waarschijnlijk mijn gezicht zou herinneren, maar dat ik mijn rijbewijs moest laten zien ter identificatie, en dat ze dat vast nog wel ergens op papier hadden staan.'

Luke fronst als hij hierover nadenkt. 'Ja,' zegt hij uiteindelijk. 'En als ze dat controleren, zullen ze daar ook achter komen. Jij hebt Katharine Allen niet vermoord, en je weet ook niet wie dat wel heeft gedaan, dus was het een leugentje om bestwil. Maar je bent toch niet zo gestoord dat je ze de waarheid gaat vertellen, mag ik hopen?'

Ik glimlach, en waardeer zijn onbevooroordeelde vraagstelling. 'Ik moet wel. En je kunt me er toch niet vanaf praten, dus probeer het maar niet. Ik weet dat het niet uitmaakt, ik weet dat ik dan tegen Jo moet zeggen dat ik het aan de politie heb verteld, en ze zal wel woest zijn...'

'Woest?' Luke kijkt de kamer rond naar zijn denkbeeldige publiek, de menigte die alleen hij kan zien, en die allemaal aan zijn kant staan en zwaaien met wimpels om dat punt te onderstrepen.

'Amber, word eens wakker! Jo en jij hebben een *misdaad* begaan. Of in elk geval een van jullie. Wie, dat weet ik ook niet.'

'Technisch gezien denk ik wij allebei.'

'Straks moet je naar de gevangenis!'

'Hé – weet je nog hoe goed jij bent in niet tegen me schreeuwen? Ik wil eindelijk eens doen wat hoort. Waarschijnlijk past dat totaal niet bij me, maar ik zou het waarderen als je net doet of dat bewonderenswaardig is.' Luke heeft gelijk: straks krijg ik nog een strafblad, als ik al niet achter de tralies word gezet. Maar dat zal niet gebeuren. Simon Waterhouse zal het voor zich houden als ik dat vraag. *Toch?* Hoe weet ik zo zeker dat hij me de hand boven het hoofd zal houden, dat hij geen teamspeler is?

Welk weldenkend mens zou dat zijn, met die twee teamgenoten?

'Je hebt zelf gezegd dat jij het enige aanknopingspunt bent in een moordzaak.' Luke doet zijn best om niet emotioneel te klinken. Zoals de meeste mannen gelooft hij diep vanbinnen dat iemand die in de greep is van een of ander sterk gevoel alleen met onlogische argumenten kan komen. 'Als je naar het bureau wandelt en doodleuk toegeeft dat je een leugenaar bent...'

'Ik heb een alibi! Oké, het mag dan niet het alibi zijn dat ik hun heb gegeven...'

'Waarom moeten zij dat weten? Je hebt dat alibi. Daar gaat het om. Je was ergens anders toen Katharine Allen werd vermoord,' kreunt Luke. 'Maar ik ben nu mijn energie aan het verspillen, hè?'

'Nee,' antwoord ik. 'Het helpt om je dit allemaal te horen zeggen, het helpt me ervan te overtuigen dat je waarschijnlijk gelijk hebt.'

Luke gooit zijn handen in de lucht. 'Dus...?'

'Jo en ik krijgen misschien dikke shit als ik Simon Waterhouse de waarheid vertel, en het zal de politie ook niet helpen om de moordenaar van Katharine Allen te vinden – dat is waar, maar *so what*? Het is een moordonderzoek, Luke. De politie gaat een heleboel mensen een heleboel vragen stellen, en ze willen op elke vraag een antwoord dat geen leugen is. Ik begrijp waarom dat voor hen van belang is. Jij niet? Ze willen *alle* informatie, niet het grootste deel, niet alleen de stukjes informatie die mensen met hen willen delen. Wie ben ik om te beslissen of ze dit feitje wel, en dat feitje niet kunnen gebruiken? Ik heb geen overzicht over de hele zaak. Ik weet niet eens waar ik die woorden heb gezien. Het is hun zaak, niet de mijne. Als ik hun niet de hele waarheid vertel, geef ik prioriteit aan mijn eigen egocentrische verlangen om niet in de problemen te raken, boven hun noodzaak om de moord van Katharine Allen op te lossen zoals zij dat graag zouden willen: niet gehinderd door verzonnen verhaaltjes.'

Luke zucht. 'Ik zie niet in wat het uitmaakt,' mompelt hij. 'Jo gaat uit haar plaat, Neil wordt helemaal gek... Wat?'

Ik heb zijn hand gegrepen. Er gaat een deurtje open in mijn hoofd. Eerst vertrouw ik het niet. Twee eureka-momenten op een avond? Komt het soms doordat ik vandaag voor het eerst onder hypnose ben geweest? Misschien klopte het niet wat ik tegen brigadier Zailer heb gezegd, en zit er wel degelijk een doos in mijn hoofd die mijn onderbewuste heet. Misschien zit het deksel er dankzij Ginny iets losser op dan gisteren.

'Amber? Wat is er?'

'Die kopjes,' zeg ik. 'Ik zie een verband: een stuk papier, nog een stuk papier.'

'Ik begrijp niet waar je het over hebt.'

'Je hebt een gedachte, en die leidt tot een andere gedachte, die met de eerste te maken heeft. Vrije associatie. Daar werken psychiaters toch altijd mee?' Ik heb geen idee hoe ik erbij kom dat ze dat doen, en ook niet waarom ik het aan Luke vraag, want die heeft nog minder verstand van psychotherapeutische technieken dan ik. Feiten, dat is Luke's specialiteit, van die feiten waarmee je punten kunt scoren in een pubquiz: de data van beroemde veldslagen, de hoogste berg, waar Einstein woonde. 'Alleen is het geen echte vrije associatie, want niets drijft zomaar los van alles, alles hangt samen met iets anders,' vervolg ik, voornamelijk tegen mezelf. 'Toen ik tegen Ginny zei: "Aardig, Wreed, Aardig Wreed", zonder te weten dat ik het zei of wat het betekende, dacht ik aan Little Orchard. Daar was ik met mijn gedachten, vlak voor ik die woorden uitsprak.'

Luke doet zijn ogen dicht. 'Amber, er is geen enkele reden om aan te nemen –'

'Jawel, die is er wel.' Mijn verstand kan me gestolen worden, ik ben alleen nog maar geïnteresseerd in wat mijn instinct me zegt. 'Wat nu als dat wel zo is? Wat nu als ik die woorden in Little Orchard heb gezien?'

Hoe vaak zijn we Little Orchard nu doorgelopen? En we kunnen nergens een stuk papier vinden met 'Aardig, Wreed, Aardig Wreed' erop. We kunnen geen herinnering bovenhalen waarin we het hebben gezien, niet in een van de slaapkamers, niet in de keuken, de eetkamer, de speelkamer of de bibliotheek. Aangezien wij niet het type zijn dat vlug opgeeft, zijn wij grondig te werk gegaan in ons onderzoek van zelfs de minst waarschijnlijke plekken: de bijkeuken, de voorraadkast, de wijnkelder. We hebben in gedachten potjes chutney en flessen Vanish vlekverwijderaar opgetild, maar het heeft ons geen steek verder gebracht. Een slaapkamer – de kamer die de moeder en zus van Jo deelden, Hilary en Kirsty – heeft een kleedkamer eraan vast, een kleine ruimte zonder ramen, met kasten aan beide kanten. We hebben ze een voor een opengetrokken, maar we hebben er geen enkel stuk papier gevonden.

We hebben gebroken tegels in de tuin gelicht, in de hals van terracotta potten gekeken en in het gat van een holle boom gegluurd dat groot genoeg is om een smalle vrouwenhand in te steken – net. We zijn met onze vingers door het koude water van de vijver gegaan, hebben de twee bijgebouwtjes allebei minstens drie keer gecontroleerd: een achthoekig houten zomerhuisje vol stoffig tuingereedschap en een ingezakte tafeltennistafel, en een vrijstaande garage met een heleboel bij elkaar passende keukenkastjes en een paar autobanden, maar geen auto's. Echt, als het huis door rechercheurs zou worden doorzocht, zouden die niet zo grondig te werk zijn gegaan als wij ons geheugen hebben doorzocht. Zouden zij bijvoorbeeld hebben gezien dat er een elektrische deken op het bed in de grote slaapkamer lag, de kamer van Jo en Neil, en zouden ze zo slim zijn geweest om die terug te slaan voor het geval daar iets onder lag? Wij wel. Er lag niets, alleen een matras.

We zijn zo vaak teruggegaan naar Little Orchard, maar we hebben nooit iets gevonden.

Op dit punt zou de normale reactie zijn – en ik verbind hier geen positieve waarde aan het woord 'normaal', ik gebruik het in de zin van 'het meest gebruikelijk' – de normale reactie zou zijn om de moed op te geven en aan te nemen dat waar Amber die woorden 'Aardig, Wreed, Aardig Wreed' ook gelezen heeft, het niet in Little Orchard was.

Maar dat is niet Ambers reactie, en daar ben ik blij om. Tot mijn grote genoegen maakt het feit dat haar geheugen niet kan vinden wat het zou moeten vinden bij Amber een veel interessantere reactie los, omdat wij juist leren van interessante, vreemde dingen. De details die we niet kunnen vatten zijn de details die, als we ze eenmaal naar waarde schatten, alles verklaren en die ons alles zeggen wat we moeten weten.

Amber blijft volhouden dat ze die onverklaarbare woorden in Little Orchard heeft gezien. Waarom is ze daar zo zeker van? Omdat ze aan Little Orchard dacht – achteroverleunend in dezelfde stoel als waar ze nu in zit, met haar voeten op dezelfde voetensteun – vlak voordat ze zei: 'Aardig, Wreed, Aardig Wreed' en mij ervan beschuldigde dat ik dat het eerst zei. En ja, soms leidt de ene gedachte inderdaad om een bepaalde reden tot de andere, omdat er een verband tussen de twee bestaat, maar het is even gebruikelijk dat de hersens willekeurig van het ene naar het andere onderwerp schieten en er helemaal geen verband is. Ik heb dit aan Amber uitgelegd, en het maakt haar ongeduldig. In haar geval, houdt ze vol, bestaat er wel degelijk een verband, en is er geen sprake van willekeur.

Hoe weet zij dat er een verband bestaat als ze niet zegt wat dat verband is? Ze kan of wil die vraag niet beantwoorden. Ze weet zeker dat ze dat papier met Aardig Wreed niet in een van de kamers heeft gezien die we steeds opnieuw doorzoeken, en nog eens, en nog eens. Ik heb haar al een aantal keren de voor de hand liggende vraag gesteld: waarom blijven we dan zoeken? Ik krijg nooit antwoord op die vraag, dus misschien weet Amber niet waarom. Of misschien weet ze het wel, maar omdat het antwoord haar onmogelijk lijkt, schaamt ze zich te veel om het hardop te zeggen. Onthou goed: schaamte, schuldgevoel, gêne en vernedering zijn de meest ontwrichtende emoties die we kunnen voelen, en zijn veel slechter voor ons welzijn dan haat of een extreme ongelukkigheid, die vaak meer met anderen te maken hebben en daarom milder voor ons zelfbeeld zijn.

Er was maar een deel van Little Orchard dat Amber niet heeft gezien: de afgesloten studeerkamer op de overloop tussen de eerste en tweede verdieping. Die was waarschijnlijk op slot gedaan omdat de privébezittingen van de eigenaren daarbinnen stonden. Als je een vakantiewoning huurt, is het niet ongebruikelijk dat een of twee kamers op slot zijn, en het was niet onredelijk van de eigenaren van Little Orchard om bereid te zijn hun huis aan betalende vreemden ter beschikking te stellen, en toch een zekere mate van privacy te willen behouden in de vorm van een afgesloten studeerkamer, waar waarschijnlijk allerlei persoonlijke papieren lagen: bankafschriften, testamenten, belangrijke werkdocumenten.

Ik vind dat in elk geval niet onredelijk. Amber blijkbaar wel, hoewel ze het nooit met zoveel woorden zegt. Ik vraag me af waarom ik woede in haar stem hoor, steeds als ze het over 'de afgesloten kamer' heeft. Ze zegt het sarcastisch, tussen hoorbare aanhalingstekens. Is ze misschien kwaad op zichzelf? Ze weet dat de afgesloten studeerkamer de enige ruimte is waar ze het ongrijpbare vel papier met de blauwe lijntjes pertinent niet kan hebben gezien. De deur is gedurende haar hele verblijf in Little Orchard op slot gebleven en ze is daar nooit binnen geweest. Ja, ze weet zeker dat ze het papier nergens anders in of om dat huis heeft gezien, en ze weet even zeker dat ze het in Little Orchard zag.

Wat mij betreft zijn er dan ook twee mogelijkheden. Ten eerste:

Amber is wel in die afgesloten studeerkamer geweest, en weet dat ze het papier daar heeft gezien, maar wil dat niet toegeven. Dit lijkt me onwaarschijnlijk. Haar behoefte om erachter te komen waar ze die woorden heeft gelezen lijkt mij oprecht.

Tweede mogelijkheid: tegen alle logica in, heeft ze het in haar hoofd gehaald dat het stuk papier waar we naar op zoek zijn in die afgesloten kamer in Little Orchard ligt. Maar als het daar was, kan ze het niet gezien hebben, klaar, uit. Tenzij ze helderziend of telepathisch is – twee dingen waar zij niet in gelooft – kan ze geen beeld hebben van de binnenkant van die studeerkamer. Daarbij, de afdruk van die woorden in het notitieblok van Katharine Allen zijn van een maand geleden, in 2010. Hoe waarschijnlijk is het dat die woorden voor kerst 2003, toen Amber in Little Orchard was, zijn opgeschreven op een bladzijde die vervolgens werd afgescheurd?

Amber weet dit allemaal wel, en ze heeft geprobeerd zichzelf eens flink de waarheid te zeggen, neem ik aan, maar het maakt geen verschil: haar instinct blijft tegen haar schreeuwen: 'Het ligt in de afgesloten kamer!' Ze wil het niet toegeven, vooral niet tegen de politie, omdat het zo vreemd is, en omdat ze bang is voor haar onbegrijpelijke overtuiging. Ze zou het ook niet aan mij toegeven als we alleen waren, ook al sta ik voor alles wat zij onzinnig vindt.

Het doet er niet toe of ze het ooit zal toegeven. Daar is het mij niet om te doen, mensen dwingen om dingen toe te geven waar ze zich voor schamen. Dit is geen showproces. Hoe geweldig ik het ook zou vinden als ik meer mensen ervan kon overtuigen dat ze zich minder moeten generen voor hun irrationaliteit en dat ze toleranter zouden moeten omgaan met de, in hun ogen, rommel die hun gedachten overheerst. Elk krankzinnig bijgeloof heeft een doel en kan opnieuw gevormd worden en omgezet in iets prachtigs en bevrijdends. Telkens als je bang bent, boek je vooruitgang, of heb je in elk geval de kans om vooruitgang te boeken, maar die kans moet je wel grijpen, en je moet hem je niet door je angst laten ontglippen. Ik heb het dan over angst zonder duidelijke aanleiding, niet angst omdat je in zee ligt en er een enorme haai jouw kant op zwemt.

Dus... Amber ontkent niets van wat ik zeg, ook al is ze iemand die nergens zoveel van houdt als van een potje ruzie, dus ik neem het risico en merk nog twee zaken op. Ze heeft ons met een volkomen onmogelijk mysterie opgezadeld. Als ze dat stuk papier in Little Orchard heeft gezien, kan ze het niet in die ene kamer hebben gezien waar ze nooit binnen is geweest. Dat is gewoon niet mogelijk. En toch weet ze heel zeker dat het niet in een van de kamers lag waar ze *wel* binnen is geweest, en wil ze niet accepteren dat ze het überhaupt niet in Little Orchard heeft gezien, maar ergens anders.

Waarom zou Amber ons allemaal – inclusief zichzelf, vooral zichzelf – in zo'n onontwarbaar raadsel gevangen willen houden?

Ik zei eerder al dat achter het ene mysterie een ander schuil kan gaan: een kwetsbaar, gemakkelijk op te lossen geheim dat dekking zoekt achter een sterker geheim, eentje met meer veerkracht. Ik heb een theorie opgeworpen die instemming noch ontkrachting opleverde: dat de belangrijke vraag is waarom het Amber zo veel uitmaakt dat ze nog steeds niet weet waarom Jo en haar gezin verdwenen en toen weer terugkwamen. Ik heb een aantal mogelijke manieren geopperd om een antwoord te vinden op die vraag, maar steeds werd de vraag geruisloos ingewisseld voor een veel dramatischer vraag. Ik zeg niet dat Amber dat met opzet of bewust deed, maar het zou me verbazen als haar onderbewuste niet donders goed weet dat de woorden 'afgesloten kamer' een heel krachtige aandachtmagneet vormen.

Het onmogelijke mysterie achter het onmogelijke mysterie. Maar allebei op een heel andere manier onmogelijk: het een is inhoudelijk onmogelijk, en het ander vormtechnisch. Het mysterie dat niemand mag oplossen omdat het te veel pijn en ellende losmaakt bij te veel mensen, gaat schuil achter het mysterie dat we niet kunnen oplossen omdat er letterlijk geen oplossing is, tenzij de voorwaarden onjuist zijn gepresenteerd. En toch buffelen we een eind weg in een poging het probleem te kraken, hopend dat we slim genoeg zijn om alles tot een goed einde te brengen. Hopend dat we het onmogelijke mogelijk kunnen maken. Als ons dat eens lukte, dan zouden we ons aan God gelijk voelen. En dan vergeten we het niet zo spannende, gemakkelijk op te lossen geheim dat erachter verstopt zat, en dat ons geen helderziende visioenen en afgesloten kamers biedt. Wie zit te wachten op nog meer pijn en leed in zijn leven?

Je moet alle vragen aanpakken waar je het minst graag een antwoord op wilt, Amber – stuk voor stuk. Dat is de enige manier om te zorgen dat al die onmogelijke raadsels in jouw leven verdwijnen.

Laten we met een makkelijke vraag beginnen. Hoe weet jij dat er een elektrische deken op het bed van Jo en Neil in Little Orchard lag? En kastpapier in de ladekast op de kamer van Hilary en Kirsty, en een schaal watjes in de badkamer van Pam en Quentin?

Moet ik nog even doorgaan? Een gat in een holle boom in de tuin, een grijze plastic bestekbak in een van de keukenkastjes in de garage? Katharine Allen leefde nog in 2003, en jij leed nog niet aan slapeloosheid. Je had geen idee dat je op een dag bij een hypnotherapeut zou aankloppen met de vraag om elke millimeter van Little Orchard in je geheugen door te spitten, op zoek naar een A4'tje dat misschien van belang is voor een moordzaak.

Die details heb je niet allemaal verzonnen, toch? Het waren echte herinneringen, levendige. Als je het ontkent, geloof ik je niet. Ik zag de concentratie op je gezicht, en hoe belangrijk het voor je was om het precies te vertellen zoals het was.

Je herinnert je daadwerkelijk hoe je het huis en de tuin hebt doorzocht.

Waar was je naar op zoek?

4

01/12/2010

Sam Kombothekra zat in Prousts kantoor aan een bureau en in een stoel die niet van hem waren. Dat had hij nog nooit gedaan, zelfs niet op dagen dat Proust er gegarandeerd niet was. Sam wist pas sinds vandaag, toen hij de deur probeerde te openen, dat de Sneeuwman de gewoonte had om de deur van zijn kleine glazen hok niet op slot te doen; de vraag waarom was nog nooit bij hem opgekomen. Tenzij het geen gewoonte was; misschien vond Proust gisteren zo stressvol dat hij het was vergeten, maar dat geloofde Sam niet. Waarschijnlijk wist hij dat hij zijn kantoor niet op slot hoefde te doen – de angst die hij de mensen door de jaren heen had aangejaagd was sterk genoeg om hen buiten de deur te houden.

Op het bureau voor Sam stond de nieuwe Liefste opa van de hele wereld-beker: rood met witte letters en een afbeelding van een oude man met scheve tanden en een roze aardbeienneus. Wilde de fabrikant van de beker soms suggereren dat alle opa's aan de drank waren, of alleen de leuke? Deze beker was groter en lelijker dan zijn voorganger, die de Sneeuwman een paar jaar geleden naar het hoofd van Simon Waterhouse had geslingerd. Simon was opzij gestapt en de beker was tegen een dossierkast uiteengespat. Sam durfde te wedden dat Proust deze vervanging zelf had aangeschaft. Zijn kleinkinderen zaten dik in de puberteit, dus die zouden hem ondertussen wel haten.

Sam zag dat Gibbs de rechercheruimte binnen kwam en schrok toen hij door de ruit Prousts kantoortje in keek en zag dat zijn inspecteur daar aan het bureau zat te schrijven. *Nee, ik hoor hier inderdaad niet te zitten*, dacht Sam. *Ik zit sowieso al heel lang op de verkeerde plek.* Morgen werd alles anders. Gibbs en Simon zouden zonder werk zitten en Sam zou zijn ontslag hebben ingediend. Wat zou Colin Sellers doen? Sam had het gevoel dat hij Sellers niet meer kende, want die was zo stilletjes en in zichzelf gekeerd sinds het uit was met zijn minnares, een vrouw genaamd Suki. Sam had haar nog nooit ontmoet, maar hij had wel foto's gezien die hij liever nooit onder ogen had gehad – foto's waarvan hij zich niet kon voorstellen dat iemand ze nam, laat staan dat men ze aan collega's liet zien. Zoals Sams vrouw Kate direct opmerkte, leek het Sellers verkeerd om te doen: roekeloos openhartig toen hij zijn vrouw nog bedroog, opscheppen over zijn langdurige affaire tegen wie van zijn collega's het maar horen wilde, en ineens schichtig toen het voorbij was en hij niets meer te verbergen had. Niet dat Sam wist, in elk geval.

Gibbs kwam binnen zonder te kloppen. 'Ik moet je iets vertellen, tenminste, als we Amber Hewerdine verder gaan onderzoeken.'

'Dat gaan we,' zei Sam. Hij had bijna de hele nacht liggen piekeren over de vraag hoe hij zich vandaag op het werk moest gedragen. Proust zou er hoogstwaarschijnlijk op aandringen dat hij zijn ontslagbrief ging opstellen, in de wetenschap dat dat wel het laatste was waar hij zin in had, maar vandaag zou hoe dan ook Sams laatste dag zijn. Hij wilde per se dat het een waardevolle dag zou worden. Hij zou alle andere zaken de komende uren laten liggen, en zich alleen nog op de moord op Katharine Allen concentreren.

En dat hield in dat hij Amber Hewerdine moest uitspitten. Niet omdat hij bang was dat Simon kwaad werd als hij dat niet deed, of omdat hij Proust iets wilde bewijzen, maar omdat het de logische weg was. Simon had het verkeerd aangepakt, maar hij had wel gelijk: Amber Hewerdine was een belangrijk aanknopingspunt, en die lagen bepaald niet voor het oprapen. Sam kon zich geen zaak herinneren waarbij ze zo weinig relevante informatie hadden.

'Toen ik Hewerdine thuis ging ophalen, had ze haar twee dochters bij zich,' zei Gibbs. 'Het eerste wat ze deed was mij waarschuwen dat ik niet aan hen mocht laten blijken dat ik van de politie was. Ze zei het alsof het een vies woord was. Ik werd pissig om haar houding, maar midden in de nacht kwam er ineens een vraag bij me op die ik meteen had moeten stellen: wat maakt het uit als haar dochters haar zien praten met een rechercheur? Dat duidt niet bepaald op onschuld.'

'Het zijn haar dochters niet,' zei Sam tegen hem. Dat had het beoogde effect. Hij kon dat zien, omdat zijn woorden doorgaans weinig indruk maakten. Simon en de Sneeuwman stalen hier de show.

'Dat meen je niet. Wie zijn dat dan? Ze noemde ze "mijn meiden".'

'Dinah en Oenone Lendrim.'

'In-on-ie? Wat is dat in godsnaam voor een naam?'

'Griekse mythologie.' Sam glimlachte, want hij wist dat Gibbs dacht dat hij dat wist omdat zijn vader Grieks was. 'Ze noemen haar voor het gemak Nonie. Zij en haar zusje Dinah zijn de kinderen van Sharon Lendrim.'

'En nu moet ik zeker weten wie dat is?' vroeg Gibbs.

'Ik dacht dat je de naam misschien zou herkennen,' zei Sam. 'Maar het geeft niet, ik kende haar ook niet. Sharon Lendrim is vermoord op 22 november 2008. In Rawndesley. De zaak is nooit opgelost.'

'En Amber Hewerdine heeft haar kinderen?' Gibbs schudde zijn hoofd terwijl hij deze nieuwe informatie verwerkte. 'Dat is... ik weet niet wat het is, maar het is wel iets. Weet Waterhouse dat al?'

Die vraag verbaasde Sam niet. Ondanks zijn onbehouwenheid en onvoorspelbare gedrag was Simon het menselijke intelligentiesysteem waar alle stukjes informatie moesten worden ingevoerd. Zo zou het wel altijd blijven. Gibbs aanbad hem. Sam was ervan overtuigd dat ergens hetzelfde voor Proust gold. Iets telde pas als Simon het ook wist; het had geen zin om over een probleem na te denken als Simon er niet ook gelijktijdig over nadacht, zodat je jouw gedachten aan die van hem kon optrekken. Sam had zichzelf jaren voor de gek gehouden door te denken dat dat niet zo was, maar hij was de leugen beu. Hij stond alleen in rang boven Simon. Hij kon maar beter iets totaal anders gaan doen.

'Hij neemt zijn telefoon niet op,' zei Sam tegen Gibbs. 'Ik heb een bericht ingesproken. En... ik moet hier weg.' Hij stond op, en vroeg zich af wat hem bezield had. Wat deed hij in de doemdoos van Proust? 'Heb je zin in een biertje in de Brown Cow?'

'Klinkt goed,' antwoordde Gibbs, 'dan laat ik wel een berichtje achter voor Sellers. Waar zit die, weet jij dat?'

In de afgelopen maanden had Sam meer dan eens geen flauw benul waar de leden van zijn team uithingen. 'Ik heb hem naar Ginny Saxon gestuurd. Waarschijnlijk zonde van de tijd.'

'Dat weet je pas als je het hebt geprobeerd, of niet soms?'

Gibbs beende voorop toen ze het gebouw uit liepen. Hij was een norse zak tabak, maar de afgelopen tijd sprak hij Sam steeds vaker bemoedigend toe. *Je hebt je best gedaan, inspecteur. Slim van je, man.* Colin Sellers deed het ook. En Simon. Alsof Sam een verlegen beginneling was met gebrek aan zelfvertrouwen. Zo voelde hij zich trouwens precies.

'Het heeft zeker geen zin om te vragen waar Waterhouse is,' zei Gibbs toen ze bij de bar op hun bier stonden te wachten tussen de pakken en stropdassen en bralstemmen.

'Misschien wel,' antwoordde Sam. 'Niet dat ik iets van hem heb gehoord, maar ik kan het wel raden.'

'Amber Hewerdine?'

'Nee, dat denk ik niet. Die heb ik vanochtend op haar werk gebeld.'

'Diepe wateren,' zei Gibbs verbaasd.

'Ik ben inspecteur. Dus is het de bedoeling dat ik beslissingen neem en daarnaar handel.'

Gibbs keek hem even beduusd aan. 'En wat zei ze?'

'Simon had haar meteen vanochtend al gebeld, en gevraagd of ze konden afspreken. Ze heeft hem afgepoeierd. Zo zei ze dat niet, maar die indruk kreeg ik – voor ze mij ook afpoeierde.'

'Ze wilde gisteravond anders maar al te graag met Waterhouse praten,' zei Gibbs. 'Hij moest zijn best doen om haar de deur uit te werken.'

'Te druk op het werk, te veel vergaderingen, het moest tot morgen wachten – dat zei ze.'

'Dus als Waterhouse niet bij haar is, waar is hij dan wel?'

Ze pakten hun glas op en liepen naar het dichtstbijzijnde vrije tafeltje. Gibbs trok er een derde stoel bij, waar Sam uit afleidde dat hij verwachtte dat Sellers zich bij hen zou voegen. Gibbs was relaxter als Sellers erbij was. Sam was met geen van beiden close – hij was met geen van zijn collega's close – maar hij wist dat hij zijn team meer zou missen dan hij ooit plezier aan hen had beleefd toen hij nog met hen werkte.

De Brown Cow was pasgeleden weer eens verbouwd. De muren waren bedekt met een houten lambrisering, en die had een kleurtje gekregen dat Sams vrouw Kate 'petrol' zou noemen, terwijl de oude houten vloer bekleed was met vloerbedekking in een roodwit-blauwe Schotse ruit. De kroegbaas had er lol in om de zaak eens in de zoveel jaar te veranderen, en dit keer was hij blijkbaar voor een trendy Schotse jachthutlook gegaan. De enige constante was een groot olieverfschilderij van een bruine koe, dat er al eeuwen hing. Mensen zouden in opstand komen als iemand het ooit van de muur zou halen – op een keurige, Spillingachtige manier – en terecht. Sam was van die bruine koe gaan houden. Ze hield je in de gaten met haar intelligente blik, waar je ook zat, en door de jaren heen was gebleken dat ze ook heel goed kon luisteren. Beter dan Simon, Sellers en Gibbs. Soms, als hij niet tot zijn rechercheurs kon doordringen, stelde Sam zich voor dat hij het tegen die koe had, en dan kon hij zich krachtiger uitdrukken.

'Simon zal wel gedacht hebben wat jij ook denkt,' zei hij tegen Gibbs. 'Hoe kan het nu dat Amber hem ineens mijdt, terwijl ze gisteravond nog zo behulpzaam was? Zat hij er naast door haar te vertrouwen en haar zo veel te vertellen?'

'Die vraag kan ik niet beantwoorden,' mompelde Gibbs.

'Hij zal haar alibi voor 2 november wel willen checken. Daar is hij waarschijnlijk mee bezig: iedereen ondervragen die op die cursus was, of in elk geval zo veel mogelijk mensen. Hij neemt geen genoegen met alleen een vinkje achter haar naam. Hij wil iemand vinden die zich haar gezicht herinnert, en die hem kan vertellen of ze er de hele dag bij is geweest, of dat ze er tussen elf en één een poosje tussenuit gepiept is. Dat ritje tussen het conferentieoord op Rawndesley Road en Kat Allens appartement kan niet meer dan vijf minuten kosten.'

Sam hief zijn glas. 'Να σκάσουν οι εχθροί μας,' zei hij voor hij een slok nam. Gibbs zou de ironie van deze Griekse heildronk niet snappen, want hij betekende: 'Dat onze vijanden mogen barsten van jaloezie'. Sam had geen vijanden, en voor zover hij wist was er nog nooit iemand jaloers op hem geweest.

'Het conferentieoord?' vroeg Gibbs. 'Werd die cursus daar gegeven?'

Sam knikte. 'Amber zei toch dat ze met twintig man waren? Twintig hardrijders?'

'Als je een paar kilometer boven de snelheidslimiet te hard rijden noemt, wel, ja,' zei Gibbs.

'Meer dan genoeg mensen om Simon de hele dag van de straat te houden.' Sam zuchtte. 'Hij kan het risico niet nemen om op kantoor te verschijnen. Straks vraagt iemand nog wat hij ervan vindt dat hij ontslagen wordt, en dan kan hij niet blijven ontkennen. Het zou mij niet verbazen als hij morgen om negen uur ook niet komt opdagen voor de officiële ontslagceremonie.'

'Hij komt wel,' zei Gibbs.

'Denk je? Ik dacht dat hij mij wel zou bellen als hij mijn bericht over Sharon Lendrim had ontvangen. Ik heb expres het grootste deel van het verhaal achtergehouden, als prikkel om contact met me op te nemen.' Sam haalde zijn schouders op. 'Maar ik heb niets van hem gehoord.'

'Ik zou het niet persoonlijk opvatten. Vertel het maar aan mij, als je zin hebt.'

Sam was geschokt. 'Het is mijn baan om zin te hebben.' *Een baan die ik binnenkort niet meer heb.*

'Luister, we weten allebei wat er morgenochtend gaat gebeuren,' zei Gibbs. 'Om negen uur met Waterhouse en met mij om kwart over negen. Ik dacht alleen...'

'Het is nog geen morgen,' zei Sam, en hij voelde de paniek toeslaan. 'Het is nu nog vandaag, en jij werkt nog steeds voor mij.'

'Oké, je hoeft niet meteen op je strepen te gaan staan.'

Sam lachte. 'De meeste inspecteurs staan een paar keer per dag op hun strepen, elke dag weer. Als ik dat vaker had gedaan, zouden we misschien niet zo in de ellende zitten.' Gibbs staarde hem een paar tellen aan, en richtte zijn aandacht toen op zijn bier.

Wat verwachtte je dat hij zou zeggen? *Je moet je niet zo schuldig voelen, want je had er toch niets aan kunnen veranderen?* Natuurlijk wilde Sam Gibbs vertellen over de moord op Sharon Lendrim; van alle gesprekken die ze vandaag zouden kunnen hebben, leek dat hem het gemakkelijkst.

'Het enige wat ik in dit stadium weet is wat agent Ursula Shearer van Rawndesley me heeft verteld. Sharon Lendrim woonde in Rawndesley, op Monson Street. Ze was een alleenstaande moeder met twee kinderen, die in het ziekenhuis werkte als diabetesverpleegkundige.'

'Hebben die kinderen ook nog een vader?' vroeg Gibbs.

'Dat weet niemand, maar er is nooit een vader in beeld geweest. Sharons moeder Marianne heeft de politie verteld dat ze zeker wist dat Sharon gebruik heeft gemaakt van een spermabank, of van een bevriende homoseksuele donor – uit wrok, want ze wist dat Marianne dat allebei vreselijk vond. Volgens agent Shearer is wrok de enige redelijke reactie op Marianne Lendrim.'

'Hebben ze haar alibi gecheckt?' vroeg Gibbs.

'Ja. Ze was 22 november 2008 in het appartement van een vriendin in Venetië, dus wie ook maar om tien over een 's nachts benzine door Sharons brievenbus heeft gegoten en er een brandende lucifer achteraan heeft gegooid, Marianne was het in elk geval niet.'

Gibbs fronste. 'Is het zo gegaan?'
'Sharon lag te slapen, en is gestikt in de rook.'
'En de dochters?'
'Dat is nou juist zo interessant. Zodra de vlammen uit het pand sloegen, hebben de buren alarm geslagen. Toen de brandweer kwam, troffen ze Sharon dood in huis, en de bedden van de meisjes waren leeg. Ze hadden gedacht dat ze de twee meisjes, die volgens de buurvrouw in het huis woonden, zouden aantreffen. Eentje van vijf en eentje van zes.'

'Waren die soms met de boze grootmoeder in Venetië?' giste Gibbs.

'Nee,' zei Sam. 'Zoiets gewoons is het niet. Terwijl hun moeder in haar eentje thuis doodging, zaten Dinah en Nonie Lendrim in de pub.'

Charlie hield een lijstje bij van alle aspecten van haar kwaliteit van leven die waren verwoest door de affaire tussen haar zusje Olivia en Chris Gibbs. Ze vergat soms bij welk nummer ze inmiddels was. Het nieuwste punt op dat lijstje was net pas bij haar opgekomen – dat ze niet meer met Liv kon afspreken in de Brown Cow, de leukste pub ter wereld, omdat Gibbs daar misschien ook was – was nummer zes- of zevenentwintig.

Charlie zou een wat chiquere tent kunnen uitkiezen om af te spreken, of ze had voor een soortgelijke pub als de Brown Cow kunnen gaan, maar in plaats daarvan opteerde ze voor de Web & Grub, die in hetzelfde pand zat als een taxibedrijf, en die geen warme maaltijden serveerde. Vandaag hadden ze maar liefst vijf sandwiches in de aanbieding, die verloren op een rijtje lagen tussen de kassa en de zelfgemaakte kartonnen fooienpot: twee met tonijnsalade en drie met kaas en pickles, allemaal in plastic driehoekjes verpakt. De warme dranken werden geserveerd in polystyreen bekertjes; voor hen die liever iets koels hadden, stonden er flesjes water en kartonnen pakjes sinaasappelsap en Ribena in een grote zoemende koelkast, waarvan de deur onder de vette vingers en half afgetrokken stickers zat. Aan de telefoon had Olivia geen woord gezegd over deze locatie, en zo wist Charlie dat haar punt was overgekomen: het was haar schuld dat ze nu niet lekker de crêpes met spinazie en asperges in de Brown Cow konden eten, of de ovenschotel met chorizo en rode linzen, of de Saucisse Alsacienne.

Er was ook al geen drank in de Web & Grub. Een stevig glas bier zou Charlie door deze ontmoeting heen geholpen hebben, de eerste keer dat zij en Liv elkaar weer zagen sinds maanden. Had ze tijd om nog even bij de slijter hiernaast binnen te wippen en een blikje achterover te slaan voor Liv arriveerde?

Te laat. Daar had je haar al. Terwijl ze aan kwam lopen, zwaaide ze verwoed en in tranen, alsof ze op een snel wegvarend oceaanschip stond. De blijde uitdrukking op haar gezicht deed iets in Charlie verharden. Als zij in de schoenen van haar zusje had gestaan, als de rollen omgedraaid waren, zou Charlie Livs vergevingsgezindheid als belediging opvatten, en zou het haar meer tegen de borst stuiten dan al die maanden stilte.

Wie denk jij verdomme dat je bent om mij te vergeven, terwijl ik helemaal niets heb misdaan?

Charlie vroeg zich af hoe het kon dat ze nog steeds zo kwaad was, terwijl de stem in haar hoofd zo overduidelijk aan Olivia's kant stond. Ze had aan de telefoon expres niets gezegd over vergeven. Ze had alleen gevraagd of ze ergens konden afspreken.

Niet zeggen dat ze is afgevallen en dat ze er fantastisch uitziet. Dan weet ze dat jij weet hoe dat komt. Dan kun je net zo goed 'Chris Gibbs' in hoofdletters op de tafel schrijven.

Liv ging zitten, en drukte haar vreemde tasje van koeienhuid tegen haar borst, als een harnas. De stijve handvatten ontnamen Charlie het zicht op haar gezicht. De gebogen vorm deed aan bruggen denken: bruggen bouwen, of afbreken.

'Dit voelt zo raar. Ik dacht dat ik je misschien nooit meer zou zien. Dacht jij dat ook?' ratelde Liv. 'Nee, natuurlijk dacht jij dat niet. Jij wist dat je mij wel weer kon zien, wanneer je maar wilde. God, ik zit helemaal te shaken, weet je dat? Om de een of andere reden voelt het als een stiekem afspraakje. Zal wel komen door de weinig verheffende omgeving. Niet dat ik klaag,' zei ze snel, en ze stak haar handen in de lucht in een gebaar van overgave, alsof Charlie een pistool op haar hart gericht hield.

Niet zeggen: 'Nu we het toch over weinig verheffend hebben...'

'Ik had overal af kunnen spreken. In een caravan desnoods.' Met grote ogen staarde Liv Charlie aan, en ze greep de handvatten van haar tas met beide handen vast. Ze huiverde.

Charlie knikte om aan te geven dat de boodschap was overgekomen: Liv wilde dolgraag vrede sluiten. Ze had Charlie een keer verteld dat ze zo de pest aan caravans had, dat ze misselijk werd van alleen het woord al. Ze probeerde het zo min mogelijk te hoeven horen of zeggen. Eerst vond Charlie dat maar aanstellerij – ze was jaar in jaar uit met Liv op vakantie geweest, in de stacaravan van hun ouders, en ze had daar niets aan overgehouden – maar haar zusje was er al decennialang zo stellig over, dat ze daarop teruggekomen was. Het was een vrij bizarre fobie. Charlie vroeg zich af wat Ginny Saxon ervan zou zeggen.

'Wil je iets eten?' vroeg ze aan Liv.

'Jij?'

'Ik geloof niet dat ik trek heb.'

'Ik ook niet. Dus laten we lunchen zonder eten.' Liv giechelde. 'Net als in *Dallas*. Weet je nog dat ze daar altijd aan van die geweldige tafels vol met het heerlijkste eten zaten, en dat ze dan altijd stennis begonnen te maken en zonder een hap van tafel stormden?'

Niet zeggen dat ze het er te dik bovenop legt door zo schaamteloos gelukkige jeugdherinneringen aan te boren. Dus jullie hielden allebei van Dallas; nou en?

'Ik bedoel niet dat *wij* nu stennis gaan maken. Dat gaat natuurlijk niet gebeuren.' Liv keek doodsbang. 'Ik ben zo blij om je weer te zien, ik zou nog niet boos op je worden als je...'

Van je vraagt dat je zweert dat je nooit meer lichaamssappen zult uitwisselen met Chris Gibbs?

'Ik kan niets verzinnen,' zei Liz schouderophalend. 'Ik ben helemaal blanco. Ik ben veel te bang voor je. Begin jij maar met praten.' De handen gingen weer omhoog. 'Niet dat je angstaanjagend bent of zo. Shit, nu lijk ik wel passief-agressief, weet je wel, dat ik het ene zeg, en het andere bedoel. Maar zo bedoel ik het echt niet.'

'Ik ben bij een hypnotherapeut geweest,' verkondigde Charlie. Het was makkelijker om daarmee voor de draad te komen nu Liv nog zo zat te raaskallen. Helaas stopte ze daar acuut mee, zodat Charlie de rest van haar verhaal moest vertellen onder druk van de aandachtige stilte. 'Nou ja, ik ben een keer bij haar geweest, maar ik ga waarschijnlijk nog wel een keer. Het is vanwege het roken. Om me te helpen daarmee te stoppen. Het werkt kennelijk voor een heleboel mensen, dus ik dacht: dan probeer ik het ook maar eens. Het is geen big deal, en ik zou er anders niet eens over beginnen, maar...'

'Je zocht een excuus om weer contact met mij op te kunnen nemen?' opperde Liv hoopvol.

Charlie ademde in, hield de lucht zo lang mogelijk in haar longen vast, en deed net of het nicotine was. 'Het blijkt dat ik me tot de verkeerde vrouw heb gewend voor hulp,' zei ze uiteindelijk. 'Ik zal je niet vermoeien met de details, maar het blijkt dat er een verband is, of een mogelijk verband, tussen mijn...' Charlie kreeg het woord 'therapeut' niet uit haar mond. 'Tussen dat hypnosemens en een zaak waar Simon momenteel mee bezig is.' Hypnosemens of therapeut, Charlie wist niet wat ze erger vond klinken.

'Welke zaak?' vroeg Liv. 'Toch niet Kat Allen?'

Binnen een paar seconden traden al haar verdedigingsmechanismen in werking. Moeiteloos. Charlie voelde er nauwelijks iets van. Ze werd hier steeds beter in. Haar ziel was na jaren oefenen gewend geraakt om altijd schrap te staan.

Natuurlijk wist Liv alles van Katharine Allens moord, via Gibbs. *Kat.* Alsof ze haar al haar hele leven kende. Liv zag natuurlijk geen reden om het voor zich te houden; ze zag er geen kwaad in om haar invasie in Charlies wereld er eens even flink in te peperen. Mensen hadden allerlei manieren om de aandacht af te leiden van hun gruwelijke egoïsme, had Charlie gemerkt. Liv deed het door zich te verstoppen achter een masker van naïef-kinderlijk enthousiasme.

'Simon moest op het werk vertellen hoe het zat met mijn band met... die vrouw – Ginny, heet ze – en ik wilde niet dat je het via iemand anders zou horen.'

Het was lang niet zo moeilijk als ze vreesde om Simons woorden na te praten alsof ze er zelf in geloofde. Olivia hoefde niet te weten dat Charlie momenteel een bloedhekel aan Simon had, of dat die bloedhekel niets afdeed aan haar liefde voor hem, waardoor ze hem nog veel meer haatte.

Het was helemaal niet nodig geweest haar te vernederen door het opschrijfboekje mee naar kantoor te nemen, waar iedereen die daar zin in had, inclusief Gibbs, haar onwaardige, onverstuurbare brieven aan Liv zou kunnen lezen. Charlie had hem huilend gesmeekt om alleen de relevante bladzijde eruit te scheuren, de Aardig Wreed-bladzijde. Toen dat niet lukte, verlegde ze het doel van haar gesmeek: waarom was hij zo onredelijk en waarom ging hij niet vijf minuten zitten om samen met Charlie een aannemelijke leugen te verzinnen waardoor hij zijn team alles kon vertellen wat ze moesten weten, zonder zijn baan op het spel te zetten?

Nee, dat kon niet. Althans, dat wilde hij niet. 'Ik ben het zat dat alles zo gecompliceerd is,' zei hij. 'Ik heb wat nieuwe informatie, de anderen moeten dat weten. Dan heb ik geen zin om overal iets achter te zoeken, en moeilijke dingen te regelen en me zorgen te maken over hoe ik mijn baan veilig kan stellen, en die van anderen. Het is allemaal verspilde energie. Als iemand de waarheid niet trekt, dan is dat zijn probleem. Ik vind het ook niet altijd even leuk, maar het heeft geen zin om net te doen alsof we allemaal niet met de waarheid hoeven te leven.'

Charlie was er beter in dan de meeste andere mensen om de waarheid onder ogen te zien – dat kon niet anders, dacht ze, want waarom was ze anders het grootste deel van de tijd zo ongelukkig? – maar toch had ze graag, als het even kon, dat bepaalde waarheden privé bleven: haar bezoek aan de hypnotherapeute, de emotionele brieven die ze had geschreven in de naïeve veronderstelling dat niemand die ooit onder ogen zou krijgen. Ze had koortsachtig alle hopeloze suggesties uitgekraamd die ze maar kon bedenken, zonder de tijd te hebben die door te denken: Simon zou haar de kans kunnen geven om nog eens met Ginny Saxon te praten, en haar over te halen de politie te bellen, niets over Charlie te zeggen, maar te beweren dat ze zich zorgen maakte omdat een cliënte iets heel sinisters had gezegd toen ze onder hypnose was. Een beetje vergezocht misschien, maar Charlie dacht dat ze Ginny best had kunnen overhalen om eraan mee te werken, in het belang van de vertrouwelijkheid en omdat ze zo zou helpen bij het oplossen van een moord.

Simon wilde er niets van weten. 'Ik ga, ik neem het boekje mee, en ik vertel precies hoe het zit – dat ga *ik* doen. Anderen mogen zich wat mij betreft in alle bochten wringen waar ze zin in hebben, en ze ontslaan me desnoods maar, of ze doen maar alsof ik me geen donder aantrek van hun gevoelens. Daar kan ik allemaal toch niets aan veranderen.'

Later bedacht Charlie dat haar plan toch niet zou hebben gewerkt. Als Sam of Gibbs of Sellers Amber Hewerdine zou hebben ondervraagd, kwamen ze er snel genoeg achter wie Ginny Saxons andere cliënte was, de roker met het opschrijfboekje.

'Je hebt me uitgenodigd om me te vertellen dat je in hypnotherapie bent?' vroeg Liv. 'Niet omdat je me miste, of omdat je het verleden wilt laten rusten, en je wilt dat alles weer wordt zoals vroeger, of...' Ze zweeg, en keek naar het tafelblad. 'Sorry, het was niet mijn bedoeling om je woorden in de mond te leggen.'

Charlie moest haar best doen om haar woorden in te slikken.

Niet zeggen dat je dolgraag zou willen dat alles weer bij het oude was, voor ze bij Gibbs in bed viel.

Niet erop wijzen dat het verleden meer is dan de onprettige ervaringen die ze achter zich wil laten, maar dat het ook bestaat uit dingen die ze niet wil loslaten – dat er een ding is dat ze heel graag wil meenemen naar het heden.

Niet zeggen dat je niet begrijpt waar ze de gore moed vandaan haalt om taal te gebruiken – woorden met een vaststaande betekenis – op zo'n onoprechte manier die niets anders dient dan haar eigenbelang.

Charlie dacht aan Amber Hewerdine, en dat die totaal geen geduld had voor alles wat ook maar een piezeltje naar bullshit rook. Ginny Saxon moet gisteren een helse middag hebben gehad, eerst Amber, en toen Charlie om mee in de clinch te gaan. De meeste mensen die hulp zochten waren vast een stuk goedgeloviger en stelden minder lastige vragen.

Zou je soms willen dat Amber Hewerdine je zus was, een vrouw die je twee keer hebt ontmoet en die je nauwelijks kent? Wat ben jij sneu, zeg.

'Ik wil overal wel met je over praten,' zei Liv. 'Alleen... ik dacht dat we het over mij en Chris zouden hebben.'

'Als jij over Chris wilt praten zoals je over al je andere vriendjes praat – jouw *huidige* vriend, bijvoorbeeld – dan vind ik dat best. Als je het liever niet over hem hebt, ook prima. Maar waar we het niet over hebben, nooit, is wat er allemaal goed en niet goed aan is – of jij mij hiermee hebt verneukt, of ik daar overdreven op heb gereageerd...'

'De controversiële dingetjes,' vatte Liv samen.

Charlie knikte.

'Alleen...'

'Is er een probleem?'

Liv zuchtte. 'Het is wel een beetje vreemd, vind je niet? Hoe kunnen we dit nou uitpraten als we het niet –'

'Uitpraten kan niet,' zei Charlie kortaf, en in haar hoofd werkte ze de talloze gemene beschuldigingen af die ze haar zusje naar het hoofd zou kunnen slingeren als ze de kans kreeg. 'Het enige wat volgens mij werkt, is als we doen of er niets aan de hand is, en alsof er nooit een probleem is geweest. Ik ben bereid dat te proberen als jij dat ook wilt.'

Liv keek bezorgd. 'Mag ik iets vragen, voor de duidelijkheid?'

'Het lijkt me allemaal al vrij duidelijk.'

'Mij niet. Je zegt dat ik het wel over Chris mag hebben zoals ik het over mijn andere vriendjes zou hebben, maar dat meen je niet echt, toch? Hoe zou jij je voelen als ik jou helemaal over mijn toeren opbel op de dag dat de tweeling van Debbie en hem is geboren?'

Misschien had ze het toch niet duidelijk genoeg gemaakt. 'Hoe ik me zou *voelen* doet niet ter zake. Die gevoelens horen namelijk bij het deel waar we het niet over hebben, en als je verstandig bent zul je mij er niet naar vragen. Wat ik zou *zeggen* is hetzelfde wat ik zou zeggen over elke andere man die ik niet zou kennen en wiens vrouw net bevallen is van een tweeling: als je er zo van overstuur bent, maak er dan een eind aan, behalve als dat je nog meer verdriet doet.'

'Ik voel me veel te schuldig om Chris überhaupt ter sprake te brengen,' zei Liv stuurs. 'Dat weet je best. Hoe kan ik nou een gesprek voeren zonder het ook over mijn gevoelens te hebben? Ik ben toch geen robot?'

Charlie had zin om te kreunen en haar hoofd op tafel te leggen. Moest ze soms een contract opstellen, compleet met subclausules en beperkende bepalingen? 'Over jouw gevoelens mag je zoveel praten als je maar wilt, als je maar niet over mij en *mijn* gevoelens begint.'

'Dus, stel...'

'Nee, niks stel,' zei Charlie vastberaden.

'...ik mag bijvoorbeeld wel zeggen: "Ik heb de hele nacht liggen janken omdat ik met Dom moet trouwen en omdat ik niet met Chris kan trouwen," maar ik mag niet aan jou vragen om me te vergeven en ook niet of je me ooit zult vergeven?'

'Bij George, ze snapt 't,' citeerde Charlie *My Fair Lady*, alweer zo'n liefde die Olivia en zij in hun jeugd deelden.

Liv schudde haar hoofd en keek geërgerd. 'Oké, dan. Ik ga akkoord met je belachelijke voorwaarden. Jemig, jij bent pas vier maanden met Simon getrouwd en hij heeft je nu al zover dat je gevoelens beschouwt als een soort verwerpelijk afval. Praat er vooral niet over als dat beter voor je is, maar probeer alsjeblieft iets van emotie te voelen nu het nog kan, voordat Simon je helemaal tot een robot heeft gemaakt. Want dat doet hij, Char.' Livs stem trilde. 'Hij maakt een... lege huls van je, zodat hij met jou kan leven zonder zich bedreigd te voelen.'

Charlie glimlachte. 'Ach, nou ja,' zei ze. 'Wat dat theoretische voorbeeld van jou betreft: het maakt mij geen donder uit of je dat wel of niet doet, maar je moet je wel realiseren dat je helemaal niet met Dom *hoeft* te trouwen.'

Liv begon te huilen. 'Heb je een zakdoekje?' fluisterde ze.

'Lege hulzen hebben nooit zakdoekjes nodig,' zei Charlie tegen haar. 'Wij zijn droog, droog, droog.'

'Dat je dit trekt, Char.'

'Ginny zou zeggen dat ik het trek omdat ik in mijn vroege jeugd heb geleerd om mijn emoties uit te schakelen. Wist jij dat onverwerkte traumatische herinneringen in een ander deel van je hersenen worden opgeslagen dan de rest van je ervaringen?'

'Ginny?'

'Mijn hypnomevrouw. Blijkbaar ben ik een van de meest emotioneel onthechte mensen die ze ooit heeft ontmoet.'

'Komen je nieuwe regels daar soms vandaan?' vroeg Liv. 'Is "een van de" niet goed genoeg, en ga je voor de gouden medaille?'

'Ja, ja,' zei Charlie om het spelletje mee te spelen. 'Wacht maar tot Ginny hoort van dit gesprek – dan is ze het vast met me eens dat ik de competitie kansloos achter me laat.'

'Het is *zo* niks voor jou om naar een hypnotherapeut te gaan. Je hebt nooit gezegd dat je wilde stoppen met roken.'

'Ginny zegt ook dat ik daar nog niet klaar voor ben. Dus we wachten samen gezellig af tot dat moment is aangebroken, en ondertussen denk ik dat ik nog wel wat van haar kan opsteken. Wist jij bijvoorbeeld dat sommige mensen hun pijnlijke herinneringen verdringen zodat ze niet eens meer weten dat die herinnering ergens zit, tot ze hem onder hypnose ophalen, terwijl andere mensen heel nauwkeurige feitelijke herinneringen hebben – die weten tot in de details wat er precies is gebeurd – maar de bijbehorende gevoelens blokkeren? Ik behoor tot die tweede groep. Het is ook veel verstandiger om tot die tweede groep te behoren.'

'Charlie...'

'Die andere lui, Groep A, weten nooit wanneer ze worden overvallen door iets wat ze zich ineens herinneren. Wij zijn veel slimmer, en veel geniepiger. Wij houden ons voor dat we niets verdringen, want kijk, we weten toch alles wat er te weten valt over onszelf. Alle feitjes. Bovendien voelen we ons sowieso de hele tijd klote, en daar zijn we nog trots op ook, dus kan het onmogelijk zo zijn dat we nare gevoelens verdringen.'

'Het is vanwege Simon, of niet soms?' vroeg Liv. 'Daarom ga je naar dat mens toe. Het is allemaal voor hem.'

Charlie snoof. 'Tuurlijk, het is Simons idee. Het is typisch iets voor hem, zo'n voorstel om naar een hypnotherapeut te gaan. Hij ook altijd, met die alternatieve therapieën van hem.'

'Hij heeft toch gezegd dat hij het niet prettig vindt dat je rookt?' hield Liv vol.

'Nee. Het kan hem niet schelen. Hij is eraan gewend.'

'Hij maakt zich zorgen om jouw gezondheid, nu je officieel de zijne bent. Hij probeert zijn investering te beschermen. Hij heeft geen zin om zijn hele pensioen voor een vrouw met longemfyseem en met een geamputeerd been te zorgen.'

'*Met* geamputeerd been? Volgens mij blijf je niet rondlopen met zo'n been als dat eenmaal geamputeerd is. Maar misschien zit ik ernaast. Zoals jij. Die hypnotherapie was mijn eigen idee. En van alle mannen die eindigen met een naar adem snakkende vrouw zonder benen, zou je aan Simon geen slechte hebben. Hij is nergens zo dol op als de tragische symboliek van grote offers brengen.'

'Seks!' riep Olivia, en ze sloeg triomfantelijk met haar vuist op tafel. De taxichauffeurs die rond de zoemende koelkast stonden, onderbraken hun half Poolse, half Engelse kletspraatjes om naar haar te kijken. 'Seks in plaats van dood.'

Charlie knikte. 'Dat lijkt me een geweldige slogan voor een politieke campagne. Ik zou zeker op je stemmen.'

'Simon gebruikt het feit dat je rookt als excuus om niet met je naar bed te gaan. *Daarom* wilde je ineens met me afspreken en vertellen over je hypnotherapie, zogenaamd om te stoppen met roken. Puur om gezondheidsredenen. Logisch. Zo veel mensen zouden daar intrappen. Je wist alleen niet zeker of dat ook voor mij gold. Je weet dat ik weet hoe gek je op je sigaretjes bent, en hoe weinig de effecten op lange termijn je kunnen schelen. Je kon het niet riskeren dat Chris het aan mij zou vertellen zonder dat jij eerst zelf mijn reactie had gezien, hè? Je moest met eigen ogen zien dat ik er ook in tuinde.'

'Klopt precies,' zei Charlie. 'Alleen wat die seks betreft, zit je ernaast.'

Olivia keek beledigd. 'Nietes,' zei ze opstandig.

'Geloof me, ik weet als geen ander hoe pijnlijk het is om een theorie aan de kant te moeten schuiven die perfect lijkt te kloppen. Simon grijpt het feit dat ik rook aan om niet te hoeven seksen – het is een geweldig idee, het zou gewoon waar moeten zijn. Dat is het helaas niet. Simon heeft nooit iets gezegd over mijn vieze verslaving. Niet in positieve en niet in negatieve zin. Het is nog nooit bij hem opgekomen om het als excuus te gebruiken om niet met me naar bed te hoeven. Dat is niet nodig.' Charlie lachte. 'We hebben het hier over de wereldkampioen mijden van intimiteit. Denk je dat hem dat met een *niet*-roker niet zou lukken? Zijn methodes zijn beproefd onder alle omstandigheden. Ze zijn niet afhankelijk van nicotine.'

'Maar als het niet is wat ik dacht, wat is het dan wel?' vroeg Liv. 'Waarom ga je dan wel naar die hypnotherapeute?'

Charlie dacht hier even over na. Toen zei ze: 'Die vraag kan ik niet beantwoorden. Dat moet je aan mijn Verborgen Waarnemer vragen – het deel van mij dat over de opslag van informatie gaat die ik op een bepaald niveau moet weten, maar die niet tot mijn bewustzijn mag doordringen.'

Olivia haalde haar agenda uit haar tas. 'Wanneer heb je weer tijd?' vroeg ze.

'Hoezo?'

'Ik wil graag nog een keer afspreken, zo snel mogelijk. Om te praten.'

'We zijn nu toch aan het praten?'

'Ja, maar ik trek dit niet,' zei Liv. Ze stond op, met haar opengeslagen agenda in de hand. 'Mail anders maar een datum. Dan zorg ik dat ik er ben, wanneer en waar je maar wilt. Hopelijk is het de volgende keer wat gezelliger.'

'Weinig kans,' mompelde Charlie terwijl haar zusje op de vlucht sloeg.

'Terwijl de brandweer bezig was de brand in Sharons huis te blussen, belde de eigenaar van de plaatselijke pub, de Four Fountains op Wight Street, de politie,' zei Sam. 'Dinah en Nonie Lendrim waren in hun pyjama de pub in gelopen, hand in hand en bibberend.'

'Maak je het nu expres zo griezelig?' vroeg Gibbs.

'Die eigenaar heette Terry Bond. Hij was die avond langer open dan normaal. Hij had een vergunning voor een livevoorstelling, een open podium voor stand-upcomedians. Hij was behoorlijk verbaasd toen er ineens twee kleine kinderen binnenkwamen, en nog veel verbaasder toen die hem vertelden wat hun zojuist was overkomen. Ze waren wakker gemaakt door iemand in een brandweeruniform: helm, beschermend masker, de hele mikmak. Die heeft hen uit bed gesleept, de trap af, het huis uit. Volgens de meisjes zei deze persoon maar twee dingen tegen hen: "Brand", en toen: "Rennen", zodra hij of zij met hen op de stoep stond.'

'Hij of zij?' vroeg Gibbs. 'Ze konden niet zeggen of het een man of een vrouw was?'

'Dinah wist zeker dat het een man was. Nonie dacht een vrouw. Uiteindelijk vroegen agent Shearer en haar team er niet meer naar. De meisjes kregen er steeds meer last van, omdat ze het niet eens werden, en ze begonnen al te rillen als er zelfs maar een agent bij hen in de buurt kwam. Ze hebben allebei hun verhaal een paar keer aangepast, om de ander een plezier te doen. Ze hadden niets aan hen, zei Shearer. En dat is jammer, want wie ook maar achter dat masker zat, man of vrouw, was de moordenaar van Sharon Lendrim.'

Gibbs wachtte af, niet zo geduldig als hij zou zijn geweest als Simon hem dit verhaal vertelde.

'Dinah deed wat er van haar gevraagd werd, en rende naar de hoofdstraat,' zei Sam. 'Nonie bleef treuzelen, omdat ze bezorgd was over haar moeder. Ze zag de persoon in het brandweeruniform terugrennen naar het huis, en toen gilde Dinah tegen haar: "Kom op, Nonie, rennen."'

'Dat doe je nu eenmaal als je die opdracht krijgt van een volwassene die zogenaamd je leven komt redden,' merkte Gibbs op.

Sam knikte. 'Het uniform was waarschijnlijk al genoeg. Mensen in een brandweeruniform redden levens. Het zijn helden. Dat weet iedereen, zelfs kinderen van vijf en zes. Nonie nam aan dat diegene terug naar haar huis ging om Sharon eruit te halen. Haar zusje zei dat ze moest rennen, en dus rende ze.'

'Zodat de moordenaar vrij spel had om wat te doen? De deur op slot te draaien, benzine door de brievenbus te gooien en de boel in de fik te steken? Een brandstichter, geen brandweerman.'

'Precies. Een brandstichter met een voordeursleutel, dus waarschijnlijk een bekende van Sharon. Iemand die slecht genoeg was om iemand in koelen bloede te vermoorden, maar met genoeg compassie om Sharons dochters te redden.'

'Ik betwijfel of dit wel zo'n koele moord was, wat Sharon betreft,' zei Gibbs fronsend. 'Niet erg gebruikelijk, een brandstichter die een appeltje met iemand te schillen heeft, maar die eerst zorgt dat de kinderen buiten gevaar zijn. Normaal gesproken geven ze daar geen moer om. Zolang ze hun doelwit maar om zeep helpen, mag de rest van de familie wat hen betreft ook verbranden – dat hoort bij de straf.'

'Niet in dit geval. Deze moordenaar is zo gestoord dat ze denkt dat ze zich aan haar principes heeft gehouden omdat ze de twee meisjes heeft laten leven. Ze heeft een enorm risico genomen door hen te redden: ze heeft zich laten zien, ze heeft met hen gesproken. Masker of niet, Dinah en Nonie hadden de politie een detail kunnen vertellen waardoor ze door de mand was gevallen.'

'Waarom "ze"? Zeg dan "hem" als het allebei zou kunnen.'

Sam grijnsde; dat bezwaar had hij zien aankomen. 'De juiste niet-seksistische benadering is om af te wisselen, als je niet zeker bent van het geslacht. Maar dat is niet de reden waarom ik "ze" zei. Als ik moest gokken, zou ik zeggen dat Sharon Lendrim door een vrouw is vermoord, om twee redenen. De meeste brandstichters – die het geen donder kan schelen of ze ook echtgenoten, baby's of omaatjes ombrengen – zijn mannen. Deze redde twee meisjes. Dat is typisch iets voor een vrouw.'

'Er zijn anders mannen genoeg die liever een kogel vangen dan dat ze twee kinderen laten verbranden. Ik bijvoorbeeld, en jij. Is je tweede reden sterker?'

'Dinah en Nonie waren gedesoriënteerd,' zei Sam. 'Het is midden in de nacht, er staat een wildvreemd iemand in hun slaapkamer die een brandweeruniform en een masker draagt. Normaal gesproken zouden ze er allebei van uitgaan dat het een man was. Het is een beroep dat mensen met mannen associëren. Dus het feit dat het volgens Nonie een vrouw was...'

'Terwijl Dinah alleen maar zei dat het een man was, omdat ze daar automatisch van uitging?' Gibbs schudde zijn hoofd. 'Maar ze hebben allebei zijn stem gehoord. Haar stem. *Whatever*.'

'Ursula Shearer is dat met je eens,' zei Sam tegen hem. 'Zij denkt dat het evengoed een man als een vrouw kan zijn.'

'Ik ben benieuwd wat Waterhouse denkt.'

Sam zuchtte en vertelde verder. 'Over één ding waren de meisjes het unaniem eens, hoewel ze er pas later mee kwamen, tijdens het verhoor: ze hebben geen vuur gezien of rook geroken toen ze het huis uit gingen. En Nonie zag niets toen ze omkeek. De enige reden die ze hadden om aan te nemen dat hun huis in brand stond, was dat degene in dat brandweeruniform "Brand" had gezegd, en hen uit bed had gesleept.'

'Omdat er toen nog geen brand was,' mompelde Gibbs.

'De meisjes zijn doorgehold tot aan het BP pompstation op het kruispunt van Spilling Road en Ineson Way, maar dat was dicht

– het is niet vierentwintig uur per dag open. Toen dachten ze aan de Four Fountains. Ze wisten dat die nog open was, en dat Terry Bond een vergunning had voor die avond. Tenminste, Dinah wist dat.'

'Een meisje van zes dat weet tot hoe laat de kroeg open is?' Gibbs slurpte van zijn bier. 'Ik snap het niet. Waarom zijn ze niet gewoon naar de buren gegaan?'

'Dat konden ze niet verklaren. Ursula Shearer denkt dat het kwam doordat de moordenaar van hun moeder had gezegd: "Rennen". Dringend, als in: "Rennen, en blijf rennen, als de donder wegwezen hier en niet meer omkijken." Hij zei niet: "Gaan jullie maar even naar de buren." Bovendien... Dinah heeft tegen een aantal van Shearers mensen gezegd dat ze niemand wakker wilde maken als dat niet nodig was.'

'Een kind van zes dat rekening houdt met andere mensen en dat weet tot hoe laat de kroeg open is?' zei Gibbs. 'Ik geloof er geen moer van. Zouden zij en haar zusje haar moeder soms omgelegd hebben?'

'Nee, dat gebeurt alleen in horrorfilms.'

'Het leven van sommige mensen kan net een horrorfilm zijn.'

'Er is godzijdank een minder griezelige verklaring,' zei Sam. 'Sharon Lendrim en de Four Fountains hadden nogal een geschiedenis. In juni 2008 vroeg Terry Bond een andere vergunning aan. Hij wilde op donderdag, vrijdag en zaterdag langer open blijven – tot halftwee in plaats van halftwaalf – zodat hij regelmatig een open podium kon organiseren.'

'Amber Hewerdine is manager op de afdeling Vergunningen van de gemeente,' mompelde Gibbs zachtjes.

'Goed gezien,' zei Sam. 'Hou dat detail in gedachten. Het is belangrijk.'

'Je meent het,' reageerde Gibbs sarcastisch.

'Terry Bond wilde niet telkens een speciale vergunning aanvragen als hij een open podium organiseerde. Hij was ambitieus en wilde dat de Four Fountains de toplocatie voor live comedy werd in de Culver Valley. Een groep bezorgde omwonenden verzette zich tegen de ruimere openingstijden van zijn pub. Volgens hen zouden er dan meer dronkenlappen zijn, en dus meer lawaai op straat, tot laat, meer schade aan hun eigendommen, meer afval.' Sam zou aan hun kant staan als de pub in zijn buurt had gestaan. 'Ze stonden sterk: de pub ligt in een woonwijk, en was vroeger ook een woonhuis. Alle omliggende panden zijn ook woningen. Je snapt het al. Het hoofd van de bewonersvereniging ging op verkenningstocht en stelde vast dat de achtertuin van Sharon Lendrim grensde aan het parkeerterrein van de pub, en dat er slechts een laag hekje tussen stond. Die vrouw – nogal een puriteins type naar het schijnt – wist Sharon ervan te overtuigen dat verlengde openingstijden van de pub rampzalig voor haar zouden zijn, vooral gezien haar twee jonge kinderen. Sharon raakte in paniek, en voegde zich bij de campagne tegen de verlenging. Binnen een paar weken had zij de leiding overgenomen – ze was een uitermate welbespraakte voorstander van de goede zaak, wier beste vriendin, die ze al vanaf haar schooltijd kende, toevallig over de vergunningen van de gemeente ging. Dinah en Nonie wisten er alles van. Hun hele huis lag vol met posters en papieren, en de leden van de bewonersvereniging liepen de deur plat.'

'Wat een saaie lui,' zei Gibbs. 'Die zitten maar in hun huis niet te drinken. De engerds.'

'Die saaie lui waren dolgelukkig dat hun woordvoerder toevallig dikke maatjes was met Amber Hewerdine, totdat ze erachter kwamen dat Amber juist helemaal niet genegen was haar invloed aan te wenden om haar vriendin te helpen. Integendeel zelfs. Ze zei tegen Sharon dat ze zich niet zo moest aanstellen, en dat ze paranoïde en onredelijk was. Ze hebben een paar weken ruzie gehad, en niet met elkaar gesproken. Ondertussen trok Terry Bond zijn aanvraag in, want hij begreep niet precies waarom hij al die ellende over zich heen kreeg. Het laatste wat hij wilde was dat al zijn buren hem haatten. Hij was niet de grootste fan van Sharon Lendrim, zoals je je kunt voorstellen, en zij niet de zijne. Toen ze was vermoord hebben twaalf mensen contact opgenomen met het team van Ursula

Shearer om te zeggen dat hij er waarschijnlijk achter zat. En er belde iemand om te zeggen dat Terry Bond absoluut niet achter de moord op Sharon zat.'

'Amber Hewerdine,' gokte Gibbs.

'Nadat Bond zijn aanvraag had ingetrokken, belde Amber Sharon op om te vragen of ze konden afspreken, om het uit te praten. Sharon stemde daarmee in, voornamelijk omdat Dinah en Nonie stapeldol op Amber waren, en omdat die haar misten. Ze spraken af om te gaan lunchen, en tijdens die lunch vertelde Amber een paar dingen aan Sharon over de bewonersvereniging die Sharon eerst niet had willen horen – dat ze altijd overal tegen waren. Demonstreren was hun lust en hun leven. Ze hadden al geprotesteerd tegen een Indiaas restaurant dat in de buurt werd geopend, een Franse bistro, zelfs een kunstgalerie, want daar konden ze weleens wijn serveren tijdens vernissages, en dat zou kunnen leiden tot dronken lieden die over de stoep zouden zwalken met schilderijlijsten onder hun arm. En die hadden soms gevaarlijk scherpe hoeken. Echt waar, ik verzin dit niet. Ze keurden alles af waar andere mensen plezier aan beleefden, en wilden liever dat iedereen stilletjes thuis water ging zitten drinken, tenminste, zo zag Amber Hewerdine het. Net als jij, dus.' Sam glimlachte.

'Amber daagde Sharon uit: ze vroeg haar om een keer met haar mee te gaan naar een van die comedy nights bij Terry Bond, om te zien hoe ze daar na afloop over dacht. Volgens de verklaring die Amber na de moord op Sharon aflegde, ging Sharon uit schuldgevoel mee. Ze vreesde dat Amber gelijk had: dat ze erin geluisd was door een stelletje NIMBY-types, die vooral bang waren dat er niets was om bang voor te zijn, en die er terloops van droomden een argeloze pubeigenaar te vermorzelen.'

'Ik moet de eerste argeloze pubeigenaar nog tegenkomen, maar vertel verder,' zei Gibbs. 'Of zal ik het van je overnemen? Sharon had de leukste avond van haar leven, en de vonken spatten ervan af tussen Terry Bond en haar.'

'Een andere metafoor was wel zo kies geweest.'

'Is dat wat er gebeurde?'

'Volgens Amber wel. Ze zei dat Sharon de Four Fountains geweldig vond, en dat ze de comedians die die avond optraden zo leuk vond...'

'Ik heb een hekel aan comedians,' zei Gibbs. 'Ik kan er niet om lachen.'

'...ze vertelde dat zij en haar dochters nog nooit wakker geworden waren van het geluid van de pub, zelfs niet op avonden dat hij tot drie uur 's nachts open mocht blijven. Terry Bond vertelde haar hoe dat kwam. Toen hij de Four Fountains overnam, heeft hij nieuwe akoestische dubbele beglazing laten plaatsen, zijn muren geluiddicht laten maken en zijn klanten verboden na negen uur 's avonds in de tuin te zitten. Die hele tuin stond vol met borden waarop stond dat iedereen die de rust verstoorde direct de zaak uit gezet werd en nooit meer terug mocht komen...'

'Hij wilde Sharon Lendrim aan zijn kant krijgen.'

'Volgens Amber Hewerdine is dat hem ook gelukt,' zei Sam. 'Ze zei dat hij nog een keer een vergunning moest aanvragen. Dit keer zou zij hem steunen en zelfs voor hem pleiten tijdens de hoorzitting die bij de licentieaanvraag hoorde. Als bekeerling. Bond was daar uiteraard heel blij mee. Hij gaf Sharon een gratis entreekaartje voor de volgende comedy night, en beloofde dat hij zelfs een oppas voor haar meiden zou regelen, en dat hij een hoge schutting zou neerzetten en achter in zijn tuin een rij coniferen zou planten, zodat haar huis extra afgeschermd was.' Sam realiseerde zich dat hij zijn bier nauwelijks had aangeraakt. Dat verklaarde waarom hij zo'n dorst had. Hij dronk zijn glas in twee teugen leeg, ook al klonk het beter om je glas in één teug leeg te drinken, zelfs al zei je het alleen maar tegen jezelf. 'Die volgende comedy night in de Four Fountains was op 22 november 2008,' zei hij. 'De nacht dat Sharon overleed. Ze had een geweldige avond, volgens Bond, en volgens zijn puberdochter, die op Dinah en Nonie had gepast. Sharon bleef tot elf uur in de pub. Toen ging ze naar huis, en naar bed. Dinah was nog op en zat vrolijk te kletsen met Bonds dochter. Ze ging gelijk met

Sharon slapen, om halftwaalf. Daarvoor hoorde ze nog dat de oppas tegen Sharon zei: "Wat ben je vroeg thuis?" Sharon antwoordde gekscherend: "Dit is voor mij niet vroeg. Ik zou best de rest nog willen zien, maar ik ben veel te oud om de hele nacht op te blijven." Zo kwam het dat Dinah wist dat de pub nog open was toen zij en Nonie het op een lopen zetten en een plek zochten om naartoe te gaan – niet omdat ze een psychopathisch, eng kind is dat tot in de kleine uurtjes in kroegen rondhangt.'

'Dus het feit dat de meisjes de buren niet wakker wilden maken...' begon Gibbs.

'Dat zou iets te maken kunnen hebben met al die bewoners die ze hadden horen zaniken over tactloze mensen die het niet kan schelen dat ze de slaap van de hardwerkende belastingbetaler verstoren,' maakte Sam zijn gedachte af.

'Dus Bond had geen motief om Sharons huis plat te branden,' zei Gibbs.

'Als wat hijzelf, zijn dochter, Dinah Lendrim, Nonie Lendrim en Amber Hewerdine beweren waar is, niet, nee,' bevestigde Sam. 'Het probleem is, er was verder niemand die af wist van Sharons ommezwaai of haar deal met Bond.'

'Zijn vijf mensen niet genoeg?'

'Normaal gesproken wel, maar twaalf mensen beweerden het tegendeel: dat Terry Bond Sharon Lendrim haatte, dat ze nooit was teruggekomen op haar weerstand tegen de langere openingstijden, dat Bond vast een huurmoordenaar in de arm had genomen om wraak te nemen. Tegen de tijd dat Sharon was vermoord, had Bond een nieuwe aanvraag ingediend bij de gemeente, en de bewonersvereniging kwam in actie om dat tegen te houden. Amber Hewerdine zei tegen Ursula Shearer dat Sharon bang was om aan haar NIMBY-aanhang op te biechten dat ze naar de tegenpartij was overgestapt. Ze schoof het voor zich uit... en toen werd ze vermoord.'

'En het leek net alsof Bond haar uit de weg wilde ruimen, zodat hij meer kans had dat zijn tweede aanvraag gehonoreerd werd,' zei

Gibbs. 'Dit is allemaal geen antwoord op de vraag waarom Amber Hewerdine de kinderen van Sharon Lendrim heeft gekregen.'

'Sharon had een testament opgesteld waarin Amber als voogd werd aangewezen als zij zou overlijden. Ze was er erg op gebrand dat de meisjes niet bij Marianne zouden gaan wonen, hun oma, en enige nog levende bloedverwant. Inmiddels zijn Amber en Luke bezig met een adoptieprocedure. Marianne is mordicus tegen, zegt Ursula Shearer. Bureau Jeugdzorg heeft bij haar navraag gedaan naar allebei de vrouwen, zowel Marianne als Amber. Ze wilden haar kijk op de mogelijke adoptie en Mariannes bezwaren daartegen, aangezien Ursula alle betrokkenen kent.'

'En?' vroeg Gibbs.

'Ursula mag Amber, en ze vertrouwt haar,' zei Sam. 'Ze vindt dat ze het geweldig doet met de meisjes, en haar man Luke ook. Hoewel ze wel zei dat Amber nogal lastig kan zijn, en dat ze mensen graag vertelt hoe het moet. Wat Ursula ook zegt, niets kan Amber ervan overtuigen dat Sharon niet is vermoord door een van de leden van de bewonersvereniging.'

Gibbs hoestte omdat hij zich verslikte in zijn bier. 'Die puriteinen?'

'Het is ook onzin, volgens Ursula. De NIMBY's hebben allemaal een alibi. Dat weet Amber best, maar ze houdt voet bij stuk. Af en toe belt ze Ursula op en probeert ze haar te overtuigen: iemand heeft Sharon vermoord om Terry Bond zwart te maken. Misschien kon niemand bewijzen dat Bond erachter zat, maar achterdocht is iets heel krachtigs. Dat had de gemeente ertoe kunnen bewegen om de vergunningsaanvraag af te wijzen als Bond er nog eens eentje zou indienen. Als Sharons moordenaar dat voor ogen had, heeft het in zekere zin gewerkt. Toen Bond hoorde dat Sharon was vermoord, was hij er zo kapot van dat hij zijn aanvraag meteen weer heeft ingetrokken. Hij was het eens met Ambers theorie – de enige die het daarmee eens was – en gaf zichzelf de schuld: hij vond dat al deze ellende was veroorzaakt door zijn aanvraag voor een vergunning. Je kunt je voorstellen hoe hij zichzelf gekweld heeft.'

Terwijl ze haar relaas deed, had Sam gezien dat Ursula Shearer met Bond te doen had. Daarom had hij haar gevraagd of Bond nog steeds eigenaar was van de Four Fountains. Hij vertelde het antwoord nu aan Gibbs. 'Er is nooit meer een comedy night geweest in de pub na de nacht dat Sharon overleed. In 2009 zijn Bond en zijn dochter verhuisd. Ze wonen nu in Cornwall.'

'Wat doen we hier nog,' zei Gibbs. 'We zouden eigenlijk Ursula Shearers verslagen over Sharon Lendrim moeten vergelijken met onze verslagen over Kat Allen, om te zien of er meer overeenkomsten zijn dan we nu weten.'

'Ursula is alles aan het kopiëren en dan stuurt ze het onze kant op,' zei Sam. 'Ik voorspel dat er geen enkele andere overlap is, behalve Amber Hewerdine.'

'Dan zit je nu al fout,' zei Gibbs. 'Want beide zaken zijn onoplosbaar. We kunnen niemand vinden die een hekel had aan Katharine Allen, laat staan dat ze haar dood wensten. Twee jaar na dato zit er nog steeds niemand achter de tralies voor de moord op Sharon Lendrim, en agent Shearer meent zeker te weten dat Terry Bond of een van die puriteinen het niet op hun geweten hebben. Heeft ze nog meer theorieën waar ze geen bewijs voor heeft, verdachten die zich maar niet laten pakken? Iemand over wie ze een dubieus gevoel heeft?'

Hij had gelijk. Sam had er niet aan gedacht, en hij had het wel moeten zien. Simon zou het wel zien.

'Ze heeft immers geen enkele verdachte,' zei Gibbs. 'Wij ook niet, voor Katharine Allen.'

Sam knikte. Het hoefde niets te betekenen.

Natuurlijk betekent het iets. In geen enkele zaak is geen enkel bewijs. Nooit. Alleen nu hebben we twee keer niets.

De enige keer dat je niets vindt in het leven van een slachtoffer wat hun moord kan verklaren, is in het geval van een verkrachting door een onbekende. Noch Sharon Lendrim, noch Kat Allen was aangerand.

'Twee moorden zonder losse eindjes, voor zover wij kunnen zien,' ging Gibbs verder. 'In beide gevallen is er geen enkele oplossing die hout snijdt, maar er is ook niets wat onze argwaan wekt. Een moordenaar die twee mensen wilde vermoorden zonder dat iemand kan raden waarom, in beide gevallen. Iemand met een brein dat van niets iets kan maken, misschien, zodat voor de rest van de wereld de reden voor de moord irrationeel of niet-bestaand lijkt.'

Sam moest toegeven dat hij daar een goed punt had. Sommige motieven klopten als een zwerende vinger, en waren voor iedereen duidelijk te herkennen, zoals een heel publiekelijke ruzie tussen een pubeigenaar en een bewonersvereniging; andere waren met onzichtbare inkt geschreven, en bestonden alleen in de verhalen die de bedenker ervan eindeloos aan zichzelf vertelde, maar nooit aan iemand anders. Tenzij Sam het verkeerd had begrepen, dacht Gibbs aan een moordenaar die alleen zou toeslaan als hij zeker wist dat de reden nooit door iemand zou worden geraden.

Hij of zij. Iemand die dingen voor zich hield, een keurig, zorgvuldig type.

Sam wist dat Gibbs het zou zeggen voor hij het zelf zei.

'Amber Hewerdine heeft hen allebei vermoord. Vraag me niet het te bewijzen – daar heb ik de tijd niet voor. Ik word morgen immers ontslagen, weet je nog wel?'

'Het spijt me dat ik u niet veel verder kan helpen,' zei Edward Ormston tegen Simon terwijl hij zijn bril rechtzette en de foto in zijn hand rechter voor zich hield. Ze zaten met zijn tweeën, zij aan zij, op hoge krukken aan de ontbijtbar in Ormstons keuken in Combingham en dronken thee. Simon probeerde zich niet te laten afleiden door Ormstons in regenlaarzen gestoken echtgenote die in de achtertuin met twee Ierse setters aan het spelen was. Simon wist wel dat je een hond regelmatig moest uitlaten, maar hij had nog nooit iemand zo met een hond zien dollen als deze vrouw. Lachend sprong ze met hen in het rond. Zou Ormston als hij straks weg was tegen het raam bonzen en roepen: 'Doe effe normaal! Je lijkt wel knettergek!'? Niet erg waarschijnlijk; hij was een man met een vriendelijke stem en zonder scherpe kantjes, wat hem wat Simon betrof tot een vreemd wezen maakte.

'Nee, het spijt me,' zei Ormston. 'Ik zou u niet kunnen zeggen of ze er al dan niet bij was. Ik kan me geen van de gezichten van die cursus herinneren. Als je ervan uitgaat dat je mensen toch nooit meer tegenkomt, neem je de moeite niet om hen ergens op te slaan. Ik in elk geval niet. Het waren negentien onbekenden, twintig als je de cursusleider meetelt. Pardon, ik bedoel de facilitator.' Ormston glimlachte. 'Iedereen is tegenwoordig immers op de een of andere manier facilitator. Toen ik zo oud was als u bestonden er nog geen facilitators.'

'Haar naam is Amber Hewerdine,' zei Simon. 'Ze werkt voor de gemeente, op de afdeling Vergunningen. Ze heeft een echtgenoot genaamd Luke, en twee kinderen.' Terugdenkend aan de boodschap die Sam op zijn voicemail had ingesproken, voegde Simon daaraan toe: 'Het zijn niet haar eigen kinderen – ze is hun voogd, want hun moeder is overleden. Amber en Luke willen hen adopteren, maar dat is nog niet gebeurd.'

'Wat vreselijk – de dood van die moeder, bedoel ik. Het spijt me, maar ik begrijp niet precies...' Ormston was te beleefd om Simon recht voor zijn raap te vragen waarom die hem het levensverhaal van een wildvreemde vertelde.

'Ik vroeg me af of een van die details soms een belletje doet rinkelen. Omdat haar gezinssituatie nogal ongebruikelijk is... Maar ik zie dat u geen lichtje opgaat.' Simon probeerde de teleurstelling niet in zijn stem te laten doorklinken. Ormston was de laatste op zijn lijstje; alle andere deelnemers aan Amber Hewerdine's cursus voor verkeersovertreders had hij persoonlijk of telefonisch ondervraagd, en sommige moest hij doorstrepen omdat ze niet te bereiken waren. Geen van de mensen met wie hij had gesproken kon zich Ambers gezicht herinneren, hoewel ze allemaal benadrukten dat dit niet hoefde te betekenen dat ze er niet bij was geweest. Er was te veel tijd overheen gegaan; ze hadden allemaal zo veel andere gezichten gezien en vergeten sinds 2 november. Simon had

Ormston voor het laatst bewaard, omdat hij ervan uitging dat hij de 'Ed' was uit Ambers verhaal. Degene die een auto-ongeluk had overleefd waarbij zijn dochter was omgekomen. *Louise of Lucy*. Er hing een ingelijste foto aan de keukenmuur van een blonde peuter. Was zij dat?

'We hebben geen namen of persoonlijke dingen uitgewisseld,' zei Ormston. 'Er werd nauwelijks gekletst, zelfs niet tijdens de pauzes. Iedereen hield zijn hoofd omlaag, en zat met de buitenwereld te communiceren via hun mobieltjes. We vonden het allemaal vreselijk om daar te zijn. We geneerden ons een beetje en wilden het liefst dat het zo snel mogelijk achter de rug was.'

'Amber kon zich u wel herinneren. Ze noemde u "Ed".'

'Ah. Dat kan ik uitleggen, denk ik. Misschien kan ik u dan toch een beetje helpen.' Hij glimlachte. 'De facilitator vroeg namelijk voor de groep hoe ik heette. Mensen die mij kennen noemen me allemaal Ed – nooit Edward – dus daarom zei ik dat. Iedereen in de zaal heeft me dat horen zeggen. Ik had liever dat hij niet de aandacht op me had gevestigd door alleen mijn naam te vragen en niet die van de anderen, maar ik nam het hem niet kwalijk. Ik begreep best waarom hij dat deed. Het was een nogal onhandige manier om mij als mens te behandelen, omdat hij vond dat het hem in een ongemakkelijk parket had gebracht toen hij me als cursist behandelde. En als ik eerlijk ben, heb ik toen ook wel de aandacht op mezelf gevestigd.'

'U hebt de groep verteld over het overlijden van uw dochter,' zei Simon.

Ormstons wenkbrauwen schoten omhoog. 'Daar weet u van?'

'Amber vertelde het.'

'Wat aardig van haar,' zei Ormston.

'Is dat uw dochter?' Simon gebaarde naar de fotolijst aan de muur.

'Ja, Louise. Wat een prachtig kind, vindt u ook niet?'

'Het moet ondraaglijk zijn een kind te verliezen.'

'Niets is ondraaglijk,' zei Ormston terwijl hij naar de foto staarde.

'Neem dat maar van mij aan. We kunnen alles doorstaan. We hebben immers geen keus.'

'Dit heeft verder niets met mijn zaak te maken, maar... waarom hebt u het hun verteld? Tijdens die cursus, over Louises dood. U had het voor u kunnen houden. Niemand had er ooit achter hoeven komen.'

Ormston knikte. 'Dat heb ik overwogen. Die gedachte is ook bij mij opgekomen: het is niet nodig om het hun te vertellen. Maar toen dacht ik: waarom zou ik het niet vertellen? Het was een eerlijk antwoord op een vraag die me werd gesteld. Ik zou er nooit uit mezelf mee zijn gekomen als hij niet specifiek had gevraagd of iemand persoonlijk ervaring had met een auto-ongeluk. Maar ik zag ook niet in waarom ik het verborgen moest houden.'

Simon begreep hem volkomen. Zo voelde hij zich ook toen Charlie hem vertelde over haar ontmoeting met Amber Hewerdine bij de praktijk van Ginny Saxon, en hem smeekte om zijn tijd te verdoen met onnodige leugens te verzinnen. 'De waarheid zeggen is misschien niet de beste optie voor degenen die het moeten aanhoren,' zei hij, 'maar voor degene die de waarheid zegt is het dat doorgaans wel.'

'Volkomen eens,' zei Ormston. 'En zal ik u eens iets vertellen wat bijna niemand weet?'

Simon stelde zich voor wat hij daarop, in een ideale wereld, zou antwoorden: *Ja graag: wie heeft Kat Allen vermoord. En wat betekenen de woorden 'Aardig, Wreed, Aardig Wreed'?*

'Als je doet wat voor jou het beste is, zul je er tot je verbazing achter komen dat het ook voor de mensen om je heen het beste is. Dat realiseren de meeste mensen zich niet. Ik had dat besef ook nooit. We denken allemaal dat als we ronduit uitkomen voor wat we willen en nodig hebben, we op weerstand zullen stuiten, en dat we uiteindelijk in een hoek terechtkomen waar we ons niet meer uit kunnen werken. Maar in werkelijkheid leidt juist het feit dat we onszelf dwingen te doen wat beter is voor de ander tot problemen en conflicten.'

Simon was daar niet zo van overtuigd, maar hij vond dat hij niet kon tegensputteren, aangezien Ormston het net nog zo roerend met hem eens was. Het enige wat hij wist was dat hij zich een stuk lichter voelde sinds hij besloot dat het beter was om direct en recht voor zijn raap te zijn – zelfs beter dan een baan hebben, anders had hij die niet op het spel gezet.

'Wacht eens even,' zei Ormston, en hij kneep zijn ogen tot spleetjes. 'Amber. Zal ik je eens wat zeggen, ik geloof inderdaad dat er een Amber was. Ja.' Hij knikte. 'De facilitator vroeg wie van ons op oranje gokte bij het stoplicht. Ik weet vrij zeker dat er toen een vrouw was die zichzelf Amber noemde. Volgens mij was zij degene die die redevoering hield. Ze sprak enorm bekakt. Als iemand van de koninklijke familie. En... haar woordkeus was ongebruikelijk. We keken elkaar allemaal verbaasd aan toen ze van wal stak.'

Simon fronste. Amber Hewerdine sprak met het accent van de Culver Valley. 'Welke redevoering?' vroeg hij.

'Over hoe verkeersslachtoffers niet te vermijden waren in de moderne wereld, en dat we alle auto's tot schroot moesten vermalen als we werkelijk niet meer wilden dat er nog doden vielen op onze wegen. Ik parafraseer – zij bracht het veel kleurrijker en excentrieker. Aangezien niemand de auto wil afschaffen, zei ze, moeten we ophouden met klagen.' Ormston grinnikte. 'Ze keken mij allemaal verschrikt aan, maar ik was er niet van ondersteboven. Haar standpunt had een aangename doodsverachting. Ze was tegen camera's op de weg en cursussen voor verkeersovertreders, tegen verkeersdrempels, tegen 30-kilometerzones. We zouden ons rijgedrag niet moeten baseren op angst en rampscenario's, vond ze. Elke keer als je in je auto stapt, kun je doodgaan. Dat kun je maar beter accepteren, en gezellig doorrijden, zo hard je wilt, vrij van angst en schuldgevoel. Dat was zo ongeveer haar filosofie.'

Ormston wierp een blik uit het raam. In de tuin was zijn vrouw tot bedaren gekomen, en zelfs de honden waren nu rustig; ze gooide stokken die ze moesten zoeken en terugbrengen. 'Ik kan niet zeggen dat ik het met haar eens was dat meer doden een redelijke prijs is voor meer vrijheid, maar ik bewonderde haar om haar moed,' zei hij.

'Zou het kunnen zijn dat deze vrouw er gedurende de dag een poosje tussenuit is gegaan?' vroeg Simon.

Ormston schudde zijn hoofd. 'We hebben het allemaal de hele dag uitgezeten. Zelfs tijdens de lunchpauze bleven we in dezelfde ruimte, los van de mensen die even naar het toilet gingen.'

'Is dit die vrouw – Amber, de vrouw van de redevoering?' Simon overhandigde Ormston nog een foto. Deze kwam uit de *Rawndesley Evening News*. Amber stond lachend tussen twee raadsleden in. Het onderschrift luidde: 'Raadsleden blij met de invoering nieuw vergunningenbeleid in East Rawndesley.'

'U kunt zich nog zo veel herinneren van wat ze heeft gezegd. Weet u zeker dat u zich haar gezicht niet kunt herinneren?'

'Nee,' zei Ormston. 'Het spijt me, maar u zou toch niet willen dat ik deed alsof. Dat gezicht komt me helemaal niet bekend voor.'

Dus. Het antwoord is 'de sleutel', en het antwoord is de sleutel. Ik verval niet in herhalingen. Wat ik zeg is dat het antwoord 'de sleutel' de sleutel is. We kunnen elk nieuw antwoord zien als een sleutel waarmee we een deur die ons in de weg staat kunnen openen. Soms openen we de ene gesloten deur, en staan we meteen voor een nieuwe deur, wat betekent dat we op zoek moeten naar de volgende sleutel. Vaak komen we de ene na de andere deur tégen. Als dat gebeurt, en ik vermoed dat dat zal gebeuren, is het zowel een slecht als een goed teken: het zal onze reis waarschijnlijk flink frustreren, maar als we voorbij de obstakels kunnen komen die ons in de weg staan, kunnen we rijkelijk beloond worden. Dat is logisch: hoe kostbaarder het object, hoe meer het beschermd wordt.

Waarom heeft Amber Little Orchard helemaal binnenstebuiten gekeerd? Omdat ze op zoek was naar de sleutel van de afgesloten kamer, zoals ze ons zojuist heeft verteld. Ze *denkt* dat ze ons ook heeft verteld waarom ze op zoek was naar die sleutel, wat er gebeurde toen ze hem vond, en wat dat bewijst. Voor het geval dat ene vage verhaal wat ons betreft onvoldoende bewijs is, en omdat ze zelf ergens ook wel weet dat zij, net als wij, weinig opschiet met haar vaste voornemen om er zo min mogelijk over te zeggen, komt ze met een paar andere verhalen, die ook allemaal heel vaag zijn, en heel beknopt – maar volgens haar vormen ze extra bewijs.

Bewijs van wat, eigenlijk? Dat Jo niet deugt als mens? Amber vermoedt dat de som van haar verhalen nooit kan aantonen dat Jo helemaal niet door en door goed is. En hoe goed Jo is, vertelde Amber me zelf vanochtend meerdere malen, want ze wil haar geen onrecht aandoen: Jo is een toegewijde moeder van haar twee jongens, een liefhebbende echtgenote voor haar man Neil, een geweldige dochter en zus. Haar moeder Hilary en haar volkomen afhankelijke zusje Kirsty komen vrijwel dagelijks bij haar. Ze kookt bijna al hun maaltijden, en geeft hun zelfs voedselpakketjes mee naar huis, want ze weet dat ze anders niet fatsoenlijk eten. Hilary, een alleenstaande moeder, afgemat door al die jaren waarin ze vierentwintig uur per dag voor een ernstig gehandicapt kind moest zorgen, zou het niet redden als Jo haar niet te eten gaf en haar voortdurend oppepte. Jo's broer Ritchie heeft nog nooit een baan gehad. Hij is wat je noemt een lapzwans, maar Jo veroordeelt hem niet, en herinnert Hilary regelmatig aan alle redenen waarom zij hem positief moet benaderen: hij is slim, creatief, aardig, loyaal, en ooit zal hij zijn passie in het leven vinden en zijn eigen leven vormgeven, zolang de mensen om hem heen maar in hem blijven geloven. Jo geeft Ritchie geld als hij dat nodig heeft, en Neil protesteert daar niet tegen. Hij profiteert zelf als geen ander van haar familie-boven-alles-beleid, dus hij kijkt wel uit.

Jo is namelijk al even toegewijd als schoondochter. Toen Neils moeder Pam aan leverkanker overleed, zag Jo meteen dat haar schoonvader, Quentin, het in zijn eentje niet zou redden, en heeft hem toen in huis genomen. Sabina, de nanny van William en Barney, is ook deel van de familie. Ze is ook altijd bij Jo thuis, en wordt daar gevoed en verzorgd. Ze maakt geen onderscheid tussen haar werkdagen en de rest van haar leven, en ze verlaat Jo's zijde kennelijk alleen om thuis te gaan slapen.

Hoort Amber ook bij deze grote warme familie waarin alles om Jo draait? Dat zou eigenlijk wel moeten. Ze is getrouwd met Neils broer, Luke. En toch praat ze als iemand die van deze diensten geen gebruikmaakt, als een buitenstaander. Waarom? Vanwege de verhalen die ze ons heeft verteld, waaruit blijkt dat... wat?

Laten we ze eens doornemen. Dan zal ik hier en daar wat eigen kanttekeningen plaatsen en de ontbrekende details invullen op basis van het betere giswerk en de dingen die Amber tijdens deze sessie heeft gezegd, en ook vanochtend, toen we met z'n tweeën waren. Als je een verhaal vertelt, kun je het maar beter goed doen, zodat het gaat leven. Dat zal ik nu proberen te doen, en ik durf te wedden dat mijn verhalen uiteindelijk even waar zijn als verhalen die ik zou vertellen op basis van mijn vermeende objectieve kennis. Amber, vergeet dat dit jouw verhalen zijn en luister maar gewoon. Onthou goed: een verhaal is geen herinnering. Een herinnering is geen verhaal. Elk verhaal bevat herinneringen, maar de interpretaties en analyses komen pas later. Die kun je geen herinneringen noemen.

Tweede kerstdag 2003. Jo, Neil en hun twee jongens zijn ongedeerd teruggekeerd. Jo heeft iedereen bijeengeroepen en deelt mee dat alles goed is, maar ze weigert uit te leggen waarom zij, met man en kinderen, de rest van de familie heeft verlaten en zo de kerst, een dag die in het teken van vrolijkheid en feestelijkheden had moeten staan, voor iedereen die hen na staat tot een traumatische ervaring heeft gemaakt. Het lijkt alsof iedereen het uitblijven van een verklaring accepteert, en meegaat in Jo's idee dat ze de gemiste eerste kerstdag vandaag moeten vieren. Dus worden er eerst cadeautjes uitgepakt en is het een chaos van gescheurd pakpapier, waarna er voor elf man een feestelijk diner wordt bereid, met kalkoen. Dat doet Jo in haar eentje.

Amber gelooft inmiddels dat haar schoonzusje een briljant, gemeen plan uitbroedde terwijl ze dat copieuze maal klaarmaakte, waarbij ze absoluut geen hulp nodig had omdat ze, zoals ze beweerde, veel efficiënter kon werken als ze de enorme keuken in Little Orchard helemaal voor zich alleen had: doe alsof je je voor het algemeen belang uitslooft, en niemand vermoedt dat je je verstopt onder een berg werk om problematische gesprekken te mijden. Amber is ervan overtuigd dat Jo dit beleid vanaf toen heeft aangehouden.

Wat doet de rest terwijl Jo bezig is het perfecte kerstmaal te bereiden? Neil is boven om, zoals iedereen beweert, 'een dutje te doen', maar hij ligt al zo lang te slapen dat hij volgens Amber een hele nacht aan het inhalen is. Dus dat betekent waarschijnlijk dat hij de afgelopen twee nachten helemaal niet heeft geslapen. Luke zit in een hoekje met een notitieblok en een pen, en brengt op de valreep nog wat aanpassingen aan in zijn kerstquiz. Zijn vader, Quentin, verveelt Ritchie met een van zijn oneindige, labyrint-achtige verhalen – dit keer gaat het over een septic tank en verscheidene vergeefse pogingen om die te installeren – waaruit Ritchie maar niet kan ontsnappen. Sabina doet ontzettend haar best om Barney te laten stoppen met huilen, loopt met hem rond, wiegt hem, legt hem plat op zijn rug.

Hilary blijft in de buurt hangen, en geeft ongevraagd advies. Ze zegt tegen Sabina dat Jo eens verstandig moet zijn en moet ophouden met die borstvoeding. Barney heeft net nog een voeding gehad, en hij heeft nu alweer honger; daarom huilt hij, dat kan niet anders. Baby's die de borst krijgen hebben altijd honger, want ze krijgen nooit genoeg, volgens Hilary. Ze huilen de hele tijd en ze slapen nooit – vraag maar aan een willekeurige verloskundige of aan de mensen bij het consultatiebureau. Ja, officieel moeten ze natuurlijk iets heel anders zeggen; maar je moet doorvragen naar wat ze echt vinden, off the record. Sabina zegt dat het aan Jo is, en dat Hilary met de verkeerde in discussie gaat. Sabina is het trouwens wel met Hilary eens. Ze heeft op talloze baby's gepast, en wat haar betreft staat vast dat flessenkinderen veel blijer zijn, en veel beter slapen. Hun moeders zijn gelukkiger en relaxter, want ze kunnen het voeden aan anderen uitbesteden als ze er even tussenuit willen. Dat heeft Sabina allemaal allang aan Jo verteld, zegt ze tegen Hilary, maar Jo wil haar zoon de allerbeste start geven, voedingstechnisch, en de gezondheidsdeskundigen zijn unaniem over wat dat is. En dus zet Sabina haar eigen mening opzij, en steunt ze Jo in haar keuze. Wat kan ze anders?

Daar laat Hilary zich niet mee afschepen. Uit haar tas vist ze een in plastic verpakt flesje en een pakje babymelk. Jo is er toch niet bij, zegt ze – die heeft het druk met koken. Laat mij dit maar aan Barney geven, zegt ze. Dat heb ik weleens eerder gedaan. Jo wist er niets van, maar het deed wonderen. Hij was die dag een heel ander kind, heeft nauwelijks gehuild. Pam steekt er een stokje voor. Wat wij er ook van denken, het is Jo's keuze. Ze zegt niets over Neil, haar eigen zoon en Barney's vader. Hoe die vindt dat zijn zoon gevoed moet worden doet niet ter zake.

Er ontspint zich een kalme, relatief beleefde ruzie tussen de twee oma's. Pam is normaal stil en inschikkelijk, en Hilary raakt geïrriteerd. Het leven is al lastig genoeg, is haar argument, voor iedereen. Waarom moet je het dan nog moeilijker maken door een kind honger te bezorgen? Kirsty, die haar moeder nog nooit boos heeft gezien, begint paniekerige geluiden te maken, en wiegt van links naar rechts. De vijfjarige William raakt overstuur van dat geluid en rent erbij weg. Amber gaat achter hem aan. In de tuin haalt ze hem in. Hij zegt dat hij bang is voor Kirsty, die hij omschrijft als een 'groot monster'. Amber weet niet wat ze hierop moet antwoorden, en vraagt of William weleens met zijn ouders heeft gepraat over zijn angst voor Kirsty. Ja, zegt hij, en mama zegt dat hij niet bang voor haar moet zijn. Ze is zijn tante, ze is familie. Ze kan er niets aan doen. William vraagt Amber om niet aan Jo te vertellen wat hij zei, en dat hij wegliep voor Kirsty.

Dat maakt Amber boos. Jo kan William niet opdragen wat hij moet voelen; ze zou moeten begrijpen dat het heel logisch is dat een kind van vijf bang is voor iemand als Kirsty, die duidelijk volwassen is maar zich niet zo gedraagt. Hoe durft Jo William het gevoel te geven dat hij zijn angst geheim moet houden? Om hem op te vrolijken stelt Amber voor om samen een spelletje te doen, een soort verstoppertje: op jacht naar de sleutel van de afgesloten studeerkamer in Little Orchard. William is helemaal opgewonden bij dat idee, en dus beginnen ze aan hun speurtocht, en speculeren ze ondertussen over wat er toch verstopt zou kunnen zijn in die verboden kamer. Niemand vraagt hun wat ze aan het doen zijn terwijl ze het hele huis doorzoeken en de ene na de andere slaapkamer in lopen. Tegen de tijd dat het eten op tafel staat, hebben ze overal gekeken, behalve in de keuken, de bijkeuken en de slaap- en badkamer van Jo en Neil, want daar kunnen ze niet in omdat Neil eerst nog ligt te dutten, en vervolgens gaat douchen en zich aankleedt voor het kerstdiner.

Na de maaltijd staat Luke's quiz op de agenda. Amber en William doen niet mee. Zij gaan door met hun geheime speurtocht en zeggen tegen de anderen dat ze straks hopelijk een verrassing voor hen hebben. Is Amber zich ervan bewust dat ze haar eigen geheim wil, aangezien Jo een geheim heeft dat ze niet wil delen? Heeft ze last van scrupules omdat ze de privacy van de eigenaren van Little Orchard zal schenden als ze mazzel heeft en de sleutel vindt? Nee, en nee, gok ik. Amber heeft alleen last van het idee dat ze de sleutel *niet* vindt, en vraagt zich af of ze soms gek is dat ze is begonnen aan een speurtocht die gedoemd is te mislukken. Wat als ze hem nooit vindt? Dan is William vast diepteleurgesteld.

Geen reden voor paniek: een nadere inspectie van de keuken leidt tot de ontdekking van een sleutel aan een lang koord, die aan een spijker aan de achterkant van de buffetkast hangt. Dat moet hem zijn, zegt Amber tegen William zodra ze de sleutel ziet bungelen in de spleet tussen de kast en de muur. Waarom zou iemand die sleutel anders op zo'n ontoegankelijke plek hebben gehangen? Ambers rug verkrampt als ze de kast probeert te verschuiven zodat ze bij de sleutel kan. Hij is te zwaar voor haar alleen, maar ze zet door, want net als Jo, in diezelfde keuken, wil ze geen hulp. Ze wil bewijzen dat ze het allemaal alleen kan.

William is helemaal door het dolle, en rent de zitkamer in, waar hij Luke's quiz verstoort met de triomfantelijke mededeling dat hij en tante Amber de sleutel van de afgesloten kamer hebben gevonden. Amber zegt dat ze van plan is die sleutel te gebruiken om eens rond te snuffelen – wie gaat er mee? Een opzettelijk provocerende uitnodiging: ze daagt de anderen uit om haar tegen te houden. Zou Amber anders hebben gehandeld als ze niet zo veel weerzin voelde om de stilte rondom de verdwijning van Jo en Neil? Ik denk het wel. Het is, denk ik, geen toeval dat ze een gelegenheid heeft aangegrepen om te protesteren tegen metaforische, zo niet letterlijke bordjes met daarop 'verboden toegang', en het feit dat daarachter dingen voor haar verborgen worden gehouden.

Jo is woedend. Ze eist dat Amber haar de sleutel geeft, en wel meteen. Zij is verantwoordelijk voor het huis, zegt ze gepikeerd. Zij en Neil hebben het gehuurd van de eigenaren; die hebben het aan hen toevertrouwd. Amber zegt dat ze niet zo moeilijk moet doen. Ze gaat heus geen schade aanrichten in die studeerkamer. Ze wil gewoon even kijken om te zien wat er allemaal staat. Het is het onschuldige besluit van een onschuldig spelletje dat Amber en William hebben gespeeld. Luke, Ritchie en Sabina zijn in de verleiding, aangestoken door Ambers enthousiasme en dat van William. Ze zijn het er allemaal over eens dat het geen kwaad kan; er worden grapjes gemaakt – cryptisch, om William te beschermen – over seksspeeltjes en wietplanten. Het kan Quentin niets schelen. Hij is alleen geïnteresseerd in zijn eigen besognes, en de inhoud van de afgesloten kamer in Little Orchard doet hem niets. Pam vindt dat ze de sleutel terug moeten hangen, en dat zegt ze ook, even stellig als toen ze net zei dat Barney aan de flesvoeding moest; dit ontlokt aan Hilary de opmerking dat het geen kwaad kan om even een blik te werpen, om William een plezier te doen.

Amber oppert dat ze erover stemmen, in de wetenschap dat zij dan wint. Jo houdt voet bij stuk. Ze is woest, en huilt bijna van woede. Ze maakt Amber duidelijk dat democratische principes in dit geval niet opgaan; zij en Neil hebben de huur betaald, en de aanbetaling, dus zij zijn de enigen die hier iets over te zeggen hebben. Neil is het met haar eens: geen sprake van dat de studeerkamer opengemaakt wordt. Niemand speculeert dat de sleutel die Amber heeft gevonden ook best bij een andere deur kan horen; ze gaan er allemaal van uit dat dit de goede sleutel is. Waar iedereen bij is, zegt Jo tegen Amber dat het hele idee – de speurtocht, en het daarbij betrekken van William – volslagen immoreel is, en dat Amber zich moet schamen.

Amber weigert zich te schamen. Ze vindt nog steeds dat het geen kwaad kan even in de kamer te kijken – de meeste mensen zouden dat doen als ze zich in zo'n positie bevonden. Net zoals de meeste mensen meeluisteren met sappige gesprekken, en over de schouders van onbekenden meelezen als die een sms'je typen. Dat weten de eigenaren van Little Orchard ook best, zegt ze.

Jo beweert dat zij nooit zou meeluisteren, en ook nooit in iemands privécorrespondentie zou neuzen.

Amber zegt dat het niet aan haar is om te bepalen wanneer een ander zich hoort te schamen, en dat ze zich ook niet beter voor hoort te doen dan een ander.

Amber geeft de sleutel terug aan Jo.

5

Woensdag 1 december 2010

'Drieënzeventig? Zeventig! Zesenzeventig?' Nonie vuurt cijfers op me af, met een van spanning trillende stem.

'Geen paniek,' zeg ik tegen haar. Zat ze maar naast me, voor in de auto, dan kon ze mijn gezicht zien. Dat zou ze zelf ook liever willen. Nonie is het slachtoffer van haar eigen angstvallige rechtvaardigheidsprincipes: als zij, Dinah en ik samen in de auto zitten, moeten Dinah en zij achterin zitten, ook al willen ze allebei dolgraag voorin zitten. Dinah heeft voorgesteld dat om beurten te doen, maar Nonie wil er niets van horen. Aangezien we niet weten hoeveel autoritjes we in totaal ons hele verdere leven samen zullen maken, kunnen we ook niet zeker weten of dat uiteindelijk een oneven aantal zal worden of niet. En dan mag uiteindelijk iemand misschien een extra keer voorin.

'Ik kan het niet! Ik snap er niets van! Zevenenzeventig?'

'Nee, sorry,' zeg ik. Gaat het rekenhuiswerk overal gepaard met wanhoop en gehijg? Ik probeer Nonies blik te vangen in de achteruitkijkspiegel. Haar geruststellen lukt mij altijd beter met mijn blik dan met woorden.

'Vijfenzeventig!'

Ik haat woensdagen. Op woensdagmiddag heb ik nooit vrij; ik zit gevangen in een traditie waar ik dolgraag een eind aan zou maken: ik haal de meisjes van school en dan gaan we eten in het huis van Jo, zoals iedereen altijd zegt, ook al wonen Neil, William, Barney en Quentin er ook. En op woensdagmiddag heeft Nonie het laatste uur altijd rekenen, en dat geeft haar steeds weer het gevoel dat ze het domst van iedereen is.

'Het heeft geen zin om zomaar wat antwoorden te roepen, Non.' Ik pruts wat aan de knopjes op mijn dashboard. Ik ben zo stom geweest om me door Luke te laten overhalen een betere, nieuwere auto te kopen – waarin ik me niet op mijn gemak voel – ondanks onze precaire financiële situatie, en ik snap niet wat ik met al die knopjes en wijzertjes moet. De complexe luchtstroommeters geven met allerlei pijlen aan wat voor verwarmingsopties er allemaal zijn, maar ik heb nooit tijd om uit te vinden hoe het werkt. Dus druk ik een paar willekeurige knoppen in en kan ik me nooit herinneren welke reeks knoppen tot het gewenste resultaat leiden, de zeldzame keren dat ik de mazzel heb dat het goed gaat. Vandaag heb ik die mazzel niet. In plaats van gelijkmatig door de auto verdeelde warmte, blaast de hitte me vol in het gezicht. Dan bevries ik nog liever. Ik benijd de meisjes om de winterjassen die ik voor hen heb gekocht; van die jassen die eruitzien als luchtbedden met mouwen.

'Zelfs al roep je zo het goede antwoord, dan nog begrijp je niet waarom dat het goede antwoord is,' zeg ik tegen Nonie. 'Doe eens rustig, dan kan ik het je uitleggen...'

'Wat zei mevrouw Truscott?' vraagt Dinah.

'Wacht even tot ik hiermee klaar ben, Dinah.'

'Hier komt nooit een eind aan. Nonie *blijft* zeuren over dat ze niks van rekenen begrijpt.'

'Jij hebt makkelijk praten. Jij bent supergoed in rekenen. Ik superslecht. Ik blijf maar superslecht.'

'Het is natuurlijk vierenzeventig. Zesenzestig plus acht: vierenzeventig. Wat zei mevrouw Truscott nou, Amber?'

'Niet *voor*zeggen!'

'Dinah, *niet* doen –'

'Te laat. Wat zei mevrouw Truscott...?'

'Niet huilen, Non, het geeft niet.' Ze moet me zien glimlachen. Ik probeer niet te denken aan Ed van de verkeerscursus die ik heb gemist, en zijn overleden dochter, en draai me om in mijn stoel zodat

Nonie mijn gezicht ziet. Hopelijk kijk ik geruststellend en niet moedeloos en bang. Ik zeg net zo goed tegen mezelf als tegen haar dat er geen reden is voor paniek en tranen. Ik weet niet hoe ik allebei de meisjes genoeg aandacht kan geven; het is voor mij een onoplosbare puzzel. Ik weet zeker dat er een oplossing is, eentje die een ouder instinctief kent, maar ik ben geen ouder en dat zal ik ook nooit worden – niet echt. Ik zou allebei de meisjes graag de hele tijd al mijn aandacht schenken, maar dat is onmogelijk, en geen van beide is bereid te wachten. Dinah is te veeleisend en Nonie te zorgelijk.

Ik haat de rekenles om wat het met haar doet. Ik zou het rekenboek met liefde verscheuren. Ik vond het altijd al vals en zinloos, maar nu heb ik ook nog het bewijs van de hoeveelheid ellende die het dit schattige, hardwerkende kind bezorgt, voor wier geluk ik verantwoordelijk ben. Als ik het voor elkaar krijg dat de ban op Dinahs toneelstuk wordt opgeheven, dan lukt het me toch vast ook wel om rekenen voor eeuwig van het curriculum te laten verbannen? Er zijn natuurlijk wel mensen die zich ermee bezig moeten houden, zoals toekomstige wis- of natuurkundigen, maar er zijn ook mensen – zoals Nonie en ik – die zich even vanzelfsprekend de moeite kunnen besparen, omdat we er toch nooit chocola van kunnen maken, en omdat we het altijd het saaiste vak ter wereld zullen vinden omdat het niet over mensen gaat.

Luke heeft me verboden deze barbaarse denkbeelden in Nonies aanwezigheid te ventileren. Terwijl ik me in het geheim afvraag met wie ik naar bed moet om ervoor te zorgen dat zij later een redelijk cijfer voor wiskunde op haar eindlijst krijgt, zodat ze een fatsoenlijke studie kan gaan doen, Engels of psychologie bijvoorbeeld, iets met mensen in elk geval, blijft Luke geloven dat op een dag, met de juiste hulp, alles op zijn plek zal vallen. Op die dag zal Nonie de aangeboren wiskundige kwaliteiten kunnen aanboren die zo lang onzichtbaar zijn geweest. Ik geloof dat voor geen meter, maar ik vind het een akelig idee dat mijn grenzeloze pessimisme haar kansen in het leven zouden kunnen inperken, en dus lieg ik.

'Je hoeft helemaal niet bang te zijn voor rekenen, Nonie.' *Dat moet je wel. Je hebt alle reden om bang te zijn voor iets wat je haat en waar je niet onderuit kunt.* 'Ik kan je nog wel een ander sommetje opgeven – en Dinah, alsjeblieft niet voorzeggen dit keer. Laat me eerst proberen haar de methode uit te leggen. Non, als je de gedachtegang erachter begrijpt...'

'Ik begrijp het nooit,' zegt Nonie zachtjes. 'Het heeft geen zin. Kunnen we Lady Gaga opzetten?'

'Eerst over mevrouw Truscott vertellen,' dringt Dinah aan.

'Dat heb ik al verteld.' Ik steek mijn arm naar achter en geef Nonie een troostend kneepje in haar knie. Ik zou Dinah niet de kans moeten geven om als een stoomwals over haar zusje heen te gaan, maar ik heb het gevoel dat Nonie het stiekem niet erg vindt als het ergens anders over gaat. 'Je toneelstuk gaat gewoon door.'

'Maar wat heb je dan gezegd? Hoe heb je haar overgehaald?'

'Mag Lady Gaga aan, Amber?'

Ik klem mijn kaken op elkaar. We zijn nog niet eens halverwege. Er is een grens aan hoeveel harde, bonkende nummers ik aankan, zo vlak na een uitbarsting van rekenwanhoop. Mijn geheime regel is: geen muziek tot we de Chinese supermarkt op de kruising van Valley Road en Hopelea Street voorbij zijn. Hielden Dinah en Nonie maar van Dar Williams of Martha Wainwright, dan zette ik met plezier de hele weg van school naar Jo muziek aan.

'Amber? Mag het?'

'Zeg nou wat mevrouw Truscott zei!'

'Straks, Non.' Ik haal even mijn handen van het stuur en blaas erop in een vergeefse poging ze wat op te warmen. 'Ik heb gewoon... ik weet niet, Dinah. Ik kan me het gesprek niet woordelijk herinneren. Ik heb tegen haar gezegd hoeveel dit toneelstuk voor jou betekent.'

'Je liegt. Ik weet precies wanneer jij liegt.'

'Zelfs als ik met mijn rug naar je toe zit? Dat lijkt me niet eerlijk.'

'Wat is er niet eerlijk?' vraagt Nonie geschrokken. Wat nu als het onrecht de kop opstak zonder dat zij er iets van merkte?

'Dat Dinah weet dat ik lieg.'

'Waarom is dat niet eerlijk?'

'Omdat ik een groot mens ben. Dat ben ik al eeuwen. Ik heb er recht op dat jullie dit soort dingen door de vingers zien.' Als ik niet lieg ben ik veel te eerlijk. Ik weet dat ik straks aan Nonie zal moeten uitleggen wat ik precies bedoelde met deze opmerking, als ik klaar ben met uitleggen van het rekenprobleem.

'Waar heb je haar mee gedreigd?' vraagt Dina, die zich niet laat afleiden. 'Jij laat pas los als je haar nog banger hebt gemaakt dan ze normaal al is voor klagende ouders.'

'Dus zo zie je mij, als iemand die liegt en dreigt en mensen intimideert?'

'Ja.' Na een korte stilte zegt Dinah. 'Misschien is het niet zo'n goed idee dat Luke en jij ons adopteren.'

'Dat mag je niet zeggen!' jammert Nonie. Geweldig, ze is alweer in tranen. 'Het is *wel* een goed idee. Het is een *heel* goed idee.'

Ik weet niet zeker of mijn hart nog wel klopt. De auto rijdt nog door, dus dat is waarschijnlijk een goed teken.

'Als jij ons adopteert, word je een ouder,' verklaart Dinah. 'Dan doe je al dit soort goede dingen niet meer, zoals het bang maken van mevrouw Truscott. Jij lacht altijd om de stomme dingen die de ouders van onze vriendinnen zeggen en doen, en om al hun stomme ouderregels. Dan word jij net zo stom als zij.'

De opluchting stroomt door al mijn aderen. 'Ik word niet ouderachtig. Dat beloof ik.' *Als de adoptie wordt goedgekeurd, als Marianne niet alles verpest.*

'Nou, wat heb je gedaan? Bij mevrouw Truscott?'

'Amber, is zeventien plus drie twintig?' vraagt Nonie.

'Ja, dat klopt. Wat goed van jou.' Zo doet ze het altijd, en dan ben ik zo gek op haar dat ik er buikpijn van krijg. Omdat ze bang is ons teleur te stellen omdat ze het antwoord op een moeilijker vraag niet weet, verzint ze zelf een gemakkelijker vraag en geeft daar het antwoord op, om te bewijzen dat ze niet helemaal een loser is. Tegen Dinah zeg ik: 'Dat heb je goed geraden. Ik had haar bedreigd, en toen bezweek ze.'

Van de achterbank komen opgewonden kreetjes. Ik moet onwillekeurig grijnzen.

'Waar heb je dan mee gedreigd?' vraagt Dinah gretig, want ze kan zich niet meer inhouden. 'Heb je haar soms bijna geslagen?'

'Nee. Het is iets heel saais. Je bent vast teleurgesteld als je het hoort,' waarschuw ik haar. 'Ik probeerde haar er eerst van te overtuigen dat het niet eerlijk van haar was om jou te beloven dat jouw toneelstuk opgevoerd zou worden. Toen zei zij steeds dat het heel spijtig was, maar er was niets meer aan te doen, alsof zij er niets over te zeggen had. Dus toen heb ik haar gewezen op het feit dat ze bij elk concert of toneelstuk met een big smile wijn en sherry ronddeelt aan de ouders en daarbij geheel vrijwillige "donaties" voor de school in ontvangst neemt, toevallig voor hetzelfde bedrag als de prijs van een glas wijn, of twee glazen, of vier, als de heer en mevrouw Van Hier tot Daar opa en oma ook mee hebben genomen.'

'Dat is heel slim van je,' zegt Dinah. Geheel tegen haar gewoonte in klinkt ze nederig. Vol bewondering. Ik zou me eigenlijk schuldig moeten voelen, maar ik ben zeer in mijn nopjes.

'Ik begrijp er niks van,' zegt Nonie.

'De school mag geen alcohol verkopen,' legt Dinah uit. 'Je hebt er een speciale vergunning voor nodig van Ambers werk, maar die heeft de school niet. Mevrouw Truscott heeft toch drank verkocht, maar doet net alsof dat niet zo is, en Amber heeft gedreigd haar te laten arresteren als –'

'Nou, zo ging het niet helemaal,' val ik haar in de rede. 'Ik heb alleen tegen haar gezegd dat ik als hoofd Vergunningen bij de gemeente... Eerlijk gezegd was dat alles wat ik hoefde te zeggen. Zoals alle goede dreigementen bleef het mijne onuitgesproken.' *Shit*. Dat had ik beter niet hardop kunnen zeggen. Ik schraap mijn keel. 'Het is fout om mensen te bedreigen, bijna altijd, maar... mensen aan de alcohol helpen is ook fout. Als je te veel drinkt kun je verslaafd raken, en daar kun je zelfs aan doodgaan. Goed, wie heeft er zin in Lady Gaga?' zeg ik opgewekt.

'Ik moet eerst m'n rekenhuiswerk nog snappen,' zegt Nonie, die ineens bang lijkt dat haar wens wordt ingewilligd. 'Vraag me eens een som.'

Ik stel me voor dat ik hard kreun – een lange brul, zoals die van een leeuw – tot de drang om te kreunen verdwijnt. 'Oké, maar probeer *alsjeblieft* om niet in paniek te raken, wat er ook gebeurt.'

'Als ik het fout heb, bedoel je?'

'Nee.' *Ja.* 'Zo bedoel ik het niet. Hoeveel is achtenvijftig plus vijf?' Ben ik nu bezig om haar te sterken in haar overtuiging dat ze het niet verdient om naar muziek te mogen luisteren als ze niet eerst een gruwelijke intellectuele horde heeft genomen? Zou mijn motto als haar voogd niet juist moeten zijn: eerst melodische pornografie, en dan pas rekenwerk?

De paniek slaat meteen toe bij Nonie. 'Ik weet het niet! Drieënvijftig? Nee! Eenenzestig? Zestig!'

'Rustig, Nonie. Luister. Achtenvijftig plus *twee* is zestig, of niet soms? Dus...'

'Dat weet ik best! Achtenvijftig plus twee is zestig, achtenvijftig plus een is negenenvijftig. Zie je wel? Ik kan het best, als het maar niet boven de volgende tien gaat!' Het geluid van haar hyperventilatie vult de hele auto. Ik wil mijn raam opendraaien, ook al loop ik dan het risico dat mijn neus van mijn gezicht vriest.

'Non,' zeg ik kalm. 'Ik kan je leren wat je moet doen, maar je moet niet in paniek raken als je over de volgende tien heen gaat –'

'Tweeënvijftig! Drieënvijftig!'

'Je moet niet zo *ontploffen* of zo,' doet Dinah een duit in het zakje.

'Nonie, ik kan niets voor je doen als je de hele tijd getallen naar mijn hoofd gooit, liefje.'

'Het is drieënvijftig!' gilt ze opeens triomfantelijk. 'Achtenvijftig plus twee is vijftig, plus nog drie om vijf te maken...'

'Ze telt op haar vingers,' zegt Dinah. 'Het heet *hoofd*rekenen, hoor.'

'Drieënvijftig,' houdt Nonie vol. 'Toch, Amber?'

'Nou, dat ging best goed,' begin ik.

'Best goed?' vraagt Dinah. 'Het is drieënzestig. Achtenvijftig plus twee is niet vijftig maar zestig.'

'O, nee! Ik *haat* het! Ik heb *nooit* eens een antwoord goed!' snikt Nonie.

'Jawel, Non. Je deed het heel goed.' Ik knijp nog maar eens in haar been. 'Je gebruikte de goede techniek. Je begreep hoe je het moest aanpakken, en dat is het allerbelangrijkste. Je haalde alleen vijftig en zestig door elkaar. *So what?' Die liggen ook best dicht bij elkaar, als je het ruim ziet. Moeten we nu echt gaan muggenziften?* 'Ik weet best dat jij *eigenlijk* zestig bedoelde.'

'Ik ben blij dat ik geen rekenles van jou krijg,' zegt Dinah.

Ik hou me in en zeg niet dat ik nog liever de hele dag het gedrag van naaktslakken zou observeren dan dat ik rekenles zou moeten geven, en ik geef mezelf een punt voor mijn zelfbeheersing en volwassenheid.

'Amber geeft wel rekenles,' zegt Nonie. 'Ze leert mij rekenen.'

Buiten op de stoep voor de Chinese supermarkt worden meer lege chipszakjes rondgeblazen door de wind dan anders. Er vliegen ook wat bierblikjes over de stoep, en de inhoud van een aantal asbakken, vlak bij de stoeprand. Dat kan niet aan haar aandacht ontsnappen. *Een, twee, drie...*

'Moet je dat zien,' zegt ze. 'Wat walgelijk. Mensen die hun afval op straat gooien horen in de gevangenis thuis. Die moeten in een cel met zo veel vuilnis erin dat ze nog net met hun hoofd boven de troep uit komen, en dan moeten ze de rest van hun leven de stank inademen.'

'Dat mag je mensen niet aandoen, wat ze ook hebben gedaan,' zegt Nonie. 'Toch, Amber?'

Ik zet zonder het nog eens aan de meisjes te vragen de muziek aan, of ze er nu zin in hebben of niet, en ik draai het volume hoger dan ik normaal trek. Ik hou niet eens van Lady Gaga, behalve als middel om een eind aan gesprekken te maken, als ik te uitgeput ben om nog iets te zeggen. Die techniek had ik op Simon Waterhouse moeten loslaten toen die mij per se vandaag wilde spreken. *Het spijt me, maar ik heb het vandaag veel te druk. Als je het niet erg vindt, smoor ik al je vervolgvragen in 'Bad Romance'.*

Ik wilde niet met hem praten zonder eerst Jo te waarschuwen; het zou niet eerlijk zijn tegenover haar. Tegenover Jo gedraag ik me waarschijnlijk fatsoenlijker dan tegenover alle andere mensen die ik ken: attenter, tactvoller. Ik weet nooit precies of dat uit verstandig zelfbehoud is, of dat het een domme verspilling is van zorgzaamheid, gezien mijn mening over haar. Zij en ik hebben er ongeveer evenveel belang bij als ik haar zo min mogelijk reden geef om mij aan te vallen, maar soms krijg ik er toch van langs. En op zulke momenten word ik gedwongen stil te staan bij mijn eindeloze gevlij, en hoe zinloos het allemaal is, en dan word ik kwaad, wat ook weer nergens toe leidt.

Waarom heb ik niet besloten dat het van groter belang was om eerlijk te zijn tegen Simon Waterhouse, die me tot nu toe alleen nog maar goed heeft behandeld? Waarom is het nog steeds zo belangrijk voor me om aan Jo te bewijzen dat ik een veel beter mens ben dan zij denkt?

'Wat bedoelde jij met: "Aardig, Wreed, Aardig Wreed"?' vraagt Dinah in de korte pauze tussen twee nummers.

Ik zet de cd-speler uit. 'Waar heb je dat gehoord?'

'Nergens.'

Ik rij de auto op de stoep en trap op de rem. 'Dinah, nu even geen flauwekul. Dit is belangrijk. Waar heb je –'

'Ik heb het niet gehoord. Ik heb het gelezen.'

'Waar? Wanneer?' *Zo eenvoudig zal het toch niet zijn?*

'Vanochtend. Bij het televisieoverzicht in de krant van gisteren. Jij had het opgeschreven. Het was jouw handschrift.'

Mijn hele lichaam zakt in elkaar. Ik zie er waarschijnlijk uit als een lekke airbag die langzaam leegloopt. 'Aha,' zeg ik. 'Het spijt me, ik... ik begreep je verkeerd. Ik zat maar wat te tekenen.'

'Tekenen is niet schrijven,' zegt Nonie.

'Maar waarom nou juist die woorden?' vraagt Dinah. 'Waar heb je die vandaan?'

'Geen idee. Ik schreef maar wat, geloof ik.'

'Waarom zei je dan net dat het belangrijk was? Waarom zijn die woorden belangrijk?'

'Dinah, hou op!' smeekt Nonie.
'Dat zijn ze niet, ze zijn –'
'Je liegt alweer.'
'Dinah, alsjeblieft.' Ik probeer gebiedend te klinken.
'"Alsjeblieft, dwing me niet toe te geven dat ik lieg." Waarom zeg je niet gewoon dat je het liever niet wilt vertellen?'

Dit is ofwel een uitweg, of een val. Ik ben wanhopig genoeg om het erop te wagen. 'Ik wil het je liever niet vertellen.'

'Oké.' Ik zie niet dat Dinah haar schouders gelaten ophaalt, maar ik kan het wel horen. *Geweldig. Leugens en bedrog: zo komen we er wel.*

'Is Kirsty ook bij Jo?' vraagt Nonie.
'Waarschijnlijk wel. Met Hilary.'
'Amber?'
'Hm?'
'Wat heeft Kirsty eigenlijk? Hoe is ze zo geworden?'
'Ik heb geen idee, Non. Dat durf ik niet zo goed te vragen.' *Ik heb het een keer geprobeerd, heel voorzichtig, en toen werd er gehakt van me gemaakt.*

'Ik ben blij dat ik Nonie als zus heb,' zegt Dinah. 'Ik zou het afschuwelijk vinden om een zusje zoals Kirsty te hebben. Dan zou ik nooit van haar kunnen houden. Je kunt niet houden van zo iemand.'

'Dinah! Dat is...' Ik val stil. Ik wilde zeggen dat het heel lelijk is om zoiets te zeggen, maar het is waarschijnlijk nog erger om een kind van acht met een schuldgevoel op te zadelen omdat ze voor haar gevoel uitkomt. 'Jo houdt heel veel van Kirsty,' zeg ik daarom. 'En als Nonie en jij een zusje zouden hebben zoals Kirsty, zouden jullie juist heel veel van haar houden. Dat weet ik zeker, want –'

'Niet waar,' houdt Dinah vol. 'Dat zou ik mezelf nooit toestaan. Als iemand is zoals Kirsty en hij kan niet praten, dan weet je niet of ze nou aardig zijn of gemeen. Wat nou als je van ze houdt en ze zijn eigenlijk heel gemeen en naar, maar die gemeenheid zit in ze opgesloten, zodat je dat niet weet?'

Ik moet mijn best doen om niet te laten merken hoe geschokt ik ben. 'Zo werkt het niet, Dinah. Kirsty is niet aardig of niet-aardig zoals de meeste mensen. Daar zijn haar hersens niet genoeg voor ontwikkeld. Geestelijk is ze bijna... nou ja, ze is net als een baby.'

'Hoe kun je dat nu zeggen als je niet weet wat er mis met haar is? Hoe weet jij nou of zij niet de allerliefste of allergemeenste persoon op aarde is en dat niemand daar ooit achter komt omdat ze niets kan zeggen?'

'Sommige baby's lijken mij heel gemeen,' zegt Nonie. 'Van die baby's die zo hard krijsen. Ik weet wel dat alle baby's huilen, maar sommige huilen verdrietig. Dat zijn volgens mij de lieve.'

Zou Sharon weten hoe ze met dit spervuur aan bizarre theorieën van haar dochters moest omgaan als zij hier nu was? Ik doe mijn ogen dicht. *Niet aan denken. Concentreer je op iets anders: het zwerfvuil, de lastige symbolen op je dashboard.* Ik mag nu niet aan Sharon denken; als ik straks bij Jo aankom, moet mijn verdedigingsmechanisme intact zijn.

Hoeveel is achtenvijftig plus drieënzestig?

'Amber!'

Dinahs stem haalt me terug. Ik moet een paar seconden zijn ingedommeld. Het zou prettig zijn als ik kon beweren dat ik weer helemaal opgefrist ben, maar dat is niet zo. Het voelt eerder alsof iemand een dikke mist in mijn hersenpan heeft gepompt. Ik zucht en zet de motor aan. Terwijl ik doorrij zou ik nu een preek moeten houden over de intrinsieke waarde van alle mensen, maar ik heb er de energie niet voor. In plaats daarvan laat ik de meisjes zweren om nooit iets van ons gesprek over Kirsty te herhalen waar Jo bij is. Maar dan ook echt nooit.

'Hallo, hallo! Kom binnen!' Met een big smile houdt Jo de deur voor ons open. Het is vandaag kroeshaardag, dus ze heeft vanochtend niet de moeite genomen om wat van haar 'speciale goedje', zoals zij het noemt, in haar krullen te smeren om ze stuk voor stuk vorm te geven. Ik kijk naar haar en zie een vrouw die zo overduidelijk warm en hartelijk is dat het bijna gênant is me te herinneren hoe vaak ik al het tegendeel heb vermoed. Dit is mijn standaardreactie. De eerste aanblik zorgt er altijd voor dat mijn hersens zichzelf in de maling nemen.

Ze draagt een versleten spijkerbroek met scheuren bij de knieën en een strak, oranje T-shirt met een laag uitgesneden hals, en straalt alsof haar dag helemaal goed is nu ze ons ziet. 'Dag lieve schat, hoe is het ermee? Hi, Non – heb je de rekenles overleefd? Amber, lieverd, je ziet er afgepeigerd uit. Als je even tien minuten je ogen dicht wilt doen, ga dan lekker op ons bed liggen. Daar valt niemand je lastig. Als je wilt, maak ik een kruik voor je.'

Ik moet mijn ogen tien jaar dichtdoen. 'Nee, hoeft niet, dank je.' Natuurlijk zou iemand me komen storen. In Jo's huis lukt het niemand om langer dan dertig seconden alleen in een kamer te zijn. Er dolen te veel mensen door dat huis, altijd. Ik hoor Quentin, Sabina en William op de achtergrond praten, allemaal tegelijk. Tussen die stemmen door klinkt een onregelmatig, galopperend geluid dat ik al zo vaak heb gehoord: Kirsty die boven over de overloop rent met Hilary op de hielen.

'Zeker weten?' vraagt Jo.

'Het is heel verleidelijk. Maar ik kan toch niet slapen, en dan voel ik me alleen nog maar beroerder.'

'Arm kind. Het moet vreselijk zijn.'

Ik forceer een lachje, en denk aan die keer dat ze me ongeduldig vroeg of ik me weleens afgevraagd had of ik soms niet moe genoeg was, overdag niet hard genoeg werkte, en dat ik daarom de slaap niet kon vatten.

Zo gaat het altijd. Als zij aardig tegen me is, denk ik aan alle wonden die ze me door de jaren heen onbewust heeft toegebracht. Als ze kil en hardvochtig is, gilt de lange lijst met haar goede daden om mijn aandacht. Ik doe mijn best om haar te zien zoals ze echt is, maar dat lukt me nooit. Het enige wat ik weet, is dat ze totaal niet op mij lijkt. Het zou te gemakkelijk zijn om het verschil tussen ons te verklaren door te zeggen dat ze makkelijker ontvlamt dan ik, of dat zij niet zo rancuneus is als ik. Ik ken rare types – Luke, bijvoorbeeld – die kunnen vergeven, zand erover, maar bij Jo is het net alsof ze op een of andere interne deleteknop kan drukken waarmee ze alles waar ze niet meer aan wil denken, zoals Little Orchard, wist. Daarom kan ze nu als een intens gelukkige dwaas die zich niets meer herinnert naar me lachen.

'Amber, kom eens op aarde, zoals Barney zou zeggen!'

Vroeg ze iets? 'Het gaat best, Jo, echt.' Het is nog te vroeg op de avond om analytisch te denken. Ik heb mijn jas nog niet eens uit, en er is tot dusverre nog niets gebeurd wat analyse behoeft. *Gedraag je als een normale gast. Vraag om thee.*

'Je snakt vast naar een kopje thee,' zegt Jo precies op het juiste moment. In dit huis wordt alles wat je nodig hebt of waar je zin in hebt aangeboden voor je de kans hebt erom te vragen. Gek genoeg geeft dat een machteloos gevoel.

Mijn hemel, wat ben ik een kleinzielig kreng. Dat mensen mij nog mogen. Misschien is dat ook wel niet zo.

Sharon mocht je wel. Hoe krengeriger jij deed, hoe harder zij moest lachen. Daarom was je bij haar ook zoveel liever. Je wist dat het geen zin had om te zaniken – ze bleef je toch leuk vinden, die koppige tut.

'Aan je gezicht te oordelen heb je een zware dag achter de rug,' zegt Jo. 'Weet je wat, ik zet wat van mijn chique nieuwe thee voor je – met van die per stuk verpakte zakjes in een doosje. Nou, is dat deftig of niet?'

'Ik verwacht niet anders,' zeg ik zogenaamd bekakt, en ze loopt lachend naar de keuken, een ruimte waar ze niet langer dan vijf minuten uit weg kan blijven.

Dinah en Nonie zijn achter de dichte deur van de eetkamer verdwenen met William en Barney, en hebben hun dikke dekbedjassen op de grond in de gang laten liggen. Ik pak ze op, trek mijn eigen jas uit en probeer ze alle drie op de kapstok kwijt te raken. Zoals gewoonlijk mislukt dat. Iedereen die in of in de buurt van Rawndesley woont, is weleens bij Jo thuis geweest, en heeft hier zijn jas, parka, duffel of regenjas laten hangen om hem nooit meer op te halen. Ik heb een keer gestaan waar ik nu sta, terwijl Neil licht verbaasd alle jassen naging: 'Deze is van mevrouw Boyd van de overkant, en o, ja, deze is van Sabina's moeder, toen die over was uit Italië, en ik geloof dat Jo zei dat deze van iemand is die bij Sabina op pilates zit.'

Jo doet het huishouden heel anders dan ik – niet dat ik ooit van mezelf zou zeggen dat ik het huishouden doe. Ik organiseer mijn huis om het de mensen die er wonen gemakkelijk te maken: ikzelf, Luke, Dinah en Nonie. Dat van Jo dient de mensheid in het algemeen. Ik vind het nog altijd ongelofelijk dat Quentin Williams slaapkamer kreeg toen Pam overleed. William en Barney delen nu een piepklein kamertje waar nog niet eens een kind in past.

Ik dump onze jassen op de dichtstbijzijnde stoel, loop naar de keuken, en struikel bijna over Neil, die met zijn telefoon tegen zijn oor gedrukt uit de wc stapt. 'Dat heeft er niets mee te maken,' zegt hij. 'Je weet hoe het werkt: je brengt een offerte uit voor een klus, en je geeft een all-inprijs af. Maar als het langer duurt dan je had beraamd, kun je niet om meer geld vragen. Dan pak je je verlies.' Hij kijkt naar mij en maakt onbehoorlijke gebaren naar zijn telefoon. Boven klinkt een knal. We kijken op en zien het plafond trillen. Neil werpt een blik op de wc alsof hij overweegt om daar weer te gaan zitten.

Ik had niet verwacht dat hij er zou zijn. Hij is er bijna nooit als ik op woensdag langskom; hij werkt meestal tot laat. Is het niet een beetje onattent van hem om thuis te komen als er overduidelijk geen plaats voor hem is? Ik kijk vanuit de smalle gang toe hoe hij de trap op loopt en zich dan, na nog een knal en een uitroep van Hilary, 'Kirsty!', bedenkt en weer naar beneden komt. Hij kan nergens heen om zijn ruziënde telefoongesprek voort te zetten. Jo is in de keuken en roept dat ik bij haar moet komen, Quentin en Sabina zitten in de zitkamer te praten, en de kinderen maken herrie in de eetkamer.

Ik herinner me dat ik Neil vroeg wat voor werk hij deed toen Luke ons aan Jo en hem voorstelde. 'Ik heb een eigen bedrijfje,' zei hij vol genegenheid, alsof hij het over een poedel of een hamster had. 'We maken raamfilms.'

'Hoe bedoel je, zoals *Rear Window* van Alfred Hitchcock?' vroeg ik. Het was een stom grapje.

'Nee-ee,' zei Jo overdreven geduldig en ze keek Neil samenzweerderig en met rollende ogen aan. 'Alfred Hitchcock maakte *Rear Window* van Alfred Hitchcock. Die hebben we nog nooit gehoord, hè, Neil?'

Toen ik er Luke later naar vroeg, gaf hij toe dat hij niet had gezien hoe verwonderd Neil keek toen hij Jo aankeek en antwoord gaf op haar als retorisch bedoelde vraag: 'Nee, ik geloof niet dat we die ooit hebben gehoord. Je bent echt origineel, Amber.'

'Amber, wil je nog thee, of hoe zit het?' gilt Jo.

'Ik kom eraan!'

'*Ciao*, Amber!' roept Sabina.

'Is Amber er?' Quentin klinkt verbaasd. Hij heeft de deurbel niet gehoord, en ook niet dat Jo ons binnenliet, of dat William en Barney hebben gevraagd wanneer we kwamen, wat ze vast een keer of zeventien moeten hebben gedaan.

'Ik heb Amber nog niet verteld dat ik Harold Sargent tegenkwam,' zegt Quentin, alsof dat goed nieuws is voor ons allemaal. 'Trouwens, ik heb het Luke ook nog niet verteld. Harold overweegt natuurlijk om zo'n traplift te laten installeren, maar ik zei tegen hem: "Dat lukt niet met alle soorten trappen. Misschien kan dat bij jou wel helemaal niet."'

O god, laat iemand hem alsjeblieft afleiden voor hij naar me toe komt met zijn eindeloze anekdotes die nergens over gaan. Hij heeft me niet verteld dat hij Harold Sargent tegenkwam en dat hoeft ook niet, want ik heb absoluut geen idee wie Harold Sargent is. En zelfs al weet ik wel over wie Quentin het heeft, dan nog ben ik binnen tien seconden de draad van zijn verhalen kwijt. Die zijn zo saai dat ik er niet bij blijf met mijn gedachten. En als ik besef dat ik niet luister en weer geïnteresseerd doe, heeft hij het vaak over compleet andere mensen: dan gaat het niet meer over Margaret Dawnson en het hekje bij het station, maar over iemand die Kevin heet en die nogal onbehouwen is en over hoe gevaarlijk het is om geen glasvezel aan te brengen aan de binnenkant van septic tanks. Quentin en Pam hadden een jaar of twintig geleden een septic tank, toen ze in the middle of nowhere woonden, ergens tussen Combingham en Silsford, en Quentin heeft nog altijd een obsessie voor die stomme dingen.

'Volgens mij is Amber te moe om te kletsen,' hoor ik Sabina zeggen. *Dank je wel, dank je wel.* 'Je weet toch dat ze niet slaapt.'

Daar moet ik om glimlachen. Sabina weet heel goed dat Quentin helemaal niets van mij weet, ook al hoor ik al bijna een decennium bij zijn zoon, en daarom zegt ze het ook. Een van zijn vreemdere karaktertrekken is dat hij niets weet van zijn naasten, terwijl hij wel alle minutieuze, saaie details kent van de levens van iedereen die wij nog nooit hebben ontmoet. Als hij Harold Sargent op straat tegen het lijf zou lopen, zou hij die arme Harold met allerlei geneuzel over mijn leven vermoeien.

'Waarom vertel je het niet aan mij? Het lijkt mij een interessant verhaal,' zegt Sabina overtuigend. Wat een engel. 'Zal ik anders eerst een kop thee voor je zetten?' Hoewel er niets aan hem mankeert en hij geen enkele handicap heeft, kan Quentin helemaal niets zelf in het huishouden, en niemand zegt ooit tegen hem dat daar verandering in moet komen. Toen hij een keer met kerst bij mij thuis was, en iedereen hielp bij de voorbereiding van het kerstdiner, zei hij: 'Het spijt me dat ik niet help', maar behulpzamer dan dat is hij nog nooit geweest. Pam giechelde alsof het een belachelijk idee was, en zei: 'Dat geeft niets, schat. Dat verwacht ook niemand van je.'

Toen ze doodging was ze banger om Quentin dan om zichzelf. 'Hij kan niets, Amber, nog niet de eenvoudigste dingetjes,' fluisterde ze een keer tegen me. 'Hij kan totaal niet voor zichzelf zorgen, en het is nu te laat om het nog te leren.' *Hoezo?* wilde ik gillen. *Een ei koken is niet ineens veel moeilijker dan vijftig jaar geleden.* 'Het is mijn schuld,' zei Pam. 'Ik vond het fijn om voor hem te zorgen. En hij werkte zo hard...' Als ze niet ziek was geweest, was ik waarschijnlijk tegen haar in gegaan. Tot zijn pensioen runde Quentin de afdeling Lampen en Spiegels bij Remmick; hoe zwaar kan dat geweest zijn? Ik weet zeker dat ik vijf dagen per week lampen en spiegels aan mensen zou kunnen verkopen en toch in het weekend mijn eigen brood in het broodrooster zou kunnen stoppen.

De stemmen in de eetkamer zwellen aan. 'Nee, luister,' zegt William. 'Ik ben ouder dan Dinah, Dinah is ouder dan Nonie, Nonie is ouder dan Barney, dus...'

'Doe het eens op "mooier dan",' commandeert Dinah. 'Ik ben... o nee, dan kom je op hetzelfde uit, hè? Doe dan "houdt iets geheim voor".'

Ik heb geen idee waar ze het over hebben, maar ik vraag me af of Dinah aan geheimen denkt vanwege mij.

Waarom zeg je niet gewoon dat je het liever niet wilt vertellen?

'Amber? Je chique thee wordt koud!' brult Jo alsof de hal een kilometer verderop is. In dit huis ligt niets ver genoeg van alle andere plekken. Het is een van de vele dingen die ik hier zo vreselijk vind. De kleine, veelkleurige tegeltjes aan de muren in de keuken doen pijn aan mijn ogen. Normaal gesproken ben ik voor kleur, maar hier gaat het te ver. Elke kamer is in een vrolijke primaire kleur geschilderd, als een kinderkamer, en alles staat vol veel te grote, veel te pompeuze meubels, meest antiek en ongeschikt voor een huis dat in 1995 is gebouwd. Je kunt geen stap zetten of je struikelt over een zwaar en krullerig mahoniehouten buffet of een druk bewerkt notenhouten bureautje. Bijzettafeltjes op rare plekken garanderen dat niemand in een rechte lijn kan lopen. Midden in de keuken steekt een buitenmodel eetbar uit, waar zes krukken omheen staan. Jo maant me altijd op een van die krukken te gaan zitten, zodat we kunnen kletsen terwijl zij aan het koken is, en dan moet ze zich steeds langs me wurmen met de vraag: 'Sorry, maar kun je even opschuiven?' Er is geen enkele plek aan die bar waar ik rustig kan blijven zitten. Als ik aan de raamkant zit, zit ik voor de koelkast, en bij het ronde uiteinde blokkeer ik de vaatwasser. Aan de kant van de hal zit ik tegen de deur naar de voorraadkast gedrukt.

Kirsty maakt boven nog steeds een hoop kabaal. Ik hoor dat

Hilary probeert haar tot bedaren te brengen, op dezelfde manier als ik Nonie in de auto probeerde te kalmeren. 'Hi, Hilary,' roep ik naar boven. 'Hulp nodig?'

Neil loopt langs me, op weg naar de voordeur, met de telefoon nog steeds tegen zijn oor gedrukt. Hij doet de deur open en stapt de stoep op. 'Oké, nu kan ik je verstaan,' zegt hij. Een minuut of wat geleden was hij nog woedend op de kerel die hij aan de lijn heeft, maar inmiddels klinkt hij opgewekt, en ik begrijp precies waarom: het rustgevende geraas van het verkeer op straat is een opluchting.

'Nee, dank je, we redden ons wel!' roept Hilary naar beneden. 'We komen zo.'

Neil trekt de deur achter zich dicht.

Jo zit in de keuken het plaatselijke sufferdje door te bladeren. Ze had me de thee ook kunnen brengen, in plaats van hem koud te laten worden, maar ze heeft liever dat ik bij haar op audiëntie kom.

Ben ik alweer aan het overanalyseren.

'Pak een kinderstoel,' zegt ze. Zo noemt ze de krukken bij de ontbijtbar. *Ze wil namelijk iedereen als haar kind zien.*

Allemachtig, hou toch eens op.

'Sabina heeft me net gered van een van Quentins oneindige verhalen,' fluister ik.

'Ze is zo goed met hem. Ze is tegenwoordig eerder zijn nanny dan die van de kids.'

Ik maak het instemmende geluid dat ik bewaar voor de keren dat ik het niet met Jo eens ben; het lijkt sterk op het geluid dat ik maak als ik het wel met haar eens ben, alleen dan zachter en minder welgemeend. Ik weet niet of Jo zich ervan bewust is, maar Sabina is nooit een nanny voor de jongens geweest, hoewel dat vanaf het begin haar officiële functietitel was. Wat mij betreft is haar rol die van verwende-oudste-dochter-annex-publiciteitsagent-van-Jo. Jo doet altijd alles voor William en Barney, terwijl Sabina vol bewondering toekijkt en morele steun biedt, of dat wat ze steunt nu moreel verantwoord is of niet. Toen William een ander jongetje op de crèche sloeg, was Sabina het met Jo eens dat dat andere jongetje hem niet had moeten uitlokken. Ze hemelt al Jo's opvoedkundige beslissingen op en vertelt het overige bezoek doorlopend wat een fantastische moeder Jo is, tussen haar hardlopen en massages en Engelse lessen door, die Jo altijd verkoopt als noodzakelijk omdat die arme Sabina weleens een verzetje kan gebruiken.

Sabina is heel handig met zowel Quentin als Jo, omdat ze volwassen zijn; van kinderen snapt ze niets, ze is zelfs een beetje bang voor ze. Luke en ik hebben gehuild van het lachen om het idee dat zij ooit besloten heeft om een opleiding voor nanny te gaan volgen. Maar Sabina lacht het laatst: zij moet hebben geweten wat wij nooit geloofd hadden, namelijk dat er mensen zijn die graag geld geven aan de illusie dat ze een nanny is huis hebben.

Ik heb me vaak afgevraagd of Sabina Jo echt mag, diep vanbinnen – hoewel ik me nog vaker heb afgevraagd of Neil Jo eigenlijk wel echt mag.

De chique thee smaakt heerlijk. 'Hm. Waarom heb ik thuis niet van zulke goddelijke dingen?' zeg ik.

'Tel je zegeningen. Jij hebt Quentin niet in huis,' fluistert Jo met een grijns.

'Dat doe ik ook, geloof me.'

'Heb je Quentin *wel* in huis? Wat grappig, ik zou toch zweren dat hij hier woont.'

Ik lach langer dan het grapje verdient, en verval gladjes in wat Sharon altijd mijn BON-gewoonte noemde: Bewonder Onze Narcist. Want dat is wat Jo wil, bewonderd worden. In haar vrije tijd, geïnspireerd door het feit dat Marianne haar moeder was, las Sharon alle boeken over verstoord ouderschap die ze maar te pakken kon krijgen. Haar huis stond vol dikke pillen met titels als: *Eindelijk je eigen leven leiden... en loskomen van een beschadigde jeugd*, die ze niet wilde verstoppen als Marianne op bezoek kwam.

Sharon en Jo hebben elkaar nooit ontmoet, hoewel Jo jarenlang beweerde dat Sharon zo te horen 'om te gillen' was, en dat ze haar dolgraag een keer zou willen zien, en ik Sharon vaak zat over Jo's capriolen vertelde. Ze kenden elkaar daarom waarschijnlijk beter dan twee mensen die elkaar nog nooit hadden ontmoet elkaar ooit zouden kunnen kennen.

Ik kon ze niet laten kennismaken. Dat is mijn eigen schuld, en ik word misselijk als ik eraan denk. Een moment van roekeloosheid... Dat is de duistere kern van alles, die ik zowel Jo als mezelf verwijt: dat ik zo stom ben geweest om haar de macht te geven mij en Luke kapot te maken, en mij en Sharon...

'Ik maak vanavond iets heel simpels, maar wel iets heel lekkers.' Jo's stem brengt me terug in het heden. 'Zelfs iemand zoals jij, die nooit kookt, kan dit klaarmaken. Linguini met basilicum, tomaat, mozzarella en olijfolie erdoor – meer niet. Geen kunst aan!'

'Dus in feite is het een Insalata Tricolore met pasta?'

'Yep. Met wat rode peper, zwarte peper en Parmezaanse kaas. Dat ik daar jaren geleden niet op ben gekomen. Quentin eet het niet – er zitten blaadjes in, en geen vlees, het is niet heet genoeg, blablabla. Dus voor hem heb ik vanochtend *shepherd's pie* gemaakt.'

'Wat ben je toch een schat,' zeg ik tegen haar.

Ze kijkt me aan. 'Ik meen wat ik net zei. Jij moet je zegeningen tellen. Sabina helpt waar ze kan, maar... ik fantaseer er weleens over dat ik hem met een kussen smoor.' Ze slaat haar hand voor haar mond. 'Sorry, wat zeg ik nou.'

'Geeft niks. Het is volkomen begrijpelijk. Het wordt pas erg als je het echt doet.'

Dinah komt de keuken in gestormd. 'Amber, William legt ons het verschil uit tussen transitieve en intransitieve relaties. Zal ik jou zeggen hoe dat zit?'

'Niet weer dat gezeur!' zegt Jo. 'Dat kind is helemaal geobsedeerd.'

William heeft een neiging tot vreemde fixaties. Elke keer als ik hem zie, lijkt hij ouwelijker, serieuzer en pedanter. Met Barney daarentegen wordt het steeds een beetje minder: een paar weken geleden heeft hij zijn normale stem gedag gezegd, en begon hij als een lispelende kleuter te praten. Dat houdt hij sinds die tijd vol. Jo vindt het schattig, maar ik word er knettergek van.

'Je weet niet wat het verschil is, hè?' zegt Dinah vergenoegd.

Dat klopt. Klaarblijkelijk schiet mijn opleiding hopeloos tekort.

William, Nonie en Barney verschijnen in de deuropening.

'William heeft het op school geleerd. En nog een miljoen andere dingen, maar om de een of andere reden is dit blijven hangen,' zegt Jo.

'Een transitieve relatie is zoals "is jonger dan",' legt Dinah uit. 'Als ik jonger ben dan William, en Nonie is jonger dan ik, dan is Nonie ook jonger dan William. Een *in*transitieve relatie is bijvoorbeeld als "is boos op". Als ik boos ben op jou, en jij bent boos op Luke, dan betekent dat niet dat ik boos ben op Luke. Want dat ben ik misschien helemaal niet.'

'Heel knap,' zeg ik. Waarom heeft niemand mij dat ooit geleerd?

'Kom, dan gaan we nog meer dingen op ons lijstje zetten!' zegt Nonie.

'We maken lijsten van dingen die transitief of intransitief zijn,' legt William uit. Zijn toon impliceert dat ik een domkop ben die het allemaal niet bij kan houden. Ik vraag me af of hij vriendjes heeft op school.

'Ik weet wat! "Houdt van pizza". Kan dat?' oppert Barney met zijn babystemmetje.

'Nee, dat is –'

'Dat is bijna helemaal goed, Barney. Je moet er alleen nog wat bij zeggen.' Jo werpt William een waarschuwende blik toe. 'Je kunt wel zeggen "houdt *meer van* pizza dan van". Goed, hoor, Barney! Slimmerd!'

Dinah kijkt ongelovig mijn kant op. Ik denk aan Nonies rekenhuiswerk en voel me een huichelaar.

Als de kinderen zich hebben teruggetrokken, zegt Jo: 'Williams meester is een genie. Letterlijk. Een *echt* genie, die jarenlang weigerde een baan te nemen omdat hij niets anders wilde doen dan lezen en nadenken. Echt een fascinerend levensverhaal. Hij woont op een boot.'

Uiteraard. In theorie vind ik mensen die op boten wonen irritant, maar de enige bootbewoner die ik ooit heb ontmoet, was heel leuk. Dat was een oude collega bij de gemeente.

'Jo, nog even over Quentin... ik zei net dat je een schat bent, en dat is ook zo, maar... je weet wel dat het niet hoeft. Als je het niet meer trekt om hem hier te hebben...'

Jo stopt met het hakken van de basilicum. Ze legt het mes neer en staat met haar rug stijf en verstild naar me toe. 'Wat wil je precies zeggen?'

Ik voel iets hards en vijandigs op me afsluipen. Dat het iets onzichtbaars is, maakt het des te dreigender. Hoe kon ik zo stom zijn? Ik kom voor Jo op, een tactiek die normaal gesproken prima werkt.

Wat je nu ook zegt, is verkeerd. En je snapt niet waarom. En je voelt je tegelijk aangevallen en opgelucht, blij dat je tegen jezelf kunt zeggen: dit is het dus, dit gebeurt nou altijd, en het gebeurt echt. Kijk maar, nu gebeurt het ook weer.

'Wat is precies je punt?' vraagt Jo nog eens, met een stem die ik overdreven zou vinden als ik hem zelf zo bedacht had.

Op mijn schreden terugkeren heeft nu geen zin meer. Eerlijk zijn is nog de beste optie. 'Let maar niet op mij,' zeg ik. 'Ik weet best dat je een veel te goede schoondochter bent om hem op straat te zetten. Ik voel me gewoon schuldig. Luke en ik moeten je af en toe ontlasten, maar dat doen we niet, want het idee dat hij bij ons zou logeren...' Ik huiver. 'Ik denk dat ik uit eigenbelang zei dat je hem best de deur uit kunt zetten. Hoe meer ik zie dat jij onder hem lijdt, hoe schuldiger ik me voel. En laten we eerlijk zijn, er is niets mis met hem behalve... alles wat er mis met hem is. Waarom kan hij eigenlijk niet op zichzelf wonen? Of waarom zoekt hij niet een saaie weduwe die hem wel in huis wil nemen?'

Jo draait zich om en kijkt me aan. 'Ik verwacht niet dat je hem deelt,' zegt ze, en haar stem neemt een iets normalere temperatuur aan. 'Jij hebt je handen vol aan Dinah en Nonie. Maar ik kan hem niet op straat gooien, Amber. Hij zou het in zijn eentje niet rooien.'

Ze vouwt haar handen en kijkt me intens aan. Waarom? Waarom

gaat ze niet door met hakken? 'Toch?' vraagt ze als ik geen antwoord geef. 'Geef toe.'

Eerlijkheid werkte net, dus het is de moeite waard het nog eens te proberen. 'Ja, hij zou het niet redden, aanvankelijk, maar... dat is zijn probleem, Jo. Hij is bij zijn volle verstand, en hij kan van alles regelen als hij dat zou willen, zelfs op zijn leeftijd. Ik geef ruiterlijk toe dat ik een egocentrisch kreng ben, maar voor mij gaat het recht om van je eigen leven te genieten – je eigen, en je *enige* leven – boven de plicht naar anderen toe. Ik heb Dinah en Nonie in huis genomen omdat ik dat wilde. Ik vind het heerlijk dat ze er zijn; ze verrijken mijn leven. Maar Quentin zou ik in geen miljoen jaar in huis nemen.'

'Jawel. Als Luke enig kind was, en als je moest kiezen tussen Quentin in huis nemen en –'

'Ik meen het, Jo, ik zou Quentin Utting absoluut nooit in huis nemen, wat er ook gebeurde.'

'Nou ja...' Ze denkt na over wat ik net zei. 'Zo denkt Luke er anders helemaal niet over. En als jij het echt zo ziet, dan verdien je het om ongelukkig en eenzaam te sterven, en dat er niemand is die van je houdt en voor je zorgt.' Ze draait zich om en snijdt nog een zakje mozzarella open. De kaas rolt op het aanrecht als een geplette, natte golfbal.

Je verdient het om ongelukkig te sterven. En eenzaam. En dat er niemand is die van je houdt en voor je zorgt.

Verdomme. Niemand heeft het gehoord, behalve ik. *Verdomme, verdomme, verdomme.*

'Ik geloof niet dat ik dat verdien,' zeg ik zakelijk, en ik probeer het giftige gevoel vanbinnen te negeren. 'Als ik ondraaglijk ben voor de mensen om mij heen, als ik later oud ben, prima, maar als ik de mensen om mij heen blij maak en niet het gevoel geef dat ze zich aan de dichtstbijzijnde kapstok willen ophangen, dan geloof ik niet dat ik het verdien om ongelukkig en alleen te sterven.' Dit doe ik alleen bij Jo: praten alsof ik mezelf voor een rechtbank moet verdedigen.

'Zullen we hierover ophouden?' zegt ze kortaf, haar blik strak op de berg basilicum.

Zo denkt Luke er anders helemaal niet over.

Zo denkt hij er wel degelijk over. Luke zou het net zo verschrikkelijk vinden om Quentin in huis te hebben als ik. Misschien nog wel verschrikkelijker. Luke heeft het nooit met Jo over zijn gevoelens. Ze liegt, en ik heb zin om te zeggen dat ik dat weet. Het laatste waar ik trek in heb, is erover ophouden.

'Ik vind niet dat het feit dat ik geloof dat iemand zijn eigen welzijn moet opofferen omwille van een ander automatisch betekent dat ik –'

'Jij kunt ook nooit eens loslaten, hè? Echt nooit,' zegt Jo bits, en ze slaat met het pak linguini keihard tegen haar snijplank. 'Jij kunt gewoon... de dingen niet achter je laten. Je blijft maar prikken...'

Ik hoor een kreun achter me: Kirsty met nat haar, in een pyjama en een ochtendjas, en Hilary in spijkerbroek en een bloes die onder de natte plekken zit. Ik ben belachelijk blij om hen te zien, en moet de neiging inslikken om aan Hilary te vragen hoeveel ze van ons gesprek heeft meegekregen.

'Hallo,' zeg ik in plaats daarvan. 'Alles goed? Lekker in bad geweest, Kirsty?' Jo heeft me ooit gevraagd of het nooit bij me opkwam om haar zus iets te vragen, dus nu doe ik dat altijd. *Wat maakt het uit dat ze geen antwoord kan geven? Je doet het niet voor jezelf, maar voor haar. Hoe zou jij het vinden als niemand je ooit vroeg hoe het met je ging, of waar je mee bezig bent?*

Hilary en Kirsty blijven vaak bij Jo logeren; in de zitkamer staan twee slaapbanken die Jo heeft gekocht om dit aan te moedigen. Dat was ongeveer in dezelfde tijd dat ze een trapkast en een deel van haar voordien normale slaapkamer opofferde om er twee minuscule douches van te maken, zodat ze genoeg badkamers had voor al haar logees.

'Ik denk dat Kirsty en ik maar eens opstappen, kindje,' zegt Hilary tegen Jo. 'Ik krijg haar niet rustig, en...'

En je eigen grote huis met de comfortabele bedden is nog geen drie minuten rijden hiervandaan?

'O, wat jammer!' zegt Jo. 'Wat is er, Kirsty? Ben je moe?'

'We zien je morgen,' zegt Hilary. 'Ik geloof inderdaad dat ze moe is. We hebben vannacht ook zo veel rondgespookt, hè, Kirsty?'

Vindt Jo mijn ideeën over Quentin zo erg vanwege Hilary, omdat die haar leven grotendeels aan Kirsty heeft opgeofferd? Maar zo bedoelde ik het niet. Hilary is stapeldol op Kirsty; ze ziet het niet als een offer, ze is er niet verbolgen over. Net als Jo, is Hilary van het zorgzame soort, en Kirsty is haar geliefde dochter, die oprecht hulpeloos is. Kirsty zeurt niet eindeloos over Harold Sargent en septic tanks. Dat is een heel ander verhaal.

Daar ga ik weer: mezelf verdedigen ook al luistert niemand.

'Goed,' zegt Jo als Hilary en Kirsty weg zijn. 'Volgens mij is het tijd om een fles open te trekken. Wat jij?' Ze glimlacht naar me.

Ik weet niet wat me bezielt, maar ik hoor mezelf zeggen: 'Dus we beginnen weer bij het Jaar Nul? Ik hoopte eigenlijk dat je nog een poosje kwaad zou blijven, zodat ik nog iets anders kon zeggen wat jij niet wilt horen. Ik ben op een bizarre manier bij een politieonderzoek betrokken geraakt.' Terwijl ik het zeg, is het niet mijn link met een gewelddadige dood die het meest schokt: wat nog veel schokkender is, is dat ik voor de allereerste keer over het officieel gewiste verleden begin tegen Jo. Ik vraag me af of zij hetzelfde denkt. Is ze zich bewust van haar neiging om het verleden uit te wissen? Misschien zit het wel allemaal alleen in mijn hoofd.

Ik vertel haar zo weinig mogelijk over de moord op Katharine Allen, en ik eindig met een goedkope truc: ik zeg dat ze zelf ook wel inziet waarom ik de politie moet vertellen dat zij namens mij bij de verkeerscursus is geweest, en dat ze heeft gedaan of ik het was.

Ze is verbluft – eerder bang dan kwaad. 'Dat mag je niet tegen ze zeggen! Amber, hoe durf je...' Ze schudt haar hoofd. 'Ik heb jou een gunst verleend, en dat had ik nooit moeten doen. Het was niet goed. Ik herinner me nog dat ik dat toen ook heb gezegd. Jij had zelf naar die cursus moeten gaan.'

Ja, dat is zo. In plaats daarvan heb ik mezelf overgeleverd aan de genade van de meest genadeloze persoon die ik ken – en dat is nog maar een maand geleden. Hoe kort is het geleden dat ik ben gestopt met zulke ongehoord domme dingen? Wat als ik er nog steeds toe in staat ben? Dat is pas een griezelige gedachte.

'In plaats daarvan heb jij Sharon verraden door –'

'O nee!' Hier heb ik absoluut geen trek in. 'Ik heb Sharon nog nooit verraden. En als jij vond dat het niet kon, had je gewoon "nee" moeten zeggen. Zo simpel is het.'

'Ik wilde je helpen, of het nou kon of niet! Ik oordeel niet zo snel als jij. Ik geef om mensen. En dan ga jij me verlinken aan de politie? Fraai is dat!'

Er is nog iets mis met Jo's keuken: er is geen deur naar buiten. 'Ik heb wat frisse lucht nodig,' zeg ik tegen haar. 'Ik ga even een ommetje maken. Ik ben hooguit tien minuten weg. Als ik terug ben, kun je aan een nieuw Jaar Nul beginnen.'

Mijn jas laat ik hangen; ik wil alleen maar naar buiten. Terwijl ik loop probeer ik te bedenken waarom ik Dinah en Nonie niet heb meegenomen en voorgoed ben vertrokken. Waarom heb ik beloofd dat ik weer terugkom? Waarom heb ik alweer een kunstmatige schone lei voorgesteld, alsof ik het een goede strategie vind om te doen alsof er nooit iets naars is gebeurd?

'Amber?' Ik draai me om en zie Neil achter me, met zijn mobieltje in de hand. 'Is alles goed?'

Dat zou ik jou ook weleens willen vragen, Neil. Hoe kan alles goed zijn met jou als je met haar getrouwd bent?

'Mag ik je iets vragen?' zeg ik.

'Natuurlijk.'

'Je kunt gerust tegen me zeggen dat ik me met mijn eigen zaken moet bemoeien, maar... die kerst dat we allemaal bij elkaar waren. Waarom zijn Jo en jij en de jongens toen verdwenen? Wat is er toen gebeurd?'

Ik heb het gedaan. Ik heb de vraag gesteld, en er is niets verschrikkelijks gebeurd. Nog niet. Er ontsnapt een blafferige lach uit mijn mond;

zelfs in mijn eigen oren klinkt het vreemd. 'Sorry,' zeg ik. 'Het punt is, dit wil ik al jaren vragen, maar ik was er altijd te bang voor.'

'Ik ook,' zegt Neil ongemakkelijk, en hij kijkt naar zijn voeten terwijl hij stampt om die warm te houden. Ik voel de kou niet. Mijn woede verwarmt me van binnenuit. 'Ik ben ook bang, bedoel ik.'

'Wat...' ik val stil. Ik weet wat hij gaat zeggen, en het schokt me dat ik nooit over die mogelijkheid heb nagedacht – niet een keer, nog geen seconde. 'Jij weet zelf ook niet waarom jullie zijn verdwenen, hè?'

Neil schudt zijn hoofd. 'Ik ging die avond eerder dan Jo naar bed, weet je nog wel? En voor ik het wist schudde ze me wakker, en zei ze dat ik de jongens moest pakken en dat we weg moesten. Toen ik vroeg waarom, zei ze...' Hij stopt. 'Ik heb hier een slecht gevoel over.'

'Ik vraag je toch niet om mij vertrouwelijke informatie door te spelen?' zeg ik in een poging zijn schuldgevoel te verlichten. 'We hebben allebei geen idee.'

'We zaten in de auto. Dat is alles, de hele nacht. Vlak bij Blantyre Park, in Spilling. Ik weet niet waarom daar. Jo zei dat ik daar naartoe moest. We hebben daar gezeten, en we hebben William chips en frisdrank gegeven om hem op te vrolijken. Barney en hij waren allebei moe. Zaten te huilen. Ik vroeg steeds waarom, wat het plan was. Maar Jo wilde niets zeggen. Ze wilde niet dat ik naar huis reed, naar Rawndesley, ik mocht niemand bellen en jullie laten weten dat alles in orde was met ons. Ze werd ontzettend kwaad op me als ik iets zei, dus... ben ik maar gestopt met vragen stellen.' Neil haalt zijn schouders op. 'Stom, eigenlijk. Ik ben er niet trots op, maar... Jo is Jo. De jongens vielen uiteindelijk in slaap. Ik heb wat zitten knikkebollen in de bestuurdersstoel. Toen Jo me wakker maakte, was het ochtend. Ze zei dat ik naar het noorden moest rijden. Naar Manchester of Leeds, zei ze, een grote stad. We gingen naar Manchester, en daar hebben we het grootste deel van eerste kerstdag en een deel van de nacht in een hotel doorgebracht. Jo maakte me midden in de nacht wakker en zei dat we terug moesten naar Little Orchard. Ik heb het nooit begrepen. Ik vond het allemaal zo gek.'

Bijna even gek als getrouwd blijven met een onvoorspelbare, labiele... wat? Wat is Jo eigenlijk?

'Heb je er daarna nog weleens naar gevraagd?'

Neil fluit, met grote ogen. 'Natuurlijk niet. Wat er ook aan de hand was, ze heeft het die nacht vrij duidelijk gemaakt dat ze er niet over wilde praten.'

'Het was een prachtig huis, Little Orchard,' zeg ik. Ik vind het ongelofelijk, ronduit onvoorstelbaar dat ik die naam hardop uitspreek, tegen Neil nog wel. 'Heb jij de contactgegevens van die mensen ergens?' *En nu zeg ik iets krankzinnigs wat ik helemaal niet doordacht heb.* 'Luke en ik zaten te denken om –'

'Dat kan niet. Het is niet meer te huur voor vakanties. Jo heeft nog een keer geprobeerd om het te huren, voor ons en een stel vrienden, maar het is nu permanent verhuurd.'

Ik vraag me af of de huidige huurder de woorden 'Aardig, Wreed, Aardig Wreed' onlangs op een gelinieerd A4'tje heeft zien staan.

Ik doe alsof ik de angst op Neils gezicht niet zie, en vraag of ik de contactgegevens toch mag hebben.

Niet slapen heeft ook een aantal voordelen. Als je iets wilt doen, en je wilt niet dat mensen zien dat je het doet, heb je 's nachts ruim de gelegenheid. Vannacht kon ik voor het eerst sinds ik aan slapeloosheid lijd niet wachten tot Luke naar bed ging, zodat 'mijn deel' van de nacht, zoals ik het zie, kon beginnen.

En nu is het kwart voor twaalf en staar ik naar een kalender op een computerscherm, met twee dekens om me heen geslagen (want ik mag van mezelf de verwarming of de open haard 's nachts niet aandoen, al is het nog zo koud – nog een straf voor mijn onvermogen om te slapen), en ik vraag me af waarom Neil tegen me loog over Little Orchard, terwijl hij kon weten hoe makkelijk ik die leugen kon ontzenuwen. Dacht hij soms dat ik hem op zijn woord zou geloven toen hij zei dat het huis niet meer voor vakanties werd verhuurd, en dat Jo en hij de contactgegevens van de eigenaar hadden weggegooid?

Ik weet niet precies waarom ik hem niet op zijn woord geloofde. Ik verwachtte niets interessants te vinden toen ik de woorden 'Little Orchard, Cobham, Surrey' in het zoekbalkje van Google typte. Maar hier staat het, op een website die My Home For Hire heet, met deze kalender met blauwe vierkantjes om de data om aan te geven dat het huis beschikbaar is, en oranje vierkantjes om de data dat het huis bezet is. Blijkbaar weet deze website niet van een permanente verhuur. Volgens de pagina 'controleer beschikbaarheid' die ik nu voor me heb, kan ik Little Orchard boeken wanneer ik maar wil, tussen nu en volgende week vrijdag, en vervolgens tussen de maandag daarop en 20 december. Tussen en na die data is het al geboekt. Ik kijk naar de prijzen: 5950 pond voor een week, of 1000 pond per nacht, met een minimum van twee nachten. De eigenaar is te bereiken via littleorchardcobham@yahoo.co.uk.

Ik vul mijn eigen mailadres in het vakje in, en typ 'inlichting omtrent reservering' als onderwerp. Ik stel een bericht op en vraag of ik Little Orchard zou kunnen boeken voor het weekend van 17 tot en met 19 december. Ik vermeld erbij dat ik bij de groep hoorde die in december 2003 in het huis heeft gelogeerd. Ik schrijf ook een paar regels over hoe ik tijdens dat eerste verblijf van het huis heb genoten, en dat ik zo graag nog eens terug zou komen, vooral met mijn twee meisjes, die het er vast en zeker geweldig zouden vinden.

Ik lees mijn bericht nog eens over. Dat laatste stukje vind ik gênant. Het klinkt zo vals; alsof ik te hard mijn best doe. Ik wis de hijgerige stukjes, druk op 'verzenden' en leun achterover in mijn stoel terwijl ik mijn dekens rechttrek. Ik heb op dit moment geen idee of ik tweeduizend pond die we niet kunnen missen wil uitgeven aan een terugkeer naar Little Orchard.

Met welk doel? Om te zoeken naar een paar woorden op een stuk papier, ook al weet je helemaal niet zeker dat je die woorden wel zult aantreffen? Luke zal denken dat ik gek ben. Hij zal zich zorgen maken om mij.

Neil heeft ofwel keihard tegen me gelogen, of zijn informatie is gedateerd. Misschien heeft iemand het huis verleden jaar voor een heel jaar gehuurd, en is die inmiddels weer vertrokken. Neil heeft niet gezegd wanneer Jo geprobeerd heeft om Little Orchard voor hen en hun vrienden te boeken.

Welke vrienden? Neil en Jo hebben geen vrienden. Ze brengen al hun vrije tijd door met familie.

Hij heeft tegen me gelogen.

Waarom? Waarom wordt hij bang van het vooruitzicht dat Luke en ik daar weer naar teruggaan? Als hij dacht dat Jo het niet zou willen, had hij dat toch kunnen zeggen? Maar waarom zou Jo dat niet willen? Had dat soms iets te maken met de sleutel van die afgesloten kamer?

Het was belangrijk voor Jo om mij uit de studeerkamer van Little Orchard weg te houden. Die ruzie is de enige keer dat ik haar letterlijk heb zien beven. Ik weet nog dat ik toen dacht dat deze mate van woede en walging zelfs voor Jo's doen overdreven was. Wat als ik ernaast zat? Wat als het geen walging om mijn gebrek aan scrupules was, maar angst, dezelfde angst die ik een paar uur geleden op Neils gezicht zag?

Angst waarvoor? Hadden Jo en Neil die sleutel al gebruikt voordat ik ernaar op zoek ging? Hadden ze iets in de studeerkamer van Little Orchard verstopt toen we daar waren? Had het soms iets te maken met de reden waarom Jo midden in de nacht met Neil en de jongens weg wilde?

De computer zegt ping: een nieuw mailtje. Ik doe het open. Het is ondertekend door Veronique Coudert. Frans, natuurlijk. 'Beste mevrouw Hewerdine, hartelijk dank voor uw aanvraag. Helaas bied ik Little Orchard voorlopig niet meer aan huurders aan, aangezien ik hier momenteel zelf met mijn gezin woon. Het spijt me dat ik u zulk teleurstellend nieuws breng, en ik hoop dat u een andere locatie kunt vinden voor uw weekend in december.'

Ik kauw op mijn lip. Dus het is niet voor langere tijd verhuurd; de eigenaar is er zelf weer gaan wonen.

Alleen, dat kan niet, want er staan boekingen voor december op de kalender.

Waarom zou een vrouw die ik nog nooit heb ontmoet tegen me liegen? En waarom liegt Neil tegen me? Behalve als Veronique Coudert ook tegen hem heeft gelogen. Of als de kalender niet klopt en niet is bijgewerkt. *Hoe zit het?* Ik ben te uitgeput om de mogelijkheden waar ik naar moet kijken en de ideeën die ik naast me neer kan leggen uit elkaar te houden.

Het geluid van een harde klap doet me sidderen. Het kwam van beneden, en het klonk als een stapel post die in de hal op de vloer viel. Hebben we tegenwoordig een slapeloze postbode?

Ik loop naar beneden en probeer nog steeds te begrijpen wat er net is gebeurd. Maar het lukt niet. Als Little Orchard niet meer te huur is, dan is het toch niet zo moeilijk om het huis van My Home For Hire te laten verwijderen? Waarom zou Veronique Coudert dat niet regelen? Dan kan ze zich de moeite besparen om steeds maar weer mailtjes zoals dat van mij te moeten beantwoorden. Behalve als het huis nog *wel* te huur is, alleen niet aan mij. En niet aan Jo en Neil...

Ik blijf staan op de overloop voor Luke's kamer, en ril van de kou. In 2003 moesten we onze namen opgeven. Jo had een formulier. Ze heeft al onze namen ingevuld, en we moesten ook allemaal onze handtekening zetten. Hilary hield Kirsty's hand vast en samen zetten ze een krabbel in het juiste vakje. Het was een of ander officieel document. Mijn naam stond er ook op, en mijn handtekening. En Amber Hewerdine is niet een naam die je veel tegenkomt.

Waarom liet Veronique Coudert ons niet meer toe in haar huis?

Hebben we zeven jaar geleden soms iets misdaan, iets waar ik niets vanaf weet? Als Jo en Neil de deur van de studeerkamer inderdaad van het slot hebben gedaan, zijn de eigenaren daar dan achter gekomen? Misschien heeft Jo achteraf wel een formulier ingevuld over de tevredenheid met het verblijf, en heeft ze onder 'Overige opmerkingen' ingevuld dat een lid van haar gezelschap, de volslagen principeloze Amber Hewerdine, graag een kijkje had willen nemen in de verboden kamer, en dat zij, de geweldige en moreel hoogstaande Jo, daar een stokje voor had gestoken.

Ja, hoor, tuurlijk. Ik ben te moe om te bedenken wanneer er een eind kwam aan mijn verstandige speculaties en ik het rijk van de pure fantasie ben ingetrokken.

In de gang ligt een grote bruine envelop recht onder de brievenbus. Dwars over de envelop zit een vouw, van het harde duwen. Ik maak de envelop open en trek er een paar witte A4'tjes uit vol kleine lettertjes, en een stuk papier dat volgeschreven is in een uitbundig krullerig handschrift. 'Beste Amber. Het spijt me dat je zo pissig op me bent. Ik vond het oprecht leuk om met je te praten, en geloof me, dat heb ik niet vaak met mensen. Iemand die er (irritant genoeg) zelden naast zit, heeft me ervan overtuigd dat jij geen verdachte hoort te zijn, ook al ben je dat technisch wel, dus hier is wat informatie over de zaak Katharine Allen die ik eigenlijk helemaal niet aan je mag geven. Die irritante persoon zou meer dan geïrriteerd zijn als hij dit wist, ook al zou hij er zelf ook toe in staat zijn – hij vindt alleen dat ik dit soort dingen niet mag doen. Als hier iets in staat dat jou van belang lijkt, neem dan alsjeblieft contact met me op, niet met iemand anders, en vernietig deze documenten alsjeblieft zodra je ze hebt gelezen. Charlie Zailer.' Onder aan het briefje heeft ze haar telefoonnummer genoteerd.

Wat een vreemd briefje is dit. Die irritante persoon moet Simon Waterhouse zijn. *Haar man.* Waarom zou ze me iets vertellen over haar relatie, zelfs als zou het maar een klein detail zijn? Ik lees het nog eens, en besluit dat ze zo dronken en/of eenzaam moet zijn geweest dat het haar niet meer kon schelen. In de maanden na Sharons dood zei ik de hele tijd allerlei intieme, emotionele dingen tegen wildvreemde mensen. Als ik eraan terugdenk, schaam ik me ervoor hoe ik mensen aanklampte die ik nauwelijks kende en hoe ik hen in het gapende gat dat Sharon had achtergelaten probeerde te stoppen.

Ik neem de bedrukte vellen papier mee naar boven en ga weer voor de computer zitten. Ik voel een krankzinnige impuls om Veronique Coudert nog een mail te sturen, en besluit daar gehoor aan te geven nog voor mijn gezonde verstand de kans krijgt roet in het eten te gooien. Wat kan het voor kwaad? In het ergste geval besluit een Française die ik toch nooit zal ontmoeten dat ik niet goed snik ben – nou en?

'Beste Veronique,' typ ik. 'Hartelijk dank voor je reactie. Zeggen de woorden "Aardig, Wreed, Aardig Wreed" jou iets? Of de naam Katharine (Kat) Allen? Hartelijke groet, Amber Hewerdine.' Met bonzend hart druk ik op 'verzenden'. Dan stort ik me op Charlies papieren.

Die zijn teleurstellend. Daar kan zij niets aan doen; het is mijn eigen schuld, want ik had verwacht dat ik er iets belangrijks in zou aantreffen. Ik lees alles twee keer door, en vind geen enkele overlap tussen het leven van Katharine Allen en dat van mij. Ze is in Pulham Market geboren, waar haar kennelijk gelukkig getrouwde ouders nog steeds wonen. Ze heeft twee zussen, van wie er een in Belize woont met haar man en twee kinderen, en de ander in Norwich, zonder man en met een baby. Katharine werkte als onderwijzeres op Meadowcroft School in Spilling. Zij en haar vriend Luke stonden op het punt om te gaan samenwonen toen ze werd vermoord. Luke heeft een deugdelijk alibi, en is nooit verdacht geweest.

Kat Allens vriend heeft dezelfde voornaam als mijn man, maar dat telt volgens mij niet als overlap.

Er verschijnt weer een mail van Veronique Coudert in mijn inbox. Ik klik hem open. Er staat: 'Beste mevrouw Hewerdine, gelieve niet op dit bericht te reageren. Hoogachtend, Mme Coudert.'

Twee mails, midden in de nacht, twee keer direct antwoord. Vreemd. Ze kan onmogelijk achter de computer hebben zitten wachten totdat ik, een volslagen vreemde, contact opnam. Tenzij *Neil haar heeft gewaarschuwd...* Nee, dat slaat nergens op.

Ik kauw op de binnenkant van mijn lip, en denk na. Gelieve niet waarop te reageren? Er is niets waar ik op zou kunnen reageren. En ze is overgestapt van Veronique op Madame; om me van zich af te duwen.

Ik snuif de lucht op alsof ik iets onsmakelijks ruik: nog meer leugens. Het is mogelijk om ongelofelijk subtiel te liegen, realiseer ik me, door bij wijze van bericht te verwijzen naar de afwezigheid van een bericht.

Ze heeft mijn vragen niet beantwoord. Dat had ze kunnen doen, maar ze koos ervoor om het niet te doen.

Omdat ze opdringerig en onbehoorlijk waren.

Ik zucht, en richt mijn aandacht weer op de papieren die voor me liggen. Katharine Allen was geliefd op haar werk; haar leerlingen en collega's mochten haar heel graag. Ze was vriendelijk, behulpzaam, een teamspeler...

Het is de derde keer dat ik dit lees, en ik schiet er geen steek mee op. Het enige feit dat er een beetje uitspringt, is dat Kat Allen als kind in drie televisieprogramma's heeft geacteerd. Hoewel 'acteren' misschien een groot woord is, aangezien ze vier, vijf en zes jaar was toen ze haar drie rollen speelde: 'verlegen meisje in de bus' in *Bubblegum Breakdown*, 'tweede meisje dat verdrinkt' in *Washed Clean Away*, en 'Lily-Anne' in *The Dollface Diaries*. Haar twee zusjes hebben ook allebei een poosje op televisie geschitterd. Het is duidelijk dat de detective die dit allemaal heeft genoteerd de toneelachtergrond van de zusjes Allen interessant vond, of in elk geval relevant.

Het ruikt vreemd in huis; het is geen verbeelding. En van beneden komt ook een raar geluid. Ik hijs mezelf uit mijn stoel en ga op onderzoek uit. Ik moet gapen, maar het lukt niet, want de spieren rondom mijn mond zijn te moe. Ik moet even ergens gaan liggen, en mijn ogen dichtdoen. Ik geloof dat dit een nieuw record is: ik kan me niet heugen dat ik me in de afgelopen achttien maanden zo moe voelde als ik me nu voel. Met een beetje mazzel ga ik een uurtje knock-out, en dat komt bijna nooit meer voor.

Ik voel de hitte nog voor ik het zie. En dan die kleur, heftiger dan ik het ooit in mijn huis heb gezien, en beweeglijker, vlammend en trillend.

Ik laat op me inwerken wat ik zie en ik denk: o, dat. Ik raak niet in paniek. Ik denk in elk geval niet dat ik in paniek raak. Onze hal staat in brand. Golven ontzetting komen op me af, maar ze raken me niet, al ben ik in hun cirkel gevangen. Ik hoor gillen terwijl niemand gilt. *Actie.* Alles gaat in slow motion.

De vlammen zijn al tot boven aan beide muren gekropen, als een dodelijke goudgevlamde klimop. Door de rook heen zie ik iets wat op metaal lijkt op de grond bij de brievenbus. Ik kan niet zien wat het is. *Actie. Nu.*

Dit is mijn schuld. Ik heb de batterijen uit al onze rookmelders gehaald. Ze gingen steeds maar af als Luke aan het koken was, en wat we ook zeiden, Dinah en Nonie moesten dan altijd hysterisch huilen, ervan overtuigd dat er ergens in huis brand was.

Heeft Sharons moordenaar dit gedaan?

Daar moet ik nu niet aan denken. Ik weet precies wat ik moet doen. Ik keer me af van de vuurzee, loop naar boven, maak Luke wakker en zeg dat hij rustig moet blijven. Door een soort filter dringt het tot me door dat hij niet rustig is, en dat ik mijn kalmte beter kan bewaren dan hij. Hij begint meteen te hoesten. Ik hoest maar af en toe. Ik zeg tegen hem dat de meisjes veilig zijn. Die liggen boven ons, op een hogere verdieping. Ik zeg dat hij het raam open moet doen op de overloop buiten Nonies kamer. Vanaf daar kunnen we naar buiten klimmen, en dan is het nog maar een klein sprongetje naar het platte dak van de uitbouw die de vorige eigenaren hebben laten bouwen. Ik pak Luke's mobieltje, stop het in zijn hand en zeg dat hij om hulp moet bellen zodra hij het raam open heeft gedaan.

Ik ren naar boven en maak de meisjes wakker terwijl ik hun geruststellende dingen influister. Vanuit hun standpunt bezien lijkt het net of ik hen alleen maar wakker maak om tegen hen te zeggen dat alles goed komt, en niet omdat er iets ergs aan de hand is. Ik vertel hun de waarheid: ik geloof echt dat alles goed komt, en daarom ben ik zelf niet bang. Ik ben in shock, maar ik ben niet bang – dat hou ik mezelf voor. *Niet bang. Niet bang.* Ik heb het al bedacht: de enige manier waarop het fout kan gaan, is als de vlammen tot boven aan de tweede overloop reiken voordat we dat raam uit zien te komen, en dat zal niet gebeuren. De laatste keer dat ik ze zag – die vlammen – reikten ze tot boven aan de muren, maar nog tot halverwege de ruimte tussen de voordeur en het begin van de trap. Terwijl ik een stille Nonie en een woedende Dinah in hun ochtendjas en pantoffels help, waak ik ervoor het woord 'brand' in de mond te nemen.

Luke wacht ons op bij het raam. Hij helpt de meisjes naar buiten te klimmen en probeert mij ook te helpen, maar ik wil dat hij eerst gaat. Ik moet als laatste. Ik mag de anderen geen risico laten lopen, alleen mijzelf. Nonie hoest. Als ik wist wie de brand heeft gesticht, zou ik hem vermoorden omdat hij haar zo laat hoesten. Laat dat duidelijk zijn.

Een poos later – geen idee hoelang – zitten we op het randje van het dak van de uitbouw, met onze voeten naar beneden bungelend, en wachten we op het geluid van een brandweerauto. We huiveren van de kou en klampen ons aan elkaar vast. Belachelijk dat ons huis in lichterlaaie staat en wij het toch nog ijskoud hebben.

'Kunnen we het huis nog wel maken?' vraagt Nonie.

'Het huis is niet belangrijk,' zeg ik. 'Het enige wat belangrijk is, zijn wij.'

Dinah barst in tranen uit en slaat haar handen voor haar gezicht. 'Het is mijn schuld. Dit is mijn schuld.'

'Natuurlijk niet,' zeg ik.

'Wel waar. Ik heb gezegd dat jullie dit huis moesten kopen. Jullie hebben het gekocht omdat ik zei dat ik het zo leuk vond.'

'En omdat we het *zelf* zo leuk vonden.'

'Maar jullie zouden het nooit hebben gekocht als ik het *niet* mooi vond, en ik vond het leuk om een verkeerde reden. Ik vond het een soort huis waar ooit een heel beroemd iemand in heeft gewoond, en ik wil zelf beroemd worden.'

Luke en ik wisselen een blik waaruit geen unanieme uitspraak valt af te leiden over wie van ons het meest gekwalificeerd is om hierop te reageren.

'Ik wilde een huis waar ze later een bordje op konden hangen met daarop: HIER WOONDE DINAH LENDRIM VAN 2009 TOT... wanneer ik hier maar weg zou gaan,' snikt Dinah. 'Dat heb ik weleens gezien op huizen in Londen, toen we daar met mama waren, en dat waren ook altijd van die heel hoge huizen, net als dit huis. En net als Downing Street 10. Weet je nog die bungalow waar we hebben gekeken, met die mooie tuin? Dat vond ik eigenlijk een heel mooi huis, maar ik deed net alsof ik het vreselijk vond, omdat je op zulke huizen nooit zo'n beroemdemensenbordje ziet.'

Luke zegt iets: hopelijk precies het goede. Ik kan me niet concentreren. Waarom duurt het zo lang voor de brandweer er is? Misschien duurt het helemaal niet lang; misschien zitten we hier nog maar een paar seconden. Als je buiten op een dak zit, een paar meter bij een brandend huis vandaan, kan het vuur of de rook je dan alsnog te pakken krijgen? Wanneer moeten we precies naar beneden springen? Nog niet. De plafonds van ons oude plaquettewaardige herenhuis zijn hoog. Ik neem het risico dat de meisjes hun botten breken pas als het echt niet anders kan.

Aan de voorkant lijkt ons huis precies op Downing Street 10. Waarom is dat nog nooit bij me opgekomen?

'Als we die bungalow hadden gekocht, zou dit nooit zijn gebeurd.'

'Jawel,' wijst Nonie haar oudere zusje terecht, iets wat ze niet vaak durft te doen. 'Het gaat degene die de brand heeft gesticht niet om het huis. Als we in de bungalow hadden gewoond, hadden ze die in brand gestoken. Toch, Amber?'

Ik druk haar stevig tegen me aan.

'Amber?'

'Hm?'

'De vorige keer... toen mama doodging, toen zorgde de slechterik dat Dinah en ik veilig het huis uit waren.'

O god, laat haar alsjeblieft niet vragen wat ze wil vragen.

'Waarom deed hij dat dit keer niet?'

De vorige keer, deze keer, de volgende keer. De meeste zevenjarigen overkomt het hooguit één keer dat hun huis in brand wordt gestoken. Er groeit iets hards en zwarts in mij. Misschien is het honger naar wraak.

Luke zegt: 'We weten niet of iemand deze brand heeft aangestoken. Het kan best een ongeluk zijn.'

Nee, dat kan niet.

'Amber? Denk jij dat oma Marianne ons huis in brand heeft gestoken?' vraagt Nonie.

'Doe niet zo stom,' zegt Dinah.

'Waarom is dat stom? Ze was altijd heel gemeen tegen mama, en ze wil ons nooit zien. Ze belt niet eens meer.'

'Je oma heeft deze brand niet gesticht,' zeg ik.

Hoezo niet? Omdat ze de vorige brand niet kan hebben gesticht? Moet het wel dezelfde persoon zijn?

'We hadden nooit de batterijen uit de rookmelders moeten halen,' zegt Luke.

'We hebben een menselijke rookmelder.' Ik wijs naar mezelf. *Eentje die de hele nacht van de ene naar de andere kamer loopt om te controleren of alles in orde is, voor de zekerheid.*

'Amber?'

'Ja, Non?'

'Ik zou het vreselijk vinden om beroemd te zijn. Op school vragen ze weleens waar Nonie een afkorting van is, en als ik geen zin heb om uit te leggen dat het van Oenone komt, en dat het Grieks is, zeg ik dat het een afkorting is van Anoniem. Mag ik mijn naam veranderen in Anoniem, voor de mensen op school erachter komen dat het niet waar is?'

In de verte hoor ik een sirene. Hij komt dichterbij. Ik begin te huilen.

Als iets één keer gebeurt, besteden we er misschien niet zo veel aandacht aan. Als het twee keer of vaker gebeurt, beginnen we een patroon te zien. De menselijke psyche is zo dol op patronen dat hij die overal probeert te vinden, en dat hij zelfs patronen ziet die er helemaal niet zijn.

De ruzie over de sleutel van de afgesloten studeerkamer in Little Orchard was een onderdeel van zo'n patroon: Jo staat erom bekend dat ze zichzelf deugdzamer vindt dan andere mensen en als ze de kans krijgt, toont ze haar morele superioriteit. Toen Amber haar een keer vroeg of Kirsty's aandoening een naam had – of ze zo was geboren of dat ze een of ander ongeluk had gehad – vroeg Jo hoe Amber erbij kwam dat dat een acceptabele vraag was. 'Vraagt iemand ooit aan jou hoe het komt dat jij zo bent als je bent?' had ze gevraagd. Ze gaf Amber geen antwoord op haar vraag, maar zei alleen dat er niets *mis* was met Kirsty. Ze was alleen anders, en iedereen hield van haar zoals ze was. Amber had expres het woord 'mis' niet in de mond genomen, want ze wist dat Jo daar boos om zou worden; ze had haar vraag zo kies mogelijk geformuleerd, en toch had Jo de onuitgesproken onkiese versie gehoord, en daar had ze op gereageerd.

Amber weet dat ze Jo geen zoen moet geven bij het begroeten, zoals bij de meeste mensen met wie ze close is. Ze had het een keer geprobeerd toen ze nog maar net een relatie met Luke had, en toen was Jo in lachen uitgebarsten, en had ze een stap naar achteren gezet terwijl ze zei: 'Niet zoenen. Dat kan ik niet serieus nemen.' Toen Amber vroeg wat ze daarmee bedoelde, zei Jo: 'Dat pretentieuze gesmak. Het spijt me, ik ben een noorderling – ik kan dat gewoon niet.' Daar zal Amber van geschrokken zijn. En gekwetst, denk ik. Veel mensen vinden het helemaal niet pretentieus om iemand anders met een kus te begroeten. Het is niet meer dan een uiting van genegenheid. Neil, die getuige was van dit gesprek, voelde misschien dat Amber zich geneerde. Misschien was dat waarom hij besloot om de focus te verleggen, en Jo te plagen. 'Meisjes uit het noorden kussen je alleen als ze er iets aan overhouden,' zei Neil tegen Amber. 'Bij voorkeur een potje goeie seks, een huwelijk en twee kinderen, in die volgorde.' Hoopte Amber dat Jo gekwetst zou zijn? Dan was ze vast teleurgesteld toen Jo haar schouders ophaalde en zei: 'Ik ben nu eenmaal niet zo aanrakerig.'

Later, toen Amber aan Luke vertelde wat er was gebeurd, zei hij dat het inderdaad zo was, dat Jo niet van aanraking hield, maar dat hij daar nog nooit bij had stilgestaan. 'Ze blijft altijd achteraf staan als er gezoend en gegroet wordt. Ze zorgt er wel voor dat ze uit de vuurlinie blijft.' Was Amber minder aangedaan door Luke's bevestiging dat het niets persoonlijks was? Klaarblijkelijk niet, anders zou ze er nu, jaren later, niet weer over beginnen. Een stap naar achteren doen is nog tot daaraan toe, heeft ze misschien gedacht, maar als iemand toch zo dichtbij komt dat ze voorover leunt en probeert je te zoenen, dan laat je zo iemand toch zeker zijn gang gaan, ook al voel je je er ongemakkelijk onder? Dan ga je zo iemand toch niet voor schut zetten door haar af te wijzen?

Bovendien is Jo's beleid niet consequent. Amber liep een keer Jo's zitkamer in, en toen zat die op haar bank met William en Barney te knuffelen. Toen ze Amber zag staan, sprong Jo meteen op en duwde de jongens bijna weg alsof ze op iets beschamends was betrapt. Als dat nooit was gebeurd, zou Amber het eerste incident misschien zijn vergeten. Misschien haalde het dat wel weer boven: concreet bewijs dat Jo het geen punt vindt om mensen in het algemeen te zoenen, alleen Amber in het bijzonder wel.

Als Amber dit echt gelooft, denk ik dat ze ernaast zit. Kinderen die het slachtoffer zijn geweest van fysiek, seksueel of emotioneel geweld, zijn als ze volwassen zijn vaak niet erg aanrakerig. Vaak maken ze alleen voor hun kinderen een uitzondering.

Jo's onvriendelijkheid is een thema waar Amber vaak over nadenkt, en ze vindt het des te pijnlijker, gok ik, omdat Jo zo vaak heeft bewezen dat ze tot het tegendeel in staat is; het lijdt geen twijfel dat ze weet hoe ze attent moet zijn als ze wil.

Kort nadat Amber en Luke getrouwd waren, vroeg Jo aan Amber of ze van plan was te stoppen met werken als ze haar eerste kind kreeg. Amber zei van niet: ze vond het een vreselijk idee om haar carrière op te geven. Jo, die als logopediste had gewerkt tot ze William kreeg en stopte met haar baan, lachte haar hier openlijk om uit. Aangenomen dat Ambers herinnering klopt, reageerde Jo als volgt: 'Je zou denken dat je een actrice in Hollywood was, of een wetenschapper met een Nobelprijs achter zijn naam. Jij geeft vergunningen uit voor de gemeente, mens.' In werkelijkheid was Amber hoofd van de afdeling Vergunningen bij de gemeente Rawndesley – daar wees ze Jo natuurlijk niet op. Ze zei ook niet tegen Jo dat je genoegen kon scheppen in en trots kon zijn op een baan waar de glamour niet van afspatte. Ik neem aan dat Jo op dat moment een eind aan het onderwerp maakte, overtuigd als ze was dat Amber haar professionele identiteit niet zo op moest hemelen. Wat ze had moeten doen, was zeggen: 'O, het spijt me, ik weet er ook niets vanaf. Vertel eens over je baan. Wat vind je zo leuk aan je werk?'

Toen Amber Jo vertelde over haar promotie als hoofd van de afdeling, zei Jo: 'Is dat niet gewoon een ander etiketje voor precies hetzelfde werk? Ik snap nog steeds niet wat jij de hele dag uitspookt.' Toen Amber, niet voor het eerst, probeerde uit te leggen wat haar werk zoal behelsde, viel Jo haar in de rede, en begon ze ergens anders over.

Een keer, voordat Barney was geboren, gingen Amber en Luke een weekendje weg met Jo, Neil en William. Op vrijdagavond ging Amber in bad, vlak voordat ze naar bed ging. Toen Jo haar de volgende dag vroeg of ze lekker had geslapen, zei Amber dat dat zo was, en dat ze dat van tevoren al had geweten. 'Ik slaap altijd lekker als mijn lijf en mijn beddengoed allebei even smetteloos schoon zijn. Niet dat dat zo vaak voorkomt,' grapte ze. Luke en Neil lachten. Jo trok haar neus op en zei: 'Getver! Wat walgelijk. Moest je dat nu echt zo nodig vertellen?'

Jo lijkt er sowieso geen probleem mee te hebben om, als dat haar zo uitkomt, vragen te stellen bij Ambers ethiek en gedrag. Ze probeerde zich te bemoeien met Ambers bruiloft, zodat Amber tegen Luke zei dat ze altijd al graag stiekem in het buitenland had willen trouwen, wat een leugen was. Na Sharons dood, toen Amber aan Jo vertelde dat zij en Luke van plan waren een groter huis te kopen, met meer ruimte voor vier mensen, was Jo er faliekant tegen en leek ze zich er niet van bewust dat het haar zaak niet was. Ze beschuldigde Amber ervan dat ze egocentrisch was, en dat ze haar eigen belang voor dat van Dinah en Nonie liet gaan.

Amber snapte er niets van. De voornaamste reden waarom ze een groter huis wilde, was dat de meisjes niet samen de logeerkamer hoefden te delen in het huis waar zij toen met Luke woonde. Amber beging de fout om toe te geven aan Jo dat een bijkomende overweging was dat ze zelf ook ruimte nodig had, zowel fysiek als psychologisch, als Dinah en Nonie bij hen woonden. Jo had een afkeurend geluid gemaakt en zei: 'Het doet er helemaal niet toe hoe groot je huis is. Wat die arme kinderen nodig hebben is stabiliteit. Ze kennen Luke en jou niet anders dan in dat huis. Hebben ze soms niet genoeg veranderingen en trauma's doorgemaakt? Moet jij daar zo nodig nog een schepje bovenop doen?' Toen Amber haar erop wees dat Dinah en Nonie het hartstikke leuk vonden om hen te helpen bij het kiezen van een nieuw huis, schudde Jo haar hoofd smalend en zei: 'Het heeft geen zin om iets tegen jou te zeggen. Jij denkt toch wat je zelf denkt, wat ik ook zeg.'

Toch paste Jo haar beleid na dat gesprek niet aan. Ze bleef Ambers daden en beslissingen bekritiseren, vooral als het om de meisjes ging, en ze ventileerde regelmatig haar mening dat het 'niet goed' was dat Amber en Luke hun voogden waren. 'Ze horen bij hun grootmoeder thuis,' hield ze koppig vol als het onderwerp ter sprake kwam. 'Luke en jij zijn heus wel dol op hen, maar jullie zijn geen familie. Dat kan nooit hetzelfde zijn.' Als ze haar in herinnering brachten dat Marianne Lendrim weliswaar tegen de adoptie was, maar dat ze het prima vond dat haar kleindochters bij Amber en Luke woonden, en dat ze had gezegd dat ze onmogelijk bij haar konden intrekken of zelfs maar konden komen logeren, reageerde Jo met een diepe zucht en zei ze: 'Ja, natuurlijk zegt ze dat! Als ik in haar schoenen stond, zou ik ook zo min mogelijk contact willen, om mezelf te beschermen. Zij weet dat Dinah en Nonie op een dag oud genoeg zullen zijn om te horen dat hun overleden moeder in haar testament had laten opnemen dat ze nog liever had dat haar dochters door een willekeurige heroïneverslaafde of pedofiel werden opgevoed dan door hun eigen oma.'

Verklaart dit waarom Amber zo'n hekel aan Jo heeft? Ik denk dat er nog iets anders speelt, iets wat ze ons niet vertelt.

Amber?

6

02/12/2010

'Waterhouse!' Het klonk alsof Proust blij was hem te zien. 'Ik wist niet of je wel zou aantreden op het afgesproken tijdstip, maar kijk nu: negen uur, op de seconde af. Doe de deur achter je dicht.'

'Acht woorden. Meer is niet nodig.'

'Pardon?'

'"Waterhouse, je bent ontslagen. Gibbs, je bent ontslagen." Zeg het nu maar gewoon, dan kunt u verder met belangrijker zaken. Iemand heeft vannacht geprobeerd Amber Hewerdine en haar gezin te vermoorden. En dat zal de laatste keer niet zijn. De volgende keer lukt het misschien wel.'

Proust keek eerst naar links, en toen naar rechts. 'Gibbs? Je hallucineert, Waterhouse. Ga zitten.' Hij gebaarde naar de enige stoel in zijn kantoor.

'Dat is uw stoel.'

'En zit ik er momenteel op? Ik bied hem je aan en ik zit er zelf niet op, dus ik zie het probleem niet.'

Simon liep om het bureau van de hoofdinspecteur heen en ging zitten. Hij voelde zich suf, alsof hij last van zijn ego had en en plein public hoofdinspecteur speelde. Gênant. *Een-nul voor de Sneeuwman.* Nog even en het was game, set en match.

'Ik ben bang dat ik meer dan acht woorden te zeggen heb, maar ik heb een andere list bedacht om tijd te besparen. Wat zou je ervan zeggen om mij eens niet om de tien seconden in de rede te vallen?'

Simon knikte.

'Je gaat meteen akkoord. Dat betekent dat jij denkt dat dat een makkie wordt voor jou.' Proust glimlachte terwijl hij door de kamer beende. 'Je bent niet meer bang voor mij, Waterhouse. Dat was je wel altijd – tot zeer recent – maar je bent het nu niet meer.'

Stond dit onderwerp op de agenda? Of was het de inleidende noot? Wat deed het er eigenlijk toe?

'Je hoefde sowieso nooit bang te zijn, en ik heb me altijd afgevraagd waarom je het toch was. Zo angstaanjagend ben ik nu ook weer niet, of wel? Ik zeg wat ik denk, en ik heb geen geduld met dommigheid – wat voor jou zeker een probleem moet zijn, dat zie ik wel – maar toch, vanwaar die angst? Verder is er niemand bang voor me. Je zou denken dat ik een of andere tiran ben, als je jou zo ziet.'

'Dat zou je inderdaad denken,' zei Simon instemmend.

'Ik weet zeker dat jij direct zou zeggen dat ik mensen rechtvaardig behandel, jou ook. Ik wring me in de meest onmogelijke bochten om jou eerlijk te behandelen.' Proust schudde zijn hoofd. Zijn verwonderde blik leek oprecht. Simon vroeg zich af wat er meer aan de man verloren was gegaan: een groot acteur of een extreem gestoorde psychiatrische patiënt van het soort dat in van die met matrassen beklede isoleercellen wordt gestopt.

'Ik heb jouw angst voor mij altijd toegeschreven aan een of ander vreemd tekort in jou. Een van de vele.' De Sneeuwman dook over zijn bureau om zijn Liefste opa van de hele wereld-beker te grijpen. Simon dook ineen, want hij herinnerde zich hoe hij de voorganger van die beker naar zijn hoofd geslingerd kreeg. 'Ik geef toe, er zijn gelegenheden waarbij ik jouw fobie een nuttig middel vond om jou mee onder te duim te houden, maar het irriteert me vaak ongehoord omdat het botst met jouw vermogen om naar de vele redelijke argumenten die ik opwerp te luisteren, elke werkdag weer. Hoe dan ook, het is niet vreemd dat deze nieuwe teamgenoot mij opvalt: de Dappere Nieuwe Waterhouse. Dapper en verward. Je hebt geen idee waarom jouw angst voor mij zijn post ineens heeft verlaten en de zonsopgang tegemoet is gelopen, hand in hand met jouw angst voor werkloosheid. Of wel soms?'

Nee.

'Dan zal ik het je uitleggen.' Proust leunde over zijn bureau. Zijn adem rook naar sterke, hete thee. 'Iets nieuws en afschrikwekkends heeft zijn intrede in jouw leven gedaan. En daar ben je zo door verlamd, dat je al je oude angsten ineens in perspectief kunt zien: je seniele hoofdinspecteur, je broze oude ouders. Durf je ook al tegen je moeder in te gaan? Weiger je inmiddels het bloed van de Heilige Maagd Maria te drinken, of wat ze ook maar doet met die debiele sekte van haar, ook al is onlangs nog bewezen dat dat hele instituut niets anders is dan een dekmantel voor een wereldwijde epidemie van seksuele perversiteit...' Proust zweeg. Fronste. 'Ik ben de draad van mijn verhaal kwijt,' zei hij.

'U was bezig mijn moeder te beledigen.'

'Helemaal niet!'

Een vuist daalde neer op een bureau, waardoor het bureau begon te schudden; thee klotste door de lucht, en spetterde op de grond. Deze special effects deden Simon niets; hij had het allemaal al zo vaak gezien. Hij probeerde de gevechtstactiek van de Sneeuwman te doorgronden, en moest moeite doen om niet onder de indruk te lijken. *Als je een mening in twijfel trekt, zal degene die de mening uitte met een tegenargument komen; weerspreek een onweerlegbaar feit, en je publiek druipt verward af en vraagt zich af of ze zelf nog wel bij hun verstand zijn.*

'Gedraag je eens een keer volwassen, Waterhouse!' viel Proust uit. 'Probeer hier geen scheldpartij van te maken. Geloof het of niet, ik probeer je te helpen.'

Lastige keuze, maar ik kies toch voor 'niet'.

Proust ademde langzaam uit. 'Je liep vroeger altijd over van gebrek aan respect, al deed je nog zo je best het niet te laten zien. En ineens spetter je het in de rondte als een zwerver die piest op een...'

Alweer een ongeplande onderbreking. Simon wilde hem niet nog eens helpen door zaken te opperen waar een zwerver zoal op kan urineren.

'Zielig, Waterhouse. En dat zeg ík niet, dat zegt jouw innerlijke stem. Ik zou het best willen nazeggen met jouw accent, maar ik spreek helaas geen lage-dunk-van-mijzelfs. Dat is een taal die ik nooit nodig heb gehad.'

Simon overdacht wat zijn opties waren. Waarom liep hij niet gewoon weg? Hij zat eigenlijk maar op een ding te wachten: te horen dat hij ontslagen was. Was het beter om van dichtbij ontslagen te worden, of van een afstand? Simon zag niet in waarom dat beter was; hoe dan ook, hij nam zich voor te blijven zitten waar hij zat tot hij die woorden had gehoord.

'Enig idee wat deze nieuwe bron van angst in jouw leven zou kunnen zijn?'

'Er is geen nieuwe bron van angst.'

Proust schoot in de lach. 'O nee, zelfs Charlie Zailer niet? De huwelijkse staat, Waterhouse. Jij zit gevangen. Je kunt niet scheiden. Want dan moet je toegeven dat je een fout hebt gemaakt, en daar ben je van nature niet toe in staat. En toch ben je verlamd van angst voor de eisen die een huwelijk nu eenmaal aan een mens stelt, eisen waaraan jij met geen mogelijkheid kunt voldoen. Ja, daar valt alles verder bij in het niet! Als je op een tikkende bom zou stuiten, ga jij er rustig op zitten. Geen enkele andere angst raakt jou nog, nu je in de greep bent van deze enorme verschrikking.'

'Zou u het jammer vinden als ik het niet met u eens ben?' vroeg Simon.

'Als jij het niet met me eens bent, zou ik me afvragen, en niet voor het eerst, hoe iemand ruim veertig jaar kan leven zonder enige zelfkennis en zonder dat gebrek op te merken. Jij bezit er geen greintje van, Waterhouse; dus wat ik nu doe is proberen jou een hoogst noodzakelijke transfusie toe te dienen.'

'U hebt daar kennelijk meer behoefte aan dan ik, dat blijkt wel uit uw waanidee dat u een geschikte donor zou zijn,' zei Simon. Sloeg dat wel ergens op? In zijn hoofd wel. Zijn woorden galmden na in de stilte die erop volgde.

'Beledig me maar, als je daar zin in hebt,' zei Proust uiteindelijk.

'Je kunt mij er toch niet van overtuigen dat jouw gezond verstand een even betrouwbare bondgenoot is als vroeger. Geloof jij nu echt dat brigadier Zailer in hypnose gaat omdat ze de peuken wil opgeven? Roken is een van de weinige pleziertjes in haar treurige leven. Wil je niet dolgraag weten wat ze daar wel zoekt? Ik beloof je, hoeveel geld er ook van jullie en/of-rekening naar het fleurige beursje van die heks in Great Holling vloeit, het zal het probleem, wat het ook mag zijn, niet oplossen. En als jij al weet wat het probleem is, of als je mijn advies opvolgt en uitzoekt wat het is, vertel het mij dan alsjeblieft niet. Er zijn grenzen.'

'Kennelijk niet.'

Proust draaide zich woest om, met een gezicht vol roze en witte vlekken. 'Denk jij dat ik jou eruit wil trappen? Dan heb je het mis. Denk maar eens terug aan de gifbelten van ons rijke gedeelde verleden. Ik heb ontelbare kansen gehad om jou te lozen. En wat heb ik gedaan? Ik heb ze allemaal voorbij laten gaan, stuk voor stuk.'

Dat was waar. *Dat, maar verder niets.*

'Het probleem is, of ik jou nu wil lozen of niet, ik heb niet veel keus. Jij hebt het afgedwongen. Als ik jou je gang zou laten gaan, en zou doen alsof er niets aan de hand was, wat zou de rest van het team daar dan van denken? Dan zou ik de hoofdinspecteur zijn die een niet aan te sturen rechercheur over zich heen laat lopen – daar zou iedereen over praten. Dan zou geen mens op dit bureau mij nog respecteren, tot en met het kantinepersoneel en de schoonmakers.'

'De cultuurschok is misschien niet zo groot als u denkt,' mompelde Simon. Dat schelden kon hij nog wel hebben; wat hij niet trok was dat de Sneeuwman beweerde dat hij hem niet kwijt wilde.

Dat heeft hij niet gezegd. Je moet niet steeds dingen horen die hij niet zegt.

'Het gaat mij helemaal niet om een cultuurschok!' Proust zette zijn beker met een klap in de vensterbank en wreef met witte vingertoppen over de zijkanten van zijn schedel. Simon keek toe en leidde uit de lichaamstaal af dat de hoofdinspecteur ergens om gaf.

En aangezien dat 'ergens' niet Simon was, en ook niet de algemene menselijke beschaving, was het lastig te bepalen wat het dan wel was. 'Het gaat mij om mijn eigen verdomde baan! Het gaat erom dat ik zo slim ben om te zien dat een van mijn rechercheurs geen goede gok meer is, maar een risico begint te vormen, en dat ik de moed heb om hem hierop te wijzen.'

'U hebt nooit gezegd dat ik een goede gok was.'

'Als ik dat wel had gezegd, zou ik er misschien niet meteen naast hebben gezeten, maar uiteindelijk wel, en daarom heb ik dat maar niet gedaan. Luister goed, Waterhouse. En laat mij eens even zitten, ja?' Vroeg de hoofdinspecteur hem nu om toestemming? Er was iets in zijn toon waaruit bleek dat Simon de jongste en de sterkste van hen beiden was.

Dit is geen gezellig babbeltje, hield Simon zichzelf voor, en hij moest zijn best doen om zijn groeiende gevoel van ongemak te negeren. *Dit leidt echt tot mijn ontslag.*

Ze ruilden van plek. Simon hoopte dat het gesprek een normale wending zou nemen zodra Proust zat. Maar toen realiseerde hij zich hoe ijdel deze hoop was, en dat hij zich beter uit de voeten kon maken nu hij nog redelijk bij zijn verstand was, of hij nu weg wilde of niet.

'Kijk nou eens naar jezelf: je hebt geen idee van je eigen verval,' oreerde Proust vanuit zijn comfortabele positie. Als Simon graag een aantijging had willen horen waar hij zich tegen kon verdedigen, dan moest dit hem zijn. Hij had het gevoel alsof hij zijn hele leven al getuige was van zijn eigen verval, en van het opdrogen van zijn innerlijke kracht, en dat er niets was wat hij kon doen om dat proces te stoppen.

'Er is niets wat jouw leven betekenis geeft behalve dit – letterlijk niets – en toch zet je jouw carrière roekeloos op het spel en doe je net alsof het je niets doet als je je baan kwijtraakt. En waarvoor? Alleen omdat je het zo leuk vond om brutaal tegen mij te zijn waar je vriendjes bij waren? Als je dat niet voor ogen had, had je ook gewoon de informatie van brigadier Zailer aan inspecteur Kombothekra kunnen doorspelen. Dan was je uiteindelijk ook met Hewerdine in een verhoorkamer beland –'

'Iemand heeft gisteravond haar huis in brand gestoken,' onderbrak Simon hem. 'Als ik het via de juiste kanalen had gespeeld, zouden we nu nog steeds bezig zijn met het antecedentenonderzoek.'

'Ik vroeg je om mij niet in de rede te vallen.'

'Als Amber haar man en de twee meisjes niet op tijd het huis uit had gekregen...'

'Maar dat heeft ze wel.'

'...dan was ze nu dood geweest, nog voor ik de kans had gehad om haar überhaupt iets te vragen.'

Proust kneep zijn ogen tot spleetjes. 'Dus iemand kan rustig dood, als jij haar maar eerst hebt ondervraagd – bedoel je dat?' Hij schudde zijn hoofd en legde zijn vingers tegen elkaar tot een dakje. 'Waarom neem ik al deze moeite, Waterhouse? Kun jij me dat uitleggen? Jij weet zo veel. Leg mij maar eens uit waarom ik al die moeite doe om jou te helpen.'

'U kunt er gerust mee ophouden,' antwoordde Simon.

'Zet je oren eens open en zet je verstand aan!' bulderde de Sneeuwman, en hij sprong op uit zijn stoel alsof die hem omhoogduwde. 'Jij hebt Amber Hewerdine uitgekozen omdat ze zo bijzonder was. Waarom dan? Je gaat er zomaar, zonder reden, vanuit dat zij Kat Allen niet heeft vermoord, terwijl zij de enige is die we met de plaats delict in verband kunnen brengen, zij het indirect. Behalve als je de schuld op dat gelinieerde notitieblok wilt schuiven, hebben we geen enkele andere verdachte behalve Hewerdine! Je beweert dat haar alibi deugt, terwijl alle deelnemers aan die verdomde cursus die jij hebt gesproken, zeggen dat ze zich haar gezicht niet herinneren! Jij zegt tegen ons dat we haar moeten vertrouwen, nadat je haar hebt horen opscheppen over haar gebrek aan ontzag voor de wet. Ze vindt dat ze zo hard mag rijden als haar goeddunkt, en het schikt haar niet als ze daarvoor de prijs moet betalen als ze –'

'Kom nou toch. Iedereen –'

'Niet iedereen! Ik niet. Ik rij nooit te hard, en als ik dat wel zou doen en ik werd gesnapt, zou ik mijn straf aanvaarden. De beste vriendin van Amber Hewerdine komt om het leven door brandstichting – Hewerdine krijgt haar dochters. Dat lijkt mij een flinke winst. In die tijd wees iedereen naar de pubeigenaar –'

'Niet iedereen dacht dat. Alleen –'

'Als je me nu nog een keer in de rede valt, Waterhouse, zet ik je wel degelijk op straat.'

Betekende dat wat Simon dacht dat het betekende?

'Hewerdine maakt er een hele show van dat ze de politie wil helpen.' Proust kwam op stoom. 'Ze denkt niet dat Terry Bond het gedaan kan hebben, en schuift hem de brand niet in de schoenen. Ze is al sinds hun jeugd beste vriendinnen met Sharon Lendrim. Ze verkeert in een unieke positie wat de misdaad betreft, want ze weet iets wat verder niemand weet... Komt dit je allemaal bekend voor? Denk maar eens aan het opschrijfboekje van brigadier Zailer. Hoeveel onschuldige mensen heb jij ooit ontmoet die in een unieke relatie staan tot twee moorden?'

Er was niets wat Simon zo irriteerde als het feit dat de Sneeuwman een punt had.

'Hewerdine beweert dat Bond en Sharon Lendrim dikke mik waren toen Lendrim stierf. Ze hadden het bijgelegd, ook al wist niemand daarvan...'

'Sharons dochters wisten dat ze hun ruzie hadden bijgelegd. Net als Terry Bonds dochter, volgens Sams contact.'

'Het *contact* van inspecteur Kombothekra is Ursula Shearer. Die kon zelf geen moordenaar vinden op het Cluedo-bord. Die zou het nog niet zien als je haar hoofd in het envelopje met de oplossing stopte.' Proust likte langs zijn onderlip. 'Ik zeg niet dat Terry Bond of een van diens handlangers de brand heeft gesticht. Amber Hewerdine heeft het gedaan. Dat moet wel. Zij was de enige die er iets bij te winnen had: zij kreeg Sharons dochters.'

'Dat is niet logisch,' zei Simon. 'Als het haar bedoeling was om geen verdenking op zich te laden, waarom zou ze dan niet net doen alsof Bond het had gedaan? Waarom komt ze dan naar ons toe en zegt ze dat zij denkt dat het iemand van de bewonersvereniging was? Het lijkt een vrij onwaarschijnlijke –'

'Allemachtig, Waterhouse, dit hoef ik jou toch zeker niet uit te leggen? Vrij onwaarschijnlijk is wat mensen overtuigt. Idioten zoals jij! Vrij onwaarschijnlijk is wat een ambitieuze agent of brigadier noopt zijn superioriteit te bewijzen door *out of the box* te denken. Hewerdine is een voortreffelijke actrice. Ze komt met een theorie die niet zo vreselijk voor de hand ligt als wat de rest allemaal beweert, en dan lijkt ze niet alleen behulpzaam, maar nog slim ook: een originele denker. Met veel stroopsmeerderij dringt ze door tot de harde kern van rechercheurs door hun te tonen dat ze zich op hun niveau bevindt, dat ze kan denken zoals wij denken – precies de tactiek die ze op ons heeft losgelaten. Gibbs en ik hebben daar doorheen geprikt; maar jij vrat het. Ze wurmt zich naar binnen en zo weet ze precies waar wij mee bezig zijn. En nu heeft ze haar eigen huis in brand gestoken, en ze weet precies wanneer en of wij haar in de gaten gaan houden, want haar beste vriendje Waterhouse vertelt haar alles wat ze moet weten.'

'Waarom zou ze haar eigen huis in brand steken?' vroeg Simon.

Een veelbetekenende blik van Proust.

'Dus je kunt geen dader zijn als je een van de slachtoffers bent?' *Waar ben je mee bezig, eikel? Als hij iets te zeggen heeft, laat het hem dan zelf zeggen. Nu is het te laat.*

'Juffie Hewerdine is het slachtoffer van haar uitzonderingspositie,' zei Proust. 'De enige overlevende, samen met haar naasten. Katharine Allen heeft het niet overleefd. En Sharon Lendrim ook niet.'

Drie misdaden: twee gevallen van brandstichting, een in 2008 en een gisteravond, en een maand geleden werd iemand doodgeslagen. Dezelfde dader? Als dat zo is, waarom heeft hij dan een andere methode gekozen voor de tweede moord, en ging hij voor Amber Hewerdine weer over op brandstichting? De moord op Katharine Allen past niet in het patroon.

'Vergeet niet dat het huis van Hewerdine nog overeind staat,' zegt Proust. 'Ze moet alleen de hal een beetje opknappen, en er moet een nieuwe voordeur in...'

'Ze is nergens schuldig aan,' zei Simon tegen hem. 'U zit op het verkeerde spoor. Als u gelijk heeft, betekent dat dat ze haar ontmoeting met Charlie bij de praktijk van Ginny Saxon in scène heeft gezet. Dat is onmogelijk. Dan had ze moeten weten dat Charlie "Aardig, Wreed" in haar notitieboekje zou opschrijven. Hoe had ze dat kunnen weten?'

Proust pakte een stapel papieren, en zwaaide ermee door de lucht. 'De Heks van Great Holling heeft aan Sellers verteld dat Hewerdine het vooruitzicht dat haar hele familie omkwam als "een bonus" zag.'

'Ze maakte een grapje.' *En jij schudt met de verkeerde papieren; dat zijn onkostenformulieren, en niet het verslag van Sellers' verhoor van Ginny Saxon.*

'Waarom kwam Hewerdine überhaupt bij Saxon? Vanwege slapeloosheid!' De Sneeuwman zei het triomfantelijk, alsof het onvermogen om de slaap te vatten en de verantwoordelijkheid voor twee moorden lood om oud ijzer waren. 'Wat houdt mensen uit de slaap? Schuldbesef. Je hebt Hewerdine horen zeggen dat het was alsof haar hersenen in twee delen gespleten waren. Dat heb jij dus niet opgevat als een opmaat naar een pleidooi voor verminderde toerekeningsvatbaarheid, voor het geval ze ons niet meer in de hand heeft en wij haar uiteindelijk toch in staat van beschuldiging stellen?'

'Nee, inderdaad,' zei Simon. 'Ik heb een vrouw gehoord die probeerde om een uitzonderlijke ervaring te schetsen. Uitzonderlijk en verontrustend.'

'Nee, dat was brigadier Zailer, de ochtend na jullie huwelijksnacht,' zei Proust vinnig. 'Amber Hewerdine is knettergek – en ze vindt het leuk om agentje te spelen. Ze is een crimineel. Dit weten we; daarover hoeven we niet te discussiëren. Ze is weggerend zonder Ginny Saxon te betalen, ze heeft zich zonder toestemming toegang verschaft tot de auto van brigadier Zailer...' Proust bleef nog een paar tellen sputteren toen de woorden op waren.

Hij had gelijk. Bij gebrek aan andere verdachten was het niet logisch om overtuigd te zijn van Amber Hewerdine's onschuld. In andere omstandigheden zou Simon misschien geprobeerd hebben hem zijn overtuiging uit het hoofd te zetten.

'Wil je nog iets kwijt voordat de anderen binnenkomen?' vroeg Proust.

De anderen? Simon leefde in de veronderstelling dat Gibbs nu op de agenda stond; hij wist van geen anderen.

Hij was nog steeds niet ontslagen. Hij vroeg zich af waarom niet.

'Laat hen dan maar binnen,' zei de Sneeuwman.

Sam Kombothekra keek op zijn horloge. Elf over negen. Hij probeerde maar niet meer om nog wat te werken, want hij wist dat hij zich niet kon concentreren. De Sneeuwman wilde Gibbs niet meer spreken om kwart over negen; in plaats daarvan had hij hen allemaal uitgenodigd. Sam keek even naar Sellers, die zat te lachen om iets op Twitter, en een zakje Maltesers leeg zat te eten. Was het dan nooit bij hem opgekomen dat ze misschien massaal ontslag kregen? Sellers was net een groot kind dat zich niet bewust was van de zorgen van de volwassenen om hem heen. Gibbs' overduidelijk gebrek aan zenuwen was beter te begrijpen. Hij had zich waarschijnlijk verzoend met de kans dat hij zijn baan zou verliezen toen hij besloot om zijn eigen gang te gaan en Simons orders op te volgen in plaats van de orders die Sam namens Proust overbracht. Gibbs was vrij zen, vond Sam, en vroeg zich toen af wat dat woord eigenlijk betekende. Dat het een tak van het boeddhisme was, wist hij wel; maar was het ook een bijvoeglijk naamwoord?

Als de enige nerveuze aanwezige vroeg Sam zich af of hij soms paranoïde was. Misschien was er niets om zich zorgen over te maken. Sellers en hij hadden niets misdaan; Proust had dus zo op het oog geen reden om hen aan de dijk te zetten, en Sam zag ook niet waarom hij dat uitgerekend vandaag zou willen. Want hij zag toch zeker zelf ook wel dat hij juist nu een goed team nodig had om aan de slag te gaan met de nieuwe informatie die zou kunnen leiden tot de oplossing van drie zaken.

Of niet. Sam wilde graag weten hoe het zou uitvallen, en hij wilde het liefst meteen aan de slag. Waar kwam het ineens vandaan, dat gevoel dat hij de juiste man voor deze klus was? Een deel van het probleem was dat hij nooit wist in welke wereld hij thuishoorde: in die van Simon of in die van Proust. Dinsdag en gisteren woog Proust zwaarder voor Sam. Maar nu, na de brand bij Amber Hewerdine, ging hij voor Sam. Sam wilde nu toch blijven – en hij wilde nu vooral niet gedwongen worden om op te stappen. Hij bad dat de Sneeuwman hem die keuze niet uit handen ging nemen.

De deur van Prousts kantoor ging open. Er kwam niemand naar buiten. Sam zag dat Simon stond te drentelen, en voelde zijn onzekerheid of hij nu moest blijven of kon gaan. 'Kom,' zei hij tegen Sellers en Gibbs. 'Dan hebben we het maar gehad.' Hij ging hen voor, met een hoofd vol beelden van soldaten die een kogelregen tegemoet liepen. Dit zou hij beslist niet missen: de troosteloze mars naar een afgesloten ruimte waarin niemand ooit iets goeds wachtte.

'Nog vorderingen met de brandstichting?' blafte de Sneeuwman tegen hem toen hij binnenkwam. 'Überhaupt nog vorderingen ergens mee?'

'De brand in het huis van Hewerdine is inderdaad aangestoken...' begon Sam.

'Nog vorderingen met de brandstichting los van het voor de hand liggende feit dat het een geval van brandstichting was?' reageerde Proust fel. Hij wendde zijn blik af van Sam en keek de rij langs. Ze stonden altijd keurig op een rijtje in zijn kantoor, deze vier, als kegels die wachtten tot ze omvergegooid werden.

'De brandweercommandant is van mening dat degene die het heeft aangestoken het er ook zo wilde laten uitzien,' zei Gibbs. 'Hij heeft een blik licht ontvlambare vloeistof door de brievenbus gegooid.'

'Misschien wilde hij er alleen vanaf,' zei Sellers.

'Door de brievenbus? Is het niet veel waarschijnlijker dat hij het buiten de –'

'Ik vroeg om vorderingen, niet om strubbelingen. Nog wat?'

'Amber Hewerdine wil Simon graag zo snel mogelijk spreken,' zei Sam.

'Ik hoop dat je haar hebt bewapend, inspecteur.'

'Sorry, meneer?'

'Zodat ze de concurrentie te lijf kan. Weet je ook waar ze het met Waterhouse over wil hebben?'

'Ze wilde er tegen mij niet veel over zeggen, maar –'

'Daar heeft ze een punt. Waarom zou ze die moeite nemen? Als je iets belangwekkends te melden had, zou je dan ook tijd verspillen door het aan jou te vertellen, inspecteur?'

Daar gaan we. 'Dat hangt ervan af tegen wie ik het nog meer kon vertellen, meneer.'

'Tegen wie nog meer?' herhaalde Proust op ironische toon, en hij gooide zijn hoofd in de nek. 'Goeie vraag. Ik denk dat u daarmee de vinger precies op de zere plek legt, inspecteur. Er is namelijk niemand anders, tenminste, niet iemand die ertoe doet. Dit *team* is een rottend organisme. Sellers, wanneer heb jij voor het laatst überhaupt een bijdrage geleverd, los van de kassa in de kantine? En rechercheur Gibbs, jij hebt voor de schaduwzijde gekozen, om redenen die zo griezelig zijn dat een verstandige kerel als ik er niet eens naar wil gissen. Jij hebt je aangesloten bij de dode zielen. Waterhouse, Koning der Dode Zielen – hoe minder woorden we aan jou vuilmaken, hoe beter, vooral gezien het feit dat ik het afgelopen kwartier al zo veel heb gezegd waar je toch niet naar luistert. En inspecteur Kombothekra, u bent nog wel de ergste van dit zootje ongeregeld.'

Sam probeerde zijn verbazing te verhullen. De *ergste*? Dat etiketje zou hij zichzelf nooit opgeplakt hebben, net zo min als 'de beste'.

'Laten we eens een paar van uw betere opmerkingen onder de loep nemen, goed, inspecteur? Wat zei of deed u toen Waterhouse het op zich nam om zonder uw of mijn medeweten een verdachte mee te nemen voor verhoor? Wat zei u toen u erachter kwam dat hij vertrouwelijke informatie over een zaak met zijn vrouw had besproken? Niets. Geen woord. U bent zijn inspecteur. Hoe komt u erbij dat u achterover kunt leunen en de disciplinaire maatregelen aan mij kunt overlaten? Dat u niet de leiding neemt is nog tot daaraan toe, maar u speelt niet eens een bijrol!'

Sellers begon te zweten. Sam voelde de hitte van hem afslaan.

'U hoeft niet te verwachten dat we u steunen,' zei Simon zachtjes. 'Dat zal niet gebeuren. Niemand steunt u.'

Proust knikte alsof hij die reactie had willen krijgen en ook had verwacht. 'Jullie kennen mij allemaal lang genoeg om te weten wat mijn sterke en zwakke kanten zijn,' zei hij. 'Jullie zijn zo onbarmhartig dat jullie het liefst nadruk leggen op de zwakke kanten. Uiteraard. Ik ben jullie hoofdinspecteur. Iemand heeft een boksbal nodig, en ik ben die van jullie. Dat accepteer ik. Je zult me daar ook verder nooit over horen klagen. En daarom verwacht ik nu van jullie ook geen klachten...' – de Sneeuwman schudde naar hen met zijn wijsvinger – 'want ik zal jullie eens laten zien hoe redelijk en flexibel ik ben, en dat past totaal niet bij dat bekrompen beeld dat jullie van mij hebben.'

Sam vond het wonderlijk geruststellend dat ze dit stadium nu al hadden bereikt: het stadium waarin Proust ervoor zorgde dat hij niemand recht in de ogen keek, en zijn eigen loftrompet stak. Dat werd altijd gevolgd door het stadium waarin hij opsomde waarom hij hen allemaal haatte, en het gaf aan dat Proust minstens op de helft van zijn gruwelshow was.

'Vanochtend was ik van plan om een disciplinaire procedure te starten jegens rechercheur Gibbs en rechercheur Waterhouse – een procedure die zou hebben geleid tot hun onmiddellijke schorsing, en tot hun weliswaar niet onverwijlde maar niettemin gegarandeerde ontslag. Toen hoorde ik van de gebeurtenissen die vannacht plaatsvonden. Waterhouse vertelde ons dinsdag dat Amber Hewerdine interessant voor ons was in verband met de moord op Katharine

Allen. Nu blijkt dat hij gelijk had. We weten inmiddels meer dan we toen wisten. Ik hoop dat ik jullie niet hoef voor te kauwen waarom we nu drie geweldsmisdrijven op te lossen hebben in plaats van een. De dood van Sharon Lendrim en de aanslag van gisteravond op het huis van Hewerdine waren allebei gevallen van brandstichting. Hewerdine en Lendrim waren vriendinnen, Lendrims dochters waren aanwezig in allebei de huizen waar brand is gesticht, hoewel ze in het eerste geval uit huis zijn gehaald, en in het tweede geval niet, wat een interessant gegeven is. Amber Hewerdine is aan de plaats delict in de zaak Katharine Allen verbonden omdat ze er zeker van is dat ze de woorden "Aardig, Wreed, Aardig Wreed" op een vel papier heeft gelezen dat waarschijnlijk van een notitieblok in Allens appartement afkomstig is. En wat voor ideeën hebben wij over een verband of een gebrek aan verband tussen de dood van Lendrim en die van Katharine Allen?'

'Amber Hewerdine is het verband,' zei Simon. 'Wie Lendrim ook maar heeft vermoord, heeft ook Allen vermoord. We moeten erachter komen wie ervan op de hoogte was dat wij Hewerdine hebben gesproken in verband met de moord op Allen. Iemand die dat wist heeft besloten om Hewerdine te waarschuwen dat ze ons niet meer mocht helpen, en die waarschuwing is meteen een bekentenis. De brandstichting van vannacht was een duidelijke boodschap aan Hewerdine: "Ik heb Sharon vermoord, ik heb Katharine Allen vermoord, en als jij je mond niet houdt, vermoord ik jou."'

'Mogelijk,' knikte Proust. 'Er is nog een mogelijkheid: onze brandstichter wist niet dat Hewerdine met ons heeft gepraat, en heeft nog nooit van Katharine Allen gehoord. De timing van de aanval op het huis van Hewerdine is puur toeval.'

'Daar geloof ik niets van,' zei Simon.

'Ik ook niet,' zei de Sneeuwman. 'Dus dan rest ons de vraag waarom Katharine Allen is doodgeknuppeld met een raamstok, en niet...' Hij zweeg en wreef met zijn wijsvinger over zijn bovenlip. Het leek net een bewegende roze snor. 'Brand stichten in een appartement is iets anders dan brand stichten in een huis. Geen duister betekent geen onzichtbaarheid. Onze verdachte heeft mogelijk besloten dat hij liever niet in een goed verlichte galerij wilde staan terwijl hij brandstof door een brievenbus liet druppelen.'

'Of hij wist dat hij zich bij Kat Allen naar binnen kon praten, terwijl Sharon Lendrim en Amber Hewerdine hem niet binnen zouden laten,' zei Simon.

'Er is geen "hij",' zei Gibbs. 'Hewerdine heeft Lendrim en Kat Allen vermoord, en ze heeft haar eigen huis in brand gestoken. Hoe weten we dat er iets *door* de brievenbus is gegooid? Kan het niet van binnenuit zijn gebeurd? En zelfs al is dat niet zo, dan nog kan het zijn dat Hewerdine naar buiten is gegaan, dat spul in huis heeft gegoten, weer naar binnen is gegaan en de boel heeft aangestoken.'

'En, inspecteur Kombothekra? Gaat u Gibbs' vraag nog beantwoorden?'

'Het enige wat we tot nu toe definitief te horen hebben gekregen is dat het brandstichting was. Ik moet nog specifiek vragen of de brand vanbinnen af kan zijn aangestoken.'

'En dat gaat u nog doen, toch?' vroeg Proust instemmend. 'Dan moet u meteen even alles doorspitten wat Ursula Shearer heeft over de moord op Lendrim. Alle gaten opzoeken. En ga er maar vanuit dat er heel veel gaten zijn. Er zwierf iemand rond in een brandweeruniform die geen brandweerman was – waar kwam dat uniform vandaan?'

'Ik heb vanochtend een afspraak met agent Shearer, meneer. Ik zal haar vragen om me bij te praten.'

'Goed zo. Jij en zij zijn beroepsmatige zielsverwanten. Ik weet zeker dat jullie het goed kunnen vinden. Waterhouse, ik wil dat jij –'

'Het kan een brandweerman geweest zijn,' viel Simon hem in de rede. 'We weten dat hij niet uit de Culver Valley kwam; maar dat is meteen alles wat we weten. Hoe zit het met de omringende districten?'

'Sellers, neem contact op met de brandweer in Tokio, Tahiti en Echo Island, wat naar verluidt in bezit is van de familie Disney. Waterhouse, jij houdt je bezig met Amber Hewerdine, en verder nergens mee. Als Gibbs gelijk heeft, kun je misschien...'

'Dat heeft hij niet,' zei Simon.

'...een bekentenis afdwingen. Dat zou ons leven zoveel eenvoudiger maken.'

'Dat kunnen we ook doen door Amber Hewerdine uit te sluiten als verdachte.'

'Geef me één goede reden,' bitste de Sneeuwman.

'Omdat ze overduidelijk onschuldig is,' zei Simon.

Goed, tijd voor een biecht. Amber heeft gelijk: ik heb gelogen. Er was helemaal geen ruzie tussen de oma's over of Barney al dan niet tegen de zin van zijn moeder een fles moest krijgen. Dat heb ik van begin tot eind verzonnen. Ik heb geen idee waarom ik nu juist dat als onderwerp koos voor de denkbeeldige ruzie tussen Hilary en Pam; ik had evengoed kunnen zeggen dat ze zaten te kibbelen over Tony Blairs beslissing om Irak binnen te vallen. Ik weet helemaal niet of Jo haar kinderen de borst gaf of niet, en ook niet wat Sabina over dit onderwerp denkt, dus schrap het maar, en vergeet het.

Of lukt dat niet meer? Ik hoop dat jullie op dit moment allebei een zekere verwarring ervaren terwijl jullie je best doen om dit fictieve incident te wissen uit jullie beleving van wat er volgens jullie in Little Orchard is gebeurd. Iets vanbinnen zegt jullie: wacht eens, ik weet niet of ik dat wel zo gemakkelijk kan vergeten. Er is mij immers verteld dat het is gebeurd. Zelfs Amber, die erbij was, en die moet weten dat het niet is gebeurd – die protesteerde toen ik dit beweerde – moet vechten tegen het gevoel dat dit verhaal toch ergens vandaan moet komen; dit fantoom, dit nooit-voorgevallen voorval, moet toch iets betekenen, al is het maar in mijn gedachten.

Stel je de volgende scène voor. Je kent het uit elke tv-serie die je ooit hebt gezien. De openbare aanklager zegt tegen de jury: 'Men heeft de beklaagde horen roepen: "Ik ben de gevaarlijkste moordenaar in deze stad en daar ben ik trots op! Moet je dit bebloede T-shirt eens zien!"' Zijn advocaat springt op en zegt: '*Objection,* edelachtbare, dat is informatie uit de tweede hand.' 'Bezwaar aanvaard,' zegt de rechter. 'De jury dient deze laatste opmerking te negeren.' En negeert de jury deze laatste opmerking vervolgens? Natuurlijk niet. Het tegenovergestelde gebeurt juist: het gerucht nestelt zich in de hoofden van de juryleden, steviger dan welk ander bewijs dan ook, omdat het officieel verboden informatie is. Door het niet toe te laten, heeft de rechter een archetype aangeboord waar we ons allemaal ten diepste van bewust zijn. Wat voor dingen mogen niet worden gehoord? Gevaarlijke waarheden mogen niet worden gehoord. Verboden informatie moet daarom wel kloppen.

Mijn verzonnen ruzie tussen Pam en Hilary is niet eens zoiets respectabels als informatie uit tweede hand. Het is een regelrechte leugen. Als de bedenker van deze leugen, kan ik je vertellen dat het totaal niet relevant is. Het feit dat jullie het allebei zo moeilijk vinden om het uit jullie gedachten te wissen bewijst dat zodra je ergens een verhaal van maakt – en ik heb de details behoorlijk dik aangezet – het werkelijkheid voor je wordt. Dan maak je er een object van, zij het een conceptueel object. Zo kunnen leugens en leugenaars welig tieren in onze wereld. We geloven hen, omdat we liever niet in verwarring worden gebracht.

Ik zou normaal nooit liegen over de ervaringen van een van mijn cliënten, en al helemaal niet in aanwezigheid van de politie. Het was niet professioneel van me, maar Amber is vastbesloten om zo min mogelijk te zeggen, dus mijn doel was deels om haar over te halen om deel te nemen aan wat wij hier proberen te bereiken, en deels om te proberen haar voor me in te nemen met mijn ongehoorde ongepastheid. Simon, je weet misschien niet waarom Amber jou meer respecteert dan al je collega's, maar ik wel, want dat heeft ze me verteld: ze bewondert jouw bereidheid om onprofessioneel te zijn voor een goed doel. Wat Amber betreft, is professioneel gedrag een kruk waar middelmatige, saaie mensen op leunen. Werkelijk intelligente mensen beseffen dat het je verstoppen achter een professionele rol onvermijdelijk leidt tot een bepaalde mate van tegennatuurlijk, niet-authentiek gedrag, en om het beste uit mensen te halen moeten we in hun gezelschap ons ware zelf laten zien.

Mijn ware zelf wilde niets liever dan de patstelling doorbreken, en is dan ook dolblij dat we een doorbraak hebben bewerkstelligd. Dit is nu zo geweldig aan hypnotherapie: er kan een hele tijd niets gebeuren en net als je het gevoel hebt dat het nergens naartoe gaat, komt er ineens een nieuwe herinnering boven.

Ik wist dat Amber mijn leugen zou tegenspreken. Ik wist ook dat ze niet kon zeggen wat er niet in Little Orchard was gebeurd zonder zich heel nadrukkelijk te herinneren wat er wel was gebeurd. Simon, als ik jou zou vragen wat je gisteravond hebt gedaan, zou je misschien zeggen: 'Ik heb televisiegekeken.' Je zou kunnen zeggen dat je dan de automatische piloot van je geheugen gebruikt. Je kunt die woorden zeggen zonder dat de herinnering echt gaat leven. Maar als ik je dan zou tegenspreken, en als ik zou zeggen: 'Nee, jij hebt helemaal geen televisiegekeken – je bent gaan stijldansen', dan komt jouw waarheidsinstinct in opstand, en je herinneringen, de wapens die je nodig hebt om tegen mij in te gaan, doen zich sterker gelden: je keek naar het nieuws, je dronk er een kop thee bij, je had het een beetje koud omdat de verwarming een uur eerder was afgeslagen...

Mijn leugen dwong Ambers herinnering om orde op zaken te stellen, en nu hebben we meer ruwe data om mee aan de slag te gaan. Dus laten we daar eens naar kijken. Op kerstavond, toen Neil zei dat hij naar bed ging, zei Jo tegen hem dat ze niet met hem meeging. Ze bleef beneden bij haar moeder, zusje en broer, terwijl Neil, Amber en Luke naar boven gingen. Dat wisten we al. Het extra detail dat we nu kunnen toevoegen, is dat Jo, Hilary en Ritchie allemaal in gedachten verzonken leken. Er was iets wat ze wilden bespreken, of ze waren het al aan het bespreken – iets belangrijks. Aan hun gezichten was duidelijk af te lezen dat ze graag met rust gelaten wilden worden zodat ze een en ander konden bespreken, wat het ook was. Amber kan misschien niet geloven dat het zo lang heeft geduurd voor ze zich iets kon herinneren waarvan ze nu weet dat het een sleutelscène is van die kerstavond, maar ik vind dat zelf niet zo gek.

Er zijn allerlei redenen waarom we ons bepaalde dingen niet kunnen herinneren: repressie, ontkenning en afleiding zijn de meest gebruikelijke. Vanuit ons bewustzijn bezien is het alsof het nooit is gebeurd, tot het moment waarop hypnotherapie of iets anders ons onderbewuste openbreekt en blootlegt – dat is een botte, onnauwkeurige metafoor, maar je begrijpt wat ik bedoel. Amber heeft in Little Orchard misschien een stuk papier gezien met daarop de woorden: 'Aardig, Wreed, Aardig Wreed', en heeft die herinnering verdrongen.

Ontkenning is iets anders: dat is meer zoiets als een vlek op je bloes hebben die je irriteert. Je trekt je trui erover aan zodat je hem niet meer ziet, en je vergeet bijna dat die vlek er zit. Maar niet helemaal. Afleiding is als je je iets niet herinnert wat je je normaal wel zou herinneren, omdat je ergens anders bent met je hoofd, iets wat duidelijk op de voorgrond is. Misschien zag Amber de woorden 'Aardig, Wreed, Aardig Wreed' in Little Orchard, maar kan ze zich dat niet herinneren omdat ze niet opvielen in een bepaalde scène. Als dat zo is, hebben we alle reden tot hoop. Als ze zich plotseling weet te herinneren dat Jo, Hilary en Ritchie geheimzinnig zaten te smoezen op kerstavond, kan ze zich misschien ik weet niet hoeveel andere cruciale details herinneren.

Amber kon zich de gespannen, samenzweerderige sfeer tussen Jo, haar moeder en haar broer tot nu toe niet herinneren vanwege iets wat haar aandacht afleidde: wat haar indertijd meer opviel was Neils reactie op het feit dat Jo niet met hem mee naar boven wilde. Hij was teleurgesteld, verward, geïrriteerd, en dat liet hij merken ook. Dat viel Amber op omdat het zo ongebruikelijk was: meestal laat iedereen het wel uit zijn hoofd om uiting te geven aan ongenoegen over Jo's gedrag. Jo laat zich nooit in twijfel trekken, uitdagen, bekritiseren; iedereen is bang voor haar, en terecht.

Het geheim achter het geheim. Er is iets heel erg mis met Jo, iets wat niemand in de familie weet, zelfs Jo zelf niet.

7

Donderdag 2 december 2010

Charlie Zailer kijkt op haar horloge als ik arriveer. Voor haar op tafel staat een ongeopend blikje 7Up. Gezien de plek waar we ons bevinden – een smoezelig internetcafé genaamd Web & Grub, vol met taxichauffeurs, vettige tafeltjes en vlekkerige handgeschreven prijsstickertjes – vraag ik me af of ze dat blikje heeft gekozen omdat het luchtdicht verpakt is, om gezondheidsredenen. 'Dit duurt niet lang,' zeg ik tegen haar.

Ze kijkt beschaamd. 'Neem de tijd die je nodig hebt.' Ze gebaart dat ik moet gaan zitten. Dat wil ik niet. Ik zit te vol met nerveuze energie. 'Simon vertelde wat er vannacht is gebeurd,' zegt ze. 'Gaat het?'

'Heb jij iets gezien?' *Ik ben niet degene die vragen moet beantwoorden.*

'Nee. Als ik wel iets had gezien, had ik dat wel aan Simon verteld. Ik heb niets gezien.'

Ze kijkt als iemand die mijn huis niet in brand heeft gestoken. Dat heb ik ook nooit gedacht, dus ik hoef geen vermoedens recht te zetten.

'Ik was alleen op straat toen ik de envelop door de bus deed. Is die verbrand?'

'Nee. Ik was wakker. Toen ik het vuur hoorde zat ik boven de stukken te lezen.'

'Je *hoorde* het vuur?'

Ik knik. Ik baal ervan dat ik het geluid niet kan goed beschrijven.

'Hoelang daarna?'

'Dat weet ik niet. Misschien drie kwartier later. Ik heb de stukken over Katharine Allen twee keer doorgenomen voor ik ging kijken, maar ik weet niet hoelang het vuur al brandde voor ik er erg in kreeg. Dus het kan zijn dat degene die het heeft gedaan tien minuten na jou kwam.'

'Of voordat ik kwam. Als jij een huis in brand wilt steken, zou je dat dan meteen doen zodra je er bent? Of zou je de tijd nemen en eerst de boel gaan verkennen?'

'Ik zou het zo snel mogelijk doen en me dan als de donder uit de voeten maken.' Ik zie dat ze het niet met me eens is. 'Dus jij zou blijven hangen?'

'Ik zou eerst de omgeving verkennen. Behalve als ik die al heel goed kende.'

Mijn benen trillen. Ik leun met mijn handen op tafel om mezelf staande te houden.

'Waarom ga je niet zitten?' vraagt ze.

Waarom eigenlijk niet? Waarom hou ik mezelf voor dat ik hier even binnen kan wippen, snel een antwoord op mijn vraag kan halen, en er dan mee doorhollen naar het politiebureau, zwaaiend met het antwoord als met een voetbalsjaal? *Ja, ik was gisteravond bij jouw huis, en ik zag een man die eruitzag alsof hij Neil heette en die zich in de bosjes schuilhield met een doos lucifers in de hand.* Dat zou ze nooit zeggen; het was dom van me om daarop te hopen.

Het slaat nergens op dat ik Neil verdenk. Als ik aan hem denk, los van alles, weet ik dat hij nooit iets in brand zou steken, laat staan een huis met twee kinderen erin. Pas als ik aan Jo denk begin ik me ook zorgen te maken over Neil. Jo zou nooit zelf het vuile werk opknappen als dat niet per se hoefde.

'De brandstichter kan daar al geweest zijn toen ik er was,' zegt Charlie. 'Hij kan gezien hebben dat ik die envelop bij jou door de brievenbus heb gegooid.'

'Misschien heb je iets gezien zonder het je te herinneren,' zeg ik, en ik realiseer me dat ik normaal nooit zoiets zou zeggen. Als ik nu foto's van Jo en Neil bij me had, zou ik die dan aan haar laten zien, in de hoop haar geheugen daarmee een handje te helpen? Ik zou graag geloven van niet.

Had ik nog maar de luxe dat ik kon lachen om het idee van het blootleggen van verdrongen herinneringen.

Vanochtend heb ik meteen met Ginny Saxon gebeld om een afspraak voor morgen te maken, van tien tot een: drie uur lang, zonder pauze. Tweehonderd en tien pond, plus de zeventig die ik haar verschuldigd ben voor de afgebroken sessie van dinsdag. Ze verzette zich tegen het idee om langer dan een uur met me te zitten, maar ik legde uit dat de urgentie te maken had met moord en brand en niet zozeer met het feit dat ik een verwend nest ben dat niet net als iedereen genoeg heeft aan een rantsoen van een week.

Aardig, Wreed, Aardig Wreed. De herinnering aan die woorden zit ergens in mij verborgen. De herinnering is maar voor een deel verdrongen: ik kan dat stuk papier zien, en de hoofdletters A en W...

'Ben je... zijn jullie het huis uit?' vraagt Charlie.

'Tijdelijk.'

'Waar zitten jullie nu?'

Mijn borst vult zich met iets zwaars. Het valt niet mee om te praten als je zo veel niet wilt zeggen. 'Bij familie.' *Het kon erger. Je zou ook bij Jo kunnen zitten.* 'Ik moet je om een grote gunst vragen,' zeg ik ineens. Het heeft geen zin om te doen alsof het om iets onbeduidends gaat. Ik heb nog nooit iemand gevraagd zoiets belangrijks voor me te doen.

En je vraagt het aan een wildvreemde. Goed plan.

'Waarom aan mij?' vraagt Charlie Zailer. 'Je kent me nauwelijks.'

Ik wil haar zeggen dat mensen kennen in conventionele zin mij niets zegt. Ik ken Luke, maar ik kan hem het ergste wat ik ooit heb gedaan niet vertellen. Ik kende Sharon; haar kon ik het ook niet vertellen. Ik ken Neil – wij delen zelfs onze angst voor Jo – maar ik weet niet of hij een bondgenoot of een vijand is. Ik weet niet of Veronique Coudert tegen ons beiden heeft gelogen over Little Orchard, of dat Neil tegen mij loog.

Ik ben blij dat Charlie vraagt: 'Waarom aan mij?' in plaats van me te vertellen dat ze het zo druk heeft, en dat ze zo min mogelijk met mijn problemen te maken wil hebben.

'Waarom heb je mij die stukken over Katharine Allen gegeven terwijl je eerst zei dat dat niet kon?'

Ze grijnst als haar misdrijf ter sprake komt. 'Ik was pissig op Simon. Hij heeft mijn notitieboekje meegenomen naar het werk, dat boekje dat jij hebt gezien – en toen heeft hij het aan al zijn collega's laten zien. Ik heb hem gevraagd om dat niet te doen, maar hij luisterde niet. Hij luistert nooit. Ah, nu snap ik waarom je mij voor deze grote gunst hebt uitverkoren. Je denkt dat jij wisselgeld hebt. Jij kunt Simon vertellen dat ik jou die kopieën van het dossier heb gegeven.'

'Dat zou ik nooit doen.' Ik sta op het punt haar te vragen hoe ze zoiets kan denken. Ik slik het nog net in. Zo'n soort vraag stel je niet aan iemand die je pas drie keer hebt ontmoet.

'Ik zou het inderdaad maar uit mijn hoofd laten,' zegt ze. 'Ik wil het zelf nog eens in kunnen zetten, om shockpunten te scoren in een of andere ruzie over wie er beter in is de ander te verneuken. Wat is het voor gunst?'

Hier moet ik bij zitten. Ik kies de stoel die er het minst smerig uitziet.

'Er is een huis in Surrey dat Little Orchard heet, een vakantiewoning. Ik heb er een keer gelogeerd, in 2003...'

Ze steekt haar hand op. 'Ik weet wel dat ik zei dat je de tijd mag nemen, maar als we zeven jaar geleden beginnen...'

'De achtergrond doet er niet toe,' zeg ik tegen haar. 'Ik wil dat huis nog een keer reserveren. Het is te huur via een website, My Home For Hire. Ik heb de eigenaar vannacht gemaild. Ze zei dat het huis niet meer verhuurd wordt, maar dat loog ze. Ze wil het alleen niet meer aan mij verhuren, maar... ik moet daar nog een keer naartoe.' Ik probeer de uitdrukking op Charlies gezicht te duiden, en hoop dat het geen ongeloof is.

'Dus je wilt dat ik het voor je boek, onder mijn naam?'

Ik knik. 'Ik betaal. Het kost je niets.'

'Niet dat ik je aanmoedig om het te doen, maar in theorie... Je zou het toch ook gewoon onder een verzonnen naam kunnen boeken?'

'Dat zou niet werken,' zeg ik. 'Op een gegeven moment moet ik toch dat geld overmaken. En als ik het contant betaal, wekt dat argwaan. Ik heb een echte bankrekening nodig die niet op mijn naam staat, en... die heb ik niet.'

'Dus toen dacht je aan de mijne?' lacht Charlie. 'Jij bent ongelofelijk.'

'Het enige wat jij hoeft te doen, is het geld overmaken dat ik je geef, en afspraken maken over de sleutel en de alarmcodes...'

'Amber, stop. Zelfs al had ik de tijd om heen en weer te rijden naar Surrey...'

'Dat hoeft niet. Ik heb Veronique Coudert nog nooit ontmoet...'

'Wie?'

'De eigenaar. Ik heb haar nog nooit ontmoet. Ze weet niet hoe ik eruitzie. Ik haal zelf de sleutels op, en dan doe ik of ik Charlie Zailer ben. Je hoeft dus bijna niets te doen.'

'En toch noemde je het net een grote gunst.'

'Het is ook groot... in conceptuele zin,' zeg ik. 'Praktisch gezien stelt het niets voor.'

'Aha. Conceptueel groot, want ongehoord slecht en verkeerd, maar het kost me weinig calorieën.' Ze schudt haar hoofd. 'En die eigenaar, dat Coudert-mens, wil het huis wel aan mij verhuren omdat... ik niet op de zwarte lijst sta?'

Ik kan het niet opbrengen om haar tegen te spreken.

'Dus jij staat daar wel op. Waarom?'

'Ik heb werkelijk geen idee,' zeg ik tegen haar.

'Mag ik dan ook heel eerlijk tegen jou zijn?' Ze steekt haar pink in de opening van haar blikje 7Up en probeert het van tafel te tillen. Het valt terug met een doffe plof. 'Als je deze gunst aan je beste vriendin vroeg zou dat niet netjes zijn, maar om het aan mij te vragen, iemand van de politie...'

'Mijn beste vriendin is dood. Ze is vermoord,' val ik uit. 'Iemand heeft haar huis in brand gestoken, twee jaar geleden.'

Charlie knikt. 'Dat heeft Simon me verteld. Maar je kent vast genoeg andere mensen, Amber. Waarom vraag je dit aan mij? Waarom niet aan Simon? Hoe laat heb je met hem afgesproken?' Ze kijkt op haar horloge. Ik vind het vreselijk dat ze zo veel weet, en dat ze zo veel macht heeft terwijl ik zo weinig macht heb.

'Waarom...' Ik moet stoppen om te slikken. 'Waarom zou ik het aan Simon vragen? Hij is... Dit is niet...' Mijn onvermogen om een verstaanbare reeks woorden uit te spreken maakt me bang. Gisteravond heb ik voor het eerst sinds mijn slapeloosheid begon helemaal niet geslapen.

'Het heeft niets te maken met de dood van Katharine Allen,' zeg ik tegen Charlie.

'O nee?'

'Nee.'

Dat is waar. Ik weet niet zeker of Jo iets heeft misdaan, of Neil. Ik weet niet of er een verband is tussen hen en Little Orchard, behalve dat ze er een keer gelogeerd hebben. Ik weet niet of zij iets in die studeerkamer hebben verstopt, of wat daar dan verstopt is. Misschien wel niets. Verstopt en privé zijn twee verschillende dingen.

'Je gaat Simon vertellen over dit gesprek, hè?'

'Ja. Hij is mijn man, en we werken allebei voor de politie. Als je dacht dat je mij om een grote gunst kon vragen en ik dat voor hem zou verzwijgen...'

'En gisteravond dan? Die aantekeningen die je mij hebt gegeven – je hebt er geen probleem mee om dat voor hem te verzwijgen.' Heeft ze gelijk? Zie ik dit inderdaad als wisselgeld? De vermoeidheid is als een mist die zich in mijn hoofd heeft genesteld en alles vervaagt; ik voel me niet meer veilig in dit gesprek. Ik heb geen idee waar ik mee bezig ben, wat ik denk of wat ik voel.

'Dat wilde ik inderdaad voor hem verzwijgen,' zegt Charlie. 'Maar ik denk inmiddels dat ik dat ook maar beter kan opbiechten.' Ze zucht. 'Amber, luister, wat ik gister heb gedaan was belachelijk, net als wat jij nu doet. Ik weet dat je niemand hebt vermoord. Daarvan ben ik even overtuigd als Simon, maar als je mijn mening wilt...'

Die wil ik niet. Daar heb ik nooit om gevraagd.

Ze vat mijn stilzwijgen op als teken om door te gaan. 'Het feit dat jij dat Little Orchard wilt boeken heeft er iets mee te maken. Met jouw vriendin, met Katharine Allen, en met de brand van vannacht. Ik weet niet wat het verband is, en ik geloof dat jij dat ook niet precies weet. Als je dat wel wist, zou je naar Simon gaan, als je zeker wist dat je niet voor gek zou staan. Ik ben Simon niet, maar ik ben wel met hem verbonden. Of jij het nu beseft of niet, dat is de reden waarom je mij dit vraagt. Dat, en het feit dat ik bekendsta om mijn belachelijke gedrag, waar ik alle verantwoordelijkheid voor op me neem.'

Ze glimlacht naar me. Ik ben niet in de stemming voor andermans glimlach.

'Ga hier direct mee naar Simon,' zegt ze. 'Ik weet dat je dat niet wilt horen, maar een beter advies heb ik niet voor je.'

Ik volg niet graag andermans advies op. Ik ben er niet goed in om mijn eigen instinct uit te schakelen en mezelf te dwingen het instinct van een ander te volgen. Ergens heb ik het gevoel dat Charlie Zailers oordeel minder betrouwbaar is dan het mijne. Ik herken mezelf niet in veel van haar uitspraken over mij. Ze zei dat ik naar Simon was gestapt en niet naar haar als ik zeker wist dat Little Orchard iets te maken had met de dood van Katharine Allen, en als ik zeker wist dat ik niet voor gek zou staan.

Dat klopt niet. Los van Luke, Dinah en Nonie kan het me niet schelen wat mensen van me denken. Als ik tegen Simon zeg dat er mogelijk een verband bestaat tussen Little Orchard en de moord op Katharine Allen, weet ik al wat zijn volgende stap is. Het zou hem geen enkele moeite kosten om de afgesloten studeerkamer binnen te gaan; als je bij de politie werkt en je onderzoekt een moordzaak, mag je de deur intrappen.

Wat er ook maar in die kamer is, ik wil het zien voordat hij het ziet.

Waarom? Omdat je denkt dat je iets te weten komt over Jo en Neil? Omdat Neil Luke's broer is, en hij misschien iemand heeft vermoord...

Hoe kun je dat zelfs maar denken?
Neil heeft niets gedaan. Ik word krankzinnig van het slaapgebrek. Ik heb het niet tegen Simon gezegd, omdat er geen goede reden is om aan te nemen dat er een verband is tussen Little Orchard en wat voor moord dan ook, op Katharine of op Sharon. Een verband in mijn hoofd is niet hetzelfde als een verband in de echte wereld.

Hij komt er toch wel achter, waarschijnlijk zodra hij vanavond thuiskomt. Laat Charlie het hem maar vertellen; mijn keel is al rauw en ontstoken aan een kant van het vele praten. Ik vraag me af of ik soms ziek word. Als ik ziek word, voel ik het hier altijd als eerste: vlak bij mijn amandelen.

Als hij er vanavond achter komt, heb ik alleen nog vanmiddag om... wat wil ik eigenlijk doen? Ik weet niet in hoeverre ik dit serieus meen. In elk geval niet serieus genoeg om onder woorden te brengen wat ik precies van plan ben.

Ik wrijf in mijn nek terwijl Simon doorleest wat hij heeft opgeschreven om te controleren of hij nu alles heeft. 'Moet je iemand vertellen van die verkeerscursus?' vraag ik hem.

'Eigenlijk wel. Maar... zolang ik het in mijn achterhoofd hou tijdens het verdere onderzoek, kan ik het misschien voor me houden. Ik kan je alleen niets beloven. Het spijt me.' Hij kijkt me vol verwachting aan. 'Kun je nog een halfuurtje door? Ik heb nog wat vragen.'

Ik weet niet of mijn ogen zo lang open blijven. Ik moet slapen. Ging Simon maar weg, dan kon ik minstens een uur knock-out gaan, opgekruld op deze enorme gebloemde bank. Ik mag van mezelf niet hopen dat ik hier, in Hilary's huis, beter slaap dan thuis. Ik weet niet hoe ik op het idee kwam, en ik probeer het uit mijn hoofd te zetten sinds ik me ervan bewust werd.

Er is nog een detail dat ik niet met Simon heb gedeeld: hoe Luke en de meisjes en ik hier terecht zijn gekomen. Ik heb onze nieuwe woonomstandigheden met zo min mogelijk mysterie en als volkomen logisch gebracht: we logeren bij familie. Daar heeft hij verder niet naar gevraagd, omdat het voor de hand ligt. Wat minder voor de hand ligt, ondanks het feit dat Hilary's huis groot genoeg is voor nog zes logees, is dat zij en Kirsty tijdelijk bij Jo en Neil zijn ingetrokken. Daardoor is hun huis vanaf vandaag nog navranter niet-groot-genoeg-voor-alle-mensen-die-er-wonen dan het al was.

Het was de enige optie. Ik probeer er niet aan te denken hoe het gebeurde, want ik vind het doodeng. Het klopt niet; het klopte al niet toen het gebeurde, en toch wisten alle aanwezigen, mijzelf incluis, wat er ging gebeuren en begroette iedereen het als goede oude vriend toen het eenmaal zover was. We zijn allemaal zo gewend aan de gekte; niemand is er nog door van zijn stuk. Zodra we alleen waren, zei ik tegen Luke: 'Dit is volkomen krankzinnig.' 'Ik klaag niet,' zei hij. 'Wij hebben nu een groot huis voor onszelf voor zolang we het nodig hebben, en het ligt nog op de route van de schoolbus ook. Wees blij dat we niet bij Jo hoeven te logeren. Dat was pas een nachtmerrie geweest.'

Op dat moment drong het tot me door: we zijn er weliswaar allemaal aan gewend, maar ik ben de enige die het als 'gekte' ziet.

Het had nooit als onvermijdelijk moeten voelen dat we bij Jo terecht zouden komen. Het maakt me bang dat Luke dat niet zo duidelijk ziet als ik. Ze heeft er nog wel op aangedrongen dat we bij hen introkken; het was het eerste wat uit haar mond rolde nadat ze vroeg: 'Is alles goed met jullie?' We hadden kunnen zeggen: 'Nee, bedankt.' In plaats daarvan maakten we voorzichtige uh- en eh-geluidjes om aan te geven dat het misschien niet zo'n goed idee was voor haar als wij met zijn allen bij haar neerstreken. We deden een beroep op haar eigenbelang en verder niets.

Omdat het nergens anders om gaat.

Ze zei dat we niet zo raar moesten doen, en dat ze het heerlijk zou vinden als wij allemaal kwamen logeren, en ze begon al over haar stoelen die je uit kon trekken tot bedden, met echte springveren matrassen. Ik luisterde niet echt. Ik probeerde iets in mijn hoofd om te zetten zodat ik ja kon zeggen zonder te willen sterven. Vroeg ik me af hoe Luke zich voelde, of kwam dat pas later? Ik wist dat hij niet zat te springen om de krappe behuizing bij Jo, en ook niet om voor het eerst sinds vijfentwintig jaar met zijn vader onder een dak te wonen, maar zat er wat hem betrof meer achter dan dat? Ik durfde hem niet te vragen naar zijn mening over Jo, en dat durf ik nog steeds niet. Hij zou willen weten waarom ik dat vraag, en hij zou de vraag omdraaien.

Hilary was onze redding. Ze zei: 'Ik heb een beter idee, Jo. Als Kirsty en ik nu eens een paar weken bij jou intrekken? Dan kunnen Kirsty en jij wat meer tijd samen doorbrengen, want dat zou voor jullie allebei heel goed zijn, en Amber, Luke en de meisjes kunnen in ons huis logeren, en –'

'Wat fijn,' zei ik voor ze uitgepraat was. 'Dat is echt ontzettend aardig van je, Hilary. Weet je zeker dat je het niet erg vindt?' Ze gaf niet meteen antwoord. Ik was bang dat ik haar verkeerd had begrepen, maar hoe zou ik dat kunnen? Er was niets dubbelzinnigs aan haar voorstel. Op dat moment zag ik dat iedereen naar Jo keek. Iedereen: Luke, Neil, Hilary, Sabina, Quentin, Dinah en Nonie. William en Barney lagen boven te slapen. Ergens verbaasde het me dat Jo hen niet ook uit bed had gehaald; dan was de familiebijeenkomst completer, en de kamer voller geweest. Quentin, Hilary en Sabina waren alle drie gesommeerd uit bed te komen, ook al begreep ik niet waarom. Hilary moest een buurvrouw wakker maken om op Kirsty te passen zolang zij weg was. Ritchie, Jo's broer, was ook uitgenodigd, maar die kon niet vanwege ziekte. Hij had buikgriep.

'Briljant idee, mam!' grinnikte Jo. 'Perfect. Dat ik daar zelf niet aan heb gedacht.'

Voelde Hilary dat ik absoluut niet bij Jo wilde logeren maar dat ik dat niet durfde te zeggen? Redde ze mij, bewust?'

'Amber? Ben je wakker?' *Simons stem.*

Mijn oogleden zijn zwaar als beton. Ik dwing ze open te blijven. 'Het antwoord op die vraag is altijd ja. Behalve de antwoorden die ik je al heb gegeven, heb ik verder niets meer voor je.'

'Ik heb nog nooit iemand verhoord die zo goed is in het beantwoorden van vragen als jij,' zegt Simon ernstig. 'Daarom wil ik er nog een paar stellen, juist omdat je me zo veel hebt verteld. Klinkt dat logisch?'

Ja. Ik ben te uitgeput om onnodige woorden te vormen.

'Jouw schoonzus, Johannah. Jo. Je zegt dat je haar hebt gevraagd om je achteraf zo veel mogelijk details te vertellen nadat zij in jouw plaats naar die verkeerscursus was geweest. Waarom was het zo belangrijk voor je om die details te weten?'

'Omdat ik daar had moeten zijn. Ik wist dat wat Jo en ik deden... Enfin, ik vond het zelf eigenlijk niet zo erg – volgens mij doet het er uiteindelijk niet toe of mensen liegen over zinloze cursussen die nergens toe leiden – maar ik wist wel dat het tegen de wet was. Officieel had ik die cursus zelf moeten bijwonen, en dat heb ik niet gedaan, maar als ik in elk geval precies wist wat er was gebeurd, als ik het gevoel had dat ik er geweest was...' Ongeduldig schud ik mijn hoofd, misselijk van mijn langdradige rechtvaardiging. 'Zelfbedrog is het kortere antwoord,' zeg ik.

'En toen je Jo vertelde dat je tot in microscopisch kleine details wilde horen over die cursus, vroeg zij zich toen niet af waarom?'

'Nee. Ik denk dat zij aannam dat ik verslag moest kunnen doen als mensen me ernaar vroegen.'

Neemt hij genoegen met mijn verklaring? Lastig te zeggen. Zelfs als hij complimenten uitdeelt, hebben zijn trekken iets kritisch.

'Je omschreef Jo als "verslaafd aan haar morele gelijk". Waarom zou ze iets illegaals voor jou doen terwijl ze dat zelf verkeerd vindt?'

'Omdat ze ook verslaafd is aan macht. Als zij haar... morele zuiverheid opoffert als een enorme gunst aan mij, sta ik bij haar in het krijt.' Ik bijt op mijn lip, want mijn antwoord bevalt me niet. Het klopt wel, maar dit is lang niet alles. 'Ze doet vaak heel hatelijk tegen mij, maar... dat gebeurt altijd heel snel, als in een onbewuste flits. Het is voorbij voor ik er erg in heb. En ze is nooit gemeen genoeg, althans, niet lang genoeg. Ik heb nooit het gevoel dat ik bewijs in handen heb. De laatste tijd vraag ik me af of ze dat expres zo doet.'

'Hoe bedoel je?' vraagt Simon.

'Als tactiek. Ze paait je door veel meer voor je te doen dan je ooit zou verwachten: ze offert meer op, kookt meer, behoedt je voor allerlei nare dingen. En als je dan dichtbij genoeg bent en je haar weer vertrouwt, steekt ze weer een mes in je ziel.'

'Ga door.'

Meent hij dat nou? Hij is vast een masochist.

Ik heb officieel toestemming om dingen te zeggen die ik altijd met zo veel moeite binnenhou. 'Eigenlijk zou ze me moeten helpen waar ze kan, zonder mij met een schuldgevoel op te zadelen, of ze moet me helemaal niet helpen, omdat dat tegen haar principes is. Het is het een of het ander. Ik heb haar niet gevraagd om die cursus in mijn plaats bij te wonen. Zij bood het aan. Ik had nee moeten zeggen. Dan was ik mijn rijbewijs maar een poosje kwijt geweest. Nou en? Sorry, Jo, maar je kunt je niet laten voorstaan op je rechtschapenheid als je iets doet wat niet door de beugel kan. Als het dan echt zo vreselijk fout is, doe het dan niet, behalve als je eigenlijk heel graag een groot gebaar wilt maken, dat des te groter is omdat je het *dubbel* afkeurt. Je keurt het af dat ik bereid ben de wet te schenden door jou in mijn plaats naar die cursus te laten gaan, en je keurt de reden af waarom ik er niet zelf naartoe ga.' *Verdomme.* Ik zit tegen Simon te schreeuwen alsof hij Jo is. Wat gênant. 'Sorry,' mompel ik zachtjes.

Waarom kan ik makkelijker vrij associëren tijdens een politieverhoor dan in hypnotherapie? Misschien kan Simon Waterhouse me wel van mijn slapeloosheid genezen.

'Ga verder,' zegt hij. Hij zou, denk ik, een goede therapeut zijn. Hij eist niet van me dat ik een trappenhuis bedenk, dat is zijn geheim.

'De hele situatie bracht Jo precies wat ze hebben wilde. Ze droeg de lasten van mijn zonde, als een soort Jezus, en zelf werd ze daar een heilige van. Ze deed het niet voor mij. Dat heeft ze wel duidelijk gemaakt. Ik zou mijn straf dubbel en dwars verdiend hebben. Maar Dinah en Nonie waren argeloze schepsels, die het niet verdienden te lijden...' met mijn vingers maak ik aanhalingstekens in de lucht, "...want die hebben al genoeg voor hun kiezen gehad".'

'Zei ze dat?'

Ik knik, blij dat hem dit speciaal opvalt. Jo heeft me heel subtiel in dezelfde categorie geschaald als de moordenaar van Sharon, waarbij ze zichzelf afschildert als de redder van Dinah en Nonie.

Simon kijkt naar me en wacht af.

'Ik moet de meisjes overal naartoe kunnen brengen,' verklaar ik. 'Naar vriendinnetjes, paardrijles, schaatsles... al die dingen. Om hun bestwil liet Jo zich moreel compromitteren. Het is altijd om een ander. Een paar jaar geleden heb ik haar in vertrouwen genomen en haar iets verteld wat ze niet aan Luke mag vertellen. Iets wat ik heb gedaan.'

Waarom vertel je dit aan hem?

Ik vertel het niet. Beschrijven hoe Jo reageerde op het geheim en het geheim delen zijn twee verschillende dingen.

'Ik kende Jo toen nog niet zo goed als nu, anders had ik het haar nooit verteld. Ik was nog onder de indruk van haar goede kant. Ze beloofde dat ze er niets over zou zeggen – omwille van Luke, in dat geval. En ik moet haar dankbaar zijn omdat ze haar kraakheldere morele integriteit opoffert omdat ze zo veel geeft om degene die ik op dat moment zo in de kou laat staan. Het spijt me als je hier niets van snapt.'

'Ik snap het prima.' Simon, die in zijn notitieboekje schrijft, gaat verzitten in de groene oorfauteuil. Draadjes van de gescheurde stof rusten op zijn schouders als magere groene vingertjes. Bijna al Hilary's meubilair ziet eruit alsof het van de rommelmarkt komt. Ondanks de slechte staat van onderhoud – bladderende verf op de kozijnen, ontbrekende stukjes glas in lood in het paneel boven de voordeur – is het een prachtig huis. *Vooral als het huis van Jo het alternatief is.*

'Weet je waar ik me echt over opwind?' zeg ik. 'Jo had datgene wat ik haar vroeg te verzwijgen best aan Luke kunnen vertellen. Waarom niet? Ze bleef maar zeggen dat ik het *zelf* moest vertellen, en ze praatte me zo'n schuldgevoel aan omdat zij het zo vreselijk vond om tegen hem te liegen, dat het ruim een jaar duurde voor ik doorhad dat ze wel gewoon loog. Tenminste, als iemand niet vertellen wat hij zou willen weten, telt als liegen.' Ik zucht, doe mijn ogen dicht en dwing ze weer open te gaan. 'Toen ik zei dat ik het nooit aan Luke zou vertellen, was het net alsof Jo me niet verstond. Ze bleef maar zeggen dat ik het wel moest vertellen, en de reden waarom was zij, steeds maar weer: zolang wij samenspanden om het hem niet te vertellen, zat zij moreel in de knel.'

Simon fronst. 'Je zegt dat ze er niets over zei omwille van Luke, maar als ze probeerde om jou over te halen het aan hem te vertellen...'

'Ja, omwille van hem: hij had er recht op het uit mijn mond te horen, hij had recht op mijn biecht. Vertaling: ze wilde dat ik in de problemen kwam zonder dat ik haar daar direct van kon beschuldigen. Daarom bracht ze haar zogenaamde principes niet in praktijk en heeft ze het Luke niet verteld. Moreel in de knel! Alsof ze dat anders niet zou zijn, alsof ze zonder de smet van mijn ranzige geheim op haar blazoen vrij van zonden zou zijn! Grappig dat haar morele status er kennelijk totaal niet onder lijdt dat ze naar hartenlust onhebbelijk tegen mij doet.'

'Laat mij even advocaat van de duivel spelen – heb je haar niet in een lastige situatie gebracht door haar in vertrouwen te nemen? Als je wist dat zij niet gelukkig zou zijn om mee te werken aan bedrog...'

'Ik moest met iemand praten. Ik dacht dat zij mijn vriendin was.' Ik wrijf met mijn vingers in de holtes onder mijn ogen. Ze voelen te diep, te pijnlijk. 'Is het niet ook bewonderenswaardig als je kunt accepteren dat de puinhoop van andere mensen geen moer met jou te maken heeft, en om de verleiding te weerstaan om zelf de hoofdrol te pakken, als rechter? Accepteren dat jouw gedachten en daden er ethisch niet toe doen, omdat het niet *jouw* dilemma is, het moreel besef van de ander de ruimte geven te groeien, zelfs als het... dubieus is?'

Maar ze had uiteindelijk wel gelijk, of niet soms? Jij zei tegen haar dat het er niet toe deed, maar het deed er wel toe.

Ik vraag me af of Jo in Little Orchard ook moreel in de knel zat toen ze Neil midden in de nacht uit bed haalde en weigerde uit te leggen waarom ze William en Barney moesten oppakken en wegwezen. Ik durf er al mijn geld om te verwedden dat dat niet zo was; want de noodzaak tot geheimhouding lag bij haar, en niet bij mij, dus het kon nooit slecht zijn.

'Je wilt me zeker niet vertellen om welk geheim het ging?' vraagt Simon.

'Als het relevant was, zou ik het zeggen. Geloof me, dat is het niet.'

'Jij zei dat Jo jouw reden om niet zelf naar de verkeerscursus te gaan afkeurenswaardig vond?'

'Ik was van plan om te gaan, maar toen belde Terry Bond.' Van het ene schokkende verhaal naar het andere, zonder onderbreking. Kreunen is vast onbeschoft. Simon kan hier ook allemaal niets aan doen.

'Terry Bond, de voormalige eigenaar van de pub de Four Fountains?'

Ik knik. 'Hij zit nu in Truro, maar we spreken elkaar nog weleens. Hij belde me om te zeggen dat zijn restaurant eindelijk open was. Hij wilde het al maanden eerder openen, maar er waren allerlei tegenslagen. Hij organiseerde een lopend buffet om het te vieren, bij wijze van openingsfeest. Hij zei dat ik moest komen, omdat hij het anders de moeite niet vond. Het was op dezelfde dag als de verkeerscursus, en het was erg kort dag, maar... ik kon niet weigeren. Ik wilde niet weigeren.'

Simon wacht tot ik verderga.

'Hij had me nodig.' Als mijn ogen nog vocht overhadden, zou ik nu waarschijnlijk huilen. Als ze niet helemaal opgedroogd waren door het slaapgebrek. 'Vanwege wat er allemaal met Sharon is gebeurd, en omdat... omdat ik zelf ook belangrijk voor hem ben. En om nu vanwege zo'n bullshitcursus –'

'Jij bent belangrijk voor Terry Bond? Hoezo?'

'Ik wist dat hij geen moordenaar was. Daar heb ik de politie uiteindelijk van overtuigd. Of als je de voorkeur geeft aan Jo's versie van het verhaal, ik wist er niets van, en ik hield mezelf voor de gek: Terry zou Sharon best vermoord kunnen hebben, en aangezien ik niet kan beweren dat ik zeker ben van het tegendeel, heb ik de nagedachtenis aan mijn beste vriendin verraden door naar de opening van zijn restaurant te gaan.'

'Dus als ik Bond spreek, kan hij jou een alibi geven?' zegt Simon.

'Ja. Als je tenminste bereid bent een voormalige verdachte in een moordzaak te geloven.'

'Heb je nog geprobeerd om de cursus te verschuiven naar een andere datum?'

'Dat had ik al zo vaak gedaan, ik mocht nu niet meer verschuiven.'

'Dus... wat jij ons vertelde over ene Ed, en zijn dochter die omgekomen was bij een auto-ongeluk – dat heb je allemaal van Jo?'

Ik knik.

'Heeft ze je ook verteld dat ze hoog van de toren heeft geblazen over de rechten en de vrijheid van autobestuurders?'

'Jo?' Ik moet lachen. 'Als iemand dat tijdens die cursus heeft gezegd, kan zij dat nooit geweest zijn. Ze is een enorme fan van het straffen van kleine vergrijpen.' *Uiteraard.* Mensen die zichzelf als deugdzaam bestempelen kunnen via een straf een ander pijn doen zonder dat hun reputatie eronder lijdt.

Simon bestudeert zijn aantekeningen. 'De vrouw die zichzelf Amber noemde heeft dat gezegd. Er nam maar een Amber deel aan de cursus.' Hij kijkt me aan om te checken of ik het begrijp. 'Auto's zijn dodelijke machines, zei ze – als we die in ons leven toelaten, moeten we accepteren dat er doden vallen. Wat we niet moeten accepteren is dat we allemaal onnatuurlijk langzaam moeten rijden en de hele tijd aan de dood moeten denken, en gedwongen worden om ons zorgen te maken over snelheidscontroles, boetes; dat we op zinloze cursussen gestuurd worden. Heeft ze jou daar niets van verteld?'

'Nee. Zo denkt Jo er helemaal niet over. Zij ziet het precies andersom.'

'Misschien deed ze jou niet alleen in naam na,' oppert Simon. 'Zou het kunnen dat zij dacht dat dit jouw mening is?'

Ik huiver en mijn huid prikt. Dan denk ik nog eens na. *Dat ik er bang voor ben, wil nog niet zeggen dat het waar is.* 'Ja, maar... ze zou zulke meningen nooit willen uiten. Jo wil dat alleen haar eigen meningen worden gehoord en niet die van een ander.'

'Jij hebt laten vastleggen dat jij van mening bent dat iemand van de bewonersvereniging Sharon heeft vermoord,' zegt Simon, plotseling op een ander onderwerp overstappend. 'Geloof je dat ook echt?'

'Dat heb ik nooit zo gezegd. Ik heb gezegd dat het mogelijk is, en ik heb erop gewezen dat aangezien Sharon wat de vergunning van de pub betrof was overgestapt van hen naar Terry, zij een motief hadden, en hij niet. Het was een gotspe, hoe ze allemaal in de rij stonden om hem te beschuldigen.'

Maar jij hebt nooit echt gedacht dat een van hen de moordenaar was, of wel soms?

'Amber? Gaat het?'

'Ja, hoor,' lieg ik. 'Ik ben alleen moe.'

'Wie heeft Sharon volgens jou vermoord?'

Niemand. Niemand.

Ik wil niet dat er een naam bij me opkomt. Ik haal mijn schouders op.

'Denk je dat het dezelfde persoon is als degene die vannacht jouw huis in brand heeft gestoken?'

Meent hij dat nou? Hoe moet ik dat weten?

Je weet het.

'Maak je geen zorgen,' zegt Simon terwijl hij net nog zo zijn best deed om mij bezorgd te maken. 'Voorlopig staat er hier politie voor de deur, en ook bij de school van Dinah en Nonie. Alle leraren zijn van de situatie op de hoogte.'

Ik hou me in en zeg niet dat ik politiebewaking voor Hilary's huis heb gezien, of wat daarvoor moet doorgaan, en dat ik niet erg onder de indruk ben: tot dusverre bestaat hij uit een jonge bobby in uniform, met scheeruitslag en een veel te harde autoradio.

'Nog een paar vragen over Dinah en Nonie Lendrim,' zegt Simon, alsof ik niets met hen te maken heb en het twee willekeurige meisjes zijn die niet eens mijn achternaam hebben. Als de adoptie doorgaat, blijven Dinah en Nonie Lendrim heten. Luke grapte dat we allebei onze achternaam aan die van hen moesten toevoegen. 'Een driedubbele achternaam,' zei hij. Dinah en Nonie Hewerdine-Utting-Lendrim. Hij vroeg me of de kinderen op school met een dubbele achternaam zich daardoor bedreigd zouden voelen. We moesten erom lachen.

'Weet je wie hun vader is, of zijn het twee vaders?' vraagt Simon.

'Nee. Sharon wist het zelf ook niet. Ze heeft zich kunstmatig laten insemineren, allebei de keren.'

Hij kijkt alsof hij niet precies weet wat dat inhoudt.

'Ze heeft bij een of ander privé-instituut donorzaad gekocht. Meer weet ik niet. Ik moest zweren dat ik het nooit aan iemand zou vertellen.' *Ik weet niet of ik voor jou een uitzondering mag maken, maar ik hou mezelf voor dat zij dat goed zou vinden.*

'En Marianne, Sharons moeder – die is tegen de adoptie, ook al wil ze de meisjes niet zelf hebben en heeft ze er geen bezwaar tegen dat jij en Luke hun voogd zijn?'

Ik knik. 'Ze wil alleen de adoptie tegenhouden.'

'Waarom?'

Omdat ze een vuile heks is. Ik moet een ruimdenkender, informatiever antwoord verzinnen. 'Ze ziet er het nut niet van in. Dinah en Nonie wonen al bij ons, en wij zijn hun voogden... Volgens Marianne zouden wij Sharons bestaan ontkennen als wij hun ouders worden, alsof zij nooit hun moeder is geweest. Dat is zo'n onzin!' zeg ik fel. 'Sharon blijft altijd hun moeder. Luke en ik zouden alleen hun adoptieouders worden. Dat is iets anders. Het is niet een kwestie van of-of.'

'Maar... je zei eerder dat alles zou blijven zoals het nu is, praktisch gezien. Waarom is het dan zo belangrijk voor jou dat Luke en jij hen adopteren?'

'Vraag je nu of wij onvruchtbaar zijn? Dat zijn we niet.'

'Nee.' Hij kijkt verbaasd. 'Daar doelde ik niet op.'

Ik mompel iets van een verontschuldiging. Schamen andere mensen zich net zo vaak voor hun idiotie als ik?

'Wij vinden het belangrijk omdat Dinah en Nonie het belangrijk vinden,' zeg ik tegen hem. 'Ze willen een vader en moeder.' Begrijp je dat? Zelfs al is dat zo, dan nog is zijn begrip waardeloos als hij ook Mariannes punt ziet: dat er geen noodzaak is. *Als er geen noodzaak is, als er toch niets verandert, waarom ga je dan die juridische strijd aan als je daar alleen maar tijd en geld mee verspilt, de meisjes verdrietig mee maakt en een arme oude dame op stang jaagt die haar enige dochter kwijt is?* Ik haal diep adem en breng mezelf in herinnering dat Simon dit allemaal niet heeft gezegd, en dat ik ook geen enkele reden heb om aan te nemen dat hij dit denkt.

Ik praat tegen hem alsof ik de verzamelde pers toespreek. Mensen die een persconferentie houden, spreken niet altijd de waarheid. Ze kijken naar wat ze als waarheid willen zien, en presenteren dat als een feit. 'Dinah en Nonie willen ouders, en die krijgen ze ook,' zeg ik, alsof er geen enkele andere uitkomst mogelijk is.

Ik begin een vermoeden te krijgen waarom Amber het zo moeilijk vindt om het Little Orchard-mysterie los te laten. Omdat ze slim is en, of ze zich daar nu bewust van is of niet, een heel sterke intuïtie heeft, is zij de enige in de familie die voelt dat er iets ernstig mis is met Jo. Neil, Hilary en Sabina vinden Jo waarschijnlijk gevoelig – een beetje bazig en heerszuchtig, misschien – maar Amber is de enige die er iets kwaadaardigers of gevaarlijkers in ziet. En toch gaat Amber regelmatig bij Jo op bezoek, dus feitelijk bezien weet ze dat alles in Jo's leven door de beugel kan. Het enige wat ze niet weet, is het onopgeloste raadsel: waar ging Jo heen toen ze die kerst verdween? Waarom verdween ze? Waarom kwam ze weer terug?

Het mysterie achter het mysterie; Amber hoopt dat het antwoord op de meer gelokaliseerde vraag automatisch leidt tot het antwoord op de vraag die zich nooit laat formuleren, en die dus nooit kan worden gesteld.

Zo hoeft het niet te werken. We kunnen het ook andersom doen. Ik zal het bewijzen. Dankzij Ambers tamelijk verbluffende talent om de historie verbaal na te spelen, heb ik er inmiddels alle vertrouwen in dat ik het ongrijpbaarder vraagstuk kan oplossen, al heb ik nog steeds geen idee waar Jo, Neil en de jongens naartoe gingen, of waarom.

Uit wat ik tot nu toe over Jo heb gehoord, maak ik op dat ze lijdt aan een narcistische persoonlijkheidsstoornis. Ze is een klassieke narcist die anderen psychologisch mishandelt. Ze is zo bang om alleen te zijn dat ze zo veel mogelijk mensen in huis stopt; ze is wreed en kritisch, en gunt anderen geen eigen mening; ze spreekt zichzelf tegen. Amber, alles wat jij hebt verteld over hoe Jo het ene moment gemeen kan uithalen, en het volgende moment eist dat je meespeelt in haar spel dat er nooit een uitbarsting heeft plaatsgevonden – dat is typerend voor de narcistische persoonlijkheidsstoornis. Je hebt zelf verteld dat Sharon die diagnose al stelde, hoewel ze het waarschijnlijk als grap bedoelde toen ze zei dat jij een bron van narcistisch genoegen voor Jo was. Uit haar ervaring met haar eigen moeder wist Sharon natuurlijk alles over gevaarlijke narcisten. Narcisten slaan toe met hun vergif als jij je rot voelt; dat gaat bij hen net zo automatisch als jij en ik een boer laten. Zodra de lucht die eerst gevangenzat vrijkomt, voelen we ons beter: dan voelen we ons weer normaal. Een narcist kent geen schuldgevoel en is zich er niet van bewust dat zijn of haar onplezierige uitbarstingen een nadelig effect op anderen hebben.

Simon, wat kijk je ongemakkelijk. Je vraagt je vast af hoe ik een diagnose kan stellen bij een vrouw die ik nog nooit heb ontmoet. Helaas kom je bij een narcist vaak niet verder dan een diagnose op afstand. De meeste narcisten haten het idee om in psychotherapie te gaan. Ze zijn er bang voor. Ze praten er denigrerend over en maken het belachelijk tegen wie het maar wil horen. Ze beschuldigen therapeuten ervan dat ze ziek en verdorven zijn, en dat ze het hoofd van hun cliënten volstoppen met leugens. Narcisten hebben zelf weinig last van psychologische problemen, want ze vinden het niet erg hun stoornis te ontkennen en ervan uit te gaan dat de rest van de wereld blaam treft voor alles wat eventueel misgaat. Het zijn de mannen, vrouwen, kinderen en collega's van narcisten die met duizenden tegelijk in therapie gaan – letterlijk – vanwege het lijden dat hun door de narcisten in hun leven wordt aangedaan.

En voor Amber erop wijst dat Jo zo toegewijd is aan haar kinderen... Dat zijn alle narcisten, zolang die kinderen hen maar in een gunstig daglicht zetten en hen als de bron van alle wijsheid behandelen. God sta hen bij als zo'n schattige accessoire iets te onafhankelijk wordt, en eigen denkbeelden ontwikkelt die niet overeenstemmen met die van de narcist.

Laten we dit eens loslaten op kerstavond in Little Orchard. Jo heeft geen vrienden en lijkt ook geen interesse te hebben om vriendschappen te sluiten. Zij is het liefst met familie: haar eigen familie, haar gezin met Neil, en schoonfamilie zoals Luke en Amber. De kans is groot dat ze in haar eigen gezin van vroeger een of ander trauma heeft opgelopen waardoor ze nu een narcist is, maar omdat het narcisme draait om het verdringen van echte pijn en in plaats daarvan gelooft in een valse, geïdealiseerde versie van jezelf, je leven en je levensgeschiedenis, heeft Jo haar jeugd, haar moeder, en haar broer en zus geïdealiseerd – misschien aanbidt ze hen zelfs wel, of gelooft ze op zijn minst dat ze volmaakt zijn.

Mensen die te veel aan hun familie hechten – en iemand die geen vrienden heeft moet wel in die categorie vallen – hechten meestal meer aan het gezin waar ze in geboren zijn dan aan het gezin dat ze zelf hebben gesticht. Je snapt wel waarom: het gevoel dat familie belangrijker is dan wat dan ook is hun binnen het oorspronkelijke gezin bijgebracht, het idee dat 'alles wat je ooit nodig hebt binnen deze vier muren te vinden is, dus je hoeft er niet op uit'. Het zou heel dom zijn van het oorspronkelijke gezin, of wie daarover ook maar de baas is, om de kinderen zo te hersenspoelen dat hun 'gekozen' gezin voorrang krijgt op het bestaande gezin, als ze eenmaal groot zijn en trouwen en zelf kinderen krijgen. Het tegenovergestelde gebeurt juist: om hun eigen kracht en invloed te behouden, voedt het oorspronkelijke gezin het geloof in haar kinderen dat, ook al is het gekozen gezin natuurlijk heel belangrijk, omdat er niets zo belangrijk is als familie, dat nieuwe gezin nooit zo belangrijk kan zijn als het oude.

Jullie hebben vast allebei weleens vrouwen ontmoet die de mening van hun man in de wind slaan, en buigen voor die van hun vader. Mannen die hun jonge kinderen hun behoeften ontzeggen als die hun opa of oma niet uitkomen. Jo is een klassiek voorbeeld, waarschijnlijk zelf dochter van een narcist. Vindt Hilary het erg dat

Kirsty haar voor alles nodig heeft, of heeft ze het juist nodig om haar eigen ego te strelen en om zich belangrijk te kunnen voelen? Narcisten komen voort uit en stichten gezinnen die te veel waarde hechten aan dat gezin. Ze moeten wel. Wie zou er bevriend willen zijn met iemand die zich zo vreselijk en zo onbetrouwbaar gedraagt? Familieleden kun je gemakkelijker hersenspoelen, en die kunnen niet zo makkelijk aan je ontsnappen.

Amber daarentegen is niet meer dan Jo's schoonzusje. Zij kan juist wel makkelijk ontsnappen. Ze zou bijvoorbeeld vanavond tegen Luke kunnen zetten: 'Jo is een vals kreng. Ik hoef haar nooit meer te zien.' Waarom doet ze dat niet?

Het mysterie achter het mysterie.

Neil, Jo's echtgenoot, heeft geen idee waarom hij op kerstavond 2003 midden in de nacht wakker werd gemaakt en werd gedwongen om het huis in het geniep te verlaten. Ze hoeft hem toch niet te vertellen waarom? Goed, hij is dan wel familie, maar er is geen bloedband. Hij is geen lid van Jo's eerste gezin, het gezin dat in de zitkamer bleef zitten toen de rest naar bed ging, om iets geheims en belangrijks te bespreken.

Als iemand weet waarom Jo besloot dat zij, Neil en de jongens die nacht moesten verdwijnen, is het Hilary, Jo's moeder, of Ritchie, haar broer. En zelfs al weten ze het niet, dan nog durf ik er iets om te verwedden dat de verdwijntruc is veroorzaakt of te maken heeft met dat geheime gesprek in de zitkamer.

Gaat het, Simon? Wil je soms een glaasje water?

8

02/12/2010

'Heb jij waardering voor je ouders?' vroeg Marianne Lendrim, alsof zij het verhoor leidde. Toen ze meteen bereid was om naar het bureau te komen, ging Gibbs ervan uit dat ze ook bereid zou zijn om vragen te beantwoorden. Dat zag hij verkeerd. Tot dusverre had zij alle vragen gesteld. Ze leek totaal niet onder de indruk toen hij volhield dat hij haar niets kon zeggen omdat het onderzoek vertrouwelijk was. Deze vraag, over zijn ouders, was de eerste vraag van haar kant waar hij wel antwoord op kon geven.

'Ik kan prima met hen opschieten,' zei hij tegen haar.

'Opschieten is geen kunst. Waardeer je alles wat ze voor je hebben gedaan?'

'Waarschijnlijk niet zoveel als ik eigenlijk zou moeten.' Het was niets persoonlijks. Volgens Olivia had Gibbs voor de meeste dingen te weinig waardering. 'Daar kun je niets aan doen,' had ze tegen hem gezegd. 'Volgens mij komt het door je ouders, ook al heb ik die nooit ontmoet. Kinderen van enthousiaste mensen worden zelf ook enthousiaste mensen. Hebben jouw ouders je ooit gewezen op mooie dingen toen je klein was? Hebben ze met je gepraat over schoonheid en vreugde, kon je een beetje *lol* met ze maken? Er zijn veel mensen met wie je geen lol kunt maken.'

Gibbs' moeder en vader zeiden überhaupt nooit veel, en als ze wel iets zeiden, ging het meestal nergens over. Gewoon de gebruikelijke onzin, zoals de meeste mensen. Gibbs had meer met zijn ouders gemeen dan met Olivia. Schoonheid en vreugde? Hij kende niemand die het daar ooit over had, en dat leek hem ook voor de hand te liggen. Zelfs al de gedachte aan die begrippen leek helemaal fout als je tegenover iemand als Marianne Lendrim zat, die daar haaks op stond. Ze droeg haar haar in twee vlechten die ze als een snoer saucijsjes achter haar oren had vastgespeld. Aan weerszijden van haar neus bungelden haar wangen als twee lege roze zakjes. Ze keek hooghartig en kritisch, alsof niets wat ze zag of hoorde haar beviel. Haar kleding zou geen mens staan: een op het oog dure roodfluwelen rok met een zijsplit en zichtbare grijze voering, waar ze een dikke zwarte maillot bij droeg en enorme zwart met grijze gympen. Was ze soms van plan naar Buckingham Palace te rennen voor een audiëntie bij de koningin zodra Gibbs klaar was met haar?

'Als ik jou was zou ik maar eens wat waardering krijgen voor je pa en ma,' adviseerde Marianne. 'Je wilt vast niet jong sterven, neem ik aan?'

'Ik zei niet dat ik geen waardering voor hen heb. En wat heeft dat te maken met jong sterven?'

'Kinderen die hun ouders niet waarderen, sterven doorgaans jong. Net als Sharon.' Gibbs schreef haar zelfingenomen toontje toe aan haar onterechte veronderstelling dat ze hem had geschokt en bang had gemaakt.

'Sharon is gestorven omdat iemand haar huis in brand heeft gestoken,' zei hij. 'Was u dat soms?'

'Je weet heel goed dat ik dat niet was,' blafte Marianne tegen hem. Ze werd steeds boos als hij de leiding over het gesprek probeerde te nemen. Ze wilde oreren zonder onderbreking. 'Ik zat in Venetië.'

'Hebt u iemand anders de opdracht gegeven om Sharons huis in brand te steken?'

'Nee, en als je nu –'

'Dan heeft haar dood dus niets te maken met het feit dat ze geen waardering had voor u als moeder, tenzij ik iets mis,' zei Gibbs.

Er verscheen een zelfvoldaan lachje tussen de twee verkreukelde roze wangzakken. 'Denk eens aan alle grote schrijvers en kunstenaars die jong gestorven zijn: Kafka, Keats, Proust, bijna iedereen die je kunt bedenken. Uit hun biografieën valt te lezen aan welke ziekte zij zijn overleden, maar wat veroorzaakte de ziekte?'

'Dus u hebt al hun artsen gesproken?'

'In plaats van hun ouders te koesteren en te eren, beschouwden zij hen als een probleem. Een obstakel. Ga maar na: als je ondankbaarheid en weerzin voelt jegens de mensen die jou het leven schonken, val je in feite je eigen levenskracht aan. Dat is de oorzaak van bijna alle ziektes.'

Gibbs wenste dat hij een baan had waarbij hij niet zo veel gelul aan hoefde te horen. Als hij vanochtend was ontslagen, was het de beurt van iemand anders geweest. Dan had hij Marianne Lendrim nooit ontmoet, en met die gedachte kon hij best leven.

'Denk maar eens aan de mensen die je kent. Wie van hen zijn robuust? Wie van hen melden zich altijd ziek vanwege een verkoudheid of migraine? Gezonde mensen respecteren en waarderen hun ouders. Als je me niet gelooft, moet je het zelf maar eens onderzoeken. En dan kom je me daarna vertellen dat ik gelijk had. Je zult niet de eerste zijn, dat kan ik je wel zeggen. Als je ook maar iets van negativiteit voelt naar je ouders, zal je lichaam zijn eigen levensenergie aanvallen. Het is een kwestie van tijd.' Er verscheen een lepe blik op Mariannes gezicht. 'Die Katharine Allen – wat vond *die* eigenlijk van haar ouders? Die is ook jong overleden.'

'Er waren geen problemen tussen Kat en haar ouders,' zei Gibbs.

'Dat zeg jij. Maar dat weet je niet.'

'Kat Allen is doodgeslagen. Ik zie niet helemaal hoe uw theorie op haar van toepassing kan zijn, of op Sharon. Kan je huis in brand vliegen vanwege jouw negatieve instelling? Of kan er ineens een metalen staaf op je hoofd vallen?'

Marianne keek hem meewarig aan. 'Ik ben God niet. Ik weet niet alles over de wetten van oorzaak en gevolg. Maar wat ik wel weet is dit: als je scherpgerande hartgolven de wereld in stuurt, komen ze over het algemeen terug op een manier die je niet kunt voorzien.'

'Dus Sharon waardeerde u niet. Waardeerde u haar wel?'

Marianne lachte alsof het een belachelijke vraag was. 'Ik was haar moeder. Moeders horen van hun dochters te houden, ze hoeven hen niet te waarderen. Dochters offeren niets op voor hun moeders, helemaal niets. Waardering en respect, dat is wat kinderen hun ouders verschuldigd zijn, en dat is eenrichtingsverkeer. Net zoals de zorgplicht eenrichtingsverkeer is van ouder naar kind.'

Gibbs was verbijsterd.

'Ik heb altijd van Sharon gehouden,' zei Marianne tegen hem. 'Hoewel er objectief gezien weinig was om van te houden.'

'Waar was u vannacht tussen 12 en 2 uur?' vroeg Gibbs.

'In bed. Ik sliep. Zoals meestal midden in de nacht.'

'Alleen?'

'Ja.'

'Weet u nog waar u dinsdag 2 november was?'

'Ik werk op dinsdag, als vrijwilliger in het ziekenhuis,' zei Marianne. 'Dus daar zal ik toen wel geweest zijn. Ik heb de laatste tijd geen vrij genomen.'

'Katharine Allen is tussen 11 uur 's ochtends en 1 uur 's middags vermoord, op dinsdag 2 november,' zei Gibbs tegen haar. 'Wat deed u die dag tijdens uw lunchpauze, weet u dat nog?'

'Nou, ik heb in elk geval niet een meisje vermoord van wie ik nog nooit had gehoord, als je daar soms op doelt.' Marianne bekeek hem vol verachting. 'Als vrijwilliger kan ik gratis lunchen in de kantine, dus daar zit ik altijd, met mijn tijdschrift en mijn kruiswoordpuzzel – je kunt het vragen aan iedereen die daar werkt.'

Dat was Gibbs ook van plan, hoewel hij er moeilijk enthousiasme voor kon opbrengen, want hij wist nu al wat hij te horen zou krijgen. Marianne Lendrim vertelde de waarheid. Ze stond boven aan de lijst met mensen die Gibbs nooit meer hoopte te ontmoeten, maar ze had Kat Allen niet vermoord, en ze had haar dochter niet gedood. Tot er een wet werd aangenomen die onaangenaam gedrag verbood, had hij geen reden om haar op te sluiten.

Nu ze haar plicht had gedaan en had geweigerd om Amber Hewerdine een enorme gunst te verlenen, zag Charlie geen reden waarom ze niet naar de website My Home For Hire te gaan om eens te kijken naar het huis dat volgens Amber niets met Katharine's moord te maken had. Little Orchard. Ze typte de naam in de zoekbalk. Die naam sprak haar niet erg aan. Het was valse bescheidenheid: 'Ja, we hebben wel een *orchard*, een boomgaard, maar hij is echt maar piepklein, hoor.' Er was geen enkele andere reden voor die naam, en iedereen met een boomgaard in zijn tuin kon maar beter eerlijk zijn en zijn huis Lucky Rich Git Manor noemen. Of *Manoir*, aangezien de eigenaar, Veronique Coudert, waarschijnlijk Frans was.

Waarom gebeurde er niets? De woorden 'Little Orchard' stonden daar nog in het zoekbalkje; Charlie was vergeten op enter te drukken. Dat deed ze terwijl de telefoon op haar bureau begon te rinkelen. Het was Liv. 'Heb je even?' vroeg ze opgewekt, alsof het nooit eindeloos stil tussen hen was geweest.

Als je mij nu gaat vertellen dat het uit is met Gibbs, heb ik de hele dag.
'Nee, ik ben aan het werk.'

'Liegbeest. Wat ben je echt aan het doen?'

Charlie trok een gezicht naar de telefoon. 'Wat wil je, Liv?'

'Die Sharon Lendrim, die vrouw die omgekomen is bij een brand, en wier kinderen –'

'Daar hoor jij niets van te weten,' viel Charlie haar in de rede, en ze vocht tegen dat ademloze gevoel dat ze altijd had bij slecht nieuws.

'Jij ook niet,' zei Liv. *En ik ga het lekker vertellen.* Was ze maar zo eerlijk om dat te zeggen, dacht Charlie, dat zou gek genoeg toch prettiger zijn.

'Dat is zo. Ik hoor hier ook niets van te weten.' *Het verschil is alleen dat ik voor de politie werk en jij niet. En ik ben getrouwd met Simon, en ik ben niet zijn scharreltje terwijl hij in afwachting is van de geboorte van zijn tweeling en ik binnenkort met iemand anders ga trouwen.*

'Ik zat te denken: aangezien Kat Allen toen ze nog jong was in een paar televisieprogramma's heeft gespeeld...'

'Liv, ik ga niet met jou praten over een zaak waar wij geen van beiden iets mee te maken hebben.'

'Best.'

Charlie hoorde een harde klik. Dat wekte haar argwaan. Sinds wanneer liet Olivia zich zo snel afschepen? Dit was de tweede keer in een week dat zij een eind aan een gesprek had gemaakt, en dat zou de oude Liv nooit doen. Wat er ook aan de hand was, ze wilde altijd doorgaan met discussiëren tot je op de vloer gezakt was en het bloed uit je oren druppelde.

Nee, Charlie trapte er niet in. Er was geen oude Liv en geen nieuwe Liv. Haar zus was haar zus, dezelfde persoon als altijd

Ze kan het zich nu veroorloven om een eind aan gesprekken te maken; ze hoeft zich niet meer aan je vast te klampen. Zij zit midden in de actie, of jij dat nu leuk vindt of niet. Je kunt niet van haar af.

Nu Charlie dit tot zich had laten doordringen, en nu ze keek naar foto's van een met blauweregen begroeid bakstenen huis dat haar om de een of andere reden meteen deed denken aan een duur bejaardenhuis, merkte ze dat ze geen interesse meer had in Little Orchard. Livs telefoontje had haar plezier bedorven.

Je hoort aan het werk te zijn, geen plezier te hebben. Om precies te zijn, hoorde Charlie nu te werken aan een document met de titel: 'Crisisinterventie in een complexe omgeving: een richtlijn voor de praktijk'. Ze had er niet zo'n zin in om zich daar vanmiddag mee bezig te houden, en dat was nog zacht uitgedrukt.

Ze klikte op 'Beschikbaarheid'. Zo te zien waren er wat boekingen, ook al was het huis zogenaamd niet meer te huur. Had Veronique Coudert Amber inderdaad, zoals Amber vermoedde, op een zwarte lijst gezet? Kon het kwaad als Charlie dat zou controleren? Ze kon een e-mailtje sturen en vragen naar de beschikbaarheid. Wat maakte dat uit, zolang ze zich maar terugtrok voor het op betalen aankwam? Zolang ze maar niet aan Amber zou vertellen wat ze had gedaan?

Ze klikte op 'Neem contact op met de eigenaar', en stelde een zo kort mogelijk bericht op, zelfs zonder 'Geachte mijnheer/mevrouw' en 'hoogachtend'. Ze wilde er zo min mogelijk tijd aan verspillen, en dus hield ze het bij de feiten: was Little Orchard te huur in een van de weekenden in januari 2011? Ze drukte op 'verzenden', en het irriteerde haar dat ze zich schuldig voelde. Dat wat Amber van haar wilde en wat zo fout was, was wat ze absoluut niet van plan was: het huis boeken zodat Amber daar onder haar naam kon logeren, zonder toestemming van de eigenaar. Waanzin. Maar een eenvoudige inlichting inwinnen kon geen kwaad.

Charlie vroeg zich af waarom ze zichzelf dat steeds moest voorhouden. Ze vroeg zich af wat Simon hiervan zou denken. Wanneer zou ze het hem vertellen?

Ze nipte van haar koude thee, en wenste dat die nog heet was, maar ze deed er niets aan. Er konden drie dingen gebeuren: Veronique Coudert reageerde niet, of ze reageerde wel en het huis was beschikbaar, of ze reageerde om te melden dat het huis niet meer te huur was.

Hoe ze ook reageert, je hebt geen idee wat het betekent.

Charlie wist dat ze het Simon meteen moest vertellen. Of Sam. De naam Veronique Coudert kwam niet voor in het dossier van Katharine Allen, dat wist Charlie al, maar het kon zijn dat Coudert iets te maken had met de zaak-Sharon Lendrim. Ergens op het bureau in Rawndesley lagen misschien stapels papieren met die naam erop. Of ze had geen moer te maken met wat voor misdaad dan ook. En dat zou betekenen dat Amber Hewerdine nog meer gore moed had dan Charlie al dacht, als ze de hulp inriep van een politievrouw, omdat ze anders het vakantiehuis waar ze haar zinnen op had gezet niet kon huren. *Brutaal nest.*

Waarom belde Liv eigenlijk? Wat wilde ze zeggen? Iets over dat Katharine Allen als kind in een paar films had gespeeld – waarom was dat van belang? Haar zusje terugbellen was uit den boze. Charlie besloot om in plaats daarvan het dossier over Katharine Allen nog eens door te spitten, om te zien of zij kon vinden wat Livs aandacht had getrokken.

Ze had een nieuwe mail, van littleorchardcobham@yahoo.co.uk. Ze klikte hem open en zag dat Amber gelijk had over haar plek op de zwarte lijst. De eigenaar van Little Orchard, met de volkomen onfranse naam die Charlie niet herkende, wilde het huis kennelijk met alle plezier aan Charlie verhuren. Dus waarom niet aan Amber?

En als de vrouw naar wier mailtje Charlie nu zat te kijken de eigenaar van Little Orchard was, zoals ze beweerde, wie was dan Veronique Coudert?

Nadat hij afscheid had genomen van Ursula Shearer, en een broodje in zijn mik had geschoven zonder het te proeven, bestond Sams volgende taak eruit naar Rawndesley te rijden om daar Ritchie Baker te verhoren, de broer van Amber Hewerdine's schoonzus Jo. Sam begreep niet precies waarom deze man, die maar heel zijdelings bij de zaak betrokken was, interessant zou kunnen zijn, maar Simon had hem gevraagd om met Baker te gaan praten, hem te vragen naar vannacht, en eens te kijken wat voor soort man het was. O, en om zijn gezondheid in te schatten, voor zover mogelijk, gezien Sams gebrek aan medische achtergrond. Dat deel, het minst haalbare van de doelen, had Simon er nog achteraan geroepen. 'De rest van de clan pak ik zelf aan,' had Simon grimmig gezegd, en Sam zag onwillekeurig voor zich hoe Simon, met de honende blik die hij zo vaak had, het ene na het andere familielid tegen de grond sloeg.

Moest hij zich zorgen maken dat hij orders van Simon opvolgde terwijl hij de chef was en dus de taken moest toewijzen en de werklast verdelen? Als Simon vond dat Ritchie Baker moest worden verhoord, had hij waarschijnlijk gelijk. Sam was vastbesloten om zijn toch al gedeukte zelfvertrouwen niet nog meer door Proust te laten ondermijnen. Het getuigde ook van goed leiderschap als je de kracht van je teamleden erkende en hun de gelegenheid bood te excelleren. Tenminste, dat vond Sams vrouw Kate; ze vond het gruwelijk te horen dat Sam op het punt stond om ontslag te nemen toen hij dacht dat Simon en Gibbs eruit zouden vliegen. 'Weet je, in geval van nood zou jij ook zonder Simon Waterhouse kunnen leven,' had ze gezegd.

Sam hoorde een vrouwenstem zijn naam roepen toen hij over de parkeerplaats naar zijn auto liep. Hij draaide zich om en zag Olivia Zailer, de zus van Charlie. Sam herkende haar aanvankelijk niet. Ze was afgevallen. De jas die ze droeg had de allergrootste manchetten en kraag die Sam ooit had gezien. Haar glimmende roze lippenstift gaf bijna licht; haar haar lag in een soort toren boven op haar hoofd, en bestond uit meer tinten blond dan Sam voor mogelijk hield. Niet veel mensen zouden in zo'n outfit op het politiebureau verschijnen, alsof ze elk moment de komst van een filmcrew verwachtten. 'Heb je tijd om even snel met me te praten?' vroeg Olivia.

'Nee, echt niet. Het spijt me.'

'Het duurt nog geen minuut. Nog geen halve minuut. Ik beloof het, echt!' Ze keek hem stralend bemoedigend aan. Wat moest ze in vredesnaam met Gibbs? Sam besloot dat dit niet het moment was om stil te staan bij hun onwaarschijnlijkheid als stelletje; straks kon ze dat nog aan zijn gezicht zien.

'Snel, dan,' zei hij.

'Degene die die brand bij Sharon Lendrim heeft gesticht...'

'Wow, wacht even. Daar mag ik het met jou niet over hebben, Olivia. En Gibbs zou er ook niet over mogen –'

'Hij heeft het er met geen woord met Debbie over gehad. Ze weet van niets.'

Moest Sam dat soms een hele geruststelling vinden?

'O, kom op, Sam! Ga je hier een potje "wat wel en niet hoort" met me spelen, of wil je horen wat ik te zeggen heb?'

Het was Sam duidelijk wat hij moest doen om aan zijn professionele verplichting te voldoen: een eind maken aan dit gesprek en aan Proust vertellen dat Gibbs zijn geheimhoudingsplicht had geschonden. Maar wat had het voor zin? Proust wist al dat Simon vertrouwelijke informatie met Charlie had gedeeld; hij wist dat Gibbs zonder toestemming had gehandeld toen hij Amber Hewerdine naar het bureau had gehaald omdat Simon dat wilde. Zou het wat uitmaken als Sam hem vertelde dat Gibbs zijn boekje alweer te buiten was gegaan? Zou Gibbs dan gestraft worden? Hoe langer Sam bij de politie zat, des te meer hij ervan overtuigd raakte dat straf voor niemand goed was, noch voor de instantie die hem uitdeelde, noch voor degene die de straf kreeg.

'Ik zou het liever van Gibbs horen, wat het ook mag zijn,' zei hij tegen Olivia. 'En als hij zo dom is om het met jou over het werk te hebben, moet jij zo verstandig zijn om hem daar van te weerhouden als hij ermee begint. Ik praat ook niet met Kate over de zaken waar ik aan werk. Nooit.'

'Ik heb het Gibbs nog niet verteld.' Olivia grijnsde alsof ze een of ander vertederend aspect van hun affaire beschreef. 'Ik wilde het eerst bij iemand anders proberen. Ik heb geprobeerd om er met Charlie over te praten...'

'Alweer iemand die het niet aangaat,' zei Sam.

'...maar zij wilde het niet weten, dus ik dacht: wie is er nu *wel* redelijk? Wie is in staat door al die regeltjes en procedures heen te kijken, en...'

'Ja, ja, kom op, dan.' Hij zou uiteindelijk toch bezwijken; dan kon hij zichzelf net zo goed de tijd besparen.

'Wie Sharon Lendrims twee kinderen ook maar uit het huis heeft gered voordat hij het huis in brand stak, droeg een brandweeruniform, toch?'

'Ik heb alleen gezegd dat ik zou luisteren,' zei Sam. 'Ik heb niet gezegd dat ik jou iets zou vertellen.'

Olivia rolde met haar ogen. 'Ik weet dat diegene verkleed was als brandweerman. Ik weet ook dat Kat Allen als kind in een paar films heeft gespeeld. Twee vragen: weet iemand waar dat brandweeruniform vandaan kwam? En hebben jullie al een verband gevonden tussen Kat Allen en Sharon Lendrim?'

Sam kon geen woord uitbrengen. Haar vrijpostigheid sloeg hem met stomheid. Er was een reden, bedacht hij, waarom Olivia Zailer geen rechercheur was. Zelfs al waren Sharon Lendrim en Kat Allen door dezelfde persoon vermoord, dan nog was er geen enkele grond om aan te nemen dat er nog een ander verband tussen hen bestond. Stel, je bent een moordenaar en twee mensen maken op verschillende punten in je leven een moordlustige woede in je los, en je vermoordt hen allebei, dan ben jij misschien het enige wat die twee anderen verbindt. De kans is zelfs groot dat dat zo is. Dat zei Sam allemaal niet. Hij zei ook niet tegen Olivia dat hij niet wist waar het brandweeruniform vandaan kwam, en dat Ursula Shearer dat ook niet wist. Sam had vol ongeloof geluisterd naar Ursula's beschrijving van wat haar team had ondernomen om het uniform te traceren. Ze hadden de hele Culver Valley grondig doorgespit, maar verder dan dat hadden ze niet gekeken, en ze hadden bijna al hun tijd en energie gestoken in het bewijzen dat Terry Bond niet zo onschuldig was als hij leek. Sam zag geen grond om aan te nemen dat Sharon Lendrims moordenaar uit de buurt moest komen, of dat hij of zij het brandweeruniform in de buurt had gevonden. Hij moest zijn best doen om zich niet superieur te voelen toen het tot hem doordrong dat Ursula Shearer nog nooit buiten Rawndesley had gewoond.

'Tot ziens, Olivia,' zei hij stellig, en hij knipte zijn auto van het slot en deed het portier open. Het was ijskoud buiten.

'Wacht even, ik ben nog niet klaar.' Ze leunde voorover en greep zijn arm vast. 'Als volwassene gaf Katharine Allen les op een basisschool. Als kind was ze actrice.'

'Wat wil je nou?' Er was iets in Sam losgemaakt dat zich niet de kop liet indrukken. En dat wilde hij ook niet, dit keer niet. 'Wie denk je wel dat je bent? Mij een beetje vastpakken, als een soort... Dit gaat jou allemaal niet aan, ik mag het er niet met jou over hebben, en als jij dat allemaal niet inziet, als jij niet begrijpt of als het je niet kan schelen dat jij mij in een lastig parket brengt... Moet ik soms dankbaar zijn dat *Debbie* niets weet? Van welke planeet kom jij? Is het weleens bij je opgekomen dat je dit onderzoek ernstig in gevaar kunt brengen met jouw gedrag?' Wat gebeurde hier? *Ik schreeuw niet*, dacht Sam. *Nooit.* Wat had hij gezegd? Waarom was ze nu al in tranen? De schrik sloeg hem om het hart. Wie had dit allemaal gehoord? Het zou zomaar kunnen dat iemand zijn uitbarsting had gehoord. Gibbs, Simon, Proust – tegen hen zou Sam eens zo tekeer moeten gaan. Niet tegen de zus van Charlie Zailer.

Ze was al weggelopen. Sam staarde haar na, aan de grond genageld door een loodzware steen op zijn maag. Hij herkende het als schuldgevoel dat zich om de restanten van zijn woede wond.

Olivia keerde zich om voor ze bij de straat was, en weer schrok Sam van haar tranen. Uit de staat van haar ogen op te maken, had ze behoorlijk wat meer gehuild tussen het moment dat ze wegstormde en nu. Was het soms nog erger om door iemand uitgekafferd te worden als die iemand bekendstond om zijn beleefdheid?

Sam wist dat hij dit helemaal verkeerd had aangepakt. Het was niet eerlijk om mensen een vals gevoel van veiligheid te geven door o-zo-mild-en-benaderbaar te lijken, en om vervolgens zijn geduld te verliezen. 'Olivia, kom terug,' riep hij. Was ze niet bijna gestorven aan kanker toen ze jonger was?

'Nee, ik kom niet terug! Ik kom nooit meer terug!' schreeuwde Olivia tegen hem, zodat de hele parkeerplaats kon meegenieten. Een groepje jonge agenten in uniform, dat net het gebouw uit kwam lopen, deed zijn best om zo gewoon mogelijk te doen. Sam wenste dat hij onzichtbaar was. Leek dit op een bittere liefdesruzie? Dit was helemaal geen situatie om te roepen dat je nooit meer terugkwam. Nog maar een paar seconden geleden was Sam er zeker van dat het een situatie was om te roepen dat je niet gediend bent van dit idiote gedrag op de stoep van het politiebureau.

'Ik vertel jou niets meer! Helemaal niets! En je zou het trouwens helemaal niet van mij moeten horen. Katharine Allen was een kindsterretje dat schooljuf werd. Jij bent hier de meneer de inspecteur. Dan zoek jij het ook maar lekker zelf uit.' Ze beende de straat uit op haar krankzinnig hoge hakken.

Sam stapte zijn auto in en reed zo snel mogelijk weg. Hoe groot was de kans dat hij zich nu nog op zijn werk zou kunnen concentreren? *Nul.* Hij hoopte dat Ritchie Baker het niet erg vond als hij straks zijn antwoorden een paar keer moest herhalen. *Katharine Allen was een kindsterretje dat schooljuf werd.*

Wat moest dat in godsnaam betekenen, en waarom wist Sam dat nog niet?

Eindelijk, een beschuldiging! Als je denkt dat ik daar blij mee lijk, dan is dat omdat ik er blij mee ben. Beschuldigingen zijn altijd goed nieuws, vanuit het standpunt van een therapeut bezien. We beschouwen het als teken dat we een psychologische zenuw hebben geraakt; we komen te dicht bij een pijnlijke bron van angst, schuldgevoel of schaamte. Dat, of een cliënt heeft een terechte klacht. Laten we kijken wat het in dit geval is.

Amber beschuldigt mij ervan dat ik doe alsof Kirsty er helemaal niet toe doet, dat ik praat alsof het die kerstavond alleen om Jo, Hilary en Ritchie ging. Zoals ik het vertel lijkt het net alsof Kirsty een accessoire was, een soort sierkussentje. Hou hierbij in gedachten dat Amber zelf een soortgelijke beschuldiging naar haar hoofd geslingerd kreeg door Jo, toen Jo besloot dat het feit dat Amber Kirsty nooit een vraag stelde die Kirsty met geen mogelijkheid kon beantwoorden, nalatig en discriminerend was. Een belachelijke aanklacht, en toen Amber mij beschuldigde droop haar stem ook behoorlijk van het sarcasme om de absurditeit van dit alles, maar er klonk ook veel boosheid in door. Ze gaf expres een verwarrend signaal.

Bij wijze van grapje? Als parodie op Jo's onredelijkheid? Of denkt ze echt dat het feit dat ik Kirsty niet noemde als een van de vier deelnemers aan wat ze als de 'kerstsamenzwering' bestempelt, bewijst dat ik bevooroordeeld ben jegens gehandicapten?

Uit alles wat mij over haar is verteld, maak ik op dat Kirsty de geestelijke leeftijd van een kind van hooguit twee jaar heeft. Misschien zelfs nog jonger, aangezien kinderen van twee meestal al een beetje kunnen praten. Ze kunnen hun eigen emoties uiten en ze pikken de emotionele toestanden van anderen op. Kirsty kan helemaal niet praten en reageert ook niet op wat er tegen haar wordt gezegd.

Ik weet het niet. Ik ben niet deskundig op het gebied van geestelijke beperkingen, maar ik zou zeggen dat we er gevoeglijk van uit kunnen gaan dat Kirsty niets heeft begrepen van het gesprek dat plaatsvond op die kerstavond, toen de rest allemaal naar bed was. Daarom kunnen we niet zeggen dat ze deelgenoot van dat gesprek was, ook al was ze er fysiek bij aanwezig. Dat maakt haar niet tot sierkussentje; het is niet meer dan een realistische inschatting van haar betrokkenheid.

Toch heeft Amber in zekere zin gelijk: omdat Kirsty geestelijk gehandicapt is en geen nuttige informatie voor ons kan hebben, heb ik haar niet meegerekend. Ik heb haar niet de aandacht gegeven die ik de andere karakters in het Little Orchard-drama heb geschonken. Nu ze bij wijze van spreken recht voor mijn neus is gezet, komen er allerlei interessante gedachten bij me boven. Jij hebt veel over haar gesproken, Amber – je refereert constant aan haar. En bevooroordeeld als ik ben, ging ik ervan uit dat een geestelijk gehandicapte vrouw niet van belang was.

In Little Orchard vertelde William jou dat hij Kirsty eng vond en hij vroeg je om dat niet tegen Jo te zeggen. Om hem op te vrolijken stelde jij voor een spelletje te doen: de jacht naar de geheime sleutel. De afgesloten deur van de studeerkamer irriteerde je. Ik denk dat jij en Jo al over die afgesloten kamer hadden gesproken, lang voordat jij de sleutel vond en er ruzie ontstond over de vraag of je de sleutel al dan niet kon gebruiken. Misschien al direct na aankomst, toen je het huis voor het eerst bekeek. Het kan zijn dat je hebt gegrapt dat je er eens lekker wilde rondneuzen, en dat Jo jou toen een uitbrander heeft gegeven. Ja? Goed, en toen op tweede kerstdag, na de verdwijning en de terugkeer van Jo, Neil en de jongens, toen Jo het belang van het respecteren van privacy nog eens had onderstreept – die van haar, dit keer – had jij er genoeg van. Ze kon de boom in met haar privacy; jij wilde antwoord op je vragen. Ik begrijp volkomen waarom je zo vastbesloten was om die sleutel te vinden, en hoe belangrijk dat voor jou moet zijn geweest. En daarom vraag ik me af: waarom heb je William erbij betrokken? Jongetjes van vijf staan niet bekend om hun discretie. Doordat William erbij betrokken was, was de kans groot dat Jo erachter kwam waar je mee bezig was en dat ze zou proberen om je tegen te houden.

Maar zo egocentrisch ben jij niet. Je wist dat het zoekspelletje superleuk zou zijn voor William, en dus waagde je het erop. Niet omdat je hem wilde opvrolijken, zoals je beweerde, althans, niet alleen daarom. Je wilde hem ook belonen omdat hij had toegegeven dat hij bang was voor Kirsty.

Tijdens onze vorige afspraak wilde je me heel graag vertellen wat Dinah van Kirsty vond: dat je niet weet of ze aardig is of juist een heel naar mens. Je hebt aan Dinah uitgelegd dat dat soort criteria niet van toepassing zijn op iemand die zo gehandicapt is als Kirsty, maar dat slikte Dinah niet. Ze zei dat niemand kan bewijzen of Kirsty de aardigste of de akeligste persoon van de wereld is, doordat ze niet kan praten. Dinah vond dat ze Kirsty terecht verdacht vond, en daar was ze niet van af te brengen.

Je zei minstens een keer of twee, drie, dat je veel strenger tegen Dinah had kunnen zijn dan je bent geweest en dat je haar erop had kunnen wijzen dat haar redenering niet klopte. Dat het niet eerlijk was om zoiets te denken over een hulpeloze, argeloze vrouw. Waarom heb je dat eigenlijk gedaan? Vind je het dan niet belangrijk om kinderen wat compassie bij te brengen en om dit soort misverstanden recht te zetten?

Ik zal verder in de derde persoon enkelvoud praten, want ik bedoel dit niet als aanval. Ik stel alleen vragen. Amber legde uit waarom ze Dinah niet tegensprak: omdat ze jarenlang alles van Jo heeft geslikt, vindt ze het niet prettig om anderen op te leggen wat ze moeten denken en wat ze moeten voelen. Bovendien houdt ze meer van Dinah en Nonie dan van wat voor principe dan ook. Ze wilde niet dat Dinah zich schuldig zou voelen voor iets wat voor een kind van acht misschien logisch is.

Maar daar ben ik niet zo zeker van. Je kunt een kind prima uitleggen dat ze het mis heeft zonder het kind een schuldgevoel te bezorgen. Je zegt het zonder enige boosheid of verwijt. Je zegt: 'Ik begrijp waarom je dat denkt. Je kunt je daar inderdaad gemakkelijk in vergissen.'

Als je deze twee incidenten samen bekijkt – William voorstellen een spelletje schat zoeken te spelen vlak nadat hij zijn verboden angst voor Kirsty heeft opgebiecht, en Dinahs verkeerde begrip van Kirsty's handicap niet rechtzetten – lijkt het mij vrij duidelijk dat Amber zich identificeerde met zowel William als Dinah toen zij deze opmerkingen maakten. Ik vermoed dat Amber zelf dit soort verboden gedachten heeft over Kirsty, en dat zij zich daar schuldig over voelt.

Het lijkt me niet waarschijnlijk dat ze bang voor haar is, zoals William. Ze verdenkt Kirsty er ook niet van dat zij een slecht mens is onder al dat zwijgen, zoals Dinah. Maar wat is er dan wel aan de hand?

Overigens, Amber heeft gezegd dat Jo Ritchie de baby van de familie noemde, maar ze heeft nooit gezegd wie de oudste zus is, Jo of Kirsty. Ik durf er duizend pond om te verwedden – niet dat ik duizend pond heb – dat Kirsty het middelste kind is, en twee, drie of misschien vier jaar na Jo is geboren. Een narcistische persoonlijkheidsstoornis wordt doorgaans veroorzaakt door een emotioneel trauma, meestal rond driejarige leeftijd: de schok van veiligheid of liefde die plotseling wordt weggescheurd, als een kleed dat onder je wordt weggetrokken. Toen Kirsty werd geboren, aangenomen dat ze bij haar geboorte al zo was als ze nu is, moet het gezin emotioneel op zijn kop hebben gestaan. Dat trauma ligt waarschijnlijk aan Jo's narcisme ten grondslag.

Kirsty kan niet praten. Waarschijnlijk kan ze ook niets begrijpen. Ze is dusdanig ernstig gehandicapt dat het gevaar bestaat dat andere mensen haar als sierkussentje behandelen, iets wat in de kamer aanwezig is, maar meer niet. Jo had op kerstavond een privégesprek met haar geboortegezin, zo privé dat haar man Neil er niet bij mocht zijn. Jo vindt dat normaal en acceptabel om zich tijdens een vakantie met de rest van de familie af te zonderen met haar moeder en haar broer, en om haar echtgenoot alleen naar bed te laten gaan. Ze vindt het de gewoonste zaak van de wereld om Neil midden in de nacht wakker te maken, te eisen dat hij met haar ontsnapt zonder hem te vertellen waarom. De meeste vrouwen nemen hun man in vertrouwen, maar Jo niet. Zoals alle narcisten is zij een controlfreak. Ze weet wat ze wil, en ze tolereert het niet dat de mening van Neil daarbij in de weg staat.

Kirsty daarentegen... Wie is een betere vertrouwenspersoon dan zij, vanuit Jo's standpunt bekeken? Ze kan nooit tegen je in gaan, ze kan haar mond niet voorbijpraten. Tegen Kirsty hoeft Jo nooit te liegen, en voor haar hoeft ze niets te verbergen.

Laat me raden: Amber heeft Dinahs opvattingen over Kirsty niet rechtgezet, omdat ze er zelf ook zo over denkt. Telkens als Amber Kirsty aankijkt, vraagt ze zich af: *Wat weet jij allemaal? Hoe weet ik dat jij niet alle informatie hebt die ik zou willen hebben? Oké, je kunt niet praten, maar wie weet wat er allemaal omgaat achter die ogen van je? Ik weet niet eens wat je mankeert.* En dan voelt Amber zich schuldig, want ze weet best dat Kirsty niets weet.

Of misschien denkt ze, als ze naar Kirsty kijkt: jij moet dingen hebben gehoord en gezien die je zou begrijpen als je normaal was, en waar je mij over zou vertellen. In dat geval zou Amber zich nog veel schuldiger voelen. Wat ben je dan voor akelig mens? Hoe gestoord ben je als je jaloers bent op iemand die het veel slechter heeft dan jij?

Toch is het volkomen begrijpelijk. Weten jullie nog dat ik zei dat Ambers wanhopige wens om erachter te komen waarom Jo, Neil en de jongens zijn verdwenen, al die jaren ergens door in leven is gehouden, door een of andere kracht? Een mogelijke verklaring die ik opperde was dat ze er misschien van overtuigd is dat iemand anders de waarheid kent, iemand die daar minder recht op heeft dan zij.

Die iemand is Kirsty. Amber is woedend dat Kirsty die geheime informatie misschien ergens in dat beschadigde brein van haar heeft opgeslagen in de vorm van data die niemand ooit kan uitlezen en die tot haar is gekomen door haar ogen en oren, terwijl zij, Amber, die meer dan goed kan luisteren en begrijpen, buitengesloten wordt: een outsider die niets weet.

Ik heb ook gezegd dat Amber misschien vindt dat Jo haar een geheim verschuldigd is. Dat zou betekenen dat op enig moment voordat ze naar Little Orchard gingen, Amber een geheim aan Jo heeft verteld – een groot geheim, vermoed ik. Narcisten zijn een groot deel van hun tijd kwijt met zichzelf aan anderen te verkopen door charmant te doen en je te verleiden. Dan weten ze zeker dat ze je in hun zak hebben, voor als ze iemand nodig hebben om naar uit te halen. Amber dacht waarschijnlijk dat ze Jo kon vertrouwen, voor ze haar goed genoeg kende.

Wat heeft ze daaronder geleden. Daarom pikt ze Jo's aanvallen steeds: omdat Jo iets over haar weet. Dat vindt ze zo'n vreselijke gedachte en daarom steekt ze al haar energie in onmogelijke mysteries, die zich maar opstapelen. Is het jullie opgevallen? We hebben er inmiddels twee. Kirsty kan niets weten, en toch komt Amber maar niet los van het idee dat ze wel iets weet; Amber heeft de woorden 'Aardig, Wreed, Aardig Wreed' niet gezien in die afgesloten studeerkamer in Little Orchard of in enige andere kamer in Little Orchard, en toch weet ze zeker dat ze die woorden in Little Orchard heeft gezien.

Zoals ik al zei, ik heb niets tegen onmogelijke mysteries. Het feit dat ze onmogelijk zijn, betekent niet dat ze onzinnig zijn. Integendeel, ze kunnen heel zinvol zijn. De mysteries houden je weg uit jouw eigen afgesloten kamer, Amber, maar ze bieden je daar ook toegang toe. Hun onmogelijkheid, en de mate waarin dat je frustreert, is de manier waarop jouw onderbewustzijn je bewustzijn erop wil wijzen dat het dit niet veel langer meer aankan. Er moet iets uit.

9

Donderdag 2 december 2010

'Je zei dat je het ons in de auto zou vertellen,' zegt Dinah. 'Nou, we zitten in de auto, dus nu moet je het vertellen.'

'Ik *wil* het je wel vertellen, Dinah, alleen niet midden tussen al die leraren en... joelende kakmeisjes verkleed als schildpadden en hazen.'

'Ze waren de *Fabels van Aesopus* aan het repeteren,' zegt Nonie. De auto ruikt naar chloorwater. De meisjes hebben zwemles gehad; hun haar is nog nat.

'Je komt ons anders nooit ophalen op donderdag. We gaan altijd met de bus naar huis.'

Ik besef wat er zo ongewoon is aan hoe ik me voel: ik heb de energie die nodig is om dit gesprek te voeren. Zodra Simon me in Hilary's huis had achtergelaten, ben ik op de bank gaan liggen en ging ik onder zeil. Ik werd tweeënhalf uur later wakker, om drie uur, en ik voelde me helderder in mijn hoofd dan ik me de afgelopen anderhalf jaar heb gevoeld, en ik wist dat ik naar Little Orchard moest.

Moet. Ik moet terug.

'We gaan naar een huis in Surrey,' zeg ik tegen Dinah en Nonie. 'We gaan op avontuur.' Er valt sneeuw op de auto. Het is een paar seconden geleden begonnen, maar het is poedersneeuw, sneeuw waardoor ik me niet laat tegenhouden. Ik weet niet of iets me nog wel kan tegenhouden, in mijn huidige staat. Ik zou enorme zwerfkeien aan de kant duwen als dat nodig was om bij Little Orchard te komen. Ik heb mezelf nog niet de kans gegeven om na te gaan waarom. Het waarom kan me niet schelen.

'Maar de les duurde nog maar vijf minuten,' protesteert Dinah. 'Als jij ons vroeger op wilde pikken, waarom kwam je dan niet veel vroeger, zodat we een hele les konden missen?'

'Ik ben zo snel als ik kon gekomen,' zeg ik. *En ik heb koekjes bij me.*

'Wat voor huis in Surrey en waarom?' wil Nonie weten, wat niet onredelijk is.

'Het heet Little Orchard. Het is een vakantiehuis, zoals dat huis in Dorset, waar we deze zomer zijn geweest. Luke en ik hebben er jaren geleden een keer gelogeerd.'

'Gaan wij daar nu ook logeren?'

'Is er een trampoline?' vraagt Dinah argwanend, alsof ze ervan uitgaat dat ik dit cruciale detail wel over het hoofd zal hebben gezien. 'Komt Luke daar straks ook?'

'Nee, we gaan er niet slapen. Ik moet alleen iets bespreken met de eigenaar.' *Die er waarschijnlijk niet is.* Wat ga ik eigenlijk doen als ze er inderdaad niet is? Inbreken?

'Op de terugweg gaan we ergens lekker eten.' Ik probeer het vrolijk te laten klinken, omdat ik weet dat ik iets heb goed te maken met de meisjes voor vier saaie uren in de auto.

'Ik kan morgen school niet missen,' zegt Dinah. 'Dan is de eerste echte repetitie van *Hector en zijn tien zusters.*'

'Daar ben je gewoon bij,' zeg ik tegen haar.

Een paar tellen later merk ik dat er achter me gefluisterd wordt – ruziënd, niet samenzweerderig. Dinah en Nonie moeten leren om zonder geluid te praten. Ik luister naar het getut en gesis, en stel me er de gezichtsuitdrukkingen en fanatieke handgebaren bij voor die ik niet kan zien. Zoals altijd waardeer ik het dat de meisjes mij proberen te ontzien, want over het algemeen willen ze mij beschermen als ze zo doen en niet zichzelf. Uiteindelijk flapt Dinah er uit: 'De cast voor *Hector* is omgegooid. Twee meisjes die een van Hectors zussen zouden spelen, zijn nu geen zus meer. Maar het geeft niet. Ik heb tegen ze gezegd dat ze in mijn volgende toneelstuk een nog veel betere rol krijgen. Niet dat ik ooit nog een toneelstuk ga schrijven, want het is mij te veel stress. Maar dat weten zij niet. Hoe dan ook, het is allemaal geregeld en iedereen vindt het best zo, dus dat is mooi.'

Ik weet precies wanneer ze me iets rooskleuriger voorstellen dan het is.

'Je kunt hun geen hoofdrol in een toneelstuk beloven dat je nooit gaat schrijven,' zucht Nonie. 'Als jij het niet schrijft, dan zal ik het moeten doen. Maar ik kan er niets van. Ik schrijf maar wat, alleen maar om die meisjes een rol te geven.'

'Ik zou het allerslechtste toneelstuk ooit schrijven,' adviseert Dinah. 'Ze verdienen niet beter, nu zij –'

'*Dinah!*' Nonie klinkt bang.

'Nu zij wat?' vraag ik.

'Niks,' zegt Dinah stellig.

Moet ik erop aandringen dat ze het me vertelt? Hoe erg kan het zijn? Of misschien moet ik me wel afvragen: hoe overtuigend kan ik doen alsof ik geïnteresseerd ben in de theaterperikelen van een stel kinderen van acht? *Niet zo heel erg.* Ik vraag het wel een andere keer. Of misschien ook niet. Misschien is het oké en totaal niet onachtzaam van mij om aan te nemen dat Dinah een paar slechte actrices in de kleedkamer heeft vastgebonden en hun een pak rammel heeft gegeven met een van de uiteinden van een springtouw.

'Wat moet jij controleren in Little Orchard?' vraagt Nonie geduldig. Ze zou haar geduld nog niet verliezen als ze duizend vragen moest stellen voor ik haar vertelde wat ze wilde weten.

'Waarom bel je die eigenaar niet gewoon, of stuur je hem een mailtje?' wil Dinah weten. 'Wie rijdt nou dat hele eind naar Surrey om iets te controleren? Je zit te liegen. *Alweer.*'

'Dinah!' zegt Nonie zachtjes.

'Het geeft niet, Nonie. Ze heeft gelijk. Jullie hebben recht op de waarheid.'

'Eindelijk!' zegt Dinah. 'Eindelijk heeft ze door dat ze ons niet als een stel domme kleine kinderen moet behandelen.'

Ik weet niet waar ik moet beginnen. 'Er zijn te veel dingen die ik niet begrijp,' zeg ik. 'Iemand heeft ons huis in brand gestoken. Ik weet niet wie of waarom...'

'En we weten ook niet wie ons oude huis in brand heeft gestoken,' constateert Nonie nuchter. 'Mama's huis.' Als ze Sharon noemt, klinkt het verdriet sterker door in haar stem. Voor Sharon stierf, klonk Nonie nooit verdrietig. Dinah was altijd al bazig, maar nu heeft ze iets hards dat er vroeger nooit was. Ik knipper de nutteloze tranen weg. We krijgen Sharon niet terug door te denken aan hoe we allemaal veranderd zijn.

'Ik heb het gevoel alsof ik helemaal niets meer weet,' probeer ik aan de meisjes uit te leggen. 'Ik heb antwoorden nodig. Hoe meer ik weet, des te veiliger zullen we allemaal zijn.' Ik hoop dat dat waar is, en ik probeer er niet aan te denken dat het misschien juist precies omgekeerd is.

'Moet de politie die antwoorden niet vinden?' vraagt Nonie.

'Die zijn waardeloos,' zegt Dinah. 'Die hadden twee jaar geleden al moeten uitzoeken wie mama heeft vermoord, maar dat weten ze nog steeds niet.'

Dit is een enorme stap vooruit, en ik weet dat ik dit aan rechercheur Colin Sellers te danken heb. Hij heeft zich gisteravond heldhaftig gedragen. Dinah en Nonie mochten hem allebei; hij maakte hen aan het lachen, en hij zette hen niet onder druk om informatie los te krijgen. Ze hebben allebei het woord 'politie' heel lang niet in de mond willen nemen.

Ik denk aan Simon Waterhouse. Ik wil de meisjes vertellen dat een betere, slimmere rechercheur zich nu bezighoudt met wat er met Sharon is gebeurd, maar ik wil hun niet te veel hoop geven.

Ik ga verder met mijn uitleg, zowel voor mezelf als voor hen. 'Vanochtend heb ik geprobeerd om een weekend te boeken in Little Orchard – het leek me leuk om er een keer te logeren. De eigenaar zei dat het huis niet meer te huur was, maar ik geloofde haar niet. Ze zei dat zij er nu zelf woonde met haar gezin. Als dat niet klopt, wil ik weten waarom ze tegen me loog. Het enige wat ik kan bedenken is dat ze misschien niet blij was met hoe we het huis hebben achtergelaten toen we er de vorige keer logeerden, of... ik weet niet. Daar wil ik dus graag achter komen.' Ik hoop dat ik hun niet te veel heb verteld. Wat zou Luke denken?

Hij zou denken dat het een krankzinnig plan was om naar Little Orchard te racen. Daarom heb je hem ook niet gebeld voor je wegging, en waarom je in plaats daarvan een briefje hebt achtergelaten, in de wetenschap dat jij al in Surrey bent voor hij thuiskomt van z'n werk en het briefje vindt.

'O, nee,' mompelt Nonie.

'Wat is er, Non?'

'Dat wordt gênant. En akelig. Ik wil niet dat je daar ruzie gaat maken.'

'Wat, met een vreselijk mens dat heeft gelogen en heeft gezegd dat wij niet in haar huis mochten logeren?' vraagt Dinah. '*Ik* heb zelfs al zin om ruzie met haar te maken.'

'Niemand gaat ruziemaken,' zeg ik tegen hen, in de hoop dat ik die belofte waar kan maken. Wat nu als Veronique Coudert bezwaar maakt tegen het feit dat ik zonder vooraankondiging ineens bij haar op de stoep sta? Ze zal me niet bepaald met open armen ontvangen.

Het gaat harder sneeuwen, maar het blijft nog steeds niet liggen. Het komt wel goed; de wegen zijn grijs, niet wit. Op weg naar de school van de meisjes heb ik de radio uitgezet, omdat een belerende mannenstem me opdroeg om niet onnodig de weg op te gaan. Ik heb nog nooit iets gedaan wat zo nodig was als wat ik nu aan het doen ben. Ik vraag me af of mensen die verdrinken om hun hond te redden als die in het ijskoude water is gevallen zich zo voelen voor ze dat domme risico nemen waardoor ze aan hun eind komen, en waardoor ik over hen hoor op het nieuws en denk: wat een stomme idioten.

'Dus... jij wilt erachter komen waarom die vrouw niet wilde dat jij nog een keer in haar huis logeert?' vraagt Nonie.

'Precies.'

'Maar... dus dit heeft niets te maken met de brand van vannacht, of met waarom mama doodging?'

Ik doe mijn mond open om te bevestigen dat er geen verband is, maar het lukt niet. De woorden en mijn tong willen niet samenwerken. 'Die vraag kan ik niet beantwoorden, Non,' zei ik. 'Ik weet het gewoon niet.'

'Maar hoe kan het dan met die dingen te maken hebben?' dringt ze aan.

Hoe kan het? Hoe kan het?

Het antwoord heeft iets te maken met vier woorden: 'Aardig, Wreed, Aardig Wreed.' Als ik ze in Little Orchard heb gezien, en als dat de reden is waarom ik ze tegen Ginny zei meteen nadat ik aan Kerstmis 2003 dacht; als Katharine Allens moordenaar ze op een notitieblok in haar appartement heeft geschreven voor hij het vel afscheurde en meenam; als het feit dat ik de politie help met hun onderzoek iemand ertoe aanzette om mijn huis in brand te steken; als brand de link is tussen de brandstichting vannacht bij ons thuis en de moord op Sharon...

Twee woorden. Aardig, Wreed, Aardig Wreed. Het zijn maar twee woorden, niet vier.

'Amber?' vraagt Dinah.

'Hm?'

'Waarom heb je "Aardig, Wreed, Aardig Wreed" opgeschreven?'

Ze schrijft toneelstukken en ze leest gedachten.

Kan ik dat uitleggen zonder Katharine Allen te noemen? Ik wil niet dat Dinah en Nonie zich om nog een moord moeten bekommeren.

'Heeft dat iets met ons te maken?' vraagt Nonie. 'Want als dat zo is, moet je het ons vertellen.'

Een paar meter voor ons zie ik een parkeerhaven. Daar zet ik de auto neer, tussen twee vrachtwagens in. Als ik me omdraai lees ik de angst af van de gezichten van de meisjes en ik voel me schuldig dat ik zo veel van mijn onzekerheden met hen heb gedeeld. *En nu ga je het weer doen.* Ik strek mijn hand naar hen uit. Nonie knijpt erin. Dinah kijkt ernaar, maar raakt me niet aan. 'Het heeft absoluut niets met jullie te maken. Dat beloof ik. Jullie hoeven je nergens zorgen om te maken. Het komt allemaal goed. "Aardig, Wreed, Aardig

Wreed" is iets wat ik ooit ergens heb gelezen, maar ik kan me niet herinneren waar. Ik dacht dat het mijn geheugen zou helpen als ik het opschreef en ernaar bleef kijken, maar dat is niet gelukt. Tenminste, nog niet.'

'Is het belangrijk?' vraagt Nonie.

'Dat weet ze niet,' zegt Dinah met een overdreven verveelde stem. 'Het zou kunnen.'

'Precies. Het zou kunnen,' zeg ik. 'Het spijt me, Dines. Ik weet dat het frustrerend is. Mij frustreert het ook.'

Ze keert zich van me af, en staart uit het raam naar de auto's die met honderd kilometer per uur voorbijrazen. 'Best,' zegt ze. 'Gaan we nou nog naar dat Little Orchard, of hoe zit dat?'

Er ligt geen sneeuw in Cobham, Surrey. Maar het heeft er wel geregend; het hele eind van de snelweg lagen er overal plassen langs de bomenlanen. Ondanks de kou draai ik het autoraampje open en adem de vochtige lucht in die anders ruikt dan in de Culver Valley.

Little Orchard heeft een nieuwe voordeur – donkerrood in plaats van zwart, zonder glas-in-loodpaneel – maar verder ziet het er nog precies zo uit als zeven jaar geleden. Toen ik hier in 2003 was, had ik er geen moeite mee te geloven dat zowel ik als mijn omgeving echt was, dat we deel uitmaakten van hetzelfde tafereel. Vandaag voel ik me er los van staan, alsof ik boven het landschap zweef. Hoe vaak ik mezelf ook voorhou dat ik hier echt ben, die wetenschap weigert tot me door te dringen.

Hier ben ik. Hier zijn wij.

Mijn auto is niet de enige auto op het grindpad. Er staat ook een blauwe Honda Accord vlak naast het huis geparkeerd.

'Is dit het?' vraagt Nonie. 'Wat groot! Waar hadden Luke en jij zo'n groot huis voor nodig? Waren jullie soms met vrienden?'

Ik weersta de drang om eerlijk te zijn en zeg dat ik geen idee meer heb wie er precies mee waren. Een groep gezichten met een naam erbij: Jo, Neil, Hilary, Kirsty, Ritchie, Sabina, Pam, Quentin. Wat wist ik eigenlijk van hen in 2003? Wat weet ik nu van hen?

'Er is een trampoline!' In haar enthousiasme klinkt Dinah als een kind – ongewoon voor haar doen. 'Het is zo'n supergrote, zoals die van William en Barney!'

'Het ziet eruit of het van een leraar Latijn is,' zegt Nonie.

'De trampoline?' vraagt Dinah honend.

'Nee, het huis. Hier zou een lieve, oude leraar Latijn kunnen wonen. Dan heeft hij een grote studeerkamer met een open haard en dan draagt hij pantoffels, en er komen leerlingen bij hem in zijn studeerkamer en dan praat hij met hen over hun huiswerk voor Latijn.'

'Je beschrijft meneer McAndrew van de bovenbouw,' zegt Dinah. 'Die woont hier niet. Hoe zou hij elke dag naar school moeten komen?'

'Ik kan me voorstellen dat hij in zo'n soort huis woont,' zegt Nonie. 'Met een kat. Absoluut niet met een hond.'

'Waarom geen hond?' vraag ik, want ik kan de verleiding niet weerstaan.

'Omdat dit een kattenhuis is.'

'En ons huis?' vraag ik.

'Verbrand,' zegt Dinah.

'Dat is helemaal geen huis voor huisdieren.'

'Goed antwoord, Non,' zeg ik, opgelucht dat ik de ware aard van mijn huis niet onderdruk door het vol te stouwen met moerasschildpadjes en woestijnratjes. 'Oké, meiden, ik wil dat jullie hier blijven wachten. Ik ben hooguit –'

'Nee!' protesteert Dinah. 'Je laat ons hier niet in de auto zitten, absoluut niet!'

'We kunnen toch op de trampoline?' oppert Nonie. 'Dan doen we onze schoenen wel uit.'

'Ze blijft toch nee zeggen,' waarschuwt Dinah.

'Inderdaad. Je kunt van het weekend wel bij William en Barney op de trampoline, Non, zoals elk weekend.'

'Maar ik wil op *deze*.'

'Kom op, jullie mogen wel met me meelopen naar het huis, dan kunnen jullie je benen even strekken.'

'En de ruzie meemaken!' Dinah wrijft al vol verwachting in haar handen.

We stappen de auto uit, een koude, vochtige avond in. Het is zes uur, en het is even donker als om middernacht. Ik sla de kruimels van de schooluniformen van de meisjes, want ik weet dat die er zitten, zelfs al kan ik ze niet zien. 'Wat ga je zeggen?' fluistert Nonie terwijl we de voordeur van Little Orchard naderen.

'Daar kom je vanzelf achter,' zegt Dinah tegen haar en ik ben haar dankbaar dat ze namens mij antwoordt. In mijn hoofd ben ik al met Veronique Coudert aan het praten; ik wil me niet door een ander gesprek laten afleiden.

Ik bel aan en wacht af. Het is een groot huis. Het kan even duren voor ze aan deze kant van het huis is, als ze helemaal achterin zit.

'Als er niemand is, mogen we op de trampoline,' zegt Dinah.

'Er is wel iemand,' zeg ik. 'Degene van wie die auto is.' Ik wijs naar de Accord.

'Misschien hebben ze die wel laten staan zodat inbrekers denken dat er iemand thuis is, ook al is er niemand thuis,' zegt Nonie.

Ik bel nog eens aan, maar ik ben te ongeduldig om te wachten. 'Kom, dan lopen we achterom,' zeg ik. Toen we hier in 2003 waren, gebruikten we alleen de achterdeur. Ik weet niet of we het er toen over gehad hebben waarom dat zo was, maar het kwam vast niet uit de lucht vallen. Misschien wordt de voordeur van Little Orchard wel nooit gebruikt. Dat zal Jo dan wel geweten hebben; dat heeft Veronique Coudert haar vast verteld.

Door aan te bellen heb ik degene die binnen is duidelijk gemaakt dat ik een vreemde ben – iemand die Little Orchard niet goed kent, en die daarom misschien niet te vertrouwen is.

Dinah en Nonie lopen achter me aan naar de achterzijde van het huis. Het geluid van hun voetstappen op het grind stelt me gerust: zacht, onregelmatig geknerp. Hier is niets veranderd. De tuin is nog steeds gelaagd als een trap, en elke trede is een perfect rechthoekig grasveld met een keurig rand stenen omzoomd. In de keuken en in een van de slaapkamers brandt licht.

Mijn telefoon begint te rinkelen in mijn jaszak. *Shit*. Dat is vast Luke. Ik wil hem nu niet spreken, maar ik weet hoe bezorgd hij is als ik niet opneem. 'Hi,' zeg ik. 'Het komt nu even niet uit.'

'Amber, wat is er aan de hand? Waarom ben je met de meisjes naar Little Orchard?'

'We zijn er al,' zeg ik tegen hem. 'Er is helemaal niets aan de hand. Ik spreek je straks, oké?'

Zonder zijn antwoord af te wachten zet ik mijn telefoon uit en gooi hem in mijn tas.

'Daar neemt hij geen genoegen mee,' zegt Dinah zakelijk.

'Waarschijnlijk niet,' bevestig ik.

Ik klop op de keukendeur van Little Orchard. Een vrouw van middelbare leeftijd met zwart haar doet open. Ze draagt een blauw met groene katoenen kaftan op een vale spijkerbroek, en heeft roze teenslippers aan haar voeten. Om haar rechterhand heeft ze een gele stofdoek met grijze strepen gewikkeld. Ze bekijkt me aanvankelijk argwanend. 'Hallo,' zegt ze. 'Kan ik iets voor u doen?' Haar accent is niet Engels.

'Veronique Coudert?'

'Nee. Wie bent u? Ik verwacht niemand komt vanavond. Niemand mij heeft verteld. Huis niet klaar.' Ze is nerveus. Een Spaanse, gok ik, misschien een Portugese.

'Ik ben Amber Hewerdine. Is Veronique Coudert thuis?' *Natuurlijk is ze niet thuis. Hoeveel eigenaren van vakantiehuizen komen kijken hoe hun schoonmaakster de bedden verschoont en de vuilnisbakken leegt als er weer een groep gasten is vertrokken?* 'Of... kunt u mij misschien vertellen waar ik haar kan vinden?' Als ze Parijs zegt, ga ik huilen. Ik ben helemaal uit Rawndesley komen rijden. Mijn meisjes staan geduldig achter me, en willen niets liever dan op een verboden trampoline springen in het donker. *Alsjeblieft*. Ik bid dat de schoonmaakster van Little Orchard aanvoelt hoe rampzalig het voor mij zou zijn om zonder nieuwe informatie naar huis te moeten.

'Veronique Coudert? Wie is Veronique Coudert? Ik nooit van die gehoord.'

'De eigenaar van Little Orchard,' zeg ik.

'Nee.' De schoonmaakster schudt haar hoofd. 'Ik ken die naam niet. Dit is niet het huis van Veronique Coudert. U weet zeker dit is het goede huis?'

'Dit is toch Little Orchard?' vraag ik. Ik voel me onwezenlijk, en ben me bewust dat Nonie en Dinah achter me elk duizend vragen zouden willen stellen. 'Zijn... is dit soms uw huis?'

'Nee, ik ben de meid... eh, hoe noemt jullie dat? De schoonmaker. Ik ben Orianna.'

'Hoe heet de eigenaar dan?'

Ze doet een stap naar achter als ik onbedoeld op haar afstap. De noodzaak om antwoorden te krijgen maakt me onhandig. Achter Orianna is de keuken van Little Orchard nog precies zoals in 2003, los van de afwezigheid van Jo. Ik staar naar de houten buffetkast. Ik kan niet zien of de spijker er nog altijd uitsteekt aan de achterkant, en of de sleutel van de afgesloten studeerkamer nog hangt op de plek waar hij zeven jaar geleden hing.

Ik zou Orianna aan de kant kunnen duwen, en...

Nee. Nee, dat kan niet. Is dat soms de reden dat ik de meisjes heb meegenomen, zodat ik me wel *moet* gedragen? 'Hoe heet de eigenaar?' vraag ik nogmaals.

'Ik... wie bent u? Waarom u vraagt mij die vraag?' Orianna blijft achteruitdeinzen, hoewel ik stilsta.

Ik zeg haar nogmaals hoe ik heet. 'Ik wil maar één antwoord, en dan ga ik,' zeg ik. 'Wie is de eigenaar van dit huis?'

'Ik wil heel graag als u nu weggaat, alstublieft,' zegt ze.

'Wat kan het voor kwaad als u me zegt hoe de eigenaar heet?'

'Ik ken u niet. Ik heb u nog nooit gezien.' Ze haalt haar schouders op. 'U komt hier. Ik niet verwacht dat u komt...'

'Ze is bang,' fluistert Nonie.

Jammer dan. 'Dus de naam Veronique Coudert zegt u niets?'

Ze schudt haar hoofd. 'Ik moet gaan. Het spijt mij.' Ze gooit de deur voor mijn neus dicht. Ik hoor hoe ze de sleutel omdraait.

'Willen jullie nog op de trampoline?' vraag ik de meisjes. Als het

Orianna niet aanstaat, en als ze van ons af wil, hoeft ze alleen maar mijn vraag te beantwoorden. Of ze haalt de eigenaar erbij, nog beter.

'Dat kan niet,' zegt Nonie, alsof zij de volwassene is die voor twee kinderen verantwoordelijk is. 'Dat is niet eerlijk voor die mevrouw. Ze is bang voor ons. Ze wil dat we weggaan.'

Ik knik. 'Oké, dan gaan we. Hup, naar de auto.' Ik praat over weggaan, maar ik kom niet in beweging. Ik kan nergens anders aan denken dan aan de schok van wat ik net heb gehoord. Hoe kan het nu dat Orianna nog nooit van Veronique Coudert heeft gehoord? Het slaat nergens op.

Nonie geeft Dinah een por. '*Vertel* het nou,' zegt ze. 'Het moet. Ik haat dit.'

'Hou op! Dat deed pijn!'

'Wat haat je? Wat moet ze me vertellen?'

'Anders doe ik het, hoor,' dreigt Nonie.

'Ze zei toch dat het misschien helemaal niet belangrijk was!'

'Dinah, ik zou het maar vertellen,' zeg ik, en er schiet een vreemde stroom energie door mijn lichaam. Volgens mij is dit angst. Ik wil me omdraaien en wegrennen, maar dat kan niet. Ik sta hier met de enige twee mensen in de hele wereld bij wie ik nooit, in geen enkel geval, zou wegrennen.

'Aardig, Wreed, Aardig Wreed,' zegt Dinah achteloos. 'Het is helemaal geen big deal, maar... ik weet wat het betekent.'

'Wat?' Ik grijp haar vast en trek haar naar me toe. Het lijkt of mijn hart een steile trap af keilt waar geen eind aan komt. 'Hoe bedoel je dat? Jij kunt niet... hoe kun jij nou weten wat het betekent?'

'Omdat ik het bedacht heb,' zegt ze.

Wist je dat, in psychotherapeutische zin, het huis een metafoor is voor het ik? Jo probeert haar huis vol te stoppen met mensen en ze daar te houden omdat ze bang is dat er diep vanbinnen niets dan leegte is. Amber was gefrustreerd omdat ze de deur van de studeerkamer in Little Orchard niet kon openen en kon zien wat erin stond: ze is iemand die waarde hecht aan de waarheid en aan integriteit, en die tegen haar wil gedwongen wordt om te liegen.

En Simon voelt zich met de seconde ongemakkelijker worden. Hij wil dolgraag weten of er iets waar is van wat ik zeg. Wat ons niet helpt, is het feit dat Amber heel veel informatie niet met ons wil delen. Er spelen drie dingen: repressie, ontkenning en geheimhouding. Amber, dat jij er nu voor kiest om ons van alles niet te vertellen wil nog niet zeggen dat jij zelf alle feiten kent. Een deel van wat wij moeten weten zit in jou besloten, en je hebt geen idee dat het er zit. Van een ander deel weet je wel dat het er zit, maar je doet net of het niet zo is. Daarom ben je zo trots op de geheimen die je bewust bewaart. Je denkt dat het andere met geen mogelijkheid naar buiten kan, als je die geheimen maar niet verklapt.

En toch ben je hier omdat je bepaalde dingen wilt weten. Moet je eens zien, je hebt zelfs een rechercheur meegenomen. Ik denk dat je jezelf de verkeerde vragen stelt, en daarom komen de antwoorden niet. Vraag jezelf eens af: waar ben ik zo bang voor? Wat mag absoluut nooit uitkomen?

Toen we elkaar de vorige keer ontmoetten, vroeg je me of de

meeste verdrongen herinneringen van mijn cliënten boven komen drijven als ze hier zijn, of dat sommige cliënten hier komen en zeggen: 'Hé, er zijn een paar nieuwe herinneringen boven komen drijven sinds de vorige keer!' Uit de manier waarop je die vraag formuleerde, kon ik opmaken dat jij beide opties belachelijk vond. Ik heb je toen naar waarheid geantwoord: de overgrote meerderheid van de cliënten heeft hun doorbraak hier, onder hypnose.

Dat geloofde je niet. Je vroeg waarom dat zo was; een herinnering kon zich toch zeker op elk willekeurig moment losmaken van het onderbewuste en doordringen tot je bewustzijn? Ik zei dat dat in theorie mogelijk was, maar dat veel verdrongen herinneringen pijnlijk zijn. Mensen weten dat ze hier veilig zijn. Ze weten het bewust en onbewust. Cliënten zijn eerder geneigd om trauma's los te laten in een veilige omgeving die speciaal voor dat doel is gecreëerd, dan thuis, als ze alleen zijn, of 's ochtends, op weg naar kantoor.

Toen ik dat zei, keek je me verbijsterd aan en dat zei mij iets over jou: dat je je niet kunt voorstellen dat je je met mij of met wat voor therapeut dan ook veiliger voelt dan opgesloten in je eigen hoofd, alleen. Jij denkt steeds maar dat jouw geheim of geheimen je veiligheid bieden, maar het tegendeel is waar. Hoe erg je je ook schaamt of hoe schuldig je je ook voelt, je zult je beter voelen als je het vertelt en de consequenties onder ogen ziet.

Ik begrijp best dat je mij niet vertrouwt. Mensen die jarenlang zijn mishandeld door een narcist kunnen zichzelf en anderen niet vertrouwen. Zoals je zelf al zei, je probeert je meestal zo te gedragen als Jo wil dat je je gedraagt. Om haar aanvallen te vermijden, concentreer je je alleen op wat Jo nodig heeft als je bij haar bent, en dat maakt jou tot conarcist. Je neemt het haar kwalijk dat ze jou in deze rol dwingt, en je neemt het jezelf kwalijk dat je deze rol speelt, waardoor jij zowel narcistische als conarcistische neigingen wantrouwt.

Voor je mij gaat vertellen wat ik wil horen – en realiseer je dat jij de enige bent die eronder lijdt dat je het me *niet* vertelt – wil je dat ik eerst een aantal tests doorsta. Ik moet jou bewijzen dat ik geen narcist ben zoals Jo, dat ik jou je gevoelens laat uiten en zonder te oordelen en zonder je te vertellen hoe je je moet voelen naar je luister. Ik hoop dat ik dat heb bewezen. Maar het is niet genoeg; ik moet ook bewijzen dat ik geen conarcist ben – door je uit te dagen, door je nergens mee weg te laten komen. Daarom vind je mijn gedrag ook zo wispelturig: omdat ik probeer om aan allebei die eisen tegelijk te voldoen. De ene minuut daag ik je uit, en de volgende voel ik met je mee.

Het is een riskante strategie. Als ik je in verwarring breng, als je nooit weet wat voor gedrag je van mij kunt verwachten, bestaat de kans dat je mij ziet als een soort Jo.

Een therapeut hoort zich niet op deze manier in de kaart te laten kijken. Ik moet niet met diagnoses schermen als een of andere opschepper, en ik mag je hier niet met je ogen dicht en een zelfingenomen lachje laten liggen terwijl ik al het werk doe. Ik zou mijn slimme tactieken niet met jou mogen delen. Waarom doe ik dat dan allemaal wel?

Omdat ik indruk op je probeer te maken. Simon heeft indruk op je gemaakt toen je hem voor het eerst ontmoette, zo veel zelfs dat je bereid bent om deze marteling te ondergaan om hem te helpen zijn moordzaak op te lossen. Als ik indruk op jou kan maken met mijn briljante psychoanalyse en je ervan weet te overtuigen dat ik de moeite waard ben en dat ik ook nog nut kan hebben, gaat dat grote neonlicht met de woorden 'Niet aan Ginny vertellen' in jouw hoofd misschien een keer uit; misschien vertel je me dan wat je nu voor me verborgen houdt. Jouw onderbewustzijn zou dan het signaal krijgen dat de waarschuwingen zijn ingetrokken, en dan is de kans groter dat je –

Wat?

Amber? Wat is er? Herinner je je iets?

10

02/12/2010

Simon stond voor het huis van Jo en Neil in Rawndesley toen zijn telefoon in zijn zak begon te trillen. Hij haalde hem eruit en keek op het schermpje. 'Hou het kort,' zei hij. Waarschijnlijk hoorde ze alleen het woord 'kort'; hij begon altijd te praten zodra hij haar naam op het schermpje las, ook al wist hij dat ze nog niet verbonden waren.

'Waar ben je?' vroeg ze.

'Ik sta op het punt om Johannah Utting te ondervragen. Hoezo?'

'Ik moet...' Charlie zweeg ineens. 'Wie?'

Dat achterdochtige toontje beviel Simon niet zo. Net zoals de sneeuw die op zijn hoofd en achter in zijn nek viel hem niet beviel. 'Wat wil je?'

'Wie is Johannah Utting?' vroeg Charlie.

Simon deed zijn ogen dicht, want hij wist al wat de volgende vraag zou zijn: 'Is ze knap?' Dat vroeg Charlie altijd als hij een vrouwennaam noemde. *Zo sneu.* En verwarrend. Wist Simon veel wat aantrekkelijk was? 'Ik moet hangen,' zei hij, 'We praten straks wel.' Einde gesprek, telefoon uit, einde probleem. *Voorlopig.*

De meeste mannen zouden Jo Utting waarschijnlijk aantrekkelijk vinden, maar niet op een manier die Simon aansprak. Hij vond sterk krullend haar altijd een beetje eng, vooral bij vrouwen. Het deed hem denken aan van die poppen die tot leven komen in horrorfilms. Niet dat hij zich een film kon herinneren waar dat in voorkwam. Hij had nog nooit zulk sterk krullend haar gezien als dat van Jo Utting. Elke lok was een blonde springveer. Kon ze de boel nu echt niet glad trekken?

Simon werd het kleine rijtjeshuis in geloodst door Jo en door een buitenlands klinkende vrouw die hem met een brede glimlach vertelde dat zij Sabina was, alsof dat hem iets moest zeggen. Het tafereel waar hij vervolgens in terechtkwam, zou hij moeilijk kunnen omschrijven – zelfs in zijn eigen hoofd, waar hij zowel de verteller was als het publiek-dat-het-verhaal-al-kende. Als politieman was Simon door de jaren heen al in veel vreemde en onplezierige situaties terechtgekomen, maar zoiets als dit had hij nog nooit meegemaakt.

Een ongehoorde hoeveelheid mensen, onder wie een paar kinderen, stond voor zijn neus, allemaal tegelijk, en ze probeerden tegelijk met hem een gesprek aan te knopen. Ze hielden er geen van allen mee op toen ze zagen dat de rest dat ook probeerde, ervan uitgaande dat ze überhaupt doorhadden dat de anderen er waren, en dat stond beslist niet vast. Simon was verstrikt geraakt in een wolk ondraaglijk lawaai waar geen eind aan leek te komen. Hij kon niet reageren omdat hij geen van de vragen kon verstaan. Tegen de tijd dat het hem gelukt was om een hele vraag te verwerken, merkte hij dat niemand zijn antwoord zou kunnen verstaan; hij stond al niet meer in het centrum van de belangstelling. De diverse deelnemers aan deze bizarre kluwen hadden hun aandacht op elkaar gericht en deden mededelingen over elkaars hoofd en tussen de diverse lichamen door over de planning van praktische zaken: wat er moest gebeuren, door wie, en hoelang het zou duren. Simon hoorde dat hij regelmatig werd genoemd, maar hij werd niet in de discussie betrokken, of zelfs maar bekeken, terwijl iedereen uitgebreid en tegelijkertijd praatte over wanneer ze met hem konden spreken, gezien alle andere dingen die ze nog moesten doen.

Aan het eind van de hal – die nu eindeloos ver weg leek, hoewel het in werkelijkheid nog geen anderhalve meter bij hem vandaan was – stond een lange, breedgeschouderde man met stekeltjeshaar in zijn mobieltje te schreeuwen over de prijs van geëtst glas. Hoewel het onderwerp hem niet interesseerde, klampte Simon zich zo lang mogelijk vast aan het geluid van die verre stem, tot ook die werd opgeslokt door de kakofonie. Hij hoorde het woord 'pilates' vallen, wist dat hij dat al eens eerder had gehoord, en vroeg zich af wat dat was.

Het was onmogelijk om vanuit de hal een kamer binnen te gaan. Hij kon niet eens zeggen dat hij dat wilde. Een paar tellen later had Simon Jo Utting, degene die hij had willen spreken, uit het oog verloren. Ze stond net nog pal voor hem – hij kreeg de indruk dat zij het hart van de drom mensen vormde – en ineens was ze weg. Een grote vrouw met slap, donkerblond haar, die op het oog ergens halverwege de dertig moest zijn, stond Simon vanuit de deuropening met open mond aan te gapen. Ze droeg een pyjama met roze olifantjes erop. Het drong tot Simon door dat ze een verstandelijke beperking had. Achter haar zag hij twee smalle, niet opgemaakte logeerbedden, die hem deden denken aan nieuwsrapportages over rampen en interviews met mensen die in sporthallen moesten overnachten omdat ze hun huis ontvlucht waren wegens overstromingen.

Of wegens brand.

Een kleine oude man verscheen onder Simons kin, en wilde weten wat er werd gedaan om een of andere belangrijke boom te redden. Er was een kapvergunning afgegeven voor die boom. Volkomen ten onrechte. Het was de boom op de hoek van Heckencote Road en Great Holling Road. Was het terecht om een boom van bijna honderd jaar oud te kappen alleen maar omdat men er weer een hotel wilde neerzetten, waardoor het verkeersprobleem in Rawndesley er alleen maar erger op zou worden? Over het hoofd van de man heen praatte een nog ouder uitziende vrouw. Ze zei dat Simon hier niet was om over bomen te praten. Ze vielen allebei tegelijk stil, alsof ze tegen elkaar weggestreept waren.

Eindelijk viel er een gat waar Simon een reactie in kwijt kon als hij dat zou willen. Het probleem was dat hij geen idee had wie deze oude man en dame waren. Hij had ook het gevoel dat zijn eigen identiteit minder duidelijk was als toen hij hier een paar minuten geleden binnenstapte. Dit soort omgeving, die van een chaotisch huishouden, was hem vreemd. Hij was opgegroeid in een stil huis waar nooit iemand op bezoek kwam. Tot hij bij Charlie introk had hij nog nooit iemand in zijn eigen huis ontvangen, op Charlie na. Maar die kwam nooit op uitnodiging, en bovendien: die telde niet mee.

De Europees klinkende vrouw, Sabina, leunde over de oude man om Simon bij de arm te pakken. 'Geen commentaar,' gilde ze in zijn gezicht. Hier raakte Simon van in verwarring, want hij had haar nog niets gevraagd. 'Ik praat niet zonder mijn advocaat,' vervolgde ze in een zwaar aangezet Cockney-accent. 'Ik ken mijn rechten. Geen commentaar.' Ze begon te lachen, en zei toen met haar normale stem: 'Dat heb ik nu altijd al eens tegen een politieagent willen zeggen. Maakt u zich geen zorgen, het was maar een grapje. Het is hier druk. *Wij* zijn heel druk, het spijt me.'

Jo Uttings krulhoofd verscheen in de deuropening die het verst van hem vandaan was. 'William, Barney, aan de kant,' zei ze. 'Laat rechercheur Waterhouse er eens door.'

William en Barney, dacht Simon. Twee mensen; aan Jo's toon te horen, waarschijnlijk de twee kleinste. Hij kon de kamer waar Jo zich bevond met geen mogelijkheid bereiken als maar twee mensen in beweging kwamen, tenminste niet zonder allerlei zware voorwerpen aan de kant te duwen.

Iemand gaf hem een zet. 'Ik breng u wel naar Jo,' zei Sabina. Hoe en wanneer was die achter hem terechtgekomen? 'In dit huis moet je doorduwen.' Met haar hulp lukte het Simon op de een of andere manier om zich door de drom mensen te worstelen en bij Jo in de keuken te komen. De opluchting die hij voelde was van korte duur. Hij nam het kopje thee dat Jo hem aanbood aan, en stond op het punt te vragen of de deur dicht mocht zodat hij zichzelf kon horen denken, toen er een jongetje met een ernstig gezicht voor hem verscheen. 'Weet u het verschil tussen een transitieve relatie en een intransitieve relatie?'

'William, val hem niet lastig,' zei Jo terwijl ze een beker pakte. 'Waarom gaan Barney en jij niet een poosje met de Wii spelen?'

'Het geeft niet,' zei Simon. Hij wist niet wat het verschil was. De jongen leek een jaar of twaalf, dertien. Als hij iets wist wat Simon niet wist, wat het ook maar was, dan moest die situatie rechtgezet worden. 'Transitief en...?'

'Intransitief.' William rechtte zijn rug als een cadet in het leger.

'Nou, kom op, zeg het maar.'

'De koningin is rijker dan mijn vader, en mijn vader is rijker dan mijn oom Luke...'

'William!' Jo rolde met haar ogen. 'Sorry,' mimede ze tegen Simon en ze bloosde.

'...mijn oom Luke is rijker dan ik. Dat betekent dat de koningin rijker is dan ik. Het is een transitieve relatie. Maar als de koningin rijker was dan iemand die rijker was dan ik, maar ze was *niet* rijker dan ik, zou het een intransitieve relatie zijn. Alleen met rijk is het altijd transitief. Intransitief is zoiets als "wonen naast" –'

'Oké, William, zo is het wel genoeg,' zei Jo. 'Ik denk dat rechercheur Waterhouse het zo wel snapt. Toe, ga maar.'

Haar zoon verliet teleurgesteld de keuken, alsof hij nog veel meer te vertellen had en nu nooit meer de kans zou krijgen. Vreemd ventje, vond Simon.

Hij kon wel juichen toen Jo de keukendeur dichtdeed en een barrière opwierp tussen hun tweeën en het lawaai. 'Zijn vader *is* helemaal niet rijker dan zijn oom Luke,' zei ze, alsof ze het een belangrijk punt vond. 'Volgens mij denkt William dat iedereen met een eigen bedrijf Bill Gates is of zo. Was het maar waar.'

'Ik moet u iets vragen over gisteravond,' zei Simon.

'Niet voor ik u heb gevraagd of het waar is wat Amber me vertelde. U vertelt toch niet verder dat ze niet zelf op die verkeerscursus is geweest, hè?'

'Ik zal mijn best doen.'

'In dat geval...' Jo slaakte een diepe zucht, '...goddank. Ik heb twee kleine kinderen, een schoonvader die inwoont sinds zijn vrouw overleed aan borstkanker, een ernstig gehandicapte zus die hier tijdelijk woont, een moeder die een dagje ouder wordt en niet meer zo sterk is als vroeger.'

'Ik hoop dat het niet nodig zal zijn om die verkeerscursus ter sprake te brengen,' zei Simon tegen haar. *Twee kleine kinderen.* Was die potige, welbespraakte William van twaalf een van die kinderen? Simon zou hem niet als een klein kind willen omschrijven. Hij zou Jo's accent trouwens ook niet willen omschrijven als 'bekakt', zoals Edward Ormston had gedaan. Wel hoogopgeleid; de betere sociale klasse, maar niet koninklijk bekakt. Niet aristocratisch.

'Mensen rekenen op me.' Jo gaf Simon een kop thee. 'Ik weet dat het niet goed was wat ik heb gedaan. Ik geef te veel om mensen, en ik neem al hun problemen op mijn schouders, ook al hebben ze het zichzelf aangedaan.' Ze lachte bitter. 'Iedereen zegt altijd dat ik nog eens ten onder ga aan mijn behulpzaamheid en opofferingsgezindheid, maar om nu vervolgd te worden gaat zelfs mij te ver!' Toen viel ze uit naar Simon, alsof hij haar had bedreigd: 'U kunt mij niet straffen omdat ik mensen wil helpen.'

Dat kan ik best. 'Waar was u vannacht tussen twaalf en twee uur?'

'In bed, in slaap. U denkt toch niet serieus dat ik brand heb gesticht bij Amber?'

'Kan uw man dat bevestigen?'

'Die sliep ook. We sliepen allemaal.'

Dat was dan simpel. Als iedereen sliep, betekende dat dat niemand kon bevestigen dat iedereen sliep. Los van de kinderen kon iedereen, dus ook Jo, uit bed zijn gestapt om brand te stichten bij Amber. Riskant. Wat als hij of zij nog niet terug was voor de rest van de familie wakker werd van het nieuws? Amber stond erom bekend dat ze nooit sliep. Het kan zijn dat ze het vuur veel eerder zou hebben opgemerkt dan uiteindelijk het geval was, en dan had ze Jo binnen een paar minuten gebeld, meteen nadat ze de brandweer had gealarmeerd.

Wie in dit huis zou dat risico hebben genomen?

'Wie zijn dat: "wij allemaal"?' vroeg Simon. 'Wie sliepen hier gisteravond?'

'Ik, Neil, William, Barney...'

'Uw man en zoons?'

'Ja, en Quentin, mijn schoonvader.'

'Sabina? Is zij ook familie?'

'Ze is de nanny van de jongens. Nee, zij sliep hier vannacht niet. En mama en Kirsty ook niet. Die gingen rond een uur of zes, halfzeven naar huis.'

'Voor u het eten op tafel zette?' vroeg Simon.

Jo keek hem gekwetst aan, alsof hij haar expres hoop had gegeven, om haar vervolgens te laten zitten. Zocht hij er te veel achter? Hij bracht zich in herinnering dat ze elkaar nu voor het eerst ontmoetten. Wat ze ook zei of deed, het kon zijn ongelijk nog niet bewijzen. Hij deed alleen zijn werk. 'Die interesse van u in de details van ons dagelijks leven vind ik niet prettig,' zei ze uiteindelijk. 'U snapt toch zelf ook wel dat niemand hier het huis van Amber en Luke in brand zou steken? Godallemachtig! We zijn familie. Wij zijn alles wat zij hebben. Vraag Amber of zij denkt dat een van ons het gedaan kan hebben. Ze lacht u in uw gezicht uit. Wat doet het er in godsnaam toe wanneer wij hebben gegeten?' Jo keek niet naar Simon, maar naar de beker thee die ze hem had gegeven. Hij verwachtte half dat ze die weer af zou pakken.

'Amber, Dinah en Nonie zijn wel blijven eten, toch?' ging Simon onverstoord verder. 'Bleef Sabina ook?'

'Ja,' zei Jo kortaf. 'Ze bleef de hele avond, en ging rond elf uur naar huis. Hoezo?'

'Dus u zat aan tafel met Neil, uw twee zoons, Sabina, uw schoonvader, Amber, Dinah en Nonie? Nog iemand?'

'Nee.'

'En tijdens het eten vertelde Amber aan iedereen wat er was gebeurd toen ze de dag ervoor naar een hypnotherapeut was geweest – dat ze daar een vrouw van de politie tegen het lijf was gelopen, met een notitieboekje?'

'Nee,' zei Jo stuurs. 'Ze heeft niets verteld over een notitieboekje. Ze zei zo min mogelijk, want dat spelletje speelt ze altijd. Het enige wat ze ons vertelde, was dat ze bij een hypnotherapeut was geweest, en dat ze daardoor betrokken was geraakt bij een moordzaak.'

'Heeft ze u ook de naam van de vermoorde vrouw verteld?' vroeg Simon.

'Katharine Allen.'

'Zei die naam u iets?'

'Nee.'

'En toch herinnert u zich die naam nog.'

Jo slaakte een langzame zucht. 'Ik heb haar natuurlijk gegoogeld, dat snapt u wel. Dat zou iedereen doen. Moord is voor u misschien een alledaags verschijnsel, maar binnen onze familie is het vrij ongebruikelijk. Ik wil niet beweren dat mijn leven saai is of zo, maar...' Ze haalde haar schouders op.

'Dus uw moeder, uw zus en uw broer waren de enige leden van de familie die niet wisten dat Amber was ondervraagd in verband met de dood van Katharine Allen?'

Jo fronste. 'Nee, ze wisten er allemaal van. Nou ja, los van mijn zusje Kirsty, want die kan dat soort dingen niet begrijpen.'

'Ze weten het nu, ja,' zei Simon ter verheldering, 'maar voor de brand...'

'Zelfs voor de brand wist mama het al,' zei Jo. 'Ik heb het haar verteld toen ik haar belde.'

'U hebt haar gebeld? Wanneer?'

'Gisteravond, voor ik naar bed ging. Ik weet niet meer precies hoe laat. Rond een uur of halftwaalf? Ik bel haar elke avond, om te checken of alles goed is met haar en Kirsty en om welterusten te wensen. En al zou ik dat nooit doen, dan nog zou ik haar gisteren hebben gebeld om haar te vertellen wat Amber was overkomen. Ik heb Ritchie ook gebeld.'

'Waarom?'

'Dat snapt u toch wel?' vroeg Jo.

'Nee.'

Ze vulde de waterkoker, zette hem nogmaals aan en koos een beker voor zichzelf. Simon zag dat die veel mooier was dan de beker die ze hem had gegeven, want die had een geschilferde rand en zat onder het craquelé.

'Als iemand in uw familie iets belangrijks zou overkomen, zou u toch zeker ook willen dat iedereen het zo snel mogelijk wist?'

'Hoe vaak ziet u uw moeder, broer en zus?' ketste Simon haar vraag af met een wedervraag.

'Mijn broer zie ik om de twee of drie dagen, denk ik,' zei Jo. 'En mijn moeder en Kirsty elke dag. De zorg voor Kirsty is zwaar voor mijn moeder, en aangezien we allemaal niet werken, is het logisch dat we bij elkaar komen – dan heb je iemand om mee te praten, snapt u wel.' Ze glimlachte opgewekt; die uitdrukking bleef te lang roerloos op haar gezicht geplakt.

'Als u niet werkt, waarom hebt u dan een nanny nodig?' Ze presenteerde haar kenschets van haar familie als iets logisch, maar het was niet logisch, tenminste, Simon vond van niet. Elkaar elke dag zien, en elke avond bellen?

Jo lachte. 'Hebt u ooit weleens geprobeerd om in je eentje voor twee kinderen te zorgen? Neil is de hele dag aan het werk, mama is druk met Kirsty... Als ik het allemaal in mijn eentje zou doen, zou ik doordraaien. Nu niet meer zo, maar toen de jongens nog klein waren zeker wel. En nu nog helpt Sabina hen meestal met hun huiswerk terwijl ik kook. En een van ons moet normaal gesproken ook nog iets met Quentin. Sinds Pam overleed aan leverkanker – dat is Neils moeder –'

'Borstkanker,' verbeterde Simon.

'Leverkanker.'

'U zei net borstkanker.' Er was hier iets heel erg mis. Simon voelde een huivering langs zijn ruggengraat.

'Nietwaar. Wilt u soms beweren dat ik niet weet aan welke ziekte mijn eigen schoonmoeder is overleden? Het was leverkanker. Het was verschrikkelijk. Het duurde in totaal vijf jaar voor het haar had vermoord, en nu is aan haar lijden een eind gekomen – gelukkig voor haar – maar Neil en ik zitten met de zorg voor Quentin en met het schuldgevoel omdat we soms denken dat het allemaal zoveel gemakkelijker was als het andersom was geweest.' Jo's ogen glommen van de tranen. 'Als Quentin eerst was gestorven, als Pam hem had overleefd...' Ze maakte een woest gebaar met haar arm in de richting van de deur. De stralende glimlach was weg. '*U* hoeft niet elke dag met hem te leven. U hebt niet hoeven toekijken hoe Pam stierf. Ik wel, dus vertel mij niet dat ze aan borstkanker overleed alsof u het beter weet dan ik.'

'Wanneer is ze overleden?'

'Afgelopen januari.'

Simon knikte. Hij vond het interessant dat Jo hun onenigheid als diagnose bracht. Uiteraard wist zij beter aan welke ziekte haar schoonmoeder was overleden, dus het sloeg nergens op dat zij deed alsof ze een strijdpunt hadden en zij dat gemakkelijk kon winnen. Over wat ze eerder tijdens het gesprek had gezegd – namelijk of zij leverkanker had gezegd, zoals ze zelf beweerde, of borstkanker, zoals Simon het zich herinnerde – waren ze gelijkwaardig en hadden ze allebei evenveel kans om gelijk of ongelijk te hebben.

'Dus u hebt uw moeder gisteravond twee keer gebeld? De tweede keer nadat u van de brand hoorde?'

'Neil heeft haar gebeld, meteen nadat Luke ons wakker belde. Ik was in shock, kon niet helder nadenken, maar Neil wist dat ik mama bij me wilde hebben, en Sabina. Hij belde iedereen – ook Ritchie, maar Ritchie kon niet komen. Hij heeft buikgriep.'

'En iemand heeft Quentin wakker gemaakt, neem ik aan?' Amber had gezegd dat iedereen behalve Kirsty, Ritchie, William en Barney in de vroege ochtend bijeengekomen was in Jo's zitkamer.

'Neil heeft zijn vader wakker gemaakt, ja.'

'Nog even terug naar het avondeten...' begon Simon.

'Pasta met mozzarella, basilicum, tomaat en olijfolie,' zei Jo bits. 'En *treacle tart* als toetje. Waarom bent u in vredesnaam geïnteresseerd in een doodgewone familiemaaltijd? Wat hebt u aan informatie over het eten van gisteravond bij het vinden van moordenaars?'

'Waren William en Barney erbij toen Amber iedereen vertelde van Katharine Allen, en dat ze door de politie was verhoord?'

'Nee. Zij en de meisjes waren al van tafel. Ik wist dat Amber ons iets belangrijks te vertellen had, dus heb ik gezegd dat ze moesten gaan spelen.'

Simon knikte, opgelucht dat de familie ook weer niet zo gestoord was dat ze een moord bespraken waar de kinderen bij waren.

'Wat betreft de verkeerscursus...' begon hij.

'Daar hebben we het al over gehad,' zei Jo op waarschuwende toon. 'U zei dat u daar niet meer over zou beginnen.'

Dat zei ik helemaal niet.

'Ik moet zeker weten dat ik me er verder geen zorgen over hoef te maken dat het... nog eens te berde wordt gebracht,' zei Jo. 'Ik wil dat u mij dat belooft.'

'Dat zal niet gebeuren,' beloofde Simon. Als het moest, zou hij daar later nog wel op terugkomen. Voorlopig was hij bereid om te zeggen wat werkte. Hij voelde dat Jo een eind aan het gesprek zou maken zodra ze iets hoorde wat haar niet beviel.

Hij dwong zichzelf te glimlachen. Zij probeerde dat ook te doen, en trok haar mond tot een streep.

'Nog een vraag, en dan zal ik u verder niet lastigvallen,' zei hij. 'U hebt Amber verteld over Edward Ormston – zijn dochter Louise, die is omgekomen?'

Jo keek niet-begrijpend. 'Wie?'

'Ed, van de verkeerscursus.'

'O.' Er verschenen roze vlekjes op haar wangen. 'Ed, ja. Sorry, maar zonder context... ik heb Amber alles verteld. Daar stond ze op. Niet dat we ooit hadden gedacht dat *dit* zou gebeuren.'

'Toch hebt u haar niet alles verteld,' zei Simon.

'Jawel, dat heb ik wel. Wat heb ik haar dan niet verteld?' Een duidelijke test: *noem mij een ding dat ik heb gemist.*

Voor de tweede keer vandaag beschreef Simon de speech van de vrouw die zichzelf Amber noemde: de hypocrisie van een samenleving die te veel waarde hecht aan auto's maar weigert om de nadelen ervan te accepteren.

Jo zei niets. Ze leek nog steeds te luisteren, lang nadat Simon uitgepraat was. Wachtte ze tot hij nog meer zou vertellen?

'Waarom hebt u Amber niet verteld dat u dat allemaal hebt gezegd?'

'Ik weet niet of ik dat wel heb gezegd.' Jo haalde haar schouders achteloos op, alsof het haar niets kon schelen.

'Ed Ormston weet zeker van wel. Ik geloof hem.'

'Nou, in dat geval... Hoor eens, ik kan het me niet herinneren, oké?' Jo wreef over haar voorhoofd. 'Misschien heb ik iets gezegd, maar *dat* in elk geval niet, zulke onzin zou ik nooit verkopen. Ed is niet meer de jongste, toch? Ja, ik ben inderdaad nogal tekeergegaan, maar ik kan me de details niet meer herinneren.' Ze maakte een afwerend gebaar met haar hand. 'Ik was kwaad omdat ik daar moest zijn, en vond het een verspilling van mijn dag, dus daarom trok ik waarschijnlijk zo van leer. Maar als Ed denkt dat ik dat heb gezegd, heeft hij me verkeerd begrepen.'

'In welk opzicht precies?' vroeg Simon.

'Weet ik veel! Het is een maand geleden. Weet u nog precies wat u een maand geleden allemaal hebt gezegd?' Toen ze zag dat Simon nadacht, drukte Jo haar punt door. 'Dat weet u niet,' zei ze. 'Dat weet geen mens. We herinneren ons alleen wat andere mensen hebben gezegd, maar niet wat we zelf allemaal zeggen.'

Zoals ik me herinner dat jij eerst borstkanker zei. Niet leverkanker.

'Dus u zei dat niet omdat u deed of u Amber was?' vroeg Simon. 'U hebt niet haar vermoedelijke mening geventileerd in haar afwezigheid en als haar stand-in?'

Jo's gezicht vertrok. 'U kunt beter vragen waarom zij mij nadoet. Waarom denkt u dat ze Dinah en Nonie zo nodig wil adopteren?'

'Omdat die dat zo graag willen. Ze willen graag ouders,' herhaalde Simon wat Amber tegen hem had gezegd.

'Nee. Nee! Daar gaat het helemaal niet om. Het gaat erom dat Amber mij zou willen zijn, zoals altijd. Ik ben moeder van twee kinderen, dus wil zij dat ook zijn. Het is ziek. *Zij* is ziek.' Jo sprong op Simon af. Hij deinsde achteruit, maar kennelijk wilde ze alleen in zijn beker kijken. 'U hebt meer thee nodig,' zei ze tegen hem met een stem die totaal niet leek op de stem die ze een paar seconden geleden nog gebruikte. 'Dat had u moeten zeggen.'

'Ik dacht dat u zei dat u zo veel om Amber gaf,' bracht Simon haar in herinnering, aangezien ze zo veel moeite had zich haar eigen woorden te herinneren.

'Dus u vindt dat ik niet moet geven om iemand die ziek is? Dan bent u al even ziek als zij, ziek in uw hoofd. Ik vergat te vragen of u suiker gebruikt. Suiker?'

'Nee.'

'Mooi zo.' Ze schonk hem weer zo'n brede glimlach. 'Want er is geen suiker in huis.'

Olivia wreef haar ogen droog en liep naar de keuken. Tijd om op te houden met huilen en een kop lapsang souchong te zetten. En tijd om te stoppen met nadenken over wat Sam Kombothekra verkeerd had gedaan, al was het nog zo verleidelijk om aan iets anders te denken dan aan wat ze zelf verkeerd deed, elke seconde van elke dag. Niet dat ze al haar tijd doorbracht met Chris Gibbs, maar zelfs als ze niet bij elkaar waren, zoals nu, duurde haar zonde voort. Ze kon zich er niet van losmaken. Het scheen Gibbs niet te deren dat hun relatie niet te rechtvaardigen viel en dat het mogelijk rampzalig was voor alle betrokkenen. Telkens als Olivia het onderwerp aansneed zei hij gekmakende dingen als: 'Zo is het nu eenmaal. Het heeft geen zin om te wensen dat het anders was.' Hij leek zich geen zorgen te maken over de vraag of hij een goed of een slecht mens was. Niet dat Olivia in zulke termen dacht; het was een schromelijk vereenvoudigde voorstelling van zaken.

Ze had nog nooit een man ontmoet die wel heel geïnteresseerd was in haar, maar helemaal niet in zichzelf. Hij had nog nooit gezegd dat hij van haar hield, maar wel een keer dat hij haar aanbad. Op zich zou dat heerlijk zijn, maar Olivia vond het onrustbarend dat hij, toen ze hem ook een compliment wilde maken, haar alleen verwonderd en met een vragende blik aankeek: 'Wie?' Alsof ze het over iemand had die hij nog nooit had ontmoet. Hij weigerde om zichzelf in de schijnwerpers van zijn eigen gedachten te zetten, wat inhield dat hij zijn gedrag nooit kon verklaren of analyseren, wat wel zo handig was, voor hem. Hij had het regelmatig over de toekomst – een toekomst waarin hij en Olivia samen waren, eentje waarin hun respectievelijke partners of kinderen geen rol speelden – maar toen Olivia vroeg hoe hij dacht dat het ooit zover zou komen, haalde hij zijn schouders op alsof hij daar verder niets over te zeggen had.

Er moest toch zeker snel iets gebeuren om verandering in hun situatie te brengen? Hij werd binnenkort vader. Dat moest alles wel op zijn kop zetten. In de tussentijd ging men er dichter bij huis – namelijk thuis – alom vanuit dat Olivia binnenkort met Dominic Lund zou trouwen, die in de andere kamer met zijn juridische dossiers voor de televisie zat, zich er niet van bewust dat zijn verloofde hem de afgelopen vijf maanden had bedrogen. Ik zou ervoor kunnen zorgen dat daar verandering in komt, dacht Olivia, maar hoe vaak ze dat idee ook de revue liet passeren, ze geloofde het niet echt. Ze had het gevoel dat zij niet de macht of het recht had om te beslissen welke richting haar leven zou inslaan. Alles wat zij kon doen, zou alles zoveel erger maken.

Als jonge vrouw was ze bijna gestorven aan een ziekte waar zij geen zeggenschap over had. Uiteindelijk had ze die overleefd, maar dat was te danken aan andere mensen, niet aan haar. Sinds die tijd kon Olivia de overtuiging niet van zich afzetten dat het helemaal niet uitmaakte wat zij zelf ook deed. Het maakte geen verschil. Ze was niet iemand die werd gezien of om wie de rest van de wereld iets gaf. Charlie wel; Simon wel. Die hoefden maar met hun ogen te knipperen of het universum plooide zich naar hun wensen. Toen Charlie een paar jaar geleden een niet zo slimme affaire had, stond dat in alle grote kranten.

Deed Olivia daarom zo haar best om mensen kwaad te maken? Om te bewijzen dat zij ook best impact kon hebben?

Dom kwam de keuken in en ging achter haar staan, met een leeg wijnglas in zijn hand. 'Ga je me nog vertellen waar je om huilt?' vroeg hij.

'Ik huil toch niet meer.'

'Dan bedoelde ik een andere tijdsvorm,' zei hij ongeduldig.

'Iemand heeft tegen me geschreeuwd terwijl ik alleen maar wilde helpen,' zei Olivia tegen hem.

Dom trok een gezicht terwijl hij de wijnfles van de keukentafel pakte. 'Dat verbaast me niets. Ik heb weleens gezien hoe jij mensen probeert te helpen.'

'Mag ik je iets vragen?'

'Ik ben bezig, Liv.' En zachtjes mompelde hij, '...ik wist wel dat ik niet naar de keuken had moeten komen.'

'Het duurt niet lang. Alsjeblieft?' Hij was niet het ideale publiek, maar er was niemand anders voorhanden. Gibbs was degene op wie ze indruk wilde maken met haar theorie, maar ze had haar kans verpest door eerst naar Sam te gaan omdat ze er niet zeker genoeg van was dat haar bijdrage wel zo briljant was om meteen met Gibbs te delen voor ze feedback had gekregen van een deskundige. En nu ze nog liever een emmer vol teennagels at dan dat ze Sam ooit nog iets zou vertellen, kon ze het er ook niet met Gibbs over hebben. Als hij haar hypothese sterk genoeg vond, zou hij die met zijn team delen. Natuurlijk zou hij dat doen, waarom niet? En als Sam ernaar keek en het bleek een dood spoor te zijn, dan zou dat alleen zijn beeld van Olivia als een melodramatische gek bevestigen.

Ik zou het zelf kunnen onderzoeken, dacht ze. Daar hoeft niemand achter te komen. Behalve als blijkt dat ik gelijk heb.

'Wat ben je voor belachelijk plan aan het smeden?' vroeg Dom terwijl hij een lok van haar haren om zijn vinger wond.

'Waarom zou iemand die als kind in drie films heeft gespeeld niet doorgaan met acteren als volwassene?' vroeg Olivia aan hem.

'Omdat de meeste mensen geen droog brood kunnen verdienen met acteren,' zei Dom.

'Precies. Dus dan maak je een verstandige keuze, en word je juf op een basisschool.'

'Met lesgeven verdien je ook geen moer,' zei Dom.

'Maar acteren is nog altijd je grote liefde. Het gaat nooit helemaal over.'

'Waar hebben we het eigenlijk over?' vroeg Dom tussen twee slokken rode wijn door. Zijn lippen waren bordeauxrood verkleurd. Hij had de vlekkerigste lippen die Liv ooit had gezien. Zou iemand anders dat ook opmerken, en dan vooral hoe schattig het was als... Nee, dat kon ze niet eens denken. Bij Dom weggaan was uitgesloten.

'Niet alle kindsterretjes houden nog steeds van acteren als ze groot zijn,' zei hij. 'Als hun ouders het pushten, hebben ze er later misschien zelfs een hekel aan. "Rot op, ma, ik heb geen zin om mee te doen aan *Lassie 23: De terugkeer van de stinkende straathond*. Mag ik niet gewoon als een normaal kind naar school, net als al mijn vriendjes?"'

Daar had Olivia niet aan gedacht.

'En dan heb je nog van die lui die denken dat ze het best in zich hebben,' ging Dom verder, want hij kreeg er lol in. 'Van die lui die doen alsof ze alleen werken om de rekeningen te betalen, tot ze door Steven Spielberg worden ontdekt.'

'En hoe zit het met degenen die wel goed bij hun hoofd zijn?' vroeg Olivia. 'Die niet gek gemaakt zijn door hun ouders, of nog altijd hopen op Hollywood. Degenen die wel weten dat ze het niet in zich hebben een ster te worden, en die hun gewone baan leuk vinden, maar... Laten we zeggen, iemand die lesgeeft op een basisschool...'

Dom fronste. 'Wie is die juf die vroeger een ster was?'

'Iemand die vermoord is.' Olivia wist dat hij zou denken dat ze deze informatie van Charlie had.

'In Spilling? Dan is ze het probleem van Simon Waterhouse, niet van jou.'

'Een juf die ooit actrice is geweest doet erg haar best voor het toneel op school.' Liv probeerde niet ineen te krimpen nu ze haar theorie hardop uitsprak. 'Denk je niet? Tenminste, dat zou best kunnen. Als zij als kind plezier had in toneel denkt ze vast dat haar leerlingen het ook leuk vinden. En... waar toneelgespeeld wordt, zijn kostuums. Als Kat Allen de enige juf op haar school was die ooit bij de film had gezeten, ging zij misschien over de toneelstukken op school.' *Misschien heeft zij de hand weten te leggen op een brandweeruniform en heeft ze brand gesticht bij Sharon Lendrim.* 'Misschien organiseerde ze wel theatertripjes voor haar leerlingen. Misschien huurde ze busjes en ging ze met hen naar toneelstukken.'

'Aangezien ik geen idee heb waar jij het over hebt, is het vrij moeilijk voor me om enthousiast te worden over die mogelijkheid,' geeuwde Dom.

'Theaters hebben kostuumafdelingen. Misschien is ze daar met een groep leerlingen wezen kijken, en heeft ze hun daar van alles laten zien, en heeft ze de costumier gevraagd of de kinderen een paar kostuums mochten passen, of misschien zelfs wat mochten lenen.' Bij het zien van Doms gezicht moest Liv kreunen. 'Ik kan niet geloven dat je kindster kunt zijn en dat dat dan niet een of ander... blijvend effect heeft. Luister, ik weet best dat hoe meer ik zeg, hoe onmogelijker en complexer ik het laat klinken. Laten we het simpel houden, de reeks verbindingen: acteren, kostuums, brandweeruniform.'

'Brandweeruniform?'

'Het is een beetje gecompliceerd.' Ze had er nooit over moeten beginnen.

Dom draaide zich om. 'Waar je ook mee bezig bent, je hebt mij er niet bij nodig,' zei hij, en hij nam zijn wijn mee naar de zitkamer.

Olivia wist dat ze te hard van stapel liep – dat kon ze beter dan wie dan ook, zelfs beter dan Simon Waterhouse – maar ze zou nog gek worden van dit idee als ze er niets mee deed. Een telefoontje, meer was niet nodig. Of, als ze mazzel had en ze zat er niet honderd kilometer naast, een reeks telefoontjes. En wat acteerwerk.

Ze zou het morgen meteen doen.

Nadat hij had vastgesteld dat Ritchie Baker te lui was om zoiets arbeidsintensiefs te ondernemen als een moord, stelde Sam hem de vraag die Simon hem nog geen minuut geleden per sms had gestuurd, voorgegaan door het woord URGENT in hoofdletters. 'Waar is Pam Utting aan overleden?'

'Leverkanker. Tenminste, het begon als leverkanker. Ze waren er vroeg bij, dachten dat ze alles hadden, maar toen kwam het terug, en toen zat het overal. Luister, vindt u het erg als we het niet over de dood of ziektes hebben?' Ritchie legde een hand op zijn maag. 'Ik voel me echt heel beroerd. Ik heb de halve nacht en het grootste deel van de dag op de plee gezeten.'

Daar twijfelde Sam niet aan. Het stonk in het appartement. Een paar ramen openzetten zou al helpen, maar dat kon je als bezoek natuurlijk niet opperen. En het was koud buiten – het sneeuwde. Sam deed zijn best om niet door zijn neus te ademen, waardoor het klonk alsof hij verkouden was. Als Ritchie ernaar vroeg, zou hij zeggen dat hij grieperig was, maar Ritchie zou er niet naar vragen. Hij vond het blijkbaar geen probleem om vragen te beantwoorden, maar had zelf tot nu toe niets bijgedragen aan het gesprek. *De ideale ondervraagde.* Behalve dat Ritchies tamme passiviteit vreemd besmettelijk was, en op de een of andere manier de toon zette. Als Sam niet oppaste, zou hun dialoog langzaam doodbloeden in een gezellige, slome stilte.

Het appartement was nog sjofeler dan je van een vrijgezellenappartement zou verwachten. Alles wat Sam zag dat van stof was gemaakt, was gekreukt of weggepropt – de theedoek die aan een haakje aan de deur hing, het dekbed en de lakens, Ritchies rondslingerende kledingstukken – voornamelijk zwarte T-shirts met Keltische symbolen erop en zwarte spijkerbroeken; een handdoek op de grond, de dunne, opgeduwde vloerkleden die lukraak neergesmeten leken, hun ooit witte franjes in onregelmatige grijze klompjes samengepakt. Een felgekleurd vilten wandkleed – kinderen die om een put dansen – was gekreukt, en hing in een wonderlijke hoek in plaats van strak tegen de muur.

Los van de badkamer, die Sam absoluut niet wilde inspecteren, woonde Ritchie Baker in deze ene, grote, rechthoekige kamer. Alles was hier: aanrecht, kookplaat en keukenkastjes in een rijtje onder de ramen, een slaaphoek die knullig werd afgescheiden door twee kleerkasten die haaks op elkaar stonden, een nis met een computer erin, die Ritchies huisbaas ongetwijfeld als 'studeerruimte' had omschreven. Aan het andere eind van de kamer deed een kring van leunstoelen zijn best om zo veel mogelijk zitkamer te omsluiten. Als je ergens anders wilde zitten dan op Ritchies bed, moest je die kring van stoelen verstoren, dus had Sam geen andere keuze dan te blijven staan.

Hij noteerde 'leverkanker' in zijn opschrijfboekje. Zou dat gedetailleerd genoeg zijn voor Simon? Waarschijnlijk niet. Dus Sam schreef erbij: 'Dachten dat ze het hadden, was niet zo, overal uitgezaaid.'

Ooit zou het hem dwars hebben gezeten dat hij niet wist wie Pam Utting was, of waarom hij naar haar moest vragen. Utting was de achternaam van Amber Hewerdine's man, Luke, dus waarschijnlijk was Pam familie van hem. Luke's moeder, misschien? Maar wat had die met het onderzoek naar Kat Allen te maken? Wat had Ritchie daarmee te maken, of zijn zus Johannah? Het enige wat Sam wist, was dat hij aan de moord op een jonge vrouw werkte, en nu werd hij ineens van alle kanten bestookt door daarmee verbonden moorden en pogingen tot moord. Hij moest zichzelf geweld aan doen om die als aanwijzingen te zien in zijn oorspronkelijke zaak, hoewel Simon beweerde dat ze dat absoluut waren. Sam had het gevoel steeds verder van de dood van Kat Allen af te staan, omdat er steeds meer tijd en steeds meer mensen tussenkwamen. Dat kon nooit goed zijn.

'Ik heb misschien per ongeluk gelogen,' zei Ritchie achteloos, alsof het hem niet kon schelen. 'Misschien is er toch iemand die kan bevestigen dat ik hier vannacht de hele nacht was: de vrouw in het appartement hieronder. Als u geluk hebt, heb ik die de hele nacht uit de slaap gehouden doordat ik elk halfuur de wc moest doortrekken. Ik geloof dat haar bed recht onder mijn wc staat.'

'Als *jij* geluk hebt, bedoel je.' Nu Ritchie deze vrouw ter sprake had gebracht, moest Sam er wel achteraan. *Neemt u mij niet kwalijk, mevrouw, maar kunt u bevestigen dat uw bovenbuurman praktisch de hele nacht bezig is geweest zijn darmen te legen?*

'Nu we het toch over waar en wanneer hebben, je kunt mij vast niet vertellen wat je op 22 november 2008 deed?' vroeg Sam.

'Geen idee. Sorry.'

'Die nacht is er een vrouw vermoord die Sharon Lendrim heette, niet ver hiervandaan. Heb je daarvan gehoord?'

'Nee, ik geloof van niet.'

'Dus je kende haar niet?'

'Nee.'

'En de naam zegt je niets?'

'Nope.'

'En de naam Katharine Allen?'

Ritchie schudde zijn hoofd. 'Sorry. Nee.'

'Zeggen de woorden: "Aardig, Wreed, Aardig Wreed" je iets?'

'Los van het feit dat aardig vriendelijk betekent en wreed –'

'Inderdaad.' Sam sneed hem onvriendelijker de pas af dan zijn bedoeling was. 'Los daarvan.'

'Dan ook niet, nee,' zei Ritchie. 'Het spijt me dat u zo weinig aan mij hebt.'

Of hij verhulde beleefd zijn nieuwsgierigheid, of hij was niet nieuwsgierig.

'En dinsdag 2 november. Herinner je je wat je toen deed, tussen elf en een?' *Was je toen bezig een juf dood te slaan met een ijzeren staaf?* Sam wenste dat hij wist waarom hij deze vragen specifiek aan deze man moest stellen. Ritchie was een soort van familie van Amber Hewerdine; hij was een van de weinige mensen die gisteren wist dat Amber dinsdag door de politie was verhoord. Was dat reden genoeg om hem naar Kat Allen te vragen?

Wel als je alle andere mensen in Kats leven al alle vragen hebt gesteld die je kunt verzinnen, nam Sam aan.

'Sorry,' zei Ritchie nogmaals. 'Ik hoef me nooit zo veel te herinneren, dus dat doe ik dan ook nooit. Ik zou u niet eens kunnen vertellen wat ik gisteren heb gedaan. Gisteren was ik ziek, dus daarom herinner ik me dat nog wel, maar als dat niet zo was, bedoel ik.'

'En als je eens in je agenda kijkt?' opperde Sam. Normaal ging hij ervan uit dat degene met wie hij praatte daar zelf aan dacht. Hij geloofde dat Ritchie zijn best deed, en dat was het probleem. Iemand met meer fantasie die hem expres zou willen misleiden zou bijna zeker behulpzamer zijn. 'En als je jouw agenda van twee jaar geleden hebt bewaard...'

'Ik heb geen agenda. Nooit gehad. Ik werk niet, en ik zie nooit zo veel mensen – als ik buiten de deur kom zit ik meestal bij Jo. Of soms bij ma, maar meestal bij Jo.'

Met andere woorden: je hebt geen leven. Sam vroeg zich af of dat op zich genoeg reden was om hem te verdenken. 'Je hebt nog nooit iets van een agenda gehad, zelfs niet voor je afspraken?' *Jij en je naasten zitten dus niet elke avond jullie agenda's op elkaar af te stemmen?* Zoveel mensen, zoveel levenswijzen, concludeerde Sam, en zijn eigen manier van leven was niet per se de beste.

'Ik regel dingen meestal nooit van tevoren,' zei Ritchie. 'Ik doe waar ik zin in heb. Het hangt ervan af hoe mijn pet staat.'

Ja, ja, je hoeft het er niet in te wrijven. 'Wat doe je als je thuisblijft?' vroeg Sam, maar hij had meteen spijt. Een beeld van Ritchie op de wc, met zijn zwarte spijkerbroek rond zijn magere enkels moest snel uitgebannen worden. 'Wat zijn je hobby's? Ben je momenteel op zoek naar werk?' Er lagen geen boeken in het appartement, voor zover Sam kon zien, geen tijdschriften, geen cd's, geen muziekinstallatie, radio – niets wat erop duidde dat Ritchie überhaupt ergens belangstelling voor had. Misschien stond alles wel op zijn computer: films, muziek, vrienden zelfs.

'Er zijn niet zo veel banen waar ik zin in heb,' zei Ritchie. 'Ik zie er het nut niet van in om een baan te nemen om zo nodig een baan te hebben als ik er niet met hart en ziel voor ga.'

'Voor het geld?' opperde Sam.

Ritchie keek vaag verbaasd, alsof die overweging nooit bij hem opgekomen was als Sam het niet had genoemd. 'Ik heb geluk, denk ik. Jo en Neil onderhouden me zo'n beetje. Jo is geweldig. Ze neemt het voor me op als ma tegen me tekeergaat omdat ik lui ben. Ik voel me wel schuldig, want zij en Neil hebben zelf niet zo veel te makken, maar volgens Jo hebben ze alles wat ze nodig hebben en dat je daar nu eenmaal familie voor bent. Ze zegt dat ze liever heeft dat ik de tijd neem om rustig te beslissen wat ik met mijn leven wil dan dat ik te snel met een verkeerde baan begin en er dan aan vastzit. Ze kent zo veel mensen die dat is overkomen.' Ritchie duwt zijn haar uit zijn ogen. 'Je gaat gemakkelijk door met waar je aan begonnen bent, ook al vind je er niets aan.'

'Je moeder is het niet met Jo eens?' vroeg Sam.

'Niet bepaald.' Ritchie glimlachte. 'Ma is een typische moeder. Ze wil dat ik iets bereik, want dan telt dat ook als plaatsvervangende prestatie van haarzelf – dat vindt Jo. Ma heeft nooit de kans gekregen iets anders te doen omdat ze voor Kirsty moest zorgen. Ik geloof dat ze er moeite mee heeft om te zien dat ik... nou, dat ik een luizenleventje heb, om het zomaar te zeggen. Jo lijkt wat dat betreft meer op ma: die laat ook altijd alle anderen voorgaan, en zorgt voor iedereen. Ma is niet zo afkeurend over Jo als over mij: ma komt voor Jo op, en Jo komt voor mij op...'

'Vindt je moeder dat je misbruik van Jo maakt door je door haar te laten ondersteunen?' vroeg Sam, want dat zou hij volkomen begrijpelijk vinden. Hij vroeg zich af wat Jo's man Neil hiervan vond. Hadden ze weleens ruzie?

'Ja,' knikte Ritchie. 'Een paar jaar geleden heeft Jo aan ma gevraagd of ze haar testament wilde aanpassen. Ze vroeg of ze het huis alleen aan mij wilde nalaten, en zei dat zij haar kindsdeel met liefde zou opgeven. Ze had al een huis, zei ze. Ik ben degene die ma's huis nodig heeft als ze doodgaat, omdat ik anders de rest van mijn leven in dit hok moet blijven.'

Sam meed oogcontact en concentreerde zich op wat hij in zijn opschrijfboekje noteerde. Was dit de informatie waar Simon naar op zoek was? Het leek er in elk geval wel op. Sam vroeg zich maar niet meer af hoe het kon dat Simon als enige een nog-niet-verteld verhaal kon ruiken. Het was niet een van Sams sterke kanten, maar hij kon weer andere dingen. Hij voelde zich alweer beter over Olivia Zailer dan hij had verwacht. Hij had tegen haar geschreeuwd, maar ze vroeg erom. En wat maakte het uit dat hij niet kon profiteren van haar ideeën over de moord op Kat Allen? Moest hij zich dan werkelijk zorgen maken dat hij geen deelgenoot was van de speculaties van elke burger die niets met de zaak te maken had? Nee. Zijn kracht, een waaraan het Simon ontbrak, was dat hij in staat was om op een genuanceerde manier naar een zaak te kijken.

'Ma zei dat haar testament haar zaak was, en dat ze het niet zou veranderen,' ging Ritchie verder. 'Ze kwam met een of ander verhaal over rechtvaardigheid: dat ouders al hun kinderen gelijk moeten behandelen, ongeacht de omstandigheden, ook al is de ene schatrijk en de andere platzak. Niet dat Jo zo rijk is, maar... ze heeft meer dan genoeg.'

'En daar ben jij het niet mee eens?' vroeg Sam. Hoe meer hij over Ritchie Bakers moeder hoorde, des te meer ze zijn goedkeuring wegdroeg.

'Normaal gesproken niet,' zei Ritchie. 'Ik ging er altijd van uit dat ma de zaken eerlijk tussen ons zou verdelen. Het was niet bij me opgekomen om het huis te willen, als Jo er niet over was begonnen. Maar zij kwam ermee, en ze zei dat zij het zo wilde, en ma wilde dat niet. Dat is dan toch koppig? Dan wil je per se een of ander punt maken.'

Misschien moest dat punt wel gemaakt worden, vond Sam. Hij had Jo Utting nog nooit ontmoet, maar hij kon Ritchies versie van haar nauwelijks geloven. 'Is jouw zus echt zo onbaatzuchtig dat ze jou haar aandeel in het huis van je moeder zou schenken?'

Ritchie glimlachte. 'Vraag Jo zelf maar eens of ze onbaatzuchtig is,' zei hij. 'Dan piest ze in haar broek van het lachen. Ze heeft alles wat haar hartje begeert, zegt ze. Een aardige man met een goedlopend bedrijf, een mooi huis dat helemaal van hen is, twee prachtige kinderen, Sabina die haar met de dagelijkse dingen helpt... Het enige wat Jo wil is dat ik evenveel geluk heb als zij. Ze zegt het de hele tijd: "Doe jezelf niet tekort en neem niet zomaar een baantje om ma een lol te doen. Wacht tot je iets tegenkomt waar je echt iets aan hebt."' Ritchie grinnikte bij zichzelf. 'Om eerlijk te zijn, geloof ik dat ze het fijn vindt dat ik niet werk. Ze vindt het fijn dat ze mij kan bellen en altijd langs kan komen, omdat ik altijd thuis ben.'

Hij was oprecht dol op zijn zus, dacht Sam, en niet alleen om materialistische redenen. 'Dus je moeder heeft haar testament niet aangepast?'

'Voor zover ik weet niet,' zei Ritchie. 'We hebben het er nooit meer over gehad, om voor de hand liggende... O.' Hij zweeg. 'Die redenen zijn voor u natuurlijk niet zo voor de hand liggend, als u het niet weet.'

Sam wachtte.

'De dag nadat Jo en ma er voor het eerst over kibbelden – de enige keer – gebeurde er iets raars. Jo... verdween zo'n beetje zonder iemand te vertellen waar ze heen was of waarom. Met Neil en de jongens. O, ze kwam wel weer terug, maar pas toen eerste kerstdag voorbij was. Niemand heeft er ooit iets van gezegd, maar volgens mij denkt ma nog steeds dat die verdwijntruc iets te maken had met die ruzie op kerstavond over het testament en het huis. Het zou me trouwens niet verbazen als ma haar testament daarna wel heeft aangepast, zonder er verder iets over te zeggen. Ze was behoorlijk bang toen Jo verdwenen was. Wij allemaal.'

Miste Sam hier soms iets? Alles aan dit verhaal klonk hem zo fout in de oren. 'Maar – Jo kwam terug, zei je. Heeft ze je niet verteld waar ze was geweest en waarom?'

'Nee. Daar wilde ze duidelijk niet over praten.'

'Maar als je moeder nadien op andere gedachten kwam en haar testament heeft veranderd zodat jij als enige het huis erft, waarom zou ze dat dan niet aan Jo verteld hebben? Ik neem aan dat Jo blij zou zijn geweest dat ze toch haar zin had gekregen?'

'Ik weet niet of ma wel op andere gedachten is gekomen,' zei Ritchie. 'Ik speculeerde maar wat.'

'Maar stel dat ze dat heeft gedaan. Hypothetisch.' Het was het gebrek aan communicatie en het feit dat Ritchie deed alsof dat volkomen normaal was wat Sam het meest interesseerde. 'Waarom denk je dat ze het niet meteen aan Jo zou vertellen?'

Ritchie dacht na over die vraag. 'Kan ik moeilijk omschrijven,' zei hij uiteindelijk. 'Ik denk... als ma dacht dat als Jo al zo overstuur was van die ruzie over het testament dat ze dat had gedaan, ze er niet nog eens over durfde te beginnen, wat ze er ook over te zeggen had. Als Jo vindt dat een boek dicht is, dan is het ook echt dicht. Als zij ergens niet over wil praten...' Hij liet de zin in de lucht hangen.

'En heb je je moeder nooit meer naar haar testament gevraagd, als Jo niet in de buurt was?'

'Nee. Dat is niet aan mij, vindt u wel?'

'En je hebt het er ook nooit meer alleen met Jo over gehad?'

'Ik kijk wel uit. Ze is die hele eerste kerstdag verdwenen,' benadrukte Ritchie, alsof Sam dat punt de eerste keer misschien had gemist. Wat hem betrof bestond er duidelijk een causaal verband. Sam was er nog niet zo zeker van dat het geen toevallige samenloop van omstandigheden was. Als het ene incident volgde op het andere, gingen mensen er vaak van uit dat er sprake was van oorzaak en gevolg, terwijl dat verband helemaal niet bestond.

'Ik ga het daar echt niet meer over hebben.' Het leek Ritchie ineens aan te grijpen. 'De hele familie was bij elkaar. Jo had een of ander groot huis gehuurd in Surrey... we hadden het leuk moeten hebben.'

'Maar in plaats daarvan hebben jullie je de hele dag zorgen gemaakt,' zei Sam.

'Ja, en we hebben geprobeerd de politie te laten inzien dat er iets mis was. Niet jullie. De politie in Surrey. De contacten die ik met de plaatselijke politie heb, zijn altijd prima geweest.'

Sam knikte, want hij stelde deze consideratie met zijn gevoelens op prijs, en vroeg zich af waarom hij Ritchie niet zo veroordeelde als de meeste mensen waarschijnlijk zouden doen, zoals hij vond dat hij hem ook behoorde te veroordelen. Hij maakte een aantekening dat hij Ritchies gegevens straks nog eens in de politiedatabase moest nagaan.

'Ik ben stapelgek op Jo en ik zie haar heel vaak, zoals ik al zei, maar na Surrey heb ik mijn lesje wel geleerd, hoeveel jaar dat ook geleden is. Misschien vijf of zes? Nee, Barney was nog een baby, dus het is eerder zeven jaar.'

Timemanagement voor mensen zonder agenda, dacht Sam. Dat klonk als de titel van iets wat zijn vrouw Kate met haar boekenclubje zou lezen. 'In welk opzicht heb je nu je lesje geleerd?' vroeg hij.

'Ze komen nog steeds elk jaar bij elkaar, maar ik ga niet meer mee. Ik verzin een smoes. Meestal een vrij slappe smoes. Ik denk niet dat iemand me nog gelooft.'

'Hoezo, een smoes?' vroeg Sam.

'Ik heb sindsdien elke kerst in mijn eentje gevierd,' zei Ritchie trots.

Simon duwde Charlie aan de kant toen ze hem probeerde te kussen. 'Het is nu genoeg geweest,' zei hij.

Waar heeft hij het over? Charlie bleef staan waar ze stond, in de hal. Ze hoorde dat zijn jas op de grond viel, en dat de deur van de koelkast opening en dichtgeslagen werd. 'Is dat steno voor: "Ik wil scheiden"?'

'Als jij die jaloezie van jou niet onder controle krijgt wel, ja.'

'Jaloezie?' Wat bedoelde hij?

'Drie sms'jes wie Johannah Utting is, terwijl je weet dat ik aan het werk ben en dat ik je niet terug kan sms'en, en dat ik überhaupt geen tijd heb voor dat gelul. Ik heb er schoon genoeg van. Elke vrouwennaam die ik me laat ontvallen...'

'Jij denkt dat ik jaloers ben op Johannah Utting,' deduceerde Charlie hardop.

'Als ik jou vertel wie het is, is jouw volgende vraag meteen of ze aantrekkelijk is.'

'Dat is niet waar.'

'Doe nou maar niet zo belachelijk,' raasde Simon verder zonder te luisteren. 'Je hoeft helemaal niet jaloers te zijn op elke vrouw die ik tegenkom. Jij bent de enige vrouw in mijn leven. Ik ben met jou getrouwd. De rest boeit me geen reet, en dat weet jij donders goed, en anders zou je het *moeten* weten. Mijn hele leven draait om jou. Om jou en mijn werk, maar voornamelijk om jou. Wil je dat ik dat soort dingen zeg? Als ik het vaker zeg, stop jij dan eindelijk met die derdegraadsverhoren elke keer als ik de naam van een of andere vrouw noem?'

Charlie haalde diep adem. Ze was bang voor hem als hij zo kwaad was, maar wat ze nog veel enger vond, was het feit dat zij dit nog altijd bij hem kon losmaken. Ze had niet dat sus-instinct dat de meeste vrouwen schenen te hebben. 'Om jouw vragen op volgorde te beantwoorden: ja, dat is precies wat ik graag van jou wil horen, hoewel je nog wel een beetje moet werken aan de manier waarop je het zegt. Maar dat is maar een klein kritiekpuntje. Of ik jou nooit meer aan de tand voel als jij de namen van vreemde vrouwen laat vallen? Oké, prima. Tenzij er verzachtende omstandigheden zijn.'

'Wat bedoel je daar nou weer mee?'

'Daarmee bedoel ik dat ik nog steeds wil weten wie Johannah Utting is.'

'Ze is inderdaad aantrekkelijk. Heel erg aantrekkelijk. Mooier dan jij bent, nou en? Ik hou niet van haar en dat zal ook nooit gebeuren. Ik hou van jou!'

Charlie kromp ineen. 'Even terugkomend op wat ik net zei, over de manier waarop je dit soort dingen zegt... Om zo naar me te schreeuwen vanuit de keuken...'

'Je mag blij zijn dat ik niet roep dat je moet opdonderen, want dat zou ik op dit moment graag willen!'

'Tja, dat leidt mij dan weer erg af van de verder zo romantische boodschap die je wilt overbrengen.' Datzelfde gold voor het tweeliterpak melk dat hij in zijn hand had en waar hij zo een slok uit wilde nemen. Charlie besloot om daar maar niets van te zeggen.

'Dat ik nu toevallig... Ach, fuck it. Laat ook maar.' Hij draaide zich om. *In een andere ruimte, met zijn gezicht van haar afgekeerd.* Hij was het perfecte boegbeeld voor haperende communicatie.

'Dat jij nu toevallig wat?' vroeg Charlie. 'Dat jij nu toevallig niet meer met mij naar bed gaat, als je er maar even onderuit kan? Dat jij mij niet de kans geeft om uit te leggen waarom ik je een vraag heb gesteld, maar meteen uitgaat van het ergste en me ook nog eens uitscheldt? Het interesseert mij geen moer hoe Jo Utting eruitziet! Ik ben niet jaloers op haar, en dat ben ik ook nooit geweest. Heb ik al gezegd dat ik geen idee heb wie dat mens is? Wie is ze? O jee, heb ik het alweer gevraagd. Het lukt me niet echt, hè, die rol van onderdanige echtgenote?' Was het verontrustend dat Charlie nu pas kwaad werd? Haar eerste reactie was om Simon zijn op niets gebaseerde aanval te gunnen, alsof het een lastige logé was die hij had uitgenodigd.

'Wil je weten wat de werkelijke reden is waarom ik me scheel betaal aan een hypnotherapeut?' vroeg ze.

'Proust denkt dat het niets te maken heeft met het feit dat je wilt stoppen met roken.' Simon zette het pak melk weer terug in de koelkast.

'Ik kan nergens mee stoppen. Nooit gekund. Niet met jou, niet met roken, niet met al die dingen waar ik zo van hou, maar die mij kapotmaken. Ik heb het haar nog niet gevraagd, maar ik weet zeker dat als ik dat doe, Ginny mij zal zeggen dat ze me met geen mogelijkheid zo kan hersenspoelen dat ik daarna niet meer van je hou, en voor een normale vent zal vallen.'

'Een normale vent zet het op een lopen als hij jou ziet aankomen,' zei Simon. Hij leek al wat gekalmeerd. Omdat hij ergens over nadacht, wist Charlie. Over haar? Mocht ze daarop hopen? Nee, waarschijnlijk het werk, besloot ze.

'Ik zal mezelf het geld besparen,' zei ze, en ze nam het besluit op het moment dat ze het zichzelf hoorde zeggen. 'Ik ga niet meer naar Ginny.'

'Ons seksleven. Dat is wat jou betreft het probleem, hè?'

Charlie bevroor. Had ze dat wel goed verstaan?

'Het zou allemaal prima zijn tussen ons, behalve dan dat we het... niet vaak genoeg doen?' Simon stond in de deuropening. Zijn lichaam vulde bijna het hele gat tussen de keuken en de gang.

'Ik vind dit een beetje eng,' gaf Charlie toe. 'Gaan we het hier echt over hebben?'

'Ik hou evenveel van seks als elke andere kerel.'

'Dat is niet waar, en als je niet wilt dat er een andere kerel komt, kun je dat maar beter toegeven,' zei ze tegen hem. Had ze nu net gedreigd dat ze met iemand anders naar bed zou gaan? Dat was niet haar bedoeling geweest. Ze had er weleens aan gedacht om hem in bed achter te laten en naar een of andere tent te rijden waar je makkelijk een kerel kon versieren, iemand die ze niet kende, en die ze nooit meer zou zien en met wie ze naar bed zou gaan, gewoon voor de lol, omdat zij en Simon dat verdienden.

Ze wist best dat ze dat nooit zou doen; de seksuele praktijken in haar wraakfantasie hadden een naam, en die was zo walgelijk dat ze die niet in praktijk wilde brengen.

'Het is niet dat ik het niet wil doen, en het is ook niet dat ik het met iemand anders wil doen,' zei Simon. 'Dat zweer ik, oké?'

'Nou, nee, niet oké. Wat bedoel je nou?'

'Ik had het eerder moeten uitleggen.'

'Dan probeer je het nu. Geloof me, jouw werk op het uitlegfront is nog lang niet klaar.'

'Ik voel me juist heel erg tot jou aangetrokken. Lichamelijk.'

Charlie schoot in de lach. Het klonk alsof dit een recente ontdekking was, eentje die hem verbaasde.

'Ik zou niets liever willen dan met jou naar bed gaan als ik niet wist dat jij dat ook wilde.' Hij vloekte zachtjes. 'Ik bedoel niet...'

'Je bedoelt toch niet dat je me wilt verkrachten?' vroeg Charlie ter verduidelijking.

'Nee.'

'Het is al goed, Simon. Ik weet ook wel dat je dat niet bedoelt.' Ze bleef onbewogen klinken. Als er nu iets zou gebeuren waar hij van in paniek raakte, zouden ze dit gesprek misschien nooit meer voeren.

'Ik bedoel dat het feit dat jij het wilt, betekent dat het kan gebeuren, en... ik denk dat ik liever wil geloven dat het niet kan gebeuren, want... dat voelt niet goed. Dat heb ik nooit goed gevonden. Dat ligt niet aan jou. Dit ligt allemaal niet aan jou. Het ligt aan mij, iets verknipts in mij.'

'Ga verder,' zei Charlie.

'Het slaat nergens op.' Het zinnetje dat ze al zo vaak had gehoord, uitgesproken met dezelfde frustratie. Alleen dit keer had hij het niet over een of ander bizar moordscenario. 'Er is niets zo privé als dit, maar dat mag het niet zijn, hè?' zei hij weer boos. Omdat boos zijn makkelijker was dan gegeneerd of beschaamd? 'Je moet het doen waar anderen bij zijn. En als je het in je eentje doet, ben je weer pervers. Er is –'

'Wacht even, waar anderen bij zijn?'

'Ik heb het niet over en plein public, voor andere mensen,' mompelde Simon terwijl hij naar de grond staarde. Hij had zijn handen tot vuisten gebald. 'Alleen... degene met wie je bent.'

Charlie snapte het. Hij doelde op haar. Zij was die 'andere mensen'.

'Je zegt dat het privé is, dus je voelt je niet op je gemak als je het in mijn aanwezigheid doet?' *Je moet niet klinken alsof je dit nauwelijks kunt geloven.* 'Ook al ben ik degene met wie je het doet?'

'En dus ben ik een freak,' zei Simon ongeduldig. 'Iedereen doet tegenwoordig alles waar de hele wereld bij is. Het kan niemand wat schelen, en niemand vindt het raar. Als ik moet pissen terwijl ik op het bureau aan het werk ben, moet ik dat doen waar iedereen bij staat die toevallig in de herenplee rondhangt. Dat is altijd al zo geweest, maar nu... Tegenwoordig is niets meer privé. Mensen baren een kind op tv, krijgen de uitslag van een vaderschapstest en leugendetectortest te horen, en zeggen van alles tegen elkaar waar ze het niet over horen te hebben waar iedereen bij is. Mensen gaan dood voor de camera, celebrity's laten hun overlijden filmen, voorstanders van euthanasie laten hun eigen heengaan vastleggen. Je kunt verdomme op YouTube zien hoe Saddam Hoessein wordt geexecuteerd! En voor je het vraagt, nee, ik vergelijk seks met jou niet met een dictator die zijn verdiende loon krijgt. Nou goed?'

Charlie begreep welke fout ze had gemaakt: ze had gedacht dat het om haar ging, dat Simon haar niet aantrekkelijk genoeg vond, of dat hij zich niet kon losmaken van de herinnering aan haar sletterige gedrag toen ze elkaar pas kenden. Als ze alleen aan hem dacht en zichzelf wegliet uit het plaatje, begreep ze wat hij zei. Nee, verbeterde ze zichzelf, ze begreep het niet, en ze zou het ook nooit begrijpen, maar het klopte wel precies met een aantal van Simons andere obsessies. Een paar jaar geleden wilde hij niet eens eten waar zij bij was; hij vond het een verschrikkelijk idee dat anderen hem zagen terwijl hij at. Als Charlie ooit opperde om een keer uit eten te gaan, deed hij altijd alsof hij te moe was, en stelde voor om liever iets af te halen.

Hij deed altijd de deur van de wc op slot, Charlie niet. Ze deed de deur soms niet eens dicht. Simon was nog nooit binnengelopen, niet een keer.

Zijn ouders waren mensen die trilden van angst als er aangebeld werd. Charlie had het meegemaakt, meer dan eens. 'Wie is dat?' zeiden ze, of soms: 'Wat is dat?', alsof ze het geluid van iemand uit de buitenwereld die contact met hen zocht niet meer herkenden.

Ja, het was allemaal volkomen begrijpelijk, voor zover Simon ooit iets begrijpelijks zei. Charlie hield zichzelf voor dat ze blij moest zijn dat ze het nu tenminste wist, dat ze eindelijk begreep wat het probleem was. De oplossing kwam later wel. Er moest toch iets op te vinden zijn.

'Ik weet wel wat jij denkt,' zei Simon. 'Dat doe ik ook niet.'

'Wat doe jij niet?'

'Zo bedoel ik dat niet, van dat privé – met een pornofilm, of een vies boekje.'

'Ik dacht ook niet dat jij dat deed.'

'Ik ben niet een of andere... viezerik of zo.'

'Dat weet ik, Simon. Ik begrijp het, maar...' God, dit was lastig. Het zou helpen als ze erom konden lachen. Of huilen, of gillen. 'Dan zit je wel gevangen, vind je ook niet? Jouw remmingen gelden ook voor seks met mij – waar ik bij ben, zoals jij het ziet – en op wat jij vies noemt. Terwijl een heleboel mensen dat helemaal niet vies of verkeerd vinden, trouwens. In tegenstelling tot wat je moeder je misschien heeft verteld, is het geen zonde. Iedereen doet het. Niet noodzakelijk met behulp van pornografie, maar –'

'Ik niet.'

'Maar voor de rest iedereen. Vraag maar eens om je heen. Het is niet een kwestie van of-of, of in je eentje, of met een ander. Het kan allebei. Ik kan het zelfs allebei van harte aanbevelen,' zei ze, omdat ze de verleiding niet kon weerstaan. De basisbeginselen van seks in een notendop.

Simon liep langs haar op weg naar de trap. *Einde gesprek.* Charlie wilde weten wat nu de bedoeling was. Ze hadden het probleem openlijk besproken; dat moest goed zijn, dat kon niet anders. Hield dit nu in dat Simon voortaan nog onzekerder en ongemakkelijker zou zijn, of juist minder?

Ze liep achter hem aan naar boven, en viel toen bijna van de trap omdat hij zich met een ruk omdraaide en haar aankeek. 'Jo,' zei hij.

'Sorry?'

'Jo Utting.'

'Zelfs Jo Utting,' zei Charlie. 'Die masturbeert zich vast ongans.'

'*Wat?* Doe niet zo walgelijk. Ik praat hier nooit meer met jou over. Jij noemde haar Jo, niet Johannah.'

'Zo noemt ze zichzelf,' pareerde Charlie zijn stelling.

'Jij vraagt mij wie ze is,' bitste Simon. 'Als jij niet weet wie ze is, hoe kun je dan weten hoe ze zichzelf noemt?'

'Jij zou het antwoord op die vraag allang weten als je niet –'

'Vertel me wat er aan de hand is!' brulde Simon recht in haar gezicht. 'Dit is belangrijk.'

In tegenstelling tot waar we het net over hadden?

'Nee,' zei Charlie. 'Jij biedt eerst je excuses aan.'

'Het spijt me, nou goed?'

'Niks goed. Te snel en daardoor totaal niet bevredigend. Waar heb je precies spijt van?'

'Geen idee.' Hij keek om zich heen, alsof hij hoopte dat hij het

goede antwoord ergens op de trap of de overloop zou zien liggen.
'Alles, maakt me niet uit. Vertel nou. Alsjeblieft.'
'Ik heb eerst een borrel nodig, en ik moet even zitten.' Ze wilde eraan toevoegen dat ze erg geschrokken was. Dat was ook zo.

Simon zuchtte diep, haalde zijn hand over zijn gezicht, en Charlie had het gevoel alsof ze uit elkaar werden getrokken, ook al raakten ze elkaar niet aan. Er was een bindende kracht tussen hen verbroken, en dat was een opluchting; ze kon zich weer vrij bewegen en nadenken, onafhankelijk van wat hij dacht en deed. Hij had haar bevrijd. Tijdelijk. Hij kon haar altijd nog bevriezen als hij daar zin in had, en haar ideeën verdraaien, en haar zelfbeeld verwringen. Gek om te bedenken dat types als Ginny Saxon dat nooit voor elkaar zouden krijgen.

Ze zeiden niets terwijl ze een borrel inschonken en naar de zitkamer gingen. Ze deden beschaafd, als normale mensen, dacht Charlie terwijl ze haar biertje pakte en er eens lekker voor ging zitten. Ze wist dat ze Simons volledige aandacht zou hebben zodra ze van wal stak met haar verhaal. Dat was het verschil tussen hen, een van de vele. Zelfs als ze hem over Amber Hewerdine vertelde, zou een deel van haar brein nog altijd blijven hangen bij wat ze net over hem had ontdekt, wat hij had opgebiecht. Zag hij het zelf zo, als een biecht? Zou hij er later nog eens aan denken, of zou hij net doen alsof het hele gesprek nooit had plaatsgevonden?

Charlie voelde de behoefte om een eigen biecht tegenover die van hem te stellen; als ze zijn schaamte bij de hare kon voegen en alles zou doorvoelen, voor hen allebei, zou ze dat met liefde hebben gedaan. Ze hoopte dat hij haar zou vergeven voor wat ze nu over hem wist en dat hij haar begrip niet zou opvatten als weer een nieuwe inbreuk op zijn privacy.

Ze vertelde hem dat ze vannacht kopieën van een deel van het Katharine Allen-dossier bij Amber Hewerdine door de brievenbus had gegooid. Ze begon al te zeggen dat het haar speet, maar Simon onderbrak haar en zei dat het hem niet kon schelen, en dat hij dat zelf ook had overwogen. 'En verder?' vroeg hij.

Charlie beschreef haar ontmoeting met Amber in het internetcafé, de gunst die ze haar had geweigerd, en de mail die ze aan de eigenaar van Little Orchard had gestuurd.

'Waarom heb je daar tijd aan verspild?' vroeg Simon. 'So what als een of andere Française van wie Amber Hewerdine ooit een huis heeft gehuurd het huis niet nog eens aan haar wil verhuren?'

'Dat dacht het grootste deel van mijn verstand ook,' zei Charlie. 'Maar ergens vroeg ik me toch af of dat Little Orchard soms iets met Kat Allen te maken kon hebben, of met de brand bij Amber, vannacht, of... ik weet niet. Ik snapte niet waarom ze het me anders zou vragen, uitgerekend mij, als het niet was omdat zij wist dat ik met jou getrouwd ben. Ik had het gevoel dat zij dacht dat die Veronique Coudert en haar huis hier op de een of andere manier mee te maken hadden – maar ze was er niet zo zeker van dat ze het er met jou over durfde te hebben, en dus kwam ze maar naar mij. Ze hoopte bijna dat ik het tegen jou zou zeggen, of dat ik op onderzoek zou uitgaan, of...' Charlie haalde haar schouders op. 'Ik kan geen andere reden bedenken waarom ze iemand van de politie die ze nauwelijks kent zoiets zou vragen.'

'Oké, dus jij hebt een mail naar die Veronique Coudert gestuurd,' zei Simon. 'En?'

'Ik heb een mail naar de eigenaar van Little Orchard gestuurd,' verbeterde Charlie. 'Als argeloze vakantiehuizenzoeker ken ik de naam van die eigenaar natuurlijk niet.'

'En?'

'Niet steeds "En" zeggen. Hou je mond, dan zal ik het je vertellen. Ik kreeg een mailtje terug. Ja, dat is prima, voor wanneer wilde ik boeken?'

'Dus Amber had gelijk,' zei Simon bedachtzaam. 'Zij is er inderdaad niet welkom, zij in het bijzonder. En ze heeft geen idee waarom dat zo zou kunnen zijn?'

'Nee, maar dat is nog niet het interessantste. Die mail van de eigenaar, een mail waarin de eigenaar zichzelf onomwonden de eigenaar noemde, kwam niet van Veronique Coudert. Hij was ondertekend door Jo Utting.'

'Wat?'

'Ik gok dat Jo Utting en Johannah Utting dezelfde persoon zijn,' zei Charlie. 'Dus ik vraag je nog een keer, zonder ook maar een greintje jaloezie in mijn naar seks hunkerende lichaam: wie is Johannah Utting?'

'Amber Hewerdine's schoonzus en beste vriendin,' mompelde Simon. 'Behalve dan dat Amber haar niet echt mag.'

'Als ze zo close zijn, hoe kan het dan dat Amber niet weet dat Jo de eigenaar is van Little Orchard? En wie is Veronique Coudert? Simon?' Hij was onbereikbaar in gedachten verzonken. 'Simon!'

'Ze wilde jou dus wel laten boeken, zeg je?'

Charlie knarsetandde. 'Vergeet het maar, Simon. Ik ga niet –'

'Boeken,' zei hij terwijl hij opstond. 'Zo snel mogelijk. Staat het nu vrij?'

Ze kon net doen of ze niet had gezien dat er dit weekend niemand in Little Orchard zou logeren. Maar het was al te laat. Hij kon aan haar gezicht de waarheid aflezen.

'Je kunt er morgen heen,' zei hij.

'Ik? Waarom ik? Nee! Nee, ik kan er helemaal niet heen. Ik heb mijn eigen werk, en een –'

'Dan meld je je maar ziek. Dat zou ook niet voor het eerst zijn.'

Er is niets afgesproken, en niets besloten. Er kan ook niets worden afgesproken, tenzij jij ermee instemt. Niet doen. Niet doen. 'Waarom ga je zelf niet?'

'Jo Utting kent mijn naam en mijn gezicht,' zei Simon. 'Ik zie je daar, maar ze mag niet weten dat ik er iets mee te maken heb. Wat ze ook te verbergen heeft...'

'Dit is waanzin, Simon. We hoeven toch niet op stel en sprong naar een of ander willekeurig huis in Surrey te gaan? Je weet niet eens waarom Amber daar zo nodig naar terug wil. Waarom praat je niet eerst met haar, of met Jo Utting, of met allebei?'

'Dat ga ik ook doen. Dat is precies wat ik ga doen. En jij boekt Little Orchard voor dit weekend, zodat ik er direct in kan, zodra ik Amber heb gesproken en ik weet waarom ik daar naartoe moet.'

Charlie deed haar ogen dicht. Mijn hele leven heeft alle reden om zich ziek te melden, dacht ze.

'Waar wacht je nog op?' Het geluid van zijn stem ondermijnde haar poging om haar eigen mening te vormen. 'Doe je ogen open.'

Ik kan me nergens verstoppen. Hoezo, privacy. Of autonomie.

'Reserveer Little Orchard,' zei hij terwijl hij de kamer uit liep. Een paar tellen later hoorde Charlie de voordeur dichtvallen.

Laten we een paar minuten stil zijn, en langzaam en diep ademhalen, rustig en zachtjes. We laten alle stress en spanning los. Jij ook, Simon. Ik wil niet dat het gejaagde ritme van jouw ademhaling van invloed is op Amber. Laat de adem diep je borst in stromen, helemaal tot je middenrif. Beter. Veel beter.

Goed. Ik zal uitleggen waarom het zo ontzettend belangrijk is dat we rustig blijven. Er is een herinnering bovengekomen en er is alle reden om aan te nemen dat het een belangrijke herinnering is, maar dat wil niet zeggen dat het de enige herinnering is die zal bovenkomen. Vaak is het zo dat als je een verdrongen herinnering loslaat, andere herinneringen ook bovenkomen. Dus laten we nu niet enthousiast zijn over wat Amber zich herinnerde, maar laten we die herinnering aan de kant zetten, voor lief nemen, en laten we erover praten alsof die deel uitmaakt van wat we al wisten. Dat is natuurlijk niet echt zo, en dat is juist zo fascinerend aan het bovenkomen van verdrongen herinneringen. Niemand trekt ze ooit in twijfel. Amber, jij zegt dat je er zeker van bent. Dit laatste detail vormt een integraal onderdeel van de scène zoals jij hem je herinnert. En ik kan nog zo mijn best doen, maar ik zou je er niet van kunnen overtuigen dat het maar verbeelding was. En toch ontbrak het nog geen vijf minuten geleden aan jouw mentale plaatje. Nu het puzzelstuk op zijn plek ligt, is het voor jou net alsof het er altijd al was, terwijl je best weet dat dat niet zo was. Dus als je het hiervoor niet wist, als het volkomen afwezig was, en je weet het nu even zeker als je weet dat jij Amber heet, waar komt die kennis dan vandaan?

Zo voelt het als een verdrongen herinnering vrijkomt: het ene moment is er nog niets, en het volgende moment is het alsof het er altijd al is geweest. Dat is iets heel anders dan het gevoel dat er iets aan het randje van je geheugen zit waar je niet bij kunt, zo'n gevoel van: o, het ligt op het puntje van mijn tong. Dat soort puntje-van-je-geheugen-herinneringen bestaat uit dingen die we zijn vergeten omdat ze er niet toe doen. Als we ons realiseren dat we ze nodig hebben, dienen ze zich meestal zonder veel moeite aan – eerst als een soort kriebel in je hoofd, dan als een gedeeltelijk antwoord, vervolgens in hun geheel. Het is als de geboorte van een baby – eerst het hoofdje, dan de schouders... je snap wat ik bedoel.

Verdringing werkt anders. We hebben een goede reden om dingen te verdringen: zelfbescherming. Amber, jij zei dat je teleurgesteld was omdat, al heb je een mysterie opgelost – ja, dat heb je, of je het je nu realiseert of niet – het niet het mysterie is dat je hoopte op te lossen. Je weet nog steeds niet waar je die woorden op dat gelinieerde stuk papier hebt gezien. Relax. Misschien is dat de volgende herinnering die zich aandient, nu je het slot van je onderbewustzijn hebt geolied. En als het niet gebeurt, is dat ook geen ramp. Soms komt het juiste antwoord niet in de vorm die je verwacht. Ik durf te beweren dat jouw teleurstelling verkapte ontkenning is. Het is een vangnet. Je probeert jezelf nog steeds voor de gek te houden omdat je bang bent voor de waarheid. Als je teleurgesteld bent, moet dat wel komen doordat we vandaag niets hebben opgelost, en onze sessie tijdverspilling was. Maar dat was het niet. We hebben wel degelijk iets opgelost. Je hebt ons iets aangereikt, het ontbrekende detail dat je je herinnerde, en het is iets wat jou zo'n angst inboezemt dat je je bewustzijn weer in zijn achteruit wil zetten.

Nee, niet doen... sorry, Simon, jij krijgt na afloop de kans om Amber te spreken, maar... het is belangrijk dat ik deze sessie blijf leiden.

Amber, ik begrijp dat de verleiding groot is, maar je mag er niet aan toegeven. Als je jezelf dwingt te ontkennen wat je weet, maak je jezelf ziek – fysiek, psychisch, of allebei.

Dus, wat weet je? Ik zet mijn professionele gedrag weer buiten de deur, want als ik wacht tot jij je nieuwe kennis zelf onder woorden brengt, zitten we hier nog een jaar, denk ik.

Ik ga jou precies vertellen wat jij me net hebt verteld. Luister, en kijk eens of je zelf ziet hoe de waarheid voor de hand ligt.

Toen jij, Jo en de rest van jullie gezelschap in 2003 – sorry, op nieuwjaarsdag 2004 – weggingen uit Little Orchard, hing de sleutel van de afgesloten studeerkamer niet aan de spijker achter de buffetkast.

Iedereen stond buiten, en stapte in de auto's, nam afscheid, en had het over hoe heerlijk ze het hier hadden gehad. Niemand zei iets over de verdwijning van Jo, Neil en hun zoons. Jij en Jo verlieten het huis als laatsten. 'Wil je alsjeblieft naar buiten gaan?' zei Jo tegen jou, zomaar ineens, alsof je iets had misdaan. 'Ik moet het alarm instellen. Je staat voor de sensor.' Je stond naast de deur. Voor je naar buiten stapte, keek je even snel in de spleet tussen de buffetkast en de muur, en je zag dat de sleutel niet hing waar jij hem vond toen William en jij er op tweede kerstdag naar op jacht gingen.

Jo toetste de code van het alarm in, kwam ook naar buiten en deed de keukendeur op slot. Vervolgens ging ze de huissleutel op de geheime plek in de garage hangen, en toen ze ons had verteld dat ze dat had gedaan, Amber, waren jouw woorden: 'Ik heb het haar niet zien doen, maar ik neem aan dat ze dat heeft gedaan.'

Wat neem je inmiddels aan? Heeft Jo de sleutels inderdaad op de geheime plek in de garage gehangen, waar de eigenaar of de schoonmaakster ze later weg zou halen? Of denk je dat ze ze in haar handtas heeft gestopt en mee naar huis heeft genomen?

Je hebt ons al verteld dat toen jij gisteren naar Little Orchard bent gegaan, de schoonmaakster de naam Veronique Coudert niet herkende, en dat ze zei dat dat niet de eigenaar van het huis was. Ik wil het ook graag over iets anders hebben wat jij zei. Dinah en Nonie wilden graag op de trampoline in de tuin van Little Orchard, en toen zei jij dat dat niet mocht. Komend weekend konden ze weer op de trampoline van William en Barney, en die was precies hetzelfde. Ik neem aan dat Jo die heeft uitgekozen, aangezien zij daar thuis alle beslissingen neemt? En als Jo weet wat volgens haar de beste trampoline is...

Amber?

Goed, als jij het niet wilt zeggen, zeg ik het wel: ik denk dat Jo de eigenaar is van Little Orchard. Jo en Neil. Ze hebben het toen met de kerstdagen van 2003 niet voor de hele familie gehuurd – ze hebben iedereen uitgenodigd om in hun tweede huis te logeren. Het was niet erg dat de sleutel niet teruggehangen werd achter de kast. Gasten laten dingen precies zo achter als ze het aantroffen, maar als een huis van jou is, kun je de spullen neerleggen waar je maar wilt.

Simon, je knikt. Wist jij het al? Nee, sorry, niet antwoorden. Dit mag geen gesprek tussen drie mensen worden.

Amber, hou je ogen dicht, blijf langzaam en diep ademhalen. Denk aan die afgesloten kamer, de studeerkamer van Little Orchard. Denk aan wat daarbinnen zou kunnen staan: allemaal bewijs dat het huis van Jo en Neil is. Daarom was Jo zo bang dat jij er naar binnen wilde gaan.

Denk aan alle andere dingen die je weet. Het is vreemd dat Jo en Neil ervoor hebben gekozen om het geheim te houden dat zij eigenaar zijn van Little Orchard. Ga eens na of jij de reden achter die geheimzinnigheid kent. Je weet meer dan je denkt. Is iemand in de familie rijk genoeg om zich een groot, luxe tweede huis te kunnen veroorloven? Afgaand op wat jij me hebt verteld, betwijfel ik dat. Jo en Neil vinden het misschien gênant als anderen zien hoe rijk zij zijn. Ze geven geld aan Jo's broer Ritchie, heb je me verteld. Neil, die al het geld verdient, vindt het niet erg dat Jo haar werkschuwe broer ondersteunt. Dat zou begrijpelijker zijn als ze zelf meer dan genoeg geld hadden. Als ze niet willen dat men hen benijdt om hun rijkdom, kan dat ook verklaren waarom ze in een huis wonen dat volgens jou een paar maten te klein is voor hen.

Sorry, Simon, ik weet dat je graag iets wilt zeggen, maar heb geduld. Er komt nog meer, en dat moet ook. Het is echt een probleem aan het worden dat jij zo veel informatie wilt achterhouden, Amber. Ik zou normaal nooit op deze manier de vertrouwelijkheid schenden, maar normaal gesproken zit er ook geen rechercheur bij mijn sessies met een cliënt, dus wat kan mij het schelen. Voor jij hier kwam, Simon, vertelde Amber me dat ze in het huis van Hilary, de moeder van Jo, zoveel beter slaapt dan thuis. Ik opperde een reden waarom dit zo is, en ze werd boos, en zei dat ik geen idee had wat de reden was, en dat *zij* precies wist hoe het kwam. Toen ik haar vroeg om mijn misvatting recht te zetten, klapte ze dicht.

Vertel het ons nu, Amber. Waarom slaap jij zo goed bij Hilary thuis, als het niet is om de reden die ik noemde?

En voor de honderdste keer: wat is het geheim dat jij aan Jo hebt verteld? Wat weet zij over jou dat zo beschamend is?

11

Vrijdag 3 december 2010

Ik ben wakker, en niet op de gebruikelijke manier. Ik ben net wakker, zonder het ruwe schuurpapier aan de binnenkant van mijn oogleden waar ik zo aan gewend ben geraakt. Ik voel me solide en wezenlijk – alsof ik terug ben van een heel verre plek. Je weet pas dat je naar die plek bent geweest als je veilig terug bent. Luke zit op de rand van het bed en staart naar me alsof een gezagdrager hem heeft opgedragen over me te waken, en me scherp in de gaten te houden. 'Je hebt geslapen,' zei hij. 'De hele nacht.'

'Is dat een beschuldiging?' Ik mis nu al dat zware gevoel van de slaap – alsof er een deken van me afgetrokken is.

'Je bent in bed gestapt, deed je ogen dicht en je sliep. Wat is er aan de hand? Hoe kan het dat je hier wel kunt slapen en thuis niet?'

'Ja, dus. Het was maar een grapje, maar...' Ik probeer tijd te rekken, en dat is niet eerlijk. 'Vergeet mijn slapeloosheid. Waar zijn de meisjes?'

Luke kijkt me vreemd aan. 'Op school. Ik heb ze al een uur geleden op de bus gezet. Het is tien voor negen.'

Ik schiet bijna in de lach. Hij lijkt wel een bezorgde dokter die het tegen een patiënt met geheugenverlies heeft. Ik kan nauwelijks bevatten dat Dinah en Nonie zijn opgestaan en zich hebben aangekleed en hun ontbijt hebben gegeten zonder mij wakker te maken.

Ik ben gisteravond om elf uur in bed gekropen. Ik heb bijna tien uur geslapen. Ongelofelijk.

'Heeft een van de meisjes... nog iets gezegd, vanochtend?' vraag ik aan Luke. Ik moet om tien uur bij Ginny zijn en ik moet eerst douchen, maar dit gesprek kan niet wachten.

'Nee, maar het was duidelijk dat ze iets voor me achterhielden. Waarom ben je gisteravond met ze naar Little Orchard gegaan? Wat is daar gebeurd? Wat is er aan de hand, Amber?'

Ik wil dit niet doen, maar ik moet wel. Ook al klinkt het als een dreigement. 'Jij moet iets voor me doen wat je niet tegen de politie mag zeggen.'

'De *politie*?'

De paniek in zijn stem irriteert me. Zo'n schok moet het niet zijn dat dat woord valt. Iemand heeft geprobeerd ons huis af te branden; ik ben dinsdag ondervraagd in verband met een moordzaak. Luke weet dat ons leven momenteel met zich meebrengt dat we regelmatig contact hebben met de recherche.

'Ik wil niet horen dat jij Dinah en Nonie hebt gevraagd iets geheim te houden voor de politie,' zegt hij.

'Andersom,' zeg ik tegen hem. Hij kijkt precies zo bezorgd als ik wil dat hij kijkt. Hij moet snappen dat dit ernst is. 'Ik zeg verder niets meer tot ik jouw onvoorwaardelijke belofte heb: jij zegt geen woord, tegen niemand. Het is niet om mijn eigen bestwil dat ik jou vraag om je mond te houden.' Dinah heeft niemand iets aangedaan. Als Simon Waterhouse erachter komt dat zij die mysterieuze woorden heeft bedacht, wil hij haar ondervragen. Ik word misselijk van het idee. En Dinah en Nonie zullen zich alleen nog maar schuldiger voelen, en dat mag niet gebeuren, wat er ook gebeurt.

Ik ben vast een slecht mens, zoals zowel Jo als ik altijd al dacht: ik zou de moordenaar van Katharine Allen vrijuit laten gaan om mijn meisjes pijn te besparen. Het ligt alleen niet zo simpel, niet als degene die Katharine Allen heeft vermoord ook de moordenaar van Sharon is, en mijn huis in brand heeft gestoken in de wetenschap dat Dinah en Nonie daar ook sliepen. Hoeveel pijn ben ik bereid te doorstaan – hoeveel pijn ben ik bereid iemand aan te doen – om die persoon te straffen?

Dit is zo'n vreemd gevoel: ik heb een nieuw, snel brein dat vlug en strategisch kan denken zonder dat het pijn doet.

'Vertel maar,' zegt Luke. 'Als het om bestwil van de meisjes is, zal ik het voor me houden, echt. De rest kan me niet schelen.'

'Aardig, Wreed, Aardig Wreed,' zeg ik. Een refrein dat ik al dagen in mijn hoofd heb, de titelmuziek van mijn beangstigende, verstoorde leven. Zal het daar ooit weggaan, vraag ik me af, en zullen die woorden ooit weer gewone woorden worden? 'Ik weet wat het is en wat het betekent. Dat heeft Dinah me verteld.'

'*Dinah?* Maar...'

'Zij heeft het verzonnen.'

Luke doet zijn mond open. Er komt geen geluid uit.

'Dat wil niet zeggen dat zij iets weet over de moord op Katharine Allen. Ze weet net zo weinig als ik.'

Dat is niet helemaal waar. Als jij weet wie Kat Allen heeft vermoord, weet Dinah minder dan jij. Mijn keel knijpt zich dicht. Ik weet niets. Ik kan niet iets weten wat niet waar kan zijn. Het is onmogelijk.

'Ik heb nog steeds geen idee waar ik die woorden op een gelinieerd A4'tje heb gezien,' zeg ik tegen Luke, in de hoop dat hij de trilling in mijn stem niet hoort. 'Dinah zweert dat zij en Nonie de woorden nooit hebben opgeschreven, en ik geloof haar. Het was top secret, dus ze hebben het risico niet genomen om iets op papier te zetten. Ze hebben de lijstjes in hun hoofd opgeslagen.'

'Lijstjes?'

'Ik had gelijk, het waren inderdaad drie kopjes. Aardig...'

'Amber, niet zo snel. Ik snap het niet.'

'Dinah heeft een kastenstelsel bedacht,' zeg ik tegen hem. 'Kijk niet zo. Wil je het weten of niet?' Ik moet me niet op Luke afreageren; hij kan er niets aan doen. 'Vorig jaar hadden ze op school een speciale themabijeenkomst over alle verschillende religies. Ze leerden over het kastenstelsel van de hindoes: de belangrijkste mensen staan boven aan de ladder – de brahmanen, toch? – en de onaanraakbaren helemaal onderaan, en mengen is niet toegestaan. Weet je nog dat Dinah stomend van woede thuiskwam omdat ze het allemaal zo fout vond?'

Luke knikt. 'Ze was nog bozer dan Nonie.'

'Dinah heeft geen bezwaar tegen onrechtvaardigheid zolang zij maar aan de gunstige kant staat,' zeg ik. 'Het blijkt dat ze het kastenstelsel niet zo oneerlijk vond omdat het sommige mensen hoger aanslaat dan andere, maar omdat het zo willekeurig is: je wordt hoog of laag op de ladder geboren, en je kunt niets doen om je plaats op die ladder te veranderen. Ze vond een kastenstelsel wel een goed idee als het gebaseerd was op hoe goed mensen zijn, hoe aardig. Of hoe wreed. Dus... toen besloot ze om er zelf eentje te verzinnen.' Ik zucht. In andere omstandigheden had ik dit misschien grappig gevonden. 'Een handige manier om haar klasgenoten in te delen.'

'Niet te geloven,' mompelt Luke.

'En de leraren. Niemand op die school ontsnapt eraan. Zelfs de kantinejuffrouwen en de chauffeur van de schoolbus. Zelfs de directrice. Kaste gaat boven je hiërarchische plek op school. En aangezien Dinah en Nonie allebei Aardig zijn en mevrouw Truscott maar Aardig Wreed, staan zij boven haar. Aardig Wreed is de interessantste kaste. Het is iets gecompliceerder dan Aardig en Wreed, want die spreken voor zich. Het beslaat veel verschillende... persoonlijkheidstypes. Neem nou Kirsty. Doordat ze over Kirsty nadacht, heeft Dinah ingezien dat ze nog een tussenkaste moest bedenken.'

'Kirsty? Jo's zus Kirsty? Maar die is...' Luke maakt zijn zin niet af. Hij kijkt schuldbewust.

'Te gehandicapt om aardig of wreed te zijn, of iets daar tussenin? Dat zijn Dinah en Nonie niet met je eens. Ik heb geprobeerd om het hun uit te leggen, maar het is me niet gelukt. Ik denk dat ze haar een beetje... gemythologiseerd hebben. Zij denken dat, omdat ze beschadigde hersenen heeft, niemand weet of ze een goed mens is of niet, en dat het feit dat ze niet kan praten haar persoonlijkheid verhult op een manier zoals de meeste mensen dat niet zouden kunnen.'

'Godsamme,' zegt Luke, en hij staart naar zijn handen.

'Mevrouw Truscott hoort om een andere reden tot de categorie

Aardig Wreed. Om Dinah te citeren: "Ze doet altijd zo liefjes tegen iedereen, maar ondertussen is ze helemaal niet lief, want ze zegt rustig het tegenovergestelde tegen een ander, alleen maar om zelf aardig gevonden te worden." Truscott kan alleen niet bij de Wreden horen, volgens Dinah. Alleen echt heel akelige mensen zijn Wreed.'

'Je moet niet net doen alsof dit allemaal ergens op slaat, Amber. Het is ziek.'

'O ja? Dat weet ik nog niet zo net.' Ik weet alleen zeker dat ik Dinah en Nonie zou verdedigen, wat ze ook hebben gedaan. 'Als het niets te maken had met een onopgeloste brute moord, zou ik het waarschijnlijk een geweldig idee vinden. Dan zou ik meteen al onze familie, vrienden en kennissen gaan indelen. En ik zou jou net zo lang op je kop zitten tot je ook meedeed.'

'Stop,' zegt Luke.

Ik stop nooit als dat eigenlijk moet. Dat zou hij zo onderhand moeten weten. 'Ik heb weleens ergere spelletjes gespeeld, vooral met kerst,' zeg ik. 'Het is veel leuker dan zo'n pedante kennisquiz van jou. Hoeveel paar sokken had Clement Attlee in zijn sokkenla in zijn huis in... blablabla.'

'Nonie weet ook van dit kastenstelsel?' vraagt Luke. Hij negeert mijn valse opmerking.

'Uiteraard. Ze is er een enorme fan van. Omdat het rechtvaardig is: de goede mensen staan bovenaan, en de slechte mensen onderaan. Dinah heeft er meteen al een gezamenlijk project van gemaakt, omdat ze wist dat het Nonies gevoel voor rechtvaardigheid zou aanspreken. Ze hebben er vast uren lol aan beleefd, aan het bespreken van bepaalde juffen en kinderen, en debatteren aan welke kaste iedereen moest worden toegewezen. O, en dit vind je vast leuk – Nonie stond op een specifieke verandering aan Dinahs oorspronkelijke systeem: het moet mogelijk zijn dat mensen van de ene naar de andere kaste verhuizen als hun gedrag beter wordt, of juist slechter.'

Luke kan er niet om lachen. Ik ook niet.

'Dinah was er eerst niet van overtuigd. Ze vond het een prettiger idee dat mensen een vast voetstuk kregen, of, aan het andere eind van het spectrum, dat ze voor eeuwig verdoemd werden voor iets wat ze jaren geleden hadden misdaan. Maar Nonie hield vol. Ze zei steeds: "Elk goed mens kan ineens slecht worden, en elk slecht mens kan goed worden, als hij maar zijn best doet."'

'Hebben ze...' Luke schraapt zijn keel. 'Toen ze dit aan jou vertelden, heeft een van hen het toen gehad over Sharons... je weet wel, of Marianne, in de context van dat kastenstelsel?'

Sharons moordenaar, wilde ik zeggen. Niet Sharons 'je weet wel'. We moeten de dingen maar eens bij hun naam gaan noemen.

Jij eerst. Hypocriet mens.

Ik knik. 'Allebei. En over degene die ons huis in brand heeft gestoken, ervan uitgaand dat dat iemand anders is.' Wat het tegenovergestelde is van wat ik geloof, dus waarom zeg ik het dan? 'De twee brandstichters zijn allebei Wreed.' *Alleen, het zijn er geen twee. Het is er maar een.*

Ik probeer de stem in mijn hoofd het zwijgen op te leggen, en hou mezelf voor dat ik het niet zeker weet totdat ik heb bedacht waar ik dat gelinieerde A4'tje precies heb gezien.

'Marianne was ooit een Aardig Wreed,' zeg ik tegen Luke. 'Omdat ze deed alsof ze om Dinah en Nonie gaf, terwijl die haar duidelijk gestolen kunnen worden. Hypocrisie en gebrek aan integriteit zijn vaste thema's bij de Aardig Wreden – met uitzondering van Kirsty, uiteraard. Schijnheilige types, iedereen die zichzelf voorliegt over hoe goed hij is.'

Jo. Jo is een Aardig Wrede.

'Het zal je deugd doen dat Marianne inmiddels een Wrede is. De meisjes hebben haar een plaats laten zakken toen ze haar laatst aan de telefoon hadden en zij iets gemeens zei. Ze wilden me niet zeggen wat ze precies had gezegd, dus ik neem aan dat het over mij ging, of over ons.' Ik heb geprobeerd hen ervan te overtuigen dat ze mij nergens voor hoefden te beschermen. Dat wilde er bij Dinah nog wel in, geloof ik, maar Nonie gaf niet toe. 'Ik wil jou niet iets vreselijks vertellen wat iemand anders heeft gezegd zonder het zelf ook te moeten zeggen, en dat wil ik niet,' zei ze.

Ik voel dat Luke ergens op zit te wachten en ik kijk hem aan – iets wat ik tot nu toe heb gemeden. Oogcontact maakt het moeilijker. 'Ik geloof dat dat gedeelte wat de school betreft een excuus is. Het kastenstelsel is niet bedacht met het oog op school.' Ik kan een glimlach niet onderdrukken. 'Hoewel het daar wel goed van pas komt. Dinah heeft gisteren een paar kinderen uit haar Hectorstuk gegooid, zonder opgave van redenen. Ze kon hun moeilijk vertellen dat ze in de categorie Wreed waren beland, en ze daardoor niet meer in de schijnwerpers mogen staan, hoe goed ze ook kunnen acteren. De Wreden zijn lager dan laag. Je speelt niet met hen, je helpt hen niet met hun huiswerk, en je geeft ze geen rol in je toneelproductie. De Aardig Wreden mogen wel met de Wreden omgaan – en met de Aardigen, uiteraard – maar de Aardigen kunnen niets met de Wreden te maken hebben, want anders raakt hun aardigheid nog besmet.'

'Hoeveel mensen weten hiervan?' vraagt Luke. 'Ik zie altijd al op tegen ouderavonden, maar dit...'

'O, op school weet niemand het. Er rust een embargo op deze informatie. Alleen Dinah en Nonie weten ervan. Dus dat houdt in dat ze de meeste regels niet in praktijk kunnen brengen, of alleen als ze net kunnen doen alsof het ergens anders om is – wel een beetje een nadeel, maar Dinah wil niet het risico lopen dat iemand erachter komt en haar bedenksel afkraakt. Ze is slim genoeg om te begrijpen dat het systeem tegenstanders zal aantrekken zodra het bekend wordt. Dat kan ze niet toestaan, want dit ligt haar te na aan het hart. Net als Nonie.'

Ik knipper mijn tranen weg. 'Toen ze het me vertelden, waren ze zo bang dat ik kwaad zou worden, dat ik zou zeggen dat ze moesten ophouden met het systeem, of dat ik zou zeggen dat het verkeerd was. Ze hadden hun mond kunnen houden, maar... ze wisten dat het belangrijk voor mij was om te begrijpen wat die woorden betekenen. Ik had ze op een krant geschreven. Dinah zag ze staan en vroeg mij ernaar. Ik wilde geen antwoord geven, en werkte mezelf in de nesten. Het is een slim kind. Ze wist dat ik er op de een of andere manier achter gekomen was, en dat die woorden me bepaald niet lekker zaten. Zij en Nonie snapten er niets van: als ik wist van hun apartheidssysteem, waarom gaf ik ze dan niet op hun lazer? Waarom was ik er nooit over begonnen? Ze hebben het besproken, en besloten om dapper te zijn en het mij te vragen, om alles op te biechten, ook al zou dat betekenen dat ik dan heel kwaad op hen zou worden. Wat ik niet was,' voeg ik uitdagend toe. 'En dat zal ik ook nooit worden. Ik heb liever dat jij ook niet kwaad wordt. Later, als alles weer wat rustiger is, zal ik het er misschien nog eens met hen over hebben.' Of misschien ook niet. Zou het opkomen voor de rechten van Wreden ooit boven aan mijn todolijstje komen te staan?

Luke komt moeizaam overeind en loopt naar het raam. 'Je hebt gelijk,' zegt hij. 'Het heeft niets met school te maken. Het gaat erom dat ze de wereld opnieuw wilden ordenen na Sharons dood. De meisjes hebben er behoefte aan om slechtheid een plek te kunnen geven. Amber, het is hartverscheurend. Ze moeten met iemand praten. Een deskundige.'

'Je doet net alsof we het daar nog nooit over hebben gehad.' Dinah heeft gezegd dat ze haar mond dicht houdt en niets zegt als wij haar laten praten met iemand die ze niet kent. Nonie barst altijd meteen in tranen uit en rilt als we het over iets als therapie hebben, hoe Luke en ik het ook verwoorden. 'Momenteel ben ik niet zo geïnteresseerd in degene met wie ze in de toekomst zullen praten. Ik wil graag weten met wie ze in het verleden hebben gepraat.'

'Wat bedoel je?' vraagt Luke.

Hij is te veel met de meisjes bezig; hij denkt niet aan de politie, aan de moord op Kat Allen. 'Dinah heeft "Aardig, Wreed, Aardig Wreed" bedacht en als zij en Nonie – en wij nu ook – de enigen zijn die daarvan weten, en ze hebben zelf nooit iets op papier gezet...'

'Dat moet wel,' zegt Luke.

'Maar dat is niet zo. Dat hebben ze me bezworen, en ik geloof hen. Ze hebben die woorden nooit opgeschreven, niet als titels, niet in wat voor vorm dan ook. Luke, ze waren op school, de dag dat

Katharine Allen werd vermoord. Het was herfstvakantie. Ze gingen toen naar de Holiday Fun Club, de Je-Ouders-Hebben-Geen-Zin-In-Jullie-Als-Ze-Tenminste-Niet-Zijn-Vermoord- Club. Jij was aan het werk, ik was bij het openingsfeestje van Terry Bond in Truro... Dinah en Nonie zaten van halfnegen tot halfvijf op school. Ze waren niet in het centrum van Spilling waar ze "Aardig, Wreed, Aardig Wreed" op een gelinieerd A4'tje hebben geschreven terwijl iemand Katharine Allen doodsloeg in de andere kamer!'

'Maar... als zij dat niet hebben opgeschreven...'

'Ze hebben me aanvankelijk ook bezworen dat ze hun geheim met niemand hebben gedeeld, maar dat klonk iets minder overtuigend. Het duurde niet lang voor Nonie me vroeg om de garantie dat degene die het ook wist, en die die woorden misschien op papier had gezet, daarmee niets had misdaan en dat diegene niet in de problemen zou komen.' Ik glimlach bedroefd. 'Met "problemen" bedoelde ze volgens mij een flinke uitbrander omdat diegene meedeed aan een spelletje waarbij mensen als moreel onaanraakbaar worden gedefinieerd, in plaats van hun het voordeel van de twijfel te gunnen.'

'Wie hebben ze het verdomme verteld?' Ik hoor aan Luke's stem dat hij huilt. 'Wie kennen zij die in staat is iemand te vermoorden? Niemand! Dit slaat nergens op, het is... krankzinnig.'

'Degene die ze het hebben verteld, heeft Katharine Allen niet vermoord,' zeg ik. 'Of liever, degenen. Het zijn er twee, allebei ook kinderen. Ze zijn even onschuldig als Dinah en Nonie.'

'Welke kinderen dan? Vriendinnen van school?

'Nee.' Ik vind dit verschrikkelijk. Het antwoord is voor Luke nog moeilijker om te horen dan het voor mij al was. Nonie heeft gelijk: je kunt iemand niet iets vertellen wat verdriet doet, zonder dat jij degene bent die hun verdriet doet. 'Dichter bij huis,' zeg ik. 'William en Barney.'

Het eerste wat ik doe als Ginny de deur opendoet is haar een cheque overhandigen voor tweehonderdtachtig pond: de schadevergoeding omdat ze mij alweer moet ontmoeten, nadat ik zo onaardig tegen haar ben geweest. 'Je mag hem best aan de muur hangen, zodat je ernaar kunt kijken terwijl we praten,' zeg ik.

Ze kijkt verward, maar met tegenzin – alsof ze in een perfecte wereld graag zou begrijpen wat ik bedoel.

'De cheque,' verklaar ik. 'Voor het geval je een visueel geheugensteuntje nodig hebt voor je motivatie om drie uur met mij opgescheept te zitten.' Als ze me niet snel binnenlaat, gris ik het ding nog uit haar handen. Het sneeuwt hier. Uit Ginny's houten praktijkruimte stroomt warmte de koude, grijze lucht in. Ik wil daarbinnen zijn.

Ze glimlacht. 'Als ik niet opgescheept zat met jou, zou ik opgescheept zitten met iemand anders. Of denk je soms dat ik nog nooit zo'n boos mens over de vloer heb gehad als jij?'

Dan moet je me eerst maar eens binnenlaten. En stel dan die vraag nog een keer.

'Dat is namelijk niet zo, geloof me. En als ik bang was voor woede, dan heb ik het verkeerde vak gekozen.' Eindelijk gaat ze aan de kant en maakt een gebaar alsof ze me naar binnen veegt. Ze draagt een zwarte legging en een lichtroze trui, en ze ruikt naar iets wat ik eerst niet kan thuisbrengen. Dan realiseer ik me dat het nootmuskaat is. Als ik een accountant of een advocaat zou ontmoeten die naar een taartingrediënt rook, zou ik aannemen dat hij net had gebakken. Ginny is hypnotherapeut, dus die gebruikt nootmuskaatolie in plaats van parfum.

Vooroordelen zijn geruststellend: iedereen zou zijn best moeten doen om er minstens drie te cultiveren.

Ik loop naar binnen en stamp met mijn voeten op de mat bij de deur. De sneeuw glijdt van mijn schoenen, en verandert van wit in doorzichtig naarmate het vloeibaarder wordt. Ik ontdoe me van mijn jas, muts, sjaal en handschoenen, en probeer me niet te verzetten tegen het aantal uren dat ik hier nu binnen moet blijven. Dat valt niet mee. Als ik hier dinsdag niet geweest was, als ik niet had geluisterd naar al die mensen die zo hoog opgaven over hoe goed hypnotherapie als laatste redmiddel werkt... Als het echt zo geweldig is, waarom is het dan bijna nooit de eerste keus van mensen? Waarom is het dankzij mond-tot-mondreclame niet doorgestoten naar de top?

'Dit is nieuw voor mij,' zegt Ginny. 'Niemand heeft me ooit voor een hele ochtend geboekt.'

Ik stel de ligstoel in zodat de rugleuning zo recht mogelijk overeind staat, want in deze positie voel ik me meer op mijn gemak, meer als haar gelijke. Waarom zou hypnotherapie horizontaal beter werken dan verticaal?

Hou op. Geef het een kans.

'Het spijt me dat ik je voor leugenaar heb uitgemaakt,' zeg ik tegen Ginny. 'Ik had het recht niet om tegen je uit te varen en om weg te stormen zonder te betalen. Jij had gelijk, ik zat fout. Ik was alleen... ik was in de war. Ik dacht dat jij iets tegen mij had gezegd en dat jij me vroeg het te herhalen en...' ik zwijg en vraag me af hoeveel ze al weet. 'Heeft Charlie Zailer je verteld over de zaak waar haar man aan werkt? De moord op Katharine Allen?'

'Zij niet, maar ik ben inmiddels wel door de politie ondervraagd.'

'Over mij?' Waarom zouden ze anders met Ginny willen praten als ze het niet over mijn geestesgesteldheid wilden hebben, en hoe het kwam dat ik die magische woorden uitsprak, en of ik eruitzag en klonk als een moordenaar toen ik dat deed? 'Wat heb je ze verteld?'

Haar glimlach bevalt me niet. Het is een medelijdende glimlach, niet het soort dat iemand met een greintje zelfrespect bij zijn gesprekspartner wil zien. 'Amber, het spijt me, maar ik vind het niet prettig dat je me vraagt naar mijn onderhoud met de politie. Zullen we het hebben over wat je hier vandaag graag zou willen doen?' Als je haar toon hoort, zou je denken dat ze me de keus biedt uit schminken, touwtjespringen of in de zandbak spelen.

Stop. Ik meen het. Hoe zou jij het vinden als je jou op je stoel kreeg? Gun dat mens toch eens wat.

'Aardig, Wreed, Aardig Wreed,' zeg ik.

Ginny knikt, alsof het heel logisch klinkt.

'Ik heb die woorden op een stuk papier zien staan – drie kopjes, met ruimte ertussen. Gelinieerd papier: blauwe horizontale strepen, en een roze verticale streep als kantlijn.'

'Waarom vertel je me hoe het papier eruitzag?' vraagt Ginny.

'Ik heb een sterke visuele herinnering aan dat papier, maar verder niets, geen context. Ik moet weten waar ik het heb gezien. Hypnotherapie helpt toch om herinneringen boven te halen? Tenminste, dat zeggen ze. Ik bedoel, daar is het voor bedoeld, toch? Nou... daarom ben ik dus hier.'

Dat stuk papier is het puzzelstuk dat nog ontbreekt. Dinah en Nonie hebben niemand vermoord; William of Barney ook niet. Dat betekent dat een van hen het geheim met iemand anders moet hebben gedeeld, iemand die die woorden op een notitieblok bij Kat Allen thuis heeft geschreven, voor of nadat hij Kats hoofd had ingeslagen met een metalen staaf. Als ik me kan herinneren waar ik dat afgescheurde stuk papier heb gezien, weet ik wie in mijn leven een moordenaar is. *Dan weet ik het zeker.*

'Hypnotherapie is zeer geschikt voor het boven water krijgen van verdrongen herinneringen,' zegt Ginny, 'maar ik moet wel eerlijk zijn, Amber, want we hebben er geen van beiden iets aan als ik dat niet ben: ik voel een potentieel probleem, en het is een serieus probleem.'

Ik wil niet horen wat er mis zou kunnen gaan. Dit moet werken. 'Ik doe alles wat nodig is om erachter te komen wat ik moet weten,' zeg ik. 'Ik kom zo vaak terug als nodig is, en ik betaal zoveel als –'

'Amber, Amber – stop.' Ginny steekt beide handen in de lucht, alsof ze een raam uitbeeldt. 'Het is geen kwestie van onvoldoende tijd. Het ligt gecompliceerder. Ons onderbewustzijn is zijn eigen baas. Echt waar. Ja, verdrongen herinneringen komen tijdens hypnose boven, maar dat gebeurt willekeurig. Hoewel daar vaak een reden voor is.' Ze zucht. 'Ik leg het niet goed uit, hè? Ik zal het simpel houden, en ik gebruik jouw geval als voorbeeld: jij wilt weten waar jij een stuk papier hebt gezien. Je bewustzijn denkt dat je dat moet weten. Het denkt dat dit het *enige* is wat je moet weten. Het probleem is dat er een grote kans bestaat dat jouw onderbewustzijn het daar niet mee eens is. Dat zal andere herinneringen vrijgeven – niet waar jij naar op zoek bent, dingen waar jij van denkt dat ze volkomen irrelevant zijn... maar ze zijn niet irrelevant.'

Ik haat die alwetende blik van haar. Dit is mijn nachtmerrie, niet de hare – mijn leven is een chaos, mijn meisjes zijn in gevaar – en zij denkt dat ze meer weet dan ik.

'Ze zullen bewijzen dat ze niet irrelevant zijn door zich steeds maar weer aan jouw bewustzijn te presenteren, en jij zult denken: waarom komt dit stomme incident steeds maar boven terwijl het er totaal niet toe doet? Hopelijk is dat het punt waarop je zult beseffen dat het helemaal niet zo onbeduidend is. Wat het ook maar is, de kans is groot dat het belangrijker is dan de plek waar jij dat stuk papier hebt gezien.'

Nee, dat is niet zo. Dat mens weet niets.

'Wat je moet weten en wat je wilt weten zijn twee verschillende dingen,' vervolgt ze, want ze geniet van het geluid van haar eigen wijsheid. 'Ik denk dat je enorm zult profiteren van hypnotherapie. Ik weet zeker dat ik jou kan helpen, en dat je een aantal mysteries zult oplossen waarvan je niet wist dat ze bestonden. Geen moorden – mysteries in jou, in jouw karakter, in jouw dagelijks leven. Maar ik kan niet garanderen dat jij je dit ene detail zult herinneren, en... ik moet zeggen, hoe meer je het ziet als dat ene cruciale feit, hoe kleiner de kans dat je het je zult herinneren.'

'Mooi,' zeg ik, hoewel ik het niet mooi vind. Wat mooi betreft staat het even ver van elkaar als Mozarts *Requiem* en een teleurstellend songfestivalliedje, maar als ik voortgang wil boeken, moet ik wel meewerken. 'Best. Hoor eens, ik heb al gezegd dat ik alles wil doen. Als jij denkt dat het helpt als ik niet meer zo graag wil weten wat ik wil weten, probeer ik daar wel mee te stoppen.'

Ginny duwt haar handpalmen tegen elkaar. 'Leun maar eens lekker achterover, relax, en maak je maar niet druk om de resultaten en de uitkomsten,' zegt ze. 'We hebben drie uur de tijd, dus laten we maar eens wat hypnotherapie doen, wat vrije associatie, en dan zien we wel waar we uitkomen. Goed?'

'Jij hebt zeker zelf geen ervaring met moord, hè?'

'Nee. Vind je dat erg?'

'En je cliënten? Ik weet zeker dat je omkomt in de slachtoffers van seksueel misbruik. Maar heb je ook nog iemand zoals ik, iemand die iets met een moord te maken heeft?'

'Nee, en –'

'Heb je die ooit wel gehad?'

'Amber, jouw probleem is niet moord. Dat denk jij alleen maar.'

'Grappig dat alles wat ik denk niet klopt, vind je ook niet?' zeg ik bits. 'Weet je wat, als jij en ik onze benen nu eens laten harsen, dan los jij ondertussen in je eentje al mijn problemen op, want jij hebt er kennelijk beter kijk op dan ik.'

Ginny glimlacht alsof ze de grap kan waarderen. 'Jij denkt dat je wilt weten wie Katharine Allen heeft vermoord, maar je vraagt je niet af waarom dat zo belangrijk voor je is. Je kende haar toch niet? Het is de taak van de politie om haar moordenaar te vinden, niet de jouwe.'

Ik lach. 'Meen je dat nou? Nee, ik kende haar niet, maar ik weet wel dat ik een stuk papier heb gezien dat van een notitieblok in haar appartement is gescheurd. Dat houdt in dat de kans bestaat dat ik haar moordenaar ken, mocht je niet slim genoeg zijn om dat zelf te bedenken.'

'Precies,' zei Ginny.

Wie zegt er nu 'Precies' als je net hebt aangetoond hoe dom ze is?

'Jij bent dinsdag bij me gekomen in de hoop dat ik je van je slapeloosheid af kon helpen.'

Ik heb hier geen geduld voor. Ik weet zelf ook wel wat ik dinsdag heb gedaan; daar heb ik geen samenvatting van nodig. *Wat voorafging in de vorige aflevering van* De Zelfingenomen Hypnotherapeute...

'Je vertelde me dat je wist waarom je niet kon slapen – stress – maar je maakte me duidelijk dat je niet wilde bespreken wat jou die stress gaf. Nu, dankzij een samenloop van omstandigheden die niemand had kunnen voorspellen, ben je in een moordzaak verwikkeld geraakt, en weer kom je bij me met een specifiek, beperkt gedefinieerd verzoek: je wilt niet op een zijspoor terechtkomen, je wilt alleen dit ene te weten komen en dan komt alles goed. Net zoals je dinsdag nog geloofde dat alles goed zou komen als ik een of andere toverspreuk had om je te laten slapen.'

Ze is echt niet te geloven. En ik ben een engel dat ik niet op haar afstap om een klap in haar gezicht te geven. Ik beeld me in dat ik dat doe, en dat ik dan zeg: 'Sorry, maar we zitten niet allemaal in de gezondheidszorg.'

'Misschien heb je dinsdag niet gelogen, maar dat doe je nu wel,' zeg ik tegen haar. 'Ik heb absoluut niet gezegd of gedacht dat alles *goed* zou komen als ik weer kon slapen. Wat ik dacht, en het spijt me als ik dat niet duidelijk heb gemaakt, was dat als ik sliep, ik misschien niet binnen veertien dagen om het leven zou komen. Proef je het verschil?'

'Amber, ik heb geen zin in gehakketak. We moeten hiermee ophouden en beginnen met de hypnotherapie. Hoe meer ik zeg, hoe meer jij tegen me in wilt gaan.'

'En vice versa.'

'Jouw probleem is niet je slapeloosheid en ook niet een onopgeloste moord. Jij bent hier nu, en je was hier dinsdag, omdat er iets heel erg mis is in jouw leven en je weet niet wat dat is. Dat maakt je bang. Dat is het mysterie dat ik boven tafel hoop te krijgen, als je me de kans geeft. Leun maar achterover. Zet de stoel in de ligstand, doe je ogen dicht, en –'

'Wacht,' zeg ik. 'Voor we beginnen moet ik je nog een paar dingen vertellen.'

'Nee, hoor. Dat denk je alleen maar.'

Ongelofelijk. 'Ik voel me net als die boom,' zeg ik, voornamelijk om haar op het verkeerde been te zetten.

'Boom?' Ze kijkt naar de botanische prenten aan haar muur. Op geen ervan staat een boom. *Raad nog maar een keer.*

'Die ene boom die valt in het bos. Niemand hoort hem vallen. Kun je zeggen dat hij geluid heeft gemaakt als er niemand was om het horen?'

Ginny fronst. 'En... jij voelt je net als die boom?'

'Wat voor zin heeft het dat mijn hersens vanochtend ergens mee zijn gekomen als jij elke gedachte waar ze mee komen de kop indrukt?'

'Jouw brein is een treiterkop,' zegt Ginny. 'Het moet dimmen.'

'Dat gevoel heeft mijn brein ook over het jouwe,' zeg ik tegen haar.

'Dat is al een hele verbetering,' lacht ze. 'Een gevoel is altijd beter dan een gedachte, in therapeutische termen. Ik wil je een deal voorstellen: jij vertelt mij wat je me ook maar wilt vertellen, en als je uitverteld bent, ben ik verder de baas. Jij schakelt je verstand uit, en je volgt mijn orders op. Afgesproken?'

'Oké.' *Misschien.*

Nu ze me toestemming heeft gegeven, weet ik niet waar ik moet beginnen. En dan ineens wel: met de mysterieuze woorden. Ik vertel haar dat ik met mijn gedachten bij Jo's kerstverdwijntruc van zeven jaar geleden was toen ik die woorden er dinsdag uitflapte. Ik probeerde te bepalen of het te opvallend was, een veel te goed verhaal – telde het wel als verse herinnering als ik er zo vaak aan dacht?

Ik beschrijf in detail wat er in Little Orchard is gebeurd. Het is een grotere opluchting dan ik had verwacht. Niet dat ik het er allemaal beter door begrijp, maar het voelt toch goed om de feiten op een rijtje te zetten en ze voor te houden aan iemand die geen deel uitmaakt van de familie. Als ik klaar ben, lijken de hiaten in mijn kennis duidelijker gedefinieerd.

Ik vertel Ginny over Sharons dood, over Dinah en Nonie, Marianne, de adoptie die wel of niet doorgaat. Het hoeft niet, maar ik merk dat ik nog meer wil vertellen, dus leg ik uit hoe het zit met Terry Bond en de bewonersvereniging, en met de verkeerscursus en het bedrog dat Jo en ik hebben gepleegd. Ik laat mezelf raaskallen over de hypocrisie van Jo's afkeuring die zich alleen tot mij uitstrekte en niet tot zichzelf, en over haar bewering dat ik Sharon heb verraden door naar de opening van Terry's restaurant te gaan. Inmiddels lijkt het me nodig om Jo in een context te plaatsen, dus vertel ik Ginny alles wat ze volgens mij moet weten: Neil, Quentin, William en Barney, Sabina, Ritchie, Kirsty, Hilary, het veel te kleine huis dat volgepropt is met mensen.

De hele tijd hoor ik mezelf haar naam noemen: Jo, Jo, Jo.

Ik moet ergens anders over beginnen. Ik ga terug naar dinsdag, en leg aan Ginny uit hoe ik in Charlie Zailers auto terechtkwam; het opschrijfboekje, rechercheur Gibbs die vlak daarna bij mij thuis op de stoep stond, en dat ik naar het politiebureau moest voor verhoor. Ze moet lachen als ik probeer duidelijk te maken hoe vreselijk hoofdinspecteur Proust is. Ze kijkt weer ernstig als ik overga op de dossierstukken die Charlie Zailer door mijn brievenbus heeft gegooid, maar ze valt me niet in de rede. Ze kan goed luisteren. Haar stille oplettendheid draagt meer bij aan de gedachte dat ik hier mijn tijd niet verdoe dan alles wat ze tot nu toe heeft gezegd. In mijn echte leven zou niemand zo lang naar me luisteren zonder me in de rede te vallen.

Is dat reden genoeg om weer over Jo te beginnen, en de dingen op te sommen die ze de afgelopen jaren heeft gedaan en gezegd, kleine, niet ter zake doende dingen? Waarom kan ik hier niet mee ophouden?

Ik dwing mezelf om het over anderen te hebben: Simon Waterhouse, de agent met de scheeruitslag die hij mijn 'politiebewaking' noemde. Ik vertel Ginny over de gunst die ik aan Charlie heb gevraagd, over haar weigering en mijn schaamte. Hoe kon ik zo gek zijn om te denken dat zij akkoord zou gaan? Die fout had ik nooit gemaakt als ik een keer fatsoenlijk zou slapen, maar dat was voor we bij Hilary introkken. Het was na een nacht waarin ik helemaal niet had geslapen, de nacht van de brand. De nacht dat ik de eigenaar van Little Orchard had gemaild omdat ik het in mijn hoofd had gehaald dat ik weer terug moest, dat ik dat stuk gelinieerd papier daar moest hebben gezien, ook al wist ik best dat dat niet zo was, wat ik zelf totaal niet begrijp – net zo min als ik begrijp waarom Neil zich midden in de nacht na kerstavond liet wakker maken en de jongens wakker maakte en tegen zijn wil onderdook, en zich verstopt hield voor de mensen die hij en Jo hadden uitgenodigd om de kerstdagen samen mee door te brengen.

Uiteindelijk heb ik geen puf meer, en ik val stil. De informatie die ik achterhou, galmt door mijn hoofd, zo hard dat ik vrees dat Ginny het ook moet horen. Ik heb niets gezegd over Dinahs biecht, over het feit dat ik weet wat 'Aardig, Wreed, Aardig Wreed' betekent. Ik probeer mezelf ervan te overtuigen waarom dat er niet toe doet. Ginny snapt toch zeker wel dat ik niet mijn hele, volledige levensverhaal heb verteld, zonder een detail over te slaan? Er zijn nog meer dingen die ik niet heb genoemd, meer dan genoeg dingen, maar ze doen er allemaal niet toe.

'Je had gelijk,' zegt ze. 'Dat moest je allemaal van je af praten. Ik had niet moeten proberen om je tegen te houden. Voor we beginnen wil ik nog even iets bespreken wat jij net terloops noemde. Je zei dat je beter slaapt, nu je in het huis van Jo's moeder slaapt?'

Dit is niet 'voor we beginnen', wil ik zeggen. *We zijn begonnen zodra ik binnenkwam.*

'Ja. Het is nog maar een nacht, maar... ik heb heel goed geslapen.'

Ginny knikt. 'Vanwege de politiebewaking voor het huis.' Ze glimlacht. 'Je hebt even geen dienst. Iemand anders zorgt ervoor dat Dinah en Nonie veilig zijn, dus kun jij slapen.'

Nee. Het scheelt niet veel of ik reageer helemaal niet. Dan besluit ik dat het belangrijk is. Zij kan niet van alles over mij vertellen wat niet waar is. 'Dat is het volgens mij niet,' zeg ik. 'Sterker nog, ik weet zeker dat het daar niet door komt.'

Ginny schudt haar hoofd. 'Jij vertelde me dat jij, Luke, Dinah en Nonie uit het raam op een plat dak zijn geklommen.'

'Ja, en?'

'Je realiseert het je misschien niet, maar daarom heb je dat huis gekozen, en niet een ander huis. Je zag dat raam en dat dak, en je dacht: nooduitgang.'

'Dat klopt, maar dat zei je net niet. Ik slaap niet zo goed bij Hilary omdat er politie voor de deur staat.'

'Jij bent er anderhalf jaar lang in je eentje verantwoordelijk voor geweest dat bij jou niet zou gebeuren wat er bij Sharon is gebeurd. Zo voelde je dat tenminste. Daarom patrouilleer je al die nachten door het huis.'

Ik staar uit het raam naar de vallende sneeuw. Het blijft liggen, het pak wordt steeds dikker. 'Wat wil je nu, een plaatje van de juf?' zeg ik.

'Luke zou het niet begrijpen. Je hebt het er nooit met hem over gehad, want dat zou geen nut hebben. Hij zou alleen zeggen dat het belachelijk is om te denken dat wie ook Sharon heeft vermoord, ook Dinah en Nonie iets wil aandoen. Als dat zo was, zouden diegenen hen bij hun moeder in huis hebben laten liggen toen ze dat in brand staken.'

'Wil je alsjeblieft niet –'

'Wat kun je daartegen inbrengen? Niets. Hij heeft gelijk, maar dat helpt niet. Er is niets wat hij zou kunnen zeggen wat jou ervan zou overtuigen dat het niet nog een keer kan gebeuren: een brand, aangestoken. De volgende keer hebben de meisjes misschien niet zo veel geluk, dus hoe kun jij dan slapen en het risico nemen? Hoe kun je ooit nog slapen?'

Ik schraap mijn keel. Ik voel me alsof er een vrachtwagen over me heen gereden is. Niemand ziet de bloeduitstortingen en de botbreuken; die kan ik alleen voelen. 'Fijn dat je dat hebt opgehelderd,' zeg ik. 'Ik dacht dat ik therapie nodig had voor slapeloosheid. Maar nu blijkt dat ik alleen een betrouwbare babysitter nodig had, nacht in, nacht uit.'

'En bij Hilary heb je die,' zegt Ginny. 'En daarom kon je gisteravond weer slapen.'

'Nee, dat is het niet.'

'Amber...'

'Rot toch op met je betuttelende...' Ik schiet overeind. Het is maar goed dat ik die stoel niet helemaal achterover heb laten zakken. Je kunt moeilijk vol walging wegstormen vanuit een liggende positie. *Wilt u mij misschien even omhoogtrekken zodat ik hier weg kan?* 'Sorry, hoor, maar je hebt niet altijd gelijk. Denk je nu echt dat ik een of andere puber van een agent die ik helemaal niet ken de veiligheid van Dinah en Nonie toevertrouw? Dat ik überhaupt denk dat er iemand anders tegen dat kwaad op kan... Laat ook maar. Het heeft geen zin.' Ik wankel, en grijp naar de deurklink. Ginny zegt iets over het kwaad, maar ik hoor het niet. Het enige wat ik hoor is een heldere, dwingende stem in mijn hoofd die bij niemand lijkt te horen, en die denkt dat zij kan uitleggen waarom mijn slaappatroon ineens zo is veranderd, als ik maar zou willen luisteren.

Hou op. Hou op. Jij bent niemands stem, je bent niet van mij, je weet niets.

De politiebewaking. Dat is het verschil. Ginny heeft gelijk. Dat moet wel.

Waarom ben je dan zo kwaad op haar? Waarom ga je dan weg?

Het vult de hele kamer: de volle hevigheid van wat ik zeker weet en niet langer kan ontkennen. Het vult mijn neus en mijn mond, tot ik het gevoel heb dat ik stik. Ik moet naar buiten.

Ik trek de deur open en ren de sneeuw in, regelrecht in de armen van Simon Waterhouse.

Aangezien je niet betutteld wilt worden, zal ik honderd procent eerlijk tegen je zijn: ik vind je verzoek krankzinnig. Dat je als een gelijke behandeld wilt worden is één ding: maar eisen dat ik jou vertel welke beschamende geheimen ik onder ogen heb moeten zien als onderdeel van mijn eigen therapie is niet acceptabel. En ik ga het ook niet doen. Als dat jouw idee van een eerlijke deal is, is er aan jou echt een schroefje los!

Moet je mij nou horen: de therapeut die haar cliënten uitscheldt. Wat is het probleem, Amber? Ik behandel jou al als gelijke: jij gaat tekeer tegen mij, ik ga tekeer tegen jou. Volmaakte gelijkheid.

Ik vraag je niet naar je geheimen omdat ik op zoek ben naar vuiligheid die ik later tegen jou kan gebruiken. Ik vraag je om de waarheid onder ogen te zien en te vertellen voor jouw eigen bestwil. Dat is wat ik als therapeut aanbeveel, maar het kan me eerlijk gezegd niet schelen of jij het doet of niet. Als jij voor de rest van je leven zo opgefokt wilt zijn, blijf dan vooral alles ontkennen. Ga gerust je gang.

De reden waarom ik jou mijn geheimen niet kan vertellen in ruil voor de jouwe, is dat we niet twee mensen zijn die gezellig samen zitten te kletsen. Ik ben therapeut, en ik ben trots op mijn werk. Ik heb er tijd en behoorlijk wat moeite in gestoken om jou te helpen, en ik verdom het om dat te verzieken door jou in vertrouwen te nemen alsof wij beste vriendinnen zijn. Als ik jou mijn levensverhaal zou vertellen, mijn eigen verhaal, word ik Ginny De Vrouw, en geloof me, daar heb je een heel stuk minder aan dan aan Ginny De

Therapeut. Ik heb je al eerder gezegd dat ik een middel tot een doel ben, meer niet. Mijn persoonlijkheid en mijn ervaringen staan hier volledig buiten.

Het spijt me, Simon. Je zit vast te hopen dat ik een of andere leugen verzin om haar tevreden te stellen, en om het uit haar te peuren, wat het ook maar is, maar dat vertik ik. Of hoop je misschien dat ik de waarheid vertel? Dat ik mijn intieme geheimen met jullie allebei deel om jou te helpen bij het pakken van een moordenaar? Nou, het spijt me, maar dat gaat niet gebeuren. Ik heb vandaag al heel veel uitzonderingen gemaakt, maar dit gaat te ver.

Laat me dit heel duidelijk stellen, Amber: als wij vandaag geen voortgang boeken, komt dat niet doordat ik niet bereid ben om mijn geheimen met jou te delen. Dan kun je dat wijten aan je eigen tegenwerking. Ik was bereid mijn hele ochtend voor jou vrij te maken. Ik heb er zelfs twee afspraken voor verzet, en dan kom jij mij hier de huid vol schelden en loop je weg, precies zoals dinsdag. Vervolgens haalt Simon me over om ook mijn dinsdagmiddag eraan te geven, en hij haalt jou over om... ik weet niet precies wat je hem hebt beloofd, eerlijk gezegd. In elk geval niet dat je zou meewerken. Je komt hier op hoge poten binnen met een lijst belachelijke regels: ik mag je geen directe vragen stellen, ik moet geen antwoorden verwachten, jij zegt alleen iets als je daar zin in hebt, en verder lig je er maar zo'n beetje bij en laat je mij al het werk doen, waarbij je duidelijk laat blijken dat je mij een enorme nitwit vindt. En wat doe ik? Ik ga akkoord. Ik ga akkoord met je belachelijke contraproductieve regeltjes, ik zeg nog meer afspraken af, omdat ik Simon ook wil helpen. Ik moet drie keer mijn hypnosescript doorlopen voor ik zeker weet dat het werkt, omdat jij mij zo nodig moet onderbreken om ruzie te maken over het aantal treden dat een denkbeeldige trap moet hebben! Jij kletst me de oren van het hoofd als je de kans krijgt om mij op te hitsen, en de rest van de tijd zwijg je met een honende blik. En toch geef ik jou het voordeel van de twijfel: ik praat mezelf hees, ik pijnig mijn hersens of ik nog iets zinvols kan bedenken, ik beschrijf het verschil tussen herinneringen en verhalen, ik bespreek elk detail van jouw leven en jouw obsessies, alsof ik verdomme de presentator van *Dit is uw leven* ben, en dat allemaal in de hoop dat ik de dialoog met je kan aangaan. Maar het werkt niet. Je bent vastbesloten om alleen dat te zeggen wat absoluut noodzakelijk is.

Ja, ik wil Simon helpen, maar ik weet niet of ik jou nog wel wil helpen, als ik eerlijk ben. Ik weet niet of jij dat wel verdient. Zo, is het zo gelijk genoeg? Voel jij je nu voldoende gekleineerd?

Ja, ik heb geheimen. Die hebben we toch allemaal? Ja, er zijn dingen waar ik me schuldig over voel en waar ik me voor schaam, maar ik kan je één ding beloven: nu zeggen wat ik echt vind zal daar nooit toe behoren. En nu mijn praktijk uit, allebei.

12

03/12/2010

'Je moet het jezelf niet kwalijk nemen,' zei Simon. Hij en Amber zaten in zijn auto tegenover Ginny Saxons huis, met de verwarming op de hoogste stand, en ze gingen nergens heen. Simon was er nog niet klaar voor om weg te rijden. Ginny had hem dan wel uit haar praktijk gegooid, maar hij had het recht om zo lang hij wilde met zijn auto op de openbare weg te staan. 'Ze schoot door in haar reactie. Jij vroeg haar iets te doen wat ze niet wilde. Ze had nee kunnen zeggen zonder in woede uit te barsten.'

'Het helpt niet.' Amber zat met haar hoofd tegen het raam geleund.

'Wat helpt niet?'

'Geslijm. Mijn ego masseren. Ik had het recht niet om dat te vragen.'

'Jij zocht ruzie,' zei Simon. 'Je wilde dat ze ons eruit gooide.'

'Je mag denken wat je wilt.'

'Is het dan niet zo?'

Ze schudde haar hoofd. 'Ginny zei dat ze bereid was om zich onprofessioneel op te stellen om indruk op mij te maken. Ik wilde zien of ze het meende. Ik vroeg het niet om haar over de kling te jagen, of om haar een ongemakkelijk gevoel te geven. Ik zou haar geheimen niet eens willen weten. Ik heb verder niets met haar te maken. Ik zou ze zelfs liever niet kennen.'

'Waarom vraag je er dan naar?' Simon voelde zich niet op zijn gemak. Hij had te lang naar Ginny zitten luisteren, en kon even geen onderscheid meer maken tussen politievragen en therapeutische vragen. Had hij die laatste vraag nu gesteld omdat het zou helpen een misdaad, of meerdere misdaden, op te lossen, of omdat hij geïnteresseerd was in hoe Ambers psyche in elkaar zat? Het was te gemakkelijk om zichzelf wijs te maken dat dat op hetzelfde neerkwam.

'Ik wilde gewoon... ik wilde dat ze inzag wat ze van mij vroeg,' zei Amber. 'Je kunt makkelijk tegen iemand zeggen dat ze en plein public hun hart moeten openen en alle shit eruit moeten laten stromen in aanwezigheid van vreemden. Ik wilde dat zij zou voelen hoe... afschrikwekkend is te sterk uitgedrukt. Laat ik me voor de verandering eens gematigd uitdrukken en zeggen dat ik extreme tegenzin zou voelen.' Ze ging verzitten in de passagiersstoel zodat ze Simon aankeek. 'Zo extreem dat je het lichamelijk voelt, niet alleen als idee, niet een puur intellectuele voorkeur voor geheimhouding boven alles delen. Ik mag dan onze professionele relatie misschien naar de knoppen hebben geholpen...' ze maakte aanhalingstekens in de lucht, '...maar nu weet Ginny in elk geval hoe ik me voelde telkens als zij mij de opdracht gaf om alles bloot te geven omwille van mijn psyche.'

Simon knikte. Hoeveel therapiecliënten zouden dat voor-je-eigenbestwilgedoe slikken? Dat waren dan in elk geval mensen die niet erg aan hun privacy hechtten. Hij wilde Amber niet tegen zich in het harnas jagen – ze leek hem gunstig gezind, terwijl ze de rest allemaal niets vond, om een voor hem ondoorgrondelijke reden – maar stiekem vond hij al die voorwaarden die zij stelde dubieus. Of ze kon wel praten over wat er ook maar in godsnaam aan de hand was, of niet. Als ze het kon, als het haar niet absoluut onmogelijk leek om te praten, waarom gaf ze hem dan verdomme niet gewoon de informatie die hij nodig had?

'Ik kon eerlijk gezegd wel wat morele steun gebruiken,' ging ze verder. 'Waarom moet ik als enige mijn schuldgevoel tentoonspreiden? Waarom is het zo'n slecht idee als een therapeut zijn of haar eigen verhaal deelt en een cliënt het gevoel geeft dat ze in hetzelfde schuitje zitten, allebei kwetsbaar en gestoord?'

'Als het al een slecht idee is,' zei Simon nadenkend. 'Je kunt mij niet wijsmaken dat in de opleiding tot psychotherapeut geen basisregels worden aangeleerd over hoe je met cliënten moet omgaan die over je grenzen heen gaan en te persoonlijk worden.'

'Zoals ik, bedoel je?'

'Er is vast een script voor. Dat kent Ginny vast uit het hoofd, zoals ze ook al die andere zinnetjes uit haar hoofd kent: "haal langzaam en diep, rustig en zachtjes adem", en al dat gelul. Ze had dit kunnen aanpakken zonder zo over de rooie te gaan.'

'Dat zeg je nou wel, maar dat kan bijna niemand.' Amber glimlachte. 'Behalve jij.'

'Doe niet zo idioot,' zei Simon om het compliment af te wimpelen, als het tenminste een compliment was. Het voelde eerder als een inbreuk op zijn privacy. En dat bracht hem op een idee. 'Hoe zit het met mij?' De woorden ontglipten hem voor hij erover na had kunnen denken. Nu was het te laat. Wilde hij haar een oprecht aanbod doen, of zou hij vals spelen als het erop aankwam, en iets verzinnen? 'Zou het werken als ik het doe, in plaats van zij?'

'Als jij wat doet?'

Simon gebaarde in de richting van de houten praktijkruimte in Ginny's tuin. 'Zij heeft hier allemaal niets mee te maken. Iemand vermoordt Kat Allen, iemand vermoordt jouw vriendin Sharon, je huis wordt in de fik gestoken – dat maakt haar verder niet uit, toch? Het gaat ons aan, jou en mij. Vergeet Ginny. Als ik jou iets over mezelf vertel wat ik nog nooit aan iemand heb verteld, vertel jij mij dan wat je niet aan haar wilde vertellen?' Strikt genomen was het niet waar dat hij het nog nooit aan iemand had verteld, hoewel de versie die hij Charlie voorschotelde minimaal en vormelijk was geweest. Simon had het gevoel dat hij nog veel meer had kunnen zeggen, als hij daar zin in had gehad, zonder stil te staan bij de vraag wat dat dan zou zijn.

Nee, hij zou het Amber niet vertellen. Hij sneed nog liever zijn tong eraf.

'Ik vroeg me al af of en wanneer dat bij je op zou komen,' zei ze.

'Het klinkt alsof het je spijt dat ik het heb gezegd.'

'Ik wil niet nobel overkomen, vooral niet omdat ik het tegenovergestelde ben, maar dat kan ik je niet laten doen. Het zou niet eerlijk zijn. Jij wilt het mij helemaal niet vertellen, en waarom zou je ook? Ginny is therapeut. Dus als ze het van anderen verlangt, moet ze het zelf ook kunnen. Jij bent... enfin, jij bent gewoon een argeloze toeschouwer. Zij is degene die een baan heeft gekozen die haar een vrijbrief geeft om andermans hoofd open te breken en te peuren in alle vieze dingen die ze daarin aantreft.'

'Mijn baan is niet veel anders,' zei Simon tegen haar.

Ze glimlachte naar hem. 'Hou je mond en wees blij dat je ermee wegkomt. Je had alleen maar een overtuigende leugen hoeven te verzinnen en dan had je je klote gevoeld als je bedrog zou hebben gewerkt. Als je me nu vertelt hoelang jij al weet dat Jo en Neil eigenaar zijn van Little Orchard, dan doe ik het daarvoor.'

'Sinds gisteren.'

'Heeft Charlie je over ons gesprek in het café verteld?'

Simon knikte.

'Waarom zou Jo liegen?' mompelde Amber. 'Waarom zou ze ons niet vertellen dat ze een tweede huis heeft? Niemand zou jaloers op haar zijn.'

'Wist jij van het bedrijf van Neil Utting? Hola Ventana?'

Amber knikte. 'Jo heeft die naam verzonnen. Ze maken raamfilms. *Rear Window* van Alfred Hitchcock.'

'Sorry?' Simon begreep het niet.

'Laat maar. Het is een domme naam voor een bedrijf. Het betekent: "Hallo raam" in het Spaans. Er hoort eigenlijk een accent op de "a" van "Hola" te staan, maar Jo vond dat dat te buitenlands stond.'

'Je hebt je nooit afgevraagd waar alle winst van dat bedrijf bleef?' vroeg Simon. 'Waarom de eigenaar van een bedrijf dat zo succesvol is als dat van Neil Utting in een huis woont dat te klein is voor zijn gezin, in een straat zonder bomen in een dubieus gedeelte van Rawndesley?'

De verbazing op Ambers gezicht sprak boekdelen. 'Ik had geen idee dat er sprake was van succes of winst. Eerlijk gezegd snapte ik al nooit waar ze een fulltime nanny van betaalden. Neil praat niet over zijn werk, en Jo deed het altijd voorkomen alsof Hola Ventana financieel nauwelijks het hoofd boven water kon houden.'

'Verre van dat,' zei Simon, die door de belastingdienst was geïnformeerd over Neil Uttings recessiebestendige zaak.

'Dacht ze soms dat wij anders om aalmoezen zouden vragen? Nee.' Amber schudde haar hoofd, alsof ze met zichzelf in discussie was. 'Wat je verder ook over haar kunt zeggen, Jo is niet gierig. Integendeel. Ze trakteert iedereen voortdurend. Ze subsidieert haar broer Ritchie, zegt dat hij de baby van de familie is en dat ze het leuk vindt om hem te verwennen.'

'Je weet nog niet de helft.' Simon vertelde haar het verhaal dat hij gisteravond van Sam had gehoord, over Hilary's testament, en Jo's pogingen om ervoor te zorgen dat haar moeders huis alleen aan Ritchie zou worden nagelaten. 'Ik heb geprobeerd te bedenken wat dat betekent,' zei hij. 'Alles wijst erop dat Jo een gul mens is, maar ze wil niet dat iemand weet dat ze zelf meer dan genoeg heeft. Misschien geeft het haar een kick als mensen denken dat ze offers brengt. Of misschien is ze bang dat jullie allemaal meer van haar vragen dan ze wil geven als jullie zouden weten hoeveel zij had. Terwijl jullie dankbaar zijn voor wat ze geeft als jullie denken dat ze blut is.'

Amber schudde haar hoofd. 'Nee. Daar geloof ik niets van. Als je er zo paranoïde over bent dat je familie erachter komt hoe rijk je bent, ben je ook iemand die denkt dat hij geen cent van zijn enorme fortuin wil uitgeven. Dan geef je helemaal niets weg, en trakteer je een vriendin nog niet op een pizza als ze jarig is.'

Ze kon de stem van Simons hersens zijn; dat was precies zijn gedachtegang, tot in detail. Hij moest wat afstand scheppen tussen Amber en zichzelf. Misschien hielp het als hij de ruitenwissers aanzette; hij zou zich minder claustrofobisch voelen als het uitzicht iets anders bood dan sneeuw.

Amber gaf hem een por met haar elleboog. 'Kijk,' zei ze. De ruitenwissers hadden het wit weggeveegd en onthulden Ginny die bij

het gordijnloze raam van haar praktijk naar hen stond te staren.
'Wat is ze aan het doen?'

'Ze vraagt zich af waarom wij hier nog steeds staan. En ze wenst dat we weggaan.'

'Ik ben het op beide punten met haar eens,' verzuchtte Amber. 'Maar we gaan niet weg, hè? Er is een reden waarom we hier zitten en niet ergens anders naartoe gaan om verder te praten, een reden die jij me niet vertelt.'

Simon zei niets.

'Jo heeft Neil alleen naar bed gestuurd opdat zij met Ritchie en Hilary kon praten over Hilary's testament,' zei Amber langzaam. 'Als we alles wat we weten vanuit alle verschillende bronnen bij elkaar leggen, is dat toch onze conclusie?'

'Waarschijnlijk.'

'Dus de ruzie over het testament was de katalysator voor Jo en Neils verdwijntruc. Dat moet wel. Ginny zou in elk geval zeker zeggen dat het zo was. Simon, als ik –'

'Wat?' Hij kon niet begrijpen waarom hij zo geduldig bleef. Normaal gesproken zou hij er nu alles aan doen om elke druppel informatie die zij achterhield uit haar te persen. Wat was het met Amber Hewerdine dat hij zich eerder op haar behoeften richtte dan op de zijne? Hij moest zijn gedachten op een rijtje krijgen, en niet uit het oog verliezen wat hij hier deed. 'Als je twijfelt of je me iets wilt vertellen, doe dan alsjeblieft heel erg je best om toe te geven aan het idee: godsamme, vertel het hem nou maar.'

Amber deed haar ogen dicht. Simon kon haar ademhaling horen: korte, harde stootjes. 'Ik denk dat Jo die brand bij mij heeft gesticht,' zei ze. 'Ik denk dat zij Sharon heeft vermoord. De moord op Kat Allen kan ze niet hebben gepleegd, want ze was toen op een verkeerscursus waar ze deed of ze mij was, maar ze heeft wel iemand opdracht gegeven om Kat te vermoorden. Ik weet niet wie ze dat heeft laten doen. Waarschijnlijk Neil. Ritchie had er een puinhoop van gemaakt.'

'Waarom, waarom en waarom?' vroeg Simon.

'Ik kan maar één van die vragen beantwoorden,' zei Amber. 'De brand van deze week was een waarschuwing. Ze wist dat ik wakker zou zijn. Ik ben bijna elke nacht wakker, althans, dat was ik. Het was een risico, maar ze kon er redelijk zeker van zijn dat ze niemand zou vermoorden. Ze wil Dinah en Nonie niets aandoen. Maar als ze er zeker van kon zijn dat ze hen in huis kon nemen, zou ze misschien wel proberen om Luke en mij uit de weg te ruimen. Als wij hen adopteren, zie ik Jo ervoor aan dat ze voorstelt dat wij een testament opstellen waarin we haar als voogd aanwijzen, mocht ons iets overkomen.' Amber lachte, en sloeg haar handen voor haar gezicht. 'Wat zeg ik nou?' mompelde ze door haar vingers. 'Zeg dat ik onzin uitkraam, alsjeblieft.'

'Even kalm,' zei Simon. 'Ga eens terug naar de waarschuwing. Waar wilde ze je voor waarschuwen?'

'Dat ik de politie niet mocht helpen. Niet met jou mocht praten. Maar dat heeft niet echt gewerkt, zoals je merkt.'

'Dus... Jo heeft Sharon vermoord, en heeft Kat Allen laten vermoorden, maar je weet niet waarom? Echt geen idee?'

'Geen idee. Niet wat Kat Allen betreft, en wat Sharon betreft alleen ideeën die nergens op slaan.'

'Zoals?'

'Jo wist hoe close ik met Sharon was. Jaloezie. Ze wilde dat ik behalve haar niemand anders had.'

'Wat suggereert dat jij de prijs bent waar zij op uit is,' zei Simon om haar op het subtiele verschil te wijzen. 'En toch zei je dat ze jou zou vermoorden om de meisjes te krijgen.'

'Zeg dan meteen dat ik gek ben!' viel Amber uit. 'Ik zit ernaast. Dat kan niet anders.'

'Je zat er niet naast toen je dacht dat Jo de eigenaar van Little Orchard was. Ginny was dan wel degene die het hardop zei, maar jij wist het allang voordat zij ermee kwam. Ik kon aan je gezicht zien dat je het wist.'

Ze keek alsof ze het wilde ontkennen. 'Ik had het toen al kunnen weten, in 2003. Iedereen met een beetje verstand had het gezien. Er waren zo veel aanwijzingen: de manier waarop Jo uit haar plaat ging toen ik opperde om die afgesloten deur te openen, echt buitenproportioneel. Op dat moment had ik al kunnen weten dat ze niet zo tekeer zou gaan als de spullen in die kamer niet van *haar* zouden zijn. Dan zou haar geheim uitkomen, als iemand die kamer in ging en begon rond te neuzen. Dezelfde stomme trampoline in de tuin, precies hetzelfde model. En nog veel meer: een elektrische deken op het bed van Jo en Neil in Little Orchard, maar niet op de andere bedden. Thuis in Rawndesley heeft Jo ook een elektrische deken. En... er lag een map voor de gasten met uitleg hoe alles werkte. Jo heeft er nooit in gekeken. Ze schepte er zelfs over op dat ze hem niet had gelezen! "Die dingen zijn volkomen zinloos," zei ze. "Iedere gek weet toch wel hoe hij een paar dagen in een ander huis moet wonen."'

Amber keek even boos als ze klonk. 'Ze had het over de studeerkamer die op slot zat. Hoe wist zij nou dat het een studeerkamer was als ze die map niet had gelezen... als ze hem niet had geschreven? Wat ben ik stom dat ik daar nu pas op kom!'

'Je kunt het jezelf niet kwalijk nemen dat je dat toen niet zag,' zei Simon. 'Er was je verteld dat het een gehuurde vakantiewoning was. Dan kwam het natuurlijk niet bij je op om daaraan te twijfelen.'

'Ik zag dat Jo de sleutel niet had teruggehangen waar ik hem had gevonden, aan dat touwtje achter de buffetkast.' Kwaad schudde Amber haar hoofd, niet bereid het zichzelf te vergeven. 'Ik had het toen al moeten weten, alleen... ik wilde het niet weten. Ontkenning – dat is immers iets anders dan verdringing. Als ik de waarheid over Little Orchard onder ogen zag, hoe had ik me dan moeten verweren tegen alle andere waarheden die ik had gemeden?'

Simon wachtte af. Ginny stond niet langer bij het raam. Hij vroeg zich af of het haar tevreden zou stemmen dat Amber haar citeerde.

'Ik heb nooit echt geloofd dat iemand van de bewonersvereniging Sharon heeft vermoord. Waarom heb ik dan geprobeerd om de politie ervan te overtuigen dat dat zo was? Niet om Terry Bond te redden.'

'Om Jo te beschermen.'

'Ook al haat ik haar. Ik zou opgelucht zijn als zij doodging. Als ik kon bewijzen dat zij Sharon heeft vermoord, zou ik haar eigenhandig de nek omdraaien.' Simon hoorde dat ze huilde. Hij zou haar pas weer aankijken als ze daarmee gestopt was. Charlie haatte wat ze zijn 'huilbeleid' noemde, maar ze kon hem er niet van overtuigen dat dit niet de beste aanpak was. Wie wil nu bekeken worden als hij zo overstuur is?

'Ik heb zo langs niets gezegd of gedaan,' fluisterde Amber.

'Het is normaal dat we mensen niet van moord beschuldigen als we daar geen bewijs voor hebben,' hield Simon haar voor. 'Misschien voel je je beter als je weet dat ik in hetzelfde schuitje zit, en ik heb ervaring met onderzoek in moordzaken. Alleen, zo'n zaak als deze heb ik nog nooit gehad. Dit is nieuw voor mij.' Hij hoorde gesnuif en hoopte dat dat betekende dat de tranen aan het opdrogen waren en Amber tot zichzelf kwam.

'Hoe bedoel je?' vroeg ze.

'Toen ik Jo gisteren ondervroeg, wist ik het. Net zoals jij nu zegt dat je het weet, zonder te begrijpen waarom en zonder het te kunnen rationaliseren. Zonder bewijs, ook, maar dat vond ik nog niet zo erg. Dat vinden we wel. Gebrek aan bewijs zal het probleem niet zijn. Maar zonder een idee over het motief, zonder theorieën...' Zou hij haar alweer aan kunnen kijken? Simon besloot het erop te wagen. 'Net als jij weet ik dat ik Jo moet hebben, maar ik heb geen idee waarom. Er moet een motief zijn. Niemand pleegt drie ernstige misdrijven, waaronder twee moorden, zonder motief.' Hij vloekte zachtjes, maar had meteen spijt. Hij wilde dat Amber geloofde dat hij meer controle over deze puinhoop had dan hij zelf voelde.

De volgende woorden kwamen eerst niet bij hem binnen, zo onverwacht waren ze. 'Ik weet wat 'Aardig, Wreed, Aardig Wreed' betekent.'

Simon luisterde verbijsterd naar haar uitleg. Als Amber iemand anders was geweest, iemand die niet vanaf het begin had gestaan op een speciale behandeling en hem ten onrechte had laten beloven dat ze die verdiende, zou hij woest zijn. Waar bleven haar excuses omdat ze hier niet eerder mee was gekomen, meteen zodra ze erachter was? Ze maakte het ruimschoots goed, en vertelde het verhaal tot in het kleinste detail: de school van Dinah en Nonie, hun politiek correcte directrice en de themabijeenkomst over religies, het kastenstelsel van de hindoes dat Dinah had geïnspireerd om haar eigen kastenstelsel te bedenken. Amber onderbrak haar relaas steeds door Simon eraan te herinneren dat hij helemaal niets aan haar verhaal had, en dat ze zich nog steeds niet kon herinneren waar ze dat stuk papier had gezien dat misschien van het notitieblok uit Kat Allens appartement kwam.

Interessant dat ze de behoefte voelde om hem dit zo vaak op het hart te drukken. Hij had haar tegen Ginny horen toegeven, al was het nog zo schoorvoetend, dat ze zeker wist dat ze het vel gelinieerd papier in Little Orchard had gezien. Hij had haar horen zeggen dat ze er irrationeel genoeg van overtuigd was dat ze het daar zou vinden, als ze die afgesloten studeerkamer maar in kon. Wist ze dat soms niet meer? Ginny had haar nadrukkelijk gerustgesteld, aan het begin van de sessie, dat hypnose geen invloed heeft op je herinnering en er geen macht over heeft: je weet wat je doet en zegt, en je herinnert het je na afloop.

Simon stelde zich voor dat Dinah en Nonie Lendrim bij Kat Allen thuis waren op de dag van haar moord, en dat ze de woorden 'Aardig, Wreed, Aardig Wreed' op een notitieblok schreven, toen Amber zei: 'De meisjes hebben me bezworen dat ze er nooit iets van op papier hebben gezet. Nergens, nooit. Dinah liegt misschien weleens om problemen te voorkomen, maar Nonie zou dat nooit doen.'

Als ze beweerde dat beide meisjes niet konden liegen, had Simon haar mening naast zich neergelegd. Maar nu geloofde hij haar. Maar als zij het niet waren...

'Ze hebben het twee mensen verteld, en die hebben ze laten zweren dat ze het geheim zouden houden.'

'William en Barney Utting,' zei Simon. Hij wilde bewijzen dat hij het had bedacht voor ze het hem vertelde; stom. Hij dacht aan Williams uitleg over transitieve en intransitieve relaties. *Dinah vertelt Nonie een geheim, Nonie vertelt William een geheim, William vertelt Barney een geheim...* Betekende dat dat Dinah Barney een geheim vertelt, of niet? Indirect wel, direct niet. Was 'vertelt een geheim aan' daarmee transitief of intransitief? *Dat hangt af van de vraag of het om hetzelfde geheim gaat.* 'Jo's zonen,' zei hij. 'Het komt allemaal steeds op Jo uit.'

'Het was herfstvakantie toen Kat Allen werd vermoord,' zei Amber. 'De dag van mijn verkeerscursus. Jo was mij aan het spelen. Sabina zou dus op de jongens passen. Maar... kan de moord door een vrouw gepleegd zijn?'

'Wat, de moord op Kat Allen? Denk jij dat Sabina dat heeft gedaan, op Jo's verzoek?'

'Nee, ik...' Amber klonk nerveus en zag er ook zo uit. 'Niemand zou ooit twee kinderen met zich meenemen als hij een moord ging plegen. Vooral Sabina niet. Ik weet dat het krankzinnig klinkt omdat ze een nanny is, maar Sabina is niet zo goed met kinderen, in haar eentje. Ze raakt gestrest en ze vindt het maar lastig. Niemand ziet het, want Jo is bijna altijd in de buurt om de druk van de ketel te halen, zodat Sabina nanny kan zijn voor de grote mensen in het algemeen, en voor Jo in het bijzonder.'

'Dus...'

'Als Sabina die dag in haar eentje voor de jongens moest zorgen, zou ze dat moeilijk tot ondraaglijk vinden. Ze zou voor de gemakkelijkste weg kiezen: waarschijnlijk zou ze hen voor de televisie neerzetten en zelf naar een andere kamer verdwijnen om te Facebooken. Ze zou niet eens met hen naar de winkels willen, laat staan een moord gaan plegen. En... het is een schat van een mens.' Amber zei het alsof ze een exotische en onbekende soort omschreef. 'Het is belachelijk dat we het er überhaupt over hebben. Sabina zou nooit iemand kunnen vermoorden. Alleen, ik zei net dat Neil of Ritchie het gedaan moet hebben, en toen herinnerde ik me Sabina en voelde ik me schuldig naar hen toe, omdat ik haar erbuiten liet. Het kwam niet bij me op dat een vrouw...' Ze zweeg. 'Neil is ook geen moordenaar. En Ritchie ook niet. Het is een lapzwans, maar geen moordenaar.'

Simon dacht aan Hilary, Jo's moeder. In zijn ervaring waren ouders degenen die gruwelijke misdaden begingen om hun kinderen te helpen.

Waarom? Die vraag knaagde aan zijn hersens. Waarom was Sharon dood? En Kat Allen? 'Je moet iets voor me doen,' zei hij tegen Amber. 'Laat je auto hier staan en ga met me mee naar Little Orchard. Charlie zal daar nu wel zijn.'

'Charlie? Wat...'

'Bel Luke, en zeg dat hij Dinah en Nonie uit school moet halen en ergens mee naartoe moet nemen waar Jo niet vanaf weet. Bij Hilary uit de buurt.'

'Nee.' Amber fronste. 'Niet "nee" ik ga niet met je mee naar Little Orchard, maar "nee" wat de rest betreft. En waarom kan ik niet in mijn eigen auto achter je aan rijden?'

'Ik wil dat je auto hier staat, zodat Ginny hem kan zien. En ik wil dat jouw gezin veilig buiten bereik van Hilary is. Politiebewaking of niet, ze weet waar je bent.'

Amber wuifde zijn woorden weg. 'Relax,' zei ze. 'Die politie voor Hilary's huis is niet relevant. Dat heeft niets te maken met het feit dat de meisjes daar safe zijn. En het heeft ook niets te maken met het feit dat ik er beter slaap, wat Ginny ons ook wilde wijsmaken. Wat is het toch met jou en Ginny?' vroeg ze aan Simon. 'Waarom moet ze mijn lege auto voor haar huis zien staan?'

'Waarom slaap jij goed in Hilary's huis?' vroeg Simon. Nu gebeurde het toch, ook al hadden ze er geen formele afspraak over gemaakt: het uitwisselen van informatie, het uitwisselen van geheimen.

'Hilary is Jo's moeder,' zei Amber. 'Ze is heilig. Jo zou het huis van haar moeder nooit in brand steken, zelfs niet als al haar vijanden daar bijeen waren.'

Al haar vijanden. Simon vroeg zich af hoeveel dat er waren. Jo Utting leek hem een vrouw die wrok koesterde tegen Jan en alleman. Zijn grootste angst was dat haar motieven voor moord misschien wel zo irrationeel waren dat hij er nooit achter kwam, hoelang hij er ook op puzzelde. Het zou kunnen dat hij uiteindelijk al het bewijs had dat nodig was om haar te laten veroordelen, en dat ze dan nog zou weigeren om te zeggen waarom. Dan zou het nog haar enige manier zijn om macht uit te oefenen, om die redenen voor zich te houden.

'Als Jo mijn gezin nog eens kwaad wil doen, wacht ze tot wij weer thuis zijn.' Ambers stem brak door zijn gedachten heen. 'Dat gebeurt als zij daar behoefte toe voelt – als ze geen grip meer op ons heeft. Zolang wij bij Hilary zijn, heeft zij ons onder controle, tenminste, dat denkt ze. Ik weet dat jij dit niet kunt begrijpen, maar... Alsjeblieft.' Ze greep zich vast aan Simons mouw. 'Laat Luke en de meisjes bij Hilary blijven. Ze zijn nergens zo veilig als daar.'

Er werd aangebeld, maar dat kon Simon nog niet zijn, dacht Charlie. Hij sms'te een halfuur geleden dat hij en Amber uit Great Holling vertrokken. Wie was het dan wel? Zou Charlie nu Jo Utting ontmoeten, de vrouw die zo veel aantrekkelijker was dan zij, en die eigenaar was van het enorme huis waar Charlie de afgelopen vier uur in rondgezworven had, ook al had niemand haar uitgelegd waarom? Als Jo nu aan de deur was, waren de eerste drie vragen die Charlie haar zou stellen: waarom zat de studeerkamer op slot, waar was de sleutel en waarom zet je in de informatiemap voor je gasten dat er een afgesloten ruimte is waar zij geen toegang toe hebben? Het werd in iets vriendelijker termen gesteld – 'U bent van harte welkom om het hele huis en de tuin te gebruiken, los van de enige kamer die afgesloten is, onze privéstudeerkamer' – maar Charlie had het meteen gehad met de vrouw die ze nog nooit had ontmoet. Het woord 'studeerkamer' op zich, prima; 'privéstudeerkamer' klonk superieur, alsof ze beter waren dan de rest. Charlie had overal gezocht en had een aantal sleutels gevonden, maar die pasten geen van alle.

Er werd nog eens aangebeld. 'Ik kom eraan!' gilde ze, ook al was ze nog zo ver weg dat degene die voor de deur stond haar niet kon horen. 'Gun me even de tijd.' Terwijl ze uit de serre in de richting van de achterdeur rende, vroeg ze zich af hoeveel bezoekers van Little Orchard de moed opgaven en naar huis gingen. Thuis in haar kleine rijtjeshuis in Spilling was het geen probleem, maar hier was je pas bij de deur als de aanbeller oud werd en overleed. Vanavond was onderkoeling de doodsoorzaak. Charlies rit naar Surrey was al riskant geweest, maar die van Simon zou nog erger zijn. Ze had hem zinloos ge-sms't dat hij het er niet op moest wagen, en dat ze op de radio officieel hadden gewaarschuwd om niet de weg op te gaan. Simon had vijf woorden teruggestuurd: 'Dat ging niet over mij.'

Goed punt, moest Charlie toegeven: iemand die Simon niet persoonlijk kende zou nooit op hem doelen als ze het over mensen in het algemeen hadden, aangezien er niemand minder standaard was dan hij.

Het was fijn dat hij vanavond kwam, ook al was het met Amber, hoewel Charlie er iets voor zou hebben gegeven als hij alleen bleek te zijn, en ook al begreep ze niet waarom Amber mee moest. Ze bad dat het snel zou ophouden met sneeuwen. Het laatste waar ze op zat te wachten was een sms van Simon dat hij vastzat in een sneeuwstorm op de M25, en dat het nog elf uur zou duren voor hij er was. Gestrand in een koude auto met alleen Amber Hewerdine als gezelschap.

Amber was niet echt heel mooi, maar ze had iets, een vreemde aantrekkingskracht, zelfs op Charlie.

Terwijl Charlie door de keuken racete, werd er voor de derde keer aangebeld, langer en dringender. Ze kreunde toen ze de deur opendeed en Olivia zag staan. '*What the fuck* doe jij hier?'

'Wat een waanzinnig huis!' Liv staarde omhoog naar de verlichte ramen. Het eerste wat Charlie had gedaan toen ze hier aankwam was alle lampen aandoen. 'Een achterdeur hoort alleen geen bel te hebben,' ging Liv verder. 'Deurbellen zijn voor voordeuren. Als je een permanent achterdeurbeleid voert, moet je mensen alleen laten kloppen, anders schiet het zijn doel voorbij. Mag ik binnenkomen? Bij voorkeur nu? Het sneeuwt hierbuiten.'

'Dat was me al opgevallen.' Charlie deed een stap opzij en liet de invasie toe. Het irriteerde haar dat ze, na de aanvankelijke schok, blij was met het gezelschap van haar zus. 'Hoe kom jij hier nou? Je had niet moeten rijden.'

'Hoe moest ik hier anders komen? Het is hier verdomme the middle of nowhere. Jij bent toch ook met de auto. Hij staat buiten.' Charlie kende deze toon uit hun jeugd: *jij begon*. 'Ik hoop dat er veel bedden zijn opgemaakt, want ik verrek het om vanavond nog terug te rijden naar Londen.'

'Veel? Heb je aan eentje niet genoeg?' vroeg Charlie. 'Of ben je van plan om midden in de nacht van de ene naar de andere kamer te verhuizen, zoals je zou doen als er mannen in die kamers lagen?'

Liv is tegenwoordig de slet, dacht ze. Niet ik. Ik ben de trouwe echtgenote.

'Natuurlijk niet. Ik bedoelde alleen... ik weet dat Simon ook komt. En wie weet wat voor andere mensen.'

'Liv, dit is geen logeerpartij.' Wat was het eigenlijk wel? Charlie had geen idee. Ze hoopte dat ze kon volhouden dat ze wist wat er aan de hand was tot het zou gebeuren.

'Hoeveel slaapkamers zijn er?' Liv rekte haar nek om door de keuken heen naar de hal te kijken. 'Krijg ik geen rondleiding?'

'Nee,' zei Charlie kribbig. 'Je mag me vertellen hoe je wist waar je me kon vinden, en waarom je hier bent.'

'Ga je me niet eerst wat te drinken aanbieden?'

Charlie bedacht zich wat de aanwezigheid van haar zus betrof. 'Ik ben hier niet de gastvrouw, Liv. Mijn relatie met dit huis is niet anders dan die van jou. Ik was er alleen eerder dan jij. De schoonmaakster die me de sleutels heeft gegeven zei dat er melk in de koelkast staat, en koffie, thee, suiker en de waterkoker staan hier aan de zijkant. Dus maak zelf maar iets te drinken als je daar trek in hebt. Dan kun je tegelijkertijd de vraag beantwoorden die ik je nu al twee keer heb gesteld.'

Liv zette geen stap in de richting van de waterkoker. 'Ik heb Simon gebeld,' zei ze.

Charlie vloekte hardop.

'Het is zijn schuld niet. Ik dwong hem mij te vertellen waar jij was. Ik denk dat hij met zijn gedachten ergens anders was.'

'Dat zal best,' mompelde Charlie.

'Ik wil geen ruzie met jou, Char.'

'Wat wil je dan wel?'

'Ik ben ergens achter gekomen. Ik kan het alleen niet aan Chris vertellen. Die mag niet weten dat het van mij kwam, en dus mag Simon het ook niet weten.' Liv ging rechtop staan, alsof ze zich schrap zette voor een confrontatie. 'Het hoeft verder geen probleem te zijn. Ik vertel het jou, en dan doe jij net alsof jij op het idee gekomen bent –'

'Heeft het iets te maken met de dood van Katharine Allen?' onderbrak Charlie haar.

Liv knikte. 'Het zou nooit bij Simon opkomen dat het bij mij vandaan komt. We kunnen tegen hem zeggen dat ik hier kwam om... dingen uit te praten.'

Charlie snapte het niet. 'Alles wat jij weet komt van Gibbs,' zei ze. 'Ik heb jou niets verteld.'

'Dat heb ik toch ook nooit beweerd?' Liv fronste.

'Maar als je ergens achter bent gekomen, waarom mag Gibbs het dan niet weten?'

Liv beet op de binnenkant van haar lip en staarde naar de grond. 'Het is te belangrijk,' zei ze.

Charlie schoot in de lach. 'Je maakt je zorgen dat zijn mannelijke trots er nooit meer van herstelt als hij erachter komt dat zijn scharreltje een betere rechercheur is dan hij?' Ze liep naar de waterkoker en tilde hem op. Hij voelde vol. Omdat ze niet wist hoelang het water er al in zat, zou ze het eigenlijk moeten weggooien en er schoon water in doen, maar ze had er geen zin in. 'Kom op, dan, laat maar horen, die brainwave,' zei ze. 'Kijk eens even in dat gastenboek waar de bekers staan, alsjeblieft?'

'Ik heb geen gastenboek nodig om bekers te vinden in een keuken,' zei Liv kattig. 'Doe dat kastje naast de waterkoker eens open.'

Charlie volgde haar instructie op. 'Alweer zo'n briljant staaltje speurwerk,' zei ze toen ze meer bekers zag staan dan waar ze in haar leven ooit uit had gedronken, als ze die allemaal bij elkaar zou optellen.

Ze pakte er twee willekeurige bekers uit en stopte in elk een theezakje. Ze luisterde niet goed toen Liv begon te praten. Toen ze het woord 'kostuumverhuur' hoorde, voelde ze een kramp in haar maag terwijl het tot haar doordrong dat het fout van haar was geweest om dit als grap af te doen. Al zou ze nog zo graag geloven dat haar zus haar niets belangrijks te vertellen had, haar onbehaaglijkheid schreeuwde dat dat niet het geval was. Ze vroeg Liv om te stoppen, en bij het begin te beginnen.

'Godsamme, Char! Heb je überhaupt wel geluisterd? Heb je nog wel gehoord dat ik de school heb gebeld?'

'De school?'

'Waar Kat Allen werkte.'

Charlie slikte een diepe zucht in. Dit was iets heel ergs. En het was iets waar ze zelf op had moeten komen. 'Nee, dat heb ik niet gehoord. Waarom heb je haar school gebeld?'

'Omdat Kat actrice was toen ze jong was. Ze speelde in films. Ik vroeg me af of ze als volwassene nog steeds in toneel geïnteresseerd was, en of ze misschien aan toneel deed met haar leerlingen op school.'

'Wat als dat zo was?' vroeg Charlie.

'Degene die brand heeft gesticht bij Sharon Lendrim droeg een brandweeruniform. Een kostuum, misschien, uit een kostuumverhuurbedrijf. Ik dacht...' Liv keek beschaamd. 'Het was een gok en ik had nooit gedacht dat het ergens toe zou leiden, maar ik dacht dat als Kat nog altijd iets met acteren deed, zij misschien toegang zou hebben tot kostuums.'

Daar kon Charlie tenminste om lachen. Dit kon onmogelijk Livs grote onthulling zijn. Het was ronduit belachelijk. 'Dus jij dacht:

omdat ze als kind acteerde, heeft Kat Allen Sharon vermoord? Waarom zou ze? Bestaat er überhaupt een verband tussen die twee?'

'Ja. Er bestaat een verband.' De schrik op Livs gezicht had plaatsgemaakt voor iets anders, iets diepers. Schuldgevoel, besefte Charlie terwijl een mengeling van woede en jaloezie door haar heen raasde. Liv wist dat zij het recht niet had degene te zijn die iets als eerste zag; ze moest weten hoe Charlie zich nu zou voelen. Maar wat had ze voor keuze? Ze kon het ook niet voor zich houden.

'Er bestaat een verband tussen Kat Allen en Sharon Lendrim?'

'Ja,' zei Liv ernstig. 'Dat verband is iemand die Johannah Utting heet.'

Charlie maakte een gebaar door de keuken. 'De eigenaar van ons landhuis voor een weekend.'

'Is dit huis van Johannah Utting?'

Daar hoor je van op, hè? Charlie voelde zich kinderlijk vergenoegd.

Liv duwde haar aan de kant en begon thee te zetten, een taak die Charlie net nog te saai vond. 'Ik heb Kat Allens school gebeld,' zei ze zakelijk, alsof ze een reeks afgezaagde instructies opsomde. 'Ik had gelijk: Kat was nog steeds met toneel bezig. Sterker nog: zij was verantwoordelijk voor het toneel op Meadowcroft.'

Charlie slikte haar vraag net op tijd in. Meadowcroft was de naam van de school.

'Ik vroeg of ze weleens kostuums huurde voor de theaterproducties van de school, of –'

'Wacht even,' onderbrak Charlie haar. 'Waarom zou de school met een willekeurige kunstjournaliste over een van hun personeelsleden praten die...' Ze zweeg en schudde haar hoofd terwijl ze woedend haar kaken op elkaar klemde.

'Ik kon natuurlijk niet zeggen wie ik was. Moet je horen, ik ben er niet trots op, Char, maar ik moest iets verzinnen en ik was zo kwaad op de manier waarop hij tegen me tekeer was gegaan...'

'Hij?'

'Sam. Ik zei dat ik inspecteur Sam Kombothekra was van de politie in de Culver Valley. Sam is een uniseksnaam: Samuel, Samantha.'

'Dus je hebt niet mijn naam gebruikt,' zei Charlie. 'Dat is tenminste iets.'

'Heb ik wel overwogen, maar...'

'Je vond dat dat qua identiteitsdiefstal net een stap te ver ging. Eens. Ga door.'

'Nee, dat was het niet. Ik... ik wilde het zo echt mogelijk laten klinken. Jij bent geen rechercheur meer, jij zit op de zelfmoorden.'

'En dat heb ik allemaal aan jou te danken,' mompelde Charlie zachtjes. 'Waar is nepinspecteur Sam achter gekomen? Niet te geloven dat je daarmee wegkwam. Hoeveel keer zou Sam niet op die school zijn geweest sinds Kats dood?'

'Hij is er nog nooit geweest,' zei Liv. Ze gaf Charlie haar thee. Hij was te slap en er zat te veel melk in. 'Sellers heeft alle verhoren daar op school gedaan. Dat vertelde Chris.'

'Wat zou *Chris* ervan vinden als hij wist dat je dit allemaal aan mij vertelt in plaats van aan hem?'

Liv zuchtte. 'Kat Allens beste vriendin uit Pulham Market, het dorp waar ze is opgegroeid, heeft een kostuumverhuurbedrijf,' zei ze. 'Kat ging om de zoveel weken een weekend naar haar ouders. Alle kostuums voor het kersttoneel op Meadowcroft, en alle andere toneelstukken – alles kwam bij haar vriendin vandaan.'

'En wat heeft Jo Utting hiermee te maken?' vroeg Charlie uitdrukkingsloos. Ze wilde het zo snel mogelijk horen, want het viel toch niet te vermijden.

Liv verstopte zich achter haar beker terwijl ze die vraag beantwoordde: 'Ik vroeg de school of ze wisten hoe die vriendin heette. Dat wisten ze niet, maar ze wisten wel hoe haar zaak heette: The Soft Prop Shop.'

'Wat een rotnaam,' merkte Charlie op.

'Ja, laten we het hebben over de naam van een kostuumverhuurwinkel.' Liv schudde haar hoofd. 'Het is overduidelijk het belangrijkste detail.'

'Heb je met ze gebeld? Weer als inspecteur Sam Kombothekra?'

'Ik heb Kats vriendin gesproken. Net als die vrouw van de school, accepteerde ze gewoon dat ik was wie ik zei dat ik was. Dat zou in Londen niet gebeuren. Daar vraagt iedereen meteen naar een identiteitsbewijs; zelfs een kleuter zou daar nog om vragen. In the middle of nowhere zijn de mensen kennelijk beter van vertrouwen.'

'Dat zal niet lang meer duren, als pathologische leugenaars zoals jij hen lastig blijven vallen.' *Ik ben niet goed van vertrouwen. En je hoeft niet alles buiten Londen the middle of nowhere te noemen.*

'Dat zou je niet denken, hè?' zei Liv. 'Ik zou juist veel achterdochtiger zijn als ik in een of ander gehucht woonde tussen het groen. Ik zou bang zijn voor vrachtwagenchauffeurs die prostituees kwamen wurgen en hun lijken in het bos in de buurt van mijn huis dumpten.'

Charlie kon de rest van het verhaal wel raden. 'Je hebt Kat Allens vriendin gevraagd of ze ook brandweerkostuums had.'

'Terwijl ik het vroeg, dacht ik: je bent niet goed snik, Zailer, doe toch eens normaal. Maar ik had gelijk.'

Daar had je het, het pijnlijke zinnetje waar Charlie zich schrap voor had gezet: haar zusje had gelijk.

'Ze had twee brandweerkostuums. Ik vroeg haar of iemand die in november 2008 had gehuurd, en noemde de datum van de brand bij Sharon Len–'

'Jo Utting,' zei Charlie snel. Zij wilde ook gelijk hebben. Nog gelijker dan haar zus, liefst. Als dat kon.

Liv knikte. 'Johannah Utting had er eentje gehuurd. Ze is hem vier dagen voor de brand waar Sharon Lendrim bij omkwam komen halen. Ik wilde haar net bedanken, en ophangen voor er iets mis zou gaan, maar toen zei zij: "Wat vreemd." Ik vroeg haar wat ze bedoelde, en toen zei ze: "Ik kan me haar nog herinneren. Blonde pijpenkrullen, knap. Heeft zij Kat vermoord?" En toen begon ze te huilen. Het was vreselijk. Ik wist niet wat ik moest doen.'

'Waarom geven ze literaire journalisten ook geen training in het omgaan met het verdriet van nabestaanden na een brute moord?' vroeg Charlie hardop. 'Daar hadden ze beter over na moeten denken.'

'Hou toch op, Char. Wil je het nu weten of niet?'

Wat ik wil, is dat jij het niet weet. Dat je niets weet. Behalve dat je je overal buiten moet houden.

Liv vatte haar stilte op als een 'ja'. 'Het was een paar minuten heel akelig. Ik probeerde haar op te vrolijken – of nee, niet opvrolijken, maar je weet wel – en ik probeerde er tegelijk achter te komen wat er aan de hand was. De eerste gedachte die bij me opkwam was hoe het in godsnaam kwam dat ze zich een vrouw herinnerde die twee jaar geleden een kostuum bij haar had gehuurd. Aangenomen dat ze regelmatig nieuwe klanten heeft.'

'Hoe dan?'

'Kat Allen was er toen ook. Die was in de winkel toen Jo daar was, vier dagen voor Sharon Lendrim doodging. Ze kenden elkaar. Ze praatten met elkaar. Kats vriendin had hun hele gesprek gevolgd. Ze herinnert zich nog scherp dat Kat blij was om Jo te zien, en dat het genoegen geheel van een kant kwam.'

Dit was te veel. Te veel informatie om in een keer te behappen; te veel succesjes die Liv in de schoot geworpen werden zonder dat ze het verdiende. Geen wonder dat ze niet wilde dat Gibbs ervan zou horen. Die kon zijn baan er meteen aan geven en werk zoeken als timmerman of metselaar; zo zou Charlie zich voelen als ze in zijn schoenen stond. 'Jo was niet blij om Kat te zien?' vroeg ze.

'Totaal niet. Ze was verrast, maar niet blij verrast. Ze zei: 'Wat doe jij hier?' alsof Kat zich op verboden terrein had begeven. Ze herstelde zich snel en deed verder heel charmant, maar noch Kat noch haar vriendin begreep waarom ze zo had gereageerd. Jo wist dat Kats ouders in Pulham Market woonden, en het kostuumbedrijf was van haar vriendin – waarom zou ze daar niet zijn? Jo was degene die ver uit de buurt woonde en die daar nog nooit was geweest. Kat was een vaste klant.'

'Ho, stop.' Charlie begon in paniek te raken terwijl er nietgestelde, niet-beantwoorde vragen om voorrang vochten in haar hoofd. 'Hoe weet jij dat Jo wist dat Kats ouders in Pulham Market woonden?'

Liv dacht erover na. 'Dat vertelde Kats vriendin. Toen ze Kat citeerde. Ze vertelde mij wat Kat tegen haar zei, nadat Johannah Utting de winkel had verlaten.'

'Namelijk?'

'"Raar mens, ze keek me aan alsof ze een spook zag. God mag weten waarom, ze weet dat mijn ouders hier om de hoek wonen." Dat was het niet woordelijk, maar...'

'Heeft nepinspecteur Sam toen met Kat Allens ouders gebeld?' wilde Charlie weten. 'Om te vragen of hun dochter Jo Utting kende?'

'Nee.' Liv keek verslagen, alsof ze schuldig was aan ernstige nalatigheid. 'Ik dacht dat ik zo genoeg had gedaan. Had ik...'

'Ze kenden elkaar,' mompelde Charlie, die ijsbeerde door de keuken. 'Daarom wist *Kat* dat Jo totaal niet in de buurt van Pulham Market woonde.'

'Dat moet wel,' beaamde Liv.

'Wat zeiden ze verder nog tegen elkaar?'

'Bijna niets, volgens die vriendin. Johannah zei: "Wat doe jij hier?", Kat zei: "Ik huur kostuums voor het toneelstuk op school. Ik ben tegenwoordig juf op een basisschool."'

'Weet je dat zeker? "Ik ben *tegenwoordig* juf op een basisschool"?'

'Natuurlijk weet ik dat niet zeker.' Livs stem beefde. 'Ik bedoel, ik weet niet of Kats vriendin daar zeker van was. Ik weet alleen dat ze dat heeft gezegd.'

'Jo kende Kat dus van heel lang geleden,' deduceerde Charlie hardop. 'Ze hadden elkaar in geen jaren gezien.' Ze draaide zich om naar haar zus. 'Wat is er nog meer gezegd?'

'Kat vertelde Johannah – Jo – dat ze een baan had gevonden bij haar in de buurt, op een school in Spilling. Jo leek niet verheugd met dat nieuws. Kat en kaar vriendin hebben er nog flink om gelachen nadat Jo weg was, hoe bizar het was. Waarom zou een vrouw die Kat nauwelijks kent het erg vinden dat Kat in een kostuumwinkel is en dat Kat lesgeeft op een school in Spilling? En blijkbaar vond ze het allebei echt heel erg. Het sloeg nergens op, zei Kat. Ik vroeg aan haar vriendin of Kat nog had verteld waar ze Jo van kende. Ik dacht dat ze misschien iets gezegd zou hebben als: "Ze was altijd al zo gestoord, sinds..." en dat ze dan iets had genoemd uit hun gedeelde verleden.'

'Ze deelden geen verleden,' zei Charlie. 'Je zei net dat Kat had gezegd dat ze elkaar nauwelijks kenden. Maar nauwelijks kennen is nog altijd kennen.'

'Kats vriendin heeft het wel gevraagd, maar Kat rolde alleen met haar ogen en lachte om aan te geven dat het een oninteressant verhaal was,' zei Liv. 'Voordat Jo Utting binnenkwam, hadden zij en Kat het over iets wat hen allebei veel meer boeide, en ze pikten hun geroddel zo snel mogelijk weer op.'

'Dus Kat maakte zich geen zorgen omdat ze Jo had gezien,' zei Charlie. Je kon goed nadenken in deze keuken. Hij was groot genoeg om er rondjes in te lopen. Dan hield je je brein in beweging door je lichaam te blijven bewegen. 'Nee, waarom zou ze ook? Ze wist niet dat er een reden was om bang te zijn voor Jo. Ze wist niet dat Jo een kostuum had gehuurd in een winkel die een paar uur rijden van haar huis was, omdat ze van plan was in dat kostuum een moord te plegen.'

Liv knikte. 'Ik zat ernaast. Kat Allen heeft Sharon Lendrim niet vermoord. Heeft Jo Utting hen soms allebei vermoord? Daar lijkt het wel op, hè?'

'Als Kat die dag niet naar de winkel van haar vriendin was gegaan, zou ze nu nog leven,' zei Charlie.

'Zeg dat nou niet. Dat is zo verschrikkelijk.'

'Het is de waarheid. Die ontmoeting in de winkel was op zich misschien nog niet zo erg, maar toen Kat vertelde dat ze in Spilling werkte...'

'Jo Utting wist dat daardoor de kans groter was dat ze over Sharons dood zou horen, omdat het om een plaatselijke moord ging,' vulde Liv de gedachte aan. 'Dat de brand was gesticht door iemand in een brandweeruniform die geen brandweerman bleek te zijn. Maar waarom heeft ze Kat Allen dan niet veel eerder vermoord? Twee jaar later? Waar slaat dat op? Je doet het meteen, of je doet het helemaal niet.'

Charlie schudde haar hoofd. 'Jo Utting had een alibi voor de dag dat Kat overleed, zei Simon. Ze was op een of andere cursus voor verkeersovertreders in de plaats van Amber Hewerdine.'

'Char, je mag Simon echt niet vertellen dat je dit van mij hebt. Als Chris erachter komt...'

'Daar moet hij dan maar mee leren leven,' zei Charlie.

'Alsjeblieft. Ik smeek het je. Ik zal alles –'

'Alles? Het uitmaken met Gibbs?'

'Dat niet.'

Charlie zuchtte, en kneep haar ogen dicht. 'Prima. Zullen we in dat geval maar eens een steen door het raam van die afgesloten kamer gooien?'

Betreft: De afspraak van volgende week
Van: "Charlie Zailer" <charliezailer@gmail.com>
Aan: ginny@greathollinghypnotherapy.co.uk
Vrijdag, 3 december 2010 17:35 uur

Hi Ginny,

Bedankt dat je zo begripvol reageert op mijn afzegging op deze korte termijn. En als het werk het toelaat zal ik mijn best doen om in de niet al te verre toekomst een nieuwe afspraak te maken, hoewel dat best weleens ergens in de volgende eeuw kan worden, als ik moet afgaan op de niet-aflatende hoeveelheid werk waar ik normaal mee zit.

Nu ik het toch over mijn werk heb, ik vroeg me af of ik je lastig mag vallen over een man wiens zaak ik behandel voor mijn werk als Strategisch Manager inzake Suïcide voor de politie in de Culver Valley. Dit is volkomen off the record, dus als dat een probleem is, wimpel me dan gerust af (dat doen zo veel mensen), maar ik wil deze kans om het aan een deskundige te vragen niet laten liggen: kun jij me een psychologisch profiel geven van iemand die zich schaamt/verlegen is bij de gedachte aan seks, ook al gaat het om seks met degene van wie hij houdt, omdat hij dat ziet als publiekelijke seks – d.w.z. zelfs een geliefde en meewerkende partner geldt voor deze man als 'publiek' of 'een toeschouwer'. Maar in zijn eentje doet hij ook niets seksueels, want dat zou vies/verkeerd zijn. Wat voor achtergrond/geschiedenis/psychologisch probleem zou ertoe leiden dat seks te privé is om te doen 'waar iemand anders bij is', zelfs al is die ander een partner? Ik weet vrij zeker dat hier geen sprake is van lichamelijk geweld of seksueel misbruik in het verleden, en ik weet ook vrij zeker dat het niet ligt aan gebrek aan fysiek plezier in seks. In dit geval gaat het eerder om iemand bij wie alles goed zit op het gebied van (lichamelijke) behoefte, maar die een sterke psychische afkeer heeft van het idee dat iemand getuige is van zijn seksuele verlangens/gedrag. Heb jij ooit zoiets bij de hand gehad?

Alvast bedankt, en maak je geen zorgen, ik zal je niet citeren.

Charlie

13

Vrijdag 3 december 2010

Voor de derde keer in mijn leven kom ik aan bij Little Orchard. Het sneeuwt nog steeds, maar dat heeft ons er niet van weerhouden hiernaartoe te komen. Ik vroeg Simon onderweg of hij zich er zorgen over maakte, en hij zei van niet. 'Ik heb nooit een probleem gehad met sneeuw,' zei hij. 'Ik rij alsof het er niet is, en dan gaat het best.'

Ik weet dat hij hoopt dat de driemaal-is-scheepsrechtregel vanavond van toepassing is: dat ik de keuken van Little Orchard in loop en dat het dan allemaal bovenkomt – dat ik weet waar ik 'Aardig, Wreed, Aardig Wreed' heb zien staan, en dat Simon dan de link heeft tussen Jo en de moord op Kat Allen die hij zo graag zou willen vinden.

Terwijl we zwijgend door de sneeuw sloffen richting achterdeur, zeg ik in stilte een gebedje op: *Laat dit alstublieft niet allemaal van mij afhangen. Laat Simon alstublieft niet alleen vertrouwen op mijn onbetrouwbare geheugen.* Zelfs al herinner ik het me, wat hebben we daar dan aan? Als ik dat vel papier niet boven tafel krijg, hoe kan hij dan bewijzen dat Kat Allens moordenaar het van het notitieblok in haar appartement heeft gescheurd? Zelfs Simon Waterhouse is niet zo'n goede rechercheur dat hij DNA kan afnemen van een beeld in mijn hoofd.

De deur van Little Orchard gaat open als we er bijna zijn. In de deuropening, van achteren verlicht door de gloed van de keuken, staat een vrouw die ik nog nooit heb gezien. De kraag en manchetten van haar jas zien er vreemd opgeblazen en gepoft uit, alsof iemand ze met een soort kledingbotox heeft ingespoten.

'Liv,' zegt Simon. 'Dus je hebt het gered.'

'Heb je iets meegenomen?' zegt de vrouw vinnig, alsof hij iets misdaan heeft.

'Iets, zoals...?'

'Eten, wijn, pleepapier, zeep? Er zijn hier acht plees in dit huis, en maar twee rolletjes pleepapier waar bijna niets meer op zit. En er is niets te eten. Niets!' Ze werpt een blik op mij, besluit dat ik er niet toe doe, en richt haar aandacht weer op Simon. 'Het spijt me dat ik het over zulke aardse zaken heb. Ik weet dat jij met je hoofd met meer verheven dingen bezig bent, maar ik schijn hier de enige te zijn die heeft bedacht dat we over een uur volkomen ingesneeuwd zijn, dus...' Ze beent de avond in, en probeert langs hem te komen.

'Waar ga je naartoe?' Hij verspert haar de doorgang. 'Je kunt niet rijden met dit weer.'

'Zegt de man die net uit zijn auto stapt en het geen punt vindt als we allemaal verhongeren.'

Ik hoop dat hij haar laat gaan. Ik heb nu al genoeg van haar stem.

'Waar is Charlie?' vraagt Simon aan haar.

'In die afgesloten studeerkamer, die we hebben omgedoopt tot de opengebroken studeerkamer. Je kunt er naar hartenlust rondneuzen.'

Mijn hart klopt als een bezetene. Ik overweeg om het huis in te gaan en de trap op te rennen, en zie voor me hoe ik dat doe. Ik blijf staan waar ik sta,

'Heeft Charlie de sleutel gevonden?' vraagt Simon.

'Er staat daar een bureau. De sleutel zat in de bovenste la.' Liv schenkt me plotseling een glimlach, alsof ze heeft besloten dat ik nu wel bij het gesprek betrokken kan worden. 'Ik heb net het raam ingegooid.'

'*Wat* heb je gedaan?'

'Ik heb een steen uit de tuin gebruikt. Of eigenlijk drie stenen. Het kostte me drie pogingen, maar uiteindelijk is het me gelukt.

Char en ik hebben een ladder uit de garage gehaald, en Char is door het kapotte raam naar binnen geklommen. Het was mijn idee,' roept Liv terwijl Simon het huis in beent. Ik hol achter hem aan. 'Charlie wist er pas van toen ik het al had gedaan!'

De keuken door, de hal in, de trap op. *Niet denken, niet denken.* Ik kan dit als ik mezelf voorhou dat ik alleen maar achter Simon Waterhouse aan loop.

Een minuut of twee later sta ik op het trappetje dat naar de studeerkamer leidt en kijk naar binnen. Ik weet niet wat ik had verwacht. Ik zie niets waar ik van schrik. In de studeerkamer staan twee oorfauteuils, een bureautje en een computer, er ligt een kleed en er staat een boekenkast die een hele muur beslaat, waarvan alleen op de bovenste twee planken boeken staan. De rest staat vol met familiefoto's: Jo, Neil, de jongens met hun grootouders. Er staat een foto van mij, Luke, Dinah en Nonie, genomen toen we net in ons nieuwe huis waren getrokken.

Ik probeer me in te denken hoe bang Jo in 2003 geweest moet zijn, toen ik met de sleutel in mijn hand stond en dreigde de deur van deze kamer open te doen terwijl ik grapte hoe leuk dat zou zijn. Wat zou er zijn gebeurd als ik had doorgezet? Als ik Jo had overmand, en tegen haar wens ingegaan was? Wat zouden we allemaal gezegd en gedaan hebben zodra de afgesloten studeerkamer van Little Orchard de ene na de andere rij foto's van ons, Jo's familie, bleek te bevatten?

En Neils familie. Neil is geen moordenaar, maar hij wist hier wel van. Geen wonder dat hij woensdag zo bang keek toen ik hem naar Little Orchard vroeg en zei dat Luke en ik daar nog een keer naartoe wilden.

'En?' vraagt Simon aan Charlie, die achter de computer zit alsof het de hare is.

'Niet veel,' zegt ze. Ze overhandigt hem een blauwe dossiermap. 'Uit een bureaula.' Er staat zwart handschrift op de map, maar ik kan niet zien wat er staat, en dan heeft Simon de flap al omgeslagen.

'Het bleek toch een goed idee om hier te komen,' zegt Charlie tegen mij.

Ik kan haar niet antwoorden. Mijn schoonzus, de vrouw van mijn broer, de vrouw die Dinah en Nonie elke woensdag na school te eten geeft en meestal ook nog een keer in het weekend, is waarschijnlijk een moordenaar. En hier sta ik in een landhuis in Surrey, met twee politiemensen, op het punt om ingesneeuwd te worden. Wie zal het Luke vertellen? Iemand moet het hem vertellen, alles.

'Ik moet naar huis bellen,' zeg ik. Simon kijkt niet op van de papieren die hij aan het bestuderen is. Ik hou mezelf voor dat ik zijn toestemming niet nodig heb om mijn man te bellen, en loop naar de slaapkamer waar Luke en ik zeven jaar geleden sliepen. Alleen het beddengoed is anders: het was wit met een blauwe rand, nu is het helemaal wit.

'Met mij,' zeg ik als Luke opneemt. 'Is alles in orde? Alles goed met de meisjes?'

'Alles is prima,' zegt hij. 'Ga je me nog vertellen wat er aan de hand is?'

'Ja, maar... niet nu. Ik moet ophangen. Mag ik even snel met Dinah en Nonie praten?'

'Nee, je praat maar met mij.' Hij is kwaad op me.

'Zorg dat je hen niet uit het oog verliest, oké? Tot ik thuis ben.'

'En dat is het? Einde gesprek?'

'Ik moet ophangen.'

'Waarom bel je dan überhaupt?' vraagt hij. 'Alleen om "niet nu" te zeggen en –'

'Zorg dat je hen niet uit het oog verliest,' herhaal ik, en ik hang op, want ik wil even graag terug naar de studeerkamer als ik er net uit weg wilde. Ik had Luke niet moeten bellen; het heeft me alleen maar bewust gemaakt van de afstand tussen ons.

Simon staat nog waar hij stond; hij bladert door de papieren. 'Veronique Coudert was de vorige eigenaar van Little Orchard,' zegt hij tegen me. 'Zij heeft het aan Jo en Neil verkocht.'

O ja, denk ik, alsof zijn woorden iets bij me bovenhalen. *Maar wat?* Dan realiseer ik me: of hij het nu weet of niet, hij herinnert me eraan dat ik nu niet moet instorten. Er zijn dingen die ik moet uitzoeken. Dingen die *wij* moeten uitzoeken.

'Zo te zien hadden ze hiervoor een ander tweede huis, voor ze dit kochten,' zegt Simon. 'Little Manor Farm, in Pulham Market.'

'Waar Kat Allen vandaan kwam,' zeg ik.

'Ze hebben het in 2002 verkocht, en verruild voor iets groters,' zegt Charlie.

Ik dwing mezelf te luisteren terwijl ze Simon vertelt over een ontmoeting in een kostuumverhuurbedrijf: dat Jo daar Kat Allen tegen het lijf liep, en niet blij was om haar te zien. Ik wil het niet horen. Ik wil alleen weten wat dit allemaal betekent, maar ik wil niet hoeven opletten. Normaal ben ik heel goed in opletten, maar vanavond is het te beangstigend, te moeilijk. Mijn hersens zijn kapot, en worden alleen nog bij elkaar gehouden door strakgespannen draden die op knappen staan. Terwijl Charlie heel lang aan het woord is, voel ik me onwezenlijk, me te bewust van mezelf, alsof ik een geest ben die verder niemand kan zien. Maar zelfs dat gevoel is niet sterk genoeg om te voorkomen dat ik begrijp wat Charlies verhaal betekent, ook al glijden de precieze details langs me heen voor ik de kans heb ze vast te grijpen. Het betekent dat Jo een moordenaar is. Ze heeft een brandweeruniform gehuurd van een kostuumverhuurbedrijf in Pulham Market. Ze droeg het om Sharon te vermoorden.

Jo heeft Sharon vermoord. Het idee rolt door mijn hoofd, waar het in de zwarte ruimte nagalmt.

Denk aan Dinah en Nonie. Denk erom dat je nu om hun bestwil niets stoms moet doen.

Jo heeft Sharon vermoord. Luke moet dit weten. Hij moet dit van mij horen, niet van iemand anders.

Kat Allen is vermoord omdat Jo rustig wilde kunnen slapen, zegt Charlie tegen Simon. Jo wist dat Kat in Spilling werkte, te dichtbij, niet veilig. Kats vriendin, de eigenaar van de kostuumwinkel, zei tegen Jo: 'O, u bent hier voor uw brandweerkostuum!

Waar Kat bij was, die elk woord heeft gehoord en om die reden is vermoord.

'Amber? Amber!' Simon schudt me door elkaar. Ik denk aan de Boomschudder, de hypnotherapeutische oefening van Ginny. *Als er in het bos een boom omvalt, en niemand hoort het...* 'Waarom zou Jo Sharon willen vermoorden? Wat had ze te winnen bij Sharons dood?'

'Niets. Ik heb je al gezegd wat het enige is dat ik kan bedenken. Dat zij Dinah en Nonie wil.'

'Zouden Luke en jij ooit bij testament bepalen dat Jo en Neil de voogdij over de meisjes zouden krijgen?'

'Nooit. Ook hiervoor niet. Nooit.'

Simon knikt. 'En Jo weet dat. Ginny zei dat narcisten donders goed weten wie aan hun kant staan en wie niet. Dus Dinah en Nonie in handen krijgen kan nooit het motief zijn geweest. Er moet iets anders zijn.'

'Er is niets anders,' zeg ik huilend, en ik probeer me los te trekken.

'Ik wil weten wat je nu nog steeds voor me achterhoudt. Nu!' schreeuwt hij in mijn gezicht.

'Ik heb haar adres nooit opgeschreven,' zegt Charlie. Ik hoor iets in haar stem: verrassing, overgaand in ongeloof. Alsof ze bezig is zich iets te realiseren. Ze staat op. 'Simon, wacht.'

'Welk adres?' vraagt hij ongeduldig. Zijn aandacht is niet langer op mij gericht. De opluchting is overweldigend.

'Dat van Ginny. Great Holling Road 77, Great Holling. Dat heb ik nooit opgeschreven. Was niet nodig. Dat nummer is gemakkelijk te onthouden, 77.'

'Dus jij hebt Ginny's adres nooit opgeschreven, nou en?'

'Jij wel, Amber?' vraagt Charlie aan mij. 'Heb jij het opgeschreven en met je meegenomen toen je voor het eerst naar haar toe ging?'

Waarom vraagt ze me dit? Wat heeft dit ermee te maken?

'Niet alleen het adres, maar ook het telefoonnummer, voor het geval je onderweg verdwaalde?'

'Hoe weet je dat?'

'Wacht,' zegt ze, en ze loopt de kamer uit. Ik moet de drang onderdrukken om achter haar aan te rennen. Alles beter dan hier alleen achter te blijven met Simon.

Je moet het hem vertellen. Hij neemt er geen genoegen mee als je het hem niet vertelt. Je neemt er zelf ook geen genoegen mee dat je het hem niet vertelt, want je weet hoe belangrijk het voor hem is.

Waarom heb ik deze ene man, deze wildvreemde, tot maatstaf verheven voor mijn eigen gedrag? Krankzinnig.

'Ik wacht,' zegt hij. 'En ik wacht net zo lang tot je het me vertelt.'

'Het heeft niets met wat voor moord dan ook te maken,' zeg ik. 'Ik heb Jo een geheim verteld. Iets wat ik heb gedaan, een leugen die ik heb verteld. Ik kon het er niet met Luke over hebben, of met Sharon. Want zij waren degenen tegen wie ik heb gelogen. Ik moest het aan iemand kwijt, want ik werd er gek van. Ik heb het aan Jo verteld.'

'Wat het ook maar is dat jij hebt verteld: dat is de reden waarom Sharon is vermoord,' zegt Simon.

'Nee! Nee, dat is het niet. Dat kan niet. Luister, je moet... je moet me geloven. Ik kan je de hele waarheid vertellen, alles, en dan heb je nog geen nieuwe informatie.'

'Hoe kan dat nou? Als jij mij iets vertelt wat ik nog niet weet...'

'Omdat het om Dinah en Nonie gaat! Jo wist dat Sharon een testament had gemaakt waarin stond dat zij wilde dat Dinah en Nonie naar mij gingen als zij overleed. Je zegt net zelf dat ze Sharon niet zou vermoorden in de hoop dat zij de meisjes in handen kreeg, want ze had geen reden om aan te nemen dat dat zou gebeuren. Er is geen motief!'

'Jo *wist* dat...' Simon zwijgt als hij Charlies voetstappen de trap op hoort stampen. Ze komt buiten adem de kamer in en houdt een stuk papier op met Ginny's adres erop. En haar telefoonnummer.

'Is dit jouw handschrift?' vraagt ze aan mij.

Ik knik. 'Waar heb je dat vandaan?'

'Het lag in mijn auto, op de grond.'

Ik zat op de bestuurdersstoel, en keek in haar opschrijfboekje...
'Het zat in mijn jaszak,' zeg ik. 'Het zal er wel uit gevallen zijn toen ik...' Ik probeer Simon en Charlie te vertellen wat zij allang hebben bedacht voor ik eraan dacht. Het praten lukt bijna niet meer. Ik staar naar het stuk papier met Ginny's adres erop, en begin te trillen. *Roze streep als kantlijn, blauwe horizontale lijntjes.*

Charlie draait het om zodat Simon en ik de andere kant kunnen zien: de drie kopjes, in een handschrift dat niet van mij is, en in zwarte inkt in plaats van de blauwe die ik heb gebruikt voor Ginny's adres: 'Aardig, Wreed, Aardig Wreed.'

Nu weet ik het weer.

'Wanneer?' vraagt Simon.

Dit is dezelfde stoel als de stoel waar ik in zat op tweede kerstdag 2003, toen Jo zei dat er niets was wat ze voor ons achterhield, echt niets. De vrouw die Liv heet, geeft me iets te drinken waar ik volgens mij niet om heb gevraagd. Ik neem een slok. Cognac. 'Vorige woensdag,' zeg ik. Een week en twee dagen geleden. Simon zoekt de datum zelf maar uit.

'Vertel het hele verhaal,' zegt hij.

'Ik was bij Jo. We gaan daar elke woensdag heen, de meisjes en ik.' Dat heb ik misschien al eens verteld, of misschien heb ik alleen overwogen om het te zeggen. 'Ik besloot die ochtend dat ik iets moest doen aan mijn slapeloosheid. Er waren zo veel mensen die me hypnose hadden aangeraden, dat ik dacht dat ik het maar eens moest proberen. Jo vond het ook een goed idee. Ik heb haar laptop gebruikt om er een te zoeken.'

'Een wat?' Simons pen hangt boven zijn opschrijfboekje.

'Een hypnotherapeut in de Culver Valley. Ginny was de enige in Great Holling. De andere zaten allemaal op plekken die me niet aanstonden. Ik vond dat ik mezelf moest stimuleren door iets uit te kiezen op een mooie plek.'

'Heb je dit aspect van je gedachtegang aan Jo verteld?' vraagt Simon.

'Ze vroeg hoe ik iemand kon uitkiezen terwijl ik van geen van allen iets wist, en ik zei: "Degene met het beste adres is vast het best." Ik dacht niet echt dat...'
'Waarom zei je dat dan?'
Het beantwoorden van die vraag is het probleem niet. Dat zou het althans niet moeten zijn. Ik weet het antwoord. Het probleem is dat ik het maar al te goed weet; het is zo verweven met mijn bewustzijn dat ik het nooit onder woorden heb hoeven brengen. Ik speel een vreemd gezelschapsspel in deze kamer waar iedereen zeven jaar geleden bijeenkwam voor Luke's kerstquiz. Iedereen, behalve William en ik, want wij waren op zoek naar de sleutel van de studeerkamer.

Weten William en Barney dat dit huis van hun ouders is? Hebben Jo en Neil hun zoons getraind om te liegen, of worden William en Barney voorgelogen, zoals wij allemaal? Wordt die studeerkamer ook voor hen op slot gehouden? Hebben ze de familiefoto's op de boekenplanken zien staan?

'Amber,' zegt Simon. 'Waarom lieg je tegen Jo over waarom je Ginny precies hebt uitgekozen?'

'Ik denk dat ik er nerveus van werd. Over het idee dat ik überhaupt voor het eerst naar een therapeut ging, en dat ik onder hypnose zou gaan. Ik hoopte dat het een iets plezieriger ervaring zou worden als ik zeker wist dat ik naar een mooie plek zou gaan. Het was waarschijnlijk stom om te denken dat ik er een soort uitje van kon maken...'

'Het soort hoop waar Jo de vloer mee zou aanvegen,' gist Simon terecht.

Ik knik. 'Maar ze gaf me er alsnog van langs: een belachelijke, onverantwoorde basis om een therapeut te kiezen, enzovoort.'

'Maar je voelde je beschermd. Ze viel een onechte reden aan die jij haar had gegeven als schild.'

Liv doet haar mond open om iets te zeggen; Charlie, die naast haar zit, geeft haar een tikje met de rug van haar hand. Ik herken dit als een manier om iemand die je heel nabij is het zwijgen op te leggen, ook al heb ik zelf geen zusje.

Wat doet Charlies zus hier eigenlijk? Wat doen wij hier sowieso?

'Ik deed net alsof ik me door Jo liet overtuigen,' zeg ik tegen Simon. 'Ik liet haar de lijst met hypnotherapeuten zien, en vroeg welke ik dan moest kiezen. Ze koos er eentje in Rawndesley, vlak bij haar. Toen ze dacht dat ze haar zin had gekregen, verloor ze haar interesse, en ging door met koken. Er lag...' Mijn keel sluit zich om mijn woorden. Ik probeer het nog eens. 'Er lag een stuk papier naast me, naast de computer. Een leeg stuk papier, tenminste, dat dacht ik. Het was gekreukt, ik dacht dat het een los papiertje was. Het kwam niet bij me op te denken dat er iets op de andere kant stond. Ik heb Ginny's contactgegevens opgeschreven en het papier in mijn handtas gestopt. De volgende dag belde ik Ginny vanaf mijn werk om een afspraak te maken. Ik kan me niet herinneren dat ik toen de woorden op de achterkant heb zien staan, maar dat kan niet anders.'

'We registreren niet wat we zien als we denken dat het niet belangrijk is,' zegt Charlie. 'Ginny's adres ligt al sinds dinsdagavond in mijn auto, bij mijn voeten. Pas net drong het tot me door dat ik dat nooit heb opgeschreven. Of dat het op blauw gelinieerd papier was geschreven.'

'Je had gelijk,' zegt Simon tegen mij. 'Er was inderdaad een verband tussen Little Orchard en dat stuk papier. Jo was het verband. Dat stuk papier kwam uit Jo's huis. *Dit* is Jo's huis, haar andere huis. Als Ginny gelijk heeft, wist jij dat op een of ander onderbewust niveau...'

'Kirsty.' Terwijl ik het mezelf hoor zeggen, weet ik op elk niveau dat wat ik nu ga zeggen waar is.

'Wat is er met haar?' vraagt Simon.

'Ze staat op geen van de foto's. In de studeerkamer. Verder staat er van iedereen meer dan een foto. Zelfs van mij.'

'Weet je dat zeker?'

Ik ben hem al vooruit, te ver om te kunnen antwoorden. Jo zou haar zusje nooit per ongeluk uitsluiten. Ze moet die foto's heel zorgvuldig hebben uitgekozen.

'Ik wilde nog vragen naar Kirsty,' zegt Charlie. 'De moeder van Jo en Kirsty, hoe heet ze ook weer?'

'Hilary,' zegt Simon tegen haar.

'Je had het over Jo en Ritchie toen je het had over Hilary's testament, maar niet over Kirsty. Erft die dan helemaal niets?'

'Weet ik niet,' zegt Simon ongeduldig. Hij haalt zijn telefoon uit zijn zak, maar doet er niets mee. 'Ze functioneert op het niveau van een baby. Ze geeft niet om geld, weet niet eens wat het is.'

Charlie lacht. 'Simon, ze verlangt misschien niet naar een Ferrari, maar haar verzorging gaat vast een hoop kosten. Fulltimeverplegers, een verzorgingstehuis – ik weet niet precies wat allemaal, maar ik weet vrij zeker dat hoe gehandicapter je bent, hoe duurder het wordt. Hilary moet daaraan hebben gedacht en heeft vast een voorziening voor Kirsty laten opnemen in haar testament.'

Daar heb ik nooit aan gedacht.

Simon staart haar aan. Hij blijft maar staren, alsof hij in trance is.

Charlie probeert het nog een keer. 'Is Kirsty dan helemaal niet genoemd tijdens de discussie over Hilary's testament?'

'Borstkanker,' zegt Simon zachtjes.

'Dat kan nooit het antwoord op mijn vraag zijn. Probeer het nog eens.'

Het is alsof Liv en ik er niet bij zijn. Ze hebben zich met z'n tweeën afgesloten in hun eigen universum.

'Amber had gelijk toen ze dat tegen Ginny zei.'

Praat niet over me alsof ik er niet bij ben.

'Kirsty kan niet praten, kan niet normaal denken. Mensen behandelen haar alsof ze niet bestaat. Ze vergeten dat ze er is. Ik ook. Ik heb alleen over Jo en Ritchie nagedacht: of zij Hilary's huis gaan verkopen en de opbrengst zullen verdelen. Of Jo haar helft aan Ritchie gaat schenken als Hilary er niet meer is. Of ze nog eens zou proberen om Hilary over te halen alles aan Ritchie na te laten, en waarom ze dat zou *willen*? Geen mens is zo genereus. Kirsty kwam niet eens bij me op.' Simon schudt zijn hoofd, boos om zijn eigen stommiteit. 'Maar ze was er ook bij, die kerstavond.'

'Kerstavond?' vraagt Liv.

'Kirsty is ook Hilary's kind,' vervolgt Simon. Ik hoor dat hij daar iets mee bedoelt wat nog niet tot ons doordringt. Er zit storing op de lijn, maar daar lijkt hij zich niet van bewust. Zelfs Charlie kijkt niet-begrijpend. We kijken hem zwijgend aan, alle drie, en durven geen van allen iets te zeggen. Hij doet me denken aan een computer die te veel data moet verwerken, en die zal crashen als we hem nog een commando geven.

Als hij weer iets zegt, is het tegen mij. 'Wat zei Ginny ook weer? Over dat jij denkt dat Kirsty misschien iets weet. Ze kan niets weten. Denk jij soms dat ze alleen maar doet alsof ze een hersenbeschadiging heeft?'

'Nee.'

'Wat dan?'

'Ik dacht alleen...' Kan ik dan geen enkele gedachte of emotie voor mezelf houden?

'Het maakt mij niet uit of jij dingen heb gedacht over een gehandicapte vrouw die je niet hoort te denken. Waarom denk je dat Kirsty misschien iets weet?'

Als ik hem alles vertel, kan hij het van mijn hersens overnemen en kan ik alles uitschakelen. Dat zou een opluchting zijn. De sneeuw zou zich tot boven het dak van het huis kunnen opstapelen, en ik zou slapen en slapen, dagen aan een stuk. 'Die kerst, toen Jo, Neil en de jongens vermist waren... toen was Kirsty ook weg.'

'Wat?'

'Het was maar een paar minuten, maar het leek eerst of er vijf mensen waren verdwenen, niet vier, totdat Luke Kirsty vond.'

'Ga door,' zegt Simon.

'Ze lag in het bed van Jo en Neil. Toen ik daar eerder had gekeken toen ik Jo en Neil zocht, lag ze er nog niet. Ze moet er binnen zijn gelopen toen wij de rest van het huis en de tuin doorzochten. Hilary was opgelucht. Een van haar kinderen was tenminste boven water.' Ik haal mijn schouders op. 'Dat is het, eigenlijk. Niet echt een goed verhaal, en ook geen reden om er iets achter te zoeken, alleen... het was nog nooit eerder gebeurd, voor zover ik wist. Ik geloof ook niet dat het daarna nog eens is gebeurd. Ik zie Kirsty heel vaak. Ze doet dat soort dingen nooit, bij andere mensen in bed stappen en daar maar zo'n beetje liggen. En later die dag ontsnapte ze twee keer aan Hilary en ging naar de keuken waar ze bij het fornuis ging staan, precies op de plek waar Jo zou hebben gestaan als ze het kerstmaal had bereid. De geluiden die ze maakte toen Hilary probeerde om haar daar vandaan te krijgen...'

'Je dacht dat ze jullie misschien iets wilde vertellen?' vroeg Simon.

Ik denk dat ze dacht dat Jo nooit meer terug zou komen. Ik dacht dat het haar manier was om duidelijk te maken dat ze haar zusje miste.

'Niet echt, nee,' zeg ik. 'Ik ga altijd uit van het ergste, dus misschien was dat het wel: je gaat ervan uit dat de enige die fysiek niet in staat is om te vertellen wat ze weet juist degene is die iets weet.'

Simon legt zijn opschrijfboekje en pen neer, en loopt naar het raam. Hij doet het open: er waait sneeuw naar binnen.

'Wat doe je?' gilt Charlie tegen hem. 'Doe dicht!'

'Ik kan niet denken zonder frisse lucht. Als het je niet bevalt, ga je maar ergens anders zitten.'

Nog geen minuut later zitten hij en ik alleen in de kamer. Het is koud, maar dat maakt me niet uit. Ik kan zo ook beter denken, en het schudt me los uit mijn verdoofdheid. Is dit wat hij wilde, met zijn tweeën zijn?

'Dus Jo wist dat Dinah en Nonie naar jou en Luke zouden gaan als Sharon overleed?' zegt hij. 'Dat was jouw grote geheim?'

'Luke wist het niet,' zeg ik. 'En Sharon wist niet dat ik het hem niet had verteld. Ik heb tegen hen allebei gelogen. En Jo wist dat. Daarom was ik zo bang dat ze het op een dag aan Luke zou vertellen – als ik iets verkeerds zei, als ik haar teleurstelde of niet deed wat zij wilde.' Dit voelt als een generale repetitie. Het wordt veel moeilijker om het straks aan Luke te vertellen. 'Ik wist wat Sharon van haar moeder vond. Ze haatte haar, zei altijd dat ze gevaarlijk was. En dat was ze ook. Ik heb inmiddels genoeg ervaring met Marianne om te weten dat Sharon gelijk had wat haar betreft. Jij hebt waarschijnlijk ook nog nooit zo iemand meegemaakt, een ouder die ervan opbloeit om haar enige kind geestelijk te knakken, en die dat dan liefde noemt.'

'Waarschijnlijk wel,' zegt Simon.

'De meeste mensen denken niet na over hun testament als ze nog jong zijn, maar Sharon wel, zelfs nog voor ze zwanger was. Ze plande altijd alles van tevoren. Ze wilde een kind, maar ze wilde niet zwanger worden in de wetenschap dat als haar iets overkwam, het kind bij Marianne terecht zou komen. En... ik moest er wel mee instemmen. Ze kon het niemand anders vragen. Ik was haar beste vriendin.'

'Ze zette je onder druk?'

'Integendeel,' zeg ik. 'Ze zei dat ik het alleen moest doen als ik het absoluut zeker wist. Ze wist hoeveel ze van me vroeg. Als ik nee had gezegd, had ze nooit een kind genomen. Nooit. Dat zei ze niet, maar dat wisten we allebei. Het was niet fair van haar om het te vragen. Ze wist toch dat ik niet kon weigeren?' Ik staar Simon verbluft aan. Waar kwam die woede ineens vandaan? 'Ik was op dat moment nog alleen. Het was voor ik Luke ontmoette. Sharon zei dat ik goed moest nadenken over wat ik me op de hals haalde. Ze deed er zo... zwaarwichtig over. Ik probeerde het luchtig te houden door te zeggen dat zij geen moeder zou worden en vervolgens zou sterven om het kind als wees achter te laten, maar dat wilde ze niet horen. Als ik instemde met wat zij vroeg, zei ze, moest ik het de man met wie het ooit serieus werd vertellen. Ik moest hem vertellen over de belofte die ik had gedaan.'

Ik zie de prachtige smoeltjes van Dinah en Nonie voor me. 'De meisjes waren nog niet eens geboren,' zeg ik. Ik weet dat ik hen logisch gezien niet heb laten zitten, maar toch voelt het zo. 'Voor hen zou ik tegen elke man hebben gezegd dat hij kon ophoepelen als hij hen niet wilde, maar...'

'Ik begrijp het,' zegt Simon. 'Toen ontmoette je Luke.'

Ik knik. 'Sharon was inmiddels zwanger van Dinah. Luke en ik – het ging allemaal zo snel. Ik bleef maar denken dat Sharon me wel zou vragen of ik hem al had verteld over onze... afspraak, maar dat deed ze niet, niet in het begin. Misschien dacht ze dat het niet nodig was. We hadden het er vaak genoeg over gehad voor ze haar testament opstelde en ze raakte altijd over haar toeren van het idee dat ze kinderen zou krijgen en dood zou gaan voor die groot waren. Tegen de tijd dat ze het aan me vroeg, waren Luke en ik verloofd. We hadden de datum voor de bruiloft al geprikt.'

'En je had hem niet over Sharons testament verteld?'

'Ik kon mezelf er niet toe zetten. Ik was bang dat hij...' Ik zwijg, en probeer me te herinneren waar ik precies bang voor was. 'Ik weet niet waarom ik er zo tegenop zag. Ik wilde er nooit aan denken. Sharon was jong, ze was gezond. Ik maakte mezelf wijs dat het geen zin had om me zorgen te maken over iets wat toch niet zou gebeuren. Maar ik maakte me wel zorgen, ik kon er niets aan doen. En omdat ik me niet schuldig wilde voelen, gaf ik Sharon de schuld. Hoe haalde ze het in haar hoofd om *mij* te vertrouwen?' Ik begin te huilen. 'Ik wilde haar baby helemaal niet. Ik wilde dat Luke en ik zelf een gezin zouden stichten, met *alleen* onze eigen kinderen.' Gek: ik weet nog precies hoe ik me toen voelde, ook al is het gevoel zelf allang weg.

'Toen Dinah werd geboren was ze zo schattig. Ik hield meteen van haar, en toen raakte ik in paniek. Ik wist dat ik het Luke moest vertellen nu er een echte baby was, maar... onze bruiloft stond voor de deur. Ik kon het gewoon niet. Wat nu als hij nee zei? Ik bleef maar nadenken. Waarom zou hij de baby van mijn beste vriendin in huis willen nemen? Wat als ik hem hierdoor kwijtraakte, of Sharon?'

'Dus toen heb je het erop gewaagd,' zegt Simon bedachtzaam. Ik ben hem dankbaar dat hij niet misprijzend klinkt, en bedenk wat een verschrikkelijk mens ik ben. Misschien weet hij het goed te verbergen. 'Je ging er begrijpelijkerwijs vanuit dat Sharon zou blijven leven en dat jij ermee weg zou komen.'

'Ik heb het lot getart. Dat bleek wel.'

'Zo moet je niet denken.'

'Toen Nonie werd geboren verdubbelde mijn leugen: twee kinderen van wie Luke niet wist dat zijn vrouw had beloofd hen in huis te nemen. Twee kinderen die Sharon adoreerde en bereid was aan mij toe te vertrouwen mocht zij komen te overlijden. En ik speelde roulette met hun toekomst. Wat als ze echt doodging en Luke weigerde om voor hen te zorgen? Wat moest ik dan?'

'Je ging naar Jo voor advies,' zei Simon.

Ik lach door mijn tranen heen. 'De grootste fout van mijn leven. Ze heeft het sindsdien voortdurend tegen me gebruikt. Ze wil maar niet toegeven dat het *niet* tot problemen heeft geleid tussen Luke en mij. Hij was geweldig toen Sharon overleed. Hij hield tegen die tijd al evenveel van de meisjes als ik. Hij wilde hen graag in huis nemen, we wilden het allebei. We waren het eens dat we zelf geen kinderen moesten nemen; Dinah en Nonie werden onze kinderen. Maar Jo kon het niet laten rusten. Soms zei ze er wekenlang niets over, maar dan zei ze zomaar ineens: "Op een dag komt Luke erachter dat jij al jaren wist van Sharons testament, weet je dat wel? En wat zal hij ervan zeggen dat jij het expres voor hem hebt verzwegen?" Ze zegt dat soort dingen nog steeds. Vaak. Luke is niet gek, zegt ze. Hij is slim genoeg om te weten dat hij evenveel zo niet meer van zijn eigen kinderen zou houden als van Dinah en Nonie, als ik hem niet op sluwe wijze had beroofd van de kans om zelf kinderen te krijgen. Ik ben juist gek als ik denk dat hij dat niet als het ultieme verraad zou zien.'

'Het klinkt alsof ze jou heeft weten te overtuigen,' zegt Simon.

Ik knik. 'Als ik zeg dat Luke er niet achter komt, tenzij zij het hem vertelt, zegt ze dat zij dat niet zal doen, maar dat ik het zelf moet doen. En dat "dit soort dingen meestal vanzelf uitkomen". Dat is een van haar favoriete uitspraken om mij angst mee aan te jagen. Het enige wat ik ooit van haar heb willen horen is: "Maak je geen zorgen, het komt allemaal goed." Ook al is dat niet waar. Zoals nu. Zeg het toch maar.'

'Nu?' Simon kijkt over zijn schouder alsof hij verwacht dat Jo bij ons in de kamer blijkt te staan. Maar ik heb het niet meer over haar.

'Zeg dat Sharon niet dood is omdat ik Jo heb verteld over haar testament. Zeg me dat ze niet om die reden is vermoord.'

Simon doet het raam dicht. Ik veeg mijn ogen droog. Ik begrijp dat ik deze keer mijn zin niet krijg, zonder dat hij het me hoeft te vertellen.

'Je moet het Luke vertellen,' zegt hij. 'Hij zal niet kwaad zijn. Hij zal het begrijpen.'

'Je hebt hem nog nooit ontmoet.'

'Dat hoeft ook niet. Ik weet hoe het zit. Dat is genoeg.'

'Wat bedoel je?'

'Je hebt het verkeerd aangepakt, maar het is goed gekomen. Jullie zijn een gelukkig gezin, samen.' Simon haalt zijn schouders op. 'Sommige waarheden zijn niet half zo erg als je denkt.'

Hierdoor voel ik me een paar tellen beter. Totdat hij zegt: 'Maar andere zijn nog erger.'

Ik hoor verstomd gerinkel. Simon haalt zijn telefoon uit zijn zak. 'Sam,' zegt hij. Hij luistert een lange poos, kijkt eerst nog even naar mij, en mijdt dan nadrukkelijk mijn blik. Zijn houding verstart. 'En wat wordt eraan gedaan om ze te zoeken?' vraagt hij.

Ze. Dit hoeft niets te betekenen.

'Zet iedereen erop – dit is belangrijker dan wat dan ook.'

Ik schiet overeind. 'Is alles goed met Dinah en Nonie?' Luke wilde ze me niet aan de lijn geven toen ik belde. Waarom niet? Hoe kwaad hij ook was, hij zou me altijd met de meisjes laten praten.

'Je man heeft contact opgenomen met mijn inspecteur,' zegt Simon terwijl hij de telefoon in zijn zak stopt.

Nee. Alstublieft, God, nee.

'Toen jij hem eerder belde en tegen hem zei dat hij Dinah en Nonie niet uit het oog mocht verliezen, was het al te laat. Jo had hen al van de schoolbus gehaald en was met hen gaan winkelen en eten, om hem te ontlasten. Luke durfde dat niet tegen je te zeggen, omdat jij al zo bezorgd klonk, en hij wist zeker dat je niet bang kon zijn voor het feit dat de meisjes een middagje aan het shoppen waren met tante Jo. Maar hij begreep ook niet zo goed waarom zij per se met hen naar de stad wilde terwijl het zo sneeuwde, en waarom William en Barney niet meegingen.'

Ik voel mezelf vallen. Simon vangt me op, en houdt me overeind. 'Niet van het ergste uitgaan,' zegt hij. 'Het komt goed met de meisjes. Sam, mijn chef, is de beste inspecteur die ik ken. Hij vindt ze wel.'

Van: ginny@greathollinghypnotherapy.co.uk
Aan: Charlie Zailer
Datum: vrijdag 3 december 2010, 21:51 uur
Betreft: De afspraak van volgende week

Beste Charlie,

Ik zal in het kort ingaan op je vraag, want ik geloof niet dat ik op zo'n afstand echt iets kan doen – je moet iemand altijd eerst zien en horen wat hij te zeggen heeft. Maar... als hij in zijn jeugd geen lichamelijk of seksueel misbruik heeft meegemaakt, is het eerste wat bij me opkomt iets wat wij therapeuten 'emotionele incest' of 'verkapte incest' noemen. Het is een controversieel concept waar we niet al te scheutig mee zijn. Veel mensen maken bezwaar tegen de term 'incest' wanneer er nooit sprake is geweest van enige fysieke daad, en andere ontkennen het bestaan van emotionele incest überhaupt, maar ik geloof persoonlijk dat het gebruik van de term te rechtvaardigen valt. Emotionele incest kan psychisch evenveel schade aanrichten als daadwerkelijke incest, en de symptomen die we bij de volwassen cliënt zien, lijken hoe dan ook sterk op elkaar. Uit wat jij schrijft over de seksuele attitudes en gedrag van deze man, maak ik op dat hij weleens slachtoffer zou kunnen zijn van emotionele incest. Je zou hem moeten aansporen om in therapie te gaan, maar alleen als je bereid bent om je zijn woedende ontkenning op de hals te halen.

Het zijn vaak alleenstaande ouders die emotionele incest plegen met hun kinderen, maar niet altijd. Vaak is de ouder die het misbruik pleegt verslaafd aan alcohol of drugs – maar ook weer niet altijd. Een ouder die emotionele incest pleegt kan getrouwd zijn (in zo'n huwelijk is dan vaak geen plaats voor het openlijk uiten van emoties, en geen van beide partners komt aan zijn trekken), of alleenstaand, verslaafd zijn of niet, maar wat je vooral in gedachten moet houden is dat ouders die verkapte incest plegen zelf op emotioneel niveau kinderen zijn. Hun eigen behoeften zijn in hun jeugd nooit bevredigd en dit hebben ze nooit onder ogen gezien. En ze hebben nooit iets gedaan met de schade. Ze zijn zwak, bang, afhankelijk. Deze ouders weten niet hoe ze ervoor moeten zorgen dat hun behoeften op een normale manier door normale mensen kunnen worden bevredigd, d.w.z. andere volwassenen, dus oefenen ze die behoeften op allerlei manieren op hun kinderen uit: excessieve bezorgdheid en heerszucht, gedwongen gebrek aan privacy ('In dit huis gaan de deuren niet dicht' enzovoort), het op onkiese wijze in vertrouwen nemen van het kind, ze dingen vertellen waar ze veel te jong voor zijn, gevoelens delen die je anders met een partner zou delen (therapeuten noemen dit 'emotioneel dumpen' bij een kind).

Soms kun je bijna spreken van romantische adoratie, waarbij het kind op een voetstuk wordt geplaatst. In andere gevallen is er sprake van aanstootgevende naaktheid, d.w.z. de ouder van de andere sekse paradeert naakt door het huis waar het kind bij is, terwijl het kind zich hier niet prettig bij voelt maar er niets van kan zeggen omdat het heeft geleerd dat je je voor je blootje niet hoeft te schamen. In werkelijkheid is het hoogst onwenselijk dat een ouder zich naakt toont aan een kind van drie of ouder, en het kan zo'n kind ernstig beschadigen. Maar (het spijt me als dit verwarrend klinkt) het kan een kind evenzeer beschadigen als de ouder hem zich laat schamen voor zijn naaktheid of seksuele gevoelens, of boos of geschrokken reageert als het kind zijn ouder per ongeluk naakt ziet. Wat die twee dingen met elkaar gemeen hebben is dat in beide gevallen de behoefte van de ouder, namelijk om zich aan zijn/haar kind te tonen of om te geloven dat een kind nooit zoiets vies of beschamends als seksuele opwinding zal voelen, de enige behoefte is waar rekening mee wordt gehouden, en dat het kind wordt gedwongen om zich aan te passen, waarbij zijn of haar zelfbewustzijn wordt gehinderd.

Terugkomend op die man van jou, zou ik zeggen dat de schade is aangericht door zijn moeder, hoewel het in sommige gevallen ook om de ouder van dezelfde sekse kan gaan. Heeft zijn moeder hem belast met haar emotionele behoeften? Voor de buitenwereld – en voor het verwarde kind, dat zich intens ongemakkelijk en 'aangetast' voelt zonder te begrijpen waarom – kan de emotioneel incestueuze moeder gemakkelijk ten onrechte worden aangezien voor een goede moeder: vol aandacht en zorg, liefhebbend, heeft alles over voor haar kind, brengt heel veel tijd door met het kind (het kind moet vaak een gat vullen in een gemankeerd leven). Smoren met liefde, zo zou je het ook kunnen noemen – ongepaste liefde, want het staat allemaal in dienst van de emotionele behoeften van de ouder en niet die van het kind. Dit zijn de meisjes die 'papa's prinsesje' zijn, de jongens die, voortdurend, te horen krijgen: 'Waar zou mama zijn zonder haar bijzondere mannetje?' Dit zijn de ouders die voortdurend met het kind kussen en knuffelen en die per se naast het kind op de bank willen zitten omdat zij, de ouders, die fysieke nabijheid willen, niet omdat ze voelen dat het kind dat wil. Het zijn de ouders die hun kind de hele tijd thuis willen hebben omdat: 'Er gevaarlijke vreemde mensen zijn in de boze buitenwereld'. Wanneer men deze mensen tegenspreekt (ik zal je mijn gevechtslittekens nog weleens laten zien!) gaan deze ouders vreselijk tekeer en zeggen ze dat er niets mis mee is om je kinderen naar hartenlust te knuffelen en te kussen, of te vrezen voor hun veiligheid – het is hun manier om hun kinderen te tonen hoeveel ze van hen houden. Maar het is geen liefde, het is behoefte.

Emotioneel is de ouder overmatig bij het kind betrokken, besteedt zij overmatig veel aandacht aan het kind, heeft zij onvoldoende respect voor de autonomie en onafhankelijkheid van het kind, en probeert zij onbewust een behoefte te creëren bij het kind die even groot is als die van de ouder zelf zodat zij gegarandeerd altijd nodig zal zijn. Het kind weet dat hij het antwoord is op haar gebeden, het medicijn voor haar eenzaamheid, haar beschermer, haar vertrouweling. Dat is een veel te grote verantwoordelijkheid en om aan de verplichting waar hij nooit om heeft gevraagd te voldoen, moet het kind zijn eigen behoeften volledig ontkennen. Het is ongelofelijk beschadigend. Dit syndroom komt in onze samenleving zo veel voor dat we aannemen dat deze hechte relaties gezond zijn, maar ze zijn uitermate verstoord. Het beste wat ik hierover heb gelezen is van Marion Woodman, die het 'psychische incest' noemt. Ze omschrijft het als een 'bandeloze verbintenis', waarbij de ouders hun kinderen als spiegel gebruiken om in hun behoeften te voorzien in plaats van wat ouders eigenlijk zouden moeten doen, namelijk het kind zichzelf laten zien, om hen te ondersteunen in hun ontwikkeling op weg naar onafhankelijkheid.

Gezonde liefde van een ouder voor een kind is liefde die voorziet in de behoeften van het kind en die de grenzen van het kind te allen tijde respecteert. De emotionele behoeften van de ouder zijn voor rekening van de partner, vrienden of andere bronnen, en daarmee toont de ouder aan dat zij haar eigen gezonde grenzen kent. Emotioneel incestueuze ouders hebben beschadigde grenzen of, in ernstige gevallen, helemaal geen grenzen, en zij zijn niet eerlijk tegen zichzelf. Ze zeggen: 'Er is niets zo belangrijk voor mij als mijn kind', en vervolgens zadelen ze het kind op met de overtuiging dat het zich op een bepaalde manier moet voelen of gedragen en dat het bepaalde dingen moet denken om de liefhebbende ouder geen verdriet te doen. Het kind moet delen van zijn ware ik uitschakelen om de ouder tevreden te stellen. Hij ervaart dit als een verlies van zijn identiteit, en springt heen en weer tussen gevoelens van onfeilbaarheid en waardeloosheid. En hij heeft enorme problemen met intimiteit en het in stand houden van een bevredigende relatie. Hij kan bijvoorbeeld een enorme muur om zich optrekken, uit angst om door de emotionele behoeften van de partner te worden opgeslokt zoals hij ooit door de misbruikende ouder is opgeslokt. Slachtoffers van emotionele incest hebben er vaak geen enkele moeite mee om seks te bedrijven met mensen om wie zij niets geven, of zelfs met mensen die zij helemaal niet mogen. Maar seks bedrijven met degene van wie zij van houden voelt verkeerd. Het is taboe voor hen.

De gevoelens die dit kind als volwassene jegens de 'verkapte incestpleger' koestert (zoals wij deze noemen, al mag dat misschien niet), zijn meestal een mengeling van hulpeloze woede en extreem schuldgevoel. Vaak hebben de kinderen van emotioneel incestueuze ouders oprecht geen idee waarom zij de ouder zo verafschuwen en waarom zij bang zijn voor degene die alles voor hem over had en die beweert dat ze zo veel van hem houdt.

Ik hoop dat je hier iets aan hebt!

Het allerbeste, en sorry dat mijn 'korte' antwoord toch niet kort was, maar dit is nog niets vergeleken met de vellen papier die ik vol had kunnen schrijven. Het internet biedt nog veel meer informatie, mocht je geïnteresseerd zijn!

Ginny

14

09/12/2010

'Het enige wat ik niet zeker weet is hoe jij aan de sleutel van Sharon Lendrims huis kwam,' zei Simon tegen Jo Utting, die er alleen fysiek bij leek te zijn in de verhoorkamer. Haar ogen staarden wezenloos voor zich uit, leeg. Af en toe knipperden de oogleden.

'U krijgt toch geen antwoord van haar,' zei haar advocate, een zwarte jonge vrouw die Simon het afgelopen halfuur op een toon had gekoeioneerd die eerder persoonlijk dan professioneel leek; ze leken wel een stel uitgeputte ouders, en Jo Utting hun onwelwillende peuter. 'Ze zegt tegen mij ook al geen woord, en ik sta nog wel aan haar kant.' Het onderliggende gebrek aan enthousiasme logenstrafte die woorden. 'U hebt uw bewijs, en haar bekentenis van gisteren. Sindsdien zwijgt ze als het graf.'

'Amber vond het niet prettig dat jij en Sharon elkaar zagen,' ging Simon verder, alsof Jo en hij met zijn tweeën in de kamer zaten. 'Ze heeft er alles aan gedaan om dat te voorkomen. Ze was bang dat jij Sharon zou vertellen dat Luke niet wist dat hij Dinah en Nonie zou erven als zij zou overlijden. Daar had ze niet bang voor hoeven zijn.'

Hij had plezier in verhoren zoals dit, het soort waar Sam Kombothekra een bloedhekel aan had: je vuurt al je vragen en stellingen af op een verdachte die doet alsof jij niet bestaat, terwijl jij de opmerkingen van de woedende advocaat die je wenst te negeren, blokkeert. De situatie bergt genoeg obstakels in zich om jou scherp te houden, en er is geen risico dat iemand de ander in de ogen kijkt.

'Jij zou Sharon nooit verteld hebben dat Amber haar in de steek had gelaten. Wat als Sharon zo boos zou worden dat ze haar testament veranderde? Die meisjes moesten wat jou betrof naar Amber als Sharon doodging. Als dat niet zou gebeuren, viel jouw hele plan in duigen.'

Zag hij daar iets flikkeren in Jo's blik? Zat ze vol ongeduld te wachten of Simon haar geheim kende? Toen hij haar arresteerde liet ze duidelijk weten dat het haar niets deed dat hij wist dat ze twee mensen had vermoord en vier mensen had geprobeerd te vermoorden. Wat Jo Utting betrof ging het daar niet om; de misdaden die ze had begaan, al het bewijs tegen haar – dat was het deel wat ze, in geval van nood, best wilde toegeven. Onder dat onbeweeglijke uiterlijk moest ze dolgraag willen weten of de waarheid die zij verborgen wilde houden, ook al was ze op weg naar meerdere keren levenslang, toch nog aan het licht zou komen. Simon besloot om het nog wat te rekken, om haar te laten lijden.

'Laten we nog eens teruggaan naar de vraag hoe jij aan een sleutel van Sharons huis kwam,' zei hij. 'Amber vertelde dat jij haar altijd probeerde over te halen haar eens mee te nemen voor de lunch, of het avondeten. Je vond het een onverdraaglijke gedachte dat Amber een beste vriendin had die jij nog nooit had ontmoet. Maar omdat jij je alleen van je eigen behoeften en gevoelens bewust bent en niet van die van een ander, snapte je niet waarom Amber jou en Sharon uit elkaar wilde houden. Jij wist dat er geen risico was dat je Sharon zou vertellen dat Amber haar had laten zitten doordat ze niets tegen Luke had gezegd over de voogdij over Dinah en Nonie. Het kwam helemaal niet bij je op dat Amber zich daar weleens druk om zou kunnen maken. *Jij* wist dat dat nooit zou gebeuren.'

'Wat schieten we hiermee op, rechercheur Waterhouse?' vroeg Jo's advocate. Simon negeerde haar. Ze hadden hem verteld hoe ze heette, maar dat was hij expres vergeten.

'Ik denk dat jij op een dag bij Sharon langs bent gegaan, toen je wist dat de meisjes er niet zouden zijn. Jij wist dat ze die dag bij Amber waren, klopt dat? Je stelde je aan Sharon voor onder een andere naam – was het Veronique Coudert? Of kwam je er pas op om haar naam te gebruiken toen je Ambers mailtje kreeg over het boeken van Little Orchard? Hoe het ook zij, je gebruikte een valse naam. Je kon het risico niet nemen dat Sharon jouw echte naam kende. Je wist dat de politie zou willen praten met iedereen met wie zij contact had gehad als jouw plan zou werken. Je besloot hoe je het zou aanpakken: als een lafaard, zonder direct fysiek contact en in vermomming. Onder een valse naam en valse voorwendselen liet jij jezelf uitnodigen bij Sharon thuis. Iets met de bewonersvereniging, gok ik, en de zich voortslepende geschiedenis met Terry Bonds pub. Misschien zei je dat je een nieuwe buurvrouw was, dat je net iets verderop was komen wonen, en dat je wilde weten wat er allemaal speelde. Of zei je soms dat je van de gemeente was? Afdeling Milieuvoorzieningen?'

Een diepe zucht van de advocate. 'Ik hoop dat u het stilzwijgen van mijn cliënte niet opvat als instemming,' zei ze. 'Zwijgen is zwijgen. Het betekent niets, en we schieten er niets mee op.'

'Je maakte je geen zorgen. Je wist dat Sharon jou niet zou herkennen, aangezien ze jou nog nooit had gezien. Je was niet op de bruiloft van Luke en Amber, en zij ook niet. Ze zijn in het buitenland getrouwd, duizenden kilometers verwijderd van iedereen die zij kenden, vanwege jou en je pogingen om je te bemoeien met de bruiloft, terwijl jij je daar niet mee te bemoeien had. En je maakte je ook geen zorgen dat Sharon misschien een foto van jou had gezien bij Amber thuis, omdat er helemaal geen foto's van jou zijn. Net zoals er geen foto's van Kirsty zijn in jouw tweede huis, Little Orchard. Om dezelfde reden.'

Geen reactie van Jo.

'Jij hebt een van Sharons reservesleutels gestolen. Amber zegt dat je die hebt moeten zien liggen toen je in haar keuken kwam. Agent Ursula Shearer, die het oorspronkelijke onderzoek leidde, bevestigt dat. Ze lagen tussen de vruchten op de fruitschaal. Zes of zeven losse sleutels, allemaal precies hetzelfde. Sharon had een heleboel reservesleutels. Ze raakte haar sleutels vaak kwijt, en liet ze slingeren op het werk of bij andere mensen thuis, of gooide ze weg met het oud papier. Heeft Amber je dat allemaal over haar beste vriendin verteld, niet wetende wat jij met die informatie zou doen? Ze kan het zich niet meer herinneren. Maar ik denk van wel. Het was vast een eitje voor je om de sleutel te stelen terwijl Sharon een kop thee voor je zette. Je hebt even gezellig gebabbeld met Sharon, en toen ben je weer weggegaan met een van Sharons reservesleutels en een gevoel van onfeilbaarheid. Doe maar niet net alsof het je geen almachtig gevoel gaf, dat je zonder haar toestemming bij Ambers vriendin op bezoek was geweest, in de wetenschap dat je die zou vermoorden.'

'Het lijkt mij vrij contraproductief om een zin te beginnen met "Doe maar niet alsof",' mompelde Jo's raadsvrouw.

'Je wachtte af. Telkens als je Amber zag, vroeg je haar naar Sharon, de bewonersvereniging, de pub de Four Fountains – gewoon beleefde interesse, tenminste, dat dacht Amber. Ze was boos, en leunde meer op je dan anders. Zij en Sharon hadden ruzie. Over de pub, klaarblijkelijk, maar Ambers schuldgevoel over haar leugen tegen Sharon was de werkelijke oorzaak. En jij stookte dat schuldgevoel nog verder op door haar voor te houden dat ze haar beste vriendin had verraden. Amber kon het niet aan. Zij en Sharon hebben elkaar een poosje niet gesproken, maar Amber besefte al snel dat ze zich nog slechter voelde zonder Sharon in haar leven. Ze legden het bij. Jij kreeg alle details te horen, en Amber vertelde nog steeds niet dat Sharon iemand op bezoek had gehad die loog over wie ze was, en niets over een missende sleutel. Het was je gelukt. Jij wist dat jij de enige was die wist dat jij en Sharon elkaar ooit hadden ontmoet. De brand was de volgende stap. Waar heb je geparkeerd? Niet te dicht bij Sharons huis. Je wilde natuurlijk niet het risico lopen dat je auto daar gezien werd. En je had je brandweeruniform bij je in een tas, en verkleedde je pas toen je al bij Sharon binnen was.'

Als een vrouw genaamd Jo een huis binnen gaat en een naamloze brandweerman loopt dat huis uit, wie van hen is dan verantwoordelijk voor het misdrijf dat in de tussentijd is gepleegd? Wat zei

Ginny ook weer: het huis staat voor het ik. Jo Utting had twee huizen. Simon vroeg zich af hoe moeilijk het voor haar was om haar ware ik te lokaliseren en ermee te communiceren nadat ze zoveel jaar een rol had gespeeld. Hij had het onprettige gevoel dat hij niet zozeer met een persoon sprak als wel met een overlevingsinstinct met een mensengezicht.

'Wat had je met Dinah en Nonie Lendrim gedaan, op vrijdag 3 december, als je niet werd tegengehouden?' vroeg hij. Soms, als je snel op een ander onderwerp overging, kreeg je door de verrassing een antwoord los uit een verdachte. Dit keer niet.

Terug naar de moord op Sharon Lendrim. 'Wat jij niet kon weten tot je over haar dood las in de krant, was dat Sharon die nacht uit was geweest, tot laat – naar de Four Fountains nog wel. Als je iets te vroeg was geweest, had je haar misschien tegen het lijf gelopen terwijl ze bijkwam van haar avondje uit of terwijl ze zich opmaakte om naar bed te gaan. Je had mazzel. Maar je had minder mazzel toen je hetzelfde trucje nog eens probeerde. We hebben camerabeelden van jouw auto op weg naar Ambers huis, donderdagnacht, op weg naar het stichten van je tweede brand. Goede beelden, van verschillende bewakingscamera's. Je bent minstens een keer blijven staan om met je iPhone te antwoorden op Ambers mail over Little Orchard.'

'We hebben het al over het bewijs gehad,' zei Jo's advocate verveeld.

'Maar niet over het motief,' zei Simon. 'En het is het motief – alle motieven – waar ik het meest in geïnteresseerd ben. Amber denkt dat jij haar huis in brand stak om haar te waarschuwen,' zei hij tegen Jo. 'Ze had je op woensdag 1 december gezien, en verteld dat ze was verhoord in verband met de moord op Kat Allen. Ze vroeg je man naar Little Orchard, en vertelde hem dat zij en Luke daar nog eens naartoe wilden. Wat kon het anders zijn dan een waarschuwing dat jij enkele uren na die twee gesprekken brand kwam stichten in haar huis? Zo zag Amber het, begrijpelijkerwijs. Maar ze zag het verkeerd. Het was geen waarschuwing, het was wraak. Woede, jaloezie, hoe je het ook wilt noemen.'

Jo's oogleden gingen knipperend dicht.

'Je bent die woensdag erg geschrokken. Amber vertelde je iets wat jij niet wist, iets wat je nooit had kunnen raden. Daardoor haatte je haar, en daardoor ging je denken hoe zij, Luke, Dinah en Nonie nog lang en gelukkig samen zouden zijn: het perfecte gezin, een gezin dat *jij* had gecreëerd door Sharon te vermoorden. Onnodig, naar later bleek.'

'Hoe bedoelt u, onnodig?' vroeg de advocate.

Simon besloot dat het tijd was om te praten tegen de enige die duidelijk wel luisterde. 'Amber dacht dat Jo jaloers was omdat zij Sharons meisjes had gekregen, en daar had ze gelijk in. Jo was degene die het risico had genomen en Sharon had vermoord, omdat ze vond dat ze geen keus had, en Amber, die het nergens aan verdiende, was degene die Dinah en Nonie kreeg. Jo wilde hen misschien niet hebben – ze had haar eigen kinderen – maar dat weerhield haar er nog niet van om een wrok te koesteren jegens Amber omdat zij geprofiteerd had van een voordeeltje dat ze niet verdiende. Ik zal u eens iets vertellen over het monster dat u hier vandaag bijstaat: er is niets wat haar verdorven hart zo doet overkoken van jaloezie als een perfect gezinnetje.'

'Alstublieft.' De advocate deinsde terug alsof Simon iets onsmakelijks had gezegd. 'U hoeft niet zo te overdrijven.'

'Dan noem ik haar wel uw cliënte,' antwoordde Simon. 'Zoals zij het ziet, wint Amber terwijl zij verliest. Niet omdat Amber iets heeft wat zij niet heeft. Het tegenovergestelde is waar: Amber heeft niet, en zal nooit hebben wat uw cliënte wel heeft, en niet had willen hebben.'

Hij zag dat de advocate hem nog steeds niet begreep, en moest moeite doen om zijn ongeduld in toom te houden. Zij kon er niets aan doen. Zij kende Jo Utting pas sinds gisteren, en had het hele verhaal nog niet gehoord, en je kon niet van haar verwachten dat ze ontbrekende puzzelstukjes zomaar kon vinden. 'Jo en Amber hebben dezelfde schoonvader,' zei hij. 'Quentin. Lichamelijk is er niets mis met hem; maar in praktische en psychologische zin is hij zo afhankelijk als een klein kind. Hij redde het niet in zijn eentje toen zijn vrouw Pam overleed. Jo en Neil namen hem in huis en lijden daar sindsdien onder. Ik heb de man ontmoet. Geloof me, u zou ook niet onder een dak met hem willen wonen.'

'Ik zou met geen enkele man onder een dak willen wonen,' zei de advocate, en ze monsterde Simon van top tot teen. Hij begreep wat ze wilde zeggen. *En al helemaal niet met jou.*

'Op woensdag 1 december zei Amber tegen Jo dat ze een engel was omdat ze Quentin onder haar hoede had genomen,' zei hij. 'Jo zei toen dat ze geen keus had en hem wel op moest nemen, en dat Amber hetzelfde had gedaan als het zou moeten. Amber maakte duidelijk dat dat niet zo was: dat zij Quentin in geen geval in huis had genomen, zelfs al kon hij het in zijn eentje niet redden, en zelfs al had ze Dinah en Nonie niet om voor te zorgen. Ze zou haar eigen kwaliteit van leven niet willen opofferen voor de familieplicht. Dat zei ze tegen Jo, en dat meende ze ook. Jo kon zien dat ze het meende. Daarom probeerde ze Ambers huis af te branden, met Amber, Luke en de meisjes erin.'

'En?' vroeg de advocate. Ze probeerde nog steeds verveeld te klinken, want ze wilde niet toegeven dat ze nieuwsgierig was. *Ze klonk precies als Charlie.*

'Jo en Amber hadden het er nog nooit gehad over dat Jo bereid was geweest om Quentin een thuis te bieden,' zei Simon. 'Dat was niet nodig geweest. Amber en Luke hadden het druk met hun nieuwe gezin en het verdriet van Dinah en Nonie. Het kwam bij niemand op dat zij ook nog Quentin in huis zouden nemen. Jo en Neil boden het aan. Hun gezinsleven was stabieler, het lag voor de hand. Hun huis is klein, maar de jongens vonden het prima om een kamer te delen toen Jo hun uitlegde dat ze offers moesten brengen voor opa. Ze hadden ook hun grote tweede huis in Surrey kunnen verkopen – Neil heeft dat nog geopperd, vertelde hij me gisteren – maar Jo wilde geen groter huis. Het was belangrijk voor haar dat men zag dat zij geen ruimte had, en dat ze de volledige last van de zorg voor Quentin droeg.

Simon wendde zich tot Jo, wier houding niet was veranderd. Haar ogen waren nog altijd gesloten. 'Het rare is, ik weet niet of ik er ooit achter was gekomen als jouw zoons me niet geholpen hadden,' zei hij tegen haar. 'William is zowel in alle voor hand liggende als in onverwachte opzichten een grote hulp. Hij herinnert zich zijn afgelopen herfstvakantie, en dat hij naar de Corn Exchange in Spilling ging, naar het appartement van een mevrouw die jij moest spreken. Hij weet nog dat hij daar met Barney in de zitkamer werd neergezet. Je zette de televisie voor hen aan, deed de deur dicht zodat die mevrouw en jij geen last zouden hebben van het lawaai als jullie aan het praten waren.'

Simon zweeg om tot bedaren te komen. Hij wilde tegen haar schreeuwen: 'Wat ben jij voor een moeder dat je je twee kinderen meeneemt als je iemand gaat vermoorden!' Hij zou er niets mee bereiken. Jo zou niet reageren en de advocate zou alle respect voor hem verliezen. Simon wist het antwoord wel: het soort moordenaar dat haar zoons met zich meeneemt en in de kamer ernaast neerzet terwijl zij een moord pleegt, is het slimste soort. Sabina was de enige die wist dat Jo niet naar Ambers verkeerscursus was op de dag dat Kat Allen werd vermoord. Zelfs Neil wist het niet. Hij zou het niet goed gevonden hebben. Als Jo de wet wilde overtreden om Amber te helpen, dan was dat haar pakkie-an, maar Neil zou het afgekeurd hebben als zij het aanbood en vervolgens het risico op Sabina afschoof. Jo wist dat Sabina waarschijnlijk zou horen dat er die dag een moord was gepleegd in Spilling. Ze wist dat Sabina haar geen seconde zou verdenken. Niet alleen omdat de mensen die wij persoonlijk kennen en mogen en vertrouwen nooit de slechterik kunnen zijn, maar omdat Jo William en Barney bij zich had – wat hoognodige *quality time*, weg van dat veel te drukke huis, weg van Quentin, alleen met haar kinderen. Simon kon bijna horen hoe Jo het aan Sabina uitlegde: 'Jij kunt Amber zoveel beter nadoen dan ik. Jij bent dapperder dan ik. Ik zou in paniek raken en dan hebben ze me zo door.' Het tegenovergestelde van de waarheid.

'We hebben William een foto van Kat Allen laten zien,' zei hij tegen Jo. 'Hij identificeerde haar als de mevrouw bij wie jij toen op bezoek ging, en die zei dat ze blij en verrast was toen je onaangekondigd op de stoep stond. Hij vertelde ons ook dat jij, hij en Barney Kat een maand eerder ook al hadden ontmoet – toevallig, in de stad. Wat zei Kat toen tegen jou? "Derde keer trakteren?" Zei ze nog iets over jullie ontmoeting die keer ervoor, toen jij in Pulham Market was om een brandweeruniform te huren? William weet nog dat ze tegen je zei dat ze had gesolliciteerd naar een nieuwe baan – op Barney's school. Dat was de prikkel, hè? Dat was de dag waarop je besloot dat Kat gestraft moest worden: omdat ze te veel wist, en omdat ze te dichtbij kwam.'

Jo maakte een nauwelijks hoorbaar geluid. Misschien omdat ze haar keel schraapte. En anders verbeeldde Simon het zich maar.

'Terug naar de moord op Kat, en jouw bezoek aan haar huis,' zei hij. 'William en Barney keken tv in de zitkamer tot ze genoeg kregen van het programma, wat dat ook maar was. Toen zagen ze het notitieblok en een pen op tafel liggen, en kwamen ze op het idee om een spel te spelen waar Dinah en Nonie over hadden verteld. Een spel waarbij ze hun klasgenoten in drie categorieën in moesten delen: Aardig, Wreed en Aardig Wreed. Maar daar kwamen ze niet ver mee. Ineens riep jij tegen hen dat het tijd was om te vertrekken. William scheurde het stuk papier van het notitieblok, vouwde het op en propte het in zijn zak, om er thuis mee verder te gaan. Zover kwam het alleen nooit. Toen jij de kamer in kwam, trilde je. Er zat bloed en wat je zoon omschreef als "troep" op je kleren, en hun spel leek ineens niet meer zo belangrijk. De jongens vergaten het verder.'

Jo's kleerkasten waren binnenstebuiten gekeerd, en haar kleren waren meegenomen voor analyse. Met een beetje geluk zou een deel van het forensisch materiaal de wasmachine hebben overleefd, maar zo niet, dan was dat niet erg. DNA dat na de moord in het appartement van Kat was gevonden was een match met het monster dat drie dagen geleden van Jo was afgenomen. Dat, in combinatie met Williams verklaring, was genoeg om haar voor een hele poos in de gevangenis te houden. Simon was niet bereid haar genadig te zijn, en daar had hij heel veel redenen voor. De belangrijkste reden was zijn overtuiging dat Kat zich van geen kwaad bewust was. Ze had niets tegen haar vriend of vriendinnen gezegd over een mogelijk verband tussen een vrouw die vroeger een tweede huis had in de buurt van haar ouders, en een moord in Rawndesley in 2008. Voor zover Simon kon nagaan, wist Kat niets van de moord op Sharon Lendrim.

'Je zei tegen William en Barney dat jij en de mevrouw ruzie hadden gemaakt, en dat ze jou had geslagen – je had een bloedneus gehad. Je liet hen beloven om niets te zeggen tegen Neil of Sabina, want die zouden zich anders zorgen maken. De jongens zagen dat je overstuur was, en ze waren bang. Jij stelde hen gerust dat alles goed kwam als jullie dit met zijn drietjes zo snel mogelijk zouden vergeten. Barney deed dat. Hij is jonger. Hij herinnert zich nog wel iets: voornamelijk het bloed op je kleren. William is ouder – die herinnert zich iets meer. Hij vroeg je waar de mevrouw was toen jullie vertrokken. Waarom kwam ze niet naar de deur om afscheid te nemen? Dankzij William weten we ook dat hij en Barney die dag bij jou waren omdat Sabina naar een cursus moest. Sabina ontkende eerst dat zij Amber had nagedaan, maar gaf toe toen ze erop werd gewezen hoe eenvoudig we haar bewering dat zij 2 november thuis was konden ontkrachten, en dat zij een dagje vrij had omdat jij met de jongens op pad was. De andere deelnemers van de verkeerscursus zouden haar immers kunnen identificeren.'

Simon kon zichzelf wel slaan omdat hij dat niet eerder had bedacht. Sabina, die met een Cockney-accent sprak bij hun eerste ontmoeting en die een typisch 'verdachte tegen een rechercheur'-toneelspelletje opvoerde omdat ze dat hilarisch vond; Sabina, die alles voor Jo deed. Jo had er nooit zo van genoten om Amber na te doen door haar tijdens de cursus neer te zetten als een rebel, en door allerlei krankzinnige meningen te spuien die Amber er wellicht op na hield. Maar Sabina wel. En dat deed ze. Ze kon Ambers zangerige Culver Valley-accent niet imiteren, en daarom ruilde ze haar Italiaanse accent in voor een upper class Engels accent.

'Ik vroeg je waarom jij Amber niet had verteld over de speech die je tijdens de cursus had afgestoken, over het ondermijnen van de ethiek van veilig rijgedrag, weet je nog? Je moest snel denken. Waarom had Sabina je dit detail niet verteld, terwijl ze je alles had moeten vertellen zodat jij Amber kon vertellen wat zij die dag zogenaamd had meegemaakt? Niet dat het uitmaakt, maar de verklaring waar jij mee kwam was correct: Sabina probeerde zo veel mogelijk lol te halen uit een stomvervelende aangelegenheid, maar het kwam niet bij haar op dat *zij* iets gezegd kon hebben wat belangrijk genoeg was om aan jou over te brengen. Ze vertelde wat de rest allemaal had gezegd en gedaan. Haar geklier en provocerende gedrag om zichzelf te vermaken was niet belangrijk genoeg om te worden vermeld. Je was vast woedend toen je besefte dat zij jou cruciale informatie had onthouden en jij daardoor bijna was gesnapt. Het is immers jouw van god gegeven recht om alles te weten. Ook al vertel je zelf niets.'

'U bent er anders zelf op gebrand haar alles te vertellen,' zei de advocate.

'Ze hoort niets wat ze niet allang weet,' zei Simon. 'Weet je hoe Sabina jou omschrijft?' vroeg hij aan Jo. 'Als haar beste vriendin. We hebben haar verteld wat je hebt gedaan. Ze gelooft het niet. Ze vertrouwt jou, zegt ze. Jij zou nooit iemand vermoorden. Maar jij vertrouwde haar niet, hè? Ze had geen idee dat je een tweede huis had tot wij het haar vertelden. Net als Amber geloofde ze dat jullie Little Orchard hadden gehuurd voor de kerstdagen van 2003. Waarom ook niet?'

Simon was vastbesloten om alle vragen die bij hem opkwamen te blijven stellen. Als hij daarmee zou stoppen, had Jo niets om op te reageren, mocht ze besluiten toch haar mond open te doen. Het was altijd gemakkelijker om te reageren op een vraag dan om spontaan informatie te geven. Hij wilde van haar horen dat hij gelijk had. Het kon hem niet schelen wanneer, als het maar gebeurde.

'Jij vertrouwt je eigen man niet eens. Je hebt hem niet verteld waarom hij midden in de nacht moest verdwijnen, waarom hij eerst moest doen alsof hij niet de eigenaar was van een huis in Pulham Market en later een huis in Surrey. Jij gaat bijna nooit naar Little Orchard, alleen als Sabina teruggaat naar Italië. Zelfs dan moet je een smoes gebruiken voor de rest van de familie, en moet je doen of je ergens anders bent. Neil heeft geopperd om het huis te verkopen. Dat zou jij nooit laten gebeuren, maar je kon hem niet zeggen waarom. Het was makkelijker om tekeer te gaan tegen hem, in tranen uit te barsten, weg te lopen. Hij begint er maar niet meer over. Weet je wat hij tegen me zei? "Ik denk dat het voor Jo van belang is om een schuilplaats te hebben." Dat is niet het woord dat ik zou gebruiken. Het probleem is alleen dat er geen woord is voor een huis dat je als je thuis ziet maar waar je niet in woont en waar je nauwelijks komt.'

Simon stond op, liep om de tafel en Jo's stoel heen, zodat hij achter haar stond. Hoe zou ze zich voelen als ze hem wel kon horen, maar niet zien? Zou dat iets uitmaken?

'Ik weet wat je hebt gedaan en ik kan het bewijzen,' zei hij. 'Ik heb jouw DNA in Kats appartement, Williams verklaring, een verklaring van de vrouw van de kostuumwinkel in Pulham Market, Sharons huissleutel in jouw juwelendoosje. Hoe voelde je je toen Amber je vertelde dat de politie Terry Bond verdacht? Heb je de sleutel toen tevoorschijn gehaald en ernaar gekeken, hem aangeraakt? Heb je je afgevraagd wat waar was en wat niet? Moeilijk, hè, om herinneringen en verhalen uit elkaar te houden. En het is nog veel moeilijker als je met drie categorieën te kampen hebt: herinneringen, verhalen en leugens. Als je je machtig wilt voelen, maar niet schuldig. Lastig. Denk eens aan de opluchting die je zou voelen als je de waarheid vertelde. Denk eens aan hoe het zou zijn om te wonen in het huis waar je je thuis voelt.'

Jo's hoofd schoot naar achteren, en viel toen voorover.

'Jij denkt dat ik alleen de feiten kan bewijzen, maar dat zie je verkeerd,' vervolgde Simon, aangemoedigd doordat hij een reactie bij haar had losgemaakt, ook al kon hij die niet duiden. 'Ik kan ook je motief bewijzen. Er staat buiten iemand te wachten die bereid is om ons allemaal te vertellen waarom jij hebt gedaan wat je hebt gedaan. Jij denkt dat dat niet kan. Je bent zo druk met liegen dat je je nooit afvraagt of iemand soms tegen jou liegt. Het komt niet bij je op dat iemand het misschien niet eens is met jou, terwijl jij altijd overal gelijk in hebt, en dat diegene zegt wat jij wilt horen om van je af te zijn.'

'Kunt u iets duidelijker uitleggen wat u bedoelt?' zei de advocate geërgerd.

'Jij koos een hypnotherapeute uit voor Amber. Tenminste, dat dacht je. Amber scheen te denken dat degene met het beste adres, in Great Holling, waarschijnlijk beter was. In plaats van je af te vragen of er een rationele basis voor haar aanname was, raakte jij in paniek. Amber krijgt altijd al het beste. Terwijl ze dat niet verdient. Zij kreeg Dinah en Nonie. Jij wilde niet dat zij naar de beste hypnotherapeute ging, dus koos jij er eentje voor haar uit, eentje met een minder begerenswaardig adres. Amber deed net of ze het daarmee eens was, ging naar huis en maakte een afspraak met Ginny Saxon, haar oorspronkelijke voorkeur. Jij maakte ook een afspraak met Ginny. Nadat je Amber de andere kant had opgestuurd, besloot je dat jij haar eerste keus in zou pikken. Je had nog nooit aan hypnose gedacht totdat Amber ermee kwam, maar als het kon helpen bij slapeloosheid...'

Jo begon te kreunen en beukte haar rug tegen de leuning van de stoel. Simon ging tussen haar en de tafel staan zodat hij haar gezicht kon zien. Het geweeklaag zwol aan, en veranderde van toonhoogte terwijl ze haar mond open liet zakken. Wat deed ze met haar ogen?

'Wat doet ze?' De advocate klonk eerder vol afkeer dan geschrokken.

Simon verhief zijn stem zodat Jo hem boven het geluid dat ze zelf maakte kon horen. 'Ginny staat buiten,' zei hij. 'Als jij met mij praat, hoef ik haar niet naar binnen te halen.'

'Wat is er met haar aan de hand? Waarom kan ze haar hoofd niet rechtop houden?'
'Dat kan ze best. Ze kiest ervoor om het niet te doen.'
'Waarom zou ze in godsnaam...?'
'Ze doet alsof ze haar gehandicapte zusje is,' zei Simon.

'Hoe goed ken je hem?' vroeg Ginny Saxon aan Charlie met een blik op de dichte deur van de verhoorkamer.
'Beter dan wie dan ook,' zei Charlie. 'Maar niet zo goed als een vrouw haar echtgenoot hoort te kennen.'
'Simon Waterhouse is jouw man?' Ginny's stem klonk anders; dit was haar houten-hut-in-de-achtertuin-toon. Professionele Ginny.
'Als hij dat niet was, zou ik vandaag niet jouw gezelschapsdame zijn geweest. Dan zou ik met mijn eigen werk aan de slag gaan.'
'Dan zou je misschien die man kunnen helpen – degene die je in je mail omschreef.'
Charlie zat niet te wachten op dat zelfingenomen, alwetende toontje. Ze keek weg. 'Die, ja, en andere mensen zoals hij,' zei ze.
'Maak wat tijd vrij en maak nog eens een afspraak bij me,' zei Ginny.
Nee. Er is niets aan de hand met mij. En jij bent te duur.
'Ik kan je helpen. Jullie allebei.'
'Je had Simon kunnen helpen door hem eerder de waarheid over Jo Utting te vertellen.'
'Hij vroeg het me niet eerder. Toen hij het vroeg, heb ik hem verteld wat hij wilde weten, nadat ik het er met mijn supervisor over had gehad. Simon moet leren om directer te worden. Hij kan niet van mij verwachten dat ik vrijwillig informatie prijsgeef over een cliënt zonder de hele context te kennen. Waarom vertelde hij niet dat Jo Utting verdachte in een moordzaak was?'
'In twee moordzaken,' verbeterde Charlie.
'In plaats daarvan moest Amber Hewerdine van hem haar auto voor mijn huis laten staan, in de hoop dat ik met schuldgevoel zou reageren op deze cryptische visuele clou.'

'Je voelde je al schuldig.' Charlie vond het vreselijk om Simon te citeren. 'Daarom heb je in zo veel details je zorgen om Jo's gedrag gedeeld, en waarom je je geduld met Amber verloor en haar eruit schopte. Die overdreven reactie sloeg nergens op, behalve als je iets te verbergen had.'

'Of behalve als ik ook maar een mens ben,' zei Ginny. 'Simon Waterhouse is niet alwetend. Hoewel ik me duidelijk in een dimensie bevind waarin iedereen gelooft dat dat wel zo is.'

'Jij wist dat de informatie die je voor je hield van belang was,' zei Charlie. 'Je was toch zeker niet vergeten dat Simon bezig was met een moordzaak? Hij besteedde uren van zijn tijd aan het luisteren naar hoe jij en Amber Jo's karakter tot in de details ontleedden. Doe maar niet alsof jij niet wist dat ze verdachte was.'

'Ik *wist* niets,' zei Ginny. 'Ik vermoedde alleen maar iets. Als Simon eerlijk is, moet hij toegeven dat hij toen ook alleen nog maar iets vermoedde. Hij kon niet *geweten* hebben dat Jo Utting een cliënte van mij was.'

'Dat wist hij wel. Hij is goed in verbanden leggen, verbanden die een ander nooit zou zien: dat jij zo tekeerging en hem en Amber buiten de deur zette, jouw diagnose van Jo's narcistische persoonlijkheidsstoornis – die je zogenaamd stelde zonder haar ooit te hebben ontmoet.' Charlies eigen woorden klonken haar vreemd in de oren; ze zag zichzelf niet als de trotse echtgenote.

'Wat ik tegen Simon heb gezegd was absoluut waar,' zei Ginny. 'Het is mogelijk om een narcist te herkennen door alleen naar de slachtoffers te luisteren. Dat heb ik al zo vaak gedaan.'

'Maar in dit geval had je de narcist zelf al ontmoet,' bracht Charlie haar in herinnering.

'Ja, dat klopt. Mijn punt is dat Simon dat pas *wist* toen hij het me twee dagen geleden vroeg en ik het hem vertelde. En als hij dat anders ziet, houdt hij zichzelf voor de gek. En dat doet hij waarschijnlijk zijn hele leven al. Kinderen uit extreem verstoorde gezinnen leren al vroeg dat ze zichzelf voor de gek moeten houden. Alles beter dan de vreselijke waarheid onder ogen zien dat je niet veilig bent in je eigen huis, met de twee mensen die eigenlijk het meest van jou horen te houden.'

Nu ze er zo eens over nadacht, kreeg Charlie liever van jonge drugsdealers te horen dat ze moest oprotten, wat meestal het geval was in de gangen van het bureau. Ongevraagde psychoanalyse was zeldzamer. En onplezierig, zoals ze nu ontdekte. Technisch gezien was Simon het object van de analyse, maar toch.

'Zulke kinderen leren ook cryptisch te denken en communiceren,' ging Ginny verder. 'Ze worden expert in het duiden van symbolen, in het interpreteren van sferen. Ze zien clous die anderen laten liggen. Ze doen het uitstekend als rechercheur, maar ze raken enorm uit balans bij tegenslagen, omdat hun zelfbeeld zo kwetsbaar is.' Ze glimlachte op een soort dappere manier waardoor Charlie het gevoel kreeg dat ze enorm veel pech had. 'Als het Simon niet lukt om bij Jo Utting een bevestiging los te krijgen van het verhaal dat hij over haar vertelt – en aangezien ik haar heb ontmoet, geloof ik niet dat hij die zal krijgen – verwacht ik dat hij last zal krijgen van depressieve symptomen en dat hij die op een verre van directe manier zal uiten.'

'Bewaar je wijsheden maar voor je betalende klanten,' zei Charlie onbewogen.

'Oké. Het spijt me.' Ginny leek aangedaan. 'Als je mijn hulp niet wilt, zal ik hem niet aan je opdringen.'

Charlie wist wel beter dan om nu het zinnetje uit te spreken waar iedere ineenstortende gek altijd zo graag mee kwam: 'Ik heb geen hulp nodig.' In plaats daarvan zei ze: 'Als Simon zegt dat hij het wist, wist hij het. Wat hij alleen niet begreep was waarom iemand met zoveel geheimen als Jo dezelfde therapeut uitkoos als haar schoonzus. Toen wij erachter kwamen dat Jo dacht dat Amber gehoorzaam naar een andere therapeut was gegaan, snapten we dat.'

De deur van de verhoorkamer ging open. Simon kwam naar buiten, en deed de deur weer achter zich dicht. Hij keek niet blij.

'Ga je het over een andere boeg gooien?' vroeg Ginny.

'Nee. Jij moet zeggen wat we hebben afgesproken, ook al...' Hij zweeg. Keek Charlie aan alsof hij hoopte dat zij het van hem over zou nemen.

'Ook al wat?' vroeg ze.

'Ze doet net of ze geestelijk gehandicapt is – ze imiteert Kirsty, of doet net of ze haar is. Waarom zou ze dat doen?' wilde Simon weten, en hij keek Ginny kwaad aan, alsof het haar schuld was. 'Wat brengt dat haar meer dan alleen "geen commentaar"?'

'Laten we daar met haar over praten, goed?' zei Ginny.

Charlie deed een stap naar achteren toen ze de dierlijke geluiden uit de verhoorkamer hoorde toen Simon de deur opendeed. Hij deed hem niet dicht nadat hij met Ginny naar binnen was gegaan; hij verwachtte dat Charlie meekwam. Ze dacht aan de stapels werk op haar bureau, en besloot dat die nog wel even konden wachten. Simon had haar hier nodig, of zij er nu bij wilde zijn of niet; het liep allemaal niet volgens plan. Was dat het antwoord op zijn vraag: 'Wat brengt dat haar meer dan alleen "geen commentaar"?' Iedere rechercheur was gewend om "geen commentaar" te horen en wist hoe daarmee om te gaan. Deed Jo Utting of ze haar gehandicapte zus was om Simon te intimideren, om hem uit het veld te slaan?

Toen ze binnenkwam, zag Charlie Jo eerst niet zitten. Simon en Ginny stonden voor haar en ontnamen haar het zicht. Toen ze opzij stapten, zag ze een zwarte vrouw in een broekpak naast een gehandicapte blanke vrouw met schouderlang blond krulhaar en een slinger kwijl die uit haar open mond over haar kin droop. Haar ogen stonden leeg; haar lichaam kronkelde in de stoel. Ook al wist ze dat het een act was, Charlie twijfelde toch.

Ginny zat tegenover Jo en leunde over de tafel alsof ze graag dicht bij haar wilde zijn. 'Hallo,' zei ze. 'Ken je me nog? Ik ben Ginny Saxon. Je bent bij mij in de praktijk geweest.'

Jo kreunde en liet haar rechterarm uitschieten. Charlie stond naast Simon, voor de deur. Ze was zich bewust van de spanning in zijn lijf, misschien nog meer dan hijzelf.

'Ik ben hier niet om de politie te helpen, ook al moest ik hun vertellen waar wij over hebben gepraat,' zei Ginny tegen Jo. 'Ik ben hier om jou te helpen. Ik geloof niet dat dit een verstandig idee is, doen alsof je iets bent wat je niet bent. Ik geloof niet dat dit goed voor jou is.'

'Als ze nou moet plassen?' vroeg de advocate. 'Wat gebeurt er dan?'

'Ik begrijp dat je er genoeg van hebt om steeds voor iedereen te moeten zorgen,' ging Ginny rustig verder. 'Ik begrijp dat jij ook weleens verzorgd wilt worden, en dat kan ook. Ik zal je helpen. En andere mensen ook. Maar niet op deze manier. Als jij dit spelletje blijft spelen, wordt er voor jou niet gezorgd. Dan wordt er gezorgd voor degene die jij speelt, degene die niet bestaat. En de echte Jo dan? Heeft die dan geen recht op wat zorg en aandacht na al die jaren van zorg voor anderen? Als jij haar verstopt, kan zij niet krijgen wat ze nodig heeft. Jo? Ik zeg "haar" maar ik bedoel jou. Niemand weet hoe het voelt om in jouw schoenen te staan, hè? Waarom vertel je rechercheur Waterhouse niet wat je mij hebt verteld?'

'Dit wordt niks,' mompelde Simon. Alleen Charlie kon hem verstaan; het geluid dat Jo voortbracht schermde zijn woorden af.

'Toen je bij mij kwam, was je kwaad.' Ginny ging harder praten. 'Waar is die woede nu? Zet hem niet om in geluid, zet het om in woorden. Vertel ons erover.'

'Of ga weer over op "geen commentaar",' zei Jo's advocate bits. 'Je zet jezelf voor schut en je verspilt mijn tijd.' Ze keek naar Simon. 'Jullie allemaal.'

'Hoelang denk je dat je dit kunt volhouden, Jo?' Ginny's ferme, niet-agressieve stem neutraliseerde het ongeduld van de advocate. 'Het is een indrukwekkend toneelstukje, maar je houdt het niet vol. Niets in jouw leven was vol te houden, en daarom zit je nu hier, omdat je voor de waarheid bent weggelopen in plaats van hem onder ogen te zien. Jo? Waarom vertel je rechercheur Waterhouse niet wat je moeder tegen jou zei op je zestiende verjaardag? Luister naar me, Jo. Ik maak me zorgen dat jij jezelf ziek maakt als je...'

Ginny kon onmogelijk op tegen de geluiden die Jo maakte: gekreun dat door merg en been ging, afgewisseld met hoog gejank.

Geen woorden, maar wel het vermoeden van woorden die vervormd en binnenstebuiten gekeerd waren. Charlie huiverde. Hoe kon Ginny er zo zeker van zijn dat Jo dit niet volhield? Hoe kon ze deze act *niet* volhouden? Het was onvoorstelbaar dat ze nu elk moment haar mond zou kunnen afwegen, haar vertrokken gezicht in de plooi zou trekken en "geen commentaar" zou zeggen.

Ginny had haar post verlaten en liep naar de deur, waar ze Simon gebaarde dat ze op de gang moesten praten. Charlie stond als eerste buiten, en bedacht hoe ze kon voorkomen dat ze weer mee naar binnen moest. Jo Uttings specifieke vorm van krankzinnigheid was de minst aantrekkelijke die ze in haar hele carrière was tegengekomen.

'Je hebt een probleem,' zei Ginny tegen Simon. 'Een groot probleem.'

'We hebben drie zaken rond,' antwoordde hij. 'Ze heeft bekend.'

'En ze zal de rest van haar leven in een inrichting slijten. Ze zal nooit meer iemand kwaad doen. Dat is het belangrijkste. Maar als je hoopt op strafrechtelijke vervolging...'

'Kom niet met gelul over ontoerekeningsvatbaarheid! Je hebt zelf gezegd: dit houdt ze niet vol.'

'Dat zei ik toen ik dacht dat het een act was,' zei Ginny. 'Of liever: toen ik nog hoopte dat het een act was.'

'Wat, denk jij dan dat dit echt is?' schreeuwde Simon tegen haar. 'Bullshit! Mensen worden niet zomaar ineens geestelijk gehandicapt als het hun uitkomt.'

'Nee, maar ze storten wel in. En na het instorten is alles mogelijk. Ik ontken niet dat Jo's specifieke reactie ongebruikelijk is...'

'Nee. Ik heb geen zin om deze shit aan te horen. Nee!' Simon sloeg met zijn vuist tegen de muur. 'Je hebt haar advocaat toch gehoord! Zelfs die trapt er niet in.'

'Jo ziet Kirsty al haar hele leven, ook als ze probeerde om niet te kijken,' zei Ginny bedroefd. 'Ze hoorde Kirsty zelfs als ze zich heilig voornam om niet te luisteren. Ze zag hoe haar moeder haar hele leven aan Kirsty wijdde en wist dat zelfs Hilary's hele leven nog niet genoeg zou zijn. Wiens leven zou daarna aan de beurt zijn om te worden opgeofferd als Hilary er niet meer was? Weet jij hoe dat voelt – als iemand zo afhankelijk van je is, iemand die alles neemt en niets teruggeeft? Dat is alsof je die persoon met je meedraagt. Het feit dat je je continu van diegene bewust bent, houdt in dat je nooit helemaal jezelf kunt zijn. Stel je dat scenario eens voor, en tel daarbij de stress op van een levenslange gevangenisstraf, van gescheiden worden van je kinderen...'

'Jij hebt medelijden met haar,' zei Charlie. Waarmee ze bedoelde dat iedereen die Ginny zo hoorde, medelijden met Jo zou hebben. En dat wilde Charlie niet.

'Ik heb medelijden met alle betrokkenen,' antwoordde Ginny diplomatiek. 'Het is geen act, Simon. Het spijt me, maar je zult weer naar binnen moeten en er bij de advocate op aandringen dat Jo fatsoenlijke psychiatrische hulp krijgt.'

'Maak je maar geen zorgen,' zei Simon. Hij keek niet naar Ginny. Hij keek naar niemand. 'Ik ga weer naar binnen. Alleen.'

Hij verdween de kamer in en smeet de deur achter zich dicht.

Ginny wendde zich tot Charlie. 'Hij gaat haar terroriseren. Ik heb hier geen macht. Jij moet iets doen.'

'Wat heeft Hilary tegen Jo gezegd op haar zestiende verjaardag?' vroeg Charlie. Ze dacht dat Simon haar alles had verteld. Kennelijk niet. En Ginny begreep niet dat zij niet de enige was die niet bij machte was Simon te weerhouden van iets wat hij in zijn kop had. Hij bezat de bijzondere gave om iedereen om hem heen alle wapens uit handen te slaan als hem dat zo uitkwam.

'Ze liet Jo beloven om voor Kirsty te zorgen als zij dat niet meer zou kunnen – iets wat geen enkele ouder ooit van een kind van zestien mag vragen. In zekere zin is Hilary verantwoordelijk voor alle moorden en pogingen tot moord.'

Daar wilde Charlie niets van horen. 'Misschien ligt het in jouw vak anders, maar wij hebben hier vrij strikte richtlijnen over de verantwoordelijkheid voor moord. Degene die de moord pleegt is voor ons schuldig.'

'Jo was een braaf kind. Ze zei natuurlijk ja. Hilary heeft haar al op jonge leeftijd doordrongen van de waarde van familie: het was belangrijker dan Jo zelf, dat was de boodschap die ze na Kirsty's geboorte van haar moeder meekreeg. Jo deed er niet meer toe als individu. Rationeel wist ze dat ze er wel toe zou moeten doen – haar leven, het leven dat ze voor zichzelf had opgebouwd, het leven waar ze nooit van zou kunnen genieten vanwege de plicht die haar boven het hoofd hing. Daarom kwam ze bij mij. Ze wilde dat ik haar hielp te geloven wat zij als waar zag. Ik denk dat ze eigenlijk de moed wilde vinden om publiekelijk te zeggen wat Amber zonder spoor van schuldgevoel tegen haar had gezegd, hoewel die dat natuurlijk nog niet had gezegd toen Jo bij mij kwam: 'Niemand heeft de plicht zijn eigen leven te ruïneren omwille van een ander.' Ginny haalde haar schouders op. 'Misschien had ik Jo kunnen helpen om daarin te geloven, maar misschien ook niet. In de hypnotherapie noemen wij dit dehypnose. Als een kind is gehersenspoeld door een ouder met een sterke wil en gelooft in iets wat niet waar is, kun je dat niet altijd meer ongedaan maken.'

'Geldt hetzelfde voor politiemensen die zijn gehersenspoeld om te denken dat moordenaars straf verdienen?' vroeg Charlie.

'Jo heeft me verteld dat ze van Kirsty hield. Wat ik ook zei, ze wilde niet toegeven dat ze haar haatte. Zelfs naar haar man toe wilde ze niet toegeven dat het vooruitzicht om Kirsty na Hilary's dood te moeten verzorgen ondraaglijk was. Toch gaf ze ruiterlijk toe dat ze het vreselijk vond om Kirsty aan te raken of bij haar in de buurt te zijn. Hilary mocht niet merken dat Kirsty de enige was die ze op die manier uit de weg ging, en dus speelde ze dat ze niet zo aanrakerig was. Zelfs haar man geloofde het. Alleen voor haar kinderen maakte ze een uitzondering, maar dan ook nog alleen als ze dacht dat niemand het zag.'

'Vreemd soort vermijdingsdrang, aangezien haar moeder en Kirsty elke dag bij haar over de vloer kwamen,' zei Charlie. 'Ze nodigde hen uit te blijven logeren, kookte voor hen...'

'Dat was haar dekmantel,' zei Ginny. 'Ja, Hilary en Kirsty waren er altijd, maar ze gingen op in de groep. De oude schoonvader, de kinderen, broer, echtgenoot, zus en zwager, een nanny die een fortuin betaald kreeg en bijna niets hoefde te doen. Ik denk dat Sabina Jo's laatste strohalm was. Als al haar andere plannen mislukten, kon ze Sabina misschien overhalen om voor Kirsty te zorgen als Hilary dood was. Daarom hield ze haar in dienst.' Ginny fronste. 'Ik zeg "overhalen" maar dat bedoel ik niet letterlijk,' nuanceerde ze. 'Zoals Amber zo scherpzinnig opmerkte, is Sabina alleen in naam de nanny, maar haar rol in het huishouden was altijd al gericht op *Jo's* behoeften, nadat ze die eerst door een soort osmose moest ontcijferen, want er werd nooit iets expliciet gevraagd. Nu Hilary nog leeft, heeft Jo Sabina vooral nodig om Quentin bezig te houden. Jo zou dat alleen nooit aan Sabina hebben gevraagd. Ze is niet in staat onder woorden te brengen wat zij zelf nodig heeft, dat is haar hele probleem.'

'Dat, en het feit dat ze een gewetenloze moordenaar is,' grapte Charlie geïrriteerd.

'Laten we aannemen dat Sabina hier wel voor in was – wat we niet zeker weten, en wat ze volgens mij nooit lang had volgehouden – dan zou Jo alle eer opstrijken voor de verzorging van haar zusje. Niemand zou erop wijzen dat Sabina in feite al het harde en intieme fysieke werk zou doen, of dat ze Jo nog nooit in de buurt van haar zusje hadden gezien.'

'Wat heeft Jo hiervan allemaal aan jou verteld, en welk deel heb je zelf verzonnen?' vroeg Charlie. Simon had haar doen geloven dat Jo's vastbeslotenheid om niet met de verantwoordelijkheid voor Kirsty opgezadeld te worden een vaststaand feit was, maar alles wat Ginny zei klonk griezelig speculatief.

'Ze heeft het me meer dan eens verteld.'

'Dus het was goede pr voor Jo om Kirsty in huis te hebben?'

Ginny knikte. 'Precies. Ze kon zich in de keuken verschansen, achter een verdedigingslinie van potten en pannen, in de wetenschap dat Hilary er was om Kirsty alle zorg te geven die ze nodig had, en Hilary zou niets vermoeden. Ze *vermoedde* ook echt niets.

Niemand vermoedde iets. Iedereen dacht dat het bij Jo thuis zo barstensvol mensen was omdat ze niets liever wilde dan zorgen voor iedereen. Jo zorgde dat ze al haar naasten overtuigde van haar toewijding aan Kirsty. Als iemand Kirsty eens niet als een gelijke behandelde, schold Jo, de trouwe zus, hen de huid vol. Jo offerde haar huis en haar dagelijks leven op deze ingewikkelde manier op. In haar hart waren de tweede huizen die ze voor haar moeder verborgen hield en waar ze bijna nooit naartoe kon – in Pulham Market en in Surrey – haar echte huizen. Ze maakte één uitzondering en nodigde iedereen uit een keer naar Little Orchard te komen, omdat ze graag een groot gebaar wilde maken: een landhuis huren om daar met de hele familie kerst te vieren. Ze kon geen betere manier verzinnen om naar het huis te gaan waar ze zo van hield maar waar ze nooit kon zijn. En ook geen betere manier om haar imago te beklinken van familiegodin die zo veel van iedereen hield dat ze de gedachte dat ze niet allemaal bij elkaar waren met kerst niet kon verdragen. Daarbij wilde ze dat Hilary haar testament zou aanpassen ten gunste van Ritchie – doen alsof ze genoeg geld had om zo'n enorm huis te huren was daarbij symbolisch handig, dacht ze waarschijnlijk, om aan te tonen dat Neil en zij het niet nodig hadden, in tegenstelling tot Ritchies overduidelijke nooddruft.'

'Het symbolische had alleen geen effect op Hilary,' merkte Charlie op.

'Nee. Hilary weigerde, en dat kon Jo niet aan. Toch heeft ze niet overwogen om eerlijk te zijn tegen haar familie over wat zij nodig had en zou willen. In plaats daarvan stortte ze tijdelijk in, en besloot om te verdwijnen met haar man en kinderen. Na een dag en twee nachten op de vlucht was ze waarschijnlijk voldoende bijgekomen om te beseffen dat het niet praktisch was. Ze keerde terug naar haar leven, en deed alsof er niets was gebeurd.'

'En toen?' vroeg Charlie. 'Ze wachtte vijf jaar, en beraamde en pleegde vervolgens een moord, en toen twee jaar later nog eentje?'

'Klinkt vreemd, hè?' zei Ginny. 'Behalve als je Jo bent, dan is het allemaal heel logisch. Ze heeft Kirsty met geen vinger aangeraakt.

Ze wist dat ze dat in de ogen van haar moeder nooit meer goed zou kunnen maken, en ze moest eerst haar andere opties onderzoeken. Hilary's boodschap gedurende Jo's jeugd was klip en klaar: de zorg voor Kirsty was het enige wat telde. Verder was alles en iedereen vervangbaar. Als Jo er niet toe deed, waarom zou het leven van Sharon Lendrim en Katharine Allen dan iets waard zijn? Waarom zou Jo dan niet het risico nemen en die twee moorden plegen? Ze had haar moeder nog nooit horen zeggen dat *zij* niet in een inrichting terecht mocht komen: een gevangenis, of een psychiatrisch ziekenhuis. Kirsty was degene die voor altijd thuisgehouden moest worden, ingepakt in de liefde van haar familie, voor zolang die familie leefde.'

Charlie staarde naar de dichte deur van de verhoorkamer. Dit gedeelte van het bureau was nieuw, en volkomen geluiddicht. Je had geen idee wat zich binnen in die kamer afspeelde.

Ginny stak haar hand uit. Charlie nam hem aan. 'Bedankt voor je tijd,' zei ze. 'Simon zou dat eigenlijk zelf moeten zeggen, maar dat zal hij nooit doen.'

'Maak je over mij maar geen zorgen,' zei Ginny. Ze gebaarde naar de deur. 'Doe wat je kunt om Jo te helpen. Wat ze ook heeft gedaan. En ontzeg jezelf je eigen behoeften niet. Dat loopt gegarandeerd uit in een tragedie.'

'Transitieve en intransitieve relaties,' zei Simon terwijl hij door de kamer ijsbeerde. De advocate had haar stoel in de hoek gezet, zo ver mogelijk bij de actie vandaan. 'William heeft me uitgelegd hoe dat werkt. Heeft Jo iets te winnen bij Sharons dood? Nee. Amber heeft iets te winnen bij Sharons dood: zij wint Dinah en Nonie. Heeft Jo dan iets te winnen bij Pams dood? Weer nee. Jo wordt met Quentin opgezadeld, maar dat is geen winst. Dat is een last, een nachtmerrie.' Hij leunde over de tafel en staarde in de lege ogen van de kwijlende hoop mens voor hem. 'Maar dat is juist jouw tactiek. Als het met jou niet goed gaat, en je hebt het verschrikkelijk moeilijk, dan kan dat nooit jouw bedoeling zijn geweest, toch? Je hebt je principes opzijgezet om Amber te redden door haar te spelen tijdens haar verkeerscursus en je bent als de dood dat het uitkomt. Je smeekt me om aan niemand te vertellen dat je het hebt gedaan, en je zorgt ervoor dat het nooit bij mij opkomt te denken dat je het misschien helemaal niet *hebt* gedaan. Het perfecte alibi: de mate waarin jij zichtbaar wanhoopt dat jouw geheimpje uitkomt, bepaalt de mate waarin ik aanneem dat het wel waar moet zijn. Waarom zou je anders moeite doen om een leugen te verbergen die nooit heeft bestaan?

'Als Amber en Luke hun handen vol hebben aan Sharons meisjes terwijl Pam overlijdt, is er geen sprake van dat zij ook Quentin nog eens in huis nemen. Hun logeerkamer is al bezet, want daar slapen Dinah en Nonie. Jij daarentegen kunt jouw jongens nog wel bij elkaar op een kamer doen, zodat je een slaapkamer hebt voor Quentin. Met Quentin is je huis vol, dus hoe kan iemand van jou verwachten dat je Kirsty erbij neemt als Hilary het loodje legt? Waarom zou Ritchie dat niet doen? Hij is een man, dat is zo, en ook duidelijk niet erg goed als verzorger, maar hij heeft verder niets te doen. Daar heb jij wel voor gezorgd: door hem financieel te ondersteunen, tegen hem te zeggen dat hij niet zomaar een baantje moet nemen, dat hij moet wachten tot er iets voorbijkomt wat er echt toe doet, iets wat zijn leven betekenis geeft. Iets als de zorg voor zijn gehandicapte zus. Als jij Hilary kunt overhalen om jou uit haar testament te schrappen en haar huis alleen aan Ritchie na te laten, is dat alleen maar mooi. De oplossing begint steeds meer voor de hand te liggen: jouw doelloze broer, met een huis helemaal voor zichzelf alleen, en zonder kinderen. Alleen, het had nooit gewerkt. Ritchie zou niet voor Kirsty zorgen. Hij kan al nauwelijks voor zichzelf zorgen. Je zou iets anders moeten verzinnen, maar wat? Een fulltime verpleegster in de arm nemen was geen optie – *daar* kwam je nooit ongezien mee weg. Hilary had zich omgedraaid in haar graf. Zal ik je eens zeggen wat er was gebeurd, aangenomen dat jij het niet allang zelf hebt bedacht? Een kussen over Kirsty's gezicht, uiteindelijk. Of een ongeluk. Zolang niemand jou, de toegewijde zus, maar kon verdenken, dan zou dat een oplossing zijn. Hilary-in-haar-graf zou niet meer weten dan de buitenwereld. Niemand heeft de macht om in jouw hoofd te kijken en jouw gedachten te lezen, zelfs een geest niet. Vooral niet de geest van je moeder. Want toen ze nog leefde, maakte Hilary zich alleen maar druk over hoe die buitenwereld jou zag. Zo ziet zij jou zelf ook – ze kijkt alleen naar de buitenkant. Ze heeft geen zin om dieper te graven. Het kan haar niet schelen hoe jij je voelt, ze probeert zich niet eens in je te verplaatsen. Zij vertelt *jou* hoe je je moet voelen. Zo is het toch? Dus waarom zou haar geest, na haar dood, anders zijn?'

'Er is dus toch iemand die tot haar geest kan doordringen,' mompelde Jo's advocate.

'Jij denkt veel na over je dode moeder,' zei Simon. 'Ook al is ze nog niet dood. In 2003 werd er borstkanker bij haar geconstateerd. Ze waren er vroeg bij. Je wist dat er een gerede kans was dat ze het zou overleven, maar je raakte gefocust op de waarheid, werd er gedwongen mee geconfronteerd. Hilary kwam misschien niet binnen afzienbare tijd te overlijden, maar op een dag ging dat wel gebeuren. En dan zou jij je belofte aan haar moeten inlossen. Je zou voor Kirsty moeten zorgen, haar een thuis moeten bieden. Je raakte in paniek – vandaar je kennelijk altruïstische suggestie dat Hilary haar testament ten gunste van Ritchie moest aanpassen. Het moet een schok zijn geweest dat ze weigerde. Ze zei tegen jou en Ritchie dat daar niets van in kwam, en dat ze het belangrijk vond om haar kinderen allemaal gelijk te behandelen. Maar dat was niet het hele verhaal.'

Simon beeldde zich in dat hij Jo bij haar haar pakte en haar hoofd naar achteren trok. Hij had het graag gedaan, maar het kon niet. 'Ik heb met Hilary gesproken,' zei hij. Jo's schouders vertrokken. 'Toen Ritchie naar bed ging, vertelde Hilary jou de waarheid: ze kon haar huis niet verkopen, omdat jij de opbrengst van de verkoop nodig had om een groter huis te kopen voor jou en je gezin, eentje waarin ook ruimte genoeg zou zijn voor Kirsty. Als Ritchie het hele huis kreeg, zou jij je dat niet kunnen veroorloven, tenminste, dat geloofde

Hilary. Kirsty zou dan bij Ritchie moeten wonen, en Hilary vertrouwde hem de zorg niet toe. Ze had dat niet willen zeggen waar hij bij was, want dan zou het lijken alsof ze helemaal geen fiducie in hem had. Terwijl Ritchie heus wel weet dat Hilary geen hoge pet van hem op heeft. Jij bent de betrouwbare van de twee, hij de teleurstelling. De mislukkeling.'

Jo was opgehouden met kreunen en was stilgevallen. Ze hield haar hoofd schuin op een manier die er pijnlijk uitzag, alsof haar nek gebroken was.

'Maar zo voelde het niet,' zei Simon. 'Jij voelde je juist de mislukkeling. Je plan had niet gewerkt. Hilary zou haar testament niet aanpassen. Kirsty zou nog altijd naar jou komen. Wat deed je toen je inzag dat midden in de nacht weglopen geen zin had? Heb je het toen uit je hoofd gezet? Heb je jezelf voorgehouden dat Hilary voorlopig toch niet doodging, en dat je ondertussen wel wat nieuws zou verzinnen? Dat gebeurde inderdaad. Toen Pam leverkanker kreeg, bedacht jij plan B. Was Ritchie nu echt zo'n hopeloos geval dat hij niet kon leren hoe hij voor Kirsty moest zorgen? Daar zou Hilary toch zeker zelf ook over nadenken als ze zag dat Neil en jij Quentin wel in huis moesten nemen? Dan zou ze toch zeker naar je toe komen en zeggen dat het eigenlijk een prima plan van je was: Ritchie moest haar huis krijgen en de dagelijkse verzorging van Kirsty op zich nemen als zij dood was, aangezien jij al aan je taks zat. Je moeder moest de verantwoordelijkheid officieel van jou op Ritchie overdragen. Ginny zou zeggen dat je het jezelf niet kon toestaan om een behoefte te voelen die Hilary jou niet had toegewezen. Nee, wat is ook weer de juiste psychoterm?' Psychotherapeutisch, bedoelde hij, niet psychopathisch. Als er tenminste een verschil was. 'Valideren, dat is het. Hilary moest jouw behoefte valideren om te mogen zeggen: "Ik zit aan mijn grens" – jouw recht om dat te zeggen. Maar dat deed ze nooit, hè? Waarom zou ze ook? Ze zag dat jij opgewekt voedsel en onderdak verschafte aan de hele wereld en nam aan dat jij dat allemaal makkelijk aankon. Gisteren vertelde ze me dat ze er nooit aan heeft getwijfeld dat jij voor Kirsty wilde zorgen, zo overtuigend was je: haar engelachtige dochter die wilde dat haar kleine broertje een groot huis kreeg uit puur altruïstische overwegingen.'

Jo maakte een geluid dat maar een paar seconden aanhield. Ginny zat ernaast toen ze zei dat ze haar act nooit zou volhouden. De versie die niet veel energie kostte was een eitje. Dat kon iedereen volhouden.

'Transitieve en intransitieve relaties,' zei Simon. 'Ik zou deze transitief noemen, al is William het daar misschien niet mee eens. Amber wint iets bij Sharons dood: Dinah en Nonie. Doordat haar letterlijke en emotionele ruimte volledig in beslag worden genomen wint Jo iets bij Pams dood – Quentin, al is het een twijfelachtige winst. Nu is er geen plaats meer in de herberg. Met Hilary's zegen zou Ritchie dan kunnen winnen bij Hilary's dood: een groot huis, en de fulltime zorg voor zijn zus. Zie je wel dat het transitief is? Volg de hele keten van oorzaak en gevolg maar terug naar het begin. Dan zul je zien dat Ritchie iets wint bij Sharons dood, net als Jo, die weer iets wint bij Ritchies winst. Haar winst is het verlost worden van de zorgplicht voor haar zus. Als Sharon niet dood was gegaan, zou Quentin misschien naar Amber en Luke zijn gegaan, die nog altijd een logeerkamer vrij hadden toen Pam overleed.' Simon boog zich voorover, bracht zijn gezicht zo dicht mogelijk bij dat van Jo als hij aankon. 'Een kamer waar Quentin nooit terecht was gekomen. Daar kwam je op woensdag 1 december achter. In tegenstelling tot jou, zou Amber niet liever onschuldige mensen vermoorden dan een onredelijke eis van een moeder inwilligen. Een moeder die haar kind mishandelt.'

Jo's mond vertrok, maar ontspande zich weer. Of zag Simon alleen wat hij wilde zien?

'Mishandelt, ja,' zei hij. 'Zo ziet Ginny het, en zij is de deskundige. Het is mishandeling om een van je kinderen het gevoel te geven dat zij voor een ander kind moet zorgen om jouw liefde en goedkeuring te verdienen.'

'Wacht even,' Jo's advocaat stond met een ruk op, maar bleef in de hoek van de kamer. 'Speelt u soms een spelletje waar ik te dom voor ben, of suggereert u nu werkelijk dat haar motief voor de moord op Sharon Lendrim was het vullen van de logeerkamer van de enige andere die haar schoonvader onderdak had kunnen bieden?'

'Ik ben nog nooit zo serieus geweest,' zei Simon tegen haar. 'Toen er leverkanker werd geconstateerd bij Pam Utting, hadden Neil en zijn broer Luke, Ambers man, een gesprek waar Jo van hoorde, en Amber niet – omdat Luke te bang was voor haar reactie om het haar te vertellen. Neil en Luke spraken af dat Luke Quentin in huis zou nemen als Pam zou overlijden. Luke was er niet blij mee, maar hij vond het zijn plicht. Hij had de ruimte, Neil niet. En Neil had twee kinderen. Luke zei tegen Neil dat Amber er niet blij mee zou zijn, maar dat hij dacht dat hij haar wel kon ompraten. Ik weet niet of hem dat gelukt was. Zij zegt van niet. Maar Jo wist niets van Ambers tegenzin. Het enige wat Neil haar vertelde, was dat ze zich geen zorgen hoefde te maken, omdat Luke had beloofd dat hij voor Quentin zou zorgen. Jo kon gerust zijn in de wetenschap dat haar schoonvader nooit haar verantwoordelijkheid zou worden.'

'Maar volgens uw theorie was ze helemaal niet gerust?' vroeg de advocaat.

'Nee, volgens mijn theorie pleegde ze een moord,' zei Simon. 'Jo moest voor Quentin verantwoordelijk zijn om de verantwoordelijkheid voor Kirsty misschien te kunnen ontlopen. Toen Sharon overleed en Amber besloot dat ze een groter huis nodig had voor haar, Luke en de kinderen, deed uw cliënte er alles aan om haar dat uit het hoofd te praten.'

De advocate schudde het hoofd. 'En, lukte dat?'

'Nee. Het maakte niet uit, naar later bleek.' Hij keek naar Jo. 'Je moet gedacht hebben dat het je was gelukt. Toen Pam doodging zei niemand dat Amber en Luke een huis hadden dat twee keer zo groot was als dat van jou. Over Luke's belofte om voor zijn vader te zorgen werd nooit meer gesproken – niet door jou, en niet door Neil, Luke of wie dan ook. Iedereen wist hoe zwaar het voor Luke en Amber was, zich aanpassen aan een leven met Dinah en Nonie. Je zorgde ervoor dat de aandacht van de hele familie werd gevestigd op hoeveel zij op hun bordje hadden. Die arme, gestreste Luke en Amber.'

'Maar waarom zou ze Sharon willen vermoorden?' vroeg de advocate. 'Als u gelijk hebt, zou het toch veel eenvoudiger zijn geweest om Amber en Luke te vermoorden? Die kunnen Quentin niet in huis nemen als ze dood zijn.'

'Als er iets met Amber en Luke gebeurde, zou Jo automatisch verdacht zijn. Als zij Sharon vermoordt – een wildvreemde – wie zou haar dan verdenken? Voor de buitenwereld lijkt het alsof ze niets te winnen heeft bij Sharons dood. Wat Jo betrof, was Sharon geen familie; haar leven deed er niet toe.'

Jo's advocate zuchtte. 'Moet u horen, de daden van mijn cliënte spreken voor zich, maar alles wat u beweert wat betreft het motief valt niet te bewijzen.'

'Ik heb het al bewezen,' zei Simon tegen haar.

'U hebt het *gezegd*. Zeggen is niet hetzelfde als bewijzen.'

'In haar tweede huis heeft ze foto's staan van al haar familieleden, behalve van haar zus. Wat zegt u dat?'

'Dat Kirsty niet zo fotogeniek is, en dat u zich vastklampt aan een strohalm.' Jo's advocate pakte haar bij de arm. 'Einde verhoor, wat een uur geleden al had moeten gebeuren. Wij zijn weg.'

Jo stond op.

'Ziet u dat? Ze doet wat u haar opdraagt.' Simon versperde hen de weg door voor de deur te gaan staan. Tegen Jo zei hij: 'Wij zullen bewijzen dat jij een leugenaar bent, en dan ga je naar de gevangenis.' Hij beet haar de woorden toe. 'Als jij deze act laat varen, mag je met je kinderen praten, en hun uitleggen waarom je het hebt gedaan. Dan kun je de rechter uitleggen onder wat voor druk je stond. Ginny zal voor je getuigen dat er verzachtende omstandigheden zijn.'

'U bedoelt dat *zij* kan bewijzen dat u gelijk hebt, als zij haar act laat varen,' zei Jo's advocate. 'Maar dat lokt haar duidelijk niet zo.'

Jo jankte, en bewoog haar mond alsof ze haar best deed om haar lippen op elkaar te krijgen.

'Ik kan je helpen,' schreeuwde Simon haar na toen haar advocate haar de kamer uit had geleid, wetende dat hij het te laat over de vriendelijke boeg had gegooid. 'Ik wil je helpen.'

'Help uzelf,' zei de advocate. 'Verspil uw tijd hier verder niet aan.'

En weg waren ze. Hij bleef alleen achter in de kamer, met de echo van een dichtgeslagen deur.

15

Vrijdag 10 december 2010

'Je drinkt wijn,' zegt Dinah tegen mij. Zij, Nonie, Luke en ik eten bij Ferrazzano in Silsford, ons favoriete Italiaanse restaurant.

'Ik weet dat ik wijn drink.'

'Mevrouw Truscott mag ouders geen wijn geven op schoolpresentaties, dus dan mag jij het ook niet drinken.'

'Nee, ik mag het gerust drinken,' zeg ik. 'Mevrouw Truscott mag geen wijn verkopen op schoolpresentaties, en doen alsof ze het gratis weggeeft. En trouwens...'

'Wat, trouwens?' vraagt Dinah.

'Niks.' Luke en ik wisselen een blik. We denken allebei dat mevrouw Truscott voortaan mag doen waar ze zin in heeft, en dat wij haar hoe dan ook als een heldin zullen zien. Zonder de inzet van de directrice die ik zo vaak heb bespot, zouden Dinah en Nonie vandaag niet meer leven, daar ben ik van overtuigd. Jo was niet de enige die op het idee kwam om de middag van vrijdag 3 december te gaan shoppen. Mevrouw Truscott zag haar met de meisjes in een warenhuis, en het viel haar op dat Nonie huilde, en dat Jo niet reageerde op haar verdriet. Toen Nonie haar directrice zag, rende ze naar haar toe, en negeerde Jo's luide commando's om onmiddellijk terug te komen. Ze zei dat ze naar huis wilde, maar dat dat niet mocht van Jo. Ze was bang: Jo en Dinah waren van plan om in de sneeuw te gaan spelen in de bossen bij Silsford, maar Nonie wilde daar niet heen.

Mevrouw Truscott liep naar Jo om met haar te praten, maar die zei snibbig dat ze zich met haar eigen zaken moest bemoeien, om het vervolgens over een totaal andere boeg te gooien en bijna kruiperig geruststellend deed. Mevrouw Truscott vertelde later aan de politie dat ze erop had gestaan om Dinah en Nonie bij haar weg te halen en hen naar huis te brengen, naar Luke.

De bossen bij Silsford zijn vlak bij Blantyre Gap. De gemeente heeft onlangs een plan aangekondigd om daar een hek omheen te zetten, zodat mensen er niet zo makkelijk met hun auto vanaf kunnen rijden.

'Laten we nu geen ruzie maken over wijn,' zegt Luke. 'Laten we het hebben over het briljante schooltoneel dat we net hebben gezien van de briljante toneelschrijfsters Dinah en Nonie Lendrim.' Het was Nonie uiteindelijk gelukt om op te komen voor Hectors tien zusters. Dankzij haar wachtte hun een minder gruwelijk lot: een modderbad in plaats van de dood.

'Dus jullie vonden het goed?' vroeg Dinah ons voor de twintigste keer. 'Echt?'

'Echt,' zeg ik tegen haar. 'We vonden het geweldig. Iedereen vond het geweldig – je hebt het applaus toch gehoord? Jullie hebben allebei zo veel talent.'

'Dat moeten jullie wel zeggen,' zegt Nonie. 'Jullie zijn onze ouders.'

Luke knijpt me onder de tafel in mijn knie.

'Jullie zijn *echt* onze ouders,' onderstreept Dinah.

'Vertel het dan,' fluistert Nonie over de tafel tegen haar.

Ik dwing mezelf het eten in mijn mond door te slikken. De laatste keer dat Nonie Dinah opdroeg mij iets te vertellen was het 'Aardig, Wreed, Aardig Wreed'. Dat was niet iets wat ik graag wilde horen. Toen ze me vertelde hoe bang ze was geweest toen Jo had geprobeerd haar mee te krijgen naar de sneeuw in de bossen bij Silsford, en hoe ze bijna de moed niet had gehad om naar mevrouw Truscott te gaan in het warenhuis, wilde ik dat ook niet horen – het was te angstaanjagend. *Laat dit alsjeblieft iets goeds zijn.*

'We hebben een besluit genomen,' zegt Dinah terwijl ze haar mes en vork neerlegt. 'Jullie hoeven ons niet te adopteren. We zijn al een gezin, jullie zijn al onze ouders. We hebben geen stuk papier nodig om dat te bewijzen.'

'Jullie hebben gelijk,' zegt Luke. 'Wij zijn een gezin, of we jullie nu officieel adopteren of niet.'

'Maar als jullie dat niet meer proberen, kan er niets ergs gebeuren,' zegt Dinah. 'Dan gaat niemand zeggen dat het niet mag.'

Nonie knikt instemmend.

Luke kijkt me aan, met een vragende blik. Ik stuur er ook eentje zijn kant op: moet ik het beslissen? Ik wil het niet hoeven beslissen. Of misschien wel, omdat ik het absoluut niet wil opgeven, wat Luke ook zegt. Wat wie ook zegt. 'Als je zeker wist dat we jullie echt voor de wet konden adopteren, zouden jullie het dan nog niet willen?' vraag ik de meisjes.

'Maar dat weten we niet zeker,' zegt Nonie.

'Ze zei ook "als". Je weet toch wel wat "als" betekent?' zegt Dinah kattig.

'Dat zouden jullie toch best willen?' zegt Luke. 'Jullie zijn alleen bang, net als wij, dat het niet gaat lukken. Daarom willen jullie dat we het niet meer proberen.'

De meisjes knikken allebei.

'Maar we kunnen er niet mee stoppen,' zeg ik tegen hen. 'Luke en ik zijn even bang als jullie, maar het is iets wat we allemaal graag willen, en dus moeten we het proberen. En... misschien komt het wel goed.'

'Waarschijnlijk komt het goed,' zegt Luke.

'Amber?'

'Ja, Non?'

'Wat gaat er nu met Jo gebeuren?'

'Ik weet het niet, liefje. Dat weet niemand op dit moment. Maar... ze kan nooit meer iemand kwaad doen.'

'Ik heb medelijden met William en Barney,' zegt Nonie.

'Als het tegenzit, zit het toch wel goed,' zegt Dinah. 'Dan zijn we toch nog een gezin.'

Vanaf nu zijn we een gezin waarin iedereen elkaar zonder angst de waarheid kan zeggen, in de wetenschap dat de anderen ons altijd alles zullen vergeven. Toen ik dit gisteravond tegen Luke zei, schoot hij in de lach en zei: 'Dat is een mooie regel voor jou en mij, maar de meisjes moeten nog puber worden. Ik zou niet al te teleurgesteld zijn als je bierblikjes en getatoeëerde vriendjes in de kast vindt.'

'Ja,' zegt hij nu tegen Dinah. 'Dan zijn we nog steeds een gezin.'

Fijn dat je bent gekomen. Dat is heel moedig van je. Ik had niet gedacht dat je zou komen, of zelfs maar zou reageren op mijn brief, dus ik vind het echt geweldig. Het is geweldig dat je de moed hebt, omdat je heel veel moed nodig zult hebben om de jongens te helpen te overleven nu ze... enfin, ik zal niet zeggen 'hun moeder kwijt zijn', want dan lijkt het net of Jo dood is. Je weet wel wat ik bedoel.

Om te beginnen wil ik je zeggen dat tijdens mijn enige echte ontmoeting met Jo – ik heb geprobeerd om nog eens met haar te praten op het politiebureau, maar toen reageerde ze niet – toen ze uit vrije wil bij me kwam, we echt goed hebben gepraat en het was me toen duidelijk dat ze dol is op jou en de jongens. Ze houdt echt van jou, Neil. En van William en Barney. Ik weet dat ze momenteel... ontoegankelijk is – ze heeft zich afgesloten om de beproeving die haar wacht te overleven – maar ik geloof echt dat ze nog altijd van jullie houdt. Jij, William en Barney zijn de enige mensen in haar leven van wie ze niet-strategisch kan houden zonder berekenend te hoeven zijn, ongecompliceerd. In zekere zin *kan* ze niet houden van Hilary, Ritchie en Kirsty, omdat die wat haar betreft allemaal verantwoordelijk zijn voor haar problemen.

Dus, ook al heb ik je voornamelijk gevraagd hier te komen om te praten over de jongens en hoe we dit voor hen wat gemakkelijker kunnen maken, ik wil je ook iets zeggen over Jo. Laat haar niet zakken, Neil. Ze heeft verschrikkelijke dingen gedaan, dat zal ik niet ontkennen, maar dat maakt haar nog niet tot een verschrikkelijk mens. Jo heeft nooit de kans gehad om los te komen van het gehersenspoel van haar moeder en om de persoon te worden die ze ooit kon worden. Met jouw hulp, en de mijne – of met de hulp van een andere goede therapeut – zou ze dat nog steeds kunnen worden. Ze heeft nooit iets mogen voelen, of gevoelens mogen uiten, en daarom heeft ze dit allemaal gedaan. Ik weet dat het moeilijk voor jou is om dit te begrijpen, maar hoewel Jo wettelijk gezien een volledig toerekeningsvatbare volwassene is, is ze psychologisch een bang kind dat vecht tegen de vernietiging van haar broze identiteit.

We kunnen het hier uitgebreider over hebben als je besluit om nog eens naar me toe te komen, maar ik wil graag dat je nadenkt over de volgende vraag: waarom brand? Waarom huurde Jo een brandweeruniform en heeft ze Sharon Lendrim nu juist op die manier gedood? Het was vast niet de gemakkelijkste optie. Ik weet dat het pijnlijk voor jou is om hierover te denken, maar Jo heeft zich het leven moeilijk gemaakt door Sharon op deze specifieke manier aan te vallen. Eerst moest ze een sleutel van het huis bemachtigen, vervolgens moest ze midden in de nacht het huis in gaan, in de hoop dat Sharon, Dinah en Nonie allemaal diep in slaap waren, maar dat wist ze niet zeker. Ze moest het brandweeruniform aantrekken, zorgen dat de meisjes het huis uit kwamen... Ze kon er niet zeker van zijn dat Sharon niet wakker werd en haar zou betrappen. Waarom nam ze dat risico?

Ik denk, en Simon Waterhouse is het met me eens, dat het voor haar van belang was om zich te kunnen concentreren op haar rol en vermomming als 'redder'. Zij was die nacht de reddende engel van Dinah en Nonie, van top tot teen gehuld in beschermende kleding van het beroep dat juist het *tegenovergestelde* doet van het onheil dat zij ging aanrichten. Ze beschermde zich symbolisch tegen haar misdrijf – ze neutraliseerde het bijna, in haar eigen gedachten. Snap je wat ik bedoel? Ze hulde haar hele lichaam in dat redderskostuum, zodat de echte Jo helemaal begraven was, en ze redde twee kinderen. Op dat onderdeel zal zij zich geconcentreerd hebben, terwijl ze ondertussen uitvlakte dat zij de brand veroorzaakte en wat haar werkelijke doel was. Daar mocht ze niet aan denken van zichzelf. Ik denk dat ze de eerste moord alleen op deze specifieke manier heeft kunnen plegen: letterlijk gehuld in een identiteit die haar ware identiteit ophief, en haar afschuwelijke gedrag neutraliseerde. Voor haar moet het ergens even afschuwelijk zijn geweest als voor jou en mij.

Ik kan het niet bewijzen, maar ik geloof dat ze dezelfde methode zou hebben toegepast bij Kat Allen, als dat had gekund, maar Kat Allen woonde in een flat, niet in een gewoon huis. Ze had geen eigen opgang die vanaf de straat toegankelijk was. Ik mag dit waarschijnlijk niet tegen jou zeggen, maar ik ben het niet eens met de theorie van de politie waarom Jo die dag William en Barney heeft meegenomen naar Kat Allens huis. Ik weet dat dit voor jou een van de allerergste aspecten moet zijn, maar het is misschien een troost dat ik oprecht niet geloof dat Jo de jongens heeft gebruikt. Ja, een moeder die haar zoons onder haar hoede heeft op een dag dat een moord plaatsvindt, zal waarschijnlijk niet worden verdacht van die moord, maar ik denk niet dat ze het daarom heeft gedaan. Ze wilde anderen niet om de tuin leiden, ze wilde zichzelf voor de gek houden. Ze wilde geloven dat, hoewel ze iets onaangenaams moest doen, ze voornamelijk gezellig een dagje uit was met William en Barney. Dat ze Kat vermoordde op een dag die ze verder doorbracht in het gezelschap van haar geliefde kinderen maakte het nog net draaglijk voor haar. Je zou kunnen zeggen dat ze haar jongens nodig had voor de morele steun.

Ik praat niet goed wat ze heeft gedaan, Neil. Ik probeer jou alleen te helpen om te begrijpen wat er misschien in haar hoofd omging. Uiterlijke schijn is voor Jo echter dan haar eigen innerlijke realiteit, die zich nooit heeft mogen ontwikkelen, en nooit op enige manier is gevalideerd. Kun je daar iets mee? Wat ik probeer te zeggen is dat Jo zich nog altijd kan ontwikkelen, op een aantal verschillende manieren. Ik probeer die verantwoordelijkheid niet bij jou neer te leggen – geloof me, zo is het niet. Het enige wat ik wil, is jou de kans bieden om dit op een andere manier te zien.

Wat de jongens betreft, het belangrijkste is om hen te helpen inzien dat zij geen enkele schuld hebben aan wat er is gebeurd. Het zijn kinderen, en zij zijn op geen enkele manier verantwoordelijk voor de problemen van de volwassenen. Hamer daar alsjeblieft flink op, want dat zullen ze nodig hebben. Ze zullen aan het verleden denken en zich afvragen wat zij allemaal anders hadden kunnen doen om te voorkomen dat hun moeder zo ongelukkig werd. Jouw taak – de belangrijkste taak die je ooit in je leven zult hebben – is ervoor te zorgen dat zij weten dat zij hier helemaal niets aan konden veranderen. Je kunt er niet voor zorgen dat zij helemaal niet lijden, maar je kunt wel zorgen dat zij geen schuldgevoel op zich nemen dat niet op hun schouders thuishoort, zoals zo veel kinderen doen.

Laat me je een voorbeeld geven: toen ik klein was, op mijn eerste schooldag, was ik gespannen en verlegen. Ik wilde eigenlijk niet naar school, dus verstopte ik me achter een poppenhuis, en deed ik net alsof ik er niet was. Ik wist dat ik iets stouts deed, en uiteindelijk werd ik bang en kwam weer tevoorschijn. Mijn juf gaf me voor de klas een pak voor mijn broek met een liniaal, wat iets is waar ik nog steeds niet graag over praat. Het is het vernederendste wat me ooit is overkomen. Toen mijn moeder me die middag kwam halen, vertelde de juf aan haar wat ik had gedaan, en mijn moeder praatte niet meer tegen me – geen woord – gedurende bijna een hele week. Het was mij zonneklaar dat ik mijn recht op haar liefde had verspeeld door dit ene ding verkeerd te doen. En toch heb ik jarenlang rond gelopen met het gevoel dat dit incident mijn schuld was. Als ik me nu maar niet achter dat poppenhuis had verstopt... Het was mijn schuld, ik was een vreselijk, waardeloos kind. Het heeft me bijna twintig jaar gekost voor ik me realiseerde dat de schuldigen in dit verhaal de juf en mijn moeder waren. De volwassenen. Ik was een doodgewoon kind dat iets stouts had gedaan, zoals alle kinderen doen. Toen dat tot me doordrong werd ik kwaad. En ik besloot om therapeut te worden, zodat ik mensen kon helpen zoals ik, zoals jij, zoals Jo. Zoals William en Barney.

Met de juiste hulp en ondersteuning komt het goed met hen, Neil. Ze hebben jou. Hou van hen, zorg goed voor hen, en het komt goed met hen.

Dankwoord

Zoals altijd ben ik mijn agent Peter Straus van Rogers, Coleridge & White (of dr. Straus van het Princeton-Plainboro Literary Agency zoals ik hem altijd graag noem vanwege zijn geniale dwarskoppige kwaliteiten) intens dankbaar, net als mijn briljant scherpzinnige en behulpzame redacteur Carolyn Mays, Francesca Best, Karen Geary, Lucy Zilberkweit, Lucy Hale en iedereen bij mijn fantastische uitgever Hodder & Stoughton. Dank aan mijn tekstredacteur van het eerste uur, Amber Burlinson, naar wie ik de hoofdpersoon van dit boek heb vernoemd, stiekem, dus zonder haar toestemming. Dank aan Montserrat en Jeromin, eigenaren van de echte Little Orchard – alweer: brute naamdiefstal, zonder toestemming. Dank aan mijn internationale uitgevers die zo hard werken om mijn wonderlijke tak van fictie over de verstoorde psyche over de hele wereld aan de man te brengen. Dank aan Mark Pannone, als altijd, en aan de Cambridge Stonecraft gang: Simon, Jamie, Lee en Matt. Dank aan dr. Bryan Knight, wiens waanzinnig goede website mij op de gedachte bracht: 'Hmm, hypnose...' en aan dr. Michael Heap wiens expertise ongelofelijk waardevol bleek.

Het oorspronkelijke 'Hector en zijn tien zusters' is een kort verhaal dat ik samen met mijn kinderen Phoebe en Guy heb geschreven. Ik ben Phoebe ook dankbaar omdat zij me Dinahs grap leverde op de hypothetische baby die alleen zou opgroeien en op een kantoor zou werken. Dank aan Dan voor te veel dingen om hier op te noemen (ik probeer het maar niet eens, want wie weet heeft hij net zo'n hekel aan lijstjes van dingen die hij heeft gedaan als aan lijstjes van dingen die ik wil dat hij doet).

En ten slotte, maar verre van de minste: heel erg veel dank aan Emily Winslow voor haar grandioze redactionele advies en suggesties.

De volgende boeken waren zowel fascinerend om te lezen als ongelofelijk bruikbaar: dr. Susan Forward: *Toxic Parents: Overcoming Their Hurtful Legacy and Reclaiming Your Life (Eindelijk je eigen leven leiden: loskomen van een beschadigde jeugd)*; dr. Alice Miller: *The Body Never Lies (Innerlijke vrijheid, oorzaken en gevolgen van kindermishandeling)*; dr. Patricia Love: *The Emotional Incest Syndrome: What to Do When a Parent's Love Rules Your Life*; Stephanie Donaldson-Pressman en Robert M. Pressman: *The Narcissistic Family*; Pia Mellody: *Facing Codependence*.

Lees ook van Sophie Hannah:

Justine verhuist met haar gezin naar een prachtig huis in Devon. Kort na de verhuizing begint haar dochter Ellen zich steeds meer terug te trekken, zeker nadat haar nieuwe BFF George geschorst is van school. Justine probeert het hoofd van de school te bewegen de schorsing ongedaan te maken, maar komt er dan achter dat George helemaal niet bestaat.

Dan beginnen de vreemde telefoontjes. Iemand probeert Justine ervan te overtuigen dat zij en Justine een gedeeld traumatisch verleden hebben. Justine heeft echter geen idee waar ze het over heeft. Wanneer de vrouw vertelt over drie graven, twee bestemd voor volwassenen en het derde voor een kind, begint Justine te vrezen voor de veiligheid van haar gezin. De politie kan niets doen met haar vage omschrijvingen, en Justine zal zelf moeten uitvinden wie de anonieme beller is...

Paperback, 464 blz., ISBN 9789026140365 | E-book ISBN 9789026140372

Op de volgende pagina's vindt u een voorproefje uit
Alles op het spel.

Als de mensen die ik straks in mijn nieuwe leven ga ontmoeten ook maar een beetje lijken op degenen die ik achterlaat, zullen ze het vragen zodra ze hun kans schoon zien. In mijn fantasie hebben ze geen gezichten of namen, alleen stemmen – harde, maar niet keiharde stemmen die zo terloops mogelijk willen klinken.

Wat doe jij eigenlijk?

Stelt iemand ooit nog weleens de hele vraag: 'Wat doe jij eigenlijk voor werk?' Dat klinkt belachelijk ouderwets.

Ik hoop dat ze niet naar dat werk vragen, want dit heeft niks te maken met hoe ik de gerookte zalm waar ik altijd mee ontbijt wil betalen. Ik wil dat mijn gezichtloze nieuwe kennissen alleen geïnteresseerd zijn in wat ik met mijn tijd doe en hoe ik mezelf omschrijf – hoe ik mezelf zie. Daarom moet de vraag in zijn puurste vorm worden gesteld.

Ik heb namelijk het perfecte antwoord: één woord, met heel veel ruimte eromheen.

Niks.

Alles moet in feite zoveel mogelijk ruimte eromheen hebben: mensen, huizen, woorden. Dat is voor een deel de reden waarom ik een nieuw leven begon. In mijn oude leven was er totaal geen ruimte.

Mijn naam is Justine Merrison en ik doe Niks. Met een hoofdletter N. Echt helemaal niks. Ik zal mijn best moeten doen om er niet maniakaal bij te gaan lachen, of een zegerondje lopen om de arme ziel die me de vraag stelde. Het liefst heb ik dat de vraag wordt gesteld door mensen die wél Iets doen: landmeters, advocaten, bedrijfsleiders van supermarkten – helemaal afgetobd en hologig omdat ze al een halfjaar lang veertien uur per dag werken.

Ik zal niet zeggen wat ik hiervoor deed en ik ga niet praten over dagelijkse klusjes alsof die tellen als werk. Goed, ik moet inderdaad af en toe eens wat pasta koken in mijn nieuwe leven, en soms gooi ik sokken in wasmachines, maar dat is even gemakkelijk en eenvoudig als ademhalen. Ik ben niet van plan om triviale dagelijkse dingen in de weg te laten staan van mijn hoofdproject, namelijk het bereiken van een staat van allesomvattende inactiviteit.

'Niks,' zal ik ronduit en trots zeggen. Precies zoals een ander: 'Neuroradiologie' zou antwoorden. En dan glimlach ik erbij en een glanzende witte stilte vouwt zich om het woord. Niks.

'Wat zit je te grijnzen?' vraagt Alex. Hij stelt zich, in tegenstelling tot mij, helemaal geen kalme, geluidloze staat voor. Hij staat nog stevig in onze echte wereld: zes rijstroken vol zinloos zeurend getoeter en verstikkende uitlaatgassen. 'De vreugde van de A406,' mompelde hij een halfuur geleden, terwijl we achter in de rij aansloten.

Ik vind files geweldig. Het herinnert me eraan dat ik helemaal geen haast meer heb. En in dit tempo – een meter of vier per uur, wat zelfs voor de noordelijke rondweg bijzonder is – zijn we nooit voor middernacht in Devon. *Geweldig*. Laat het maar twintig uur duren, of dertig. Ons nieuwe huis staat er morgen nog wel, en overmorgen ook nog. Het maakt niet uit wanneer ik aankom, want ik heb geen dringende zaken te regelen. Ik hoef niet snel een kop thee achterover te slaan om vervolgens een telecommunicatiebedrijf achter de vodden te zitten met de vraag hoe snel ze onze WiFi kunnen installeren. Ik hoef geen dringende mailtjes te versturen.

'Hallo? Justine?' roept Alex, voor het geval ik zijn vraag niet hoorde boven Georges Bizets *Carmen* uit dat uit onze speakers knalt. Een paar minuten geleden zaten hij en Ellen nog mee te zingen, met een enigszins aangepaste tekst: 'Vast in de file, file vast, vast in de file, file, vast, vast in de file, file *vast*. Vast, vast in de file, file, vast, vast in de file, file *vast*, file *vast*, file *vast*…'

'Mam!' gilt Ellen achter me. 'Papa zegt wat tegen je!'

'Ik denk dat je moeder in trance is, El. Komt vast door de hitte.'

Het zou nooit bij Alex opkomen om de muziek wat zachter te zetten om een gesprek te kunnen voeren. Voor hem is stilte iets waar je zoveel mogelijk in moet proppen, als in een lege tas. Hij zingt, dat is zijn Iets – hij doet het al zolang als ik hem ken. Opera. Hij reist de hele wereld over, is dan een week of drie weg, gemiddeld, en hij houdt hartstochtelijk van zijn thuis-is-waar-de-première-is-bestaan. Gelukkig maar. Als ik niet zeker wist dat hij idyllisch gelukkig is met zijn hectische leven in de spotlights zou ik misschien niet zo ten volle kunnen genieten van mijn Niets. Dan zou ik me misschien wel schuldig voelen.

Maar zoals de zaken er nu voorstaan, kunnen we onze contrasterende triomfen delen zonder dat we de ander iets kwalijk nemen. Alex vertelt me dat het hem gelukt is om vier belangrijke telefoontjes af te werken in het tijdsbestek tussen het moment waarop de stewardess hem verzocht zijn telefoon uit te schakelen en het moment waarop ze zijn ongehoorzaamheid ontdekte en ze haar verzoek heel nadrukkelijk moest herhalen. Ik vertel hem over dat ik uren in bad heb liggen lezen en steeds de warme kraan weer aan moest zetten, hoewel dat me eigenlijk al te veel moeite was.

Ik druk op de uitknop van de cd-speler, want ik heb geen zin om op te boksen tegen *Carmen*, en ik vertel Alex over mijn vraag-en-antwoordfantasietje. Hij lacht. Ellen zegt: 'Je bent gestoord, mam. Je kunt niet "Niks" antwoorden. Dan worden mensen bang van je.'

'Mooi zo. Laat ze eerst maar bang voor me zijn, dan mogen ze zich daarna jaloers afvragen of ze zelf misschien ook maar eens Niks moeten gaan doen. Denk eens aan het aantal levens dat ik zo kan redden.'

'Nou, ze denken hooguit dat je een depressieve huisvrouw bent die thuis zit en van plan is een hand pillen te nemen.'

'In de steek gelaten en verwaarloosd door haar jetsetechtgenoot,' voegt Alex toe, terwijl hij met de mouw van zijn overhemd het zweet van zijn voorhoofd veegt.

'Welnee,' antwoord ik. 'Niet als ik stralend mijn volledig lege agenda voor hen uitspel.'

'Aha, dus je zegt wel degelijk meer dan "Niks"!'

'Zeg nou gewoon dat je thuisgebleven bent voor je kind, mam,' adviseert Ellen. 'Of dat je even een sabbatical hebt na een paar stressvolle jaren. Dat je je aan het bezinnen bent op iets nieuws...'

'Maar dat is niet zo. Ik heb al gekozen voor Niks. O, weet je wat?' Ik tik Alex op zijn arm.

'Ik ga zo'n jaarplannerposter kopen – een supermooie – en die hang ik dan ergens op een prominente plek en dan laat ik alle vakjes helemaal leeg. Driehonderdvijfenzestig lege hokjes. Schitterend.'

'Je bent zó irritant, mam,' kreunt Ellen. 'Je zit de hele tijd te zaniken over je nieuwe leven en dat alles helemaal anders wordt, maar dat is helemaal niet zo, want... zo ben jij helemaal niet! Jij kunt niet veranderen. Jij bent nog steeds *precies* wat je altijd al was: nog steeds een ongelofelijke... fanaticus. Je was een fanaticus in je werk, en nu ga je heel fanatiek niet werken. Dat is supersaai voor mij. En gênant.'

'Even kalm, jij, kleintje,' zeg ik zogenaamd boos. 'Hoe oud ben jij nu helemaal, zeg maar? Dertien, zeg maar?'

'Ik zeg al eeuwen geen "zeg maar" meer, behalve als iemand vraagt of hij iets mag zeggen,' protesteert Ellen.

'Dat klopt, dat zegt ze inderdaad al heel lang niet meer,' zegt Alex. 'En ze slaat de spijker angstaanjagend hard op de kop over die *drama queen* van een moeder van haar. Wat ik nou weleens wil weten: als jij inderdaad zo naar rust snakt als je beweert, waarom dagdroom je dan over bekvechten met wildvreemde mensen?'

'Precies!' roept Ellen.

'Bekvechten? Hoezo bekvechten?'

'Hang nou maar niet de vermoorde onschuld uit.'

'Ik hang niks uit,' zeg ik verontwaardigd.

Alex rolt met zijn ogen. 'Als je agressief "Niks" antwoordt als mensen je vragen wat je doet, en als je hun een ongemakkelijk gevoel bezorgt door geen enkele verklaring te geven, of uit te leggen hoe...'

'Niet agressief. *Blij*. En over Niks valt verder niets uit te leggen.'

'Zelfvoldaan,' zegt Alex. 'Wat een vorm van agressie is. Hardwerkende mensen met overmatig veel werkethos en overvolle agenda's inwrijven dat je lekker niks doet. Dat is sadistisch.'

'Daar heb je misschien een punt,' geef ik toe. 'Ik verheug me er vooral op om tegen buffelende stresskippen te zeggen dat ik Niks doe. Hoe relaxter de ander eruitziet, des te minder leuk om te gaan snoeven. En tegen lui zoals jij opscheppen heeft geen enkele zin – jij bent dol op je veel te volle agenda. Dus ik hoop maar dat ik heel veel mensen tegenkom met veeleisende banen die ze haten, maar waar ze niet vanaf kunnen. O god.' Ik doe mijn ogen dicht. 'Het ligt er wel heel dik bovenop, hè? Ik wil gewoon mezelf kwellen. Mijn vroegere zelf. Dat is degene op wie ik zo kwaad ben.'

Ik had op elk moment weg gekund. Had al jaren geleden op kunnen stappen, in plaats van mijn hele leven te laten opslokken door mijn werk.

'Ik kan letterlijk niet geloven dat ik een moeder heb die... zo'n zedenpreker is als jij, mam,' mompelt Ellen. 'Dat doen de moeders van mijn vriendinnen nou nooit. Geen van hen. Die zeggen allemaal normale dingen zoals: "Geen tv tot je je huiswerk af hebt" of: "Nog wat lasagne?"'

'Tja, nou ja, jouw moeder heeft nu eenmaal elke tien minuten een wereldschokkend inzicht – toch, schat?'

'Rot toch op! Oeps.' Ik giechel. Ik kan me niet heugen dat ik ooit zo gelukkig ben geweest als nu.

'Aha! We rijden weer.' Alex begint te zingen. 'Eind van de file, eind, eind van de file, file, eind, eind van de file, file *eind*. Eind, eind van de file, file, eind, eind van de file, file *eind*, file *eind*, file *eind*...'

Die arme, dooie Georges Bizet. Ik neem aan dat hij dit niet als culturele nalatenschap in gedachten had.

'Sorry dat ik niet mee jubel,' zegt Ellen. 'We moeten nog, hoe lang, een uur of zeven? Ik kook hier. Wanneer kopen we nou eens een auto met airconditioning die het doet?'

'Ik geloof niet dat er auto's bestaan met airconditioning die het doet,' zeg ik tegen haar. 'Het is net als met ruitenwissers. Die andere auto's doen net alsof er bij hen geen vuiltje aan de lucht is, maar daar is het ook smoorheet vanbinnen op een dag als vandaag. Wat Jeremy Clarkson ons ook op de mouw speldt. En al die auto's hebben ook ruitenwissers die piepen als vleermuizen die gekeeld worden.'

'Ennnn... we staan weer stil,' zegt Alex hoofdschuddend. 'Dat van die zeven uur klopt trouwens niet, El. Van geen kanten.'

'Ik weet het, het is eerder het dubbele,' antwoordt Ellen bitter.

'Mis. Mama en ik wilden eigenlijk niks zeggen omdat we je wilden verrassen, maar... we zijn er bijna.'

Ik glimlach naar Ellen via de achteruitkijkspiegel. Ze zit verstopt achter haar dikke, donkerbruine haar en doet haar best om nors te blijven en niet in lachen uit te barsten. Alex is heel slecht in practical jokes. Zijn ideeën zijn altijd best goed, maar hij zet altijd zijn grapstem op, en iedereen die hem langer dan een week kent, weet meteen wat er aan de hand is.

'Ja hoor, pap. We zitten nog op de rondweg, maar we zijn al bijna in Devon. Tuurlijk.' Prachtige, grote groene ogen en zwaar sarcasme: twee dingen waar ik mijn dochter wel om kan zoenen.

'Nee, niet Devon. We hebben wat anders bedacht. We wilden jou de lange rit ernaartoe besparen, en dus... hebben we Speedwell House verkocht en hebben we dat daar gekocht!' Alex wijst naar een laag, twee-onder-een-kap jarendertighuis van rode baksteen. Ik weet meteen welk huis hij bedoelt. Het ziet er niet uit. Het zou iedereen opvallen, daar aan het eind van een rijtje van acht. Er hangen drie borden aan de gevel, stuk voor stuk veel te groot voor zo'n klein gebouwtje.

Ineens voelt mijn huid warm en prikkend aan. Net als toen ik cellulitis aan mijn been had toen ik op Korfoe door een muskiet gestoken was, alleen nu voel ik het over mijn hele lijf.

Ik staar naar het huis met de borden. In stilte maan ik het verkeer om nu niet door te rijden, zodat ik er zo lang als nodig is naar kan kijken.

Hoezo is het nodig?

Los van de overdreven versierselen onderscheidt het huis zich in niets van andere twee-onder-een-kap jarendertighuizen. Op een van de borden, het grootste – het hangt rechtsboven, boven een slaapkamerraam – staat 'Panama Row'. Dat moet verwijzen naar alle huizen die er zo dapper op een kluitje staan, met hun voorkant vlak tegen zes banen loeiend verkeer aan.

De twee andere borden – bij eentje mist een schroef zodat hij schuin hangt en de andere is zichtbaar smerig – zijn de naam en het nummer van het huis. Ik probeer mezelf te dwingen om weg te kijken maar het lukt niet. Ik lees beide borden en heb er een mening over, een positieve en een negatieve.

O ja, nummer 8. Ja, en het heet... Nee. Nee, zo heet het niet.

De druk in mijn ogen, hoofd, borst zwelt aan. Kloppende druk.

Ik wacht tot het ergste voorbij is en kijk dan omlaag naar mijn armen. Die zien er heel gewoon uit. Geen kippenvel. *Onmogelijk. Ik voel ze toch: die prikkende bultjes onder mijn huid?*

'Ons nieuwe huis heet blijkbaar "German",' zegt Alex. 'Wat een idiote naam! Ik bedoel, het kan nooit leuk zijn om in een huis te wonen dat "German" heet. Wat denk jij, El?'

'Nee, dus dat doen we dan ook niet. Alsof mama het goed zou vinden om pal aan de snelweg te wonen.'

'Weet je waarom ze het goedvindt? Omdat we over tien minuten links afslaan, en dan nog eens links af, en dan zijn we er. Geen lange reis meer, oost, west, thuis best. Zoals het oude Chinese gezegde luidt: "Hij die een mooi huis koopt ver weg op het platteland, komt daar misschien nooit aan, en kan dus net zo goed een lelijke hut aan de noordelijke rondweg kopen en klaar."'

'Het is niet lelijk,' zeg ik, ook al is mijn keel zo dichtgeknepen dat ik nauwelijks een woord kan uitbrengen.

Het is heerlijk. Het is veilig. Stoppen, nu.

Ik kijk niet meer naar Panama Row nummer 8. Ik heb mijn blik afgewend en ik moet ervoor zorgen dat hij niet meer terugglijdt. Ik ben te bang om nog eens te kijken.

'Mam? Wat is er? Je klinkt raar.'

'Je zíét er ook raar uit,' zegt Alex. 'Justine? Gaat het wel? Je rilt helemaal.'

'Niet,' fluister ik. 'Ik ril niet.' *Niet goed. Ja, rillen. Te warm, toch rillen.* Ik wil iets zeggen ter verduidelijking, maar mijn tong weigert dienst.

'Wat is er mis?'

'Ik...'

'Mam, ik word bang van je. Wat is er?'

'Het heet niet "German". Er zijn een paar letters afgevallen.' Hoe weet ik dat? Ik heb Panama Row nummer 8 nog nooit van mijn leven gezien. Nooit van gehoord, weet er niks van, nog nooit zelfs maar in de buurt geweest.

'O, ja,' zegt Ellen. 'Ze heeft gelijk, pap. Je kunt zien waar de andere letters hebben gehangen.'

'Maar dat heb ik niet gezien. Ik... ik wíst dat het huis niet German heette. Het had niets te maken met wat ik net zag.'

'Justine, doe even gewoon. Hoezo heeft het niks te maken met wat je zag? Dat slaat nergens op.'

'Het is duidelijk te zien dat er letters ontbreken,' zegt Ellen. 'Aan het eind van de naam is nog heel veel bord over. En wie noemt zijn huis nou "German"?'

Wat moet ik doen of zeggen? Als we met zijn tweeën waren, zou ik Alex de waarheid vertellen.

'Geef eens gas, pap. Je houdt de hele boel op, zeg maar. Ah nee! Ik zei verdomme weer "zeg maar".'

'Je moet ook geen "verdomme" zeggen,' zegt Alex tegen haar.

'Dan moet je me maar geen *The Good Wife* laten kijken. En trouwens, jullie vloeken er zelf ook altijd op los, stelletje hypocrieten.'

De auto kruipt naar voren en maakt dan snelheid. Ik heb inmiddels wat meer moed, nu ik Panama Row nummer 8 niet meer kan zien. 'Dat was... vreemd,' zeg ik. *Het vreemdste wat me ooit is overkomen.* Langzaam adem ik uit.

'Wat was het nou, mam?'

'Ja, vertel op, verdomme.'

'Pap! *Objection! Sustained!*'

'Nee, *overruled*, zeggen ze dan. Als je zelf bezwaar maakt tijdens zo'n rechtszaak kun je jezelf niet meteen maar gelijk geven. En hou eens even je snater.'

Stil, hou allemaal je mond. Dit is niet grappig. Dit is totaal niet grappig.

'Justine, wat is er met je aan de hand?' Alex heeft meer geduld dan ik. Ik zou inmiddels al zijn gaan schreeuwen.

'Dat huis. Je wees, je keek, en ik had zo'n... zo'n overweldigend sterk gevoel van *ja*. Ja, dat is mijn huis. Ik wilde de deur opengooien en erop afrennen.'

'Alleen, je woont daar niet, dus dat is krankzinnig. Je woont momenteel helemaal nergens. Tot vanochtend woonde je nog in Londen en hopelijk woon je vanavond net even buiten Kingswear in Devon, maar op dit moment woon je nergens.'

Wat toepasselijk. Niets doen, nergens wonen.

'En je woont al helemaal niet in een interbellumhuis naast de A406, dus relax nou maar.' Alex' toon is plagerig, maar niet onvriendelijk. Het lucht me op dat hij zich geen zorgen maakt. Hij klinkt in elk geval minder geschrokken dan net. We rijden de goede kant op, dat stelt me gerust.

'Ik weet wel dat ik daar niet woon. Ik heb er geen verklaring voor. Ik had heel sterk het gevoel dat ik daar thuishoor. Of dat ik bij dat huis hoorde, op de een of andere manier. En met "sterk" bedoel ik dat het voelde alsof het me fysiek overviel.'

'Tjesus,' mompelt Ellen vanaf de achterbank.

'Het was bijna een voorgevoel dat ik daar ooit zal wonen.' Hoe kan ik het rationeler laten klinken? 'Ik zeg niet dat het zo is, en nu het gevoel weer voorbij is, hoor ik zelf ook wel hoe idioot het klinkt, maar toen ik het voor het eerst zag, toen jij ernaar wees, wist ik het honderd procent zeker.'

'Justine, jij zou nooit van je leven aan de rand van een zesbaansweg gaan wonen. Zo erg ben je nou ook weer niet veranderd. Of is dit soms een geintje?'

'Nee.'

'Ik weet al wat het is: armoedeparanoia. Je vindt het eng dat je zelf niets meer verdient, en dat we een hogere hypotheek hebben genomen… Heb je ook nachtmerries over dat je geen tanden meer hebt?'

'Geen tanden?'

'Ik heb een keer gelezen dat dromen over tandeloosheid betekenen dat je geldstress hebt.'

'Dat is het niet.'

'En zelfs als je arm was, zou je nog niet in zo'n huis willen wonen – hooguit als iemand je ontvoert en daar gevangenzet.'

'Pap,' zei Ellen. 'Is het al tijd voor mijn dagelijkse "Wat zeg je nou weer allemaal?"-preek?'

Alex negeert haar. 'Heb je iets te drinken bij je?' vraagt hij aan mij. 'Je bent waarschijnlijk uitgedroogd. Zonnesteek.'

'Ja.' Er zit water in de tas aan mijn voeten.

'Drink dan wat.'

Ik wil niet. Nog niet. Zodra ik de fles tevoorschijn haal en opendraai is dit gesprek voorbij; dan begint Alex meteen over iets minder onverklaarbaars. En ik kan het nergens anders meer over hebben tot ik begrijp wat me net is overkomen.

'Ah nee, hè. Wegwerkzaamheden.' Als Alex weer begint te zingen, snap ik eerst niet wat er aan de hand is, ook al is het precies hetzelfde melodietje uit *Carmen*, alleen met andere woorden. Ellen doet mee. Eensgezind zingen ze: 'Helmen en gele hesjes, helmen en gele hesjes, helmen en gele hesjes, *boe*. Helmen en gele hesjes, helmen en gele hesjes, boe, rot op, boe, rot op, *boe…*'

Anders moet ik het maar van me afzetten. Dat lijkt met de seconde haalbaarder. Ik voel me alweer bijna net zo als voordat Alex het huis aanwees. Ik kan mezelf misschien wel wijsmaken dat ik het me allemaal maar inbeeldde.

Toe maar, maak jezelf dat maar wijs.

De stem in mijn hoofd is er nog niet helemaal klaar voor. Hij herhaalt nog steeds de woorden uit het script dat hij van mij moest weggooien:

Op een dag zal Panama Row nummer 8 – een huis dat jij in geen miljoen jaar zou uitkiezen – jouw huis zijn, en het verkeer is dan absoluut geen probleem. Je zult blij en dankbaar zijn dat je daar kunt wonen. Je zult je geluk niet op kunnen.

Vier maanden later

1

'Ellen?' Ik klop op haar slaapkamerdeur, ook al staat die op een kier en kan ik haar op haar bed zien zitten. Als ze niet reageert, loop ik naar binnen. 'Wat is dit?' Ik steek de papieren in de lucht.

Ze kijkt me niet aan, maar blijft uit het raam staren. Onwillekeurig kijk ik zelf ook. Ik ben nog steeds niet gewend aan hoe prachtig het hier is. Ellens kamer en de keuken, daar direct onder, hebben het mooiste uitzicht: de fontein en het prieel op links en dan, recht vooruit, het zacht glooiende gazon dat zich vanaf onze voordeur uitstrekt tot aan de rivier de Dart, met hier en daar rododendrons, magnolia's en camelia's. Toen we in april voor het eerst naar Speedwell House kwamen kijken, stonden de scilla, sleutelbloem, cyclaam en maagdenpalm in bloei. Ze staken uit de kruipende hedera en het gras omhoog: kleine, kleurrijke uitbarstingen tussen welig groen. Ik kan niet wachten tot ik die dotjes kleur komende lente weer kan zien.

In de verte glinstert het water in het felle licht als een stromende, vloeibare diamant. Aan de overkant van de rivier ligt een beboste heuvel met aan de voet ervan een paar houten boothuizen en hogerop gelegen een aantal roze, gele en witte cottages die boven het groen uitpiepen. Uit de verte lijkt het alsof iemand een hand Engelse drop uit het raam van een vliegtuig heeft gegooid en de snoepjes tussen de bomen zijn geland.

Sinds we hier zijn komen wonen, heeft Alex al minstens drie keer gezegd: 'Dat is het typische van de Engelse kust: het land houdt gewoon ineens op. Alsof dit het binnenland is, en je ineens in zee kukelt zonder een normale overgang. Ik bedoel, moet je nou kijken', waarop hij in de richting van de rivier knikt, 'voor hetzelfde geld zit je hier midden in het Peak District.'

Ik snap niet wat hij bedoelt. Misschien ben ik wel oppervlakkig, maar ik hoef het landschap niet zo nodig te kunnen begrijpen. Als het er schitterend bij ligt, vind ik het allang mooi.

Bootjes drijven langs, kleine jachten, plezierbootjes en zo nu en dan een schoener. Op dit moment komt er eentje voorbij die lijkt op hoe een kind een boot zou tekenen: van hout, met een mast en een rood zeil. De meeste hebben minder elegante lijnen, en zouden lastiger te schetsen zijn.

Dat zijn de dingen die ik uit Ellens raam kan zien. Ziet zíj ze wel? Ze kijkt naar buiten, maar er hangt iets dichtgeklapts om haar heen, alsof ze niet echt met mij in deze kamer zit.

'El? Wat is dit?' vraag ik nog een keer, terwijl ik met de papieren wapper. Wat ik heb gelezen bevalt me totaal niet. Het bevalt me niet, al is het nog zo fantasierijk en knap geschreven voor iemand van veertien. Het maakt me bang.

'Wat is wat?' vraagt Ellen toonloos.

'Deze familiestamboom en het begin van een verhaal over een of andere familie Ingrey.'

'Dat is voor school.'

Wat een waardeloos antwoord. Te kort, te weinig eigenzinnig. De Ellen die ik ken – de Ellen die ik zo ontzettend mis – zou hebben gezegd: 'O, dus het is een stamboom? En een verhaal over een of andere familie Ingrey? Dan zou ik zeggen dat je het antwoord al weet.' Hoe lang is het geleden dat ze voor het laatst uitbarstte in een 'Objection!', meteen gevolgd door een 'Sustained!'? Minstens een maand.

Wat Alex ook beweert, er is iets mis met onze dochter. Hij ziet het niet, want hij wil niet dat het zo is. Als hij thuiskomt, doet ze extra haar best om normaal over te komen. Ze weet dat als ze hem om de tuin kan leiden, hij mij zal proberen te overtuigen dat ik ernaast zit, en dat dit normaal gedrag is voor een puber.

Ik weet dat dat niet waar is. Ik ken mijn dochter, en dit is niets voor haar. Zelfs haar meest schrikbarende puberversie zou dit nog niet doen.

Bascom en Sorrel Ingrey. Het is Ellens handschrift, maar ik kan niet geloven dat zij die namen heeft verzonnen. Allisande, Malachy Dodd, Garnet en Urban... Zou ze die soms uit iets hebben overgenomen?

Ik probeer te bepalen hoe ik tactvol kan vragen hoe ze zo op die griezelige Perrine Ingrey is gekomen. Ik mag haar niet, die Perrine, omdat dankzij haar mijn prachtige terras onder het bloed en de hersenen zit. Dan gaat beneden de telefoon over. Ik zou hem kunnen laten gaan, maar straks is het Alex. Als ik erop afren, breng ik mezelf in herinnering dat ik moet bellen om meer contactpunten te laten installeren voor de telefoon.

Moet. Ik haat dat woord. In mijn oude leven betekende het: 'Snel! Paniek! Zet je schrap voor een drama! Zorg dat het aan het eind van de dag een succes is! Houd die twee mensen die precies het tegenovergestelde willen allebei tevreden! Wees geweldig, anders raak je alles kwijt!' 'Moet' stond voor al die dingen, of al die dingen tegelijk.

Onder aan de trap blijf ik buiten adem staan. Ik weiger om me te haasten. *Haast is nergens meer voor nodig. Rustig. Denk aan je missie en je doel. Je maakt je te druk, je bent niet bezig met Niks.*

Ik ga me niet druk maken omdat ik Alex' telefoontje mis. En als hij het niet is, ga ik me ook niet afvragen waarom hij vandaag nog niet heeft gebeld. Ik weet dat alles in orde is met hem – hij wordt in de watten gelegd door zijn volgelingen in Berlijn. Ons gesprek over Ellen kan wel even wachten.

Zorgen zijn roedeldieren, en ze zijn nog laf ook: in hun eentje stellen ze niks voor en kunnen ze weinig kwaad, dus roepen ze altijd hulptroepen in. En voor je het weet word je door een hele bende zorgen omsingeld en kan je geen kant meer op. Laat ze toch allemaal de rambam krijgen, denk ik, terwijl ik de brede zwart met witte tegelvloer in de hal oversteek, op weg naar de keuken. Ik heb de mazzel dat ik gelukkig ben en dat ik dit fantastische nieuwe leven kon beginnen. Ik hoef me over maar heel weinig dingen druk te maken, zeker vergeleken met de meeste anderen. In mijn huidige bestaan zijn eigenlijk maar twee dingen die me zorgen baren: Ellens vreemde gedrag, en – al schaam ik me dat ik daar nog steeds zo obsessief over doe – het huis aan de noordelijke rondweg. Panama Row nummer 8.

Sinds de dag van de verhuizing heb ik er nog vaak over gedroomd. In zo'n droom probeer ik het huis te bereiken – te voet, met de auto, met de trein – maar het lukt nooit. Het dichtst in de buurt kwam ik nog met een taxi. De chauffeur parkeerde zijn wagen, ik stapte uit en stond op de stoep. De voordeur van het huis ging open, en toen werd ik wakker.

Ik neem de telefoon op en zeg: 'Hallo?', en ik herinner me dat Alex graag wil dat ik serieus doe en dat we eigenlijk moeten opnemen met: 'Goedemorgen/-middag/-avond, dit is Speedwell House.' 'Zo nemen mensen die in grote landhuizen wonen altijd op,' beweert hij. 'Dat heb ik gezien op... nou ja, ergens.'

De enige telefoon in ons nieuwe huis is niet draadloos. Hij staat naast het keukenraam, en zit vast aan de muur met een gekruld snoer dat plastic piepgeluidjes maakt als je eraan trekt. Nu ik drieënveertig ben, heb ik eindelijk een grote, comfortabele bank in een keuken die niet te klein is, maar ik kan er niet op zitten onder het bellen. Ik kan er alleen maar naar kijken, en verbeeld me dan altijd dat ik last van mijn benen heb. Aan mijn mobieltje heb ik niks; we hebben hierbinnen geen ontvangst. De dekking van O2 houdt blijkbaar op bij het eind van de oprit.

'Hallo,' zeg ik nog eens.

'Met mij.'

Niet Alex. Een vrouw wier stem ik niet herken.

Lees verder in *Alles op het spel*.